《台州文獻叢書》編纂委員會

《台州文獻叢書》諮詢委員會

台州文獻叢書總序

台州位於浙江中部沿海，境内群山起伏，丘陵錯落，河道縱横，島嶼衆多。一九八四年發現的仙居下湯遺址，證明早在九千至一萬年前，就有先民在這裏活動。今台州、温州、麗水以及閩北一帶古稱「東越」。戰國時期，越王子裔在這一帶與東甌人融合，建立東甌政權。即使從西漢昭帝始元二年（公元前八五年）置回浦縣算起，至今也有兩千多年的歷史。一代又一代的台州人在這裏耕山耘海，戰天鬥地，與時俱進，在改造自然、改造社會、發展自己的同時，積累了豐富的知識，留下了浩繁的文獻。

三國吴沈瑩著《臨海水土異物志》，對台州的水稻雙熟制及野生植物有所記載。宋朝陳仁玉著成《菌譜》，爲目前所知世界最早的食用菌專著。徐似道著的《檢驗屍格》是我國第一部司法驗屍技術著作。陳騤著的《文則》爲我國第一部修辭學著作。趙汝适撰有《諸蕃志》，爲我國第一部記述中外交通、貿易與外國物産風土的志書。賈似道著有《促織經》，爲世界上第一部昆蟲學專著。陳景沂著成《全芳備祖》，爲我國第一部植物學辭典。明朝王士性所著《廣志繹》包含豐富的地理學思想與地理學資料。戚繼光在台州抗倭靖海，留下了不朽的軍事著作《紀效新書》。清朝的齊召南歷經三十年著成《水道提綱》，是研究河流的巨著。李誠編《萬山綱目》，是研究山脈的傑作。台州在南朝時就開創了佛教天台宗，北宋時又創立了道教南宗祖庭，被稱爲佛宗道源，歷代高僧名道留下了許多佛學、道教著述。唐朝鄭虔左遷台州，聚徒講學，開台州教育之先河；南宋時台州成爲輔郡，淳熙年間，著名理學家朱熹駐節台州，講學各地，文教特盛。台州被稱爲「小鄒魯」，歷代的儒學著作蔚爲大觀。歷朝歷代，有許多台州人出仕游宦，留下了許多「經濟之學」的奏疏，至於屬於「辭章之學」的詩文，更是車載斗量。台州文獻是祖國文化寶藏的一個有機組成部分，有許多著作在全國乃至全世界産生了廣泛的影響，對人類文明做出了巨大的貢獻。

古人文獻雖然也記載著一些自然科學知識，但記載更多的是歷史、人物、典章制度、詩詞文賦等人文科學知識。文獻不僅記載著知識，也承載著精神。知識經常更新，精神一脈相承。台州精神的發展是有台州傳統文化基因的。台州人的硬氣自古有名，台州的和合文化近年來也被廣爲傳揚。改革開放以來，台州人敢爲天下先，發展民營經濟，創造了「台州現象」，使台州從一個相對落後的地區，發展成爲股份合作制經濟發祥地、長三角地區先進製造業基地、中國民營經濟最具活力城市、國家小微企業金融服務改革創新試驗區、國家社會信用體系建設示範城市、浙江省灣區經濟發展試驗區，國家衛生城市、國家森林城市、全國環保模範城市、中國優秀旅游城市、全國文明城市、中國最具幸福感城市，這些都與台州精神的發揚光大不無關係。台州精神，不同的學者有不同的表述，但都與硬氣、和合等台州傳統文化的基因有千絲萬縷的聯繫。

當前，台州發展已經邁上了新時代新征程。我們要以黨的十九大精神統領全局，高舉習近平新時代中國特色社會主義思想偉大旗幟，拉高標杆、争先進位，全力推動高質量發展，全面深化改革，再創民營經濟新輝煌，加快建設獨具魅力的「山海水城、和合聖地、製造之都」，奮力譜寫「兩個高水準」台州篇章。這不僅需要我們總結台州的新民主主義革命、社會主義革命和社會主義建設，特别是四十年改革開放的實踐和經驗，也要總結自清朝上溯至先秦台州先人積累的各種知識和經驗，繼承其精華，拋棄其糟粕，使傳統與現代融爲一體，堅定台州文化認同、文化自信。因此加强台州文獻的發掘、研究、整理和利用，意義非常重大。

台州人對文獻的發掘、整理和研究，有著悠久的歷史傳統。南宋台州學者陳耆卿在編撰台州現存的第一部總志《嘉定赤城志》時，首設《辨誤門》，記載了他對文獻的一些研究成果，被認爲是台州文獻整理工作的濫觴。至清朝、民國，濫觴演變爲巨流，出現了一大批成果：如黄瑞《台州金石録》、洪頤煊《台州札記》、戚學標《台州外書》、王棻《台學統》、宋世犖《台州叢書》等。這些成果有的屬於考據，有的屬於輯佚，有的屬於彙編。從民國進入新中國的項士元先生，爲台州文獻的保護和整理工作做出了重要貢獻。至改革開放以後，台州文獻的整理、研究工作得到地方黨委、政府的高度重視，其中啟動於二〇一一年的《台州文獻叢書》編纂工程，因其科學性、系統性、豐富性，以及巨大的工作量形成地方文獻整理、研究的一個高峰！

《台州文獻叢書》包括台州文獻典籍的影印、台州先賢著作的點校整理以及對台州歷史文化進行理論研究的《台州文化研究叢書》三大塊面。《台州文獻叢書》的編纂工程，是一項聚全市之力的重大文化工程，在台州文化史上具有里程碑意義。這部叢書是地方歷史文化的結晶，爲世人打開瞭解台州地方文化的窗口。願優秀的歷史文化更好地傳承和弘揚，服務當代，惠澤未來。

《台州文獻叢書》編纂委員會
二〇一八年四月

前言

謝鐸(一四三五—一五一〇),字鳴治,號方石。明代浙江省台州府太平縣(今浙江省温嶺市)人。他是明代成化、弘治年間著名的教育家,又是「茶陵詩派」的重要作家。

一

明宣宗宣德十年(一四三五)二月,謝鐸出生在一個注重詩禮儒學的耕讀人家。其遠祖據説是東晉時代的康樂公,至元代,其高祖謝温良始遷到當時屬于黄巖縣的方巖鄉居住。明成化五年(一四六九),分黄巖南三鄉立太平縣,方巖鄉即歸屬太平縣。温良以孝聞名鄉里,人稱「謝孝子」。曾祖本雍,事迹無考。祖父廷乾,英年早逝,遺二女一子。廷乾妻趙欣,時年二十九,祝髮自誓,守節不移,育子成人。其婢嚴氏,年十九,也誓不嫁人,助趙立家。這件事對謝鐸影響很深。其父世衍,創辦會緦庵(即方巖書院前身),與族弟謝省(後任寶慶知府)、謝績(王城山人)一起教育本族子弟。省、績二人也是當時著名的詩人,錢謙益《列朝詩集小傳》著録,省在「丙集」,績在「乙集」。

鐸幼年苦學,常懸髻讀書,至夜分不輟。少穎悟,能爲韵句。十四歲,從族叔謝省學習《四書》《毛詩》。約十九歲入縣學,遇黄孔昭(後官至工部侍郎),二人結爲終身好友。天順三年(一四五九），鐸二十五歲時舉鄉試第二。天順八年，鐸三十歲時中進士，與同榜李東陽一起被選入翰林院爲庶吉士。次年授編修，預修《英宗實録》。成化九年，奉旨校勘《通鑑綱目》，上《論西北備邊事宜狀》和《癸巳封事》。秩滿，升侍講。成化十六年，以家艱離職回鄉丁憂。十八年閏八月，服除，例該起復，然鐸謝病家居，屢召不起，與成化九年辭官回鄉的謝省共同主持會緦庵的教學。

謝鐸第二次出仕是在孝宗即位後的弘治元年（一四八八）八月。孝宗求治，政治出現一派新氣象。由于薦者甚衆，鐸在李東陽與黄孔昭的勸説下應召回朝，以原官翰林院侍講預修《憲宗實録》。弘治三年，擢升爲南京國子監祭酒。在祭酒任上，他提出六項教育改革措施：擇師儒、慎科貢、正祀典、廣載籍、復會饌、均撥歷。尤其是正祀典，他提出具體的做法：進楊時而罷吴澄。楊時是宋代大儒，程顥、程頤的弟子；而吴澄則受宋恩而仕于元，于氣節方面爲人所詬。當時任禮部侍郎後任禮部尚書的傅瀚，對謝鐸的建議采取折中的態度，進楊時而不黜吴澄。對這位原是同科進士而現在已是上司的意見，剛直不阿的謝鐸不能接受，于是提出辭呈，但没有獲得批准。弘治四年，謝鐸次子卒，因其長子已在成化十八年去世，謝鐸提出「先祀無托」，加之以身體不好的原因，終于獲得批准致仕回家。方巖書院早在弘治二年正式宣告成立，時由謝省主持，鐸此次致仕回家，一住近十年，大部分的精力都放在方巖書院的辦學上。閑時則與謝省及一些友人游方山、雁蕩山、天台山，飽覽祖國的大好河山。

十年之後，謝鐸第三次出仕。弘治十二年，國子監缺祭酒，因衆多言官的推薦，「衆議兩京國學當用名儒，起謝鐸于北監。」（《明史·章懋傳》）鐸這次的職務，是禮部右侍郎，掌國子監祭酒。鐸兩次推辭，不准。且弘治皇帝派人就其家起之，鐸只好赴京就任。十三年四月出發，五月至紹興，因年事已高，病倒在驛館中，稍愈，即從水路經金華、麗水、温州返回太平。再辭職，不准。抵京時已是十三年十一月。鐸上任後，提出四項改革措施：正祀典、重科貢、革冗員、塞捷徑。還提出改革考官制度的意見。然而由于許多原因，改革措施難以落實。鐸又提出辭職，未獲准許。弘治十六年，修《歷代通鑑纂要》，命鐸爲潤色官。弘治十八年，鐸再次提出辭職。時鐸雖年已七十一歲，但弘治皇帝對他很器重，不准致仕，只准許他回家養疾，疾愈即起。然而同年五月，孝宗薨，正德皇帝繼位，宦官劉瑾等「八虎」爲亂。大學士劉健、謝遷及户部尚書韓文請誅劉瑾等，反被迫致仕，後又遭黜爲民。鐸聞知此事，感到特别痛心。正德三年（一五〇八），吏部薦鐸「儒學宏深，當可大用」，然閹黨掌權，矯令致仕。正德五年二月，鐸卒于家，年七十六。謚文肅。

謝鐸所生活的時代有明顯的特點。一是明朝已近中葉，漸漸由强轉弱。謝鐸經歷的三代皇帝，憲宗怠政，孝宗求治，武宗荒嬉。孝宗雖有心求治，也能聽取臣下意見，但他因循守舊，只能在陳規舊制的桎梏下修修補補，不敢進行大刀闊斧的改革，因此，政治經濟情况并無大的改觀。二是宦官爲害。因幼主即位，宦官漸漸掌握了大權。謝鐸一生中經歷了明代三大宦官集團中的兩次爲患。第一次是王振宦官集團。正統十四年（一四四九）土木堡事件時，謝鐸已十五歲，應該聽到這方面的許多故事。第二次是劉瑾集團。謝鐸當時就在朝爲官，并被閹黨矯令致仕。非常有意思的是，謝鐸生在明宣宗宣德十年，這年正月宣宗死，年僅五歲的英宗即位，王振爲司禮監掌印太監，招權納賄，爲明代宦官亂政始；謝鐸卒于武宗正德五年二月，劉瑾被誅在這一年八月，即鐸卒後半年，可以説，謝鐸的一生是與這兩個宦官集團相始終的。三是外患。對于明廷來説，外患主要來自北方蒙古諸部的威脅。蒙古貴族的侵擾，幾乎與明朝相始終。謝鐸在《論西北備邊事宜狀》等若干文章裏，多次提到西北防務問題。

二

作爲理學家、教育家与文學家，謝鐸的思想是值得我們深入研究的。

首先是他的理學思想。謝鐸是位精通儒家經典的理學家，推崇二程朱子之學。程朱理學認爲理是離開事物獨立存在的客觀實體，由理派生和主宰萬事萬物，爲學主「涵養須用敬，進學則在致知」（程頤）；「窮理以致其知，反躬以踐其實」（朱熹）。謝鐸則以程朱後學自許，將程朱之學作爲己身一以貫之的道。他在《朱子行祠記》有言：「聖賢之道，窮天地、亘古今，曠百世而相感，况其身所經歷過化之地哉。吾道中絶，千載復興，上接洙泗，下承伊洛。求其根，極究竟，探討服行，集諸儒之大成，揭六經之旨要，未有若吾朱夫子者。」（《桃溪類稿》卷三十）謝鐸在諸多著述中都秉承并發揮了程朱的思想，總結來説，主要有二：

講中庸，崇誠信。《中庸》原是《禮記》中的一篇，相傳爲戰國子思所作，内容肯定「中庸」是道德行爲的最高標準，并提出「誠者，不勉而中，不思而得，從容中道，聖人也」。把「誠」看成是世界的本體，認爲「至誠」則達到人生的最高境界，并提出「博學之，審問之，慎思之，明辨之，篤行之」

之學習過程和學習方法。宋代理學家把《中庸》與《大學》《論語》《孟子》合爲《四書》，此後，長期成爲封建社會科舉取士的標準經書。「中庸」亦成爲儒學典型的倫理思想。謝鐸《桃溪類稿》卷四十一有《講章》，中有《誠者天之道也》一篇，即闡述了這種思想。另外，他又在《史論・蕭何》中作了具體的發揮，他認爲「人臣事君，以誠不以僞，則雖勢位之盛，有不難處者矣」。又《存誠堂記》等文也進一步發揮了這種觀點。

尊德性，道問學。同是《桃溪類稿》卷四十一《講章》，又有《故君子尊德性》一篇，認爲尊是「恭敬奉持」之意，德性是「吾所受于天的正理」，提出「所以君子常要尊奉德性，做那存心的工夫，以極乎道體之大；道體入于至小而無間，所以君子常要由于問學，做那致知的工夫，以盡乎道體之細。這二者是修德凝道之大端，所以説君子尊德性而道問學」。又在《月試監生策題》的《問士君子之所以持其身者》中講到「自辭受以至進退而極于生死之間，皆不可以不慎。自今而觀，患其不能辭，不患其不能受；患其不能退，不患其不能進；患其不能死，不患其不能生」。對士君子的品德標準作了界定。謝鐸本人三次辭官還鄉，也可以説是對這種思想的实踐。《問同行異情之説》一節中又有言：「君子小人之情狀盡矣，有志于格物窮理之學者，不可以不辨。」認爲人不能自欺欺人。另外，謝鐸在《月試監生策題》的《問道統之説》中提出了「道統觀」，在《問洪範八政》中提出了「大學治道」。這一切，都可以窺見他的理學思想。

其次是他的史學思想。謝鐸是一位史學家。他三次在朝爲官，參與過《英宗實録》《憲宗實録》的修纂与《通鑑綱目》的校勘，并爲《歷代通鑑纂要》潤色。其本人亦有許多詩文著述，表達出對歷史的理解。比如《桃溪類稿》卷二的《讀春秋一十六首》，卷十八的《殷鑒雜咏二十四首》，卷四十的《史論》二十八則。我們由此可以窺見謝鐸的史學觀：一、天命觀。謝鐸在《聖有謨訓》中説：「天戒，上天所以警戒人君者，如日食之類。」「昔先王不敢慢天，常恐懼修省，以克謹天戒于上。」他向皇帝提出：「伏望皇上，遠法聖謨，近取殷鑒，以上謹天戒，以下察臣憲，則宗社幸甚，天下幸甚，萬世幸甚，臣不勝犬馬惓惓。」陳述了他的天人合一思想。二、歷史順變觀。曹參爲漢朝賢相，舉事無所變更而天下大治。謝鐸評之曰：「天下之治惟其時，識其時而酌其事之當以否，斯善治天下矣。」認爲曹參不擾民固然是其優點，然而不改革就不能取得更大的成績，他説：「於乎！參但知清净之藥足以調擾亂之民，而不知王道之菽粟所以養民生者，不可一日無此，所以徒能瘳秦民之疾苦而終不能復元氣于三代之時之民也。」三、歷史真實觀。《史論·曹操》認爲司馬氏篡魏後所作的三國歷史不可信，這些歷史有拔高司馬懿及其門人而貶低曹操的傾向，應該透過現象而看到歷史本來的真實面貌。四、明君觀。這在《史論》中有許多條，比如漢文帝、昭烈帝、唐高祖、唐太宗、唐高宗、武后、唐玄宗諸條。謝鐸認爲君主應英明，「撥亂之君，所以爲天下後世計者，必歷監其禍而曲爲之防」（《唐玄宗》）。五、賢臣觀。《史論》中的司馬光、吕夷簡、虞世基諸條，提出要用忠臣而遠奸臣。謝鐸説：「自古衰亂之世，未嘗無智勇才略之士爲國家出死力者，而其功卒不克就，奸臣忌之，而其君之昏不足以知之也。」（《虞世基》）又嘆有才能之士未遇明君，如崔昌遐、徐洪客諸條。六、憤奸臣和宦官專權誤國。《史論》中之貢禹、杜欽、王鳳、吕公著、張涉、薛邕、蘇味道、寇恂、班超等條均表達了這種思想。七、反濫賞和酷刑。如《史論》中的曹彬、義縱條。八、贊忠臣之士。如李瓘、諸葛誕條。

再次是謝鐸的教育思想和教育主張。謝鐸曾任南京國子監祭酒，又任禮部右侍郎掌國子監祭酒事，還在家鄉太平縣創辦方巖書院，并親自執教。謝鐸對教育工作十分重視。他于弘治三年在南京國子監祭酒任上作《論教化六事疏》：「臣聞教化學校所自出，誠國家之急務，而不可一日忽焉者也。」并提出「六事」：「一曰擇師儒以重教化之職，二曰慎科貢以清教化之源，三曰正祀典以端教化之本，四曰廣載籍以永教化之基，五曰復會饌以嚴教化之地，六曰均撥歷以拯教化之弊。」弘治十三年，謝鐸就任禮部右侍郎掌國子監祭酒後，又上《維持風教疏》，提出四條意見：「一曰正祀典以究明倫之實，二曰重科貢以清入仕之途，三曰革冗員以從京府之制，四曰塞捷徑以澄國學之源。」進一步申述了他的教育思想。《國學季考策問十一首》説明了國家立官學的重要性，并從志學、養士、爲官、諫君等方面提點引導學子立身行事之道，讓學子寫下對這些問題的看法。他崇尚經世致用，認爲國學立學重點在於「實」，所謂「問國學之設所以育實才、讲實理而求實用也，豈徒用詞章傳誦説事無用之文哉？」與王陽明在哲學層面提出的知行合一具有一定的關聯性。謝鐸對國之棟樑的教育與培養可以説是煞費苦心。

明代教育可以分爲民間教育、書院教育與官方教育三層。民間教育爲私塾、家館、義學、族學等，是官方教育的基礎。官方教育則是民間教育的準則。在這兩個不同層次的教育體制之外，還有一種特殊的教育形態就是書院。書院與學校教育不同。它雖然屬于民間教育範疇，却必須經官方的認可。它不是一種低層次的教育，而是一種高層次、屬于學術傳播探討性質的教育。因此，民間教育、書院教育與官方教育構成了明代多層次相關聯的教育體系。明代的多種文化現象，幾乎都與這種教育體系有着不可分割的關係。謝鐸在其父和族叔創辦的會緦庵的基礎上，創辦了方巖書院，從招收本族子弟入學到開辦高層次書院，爲國家培養棟樑之才，赤子之心，感人至深。

三

真正讓謝鐸青史留名的，是他在詩文創作上的成就。他是「茶陵詩派」的重要作家，有理論，有創作，爲當時詩文風氣的革新作出了很大的貢獻。

相比于高啟、宋濂、劉基等人主導下的明初文壇盛況，永樂至成化年間文學發展出現了一個低潮期。彼時在文壇占主導地位的是「臺閣體」。臺閣主要指當時的内閣和翰林院，又稱「館閣」。「臺閣體」則指以當時之臺閣名臣楊士奇、楊榮、楊溥等爲代表的一種文學創作風格。臺閣體詩文内容較爲貧乏，多應制、題贈、酬應之作，題材常是「頌聖德，歌太平」（楊溥《東里詩集序》），藝術上追求平正典麗。成化到弘治年間，臺閣體詩文創作趨向衰微，而「茶陵詩派」則漸漸崛起。「茶陵詩派」以湖南茶陵人李東陽爲主，成員有謝鐸、張泰、陸釴、邵寶、魯鐸、石瑶等。李東陽與謝鐸爲同榜進士，他以臺閣重臣的身份「主文柄，天下翕然宗之」（《明史·李夢陽傳》），在當時文壇有聲望。謝鐸與李東陽意氣相投，終身爲友。鐸無論在朝還是在野，與李東陽的詩歌唱和與文章應答從無間斷，共同推進了詩文的革新和繁榮。

謝鐸在詩文創作方面提出了自己的觀點。要言之，其一是「明道，紀事」。他在《愚得先生文集序》一文中提出：「昔人有言，文之用二，明道、紀事而已矣。六經之文，若《易》、若《禮》，明道之文也，而未嘗不著於事；若《書》、若《春秋》，紀事之文也，而未嘗不本於道。後世若濂、洛、關、建，則明道之文，原道復性，蓋庶幾乎是者也；司馬遷、班固，則紀事之文，唐、隋、五代史，蓋因襲乎是者也。舍是而之焉，非文之弊，則文之贅也。斯甚矣，乃若雖不主於明道而於道不可離，雖不專於紀事而於事不可緩，是固不得已於言而其用亦不可缺。故上而郊廟朝廷，下而鄉黨邦國，近之一家，遠之天下，皆未有一日捨是而爲用者也。特幸而遇焉，則用之爲制誥、爲典章、爲號令征伐，而其文遂以大顯於天下；不幸而不遇焉，則用之爲家訓、爲學則、爲諭俗之文，則其用有限，而其文不能以大顯。然幸而用之郊廟朝廷天下矣，而行愧其言、事戾乎道，兹顯也所以爲辱也，奚貴哉！君子所貴乎文者，體道不遺、言顧其行，有益於實用，而不可缺焉耳。」(《桃溪類稿》卷二十五)其二是文學作品要抒情。他在《感情詩序》中説：「情之所感，不能自已，而是詩作焉。」(《桃溪類稿》卷二十五)其三是提倡復古。謝鐸《愚得先生文集序》：「鐸叔父愚得先生博學好古，蓋嘗以其所抱蓄者大肆力于文矣。」(《桃溪類稿》卷二十五)李東陽序曰：「予與方石先生同試禮部，時已聞其有能詩名。及舉進士，同爲翰林庶吉士，又同舍，見所作《京都十景》律詩，精到有法，爲保齋劉公、竹巖柯公所甄獎；又見其經史之隙，口未始絶吟，分體刻日，各得其肯綮乃已。予少且劣，心竊愧畏之。同官十有餘年，先生學愈高，詩亦益古，日追之而不可及。然先生愛我日至，每所規益，必盡肝腑；見所撰述，亦指擿瑕垢不少匿。及先生以憂去，謝病幾十年，每恨不及亟見。見所寄古樂府諸篇，奇古深到，不能釋手。」

作爲茶陵詩派的重要作家，謝鐸一生創作了大量的詩歌，大致有四種主題。

首先，謝鐸詩歌最鮮明的主題即是關心民生疾苦，他相觀民之計極，爲百姓的痛苦而呼號。如《田家嘆》：「嘆息復嘆息，一口力耕十口食。十口衣食恒有餘，一口苦爲私情逼。縣吏昨日重到門，十年産去租仍存。年年止辦一身計，此身賣盡兼賣孫。於乎！吾民之命天所屬，阡陌一開不可復，卓錐有地吾亦足。」（《桃溪類稿》卷三）《當窗織》：「西鄰少婦東鄰女，夜夜當窗泣機杼。今年養蠶不作絲，去年桑老無新枝。七十老翁衣懸鶉，皮肉凍死手脚皴。年年唱名給官帛，尺寸從來不上身。於乎！辛苦輸官妾之職，墻下有桑妾自植，妾身敢怨當窗織？」（《桃溪類稿》卷三）《苦雨嘆》二首之一：「長安陰雨十日多，傾墻敗屋流洪波。男奔女走出無所，道路相看作詭語。東鄰西舍烟火空，青蛙滿竈生蛇蟲。春來五月全不雨，夏麥秋田皆赤土。城中米價十倍高，斗水一錢人憚勞。」（《桃溪類稿》卷三）《南溝燐》：「南溝燐，夜殺人，冥風晦雨莽蒼平。湖濱行人誓天指白日：寧見南山虎，莫見南溝燐。南溝老翁膽通身，拔劍起舞雙目瞋。酒酣夜半每獨往，扶顛拯踣，赤手竟活南村民。于嗟乎！南溝燐。天地生人有正氣。何物鬼物憑其神，我欲執之獻上帝。嗟翁不作矣，吾誰與聞？于嗟乎！世間幻妄百千狀，殺人豈獨南溝燐。」（《桃溪類稿》卷三）《撤屋謡》：「長安寸地如寸金，柵水架屋争心尋。一朝官府浚河水，撤屋追呼勢峰起。君不見去年城中十日雨，邊水人家比湖浦。家家縛板作舟航，十日罷爨心皇皇。一家受怨百家喜，知者作之仁者美。人情姑息昧近功，版圖習襲相蔽蒙。前街後街咄相語，瘡癬不修今毒苦。前年買土築高地，今年賣屋無人至。」（《桃溪類稿》卷三）《吾民》：「忽漫吾民到此生，幾堪流涕幾堪驚。兇年未見能蠲税，清世無端又點兵。」（《桃溪類稿》卷二十二）《緦山雜咏·農談》：「我田歲可秋，我病苦莫瘥。未足去年租，强半今年債。」（《桃溪類稿》卷十八）還有一些詩句也表現了他對民事的憂慮。如《偶爲六絶句》：「城中米價貴無比，見説官家一倍輕。幾日荒荒賣兒女，繡衣門下未通名。」（《桃溪類稿》卷十九）《苦雨嘆》二首之二：「灣頭崖岸半銜嚙，百萬人家委魚鱉。」（《桃溪類稿》卷三）《苦雨》：「廊廟敢煩諸老念，村田真切我民心。」（《桃溪類稿》卷九）《次陳敬所再示東小園芍藥韵》：「見説揚州歡會地，病民還苦榷官茶。」（《桃溪類稿》卷十）

其次，謝鐸詩歌關心國家命運，盼望爲國出力。如《上之回》：「上之回，出蕭關，千騎萬騎何日還。雄心宕軼泉涌山，北窮絶漠南荆蠻。豈不聞，穆天子，八駿奔崩日千里。徐方不死祭公死，何必嬴秦殄周祀。」（《桃溪類稿》卷三）詩歌藉千騎萬騎南征北戰表達了自己的雄心。《搏虎行》：「南山有猛虎，咆哮踞其顛。北山有猛虎，伏穴聲相援。翩翩少年子，環視不敢前。野夫奮特勇，載踣南山原。矢義故弗惜，而復之北山。衆傷互及類，盡力驅且鞭。一射已睥睨，再射猶盤旋。技窮始銜忿，曳尾徐徐還。乃知一心力，可以終勝天。顧縮利與害，欲濟良獨難。咄哉搏虎者，勿畏馮婦賢。」（《桃溪類稿》卷五）希望大家同心協力共同辦好國家之事，只要齊心協力，連猛虎也可打退。《不寢》：「寂寥門外斷喧聲，坐久空庭轉二更。細雨相親是童僕，撫心欲問非平生。風停漏下聽鷄報，雲盡天高見月明。莫怪樓頭眠未得，荷戈宵汗有西征。」（《桃溪類稿》卷七）詩的最後兩句寫出了自己欲眠不得、擔心西部邊事的焦慮心情。再如《跋諸葛公》：「孔明，三代遺才，三國兩漢之人物，不足以擬。觀其於昭烈托孤受遺之際，皎然天地之心，直踐其言而無一毫之可議，是固周公輔成王之心。」（《桃溪類稿》卷五十七）對千古賢相諸葛亮推崇備至，尤讚嘆其承托孤之終而竭股肱之力，鞠躬盡瘁死而後已的忠貞之節，既爲其風骨所傾倒，也藴藏着謝鐸本人壯懷激烈的報國之情。

再次，謝鐸詩歌還藴藏了自己的隱逸之心。謝鐸面對朝廷宦官專政的局勢，憂讒畏譏，時有退隱避禍之心。比如《魚游入淵深》：「魚游入淵深，鳥飛薄天高。安居與暇日，帝力寧秋毫。所以君臣義，俯仰無所逃。咄哉漆室女，倚嘆心忉忉。杞人信多事，鍊石非虚褒。古來休戚臣，欲濟同舟操。戇士昧深淺，力薄志空勞。負蚊幸涉海，往往委波濤。全身豈不愛，衆喙苦相遭。馬公祚宋語，此事應吾曹。」（《桃溪類稿》卷五）《古憤》三首：「讒鋒日以利，亂本日以成。百方不可避，一死聊自明。」「卜居志不售，去國義不禁。惟應汨羅水，照見平生心。」「豪傑不惜死，耻與名俱没。安得首陽山，爲葬范滂骨。」（《桃溪類稿》卷十八）在複雜的環境中，謝鐸想到了退隱。《急流退一首奉答西涯先生》：「流正急，風正顛。進亦難，退亦難。失勢一落萬丈灘，何如穩卧嚴陵山。長笑一聲天地寬，天地寬，雲臺事業浮雲看。」（《桃溪類稿》卷三）盼望回到農村，過悠閑的生活。《雨聲夜何長》：「憂來不能寐，卧聽空階雨。雨聲夜何長，不見鷄鳴已。平生廊廟心，且復念田里。侵晨問我農，禾頭半生耳。」（《桃溪類稿》卷五）以白描的手法，借農桑之事彰顯其志。又如《桃溪類稿》卷四十六以「乞致仕」爲主題的上疏，完整地記録了謝鐸辭官致仕的過程，他八次上書請求致仕，分別爲《乞致仕疏》《再乞致仕疏》《祈恩移封疏》《三乞致仕疏》《四乞致仕疏》《五乞致仕疏》《六乞致仕疏》《乞恩養病疏》，以奉親與養病之故，數辭朝廷派遣。朝廷則諸多不許，屢次以謝鐸德高望重爲由，催促其上任。直至第八次才准許他歸家養病，但依舊不准許他的辭官之請，所謂「準回原籍調理。着馳馹去，待病痊之日，着有司奏來起用該衙門」。八次辭官之請，既直接體現了謝鐸的歸隱決心，也側面彰顯出謝鐸在當時朝廷与士林中的崇高聲望。

第四，歌頌祖國壯美秀麗的河山。如其剛到北京考中進士時作《居庸疊翠》：「誰設重關壯帝宫，迢迢形勢北來雄。鳥飛裂石連雲起，龍走長岡到海窮。塞草遠分天外碧，狼烽不送日邊紅。閉門謝却陰山路，時見晴嵐度曉風。」（《桃溪類稿》卷七）《瓊島春雲》：「蓬海分明在眼中，暖雲高捧玉芙蓉。春陰欲下清虚殿，朝彩先浮最上峰。瑶管聲中迷去鶴，金根影裏護飛龍。夜來雨過知多少，試向東郊問老農。」（《桃溪類稿》卷七）。又如謝鐸謝病在家時曾游天台山、雁蕩山等名山，而其家鄉的方山也是一座奇山，這些地方都留下過他的足迹。如《台州雜咏·天台山》：「天台山，高不極。山中去天不咫尺，台星下射扶桑赤。羽旗颯爽招不得，至今傳者神仙宅。君不見周當盛時生甫申，峻極者岳能降神。天台山，高不極。作鎮東南比天脊，屹立乾坤自開闢。」（《桃溪類稿》卷四）再如咏雁蕩山的《天柱峰》：「雁山高軋萬山秋，第一峰高在上頭。拔地根深應自固，擎天功在合誰收。先幾不用媧皇補，多事空煩杞國憂。見説頹波三萬里，屹然還鎮此中流。」《瀑布》：「李白平生不到處，巨那抵死來相看。龍湫下激噴晴雪，巖雨倒飛生晝寒。怒聲奔海直欲到，清氣逼人那可干。惡詩莫問誰堪洗，戰馬屯兵血未乾。」《望雁湖再次前韵》：

「雁湖高處不勝舟，見説諸天在上頭。定有樓臺非世界，更無花木亦春秋。談空漫憶三生在，飛錫終誰一到休。不識閬丘蓬島外，幾人曾伴赤松游。」（《桃溪類稿》卷十）謝鐸面對祖國的大好河山抒發了自己的感想。此外，謝鐸還有許多題畫詩與寫景小詩，都寫得十分清新可喜。

各本《中國文學史》評價「茶陵詩派」時，都以李東陽爲代表，認爲其論詩有標榜「臺閣體」傾向，創作上也未擺脱臺閣體氣息，并以李東陽一人創作代指「茶陵詩派」創作全貌。然而這只是李東陽一人的特點，與他「歷官館閣，四十年不出國門」的經歷有關。實際上，若仔細研讀謝鐸的詩歌創作，我們可以看到「茶陵詩派」的另一番天地，并可將其作爲重新評價「茶陵詩派」的重要依據。

四

謝鐸一生，著述甚豐。李東陽《通議大夫禮部右侍郎掌國子監祭酒事贈禮部尚書謚文肅謝公神道碑》曰：「所著有《桃溪集》《續真西山讀書記》《伊洛淵源續録》《伊洛遺音》《四子擇言》《元史本末》《宰輔沿革》《國朝名臣事略》《尊鄉略》《赤城新志》及《詩集》《論諫録》《蟻忱稿》《汲綆餘誠》《歸夷雜録》《緦山集》《祭禮儀注》若干卷。」其中有些是謝鐸所著，有些是謝鐸所編。後者如《赤城新志》《赤城詩集》《赤城論諫録》即是。

桃溪者，謝鐸故里溪水之名也，在方巖之下。鐸以方巖之别名方石爲號，又以桃溪名其著述，可見其對家鄉山水之一片拳拳之心。

謝鐸生前曾將自己的著述整理彙編，名之曰《桃溪雜稿》。弘治八年（一四九五），謝鐸在《〈桃溪雜稿〉編年譜小引》一文中寫道：「《編年譜》，譜吾《雜稿》之所存者，以見歲月之先後。」（《桃溪類稿》卷五十七）可見他的《雜稿》是按文體和年代前後編排的，而這項工作大概始于第二次出仕之前，因爲在第二次出仕後的第二年即弘治己酉年（二年）四月，他請李東陽寫了一篇序。據正德十六年（一五二一）刻本此序旁邊注文，知是「初名《雜稿》，後十三年，西涯先生再取而芟之，俾録爲《净稿》云」。可見，《桃溪净稿》實際上是由李東陽從《桃溪雜稿》中精選各體詩文編輯而成的。謝鐸卒後十一年即正德十六年，台州知府顧璘將《桃溪净稿》刊刻行世。《桃溪净稿》由兩部分組成：前是《詩集》四十五卷，有李東陽序；後是《文集》三十九卷，有顧璘序。清乾隆年間修《四庫全書》，《桃溪净稿》未被收入。《四庫全書總目提要》題《桃溪净稿》（江蘇巡撫采進本）曰：「明謝鐸撰。鐸有《赤城論諫録》，已著録。是集凡詩四十五卷，文三十九卷，蓋李東陽因其舊本再取而芟之，故以《桃溪净稿》爲名。然瑕瑜參半，猶不能悉爲刊除也。」這是謝鐸詩文未被收入《四庫》的原因，也是鮮有流傳的原因之一。

後來，謝鐸之孫謝必祚將其生前七十六年間的作品整理集結成《桃溪類稿》。今存《桃溪類稿》共六十卷，前二十二卷爲詩歌，後三十八卷爲文，有目録而文字闕者九卷（卷二至卷六、卷十一至卷十四）。《桃溪類稿》前有黄綰、陳音、李東陽、顧璘所作的四篇序文。關於《桃溪類稿》的著録情況，黄綰序轉引謝鐸之語曰：「吾之所著，初録之曰《雜稿》，再録之曰《净稿》，三録之曰《類稿》，皆西涯李公所點竄也，今以《類稿》爲定本。吾身後，可以《類稿》刻之。後有續稿，但可擇一二以附之。」黄綰謹記於心。明武宗正德五年（一五一〇），謝鐸卒。數年後，「東橋顧公守台，欲刻謝鐸遺集，求於其家，向所謂《類稿》者皆不存，先生之孫必阼以《净稿》應之，遂刻郡齋。綰恒以爲憾。今因山居之暇，始檢《類稿》，又擇《續稿》之一二附之。庶幾以畢先生之志云」，最後署名「曾孫延平府同知適然刻」。這清晰地展現了《桃溪類稿》的集結、刊刻的過程。

根據著録，謝鐸的著作尚有以下幾種留存：

（一）《桃溪類稿》

北京中國國家圖書館藏。

此乃孤本，共六十卷，詩歌二十二卷，文三十八卷，有目無文者九卷，缺卷二至卷六、卷十一至卷十四。前有黄綰、陳音、李東陽、顧璘四篇序文，其次是總目录，目録前有自贊一首，再次是依目録刻印的具体篇章。每半葉十行，行二十字。

（二）《桃溪净稿》

(1)《桃溪净稿》八十四卷，正德十六年刻本。中國臺北「中央圖書館」藏。

詩四十五卷，文三十九卷。該書原存北平圖書館，抗戰時隨一批文物、圖書寄存美國國會圖書館。上世紀五十年代，原書歸還中國臺北「中央圖書館」，有縮微膠卷傳回大陸并已影印收入《四庫全書存目叢書》（齊魯書社，一九九七年七月版）。此書原缺文集卷三十七第十葉。

(2)《桃溪净稿》文三十九卷，正德十六年刻本。寧波天一閣藏。前顧璘序已殘。内中字迹模糊不清之處較多。

(3)《桃溪净稿》八十四卷。天津圖書館藏。詩四十五卷，文三十九卷。此本大部分文字同正德十六年刻本，然而部分頁碼的文字綫條、刀法與正德十六年刻本有細微差别；卷首圖像也不同，有明顯的仿刻痕迹。内有錯頁，如《詩集》卷三十六缺第七葉；《文集》卷二十七第二葉後裝訂的有一葉是《詩集》卷二十七的内容。後有一跋，未署名，跋文叙謝鐸生平。當屬于明正德十六年刻本的遞修本。

(4)《桃溪净稿》明嘉靖二年抄本殘卷。臨海博物館藏。存卷十八至卷三十九，三册。文字順序與内容同正德十六年刻本，每卷首葉題下有「方石謝鐸著」字様。每半葉十行，行二十二字，字迹清秀娟麗清楚。後有嘉靖二年(一五二三)癸未二月己亥台州知府吉水羅僑序。

(三)謝鐸《桃溪文集》清抄本殘卷。浙江圖書館藏

收謝鐸所作之文，分四卷。卷一收文四十七篇，卷二收文三十七篇，卷三收文四十二篇，卷四收文三十八篇，四卷共收文一百六十四篇。文章排列之順序不同于《桃溪净稿》和《桃溪類稿》。每卷首葉題下有「太平謝鐸鳴治」字様。紅格，每半葉八行，行二十字。

以上三種本子中，《桃溪類稿》與《桃溪净稿》的保留相對完整。而《桃溪類稿》又是在《桃溪净稿》的基礎上集結而成，「類稿」詩歌較「净稿」多收二百二十九首，文章多收一百十三篇。因此，可以説《桃溪類稿》是三種本子中最優質者，更爲清晰與完整地呈現出謝鐸的人生軌迹與價值成就，值得深入研究。

五

此次整理《桃溪類稿》，以北京中國國家圖書館藏《桃溪類稿》爲底本，以明正德十六年刻本《桃溪净稿》八十四卷、天津圖書館所藏《桃溪净稿》八十四卷、寧波天一閣藏《桃溪净稿·文集》三十九卷、浙江臨海博物館藏《桃溪净稿》明嘉靖二年抄本殘卷、浙江圖書館藏《桃溪文集》清抄本殘卷（本書校勘記中簡稱《文集》）和《明文海》（中華書局影印本，一九八七年二月版）中謝鐸文十一篇爲校本。

中國國家圖書館藏《桃溪類稿》六十卷，可分爲前後兩部分，前二十二卷爲詩，後三十八卷爲文。其中，有目無文者九卷，即卷二至卷六、卷十一至卷十四，已佚。其他卷偶有缺葉：如卷二十三缺第八葉，卷二十九缺第三葉，卷三十九缺首葉，卷四十缺第十二葉，卷五十三缺第七葉，卷五十四缺第十一葉。此次整理，依《桃溪類稿》原本目録次序，其中有目無文的九卷以及所缺的詩文從《四庫全書存目叢書》所收《桃溪净稿》補入，但仍有缺佚。《桃溪類稿》六十卷正文前有序言四篇，現編入附録。故此次整理全書正文後有附録三卷：即附録卷之一，收謝鐸佚文，即從《鄭氏宗譜》收録的四篇文章，作爲補遺；附録卷之二，收與謝鐸生平傳記墓葬有關的文獻；附録卷之三，收《桃溪類稿》序跋共五篇，可以幫助我們瞭解謝鐸著述的三次編撰過程以及《桃溪净稿》《桃溪類稿》刊刻情況。

全文標點采用新式標點，凡需出校者，即於該字下或句末加注碼，并出校記。凡文字漫漶不清或原本闕失的，經與《桃溪净稿》對校後依然無法辨認的，一律以□標記。

原書目録齊全，前有「自贊」，次六十卷目録，如卷之一樂府，卷之二古詩，卷之三歌行，……卷之六十祭文。并在每卷下録所收詩文篇名。

全書整理時，盡量保持原貌。除極少數長文外，一般不分段落。原書「墓誌銘」中年、月、日之上或子女名字處或有空白，現一仍其舊。原書中有許多古體字，今改爲通用字，以便讀者；異體字則以《現代漢語詞典》（商務印書館二〇〇一年版）爲準加以統一。

由于原書底本有闕文，有些卷文字模糊不清，存在較多問題，再加上時間緊迫與本人水平有限，因此，書中有待改正之處一定不少，敬請讀者批評指正。

林家驪

二〇二〇年七月

目録

上册

卷之四　歌行……四四

卷之七　七言律詩

卷之十　七言律詩……一九四

卷之十二　七言律詩……二五七

卷之十三　七言律詩……二八六

卷之十四　七言律詩

卷之十九　七言絶句

卷之二十　七言絶句……四三二

卷之二十一　七言絶句……四五三

下册

卷之四十一　講章

卷之四十二　奏疏

卷之四十七　書……七八八

卷之四十八　書……七九七

卷之四十九　書……八〇八

卷之五十　書……八一八

卷之五十九　雜著

卷之六十　祭文

附録卷之一……九四五

附録卷之二……九五〇

桃溪類稿卷之一　樂府

擬皇明鐃歌十二篇　有序

鐃歌，戎樂，所以建威暢德爲風勸地也。古蓋有之。近代柳宗元準漢曲爲《唐鐃歌》十二篇，宋景濂復仿其篇目爲《宋鐃歌》，惟兹典在我皇明猶或未備。臣竊惟唐宋之君，雖皆以征伐取天下，然其始得之也，實不能以無愧，漢乘秦暴，起而誅之，雖若勝於唐宋，然秦非元比也。元以夷狄入主中夏，斁彝倫而壞風俗，實開闢以來未有之大變。我太祖皇帝應天而起，以布衣提三尺劒，與萬民請命，渡江之初，一征而克金陵，再征而平江漢，三征而有吴越，四征而中原廓清，五征而殘元屏息。兵威所加，東征西怨，罔不率裨[一]，蓋不十五年而盡復帝王諸夏之故地，爲億萬載無窮之業，乾坤再造，夷夏奠安[二]，視唐宋實遠過之，而其功之大且難，豈不倍於漢哉！臣駑下既病廢，無以仰酬，遭逢萬一之深恩，獨念繫御史臣未死之年，宜有以歌頌鋪張我聖祖之神功大業於無極，而不敢以蕪陋辭[三]，或者治兵振旅之際，馬上雜短簫而歌之，亦足以上昭我聖祖創業之艱難，而俯念守成之不易也。臣犬馬惓惓，死且不朽，臣謹冒死上。

【校勘記】

［一］　裨，《净稿》詩卷二十七作「俾」。

［二］《净稿》詩卷二十七無「夷夏奠安」四字。

［三］辭，底本及《净稿》正德本詩卷二十七均作「解」，據文意改。

天既厭元，我太祖起兵收復諸夏，遂自和州渡江，取太平諸路。爲《越天塹》第一：

天之塹，險莫測。天設之，限南北。皇赫臨，義以激。履平地，砥如石。驅腥風，穢斯滌。吁乾坤，此再闢。開我基，肇皇迹。億萬年，永無極。

右《越天塹》十六句。句三字。

太祖既渡江，遂克金陵，改金陵爲應天府，後十年而定鼎焉。爲《帝王都》第二：

維金陵，帝王都。王氣在昔今貞符，上應乾德天改圖。咨爾衆，亂乃除，我不奉天罪則俱。徯我后，后來蘇。肇域四海民攸居。三國棼，六朝蹩。漚之水，柿之木。孰華夷，盡臣服。正南面，旦始旭。

右《帝王都》十八句。十四句，句三字。四句，句七字。

我師既拔江州，陳友諒夜挈妻子奔武昌。爲《御之窮》第三：

御之窮，圖反噬，亡其窟穴宵乃逝。武昌奔，江州棄。聊假息，此焉惕？堯跖不分逢者吠，天稔其惡久必斃。梟獍心，力恣睢。狙狼性，日睥睨。阱在前，死不避。

右《御之窮》十五句。十二句，句三字。三句，句七字。

陳友諒遇我師于番昜湖，相持大戰連十日，湖水盡赤，友諒敗死。爲《番水赤》第四：

番水赤，蛟龍驚。地震裂，天晦冥。皇威赫怒風嘯鳴，波激水蕩烟焰青。難山退保左蠡亟，乘突萬死出一生。一麾邀擊萬舟横，飛砲碎艦，流矢貫睛。肝腦墮，水高浪腥。英魂晝哭，纜結精。楚騅踣，漢龍升。

右《番水赤》十七句。八句，句三字。四句，句四字。五句，句七字。

我師取淮安、高郵、濠、泗、徐、潁諸州，皆下之。爲《長淮清》第五：

長淮清，天日明。狐狸遠遁鰌鱔驚，真龍奮躍鳳朝鳴。帝鄉只尺豐沛井，北窮汝潁東徐青。迎刃之威破竹聲，厥角稽首山爲崩。天實授之人曷勝，坐收夷夏驅羶腥。

右《長淮清》十句。二句，句三字。八句，句七字。

張士誠據平江，稱吴王，我師拔其城，執以歸，士誠卒死之。爲《克平江》第六：

維彼平江，實雄南服。控越奠吴，有川澤海陸。曰太伯遺墟，我其作牧。天厭夷德，我罔爲臣僕。維神器，卒有歸，大明升天爝火微。孰抗喬嶽怒轂轔，負險扼固頑不知。戒我虎臣，皇赫以怒。齊雲樓崩白日翳，十萬降兵夜如沸，壯心屹屹田横墓。

右《克平江》十八句。二句，句三字。七句，句四字。三句，句五字。六句，句七字。

太祖既克荆舉吴，遂命大將北定齊、魯、河、洛，燕、薊、秦、晉。爲《復中原》第七：

噫嘻中原，帝王自立。孰壞我邊防？虜盜以入。上腥下羶，根蟠蔓緝。惟天閔我人，是用於邑。爰整我師以恢夏，誅夷如救焚拯溺。莫予敢私，拔之塗炭。帝曰咨民有，袵席安以熙。彝倫再叙，復漢官威儀。

右《復中原》十六句。九句，句四字。五句，句五字。二句，句七字。

方國珍據台、温、慶，陽降陰叛，以海島爲窟穴，我師討而降之。爲《海波平》第八：

聖人出，海波平。越裳萬里，重譯來庭。矧爾海寇，實我邊氓。真龍奮，海若驚。猶據窟穴潛其形，恣睢睥睨思憑陵。天威赫，叱怒霆。聰不及塞心膽傾。帝哀其愚宥爾生，爾骨不朽今須銘。

右《海波平》十五句。六句，句三字。四句，句四字。五句，句七字。

陳有定據福建，我師克取之，悉定其地。爲《蕩八閩》第九：

茫茫八閩，惟揚之域。昔惟蠻方，曰兹上國。是用版圖，服于侯職。曷敢不來，以比有德。彼昏罔知，安此反側。竊殘韃名，爲鬼爲蜮。惟吏奉天，惟民之惻。既蕩既平，以休以息。

右《蕩八閩》十六句。句四字。

我師取嶺南，廣東、西諸郡皆來附。爲《五嶺摧》第十：

節彼五嶺，限天地南。維王化遠迹，嶺實與參。一夫倡亂，爲天下占。蛇蟠蚓結，乃不克以奄。火嘯風炎，民逼於阽。天授真人，實秉以戡。我有虎士，其視眈眈。視嶺若平地，拔之笑談。奠我南服，以覆蒼黔。噫嘻五嶺，如泰山巖巖，維萬世是瞻。

右《五嶺摧》二十一句。十五句，句四字。六句，句五字。

我師至通州，元主妥歡帖木耳奔漠北。爲《虜酋遁》第十一：

王師本無戰，仁者不可敵。所以牧野征，倒戈攻以北。嗟嗟此中原，腥羶久狼籍。皇天實悔禍，再造生民極。遂令義旗鋒，竟削穹廬迹。奔突夜不遑，茫茫盡沙磧。

右《虜酋遁》十二句。句五字。

明玉珍據蜀死，我太祖既登極，其子升復盗王土，天兵縛而取之。爲《執蜀逋》第十二：

先幾首義原筮通，稔奸包惡後夫凶，隗囂反側歸竇融。隴右雌伏河西雄，荆吴既定閩廣從，中原廓清胡虜空。神讋鬼慄萬國同，頑且據蜀窺蠶叢，鴟張狼顧心憧憧。根踣枿附争華風，桓桓虎臣氣鬱衝，隻手竟截峨嵋峰。生擒老黠連癡童，再拜稽首天子功，劍閣西峙瞿塘東。

右《執蜀逋》十五句。句七字。

明明烈祖詩十二章 有序

烈祖，美聖德，昭大訓也。我聖祖盛德之昭于大訓者，實聖子神孫百世所不可忘，故曰監于先王成憲，其永無愆，豈作聰明者所得而亂之哉？惟昔帝王救難定亂之初，其經濟遠略固未暇及。及其安定之後，則必制爲可久可繼之治，使後世子孫有所持循而不敢廢。自漢以來，不知此義，往往隨時維持以苟目前之安而已，其於帝王經世之道，蓋漠如也。我聖祖干戈甫定，即條爲《祖訓》，以示家法，凡所以慎厥身修以敬天勤民者，蓋無所不用其極，誠深有得於大易來復之道者。臣駑下病廢，不能仰贊聖道於萬一，輒敢指事實陳，擬爲《烈祖》詩一十二章，用繼《鐃歌》之後，以見我聖祖之創業，雖未嘗不戡定以武，而其垂統以爲聖子神孫億萬年之典則者，則固不在此也。或者清燕之間，得以代瞽矇之誦，則其於繼述之念，所以見於憂勤惕厲之間者，亦未必無少助焉。臣犬馬惓惓，死且不朽。臣謹冒死上。

《祖訓》曰：凡古帝王以天下爲憂者，惟創業、中興及守成賢君能之。其以天下爲樂者，則國亡自此始矣。於戲，至哉！作《明明烈祖》第一：

惟古帝王，不樂以位。爲天下憂，必敬必畏。克艱迪哲，創業中興。罔敢逸豫，是曰守成。

明明烈祖，慮終以始。一念惓惓，履冰蹈虎。作狂之聖，實惟禍階。天命不又，民罔常懷。

《祖訓》曰：凡吾平日持身，無優伶近狎之失，無酣歌夜飲之歡，察情觀變，慮患防危，心膽爲之不寧。至於朝堂決政，亦未嘗有所偏聽。於戲，深哉！作《明明烈祖》第二：

優伶近狎，酣歌夜飲。爲厥身害，莫此爲甚。明明烈祖，一無所私。朝堂決政，與衆共之。若昔大猷，保邦制治。思患預防，時維既濟。

《祖訓》曰：凡后妃，宫門外事毋得干預，宫中疾病止是説證取藥，亦不許召醫入内。寺觀祈禳，則已有禁律矣。又曰：《周禮》酒人、漿人、染人亦用奄人，乃知自古已有此官，今各監局職名，設置已定，不可輕改。於戲，嚴哉！作《明明烈祖》第三：

宫闈之謹，自古則然。宫以外事，罔敢或干。醫不視疾，無曰已甚。宫觀祈禳，有律有禁。明明烈祖，微無不燭。亦有司存，尚宫監局。維漿染人，奄各有職。内外之拳，儼不可易。

《祖訓》曰：凡廣耳目，所以防壅蔽而通下情也，今後大小官員、百工技藝，應有可言之事，許直至御前奏聞，諸衙門有阻當者，即同奸論。於戲，明哉！作《明明烈祖》第四：

明目達聰，聖所不廢。偏聽生奸，國之大忌。明明烈祖，灼見其然。官司工藝，諫許直前。君門萬里，下情莫問。有阻違者，即同奸論。防國壅蔽，莫此爲先。無曰予聖，如神如天。

《存心録》序曰：聖上每遇祭祀，齋、莊、誠、敬，既極其至，聖心猶不自足，且命臣等作《存心録》以堅誠敬之心。於戲，慎哉！作《明明烈祖》第五：

國之大事，莫先於祀。郊廟社稷，天地神鬼。明明烈祖，對越如在。曰戒曰齋，罔敢或怠。爰命儒臣，著《存心録》。昭厥子孫，以嗣以續。惟德之馨，上格于天。天命不僭，億千萬年。

《五倫書》曰：吴元年，内殿成，太祖命書《大學衍義》於兩廡壁間，以備朝夕觀覽，謂侍臣曰：「此豈不愈於丹青乎？」於戲，盛哉！作《明明烈祖》第六：以下俱見《五倫書》。

峨峨殿庭，有廡有壁。豈無丹青，以藻以飾。明明烈祖，大學是師。如户牖銘，揭而置之。宏綱要領，孰行厥義。千聖傳[一]心，此其律例。虞周世遠，斯道罕聞。卓哉聖祖，絶類離倫。

【校勘記】

[一] 傳，《浄稿》正德本詩卷三十七作「得」。

洪武三年夏，久不雨。太祖自齋所徒步出，詣山川壇，席槁露坐，晝曝于日，夜卧于地，太子諸王奉蔬食雜苴菽以進，凡三日，乃大雨。於戲，誠哉！作《明明烈祖》第七：

莫高匪天，莫尊匪君。無微不顯，天實與聞。維天降旱，亦既太甚。明明烈祖，曝日露寢。自責之誠，心不讓湯。天實應之，霖雨其滂。

江西行省以陳友諒鏤金床進，太祖謂侍臣曰：「此與孟昶七寶溺器何異？焉得不亡。」即命碎之曰：「覆車之轍，不可蹈也。」於戲，剛哉！作《明明烈祖》第八：

鏤金爲床，爲侈實多。七寶溺器，罪實同科。奇技淫巧，窮奢極欲。有一於斯，鮮不亡國。明明烈祖，亟命碎之。無遺子孫，蹈此覆車。念昔成湯，貨利不殖。作法於貪，弊將曷極。

太祖嘗指宫中隙地，謂太子諸王曰：「此非不可爲游觀之所，今但令種蔬，誠不忍傷民耳。遂舉紂與漢文事以告之曰：『爾等當記吾言。』」於戲，儉哉！作《明明烈祖》第九：

宫室是崇，彼紂之昏。惜露臺費，是爲漢文。宫□□□，可亭可榭。民不忍傷，以蔬以菜。太子諸王，環列侍旁。聖有謨訓，其無或忘。明明烈祖，克邦以儉。無曰胡傷，侈實亂漸。

太祖嘗謂侍臣曰：「朕念創業之艱難，日不暇食，夜不安寢，蓋人君日理萬幾，怠心一生，則庶務壅滯，貽患不可勝言，朕安敢懷宴安而忘艱難。」於戲，勤哉！作《明明烈祖》第十：

禹惜寸陰，文不暇食。矧後之人，曷敢自逸。一日二日，萬幾實多。不兢以業，患若之何。明明烈祖，法天之健。惟創業初，不遑宵旰。宴安鴆毒，古亦有聞。功崇業廣，惟志惟勤。

太祖封右丞薛顯爲永成侯，謫之海南，因召諸將諭之曰：「顯雖屢著奇績，而性忍妄殺，如殺馬軍與千户吴富，此尤不可恕也。今分其禄，一以贍富之家，一以贍馬軍之家，一以養其老母妻子，庶幾功過不相掩。卿等宜戒之。」於戲，公哉！作《明明烈祖》第十一：

維賞與罰，國之大拳。罰以懲惡，賞以勸賢。此而或失，曷其能國。智者慎之，不迷以惑。
維右丞顯，屢靡戰功。明明烈祖，錫之侯封。維顯專殺，功不掩過。分禄謫居，亦庸以戒。

洪武二年五月，太祖幸鍾山，由獨龍岡步至淳化門，始騎而入，謂侍臣曰：「適見田者甚苦，因憫其勞，不覺徒步至此。」於戲，仁哉！作《明明烈祖》第十二：

厥惟稼穡，小人之依。孰生則逸，若罔聞知。明明烈祖，起自農畝。克艱克勤，以有九有。
鍾山之陽，獨龍之岡。舍車而徒，省此耕桑。我思古人，實維后稷。周八百年，農以開國。

右《明明烈祖》十二章。二章，章十二句。十章，章十六句。

桃溪類稿卷之二　古詩

讀尚書一十六首[一]

堯舜舍其子，天下無異詞。禹亦以薦益，謳歌竟忘歸。皇天有深意，衆見自生疑。世道日漸降，誰謂禹德衰。立嫡萬世法，天也吾何私。

禹道自堯舜，啟賢能繼之。堂堂有扈戰，乃以煩六師。世降豈終極，而有此紛披。君看有苗格，干羽在階墀。

大禹平成功，利澤在萬世。太康一盤游，竟以失其位。乃知孫子賢，祖德始足恃。六馬苟不調，朽索焉能御。

仲康肇四海，羲和乃徂征。政典殺無赦，邦有此常刑。逆黨既已翦，王圖未欹傾。遂令有仍氏，一旅還中興。

天運無停機，四時須有革。征伐本何心，禪讓不可得。云胡南巢師，終古有慚德。乃知君臣義，自與天終極。

世變聖所憂，天降豈中輟。遂令口實慚，起自初征葛。頹波日東奔，可望不可掣。咄哉禪讓名，竟爲狐媚竊。

太甲既終德，伊尹乃歸耕。放君豈細故，受此桐宮名。君看寵利戒，自處良不輕。嗟嗟霍子孟，赤族非過刑。

古人重更作，先事戒其躁。所以盤庚遷，懇懇三篇告。哀哉叔世君，虐民以爲笑。驅之湯火中，但欲從吾好。

知人良獨難，知子苦不易。乃知堯舜心，廣大極天地。帝乙亦賢君，無乃昧斯義[二]。載誦微子篇，令人發長喟。

興亡天何以，視聽民所屬。君看牧野師，倒戈攻以此。紂罪本自浮，武誓無乃迫。慚德祗一言，千載心已白。

解道貴可久，來復吉所宜。如何漢唐下，智力聊扶持。卓哉垂拱治，首訪洪範師。世祚永八伯，卜年端在斯。

赤舄既居東，風雷乃彰德。始信天可孚，人心苦難測。哀哉忠聖心，墮此危疑迹。不有金縢書，流言竟誰息。

天既訖殷命，日月皆照臨。區區此遺蘗，故煩三后心。俯仰百世上，乃知周德深。項羽死垓下，殺降名到今。

周德豈不厚，下都非八蠻。勤惓此多誥，區處良獨難。茲理久茫昧，欲究無其端。敢謂微子去，不及殷民頑。

桓公問楚師，昭王以爲令。呂刑千百言，祗與苗民競。乃知王迹亡，不待黍離盛。載誦戊申詩，敢咨文侯命。

秦穆亦區區，發憤有深誓。誰言君父讎，竟作東遷計。千載誦遺編，俯仰删述意。王風委霸圖，無乃不可制。

【校勘記】

〔一〕此詩原缺，今取《净稿》詩卷二十四補入。

〔二〕昧，《净稿》正德本詩卷二十四原作「眛」，據文意改。

讀春秋一十六首〔一〕

褒姒百世禍，義在所必痛。云胡寵妾微，更屈天王賵。乃知周轍西，斷斷不可控。傷哉托始悲，莫問春王統。

諸侯不再娶，於禮無二適。隱桓少長間，天倫豈容逆。苟以父命尊，須蹈伯夷迹。因循攝讓名，自足致讒賊。嗟嗟此鍾巫，翬也焉足責。

南面二百年，第一誅亂賊。書春不書王，斧鉞義形色。伯糾乃下聘，榮叔復來錫。哀榮生死間，愧此天王德。

季彥斷梁獄，不當大辟刑。乃知姜氏孫，義重恩爲輕。誰築王姬館，丹此桓宮楹。哀哉共戴下，能與齊俱生。

三歲戕二君，在古無此甚。圉犖卜齮刃，交發一何憯。復讎義不行，習俗在所染。齊姜何足誅，吾欲魯莊斬。

楚丘辱天使，祝聃冒天刑。中夏勢岌岌，豈獨南蠻荆。齊桓始倡霸，假此尊周名。乃知爝火焰，亦足裨大明。仲尼豈不道，序績還召陵。

齊桓服强楚，中國賴之尊。葵丘以爲盛，不待兵車煩。如何五子亂，桓也肉未寒。乃知三歸臺，造此夫歸端。嗟嗟九國叛，何必執陳轅。

齊伯始尊周，屈完先服義。云胡鹿上盟，首與荆楚會。釋薄乃戰泓，至死有餘愧。遂令秉禮邦，下作乞師計。王迹竟杳茫，霸圖亦凌替。已矣何所云，冠屨方倒置。

屈完盟召陵，庶幾王者師。子玉敗城濮，百戰紛出奇。豈曰世愈降，伯道亦醇疵。確哉正譎論，萬古誰能移。

髦殞南闕下，實以司馬昭。誰謂趙穿者，而能弑夷皋。桓宣此其例，首罪焉可逃。内惡在所諱，聖情無乃勞。

世降日漸極，伯道方入夷。夷狄且有君，諸夏今何時。君看少西逆，齊晉罔聞知。辰陵一歃血，千載有餘悲。

履霜有深戒，噬臍復何尤。嗟嗟溴梁會，君已若贅瘤。太阿每倒置，一失不可收。三晉此其兆，不待初命侯。

吴楚聖賢後，首稱夷狄邦。乃知春秋義，一統無二王。正色儼筆削，麾之在門墻。頹波屹砥柱，永爲中國防。

制命苟非義，雖尊何可行。所以首止會，鄭伯稱逃盟。君看一匡績，王室賴以寧。嗟嗟子朝亂，王猛終無成。

世變在所習，愈下不可支。乾侯死不袝，莫怪還囚斯。乃知八佾舞，餘蔓有所滋。貪凉在作法，智者能慎之。

吴與晉争長，俯視中國輕。孰知柏舉後，已爲於越乘。天豈稔夷禍，而有此憑陵。君看絶筆意，更在黄池盟。

【校勘記】

［一］ 此詩原缺，今取《净稿》詩卷二十五補入。

讀通鑑綱目二十一首［一］

初命侯

侯在晉，命在周，周不命之焉得侯。毫釐不謹斧柯伐，誰識前車戒其轍。于嗟乎！晉可分周亦可滅。

車裂禍

法既變，民不趨，我刑其傅黥其師，明日道上無拾遺。無拾遺，出無所，愽得身前車裂禍。

陽人聚

報入秦兮周曆在，政繼秦兮嬴鬼餒。秦亡不待軹道旁，周亡直至陽人聚。

三章法

咸陽屠，新安坑，秦人虐焰今益張。關中父老攔道喜，沛公約法三章耳。于嗟乎！君莫問，霸上興，垓下死。

鴻　溝[二]

拔山將軍氣如虎，自割鴻溝限天下。于嗟乎！西爲漢，東爲楚，百戰乾坤此中賭。

刑白馬

白馬刑，諸吕王，河山誓，韓彭亡。于嗟乎！赤龍兮莫刑白馬，皇天在上兮後土在下。

梁太傅

梁太傅，洛少年，痛哭流涕何惓惓。于嗟漢文有道者，三代以降無此賢。洛少年，梁太傅，莫痛哭，勿流涕，君看後君千百世。

平津閣

平津宅裏東閣開，紛紛珠履皆賢才。漢世得人此爲盛，路人遥指黄金臺。膠西相，右内史，只尺浮雲隔千里。

辛將軍

辛將軍，漢虎臣，叩頭折檻争朱雲，壯心直氣今嶙峋。安昌老，光禄勳，身在漢，心在新，有顔不靦儒衣巾。張禹谷永

莽周公

文奸者誰子，國篡身已亡。君看詭秘迹，欲蓋終彌彰。嗟嗟兩漢下，此輩屹相望。前有莽周公，後有操文王。

赤伏符

民心久思漢，天命焉可誣。天下本大器，更始真庸奴。漢官未復苛政除，中興氣象非區區。杞夏配天此其兆，安用疆華赤伏符。赤伏符，圖讖始，决封禪，斷郊祀，萬歲千秋累明主。

稽古力

橋門觀，人萬億，車馬陳，稽古力，漢明禮師絶代無，榮也忝竊真鄙儒。孔孟終身老不遇，令人千載增嗟吁。

樹屋傭

大木不可維，廣厦不能庇。願爲樹屋傭，聊以卒吾歲。君不見，西州豪傑徒自奇，潁川吊客無乃卑。安能不惠復不夷，終日不俟真見幾。于嗟乎！樹屋傭，終日不俟真見幾。

永安宫

吾觀昭烈帝，諸葛忠武侯。受遺托孤際，心與天地謀。帝曰君自取，侯死以爲酬。天也不祚漢，遺此千載憂。遂令衣帶詔，竟爲瞞賊仇。悲哉漢社稷，孫子同一丘。

司馬晉

莽操非二道，曹馬本一揆。云胡正統名，在此不在彼。君不見，春秋不予吴楚王，大義欲爲天下防。乃知國統有正變，後賢於此盍更張。於乎！暴秦此其類，莫怪五德推閏位。彼隋堅者復何人，盜得區區亦陰據。于嗟乎！漢祖唐宗果有靈，并立中原豈無愧。

執獨夫

南北紛亂甚，隋實爲之驅。煬罪酷於紂，誰執此獨夫。惜哉太山客，不識晉陽戈。遂令禪代迹，猶復尊江都。至人曠世見，遭逢豈區區。永懷貞觀治，失之在其初。

斗米三錢

亂極故思治，天運使之然。三國六朝後，吾民幾號天。英武不世出，誰救此顛連。春秋二百載，兩見大有年。是宜貞觀世，斗米乃三錢。歡欣始不足，徒法豈非賢。

帝範

垂統在其身，作範亦徒爾。惓惓十二篇，語自修身始。君不見，周舊章、商典刑，閨門化在無辰嬴。牝晨穢周豈偶爾，枉殺華州五娘李。于嗟乎！上蒸一念勞問安，昭陵抔土何曾乾。

撫床嘆

撫床嘆，嗟莫及，死所不知空飲泣。誰哉去草不去根，上陽不戮元惡存。文姜預弑聖所絶，春秋大義久不聞。于嗟乎！産禄猶在今何論。

歸衡山

歸衡山，歸衡山，賓友豈特君臣難。君莫問，須遠色，須去讒，臣至靈武已分歸衡山。

白馬河

白馬河，君莫悲，清流濁流誰是非。君不見，漢黨無辜死一日，首陽山下空埋骨。

【校勘記】

〔一〕　此詩原缺，今取《净稿》詩卷二十五補入。

〔二〕　溝字原作缺末筆避諱，今回改。後徑改，不出校。

讀宋史十六首[一]

夾馬營

焚香宫中祝天語，異香宫中自天墮。腥風未掃白日塵，王德先昭赤光火。天心厭亂人心癡，賣恩植黨紛交馳。君不見，堯舜之子天不與，枉作黄袍累明主。

陳橋驛

陳子經續編此綱目，郭威澶州例書周使趙匡胤帥師禦漢至陳橋，匡胤自立而還。今《續綱目》不書。

六軍讙傳册天子，帳中點檢呼不起。黄袍在篋詔在袖，于嗟倉卒誰辨此。君不見，吾兒不可君自取，赤心諸葛寧有死。誰哉正色書澶州，紫陽以降無春秋。

周三臣 韓通、李筠、李重進

周三臣，殷頑民。唐六臣，張文蔚等。梁元勳。寧爲頑民死，不作元勳生。生無天可戴，死到今可稱。於乎！泰山鴻毛此生死，君看萬古誰重輕。

金匱盟

榻前誓，山可厲。燭下影，目不瞑。于嗟乎！涪陵不死武功死，金匱之盟故如是。

花石綱 朱勔

腥風突地起，艮岳中天頽。綱頭報花石，火急夜相催。

海上盟

宣和初，詔馬政浮海如金議夾攻遼，預請燕雲之地。

唇亡齒乃寒，假虞先伐虢。嗟嗟海上盟，辦此南遷策。

歸燕京

宣和中，金人來歸燕京六州，未幾分道南侵而汴京陷。

建隆日方午，不照燕雲州。宣和此何時，重作貪夫謀。燕京不歸汴京失，于嗟噬臍何足恤？

百方利口果前車，六里青山豈尤物。

我陳東

東上疏，乞留李綱而罷黄潛善、汪伯彦，潛善以語激帝怒，遂斬於市。方其即刑也，吏防之，東曰：「我陳東死即死耳。」

我陳東，死即死。建炎相，安用此。于嗟乎！一綱不張萬目弛，天下中分此其始。

過河怨

宗澤前後請帝還京二十餘奏，每爲黄潛善、汪伯彦所抑，憂憤，疽發於背，病甚，無一語及家事，但連呼「過河」者三而卒。

生過河，死過河。不過河，奈此中原何。英雄不死生滅胡，死作精衛終填波。

後軍使

殿前後軍使施全遮秦檜肩輿，刺之不中，捕，尋之詔磔於市。

昨日肩輿刺，今日槁街磔。憤氣隘九州，一死何足惜。君不見，督亢圖上匕。君不見，博浪沙中椎。西州豪傑耻不附，欲爲天下奇男兒。

金字牌

岳飛一日奉十二金字牌，遂班師，河南州郡復陷於金，乃劃淮以守。

未飲黃龍府，先悲金字牌。英雄恨不滅，血淚滿長淮。

開禧詔

韓侂胄聞已得泗州，乃議下詔伐金。未幾卒啟邊釁，函其首以獻，金兵始退。

靖康百世讎，義在所必報。開禧此何時，而有堂堂詔。于嗟蓋世勳，忍使姦憸冒。悲哉太師頭，僅博狂虜笑。

夾攻之議

蒙古使王檝來議夾攻金，史嵩之諸臣皆以爲可遂復讎之舉，獨趙、范不喜，曰：「宣和海上之盟，不可不鑑。」帝不從。

遼亡汴水渾，金滅崖山圮。前車苦不戒，竟作神州恥。英雄千載心，飲恨何時已。

夜半檄

丁大全怨右丞相董槐，夜半以檄臺檄調隅兵圍其第，逐出之，遂詔罷槐提舉洞霄宮。

國威重，空頭勑。權姦横，夜半檄。豈不聞，古來忌器不投鼠，堂陛陵夷無乃爾。南風不競北風剛，不用皋亭怨降璽。

鄭監押

奸臣稔禍心，流毒比鈎吻。嗟嗟宋遺民，爲爾塗炭盡。通天罪未盈，拉厠骨須粉。壯哉鄭監押，奮義自肝腎。豈特報父仇，竟以輸國憤。

悲崖山

崖山高，高可崩。崖海深，深可竭。腥風軋地地欲摧，攙星觸天天欲裂。于嗟乎！混沌死，乾坤别。犬羊群，豺虎穴。萬古恨，恨不滅。何須更問，精衛冤，杜鵑血。

【校勘記】

［一］ 此詩原缺，今取《净稿》詩卷二十六補入。

桃溪類稿卷之三　歌行

當窗織[一]

西鄰少婦東鄰女，夜夜當窗泣機杼。今年養蠶不作絲，去年桑老無新枝。七十老翁衣縣鶉，皮肉凍死手脚皴。年年唱名給官帛，尺寸從來不上身。於乎！辛苦輸官妾之職，墻下有桑妾自植，妾身敢怨當窗織？

【校勘記】

[一] 此詩原缺，今取《净稿》詩卷三補入，詩題原作《西鄰婦》。

短歌行[一]

青青楊柳枝，秋來不禁吹。茸茸路傍草，斬艾不得老。昨日欣欣笑語同，今朝掩面啼東風。乃知百年果倏忽，作善休言待明日。請君北邙山下游，朽骨何曾多白頭。富貴同歸一丘土，誰向身前問歌舞？

【校勘記】

[一] 此詩原缺，今取《净稿》詩卷三補入。

賣屋謡贈一中[一]

西家屋破低軋頭，得錢輒賣如脱囚。東家屋好不合賣，嶄新墻壁稱高價。君不見，長安賣屋如賣花，朝落東家暮西家。駑駘得志萬馬瘖，得失豈在千黄金。

【校勘記】

［一］ 此詩原缺，今取《净稿》詩卷七補入。

撤屋謡[一]

長安寸地如寸金，栅水架屋争尺尋。一朝官府浚河水，撤屋追呼勢蜂起。君不見，去年城中十日雨，邊水人家比湖浦。家家縛板作舟航，十日罷爨心皇皇。一家受怨百家喜，知者作之仁者美。人情姑息昧近功，版圖習襲相蔽蒙。前街後街咄相語，瘡癬不修今毒苦。前年買土築高地，今年賣屋無人至。

【校勘記】

［一］ 此詩原缺，今取《净稿》詩卷七補入。

古木寒鴉圖[一]

懸崖老樹如懸藤，虬枝屈鐵相崚嶒。陰風晝號不作雨，衆鳥辟易争奔崩。寒鴉何來色悲壯，兩兩枝頭屹相向。仰參寥廓失狐疑，熟視烟雲欲狼抗。有時飛上朝陽殿，許身願逐雕梁燕。朝陽老鳳噤不鳴，鶴種鵷雛紛斥譴。君不見，江都日暮楊柳花，至今腐草羞啼鴉。

【校勘記】

[一] 此詩原缺，今取《净稿》詩卷九補入。

裘氏龜山墓[一]

君不見，玉魚夜發南山道，萬騎胡塵暗秋草。乾坤遺恨不可收，寂寞空悲杜陵老。尚憶當時鋤呂秦，一抔那肯容愚民。回首英豪有如是，誰復保此千年身。於乎！萬物成毁有定數，區區不特龜山墓。獨憐泚顙見慈孫，忍對西風泣朝露。我知敗俗日以衰，禍及朽骨良足悲。安能一挽到虞皞，坐令滿路無拾遺。于嗟乎！我欲持之告天子，眼中之責當問誰？

【校勘記】

[一] 此詩原缺，今取《净稿》詩卷一補入。

上之回[一]

上之回，出蕭關，千騎萬騎何日還。雄心宕軼泉涌山，北窮絶漠南荊蠻。豈不聞，穆天子，八駿奔崩日千里。徐方不死祭公死，何必嬴秦殄周祀。

【校勘記】

[一] 此詩原缺，今取《净稿》詩卷一補入。

枯木雙鷹圖[一]

悲臺昨夜西風起，踏木寒鴉枝半委。雙雙飛墮何處鷹，屹立枝頭心萬里。我知猛氣非常流，翻倒直欲摩高秋。乾坤冷眼暫棲息，碧絛一解無人收，於乎！鵬雛不敵老梟翼，莫使雲霄枉搏擊。

【校勘記】

[一] 此詩原缺，今取《净稿》詩卷一補入。

蘭棘圖[一]

清晨起誦《離騷經》，撫心耿耿殊未平。吁嗟世道此升降，忠良廢死讒佞行。幽蘭胡爲伴叢棘，利刺孤芳恐難敵。於乎！湘君有靈如可干，莫遣彼棘侵吾蘭。

【校勘記】

［一］此詩原缺，今取《净稿》詩卷一補入。

田家嘆[一]

嘆息復嘆息，一口力耕十口食。十口衣食恒有餘，一口苦爲私情逼。縣吏昨日重到門，十年産去租仍存。年年止辦一身計，此身賣盡兼賣孫。於乎！吾民之命天所屬，阡陌一開不可復，卓錐有地吾亦足。

【校勘記】

［一］此詩原缺，今取《净稿》詩卷三補入。

鍾稽勳山水圖[一]

鍾郎家住東甌國，雁蕩諸峰在其側。峰回路轉看復奇，地洩天遺藏不得。下臨絶壑大海東，波光蕩激成洪濛。顛崖老樹墮孤影，翻雲挾雨驚群龍。異境追探渺難極，宦轍尋常一相憶。經營意匠付丹青，猶點虚無入空碧。碧桃洞口仙人居，天台咫尺相縈紆。何當共君蜕凡骨，對此一笑真蓬壺。於乎！南山捷徑苦奔屬，北山怨鶴空局促。詩成回首重茫然，疏家門巷秋蕪緑。

【校勘記】

［一］此詩原缺，今取《浄稿》詩卷一補入。

劉尚質家上巳分韵得俱字［一］

長安天氣日夕殊，寒凉暉暖還須臾，三月五日隆冬俱。頑陰暝漠連八區，風前雨雪泥載塗，孰視不辨朝與晡。主人置酒歡相呼，樓頭一色横銀鋪，稱時翻怯羅衫襦。欲就新火圍重爐，杯深令嚴逼且驅，微吟已覺詩骨臞。歸來夜半心如癒，永懷誰與周大夫，鏗然鼓瑟思舞雩。

【校勘記】

［一］此詩原缺，今取《浄稿》詩卷一補入。

短歌行贈十五叔父［一］

去年失意登金陵，感時愁緒心怦怦。長歌短咏出寥廓，揚子江頭離别情。歸來今年復失脚，卧病經秋在山郭。床頭雙手多述作，白雲滿地秋聲薄。老叔平生愛作詩，近來作者非昔時。乃知困極發孤憤，愈覺議論生神奇。江湖詩體習襲久，閩浙蘇吴獨稱古。蘭苕翡翠競翻飛，碧海鯨鯢失奔走。于嗟薄力當何爲？《黍離》以降周音衰。誰可重删復其古，便欲從之問尼父。

【校勘記】

［一］此詩原缺，今取《浄稿》詩卷二補入。

苦雨嘆[一]

長安陰雨十日多，傾墻敗屋流洪波。男奔女走出無所，道路相看作訛語。東鄰西舍烟火空，青蛙滿灶生蛇蟲。春來五月全不雨，夏麥秋田皆赤土。城中米價十倍高，斗水一錢人憚勞。君王有道念民困，詔遣尚書督糧運。傳聞昨夜來灣頭，萬斛漂蕩無全舟。灣頭崖岸半衝囓，百萬人家委魚鱉。傷心暗誦《洪範》篇，小臣憂國徒拳拳。於乎何辜此民物，灾沴相仍豈今日。

【校勘記】

［一］此詩原缺，今取《浄稿》詩卷四補入。

葡萄行[一]

漢家五葉承平年，坐收萬國期無前。南極牂柯北馬邑，東連甌越西於闐。君王雄略意未已，侈心蕩軼如涌泉。奇甘異味食不盡，葡萄有種今流傳。世人得之比種玉，一斗可博凉州牧。龍珠馬乳厭誇詡，遂使人間輕穀粟。吕獒有訓古則然，不寶遠物惟寶賢。老臣憂國心如煎，將迎此意誰其先。聲色狗馬盡爲蠹，承平作戒寧開邊。文皇富庶一朝墮，欲謝天下先張騫。

【校勘記】

［一］此詩原缺，今取《浄稿》詩卷六補入。

篁墩行[一]

晉太守程元譚賜第之所，其孫梁將軍靈洗因亦廟食於此，子孫世家焉。黄巢之亂，獨州里以黄名者乃得免，因更篁爲黄，至是始復其舊云。

冤句兒，鴞狼張，劈竹勢下江南亡。毁冠裂冕干天常，欲令天下皆爲黄。墩中篁竹如甘棠，將軍刺史功莫當。巖巖古廟第宅傍，若爲腥穢流其芳。君不見，黄溪之神虞莽後，至今恥説河東柳。又不見，荆公墩，不欺孝子欺慈孫，於乎！路碑在口不在文，勸君莫更書黄墩。

【校勘記】

[一] 此詩原缺，今取《净稿》詩卷十補入。

遺腹兒[一]

主事劉憲祖母徐，年十九而寡，遺腹得憲父，其嫂某每附耳勸語之，徐以死守，遂得見憲封其父母而卒。

遺腹兒，死莫離。附耳語，生何爲？妾心可撼天可欺。天可欺，嫂寧不知？豈不聞，遺臣靡一旅，興王此其始。朝唐暮晉腐鼠耳，癡頑老子安用彼？遺腹兒，今有子。兒有子，母不死。

【校勘記】

[一] 此詩原缺，今取《净稿》詩卷十一補入。

九斗壇[一]

九峰山下龍所鍾，九峰山上雲濛濛。神光夜照清净宫，夢魂直過仙壇東。張水曹，何桀黠，同泰奴，心怛怛。隨車甘雨山上來，不救台城夜深渴。

【校勘記】

[一] 此詩原缺，今取《净稿》詩卷十一補入。

南溝燐[一]

南溝，在嘉興之平湖，每夜有燐，能殺人。倪介庵嘗身往拯之，人賴以活者無數。予哀其死，爲作《南溝燐》。

南溝燐，夜殺人，冥風晦雨莽蒼平。湖濱行人誓天指白日：寧見南山虎，莫見南溝燐。南溝老翁膽通身，拔劍起舞雙目瞋。酒酣夜半每獨往，扶顛拯踣，赤手竟活南村民。于嗟乎！南溝燐，天地生人有正氣。何物鬼物憑其神，我欲執之獻上帝。嗟翁不作矣，吾誰與聞？于嗟乎！世間幻妄百千狀，殺人豈獨南溝燐。

【校勘記】

[一] 此詩原缺，今取《净稿》詩卷十一補入。

兒舐瘡[一]

蘇人徐美德以童子舐母左臁瘡，瘡愈，人稱其孝。予嘉之，爲作《兒舐瘡》。

兒舐瘡，兒舐瘡，舐瘡心皇皇。血流被面酸入腸，兒心見母不見瘡。兒口不語，誓與身存亡。兒不作，得車商，兒不作，濯船郎。兒心在母兒不知，於嗟乎！下有厚土，上有穹蒼。

【校勘記】

[一] 此詩原缺，今取《净稿》詩卷十二補入。

次韵題扇上竹[一]

江妃曲終人不見，泪痕夜滴班姬扇。中道深恩果棄捐，千載微詞尚清婉。想像空憐環佩歸，拂拭重驚畫圖看。江風颯遝江聲哀，江石參差執争健。江深不見鸞鳳來，江空似聽蛟龍戰。誰其作者意亦精，老子詩成興非淺。君不見，金谷園，君不見，玄都觀。當時富貴幾埃塵，此君風致還湘漢。于嗟乎！須君再着拔地根，看君直放凌霄幹。

【校勘記】

[一] 此詩原缺，今取《净稿》詩卷十五補入。

古劍篇次韵贈高宏謐[一]

昆吾溪深碧堪寫，劍光夜逐周王馬。斗文龜甲出天然，鐵骨金精豈吴下。太平四海無鐸騷，蟄津有地隨所遭。犀兕鯨鯢苟可得，剸截翦剥誰爲勞。霜鋒雪鍔閟不放，鋭氣雄心老逾壯。識精漫憶張華來，功高無復朱雲上。倚天仰嘯白日雲，酒酣離思空氛氲。鉛刀爲銛莫邪鈍，臨風不敢持贈君。

【校勘記】

[一] 此詩原缺，今取《净稿》詩卷二十補入。

蓄貓嘆[一]

朝蓄貓，暮蓄貓，蓄貓心甚勞。千金不惜致遠道，一飯未曾忘下庖。貓日以大，鼠日以張，公然白日相縱横，翻屋發瓦聲訇訇。于嗟乎！貓負我，罪當戮。我失貓，顔亦恧。知人則哲帝所艱，績用弗成鯀何辱。嗟來爾貓，寧伴爾鼠，莫翻我屋。鼠在社不亡，屋翻棟乃覆。君不見塞上翁，得失祗今誰禍福？于嗟乎！得失祗今誰禍福？

【校勘記】

[一] 此詩原缺，今取《净稿》詩卷十七補入。

鋤園[一]

朝鋤園，鋤園屋東畔。暮鋤園，鋤園溪北岸。朝鋤暮鋤不得停，北草未斷東草生。我蔬入眼日蕪穢，此物滿地紛縱横。生物在天何厚薄，善者不生生者惡。芝蘭不榮荆棘多，黍稷不熟稊稗穫。于嗟萬事無不然，鋤園老翁休問天。休問天，鋤園且復終吾年。

【校勘記】

［一］ 此詩原缺，今取《净稿》詩卷十七補入。

用老杜韻贈楊一□

（缺）

孝烈行[一]

烈火金可煅，白刃石可摧。石摧膽不落，金煅心不灰。君不見，潘家之女徐家子，孝誠烈氣天所與。白刃在揮火在焚，生不俱生死俱死。咄彼賣國者何人，負義偷生竟如此。一死能留百世芳，上扶天綱下人紀。于嗟乎！潘家女、徐家子。

【校勘記】

［一］ 此詩原缺，今取《净稿》詩卷四十二補入。

山水嘆[一]

（缺）

次韵答西涯石棋子歌[一]

吾聞袖中有東海，海中之石何磊磊。人言此石擊可碎，百碎且方終不二。老般何年規以圓，朱墨更作房生字。天真既鑿元氣分，混樸何似無爲軍。中流浪憶砥柱障，床下每驚牛蟻群。誰其補天叩天閽，祖鞭一着先劉琨。石鼓岐陽久絶響，五石居然失精爽。縱令具眼如九皋，牝牡驪黄亦其仿。君不見，交加碧玉珊瑚柯，石家不少王家多。一朝蕩覆了無迹，坐令平地隳嵯峨。規方作圓君勿笑，紛紛局戲當如何？于嗟乎！紛紛局戲當如何？

【校勘記】

［一］此詩原缺，今取《净稿》詩卷三十二補入。

石鎮紙次韵答西涯[一]

鄭老眈書屋堆葉，撼屋風來少停疊。誰其鎮之石作山，未數玉蟾臨晉帖。平生頗恨昌黎翁，論功不與毛生同。賞不酬勞翁所嘆，此石合封爲鎮東。輕重何年失其制，左右低昂任人意。石也何心亦狗時，區區用舍非吾致。乃知天下本無事，庸者擾之真局戲。清净曾收百戰功，紛更枉作三經字。不然稜角消且磨，和光自説平不頗。南山不崩石不爛，此道落落今豈多。持之贈君衆所笑，感君意氣相唯阿。傳家什襲比至寶，於乎石也吾如何。

【校勘記】

［一］此詩原缺，今取《净稿》詩卷三十二補入。

窮奇獸［一］

窮奇獸，能齧人。齧人必忠信，覆謂奸佞親。窮奇，窮奇，天生爾性任爾真，吾不爾怪何敢嗔。何敢嗔，蝮蛇在宥西踣麟。

【校勘記】

［一］此詩原缺，今取《净稿》詩卷三十二補入。

撒網圖［一］

一網復一網，水底無剩魚。吞舟者誰子，奮鬣天之衢。君不見，跋扈昂昂世無比，一日棄之如犬豕。

【校勘記】

［一］此詩原缺，今取《净稿》詩卷三十二補入。

雙瑞鳥爲閣老徐先生賦[一]

峨峨瑞雲山，下有雙瑞鳥。墓田朝啄膣，墓木夕棲杪。煢煢墓廬中，坐此廟堂老。昭哉潔白誠，人好鳥亦好。君不見，鵲巢應關雎。又不見，雁帛歸乳羝。忠貞之化今匪斯，孝誠上結君王知。君王知，安用綽楔旌門爲。

【校勘記】

［一］ 此詩原缺，今取《浄稿》詩卷三十二補入。

莫對鏡

（缺）

重修黄樓歌[一]

澶淵決，彭城没，城上水頭高丈八。誰哉誓與城存亡，百萬生靈命如髮。近聞再決古汴州，宵衣重起宣房憂。預防豈合先下流，厭勝且復修黄樓。黄樓高，洪河縮，鼉鼉遠避蛟龍伏。誤疑砥柱西極天，坐閲帆檣東走陸。君不見，桓山墓，戲馬臺，英雄富貴安在哉！落日凄風野草白，瓣香獨上黄樓來。

【校勘記】

［一］ 此詩原缺，今取《净稿》詩卷三十三補入。

西涯以海榴見假次韵奉謝［一］

來詩以無花欠妝束爲説，且屬其無還樹而還詩也。

世人愛花不愛樹，每恨花飛春不住。花飛不返水東流，寂寞芳心竟何處。紛紛紫陌塵滿途，看花謾説劉郎徒。誰能愛花不愛樹，却笑我未能忘吾。君家海榴珊瑚株，詩成每擘榴皮書。識君非是愛花者，雅興自與情不疏。持之贈我清可掬，頗類吾生不拘束。何須更着江南枝，便合我軒清也足。于嗟萬事真浮埃，胡爲對此成徘徊。榴也終當返爾璧，一笑我知元倘來。

【校勘記】

［一］ 此詩原缺，今取《净稿》詩卷三十四補入。

徐州洪［一］

徐州東南百步洪，洪流盪激日夕相撞舂。洪中之石紛岡嵸，觸之者碎况可攖其鋒。誰哉自古設此險，直使利帆名楫相與竦動驚惕乎其中。不然巨靈擘、神丁攻，龍門鑿、劍閣通，千秋萬歲仰此平成功。于嗟爾洪兮，亦安得與彼而争雄！

【校勘記】

［一］　此詩原缺，今取《净稿》詩卷三十四補入。

急流退一首奉答西涯先生［一］

流正急，風正顛。進亦難，退亦難。失勢一落萬丈灘，何如穩卧嚴陵山。長笑一聲天地寬。天地寬，雲臺事業浮雲看。

【校勘記】

［一］　此詩原缺，今取《净稿》詩卷四十四補入。

執事累

（缺）

召公留［一］

召公留，召公與國能同休。召公去，周公告公乃猷裕。吁嗟乎！公之去留誰則同？假山竟哭金溪公。

【校勘記】

[一] 此詩原缺，今取《净稿》詩卷四十四補入。

蘆花泉

（缺）

假山哭[一]

皎日明，冰山覆，冰山未覆假山哭。金溪水流何太速，泪痕點點相思曲。

【校勘記】

[一] 此詩原缺，今取《净稿》詩卷四十四補入。

夾河戰

（缺）

次逸老堂分□□一首

（缺）

桃溪類稿卷之四　歌行

台州雜咏二十六首 有引[一]

《台州雜咏》，咏台州之故迹也。故迹有以地而名，有以人而顯者。自有此州以至于今日，不知其幾，取可爲勸戒者，隨吾興爲詩以風咏之，曰《台州雜咏》。咏之所未至者，將後之人有繼焉。於乎！不有千載心，曷足以語此。

天台山

在天台縣北，以其當牛女之分，上應台宿，故曰天台，而郡亦以此名云。

天台山，高不極。山中去天不只尺，台星下射扶桑赤。羽旗颯爽招不得，至今傳者神仙宅。君不見，周當盛時生甫申，峻極者岳能降神。天台山，高不極。作鎮東南比天脊，屹立乾坤自開闢。

靈佑祠

在郡治後山，祀屈僕射晃。晃在孫吴時諫廢太子被適，子坦有靈異，郡祀爲城隍神，因追封晃爲靈佑侯祀焉。晃字光公。

前星拆，吴鼎分。將軍不諫僕射諫，叩頭流血聲云云。君不見，奚齊亂晉、胡亥亡秦，誰爲死報國，不作生負恩。於乎！僕射吴純臣。吴純臣，我台始千載，台人我應祀。我應祀，只祀光公，不祀坦子。于嗟乎！靈佑祠，忠諫耻。

大固山

在郡城内，去海不百里。晉隆安中孫恩作亂，刺史辛景於此掘塹守之，賊不能犯，因以名山，後竟破恩。恩窮蹙，赴海死。

隆安亂賊勢鑫起，八郡三吴盡風靡。誰着中流海上山，欲爲東南作孤壘。海可死山不可圮，刺史之功山與峙。西望臨洮北遼水，安用長城長萬里。

靈鳳山

在寧海縣南，晉末有梅盛者爲章安令，知晉將亡，即是山隱焉，有靈鳥降其側。宋文帝下詔褒之，盛上表謝曰：「此殆覽陛下之德耳，臣何與焉？」帝咨嗟，稱爲長者。今有梅長者祠。

峨峨靈鳳山，上薄青天起。下有長者居，高風屹相峙。永初果何時，鳳鳥亦集止。褒詔是則然，覽德云亦爾。長者非宋臣，食薇甘餓死。亦有東籬花，嗟嗟晉徵士。

唐宰相

唐來濟，高宗時爲宰相，與褚遂良諫立武后，高宗怒，出爲台州刺史，尋移庭州。突厥入寇，奮拒以死，曰：「吾罹罪幸不死，今當以身塞責。」

唐宰相，台刺史。扶天綱，立人紀。不願宰相生，願爲刺史死。宰相生有人，刺史死無幾。台州不死庭州死，宰相之責吾塞矣。

孝女湖

在寧海縣西，唐時有汪氏女苦節不嫁，孝奉其親，親好湖水，湖水距家五里，日汲以供，親殁，建塔報焉。後人因以名湖。

丁寧湖上人，莫汲湖上水。中有孝女淚，下徹重泉底。

陳長官祠

在寧海縣學西，五代時錢王鏐欲增州縣賦，長官爲縣令，以諫死，賦得不增，民至今祠焉。

我聞晉陽守，不肯爲繭絲。晉國卒有難，倉卒以爲歸。嗟嗟吴越鏐，虐民以爲嬉。長官不加賦，竟爲民死之。吴越已無土，長官今有祠。

義靈廟

宋宣和中，吕師囊之亂，牧守皆遁，滕户曹膺嬰城固守，台賴以全。慶元初，勅賜其廟曰「義靈」，台人至今祀焉。

劇寇遍東越，民心日皇皇。牧守半已遁，閫帥不敢當。户曹膽如斗，勇氣勃以張。鳩兵作忠義，誓與城存亡。竟亦挫睦臘，何止礫師囊。我台實再造，此德焉可忘。惟應義靈廟，百世奠椒漿。

金鼇山

在臨海縣東南一佰二十里，宋建炎中高宗航海幸焉。

海浪高拍天，神州半沉陸。幸有東南山，障此風塵目。

洛學始

石南康子重與晦翁爲友，南湖、方山二杜公因得登晦翁之門。至立齋丞相又以其學授之玉峰，於是道德文章，台爲獨盛。台人稱知洛學者實自南康始。

洛學始，開我台，天與浙東提舉來。洛學始，石南康，南湖水闊方山蒼。立齋屹立倚天起，玉峰西來勢相峙。南望武夷不盈咫，淵源直接洙泗涘。洙泗涘，洛學始。

獨不至

宋乾道中，樞密丞旨張説奏請置酒，延諸侍從，兵部陳侍郎良翰獨不至，説附奏之。陳迄不來。忽報中批陳良翰除諫議大夫，坐客爲之愕然。

獨不至，客輟觴。樞密劾奏强侍郎。獨不至，夜已闌，天子詔下新諫官。君不見，鐵石心腸廣平宋，平生可奈王毛仲。

本價莊

陳容益之嘗以緡錢數千收粟於秋，至春以本價糶之，謂之本價莊，環邑數千家皆仰給焉。

井田亡，常平倉。常平亡，本價莊。于嗟泰山一毫芒，爝火下分日月光。安能一挽真虞黄，帝力皥皥民皆忘。

三山女

三山賀氏二女，長年十九，父溺於水，與其弟號泣江上，求之不得，俱投江而死，後三日潮上，二女與弟果抱父以出，里人哀而異之，因立廟以祀，稱二娥焉。

饒娥楚江湄，曹娥越江涘。千載赤城江，更有三山女。

吴上客

陳宗儒尚節概，吴丞相堅延爲上客，説堅曰：「道不行，志不遂，宜早退。」吴不省，遂拂衣去。吴後卒降於元。

吴上客，歇忠臣，忠臣不去上客在，若爲賣國兼殺身。殺身不足惜，賣國當奈何？于嗟丞相愧客多，九原莫聽田横歌。

我獨行

杜大卿滸嘗糾義入文丞相幕。丞相使北軍，被執，諸客無敢從者，大卿獨慨然請行，後脱丞相於京口，周旋患難，卒從以死。

衆皆散，我獨行。此身既許國，更許友死生。死作滅賊厲，生作存孤嬰。君不見，翟公門下客，翟公未死先羅雀。又不見，田横墓上客，一日死者能五佰。丈夫昂昂七尺身，那能負義兼負恩。風波萬里白日在，只識田横墓，不識翟公門。

壁間檄

文丞相自揚州浮海至張哲齋家，約共舉義。哲齋移檄海上，豪傑聽命。後二年，張弘範寇臨海，見壁間檄，捕得之。哲齋曰：「某生爲宋民，死爲宋鬼，何怪我爲？」遂遇害。

壁間檄，海上語，直爲中原掃蛇虺。古來中興只一旅，天不祚宋心獨苦。心獨苦，生爲宋民，死爲宋鬼。

泮橋水

進士王珏，德祐初以太學博士權知台州，倡民義，堅壁不降，城陷，赴泮橋水死之。

泮橋水，風教始。王博士，得死所。不投天禄閣，只投泮橋水。

從姑地下

陶宗媛，儒士杜思絅妻也，歸杜四年而寡。時台被兵，宗媛方居姑喪，忍死護柩，爲游軍所執，迫脅之，媛曰：「任汝殺我，以從姑於地下爾。」遂遇害。其妹宗婉、弟妻王淑亦皆赴水死。

莫殺我，殺我從姑地下。我姑衰未脱，我夫身已寡。弟有妻，妹有姐，地下真魂結爲社。

白楓河

方谷珍之亂，陳仲廣倡宗族鄉黨共御之，戰于白楓河，死者幾佰人，賊勢益張，仲廣憂憤成疾而卒。

白楓河，河水滿地流紅波。波聲入海争盪摩，蛟螭夜泣愁黿鼉。於乎壯士可奈何，白骨兩岸高峨峨。君不見，河之水，深不極，至今下有銜冤石。

待隘盜

潘進士省中爲方谷珍所劫，屢以大義勸折之，谷珍不從，其黨郭仁本譖于谷珍，使盜待諸隘而殺之。

鴟鴞張，悲鳳凰。麒麟傷，類犬羊。嗟嗟先生今則亡。君不見，棘門盜，能殺春申黃。又不見，寶應盜，能殺輔國王。于嗟爾，盜何不解，殺樞密郭，更殺丞相方？樞密郭、丞相方，百世與爾誰流芳？嗟嗟先生今不亡。

剖瓜刀

王揆爲潘府教授，訃聞，妻董氏方剖瓜，輒引刀欲自殺，衆救之，因潰亂，不食死。

瓜剖不復完，夫死何時還。夫死妾亦死，不死竟何俟。持刀君莫遮，君不信有如此瓜。

首躍地

詹烈婦鄭氏，元末遇兵欲汙之，婦曰：「寧殺我。」遂殺之，其首至地凡三躍。

烈氣死不滅，上與青天薄。君看斫頭女，及地更三躍。

色不變

齊義妻郭氏，義以罪當適，郭度不能返，送之廓門外，籲天以哭，竟赴水死，收其尸，端坐水中，顔色不變。

籲天急赴水，端坐色不變。乃知烈女心，能與頹波戰。

倭登岸

洪武中，倭登岸，民皆竄匿，陳顔母葛病且老，顔負母走山谷中，力不勝，追及之，母曰：「我死在旦夕，汝無戀我。」顔不忍，遂俱遇害。

倭登岸，母登山，母足不任兒力艱，兒死在前母在後。于嗟萬古日，只照江革，不照陳顔。

好秀才

郭士淵在國子諸生中以文名，爲祭酒甘某所忌，譖殺之。我太祖既而覽其文，恨之曰：「把我好秀才都壞了。」追戮甘，備極慘毒。

好秀才，都壞了。甘老奸，殺不早。殺不早，悔可追。盎也不死錯也死，君看萬古誰爲悲。

侯城里

我憶侯城人，不見侯城里。悲風忽何來，涕泣零如雨。侯城西薄山，侯城東逼海。西山不可餓，東海不可死。千秋萬歲心，悽惻竟誰語。惟應劍光血，夜夜衝斗起。

【校勘記】

［一］　此詩原缺，今取《净稿》詩卷二十九補入。

醫俗亭爲吴原博修撰作[一]

君不見，竹林稱七賢，放歌劇飲空長年。又不見，竹溪稱六逸，倒海排山醉終日。流俗中人如中暑，潰涤崩奔入腸腑。膏肓不首盧扁醫，坐役此君驅二豎。請君祇種孔壇杏，請君祇種濂溪蓮。譜藥傳芳出靈秘，扶顛起死輕沈綿。俗儒陋淺俗學卑，文詞習襲功利馳。此君之風邈何及，坡老之説無乃奇。亭中主人坡老徒，因君更得良醫師。我願醫心不醫俗，莫道兹亭可無竹。

【校勘記】

［一］　此詩原缺，今取《净稿》詩卷八補入。

金門待漏圖爲修撰汝賢題[一]

明河耿耿星在天，重城夜鎖春如年。馬首紅塵語聲歇，下車攬轡心茫然。君門咫尺心萬里，疊閣層樓倚天起。宵衣一念四海通，一夫不獲誰所耻。于嗟此意知者稀，咎夔不作伊周微。房魏名臣豈儔匹，棘寺小吏勞是非。大臣格君先格心，俯仰直使神具臨。明星在天人在地，可使私恩易公議。周帥作畫匪必然，吴子觀圖得深意。予生誤蒙天子恩，才薄位下空心煩。坐食逡巡老將至，年年隨例朝金門。

【校勘記】

［一］　此詩原缺，今取《净稿》詩卷九補入。

脚痛謡[一]

豈不聞，脚痛苦，脚痛可眠不可坐。于嗟胼胝聖所勞，終日飽食吾豈可。又不聞，脚痛强，脚痛可坐不可行。于嗟奔趨古所戒，出門浪走誰爲榮。君不見，傷足憂，又不見，刖足耻。吾足不傷復不刖，得失悠悠任渠爾。于嗟乎！得失悠悠任渠爾。

【校勘記】

［一］ 此詩原缺，今取《凈稿》詩卷十八補入。

歲暮行[一]

歲暮君莫憂，歲暮君莫喜。人生百歲苦不長，一日愁來劇如死。古來志士悲白頭，一息尚存心未休。達人往往亦解此，秉燭欲爲長夜游。歲暮君莫憂，歲暮君莫喜，百歲千秋共如此。

【校勘記】

［一］ 此詩原缺，今取《凈稿》詩卷三補入。

都門别意[一]

黄金臺上春雲暖，黄金臺下春水滿。水邊楊柳亦無情，眼看離愁不相管。離筵把酒還載歌，歌聲半逐東風緩。酒闌相顧兩茫然，芳草依依青不斷。

【校勘記】

［一］此詩原缺，今取《浄稿》詩卷一補入。

蓴鱸圖[一]

華林園下蛙聲起，典午河山半傾圮。乂顒不解骨肉恩，刀頭血赤臨淄水。江東步兵真見幾，脱身早拂東曹衣。歸來蓴菜想如舊，秋風正及鱸魚肥。蓴菜可羹鱸可膾，醉倒乾坤了無外。華亭鶴唳不可聞，回首虚名復何賴？

【校勘記】

［一］此詩原缺，今取《浄稿》詩卷一補入。

題傅曰川所藏古畫[一]

生綃半幅裂欲斷，葺拾重新比科篆。細看筆意是何人，慘澹模糊不堪辯。古來畫史誰流傳，點畫不在圖像先。乾端坤倪久茫昧，神傾目蕩争幽妍。君應何從得此幅，古意盈盈生意足。奇花草異紛有情，飛鳥鳴蟲亂相觸。君家樓閣非米船，愛畫好古心拳拳。臨江東流去不返，史皇寂寂今千年。我亦平生好古者，對此深情不能舍。無錢買畫只愛山，更欲從君問真假。

【校勘記】

〔一〕 此詩原缺，今取《净稿》詩卷九補入。

何世光侍御山水圖〔一〕

天姥山高倚天起，勢軋東南萬山圮。神工墨妙何乃來，地泄天遺竟如此。山中舊屋誰閉關，懸崖老樹蒼苔斑。乘龍挾雨奔海去，畏鳥裂石翻雲還。浦口渡頭春水滑，曹娥江上秋濤闊。舟子篙師隔岸招，繡衣驄馬今晨發。北過居庸南鳳陽，淮河水落淮山蒼。煩胸净洗出奇崛，偉績盡收歸混茫。天台只尺天姥東，石梁洞口桃花紅。拂竿已愧孔巢父，拜床敢問龐德公。我生愛山苦不薄，夢寐兹山擬相托。安能一蹴山上頭，看他自跨揚州鶴。

【校勘記】

〔一〕 此詩原缺，今取《净稿》詩卷十三補入。

次韻梅隱歌〔一〕

龍卧夜蟄冬，鶴警秋唳空。夜蟄地束户，秋警天鳴風。蟄者似塞警者通，天機妙斡潛無踪。老梅骯髒冰雪中，顯通隱塞將奚從。人言心與鐵石同，又言錯認桃杏容。誰其一物勞折衷，不於大造窺全功。于嗟乎！隱也顯也誰拙工？君不見，傅巖老，君不見，逋嶺翁，一爲空谷蘭，一爲大厦松。

【校勘記】

［一］　此詩原缺，今取《净稿》詩卷十八補入。

次韵老兔生蒼蚪歌［一］

予甲辰歲得子，太守父作此以賀。未幾竟失之。於乎！

渥洼自昔生飛菟，冀群豈合空封嵎。虚傳鶴化丁令威，又傳蛇報隋侯珠。兔能生虎誰者蘇，兔曾不類熊與貙。虎兒未必能鬫呼，卯君自是奇丈夫。大言詫世衆所趨，兹事恍惚千載餘。神龍功足裨陽烏，變化不知心力劬。有時甘雨蘇毒痛，望不可得心嗟吁。乃知龍也天爲徒，蒼蚪敢望來汙渠。伏光弄影元有塗，重淵不隔天之衢。禹門浪暖春不枯，燒尾一聲皆化魚，兔窟可應論鼎湖。

【校勘記】

［一］　此詩原缺，今取《净稿》詩卷十八補入。

桃溪類稿卷之五　五言古詩

雜　詩[一] 三首

大化何氤氳，四時互更代。動植各有生，種種自成類。美矣牛山木，苦爲斤斧害。牛羊復踐之，日夕就蕪穢。賴此生意存，保之方未艾。

斯人已云遠，簡編有遺芳。挹之邈難得，寤寐不能忘。擁懷千載下，高歌頌軒唐。萬里始今日，忽忽逐流光。時好易爲玩，及此當自强。

浮雲無定踪，悠悠自來去。本自空中生，不向空中住。富貴果何物，得之亦偶遇。云胡擾擾徒，日夕勞念慮。東陵舊時園，青青草盈路。

【校勘記】

［一］　此詩原缺，今取《净稿》詩卷一補入。

新婚别[一]

西鄰有阿婆，煦煦諧笑言。殷勤兩家好，結此新姻緣。及門視笄總，婉孌淑且妍。中饋日夕理，爲君主蘋蘩。貞性夙以成，宴欲難爲顔。脱簪待永巷，不盈夫婿歡。阿婆反覆者，趣釁乘其端。持柯實在手，斬伐轉换間。已矣弗復道，但傷枕席恩。妾命亮自薄，不敢怨長門。

【校勘記】

〔一〕此詩原缺，今取《净稿》詩卷一補入。

搏虎行〔一〕

南山有猛虎，咆哮踞其顛。北山有猛虎，伏穴聲相援。翩翩少年子，環視不敢前。野夫奮特勇，載蹈南山原。矢義故弗惜，而復之北山。衆傷互及類，盡力驅且鞭。一射已睥睨，再射猶盤旋。技窮始銜忿，曳尾徐徐還。乃知一心力，可以終勝天。顧縮利與害，欲濟良獨難。咄哉搏虎者，勿畏馮婦賢。

【校勘記】

〔一〕此詩原缺，今取《净稿》詩卷一補入。

陸宣公〔一〕

宣公古人品，在唐無與讓。仁義百萬言，致君堯舜上。艱難奉天詔，聞者色怊悵。遂令顛沛餘，重有中興望。天意不可回，君心竟難亮。侃侃道州翁，不救延齡謗。悲哉方藥書，千載傷立仗。

【校勘記】

［一］　此詩原缺，今取《浄稿》詩卷一補入。

和李賓之自儆詩［一］

深居念隱幽，悲嗟氣恒餒。忽聞箴砭詞，使我心逾痗。君戒祇多言，我病實百倍。於心忍冥然，苟且力不逮。徒爲憤愧深，而復因仍在。昨非弗具陳，恐墮後時悔。毋曰此星星，涓流日成海。聖賢亦何人，過也勇於改。豈無明日心，少壯不吾待。

【校勘記】

［一］　此詩原缺，今取《浄稿》詩卷一補入。

次韵奉答十五叔父［一］

餘生荷乾坤，斯辰即遭遇。俯仰天地間，悵悵百年意。至道亮高堅，薄力况柔脆。輾轉終夜思，黽勉難自樹。富貴本何物，偶來或相值。云胡勞寸心，役役窮年歲。原憲未爲貧，趙孟焉能貴。忍此奴婢顔，從人執巾笥。末學事虚名，徒爲置書匱。所以古人學，欲以見行事。柳侯本能文，子雲多識字。大節一以虧，終身有餘愧。念之意惘然，俯首生恐畏。老叔學道者，慷慨平生志。經綸滿胸腹，欲爲蒼生濟。邇來二十年，造物苦相戾。怨尤勿復云，且以安吾義。於時苟有益，出處同一致。竊禄多恥心，見人少生氣。歸來竹下情，指點舊蒼翠。衷誠出長篇，領領意中謂。來者方自圖。往者今已逝。

【校勘記】

［一］此詩原缺，今取《净稿》詩卷二補入。

傳先德有感［一］

居常念先德，寖遠弗可聞。故老日零替，俯仰誰與言。嗟嗟嚴氏姆，欲語聲先吞。喪亂久淹歷，心緒成糾紛。捕景拾遺響，錯然難具陳。組織乃什一，敢云誣所親。古來喬木家，所貴在世臣。孰知夏殷後，文獻失其真。傷哉固若是，已矣不復論。及兹幸培植，永以詒後人。

【校勘記】

［一］此詩原缺，今取《净稿》詩卷三補入。

夜　坐［一］

燃燈坐深夜，四顧無人聲。悠然溟漠外，如見萬象形。明河入窗户，秋意來郊坰。有懷不能道，攬衣下階行。蟋蟀在東壁，近人鳴不驚。西風何從來？砧杵淒以清。力盡泪亦盡，何能到邊庭。共此明月光，不照閨中情。哀哀天邊雁，來往如經營。今年稻粱絶，去年荆棘生。瀟湘變赤土，平地爲滄溟。横飛避矰繳，復有搏鷙鷹。顧影失其侶，空復念伶俜。孤客夜方求，相對不忍聽。入門擁被卧，輾轉天欲明。鄰雞急更箭，明星正熒熒。珂馬十萬隊，閶闔方啟扃。小臣不敢後，趨蹌拜明廷。鴻臚發高唱，報捷自西征。天顔喜以懌，賞賚有遷升。回頭見諸老，共説今太平。

【校勘記】

［一］此詩原缺，今取《净稿》詩卷四補入。

和羅明仲讀史有感[一]

大車東入周，祥麟忽西踣。反袂登前途，馬足半荆棘。自從黄虞來，乾坤一更易。不有魯中叟，天下何能國。辟之掣巨鼇，屹然立天極。南面二百年，篡亂悉誅殛。漂流逮狂秦，漢道乃一息。傷哉哀獻餘，而有莽操賊。六朝五代間，此輩相接迹。僞俗日以滋，史氏失其職。誰刊禪代文，别此白與黑。巖巖紫陽翁，秉筆有正色。大綱極森嚴，萬目實具悉。春秋千載心，乃見此遺嫡。人生比輕塵，富貴復何益。君看奸佞徒，變幻如鬼蜮。厠列編簡中，腥穢弗可滌。嗟嗟今世人，無爲後人惜。

【校勘記】

［一］此詩原缺，今取《净稿》詩卷四補入。

讀蘇老泉批點孟子[一]

古人藴至德，出言皆有章。廣大極天地，細微入毫芒。上以立紀極，下以扶綱常。嗟嗟孟氏書，此道自羲黄。大明破爝火，東魯有餘光。屹然砥柱中，障此頹波狂。漂流秦漢來，弱葦不能航。雕鏤發奇譎，搜覽凌荒唐。天籟夜方寂，嘈嘈笙與簧。如何此菽粟，而以比膏粱。割裂錦秀緞，補綴布帛裳。豈不眩耳目，不飽饑寒腸。遂令末世下，多岐益亡羊。懷哉濂閩翁，重啟斯文祥。

【校勘記】

［一］　此詩原缺，今取《净稿》詩卷四補入。

僦屋嘆二十韵[二]　予再至京，借潘署丞屋以居。

千里駐奔蹄，倉皇問居室。鶗鴂僅一枝，足以庇風日。主人飾外觀，門庭故崇秩。遥望西南樓，樓頭相屹屹。曲巷四五重，行客弗敢詰。誓言托券書，一語意已畢。明日入房門，悔之不可出。欹側北回船，支柱如比櫛。枯柱半驚龍，敗壁盡藏蟲。竅罅苦多門，補綴良無術。居者易爲安，見者心膽慄。因循復歲年，風雨轉飄没。簷低軋及頭，泥深高過膝。不及燕雀巢，錯比蛟龍窟。嗟嗟肯堂子，作事在真實。貴此粉畫工，賤彼繩墨律。弗念創造難，棄置如遺物。世無九方皋，相馬不相骨。托身非所歸，肉眼久荒忽。君子行見義，終朝不能屈。

【校勘記】

［一］此詩原缺，今取《凈稿》詩卷四補入。

見雪十七韵［一］

幽懷悄無寐，起坐寒窗前。虛簷夜生白，恍然月娟娟。晨雞四五唱，出門始朝天。門外積雪滿，衢巷色相連。心知此稀瑞，爲我報豐年。去年冬不雪，疫氣苦沉綿。仲春足生意，乃覺河冰堅。咄哉陰陽化，寒暑固其然。小人愛暄暖，赤脚無制牽。翻思去年好，不受饑凍眠。溝壑且朝夕，誰得慮周旋。苦樂良不齊，三軍猶在邊。邊城倍常冷，衣甲久已穿。宵戈怯横枕，私門急官錢。將軍擁羅綺，酣歌厭肥鮮。封侯意未已，獻捷功當遷。安得達明聽，爲君奏長篇。

【校勘記】

［一］此詩原缺，今取《凈稿》詩卷五補入。

灣頭路奉太守叔父［一］

朝望灣頭路，暮望灣頭路。路上遞行人，趣馬不能赴。長恨千里遠，戚戚傷跬步。千里一悲思，腸斷不復顧。只尺故弗來，相對如寐寤。豈不念私情，公家有程度。翻思好爵身，不如舊韋布。貧賤一身輕，富貴有羈羿。所以達觀人，於焉得深悟。

【校勘記】

［一］此詩原缺，今取《净稿》詩卷五補入。

題菜送林貴實謝病還莆田[一]

東曹豈不榮，促剌如窘步。秋風一夜生，吴中是歸路。凄凉遼海東，白首公孫度。揮鋤瓦礫間，黄金不曾顧。古人重食菜，百事皆可作。送君歸去來，日涉園中趣。菜長病亦蘇，青山日未暮。

【校勘記】

［一］此詩原缺，今取《净稿》詩卷六補入。

暑日切西樓[一]

暑日切西樓，隆隆比熏爇。讒蠅晝紛營，饑蚊夜團結。赤脚苦欲焚，炙手匪爲熱。仰天神與飛，就枕夢不徹。恒情願高居，畢志心始滅。下步今即難，卑棲昔非拙。君看林下士，放意無肘掣。炎凉勢則然，得失豈秦越。愛炎不愛凉，無乃人心別。

【校勘記】

［一］此詩原缺，今取《净稿》詩卷六補入。

漸　齋[一]

深涯俯重淵，穹衢切層漢。霄壤勢則然，高卑此其判。緩步有階梯，蹴立無畔岸。俯仰出門初，驅策登途半。前猛苦獵凌，却縮愧疲愞。惟應賢達人，鴻飛邈難亂。

【校勘記】

[一]　此詩原缺，今取《净稿》詩卷六補入。

贈師召二十二韻[一]

念昔初舉官，與君實同舍。少年江海心，一見即傾下。世情重邊幅，欺人每昏夜。矯論故譎奇，危顔惜資借。下此混俗流，滔滔不停瀉。清渭與濁涇，泯没相注射。疏拙慚未能，效學且不暇。君心人罕知，君面人可詐。辟之在璞玉，誰與連城價。又如無弦琴，見者輒驚訝。又如不和羹，人皆啖其炙。識君愧莫真，羨君寧自貰。從君願執鞭，送君空輟駕。君去方暮秋，君來必初夏。晴雨正覆翻，蓬麻失憑藉。理道貴目前，渺邈唐虞化。聖賢足緒餘，禮樂豈虚詑。紅紫苦亂朱，稂莠日侵稼。大番造化爐，僅足補其罅。涓酌亦滄溟，培塿乃嵩華。意遠言近迂，達人恐遭罵。持歸慰閒寥，庶爲知己謝。

【校勘記】

[一]　此詩原缺，今取《净稿》詩卷六補入。

枉林一中僉憲話四十韵兼柬黄文選世顯[一]

君行有所之，我心如不樂。本無兒女情，胡乃懷抱惡。貧賤念親交，意氣久傾諾。黑髮海南州，青燈泮西郭。俯仰曾幾何，歲月忽如昨。雲雷競翻騰，風火驚錯愕。暫比曝日魚，終作鳴皋鶴。比部才特稱，銓曹譽相若。緊君心寬廣，黄子性操約。芝蘭本同馨，參桂互爲藥。拙哉鈍以頑，藉此椎與鑿。有如瞽師行，跬步仰前却。有如驥馬奔，附尾願卿托。情言未及竟，王命弗可度。友道嘆益孤，離愁豈相虐。丈夫蓬弧志，平平信恢拓。衆人麋鹿群，促促憂團縛。朝廷自本根，藩方實扃鑰。耳目一障遮，綱紀乃顛錯。上天日月深，下土川原涸。豺虎當道周，置杙設林壑。誰爲張文紀，誰爲范孟博。知士畏天明，仁人重民瘼。大體苟足觀，小節或可略。八郡官頗尊，五品禄不薄。禍福得轉移，威權在揮擢。於時必有濟，立官良不怍。坐食光禄厨，耻玷清朝爵。壯志鬱未降，剛腸苦難弱。聖言不我欺，往轍自君作。寧爲大無成，勿以小而削。大道亡多岐，大明破餘爝。閩邦古稱越，建陽今比洛。流澤尚溉沾，遺編未零落。泰山納培塿，滄海受杯杓。巨室荒歲儲，良田晚秋穫。肉眼失驪黄，枵腹厭糟粕。便捷登要津，迂古束高閣。遠功沮以疑，近利喜而躍。持此平生酒，且以對君酌。

【校勘記】

[一] 此詩原缺，今取《净稿》詩卷七補入。

白雲起天末贈一中[一]

白雲起天末，冉冉來孤鴻。我行不可遠，念子心忡忡。誰無父母懷，岐路限西東。官家有嚴度，孝理今所崇。閩山逼親舍，不廢王事共。古人菽水養，實以輕三公。進退苟足據，脱屣將奚從。

【校勘記】

［一］此詩原缺，今取《净稿》詩卷七補入。

魚游入淵深[一]

魚游入淵深，鳥飛薄天高。安居與暇日，帝力寧秋毫。所以君臣義，俯仰無所逃。咄哉漆室女，倚嘆心忉忉。杞人信多事，鍊石非虚褒。古來休戚臣，欲濟同舟操。戇士昧深淺，力薄志空勞。負蚊幸涉海，往往委波濤。全身豈不愛，衆喙苦相遭。馬公祚宋語，此事應吾曹。

【校勘記】

［一］此詩原缺，今取《净稿》詩卷七補入。

趨庭圖

（缺）

鼎儀席上分韵得復字柬賓之[一] 時賓之以止破戒受罰。

李子詩中豪，高懷不堪觸。病來苦作戒，止詩如止欲。一朝故態生，仰視天宇促。不顧雞酒盟，甘心就罰贖。誰能掣其雄，卓哉崑山陸。朝罷東閣門，殷勤重邀趣。群公各有情，匹馬晝相屬。當筵出長篇，一一見心曲。而我獨何爲，居然附群玉。我病實多端，不知止與復。永懷四勿翁，面赧心亦恧。願君重作戒，書紳以爲服。

【校勘記】

［一］此詩原缺，今取《凈稿》詩卷十補入。

得戴師文書有感[一]

閉門悄無事，凍雨三日餘。跬步不可出，況乃萬里途。故人自天北，遺我尺素書。剥封不敢讀，且復立趑趄。兒女雜相問，爾輩焉得知。江湖與廊廟，憂端實在兹。君看塞上馬，得失誰是非。螳螂與黄雀，萬古令人悲。

【校勘記】

［一］此詩原缺，今取《凈稿》詩卷十六補入。

清夜二首[一]

清夜步前除，坐待明月光。明月不可得，露下霑我裳。呼童具尊酒，自酌還自傷。悲風忽何來，哀哀雁南翔。仰觀河漢星，萬古永相望。

中夜夢初覺，坐覺秋意深。鳴蟲亂入耳，惕然傷我心。起望晨明月，明月忽西沈。慧星亦三五，極目扶桑陰。

【校勘記】

［一］此詩原缺，今取《浄稿》詩卷十六補入。

决　渠[一]

决渠數晨夕，溝澮不能滋。遂令抱甕者，亦復笑其癡。微雨忽來過，生意滿秋籬。乃知皥皥民，帝力真不知。

【校勘記】

［一］此詩原缺，今取《浄稿》詩卷十六補入。

雨聲夜何長[一]

憂來不能寐，卧聽空階雨。雨聲夜何長，不見雞鳴已。平生廊廟心，且復念田里。侵晨問我農，禾頭半生耳。

【校勘記】

[一] 此詩原缺，今取《浄稿》詩卷十六補入。

南望青蘿山[一]

南望青蘿山，峨峨蹴天起。上有千載人，高風屹相峙。懷哉傷我心，莫問侯城里。我行再拜之，潸然隔秋水。

【校勘記】

[一] 此詩原缺，今取《浄稿》詩卷三十補入。

李西涯作白髭問答篇，予髭白久矣，愧不敢復問，聊借韵代答，以廣未盡之意[一]

吾聞宗廟燕，序齒先以髮。吾生本髮類，人也焉可缺。相爾及老成，庶保此明哲。不見殤者流，閲世乃一瞥。雖有聖賢資，何能補絲忽。我白君勿憂，我白君且悦。斯理諒則然，敢以誇爲吶。

【校勘記】

［一］此詩原缺，今取《浄稿》詩卷三十一補入。

既乃思髭之言，若誇以戲，愧不敢當，復借問髭韵以答之［一］

我髭豈獨白，我白此其時。所嗟百無成，愧此頷下髭。髭白勿我戲，戲言出於思。我心我自信，豈但髭不知。及此幸未白，奮發各有爲。悠悠百千載，不朽今謂誰。原壤豈不老，回也非期頤。

【校勘記】

［一］此詩原缺，今取《浄稿》詩卷三十一補入。

白鬢

人謂西涯問白髭，予富問白鬢，噫，予愧，予鬢久矣，復奚問顧獨愛焉，因借其韵作愛

（缺）

哀必榮

（缺）

人皆笑我屋

（缺）

出門

（缺）

立　秋[一]

立秋未三日，已覺秋意深。戚戚庭户間，兀然傷我心。我心豈憚暑，秋至故蕭森。炎凉本天道，敢作悲秋吟。

【校勘記】

［一］此詩原缺，今取《净稿》詩卷三十二補入。

白日鼠[一]

嗟爾白日鼠，公然走踆踆。爾也本陰類，及晝恒畏人。何年易爾性，不畏人怒嗔。殘污我書册，旋及吾冠巾。暴嚙動萬狀，孰辨夜與晨。我欲灌其穴，穴壞與墻親。我欲熏以火，未及徙我薪。輾轉兩無策，爲爾徒嚬呻。悠悠此蒼天，敢謂誰不仁。

【校勘記】

［一］此詩原缺，今取《浄稿》詩卷三十二補入。

晝　夢

（缺）

思菊次匏庵韵[一]

凄其暮風寒，衆草失故緑。悠然南山下，賴有此佳菊。自從三徑荒，不一慰吾目。别爾本非真，棄我亦太速。縱無屈子醒，未墮坡翁俗。傷哉荆棘途，雲雨正翻覆。空谷久不芳，素心誰托宿。君看傾國花，野鹿競銜逐。不如東園葵，猶能衛其足。倀倀復何言，恨滿湘江竹。

【校勘記】

［一］此詩原缺，今取《浄稿》詩卷三十三補入。

河西舟中有感

（缺）

煩　暑

（缺）

酷日推不去

（缺）

西涯諸公以詩來賀得孫次韻奉謝[一]

玉樹委空階，悲風來故園。空懷季子恨，無復于公門。幸哉此先澤，庶以遺來昆。來者方自兹，上者復何言。一旅有仍業，百世神禹孫。永懷栽植念，敢忘天地恩。碩果信不食，靈苗今有根。故人爲感激，佳篇遠温存。交游古所重，休戚實具論。一讀一再拜，三復吾何煩。不才負明主，抱拙甘灌園。長揖謝璧水，高咏歸衡門。青山不改色，對之如弟昆。舉酒自斟酌，萬事吾何言。枯荄見生意，舊竹今有孫。平生丘隴念，再拜君王恩。病骨老差健，鬢髮白盡根。一息幸未死，百念宛猶存。何當深夜坐，更此秉燭論。悠悠渺江海，空復魂夢煩。

【校勘記】

[一]　此詩原缺，今取《净稿》詩卷三十五補入。

敬所詩來致永訣語且有後死之托次韻以答[一]

每讀永訣語，爲公一長吁。傲睨生死間，公真非懦夫。耻爲厠下鼠，甘作首丘狐。死生既已判，富貴安足圖。即此没世名，自與天壤俱。惓惓後死責，敢謂公獨無。□□古所重，出處義不殊。但恐逼塵累，遨游先八區。

【校勘記】

［一］此詩原缺，今取《净稿》詩卷三十六補入。

敬所先生久留予所，諸公請以衣澣，先生不可，因述其意以贈之

（缺）

就養居

（缺）

次司馬憲副通伯飲酒詩韻[一]

淵明千載人，擬之孰可得。避世入醉鄉，痛飲不自惜。彼哉投閣徒，營營祇謀食。誰知百年內，光陰真過客。至人有深悟，待珍恒在席。臯廬亦偶爾，祖跣豈成擲。不如安吾常，意足聊取適。所以秉燭人，放懷繼以夕。富貴空中雲，變幻本無迹。得失輕重間，奚翅相十伯。遠矣肥遯園，庶以窮吾力。

【校勘記】

［一］　此詩原缺，今取《凈稿》詩卷四十一補入。

次韵賓之侍講［一］　經筵十六韵

虞周千載治，大道在遺經。茫茫漢唐下，雜然競門庭。中庸有至教，昧此一與精。吾心久垂隔，況復念含靈。懷哉位育化，誰與成其能。豈無黄老術，亦有申韓刑。那知甕中天，不見井外星。清朝幸遭際，聖學方昭明。群英總先達，疏陋亦隨行。經帷近君地，何必位公卿。程朱古賢聖，遜避若惕驚。退身豈所願，於此非忘形。長歌思激發，一一見君情。涓埃與海岳，意遠言則誠。駑駘本無似，見之氣亦增。如何韓公者，一職以爲榮。

【校勘記】

［一］　此詩原缺，今取《凈稿》詩卷十補入。

次吴匏庵極屋詩韻

（缺）

慕陶居士壽詩得惟字[一]

淵明曠世士，矯矯不可絏。折腰豈五斗，出處非吾時。先生慕陶者，蚤爲三徑資。豈無巴東水，澄江足漣漪。饑鷹飽不去，永爲猿鶴嗤。脱險就平陸，取具無所惟。青山且十載，鬢髮老不衰。愧君壽筵酒，始是休官期。

【校勘記】

［一］此詩原缺，今取《凈稿》詩卷六補入。

爾酒[一]

中歲頗好爾，對客恒勸酬。謂爾足玩世，謂爾能忘憂。近忽病我齒，旋及吾嚨喉。涓滴爾不敢，中熱亦難瘳。我憂豈爾迫，爾曷爲我謀。傷哉勿復道，天與吾爲仇。

【校勘記】

［一］此詩原缺，今取《凈稿》詩卷二十補入。

次西涯先生韵赠黄宗□

（缺）

送杨应宁都宪三首次西涯韵

（缺）

次西涯脱牙诗十八韵

（缺）

次韵酬赵粲

（缺）

悼門里手植檜次韵

（缺）

桃溪類稿卷之六　五言律詩

懷黄工部定軒[一]

歲晚同爲客，天涯各住身。共看今夜月，誰是去年人。世路祇如夢，虚名未當真。一般閒意緒，何處往來頻。

【校勘記】

[一] 定軒，《桃溪净稿》作「世顯」。此詩原缺，今取《净稿》詩卷一補入。

秋　晴[一]

暑雨兩經月，秋風初報晴。今朝出東郭，何處望西成。水國雌蜆動，雲霄哀雁鳴。相逢江上使，猶道未休征。

【校勘記】

[一] 此詩原缺，今取《净稿》詩卷一補入。

石鍾山[一]

乾坤遺此怪，今古費多評。萬籟自生聽，雙鐘誰所名。問山元不語，叩石竟何情。未識孤舟月，能窮半夜聲。

【校勘記】

[一] 此詩原缺，今取《净稿》詩卷一補入。

次韻黄世顯戊子元日[一]

得歲頻驚我，傳杯欲讓人。翻思前日事，多愧百年身。紫閣醉中曉，青山夢裏春。風塵雙倦眼，歷歷怕逢新。

【校勘記】

[一] 此詩原缺，今取《净稿》詩卷一補入。「世顯」，目録作「定軒」。

奉和兵部四叔父金陵寄示詩韻[一]

十年南國别，萬里北書來。恩愛言難盡，殷勤手重開。驚心還伏枕，倦眼一登臺。爲問門前柳，春光幾日回。

世道日升降，路歧紛往來。迂心還自信，拙口已慵開。天闊秦淮水，雲深郭隗臺。有懷招不得，耿耿夢中回。

【校勘記】

［一］此詩原缺，今取《浄稿》詩卷一補入。

次韵奉待四叔父［一］

書傳能到日，心苦未逢時。不語對岐路，有懷如亂絲。十年猶是别，百歲若爲期。昨日南征雁，還家報已遲。

【校勘記】

［一］此詩原缺，今取《浄稿》詩卷二補入。

送汪知府［一］

河洛新州命，湖湘舊牧曹。輕車方就路，淺水不容舠。撫哺妨殊令，驅麾得上勞。襄陽知接近，邑里半逋逃。時有驅逐流民之令。

【校勘記】

［一］此詩原缺，今取《浄稿》詩卷五補入。

奉和十五叔父下第金陵留别詩韵 三首[一]

千里念岐路，十年成别離。如何秋後信，猶以夢中思。舊業留書卷，新愁上酒卮。雲山看不盡，獨立日西時。

珍重封書達，旋聞匹馬歸。行藏吾道在，少壯此心違。松菊故園夢，風塵游子衣。遥知今夜月，還共憶清輝。

竹林秋入夢，風雨夜相親。自愧别離久，空爲江海人。官卑猶竊禄，名在豈逃身。欲問溪頭水，相期一采蘋。

【校勘記】

［一］此詩原缺，今取《净稿》詩卷二補入。

送賀克恭還遼東[一]

送君從此别，遼海隔風塵。歸去身仍在，相看道未貧。蕭條環堵病，迢遞洛陽春。道上逢沮溺，驅車莫問津。

【校勘記】

［一］此詩原缺，今取《净稿》詩卷二補入。

邑人[一]

藐矣力難及，懷哉心未休。忽傳公道在，少緩邑人憂。天下知何限，眼中誰與謀。洛陽年少者，太息涕還流。

【校勘記】

[一] 此詩原缺，今取《净稿》詩卷二補入。

哭叔父王城先生 八首[一]

斷雁秋空遠，驚舟夜壑移。肝腸盡一哭，恩愛更何時。黑髮英雄恨，青山布褐悲。誰將問真宰，傾覆竟如斯。

遠信猶前日，離杯憶去年。永辭唐嶺北，絶筆武林前。客泪驚秋盡，鄉心怨月圓。耿蘭誰與報，昨夜夢依然。

少小師生義，因依骨肉恩。名言猶耳目，燈火幾寒温。桃李經春發，芝蘭得露繁。惟餘百年木，零落誤犧尊。

當代無全士，吾宗第一人。長才終轗軻，肉眼少經綸。駑馬行殊態，鯨魚困有神。王侯亦螻蟻，丘壑共荆榛。

追修仍老大，屹立自成童。宗族柳公綽，鄉閭陳仲弓。逢時知有命，在世可無公。流落他年事，無煩問璧宫。

西北登樓日，江湖愛國心。抗詞悲永夜，愧汗發重衾。尚憶元龍卧，難招梁父吟。桃花溪上泪，流水向時深。

寶慶來時約，錢唐到後悲。乾坤此兄弟，生死竟睽離。世路腸逾曲，江流泪不支。風塵雙倦眼，忍讀豆萁詩。

道在窮皆達，名存死亦生。雲霄無愧色，月旦有題評。憂樂心難忘，行藏分已明。九原如可念，不用哭吞聲。

【校勘記】

［一］此詩原缺，今取《净稿》詩卷五補入。

次韵太守叔父灣中留别之作

（缺）

枉賓之夜話［一］

暮色黄花裹，秋風白雁前。并州初到日，越客獨居年。歲月羈離意，江湖長短篇。西樓今别主，猶憶對床眠。

【校勘記】

[一] 此詩原缺，今取《浄稿》詩卷六補入。

送郭賓之還鄉

（缺）

送占城册封使者[一]

廣海非重譯，占城自一家。窮邊誰敗類，班土復通華。天域今無外，皇威此未涯。莫令周使節，翻愧漢星槎。

【校勘記】

[一] 此詩原缺，今取《浄稿》詩卷十二補入。

清　樂[一]

芳草東風緑，南枝暮雪深。平生此佳句，寥落幾知音。欲知滄浪調，難招楚澤吟。近來江海上，不數斷紋琴。

【校勘記】

[一] 此詩原缺，今取《浄稿》詩卷四補入。

次韵答郭筠心 二首[一]

别館幽棲地，他年憶重過。東芻空谷遠，芳草白雲多。世路驚魚網，交情念雀羅。新詩深夜讀，星斗遏龍阿。

歲月天邊老，鄉山夢裏過。紅塵隨地滿，白髮與愁多。駑馬淹槽櫪，冥鴻識網羅。霜均溪石上，人説考盤阿。

【校勘記】

［一］此詩原缺，今取《净稿》詩卷十二補入。

阻雨憶陳台南

（缺）

送陳允時以醫北上兼柬其兄山海驛宰 二首[一]

正怯空山暑，驚傳上國行。炎埃隨路滿，少壯此心輕。道暍誰流涕，官期祗問程。青雲回首地，白髮愧吾生。

地切京華日，雲連山海秋。客途休契闊，醫道且綢繆。病憶三年艾，民深四海憂。不知迂癖在，天遣幾時瘳。

【校勘記】

［一］ 此詩原缺，今取《净稿》詩卷十六補入。

往事

（缺）

醉倒[一]

路憶天涯遠，行尋野草芳。醒來誰復語，醉倒亦何妨。白髮乾坤在，青山歲月長。弱妻兼稚子，應祇笑吾狂。

【校勘記】

［一］ 此詩原缺，今取《净稿》詩卷十五補入。

邸報[一]

山西長子縣民婦牛氏生一女，雙頭相對，手足各四。

久識天心愛，還驚邸報頻。人痾今顯赫，國計且逡巡。廊廟懷諸老，江湖愧小臣。賈生殊可笑，痛哭竟何因？

【校勘記】

［一］此詩原缺，今取《净稿》詩卷二十補入。

竹兜［一］

小小竹兜穩，登登石徑宜。舍車聊自慊，利涉已忘危。世路古今别，人心日夜馳。相逢莫相笑，鬢髮各成絲。

【校勘記】

［一］此詩原缺，今取《净稿》詩卷二十補入。

游靈巖謁杜清獻公讀書處［一］今名杜家村。

欲飛神不住，未到眼先明。山豈過江好，心終背郭清。村名猶杜曲，相業自端平。再拜吾何敢，凄然愧後生。

【校勘記】

［一］此詩原缺，今取《净稿》詩卷三十補入。

早行有感[一]

隔水人家語，前村雞犬聲。月星猶黯淡，晨夜未分明。坎坷路岐在，倉皇憂患并。吾行亦吾止，愧爾僕夫征。是夜誤於僕夫，二鼓輒行。

【校勘記】

[一] 此詩原缺，今取《净稿》詩卷三十補入。

柬王古直夏德樹

（缺）

謁忠文先生祠追次先生舊韵[一]

太息青巖老，當年此灌畦。渭車方入卜，周道已興西。嚙雪終辭漢，封茅不到齊。惟餘文塚在，千古說幽棲。

【校勘記】

[一] 此詩原缺，今取《净稿》詩卷三十補入。

謁麗澤書院[一]

師友淵源地，精微心法存。功應吾道最，名豈此邦尊。日月容光老，江湖秋水渾。瓣香須再拜，小子復何言。

【校勘記】

[一] 此詩原缺，今取《浄稿》詩卷三十補入。

謁四賢祠[一]

再下四賢拜，永爲千載模。婺星晨啟浙，宋嫡世傳朱。正學名稱大，鄉祠禮數殊。獨慚登祔地，吾道半榛蕪。今祔以近時仕宦者。

【校勘記】

[一] 此詩原缺，今取《浄稿》詩卷三十補入。

待孟瀆河舟未至

（缺）

敝舟

（缺）

河間道中即事

（缺）

謁樓桑廟[一]

倉皇衣帶詔，辛苦武鄉侯。西蜀分王地，中山奮迹秋。蛟龍曾失勢，魚水故相投。千載英雄泪，還同沛水流。

【校勘記】

［一］此詩原缺，今取《净稿》詩卷三十一補入。

執在

（缺）

兹道[一]

今古仍兹道，乾坤别是家。未須論納牖，且合自貑牙。往事看如此，吾生會有涯。誰能不終日，默坐一長嗟。

【校勘記】

[一] 此詩原缺，今取《净稿》詩卷三十四補入。

出門[一]

吏報忽通籍，心驚再入官。蹉跎妨病久，黽勉出門難。志敢忘清世，恩終愧素餐。客情無賴甚，兀坐更憑欄。

【校勘記】

[一] 此詩原缺，今取《净稿》詩卷三十四補入。

寄陳敬所[一]

敬所時有喪子之戚。

每怪舐牛愛，不知談虎傷。老懷誰慘戚，客路更禁當。江海仍頹浪，桑榆幾末光。秋山休獨擅，留取舊滄浪。

【校勘記】

[一] 此詩原缺，今取《净稿》詩卷三十四補入。

次韻寄答西涯[一]

有官終愧我，無地可推賢。感激惟應爾，遭逢故偶然。論交誰不世，恨別復當年。天上玉堂在，空懷舊講筵。

【校勘記】

[一] 此詩原缺，今取《净稿》詩卷三十四補入。

用前韻寄潘南屏[一]

蹉跎嗟報國，老病忽妨賢。欲語知何限，相思益慨然。功名猶布褐，岐路且流年。回首東樓上，分明愧別筵。

【校勘記】

[一] 此詩原缺，今取《净稿》詩卷三十四補入。

期筠心諸公登高[一]

黑髮今難再，青山爾奈何。登臨休愛惜，歲月易蹉跎。世路白駒隙，榮名春夢婆。一尊强健在，相對且高歌。

【校勘記】

［一］此詩原缺，今取《浄稿》詩卷三十六補入。

治棺有感 二首[一]

萬事何年定，一棺聊自謀。極知生有盡，誰向死前休？敢學奠楹孔，羞同夢蝶周。恩深歸老地，即此是瑕丘。

六十歲爲制，古人良遠謀。百年真幻夢，一笑此浮休。備物勞藏稗，彌文過墍周。五陵何事業，回首亦荒丘。

【校勘記】

［一］此詩原缺，今取《浄稿》詩卷三十八補入。

重選赤城詩集有感

（缺）

苦　雨[一]

野岸禾生耳，山城水及扉。毒龍休作怪，哀雁已無歸。溪谷積陰在，乾坤生事微。白頭憂國地，愁坐獨依依。

【校勘記】

[一]　此詩原缺，今取《净稿》詩卷三十八補入。

西涯書來有深衣之議走筆以答[一]

獨樂園中樣，成周世降風。極慚心未古，敢謂服非衷。鷺渚或堪狎，鴛班無所容。安能學宣聖，隨地且章逢。

【校勘記】

[一]　此詩原缺，今取《净稿》詩卷三十九補入。

次韵留敬所先生

（缺）

郡志成有感

（缺）

戊午元旦有感 二首

（缺）

次應黟縣喜雨韵

（缺）

次韵答汪大尹進之一首[一]

久覺神交在，未由傾蓋談。水妨潮上下，山隔雁東南。衰老天教病，驅馳分所甘。尊前憂國地，殘韃可誰戡。

【校勘記】

［一］ 此詩原缺，今取《净稿》詩卷四十三補入。

再次汪進之韵 二首

（缺）

期吴通守祚來游江心[一]

相望百里近，相别一年多。縮地不能至，問天將奈何。公應心未老，我已鬢全皤。莫負中川約，流光急逝波。

【校勘記】

［一］ 此詩原缺，今取《净稿》詩卷四十三補入。

再次前韵留别汪進之[一]

客久不可住，話長難竟談。此心空唯諾，明日又東南。老至病相迫，歸來夢亦甘。開邊知有在，誰借尚方戡。北虜有言復威寧海子之仇者。

【校勘記】

［一］ 此詩原缺，今取《净稿》詩卷四十三補入。

次韵寄謝任太常墨竹[一]

八一軒中筆，瀟湘秋意多。殷勤爲我贈，感激奈公何。枝上墨痕濕，天涯愁鬢皤。相思不相見，落日水增波。

【校勘記】

[一] 此詩原缺，今取《净稿》詩卷四十三補入。

游江心寺再次前韵答進之[一]

地擁中川勝，天留半日談。人誰是賓主，境已絶東南。舊雨山僧識，秋風海味甘。獨憐鄉思苦，叢雜可誰戡。

【校勘記】

[一] 此詩原缺，今取《净稿》詩卷四十三補入。

飲净光寺再次前韵[一] **是日吴通守、李判簿爲主。**

偶作鹿城夢，長懷海客談。不知仙境界，却在郭西南。日暮故情洽，秋高歸興甘。尊前離別色，仗劍可能戡。

【校勘記】

［一］　此詩原缺，今取《浄稿》詩卷四十三補入。

次韻答徐望軒［一］

病苦鷺蛇酒，分安羅雀門。風雲無別夢，耕鑿是深□。懶性癡成癖，霜毛白盡根。紅塵方滿路，詩眼近來昏。

【校勘記】

［一］　此詩原缺，今取《浄稿》詩卷四十三補入。

金山寺追次張處士韵［一］

水自東西下，地應南北分。山高欲吞海，江闊半留雲。絶境世間少，佳名天下聞。獨慚詩興淺，對酒不成醺。

【校勘記】

［一］　此詩原缺，今取《浄稿》詩卷四十三補入。

三月十二日雪中有懷西涯[一]

半夜忽深雪，推門誤夙興。烹茶空有待，放棹已無能。天意茫難測，春花鬱未勝。白頭憂國地，病裏共誰曾。

【校勘記】

［一］ 此詩原缺，今取《净稿》詩卷四十四補入。

次韻答應黟縣 二首

（缺）

再次前韻柬西涯[一]

病骨幸差健，天威實具臨。卜居非浪語，圖報本初心。世豈有升降，道終無古今。退藏休復念，眷注此方深。

【校勘記】

［一］ 此詩原缺，今取《净稿》詩卷四十五補入。

訪西涯不值途中爲風雨所迫[一]

老我來何數，先生出每遲。始知官重地，不及病閒時。西涯在告，予恒往，爲竟日之留。興盡王猷棹，愁深楊子岐。過山風雨急，對面使人疑。

【校勘記】

[一] 此詩原缺，今取《凈稿》詩卷四十五補入。

雪中有懷 三首

（缺）

送康指揮納授職還温州

（缺）

次韻答西涯 二首

（缺）

晚過静海宿流河驛[一]

落日風初静，交河水正流。居人不知姓，行客且停舟。青海鳥飛處，白雲天盡頭。相逢問前路，明日是滄州。

【校勘記】

[一] 此詩原缺，今取《净稿》詩卷二補入。

宿德州[一]

今夜客中宿，德州城外船。山東餘土俗，薊北少風烟。軍餽交相集，舟行不可前。時聞贏老語，菜熟是豐年。

【校勘記】

[一] 此詩原缺，今取《净稿》詩卷二補入。

次韵寄呈寶慶叔父[一]

往事應誰問，愁心祇自知。羈離終夜夢，坎坷百年期。落日懷人遠，浮雲過客悲。衡陽有回雁，不見到京師。

【校勘記】

［一］此詩原缺，今取《浄稿》詩卷五補入。

次林一中僉憲見寄韵［一］

客情聊歲月，岐路亦京師。别久真疑夢，愁深畏及思。病偏妨涉世，官豈廢言詩。一笑青山暮，相看欲語誰？

【校勘記】

［一］此詩原缺，今取《浄稿》詩卷十二補入。

雲峰觀稼［一］

洗盞雲峰外，千村一望間。亂塍争入港，斷隴忽依山。國屢豐登願，民深稼穡艱。重城春未鎖，五馬暮知還。

【校勘記】

［一］此詩原缺，今取《浄稿》詩卷十五補入。

嗚謙弟北上贈别 二首[一]

弟兄千里别，江海百年思。歲月今杯酒，乾坤幾路岐。老先隨病至，憂只與心知。多謝黄通政，惓惓汲引私。

行色休頻顧，征途合强登。望深淮水棹，寒薄潞河冰。貢賦東南甚，勤勞歲月應。丈夫觀國志，誰是少年曾？

【校勘記】

[一] 此詩原缺，今取《浄稿》詩卷二十補入。

過王静學先生故址[一]

凄惻百年地，經過千載心。天高那可問，泪下益難禁。尸祝今遺社，孫謀誰蓄金。清風薇蕨老，落日首陽岑。

【校勘記】

[一] 此詩原缺，今取《浄稿》詩卷十八補入。

謁外父樂古先生墓[一]

先生嗟已矣，再拜此潸然。聖澤應千祀，儒風未百年。空山悲宿草，落日怨啼鵑。欲奠椒槳酒，無因到九泉。

【校勘記】

［一］　此詩原缺，今取《净稿》詩卷十八補入。

次韵郭筠石雨中有懷［一］

夕陽流水遠，暮雨落花深。地不妨真隱，天應着漫吟。且從人醉夢，休問日晴陰。見説争枝鳥，飛飛滿上林。

【校勘記】

［一］　此詩原缺，今取《净稿》詩卷十八補入。

次韵送鳴雉弟北上［一］

少壯能觀國，疲庸早謝官。痛深千載哭，寒憶萬間歡。志亦忘家在，思當出位難。迢迢清夜夢，愧爾到長安。

【校勘記】

［一］　此詩原缺，今取《净稿》詩卷二十一補入。

醉後[一]

醉後半欲死，愁來翻畏醒。乾坤看未老，鬢髮已全星。心遠難離俗，門深更合扃。升平今有策，不用《太玄經》。

【校勘記】

[一] 此詩原缺，今取《净稿》詩卷十五補入。

不識[一]

不識噬臍悔，寧甘裂瓦嗤。舐牛還戀犢，蹲鳳已無池。心苦窮櫚曝，憂深漆室葵。梟雛風翮健，更上最高枝。

【校勘記】

[一] 此詩原缺，今取《净稿》詩卷二十一補入。

逸老叔父别後醉不肯寐再得一首[一]

别去醉成夢，愁來詩作顛。放教妻子笑，不用市童憐。燈燭三更夜，星河萬里天。屹然心事在，直欲到千年。

【校勘記】

［一］此詩原缺，今取《净稿》詩卷二十補入。

期筠心不至［一］

消息渾難定，先生故不來。眼花空對燭，心渴已生埃。白髮天誰管，青山路有媒。此生真昨夢，隨意且銜杯。

【校勘記】

［一］此詩原缺，今取《净稿》詩卷十六補入。

三十叔約登天竺庵未至短述奉柬［一］

喚起空憐早，登高不及秋。眼穿東道主，興盡剡溪舟。送酒渾閒事，看山即勝游。風光無賴甚，白盡少年頭。

【校勘記】

［一］此詩原缺，今取《净稿》詩卷二十補入。

晚泊西郭

（缺）

再用前韵柬繼休先生[一]

老堪妨病久，心苦出門難。恩敢輕忘國，人誰不愛官。兔深三窟易，鳥倦一枝安。岐路紛紛在，輸公冷眼看。

【校勘記】

［一］　此詩原缺，今取《净稿》詩卷四十一補入。

雲津書院次陳白沙韵[一]

斯人今不作，墜緒已難尋。糟粕空遺味，精微誰究心。天高元有籟，弦絶可無音。珍重雲津學，休傳繡譜鍼。

【校勘記】

［一］　此詩原缺，今取《净稿》詩卷四十二補入。

次韻張汝弼叙别一中之作[一]

客情渾欲亂，杯酒豈勝斟。遠水終投壑，飛花已别林。勢分堪下石，金盡况交心。真賞今餘幾，無弦漫試音。

【校勘記】

[一] 此詩原缺，今取《浄稿》詩卷七補入。

還　家

（缺）

次韻答章仲昭

（缺）

送應孝子剛之任宜興

（缺）

次韵答吴匏庵

（缺）

題許太守兩郡崇祀卷

（缺）

次韵答林待用都憲 七首

（缺）

公道

（缺）

送范本德經歷之南雄

（缺）

次張東白先生韵

（缺）

贈别吴子華給事

（缺）

齊寧喜得家報

（缺）

過沙河

（缺）

曉過南望

（缺）

早過高郵湖

（缺）

瓜步晚眺

（缺）

再得家報

（缺）

次黃汝修寫懷韵

（缺）

讀繆守謙三首有序

（缺）

初度有感 二首

（缺）

方山謁墓次徐忞庵韵

（缺）

訪陳敬所

（缺）

元日

（缺）

桃溪類稿卷之七　七言律詩

太液晴波

太液池邊春水平，日華浮動暖風清。溶溶帝澤此中滿，滚滚仙源何處生。一碧浸來天地老，萬紅流盡古今情。建章宫畔當年事，回首斜陽夢已驚。

瓊島春雲

蓬海分明在眼中，暖雲高捧玉芙蓉。春陰欲下清虚殿，朝彩先浮最上峰。瑶管聲中迷去鶴，金根影裏護飛龍。夜來雨過知多少，試向東郊問老農。

金臺夕照

平原落日影沉沉，一上高□□□□。□□□□□□定，甘棠空老半成陰。□圖秋□□□□，□□□□□水深。幾向朝陽看鳴鳳，五雲□□□□□。

居庸疊翠

誰設重關壯帝宮，迢迢形勢北來雄。鳥飛裂石連雲起，龍走長岡到海窮。塞草遠分天外碧，狼烽不送日邊紅。閉門謝却陰山路，時見晴嵐度曉風。

中秋坐病奉謝諸寮友

故人邀我看明月，有約欲來病且休。乃知一會不易得，誰遣此生長作愁。飲酌區區亦定分，得失營營何所求。勸君乘健飲須醉，明朝萬事良悠悠。

睡　起

睡起空庭及午時，漫憑孤枕一題詩。吾心覺得有安處，世事看來無盡期。淺薄尚懷憂國論，蹉跎不計買山資。倚門重檢床頭《易》，百歲行藏只自知。

寄贈盧舜用

崇文門外送行時，寂寂高風想見之。環堵可容原憲病，扁舟不返季鷹思。青編泉石無年歲，白首紅塵有路岐。坎坷一官真忝竊，夢中猶愧故人知。

次韻答陳牧村 二首

睡足孤村得覺先，始知林下有神仙。短衣野笛江南路，流水桃花物外天。清世完名歸舊隱，白頭高興在遺編。多情漫鼓商山調，爲報遼師已凱旋。

三徑門前菊未荒，動人秋思已悠揚。江湖歲月初心在，岐路風烟別夢長。每飯獨慚徐孺子，一官能老賀知章。黄金臺下休回首，正想空山芋栗香。

次韻答郭筠心

離懷一倍向來深，讀罷新篇百不禁。公道幾人憐白髮，交情今日重黄金。雲生遠樹皆秋恨，水滿空江隔暮陰。典籍不忘遺業在，相逢誰是舊冠簪。

喜黄定軒[一]將歸遥寄一律[二]

聞道冬官承詔旨，征車昨日下池州。一分受賜曾留念，百倍輸公未覺休。江海祗今猶遠別，廟廊何處着深憂。歸來且共談詩句，莫遣繁霜到黑頭。

【校勘記】

[一] 定軒，《净稿》詩卷三作「世顯」。

[二] 《類稿》目録題脱「一律」二字，據《類稿》正文題、《净稿》詩卷三補。

奉慰十五叔父下第

望盡青霄眼欲穿，别懷到此轉茫然。文章自古多憎命，出處于今莫問天。岐路風烟猶昨夢，故鄉心事復何年。從容尚憶陪觴屨，細論《南華》第一篇。

寄城南諸友

十年回首論交地，萬里閒情入望初。闕下每聞鄉國事，燈前重檢故人書。紅塵滿路看羸馬，芳草經春想舊廬。出處祗今何處是，欲從南谷問華胥。

寄金浦雲

回首西風此别離，馬頭消息轉遲遲。交游於我爲前輩，出處憐君獨後時。鄉曲譽高收月旦，雲霄心遠各天涯。素書珍重殷勤意，淺薄那能慰所期。

次韵李賓之雪中憶張亨父

慘淡寒光帶雪微，江南游子怯秋衣。眼看歲月愁邊去，心憶鄉山夢裏歸。俗客有時親獨案，故人何處款高扉。近來自怪迂疏甚，湖海交游日漸稀。

十五叔父久留金陵奉寄一首

疋馬初聞下棘闈，便隨征雁入南畿。秋花有恨空成約，春草無詩定不歸。上國夢回爲客好，故園書去隔年違。多情爲掃林間竹，已辦天涯萊子衣。

喜陳儒珍來過

一住休言十日餘，幾從門下望高車。殷勤豈是愛留客，寥落近來成索居。莞海秋風人去後，巴山夜雨夢回初。多情見説城南路，楊柳千行緑漸疏。

病中有懷呈十五叔父

夕陽西下隔秋陰，三徑門前舊竹林。無復驚塵隨别夢，獨憐多病損閒心。絶交書在從人棄，漫興詩成每自吟。世路近來休更問，欲將青鬢謝朝簪。

居　閑

江湖歲月易蹉跎，十載歸來少壯過。與世難忘心欲懶，居閒無分病偏多。何年紫陌頻勞夢，在處青山足放歌。肉食也知非我相，涓埃未報奈渠何？

奉十五叔父夜話有感

竹邊飯罷酒停斟，漫擁寒爐坐夜深。慷慨共談當世事，依違多愧古人心。孤懷耿耿乾坤窄，短鬢毿毿歲月侵。欲上南山望湖海，不知明日是晴陰。

哭應志建

望盡青霄着步難，卑棲不共一枝安。十年牢落方嗟命，萬里歸來已蓋棺。楓影夜寒心欲折，稗花秋老泪初乾。凄凉一代論交事，遺墨多從醉裏看。

次韵四叔父還家樂

見説還家無限樂，竹林猶得想高情。一身在世惟君父，四海何人更弟兄。行盡路岐終不定，歸來心事已全明。彩衣不换黄金印，未有微勞答盛平。

憶別

離懷今日轉難平，背倚東風憶此生。萬里歸來真浪迹，一年甘旨是虚名。尊前楊柳看人醉，馬首青山笑客行。可是深恩酬未得，微官顧藉亦何情。

春愁

獨上高樓望眼開，春愁無數逐人來。官河二月冰初合，水國經年雁未回。岐路關心妨斥堠，野田生事入蒿萊。何須更檢門前柳，深放黄金作酒杯。

送沈侍御源調盧氏尹

脈脈離懷此酒巵，春明門外送行時。風霜入地貔貅静，雨露中天螻蟻知。未老丹心終是鐵，多愁青鬢欲成絲。一官百里猶民社，須信男兒事可爲。

秋日病起

兩月趦䟸不下樓，樓中光景病中愁。冷懷牢落弗宜睡，客舍淒凉先報秋。世事漸生前日泪，鬢毛初减少年頭。誰家鐘鼓喧長夜，笑倚銀河看女牛。

風雨高秋動物華，雁聲寥落暮雲遮。年光向我心如棘，岐路從人眼欲花。天地此生元是客，江湖何意更無家。黑頭書卷南窗下，鏡里勳名未有涯。

書感

擁被高眠夜正遲，細將往事自尋思。仰天但使心無愧，在世難教人盡知。民極未亡終有賴，海瀾欲到竟誰支。相逢歧路君休問，蜀道于今已坦夷。

秋　夜

樓頭月色淩清晝，樓下砧聲急短更。宋玉愁來心欲亂，杜陵病後夢先驚。華門露冷人無語，沙磧天高雁有情。百萬横戈委溝壑，將軍昨日奏功成。

送趙表叔允洪還鄉展省

芳草兩年同作客，秋風萬里獨歸人。江湖涉歷悲游子，患難扶持見至親。别意旋添言不極，封書重拆寫難真。舊家門巷渾相近，尊酒高堂白髮新。

次儒珍韵

十年海嶺經行處，往事多從夢裏違。黑髮交情今日在，紅塵世路幾人歸。屋頭流水有深淺，門外青山無是非。楊柳東風零落盡，松陰不改舊柴扉。

得王城叔父訃後適太守叔父來朝抵灣有妨往拜奉此言意

西樓病起及秋初，寥落天南客夢疏。竹下眼穿鴻雁日，燈前泪墮鶺鴒書。舟車只尺灣頭路，簪紱羈縻帝里居。已掃虚齋待函席，别來相憶十年餘。

暮秋奉懷黄世顯李賓之兼憶十五叔父

夕陽門巷雨初收，獨客無言坐暮秋。只尺不來黄吏部，寂寥同病李編修。床頭濁酒難驅使，籬外寒花自澀羞。蓬海風高南雁遠，有人回首竹邊樓。

西　樓

落日蒼茫凍不收，清齋無語坐西樓。餘黎自識天心愛，側席誰同聖主憂。蠹木百年妨伐本，重堤千頃鎮防流。弱懷薄力知多少，禁得乾坤一夜愁。是夕彗出。

太守叔父以禁例命別卜館所奉此爲解

束書三過更新詩，愁轉湘江怨別時。千里路妨灣下泊，十年心苦臘前期。小齋自足興居便，明法能容骨肉私。憂喜滿胸驅不得，未論明日是分岐。

贈周可大僉事

黄郎席上聆清論，十郡官曹在鑑衡。腹有陽秋隨地轉，眼無荆棘向人平。妖狸夜静群心壯，獨鶚風高健翮驚。荒歲青山台上路，蓽門安枕藉餘生。

太守叔父見答前詩依韵奉和

小窗殘月夢回初，青鏡流年意漸疏。醉裏不談温室樹，愁來多誦漆園書。心從慊後皆真境，身到安時是定居。百過來詩看出處，涓埃難報一餐餘。

奉餞太守叔父馬上有感

酒盡東郊立馬時，壯懷揮泪益難支。乾坤不合生岐路，骨肉能教少别離。千里出麾還付托，一官坐食正羈縻。王城山下新栽竹，已負當年百歲期。

二月憶林一中

二月春城未見花，故人何處憶天涯。兩年歸夢猶爲客，十倍愁腸不在家。江上雁回書獨遠，床頭金盡酒還賒。東風昨日看明鏡，短髮毿毿半欲華。

劉閣老先生挽詞

少壯遭逢起盛平，累朝凝望屬群生。勳庸未極人臣位，文學今傳天下名。清廟重違當宁念，白頭無賴倚門情。西江萬折東歸海，砥柱中流日夜傾。

不寐[一]

寂寥門外斷喧聲，坐久空庭轉三[二]更。細雨相親是童僕，撫心欲問非平生。風停漏下聽雞報，雲盡天高見月明。莫怪樓頭眠未得，荷戈宵汗有西征。

【校勘記】

[一] 寐，底本正文作「寢」，目録、《凈稿》詩卷六並作「寐」，文意亦當作「寐」，據改。

[二] 三，《凈稿》詩卷六作「二」。

春歸

城上東風送管弦，倚欄人在落花天。心嗟事往空千載，眼見春歸又一年。孤枕久諳爲客味，空囊羞辦買書錢。誰言五柳門前樹，不及蘇家二頃田。

送吾景端教諭江浦

青雲公道未全疏，忽報先生領外除。世事祇今何處是，壯心回首十年餘。燕臺日晚催行馬，江浦春深入饌魚。坐食一官雙闕下，送君真愧鹿鳴初。

次韻黄九成進士奉使西邊散布花之作

苜蓿風高萬馬秋，賀蘭山外古靈州。彈丸不斥西平土，尺組終縣北虜頭。高幕大營連歲月，輦金駝粟比山丘。布袍一縷中臺命，漆室千年旰食憂。

送姜用貞省親得堂字

馬頭征盖曉風凉，秋水南來雁有霜。千里對君仍別路，兩年拜母憶登堂。交游歲晚逢人少，江海情深愛日長。黑髮紅塵誰獨念，白魚青笋未相妨。

送林秋官一中讞獄便道南還

官道堂堂使節臨，省郎南去及秋深。中朝大命需論覆，下土餘生望恤欽。駟馬有門堪刎佩，渭橋無法可輸金。鼪鼯滿徑皆藜藿，空谷經時聽足音。

折[一]柳堤

堤頭楊柳三千樹，亂葉長條接地青。攀折幾回春欲莫，别離何處客重經。酒酣忽憶陽關路，歌罷更登湖上亭。昨夜西風起南陌，不禁鄉思暗惺惺。

【校勘記】

［一］折，底本正文詩題誤作「拆」。

次韵陸鼎儀病起赴官之作

長憶離杯郭外村，浮萍江海本無根。我來君去誰爲病，北路南岐總是恩。多事不驚憂鬢滿，相逢真擬好詩論。是非得失今何處，午夢蘧蘧又夕昏。

秋　盡

秋盡南樓見斷鴻，六街春霧暖如烘。關河日薄乾坤老，朔漠風高斥堠通。遠地音書還作客，壯年心事欲成翁。美人只在東西路，黄菊清尊昨夜空。

讀李賓之南游稿

秋盡春行不住驂，乾坤踪迹半江南。范公心事憂方遠，司馬文章氣益酣。飛鳥過雲真盪决，采山登海足饞貪。錦囊入夜看長劍，風雨蛟龍下碧潭。

新　寒

十月風高冷欲凝，近陽樓閣怯先登。渾河水落初嘗騎，漕驛星馳已報冰。上將驅麾還筆札，内庭恩渥但金繒。深愁薄力知何賴，濁酒新寒漫不勝。

薌溪書屋 陳北溪先生讀書地。

漳水南來不復西，遠流微派入安溪。足音空谷人無語，茅徑深山路有蹊。天日曉垂卑華嶽，海雲秋盡失鯨鯢。草玄莫羡楊雄閣，石室蘭臺勢漸低。

奉待陳士賢憲副

獨客經年坐閴寥，掩書無地遠紛囂。高軒自枉韓公過，下榻難爲孺子招。江海交情青眼在，乾坤憂鬢壯心消。他時接席催分句，苦憶春燈倒夜瓢。

雪中放朝寄李賓之林一中

匹馬殘燈未及朝，長安門外雪盈橋。侍臣睡足休通籍，聖主恩深每放朝。歲晚長鑱空橡栗，夜寒精甲老嫖姚。初冬三白稀時瑞，濁酒新愁緩自澆。

青州十三賢祠

列俎崇階廟祀專，儼容如對十三賢。勳名炎宋誰高下，民社青州共後先。山嶽海雲瞻拜地，春田秋黍卜禳年。英靈終古潮陽井，改邑須知不改泉。

次韻林一中員外招飲之作

貯酒投詩愧老兄，攬衣分燭念宵征。江湖黑髮新愁長，歲月青山舊夢成。塞北地寒春有信，海南天遠雁無情。炎風涷雨空林晚，愛聽誰家伐木聲。

吴汝賢聽雨亭小酌次韻

兩度來登聽雨亭，亭前花竹比郊坰。新蓮出水高平屋，短草穿階碧繞欞。日落酒酣杯盡白，主人客子眼終青。江山路遠誰先到，塵土秋深夢未醒。

七月望日入朝沾雨有懷張亨父兼憶謁陵諸友

下馬趨朝雨不休，皂貂金鷹濕盈頭。衝泥漫憶登陵怯，苦潦真爲没堵憂。歲晚稻粱悲去雁，夜深江海舞潛鰍。誰人得似張公子，穩卧如山不下樓。

哀土木

日落轅門號令頻，六軍相對眼如瞋。空遺滿地孤臣骨，誰斬終天誤國人。故老百年猶涕泪，太平今日憶更新。傷心莫問龍沙路，北雁無情塞草春。

訪金尚義侍御不值

玉河東畔掖西垣，咫尺來尋隔市喧。驄馬風高猶在路，剡舟興盡不題門。橫溝絶壑皆新恨，謂山東流民。倒海驅山憶舊論。尊酒相逢秋事晚，客囊休道諫書存。

寶慶叔父承報來京既而自金陵南還奉寄慰懷[一]一律

竹下秋深問索居，路岐心事兩年餘。别離又是金陵夢，消息空傳寶慶書。學道未酬身欲困，虚言無益志全疏。馬頭江海行將遍，獨有青山可荷鋤。

【校勘記】

[一] 底本正文題、《净稿》正德本詩卷七均無「慰懷」二字，據底本目録題補。

病中得寶慶叔父謝病書感而有述

户外秋光隔路塵，夕陽衰柳一番新。蹉跎病久仍爲客，慚愧書來又乞身。遠疏獨煩公道薦，吴僉都旌以寶慶爲首。宵車先作散御臣。青山故物寧忘世，黑髮浮踪似愛貧。

寶慶叔父既遂休致用李翰林黄文選韵奉寄

霜落長天一雁飛，旅情無賴入秋衣。獨行與世身先病，未老還家願不違。遠地風烟猶歲月，晚春花柳誤芳菲。殘燈舊簡虛成癖，薄力粗心未覺非。

病中有懷黃吏部

樓頭初日照西欄，十月風高未作寒。遠地窮愁妨斷酒，壯年多病怯加餐。驚心歲月兼程晚，仰首乾坤獨力難。公道祇今煩吏部，太平何日愛閒官。

哭學士柯先生

苦憶西州路未通，閩山高柝萬山空。中朝物論寧須我，天下蒼生獨後公。文字百年餘舊業，栽培中道失全功。墨衰何日停新命，遺表猶堪激下風。先生居憂時，起爲祭酒，不就。

十二月二日夜病中夢得陸鼎儀詩四句既覺因屬成之

亭外高寒俯碧灣，亭中修竹雨珊珊。紅塵匝路水通郭，落日在門秋滿山。吴下故人詩獨好，燕南清夢夜初闌。不才未是渾忘念，多病惟應愜此閒。

病中懷黃世顯李賓之 二首

十日高眠晝起遲，緩尋方藥得中醫。不才豈是官無事，多病惟應志未衰。門巷雪深妨過馬，江湖歲晚益多岐。衣冠論説今如此，舊簡殘燈亦自疑。

庭雪新乾不受塵，硯冰初斷欲生春。冗官歲晚堪供病，末路心多愧食貧。袖裏是非前日定，門前消息此時真。頹波砥柱中流見，河洛何年許問津。

歲除有懷東黄世顯李賓之

城中車馬去如雲，城上歸鴉日易曛。别路五千虚作恨，明朝四十是無聞。蹉跎尚覺非心在，老大兼愁病力分。欲問真源定何處，相思中夜渴逢君。

元夕枉諸寮友燕坐分韵得吾字

元宵對雪興不孤，故人聯騎來蓬壺。開筵掃地且爲主，刻燭賦詩許後吾。簷前倦馬脱御立，墻外濁醪添籍沽。輾然一醉出門去，燈火滿天驚飛烏。

枕上口述

聽盡寒更漏轉稀，百年心事重依依。才疏自覺官無味，意懶難教世可違。厚禄幾人勞肉食，枕戈何處見征衣。相逢夢裏休相問，直道年來半是非。

齋居憶吴鼎儀内翰

十年萍迹共朝簪，此夕清齋憶舊吟。燕雁有情何日到，吴江流水向來深。孤高大抵空群見，辛苦平生學道心。岐路滿前方錯揉，駑駘無力費追尋。

次韵周時可秋懷

幾年清譽在廬陵，鄒魯門墻擬自登。每憶生人聞大道，是誰流品别私朋。駑駘歲晚勞馳頓，鸞鵠秋高仰奮騰。逝水驚風看更急，敗荷衰柳未相能。

客懷

客懷何處是歸期，目斷長天落雁遲。楊柳西風非昨日，芙蓉秋水已多時。乾坤有恨心如醉，江海無情鬢欲絲。盧扁不來岐伯遠，爲誰醫病不醫癡。

次韵賓之慰潘時用卧病不能終場之作

病來秋夢苦難成，虛憶雄文見者驚。門下毛生誰脱穎，渭南諸葛且休兵。中流絶岸妨爲力，末路紛岐愛近名。黑髮幾人憐出處，渴心終夜仰風情。

長吟

掩卷長吟欲廢餐，坐看明月下西欄。壯心入夜多成夢，短髮經秋不耐寒。俛仰此身誰獨力，是非終古有遐觀。須知屋漏尋常地，生死工夫着步難。

送周梁石復任廣德

每從南雁憶離群，匹馬殘陽又送君。心苦迂談憎末俗，手持初政答斯文。民疑盡釋祠山辨，周有《祠山雜辨》。古意猶存翰撰墳。翰撰，原采王先生，梁石爲修其墓。當道恐須勞物論，雅懷應不愛浮雲。

送潘應昌大理

薇省東頭聽鹿鳴，相逢曾是昔年情。江湖意氣看飛動，歲月交游及老成。追轍改弦惟舊業，駕山鞭海足平生。對君莫惜臨岐酒，幾見侯門沸似羹。

聞葉吏侍訃兼哭柯先生 一首

地望參差物論中，老成儒雅幾人同。恨高閩嶺天如窄，秋盡吴江夢亦空。惡竹有情生上下，踣麟無路避西東。皺眉不盡平生業，磊魂應知半塞胸。

有感陳訓導熙道遜學先生事賦此爲别[一]

與君别酒未須斟，一見相忘意已深。慷慨劇談前輩事，凄凉真切百年心。故鄉文物誰傳舊，吾道斯人直至今。暝色寒風在高樹，側身空谷仰餘音。

【校勘記】

〔一〕 此詩題《净稿》正德本詩卷八作《有感别陳訓導熙》。

移　家

逐地移家似放狂，斷雲浮梗本無常。登樓湘漢非吾土，作客并州又故鄉。棲息一枝行處穩，縱奔千里畏途妨。卜居鄭尹休勞問，迂拙惟應學退藏。

坐　雨

濕雨霑泥比亂絲，小樓孤客坐多時。看人騎馬真如怯，决策登山未有期。天地陰晴何日定，路岐消息此心知。十年誤作長安夢，涓滴難酬主上私。

夜坐有懷亨父賓之二公

懷麓滄洲如對面，一燈深夜歲將闌。寂寥况味三人共，兄弟交情四海難。俛仰未能酬素約，追趨猶復念微官。聖途闊遠非今日，目斷青霄望羽翰。

送張公實少參得周字

酒盡離筵急去舟，送君重上驛南樓。功名未及官三轉，江海初逢歲十周。藩省渥恩新付托，禁垣風采舊交游。萬金獻納無多地，兩浙安危繫此州。張職處州巡杭。

齋居祈雪次韻羅李二公

皓月當空玉漏沉，沉寥天意杳難尋。一冬和氣驚春早，三日清齋坐夜深。和客祇今思郢曲，放舟何處是山陰。殿廬只尺文華直，誰獻君王六宬箴。

送祁郎中使朝鮮

珂馬堂堂擁隊行，大江東去出遼城。皇威不與天區隔，使節曾爲國重輕。邦本萬年今日詔，歡聲一路遠人情。近來北地全通貢，莫道中朝已偃兵。

臘月二十四日恭謁康定陵

優命新傳出御筵，綵輿黃蓋擁晴天。九重再拜恭仁册，四海重尊景泰年。宗國敢忘周屏翰，寢園終是漢山川。吾皇盛德今無比，精爽應知一慨然。

次韻傅曰川修撰慶成[一]之作[二]

憶昨初隨上殿參，殿廷朝士半東南。傳歡似聽嵩呼萬，侍御真同晝接三。盛代恩波今醉飽，大庖滋味劇辛甘。馬卿賦後君無敵，欲效終慚力未諳。

十載官聯玉署清，笑談長日見飛瓊。酬恩擬共心精白，竊禄終慚面赭赬。天上有星皆北極，人間無水不東瀛。須知一飯難忘德，豈必千鍾是上卿。

【校勘記】

〔一〕 成，底本正文作「城」，目録及《浄稿》正德本詩卷十並作「成」，據改。

〔二〕 目録「之作」後有「二首」。

梅屋贈鄭漳浦司訓

茆屋數間東浦東，老梅屋角如虬龍。寒香隔水只十里，落月滿庭來九峰。春深顔色不改俗，歲晚精神堪折衝。主人忽作漳泉夢，碧芹紅杏紛茸茸。

西　川

西川夢裏如相識，夾嶼西頭鶩嶼東。斜日倒山渾只尺，逆風奔海未終窮。近人鷗鳥機全息，傍水園林路盡通。我憶五湖歸去晚，願憑深淺問仙翁。

奉酬繆思敬兼柬袁德純大尹

百過長書意未窮，曉星芒色動秋空。矯持力甚輕生論，感激心多起懦功。桃李盡收梁棟具，芝蘭終伍艾蕭叢。殷勤再拜新邦尹，坐食真應愧下風。

送吴原博修撰省親

千里書來自故園，九重心達隔西垣。留連重切宵衣念，感激終煩晝錦恩。歲月幾何勞别夢，乾坤多事欲忘言。青燈入夜懷君地，東閣前頭舊業存。

送鄺載道大尹還黄巖

短鬢西風昨夜秋，别懷相對水東流。淮陽不薄今須召，河内尤宜敢重留。萬古民心終皎日，百年岐路此登樓。朝端風采行人語，驄馬猶傳是鄺侯。

贈表叔趙巡宰

仰首姻盟兩代初，江湖何但念離居。平生愧讀《陳情表》，此日空懷論薦書。官事十分公自力，世途三昧我全疏。過家正及秋風早，蓴菜爲羹好鱠魚。

次韵太守叔父賞菊見詒之作

歸來喜氣滿眉黄，看盡春紅到晚香。尊酒有懷同栗里，功名何意薄淮陽。人生最是天倫樂，世路無如别恨長。昨夜夢魂江海上，分明拜舞彩衣傍。

送戴廷珍提學

別意匆匆不可招，路岐如夢入紛殽。遺珠未盡收滄海，驄馬仍煩出近郊。拔茹自須先去莠，救渾終亦念投膠。驅馳不待堅冰至，風色驚傳十月交。

次韵答李賓之歲暮病中言懷

一日不見三秋如，美人只尺城西居。人面漸與歲年改，心事不隨踪迹疏。乾坤化氣[一]有今古，聖賢事業非空虛。忍寒高卧幾時出，吾欲執鞭驅爾車。

【校勘記】

[一] 化氣，《净稿》正德本詩卷十作「氣化」。

齋居呈諸同年兼懷李賓之知己 成化十三年。

燈火清齋北地初，同來已是十年餘。論交半入新僚友，聚榻頻更舊直廬。浮世功名何日定，故人踪迹未全疏。獨憐多病城西客，去歲兹辰正憶予。

齋居東東院諸同年

檀屑香清蠟炬紅，曉星穿牖月當空。掖垣自與東西隔，齋閤空憐日夕同。健筆幾聞驚石鼎，渴心時復仰詩筒。腐儒事業真堪笑，斷送風光此夜中。

再次齋宿韵柬師召侍講

寂寂天街漏下初，清齋真共客愁餘。星辰夜静瞻高闕，風雨春深憶敝廬。末路心情妨局促，腐儒分數本迂疏。相知此夕憐君在，慷慨平生獨慰予。

寄呈寶慶叔父

十載離懷倚劍看，馬頭南去路漫漫。天邊舊約經心苦，竹下多岐會面難。湘水夜深添别恨，桃溪春暖憶清歡。燈前翻盡平安札，相對無言欲廢餐。

過歌風臺

臺下殘碑手重摩，腐儒千載此經過。諸生未識叔孫禮，游子還同父老歌。日落五陵無舊樹，風來泗水有餘波。神騅不逝空成泣，走狗猶存奈爾何？

十五叔父在金陵有約還家舟中奉懷

去年相約及春歸，春到淮南尚客衣。一路風光看欲遍，隔江消息報來稀。渡頭芳草驚新夢，竹下清陰想舊扉。先後到家那可問？倚篷終日雁南飛。

錢塘懷古

中原無地避腥膻，誰向天津問杜鵑？司馬不回元祐政，困龍何待靖康年。多方誤國終浮海，萬死孤臣忍戴天。應是崖山九泉下，共將清泪泣澶淵。

哭勉軒張先生

十載還家鬢未皤，青山明月好行歌。鄉間故老凋零盡，湖海閒情感慨多。世外乾坤真幻夢，人間歲月易蹉跎。傷心立雪門前路，細雨東風長薜蘿。

桃溪類稿卷之八　七言律詩

贈胡提學希仁[一]

竹林何但説平生，十載江湖識姓名。交道每憐神獨往，論心翻笑蓋須傾。文章大抵時高下，人物從來國重輕。桑梓東南風教地，爲君翹首不勝情。

【校勘記】

［一］此詩底本缺，據《净稿》正德本詩卷十一補。

哭李陟之 賓之弟[一]

年少謙謙若老成，胸中豪氣果峥嶸。不教麟鳳終爲瑞，何用乾坤費此生。行道每聞師友論，入門驚見弟兄情。病來鄉思無聊甚，爲爾凄凉泪一傾。

【校勘記】

［一］此詩《類稿》缺，據《净稿》正德本詩卷九補。且目録中無「賓之弟」三字。

次韻倪舜咨歸省之作 二首[一]

十載雲山憶共歸，馬頭南望路巍巍。九重再荷君王賜，千里空慚游子衣。歲月幾何人意別，江湖如夢客心飛。乾坤舊業青燈在，太息平生事事違。

臘盡春遲意不勝，別離相對益難憑。塵踪滿地嗟浮梗，古道何人念結繩。文字此生堪自笑，功名隨世已無稱。鳳毛文采明時瑞，珍重清御玉署冰。

【校勘記】

［一］此二首詩《類稿》缺，據《净稿》正德本詩卷十一補。

齋居次韻答賓之 成化十四年。

老大真應愧我兄，交游何意托三生。論心每共陳蕃榻，多事翻嫌越客盟。鐘漏屢傳春覺早，星河初轉夜難成[一]。披衣忽報驚人句，側耳如聞擲地聲。

【校勘記】

［一］此詩「夜難成」以上文字《類稿》缺，據《净稿》正德本詩卷十一補。

次韻奉酬明仲有懷之作 二首

客懷零亂鬢毛稀，慚愧東風酒力微。晚節功名誰獨保，壯年心事我全非。魚龍入夜驚春蟄，鳳鳥中天覽德輝。百過來詩看出處，不勝芒汗欲沾衣。

往事紛紛費品評，同行長是不同情。冠裳豈合終欺世，造物從來亦忌名。入眼是非休更論，到頭心迹要俱清。英雄事業真談笑，幾見明庭學請纓。

次韻蕭黄門早朝

向曉明星望裏稀，早春光景入熹微。殿庭催放千門鑰，陛戟遥分五色旂。宫燭影低朝日上，御爐香動暖雲飛。却慚淺薄非臣僕，也自叨陪拜瑣闈。

次葉文莊公喜雪詩韻爲王成憲儒士題

又見深宫望雪天，侍郎詩就憶當年。齋明屢切宵衣念，回斡誰分大造權。憂國有情書卷裏，故鄉遺恨酒杯前。空悲此日陽春曲，多作西風薤露篇。

二月六日以病辭校文[一]之命寄賓之侍講

門外遥傳使者驂，病來心已謝朝參。極知敦遺恩非細，頗怪驅承力未堪。物論幾何酬許與，文章終古變融涵。寄聲珍重平生友，報答無能衹自慚。

【校勘記】

[一] 文，目録作「士」。

次韻送宗儒文令尹之永嘉

傾蓋幾何渾夙昔，停杯明日此西東。離家漸喜如吴下，舊路真曾是浙中。僻縣負山朝宿霧，大江通郭夜常風。雲深不隔三台路，河潤應沾九里功。

分錦遠從雙闕下，飛鳧直過大江東。丈夫出處平生業，吾道興衰百里中。漢治自須循吏傳，邠詩終見古民風。送君正是懷君地，相對離筵愧食功。

和羅明仲館中有懷之作

東閣前頭近御筵，日長門外有傳宣。清嚴舊是儲材地，老大真慚報國年。森列仰瞻吾道在，遭逢終荷聖恩憐。迂疏懇款無三策，只尺威顔即九天。

送王允達還金華

過江諸老聲華郡，開國名家節義門。洛下衣冠非舊日，醉鄉文字有諸孫。交游我惜遲傾蓋，推挽誰從輟去轅。聚寶山前百年事，過庭殘稿可堪論。

再題王允達齋山書舍

歸去齋山山上峰，茆屋數間雲半封。朝陽有竹待鳴鳳，秋水無波驚卧龍。積書萬卷人不識，種德百年天所鍾。青巖壁立路如綫，我欲登拜將奚從。青巖，忠文讀書處。種德，其堂名也。

卧病不預齋宿呈諸同年

客懷寥落病相兼，只尺清顔失顧瞻。空憶爐熏隨茗碗，漫憑藥裹伴書籤。此心自信齋明久，在處真同對越巖。十載東榮詩卷在，墨池春藻待君添。

病　起

病起風光四月過，蕭蕭雙鬢不知皤。驚心午飯還宜粥，入眼春衫盡换羅。筋力轉妨騎馬怯，路岐生見出門多。百年夢覺今如此，一笑青山奈爾何。

送延平先生十五代孫德安縣尹

德安大尹延平裔，自説流傳譜牒真。今去先生凡幾代，南來吾道定何人。考亭舊識淵源正，孔廟誰煩俎豆陳。絶學一鳴三百載，草廬元是宋遺臣。

送王舉人中歸寧海[一]　**王出示葉先生萬言書，且能道吾郡諸老事。**

檐頭秋卷過逢地，袖裏殘編感慨餘。七國未平晁錯死，百年流涕賈生書。東南物論吾邦最，風采規模立國初。莫更臨岐談舊事，酒醒無賴重愁予。

【校勘記】

［一］ 目録「寧海」下缺。

次韻秦廷韶復竹罏［一］ 竹罏，山寺僧物也，失之幾百年，秦爲復之。

無心到處即安禪，何物頻勞問百年。得失未能忘楚越，畫圖終是惜嬋娟。從來湘女江邊恨，暫結真僧石上緣。周鼎殷盤千載上，祇今淪落與誰傳。

【校勘記】

［一］ 目録「復竹」下缺。

張亨父席上限韵賦得清風題

拂拂初從殿閣東，傍花穿柳六街通。如聞道上有餘暍，安得人間皆此風。南凱萬年懷帝舜，北窗長日稱陶翁。晚凉匹馬橋西路，吹盡殘醺滿面紅。

送秦太守廷韶

江湖姓字十年期，雅韵清懷衆所知。念我故非萍水合，對君真重竹林思。郎官歲久猶爲郡，刺史名高不在詩。南去邵陵應只尺，甘棠春老有新枝。

寄呈四叔父先生 三首[一]

五年歸去足閒行，夢裏紅塵斷不驚。仰止祇今懸隔甚，相思何但別離情。江山有待非前日，岐路無端愧此生。襞積滿胸三[二]萬斛，幾時尊酒得同傾。

再到江湖已十年，夢中光景醉中天。室家分薄當誰問，菽水情深祇自憐。官事未酬將老矣，歸心無計益茫然。杖藜春酒桃溪上，棣竹詩成日幾篇。

兩年林下斷書來，懷抱傳聞鬱未開。城上秋高風作浪，山中春盡雪成堆。初心道德應難負，隨世功名豈易裁。自倚南樓望回雁，亂雲深處是天台。

【校勘記】

［一］「三首」底本原缺，據目録補。

［二］三，《净稿》正德本詩卷十作「二」。

讀十五叔父遺稿

流水浮雲盡路岐，大篇濃墨見當時。傳家自比韓公訓，憂國誰憐杜老悲。富貴百年他日夢，文章千古此心知。天高地闊嗟何及，蹠壽顏亡總可疑。

曰川席上分韻得林字

主情珍重十分深，酒債詩盟許重尋。此日開軒留客意，當年虛席待君心。看山未擬懷西郭，伐木如聞在遠林。最是舞雩風日好，幾時歸咏聽餘音。

江東田舍圖

長安不識五侯第，茅屋數門[一]江水東。閉門晝卧氣如鬱，抱膝夜吟聲在空。至今傳笑宋武子，何日可忘龐德公。我欲持之奉明主，爲君擊節歌豳風。

【校勘記】

［一］門，《净稿》正德本詩卷十作「間」，當是。

次韻奉酬賓之爲予代邀用貞秋官兼致速來之意

瓊瑶欲報敢言無，折簡真勞隔夜呼。踪迹更誰賓與主，心情久矣我忘吾。衝泥不假崔郎馬，踏雪堪過賀監湖。最是晚凉微雨後，小樓斜日未全晡。

再用前韻奉贈用貞

空山伐木聽還無，楊柳風高鳥亂呼。交道久慚嵇叔夜，感恩誰似管夷吾。黄金匹馬終千里，白髮扁舟亦五湖。世路到頭君看取，桑榆光景在西晡。

次韵二首奉賀師召得孫之喜

宦路多年長子孫，黑頭猶喜對清尊。衣冠共荷升平世，福澤先歸積慶門。詩句競呼題上壁，歡聲幾欲達重閽。將車載酒他時事，文若應看侍[一]討論。

階庭誰復見蘭芽，君是同年第一家。天上鳳雛元有種，海中仙果再生華。詩書閲世真堪賴，金玉堆山未許誇。萬事衹今何但足，衹應爛醉作生涯。

【校勘記】

［一］侍，《净稿》正德本詩卷十作「待」。

與師召過北海子因憶賓之相約不果却寄

烏外青山宿雨過，馬頭西望鬱嵯峨。烟光欲墮連雲起，秋色平分隔水多。歧路有情方坎坷，客心無賴益蹉跎。歸來莫怪相期晚，不出從嗔奈爾何。

贈高司訓寫真 真今留倪侍郎舜咨處。

解衣盤礴定何年，秋水江湖意惘然。肉食也知非我相，丹青何必藉君傳。人心似面應全别，世路如棋未足憐。只尺滇南風日好，移家休嘆廣文氊。

送商老先生致仕

海天空闊羨冥鴻，道路傳觀挹下風。一代科名誰比并，兩朝勳望獨優崇。弓裘文采身堪繼，廊廟江湖意未窮。莫道二疏容易去，漢廷曾見起申公。

慶成有述次賓之侍講韵[一]

殿門高敞列仙官，天語親承湛露歡。諸老□酣□盡覆，侍臣詩就墨初乾。威顔只尺瞻依近，恩渥崇深報答難。安得涓埃增海岳，也隨芹曝比金丹。

【校勘記】

[一]《浄稿》正德十六年刻本不載此詩。

送邵舉人還鄉

長風捲地不作雨，客子出門還下車。天涯日薄怨芳草，水國春深驚化魚。短髮蕭騷北窗夢，壯心黯淡南鴻書。到家休更説官況，爲爾執手仍躊躇。

送張養正都憲巡撫宣府

翰林徑握都憲[一]命，屹屹此行人所難。先聲知是將家種，豪氣不作儒生酸。北門鎖鑰可非準，西夏功名元有韓。百年公論始今日，吾道正爾增遐觀。

【校勘記】

[一] 憲，《凈稿》正德本詩卷十一作「臺」，非。

次韵李侍講感懷之作

小窗看雨長莓苔，天際浮雲一半開。世事盡從醒後別，好懷長是夢中來。幾人富貴曾非命，何代乾坤不愛才。自愧此心還自笑，爲誰相信復相猜。

奉和會總庵詩韵

遠書珍重出新庵，猶帶青山石上嵐。千里夢魂空冀北，十年心事盡湖南。歸來未覺丘園晚，怵惕深知雨露覃。欲報王城夫子道，夜臺無路啟重緘。

奉詔育材爲王謝二學士賦

綸綍親承紫詔温，臯比坐擁玉堂尊。百年棲宿鸞凰地，四海瞻依桃李門。風教祇今關治本，文章何但答君恩。遭逢尚憶登瀛日，慚愧青燈舊業存。

次吴元博東明寺懷陳玉汝韵

忽見新詩如對面，足音空谷此跫然。還思北客仍千里，再到東明已十年。文字久知鄉曲誼，交游兼識弟兄賢。無端更作清尊話，又是懷人一夜眠。

途中遇雨再次師召韵

短笠輕蓑勢欲傾，一程難似兩程行。夢驚九折[一]過長阪，望極三神隔大瀛。在處路頭皆坎坷，幾時天氣是清明。多情不及南歸雁，剛待秋風一夜鳴。

【校勘記】

［一］折《類稿》作「拆」，據《净稿》正德本詩卷十一改。

贈致政王大尹 王編修濟之父，湖廣光化知縣。

弓裘文采雲霄上，江漢風流天地間。老去試爲光化縣，倦來真憶洞庭山。眼看末路崎嶇地，心憶平生骯髒顔。見説當年槐樹在，緑陰春滿雨苔斑。

次韵東沈仲律僉憲

午飯留連到夕燈，馬歸槽櫪寺歸僧。交游一代慚非淺，傾倒三年斷未曾。心憶酸鹹聊共味，眼觀岐路各相能。澄清好是平生志，更待高車攬轡登。

送林蒙庵致仕得閒字

不是明時苦愛閒，獨於中道念惟艱。百年士論瞻依地，此日先生進退間。憂國每憐心事赤，還家猶喜鬢毛斑。交游一代今前輩，把酒臨風祇厚顏。

次韵應憲副遣懷之作

交游長自憶忘年，千里重逢一慨然。少壯心情嗟已晚，老成風采尚如前。乾坤未惜吾人在，岐路誰甘衆目憐。見説邯鄲真昨夢，莫教辛苦學登仙。

齋居柬諸同年　成化十五年。

接膝虚齊榻半聯，漏聲初轉燭花偏。清嚴地切人無語，輾轉心多夜不眠。曉蹕載瞻行在所，春郊先卜慶成年。甘泉競説揚雄賦，誰繼生民後稷篇。

齋居次韵答李貫道侍講

宦轍悠悠各歲年，眼中岐路幾更遷。老成公最能容我，薄劣吾今已讓賢。昭格敢言臣力盡，端居真識聖心虔。豐年有瑞群生見，三白還如舊臈前。

次韵答南齋諸公

只尺西垣近内坡，漏聲清徹夜無何。月明自與疏燈亂，風定還聞警柝過。舊榻尚存隨地改，虚齋如此閱人多。出門滿地驚殘雪，又報陽春郢客歌。

慶成席上次韵答傅李諸公

龍墀又見去年春，醉裏風光雪裏新。感激恩多惟海嶽，遭逢心敢嘆參辰。盤筵每忝中門賜，冠履還隨上殿人。欲報升平何處是，載歌元首念爲鄰。

送胡醫官還新喻 提學僉憲之叔。

檐頭堆疊送行詩，客路風光又此時。矗柳望春先着眼，凍河堆雪欲流澌。殊方有恨皆民瘼，清世何人念國醫。南去竹林煩問訊，斯文珍重浙東師。

送宗勳表侄還黄巖

西堂燈火夜相看，行李蕭蕭暮雪寒。愁極十年重見汝，老侵雙鬢愧爲官。夢中歲月家山遠，世外風波骨肉難。抑塞滿胸歸未得，封書休但報平安。

送吴元玉冬官還南都

相思何夕此相逢，又報離筵郭外供。客路交期驚晚合，馬頭詩興及春濃。星辰夜静勞瞻闕，江海風高憶住冬。安得湖州千轆絹，贈君東去寫吴松。

阻雨不遂西山之約奉酬蕭文明黄門兼柬賓之侍講

半夜床頭聽雨聲，已知高興負先生。江山舊約何人到，花鳥深愁此日輕。夢裏風光聊歲月，春來天氣幾陰晴。多情酷愛黄門老，又報衝[一]泥匹馬迎。

【校勘記】

[一] 衝，《净稿》正德本詩卷十二作「循」。

游白雲觀柬賓之侍講 三月十五日。

事業功名此酒杯，王郎高論豈諧詼。無端客裏春三月，又是城南醉一回。千古俗傳修禊在，幾人心解浴沂來。祇應他日添詩卷，都作康衢擊壤猜。

次韵送章順德黄門

袖簡平生此最諳，義聲何但越江南。裘能學就終爲冶，青到深時更出藍。心憶朝陽還獨鳳，眼看岐路幾驚驂。陳編矻矻知何用，覺後分明夢裏談。

次韵賓之丁祭夜歸之作席上[一]柬林亨大同寅

月明春散辟雍橋，零露瀼瀼在彼蕭。人苦倦時剛欲語，馬諳歸路似相招。分携有恨猶前日，痛飲何能惜此宵。試倚東風看蠹柳，斷冰殘雪未全消。

【校勘記】

［一］《類稿》目録題無「席上」二字，據正文題和《净稿》正德本詩卷十二補。

次韵代老馬留别師召主人[一]

鹽車休恨逸群才，百念真同涸轍埃。國有隗臺空自賀，世無伯樂合教猜。敝帷已分槽間没，束帛猶煩野外來。塞上祇今誰得失，此翁心事已全該。

【校勘記】

［一］　主，《净稿》正德本詩卷十二作「三」。

送陳監丞之南都

路岐心事每相憐，馬首看春又一年。遲命竟隨吴老後，着鞭真愧祖生先。淹留我憶勞常調，珍重公能惜舊氈。風采兩都名教地，别懷何但酒杯前。

次韵胡憲副廷慎彭城夜話之作

長憶蘇家好弟兄，夜牀聽雨復寒城。一時會合真難事，千古風流尚此情。碭嶺北〔一〕來雲作陣，桓山東去石爲塋。清尊落日無窮恨，人是陽關第幾聲。

【校勘記】

〔一〕北，底本作「此」，據《净稿》正德本詩卷十二改。

次韵答陳玉汝吉士兼送李士常吉士伯兄士儀

東西只尺禁城連，芳草懷人又一天。春夢不隨流水遠，曉風翻恨落花顛。空尊興盡吴江酒，險句詩成石鼎聯。匹馬夜深歸路晚，兩街星月照吟韉。

次韵寄贈戇庵章先生

逆風奔浪出驚津，白首生還再造身。壯節早知酬國易，老懷誰使上心頻。勳名汗竹千年事，富貴黄粱一夢春。極目東南山斗地，幾人江海隔清塵。

次韵答沈冲律兼賓之知己[一]

短牖疏簾月半穿，客懷相對兩茫然。劇談此夜真千古，仰首懷人各一天。黑髮幾何羞昨夢，壯心猶自憶當年。斯文重假城南會，雅興休辭石鼎篇。

淡雲寒月夜生陰，迢遞鐘聲出上林。更好意憐通夕話，最難人是舊時心。軒車再荷韓公過，囊錦猶虚李賀吟。已辨東窗供筆札，莫教西望滞冠簪。

【校勘記】

[一] 己，底本目録題作「巳」，據底本正文題、《净稿》正德本詩卷十二改。

送張存簡憲副

旌節遠持臺府命，淮南聲動浙東城。邦人正渴隨車雨，驄馬休辭觸熱行。歲月交游驚契闊，江湖風采識平生。春明門外陽關路，不是尋常悵别情。

送袁德徵進士知潜山縣 德徵布衣時，嘗陳國家大計。

割地聲名百鍊剛，萬人争看脱錐囊。登庸竟荷劉蕡第，痛哭誰言賈誼狂。銅墨寵餘韋布在，江湖憂與廟廊長。潜山亦是江淮地，赤手須君障此方。

次韵賓之游海印寺

海子橋邊路入塍，桔槔亭外石懸藤。馬頭碧水如迎客，郭裏青山亦占僧。問舊未須驚世改，倦游空自憶吾曾。天台雁蕩平生興，却怪年來總未能。

送顧天錫謫官永州同知

暑風吹雨作秋期，匹馬郊南此别離。夷險路頭初入地，炎凉天氣未分時。功名敢謂羞三黜，江海聊應比一麾。見説永州山水郡，冉溪溪上好題詩。

次韵答傅曰川觀蓮之作[一] 時予有喪弟之戚。

亂愁秋比劍鋒攢，幾度逢花不耐看。珍重好懷留客易，强憑笑口向人難。醉淹北地終非酒，心憶西池苦繫官。怪底馬卿長病渴，晚凉還愛水晶盤。

泰華峰高萬玉攢，愛花長憶夢中看。絶塵心事逢人少，末路風烟着步難。對酒正須煩地主，賦詩翻合愧銜官。莫教零落愁芳渚，昨夜凉風濕露盤。

【校勘記】

［一］目録「之作」後有「二首」。

陵祀次李侍講贈行韵 三首

出郭臨郊萬馬通，煖雲芳草耐柔風。天留光景陪春祀，山與英靈護寢宮。人憶舊游頻望北，路驚新折轉妨東。十年回首功名地，奔走惟應向此中。昌平縣前今非舊路矣。

諸陵王氣與天通，唐漢分明在下風。輦路夜深聯隧道，寢園春近接離宮。水聲直過龍河北，山勢遥臨碣石東。聖德皇恩今億載，豈勝悽感月明中。

夜色寥寥萬景通，惚聞仙馭下泠風。河山四塞天爲險，陵寢千年帝所宫。歸路馬諳村遠近，論詩人喜浙西東。空梁落月知無奈，多在清宵夢寐中。

問安趨朝途中有述

夜半趨朝漏未殘，衆星環拱色芒寒。聖躬也識元無恙，臣職能忘屢問安。宗社萬年方仰賴，民生四海正艱難。瞻天再拜誠何補，但有嵩呼一寸丹。

三月見梅傅曰川席上限韵

長憶江南見此花，忽傳消息在鄰家。緑桃青杏春將暮，翠羽金尊月未斜。北客謾須驚土俗，東君還似惜年華。殷勤莫向根荄看，且作枝頭上品誇。梅是杏接者。

月食次韵答賓之

掖垣詩就燭初低，禁鼓聲傳月未西。比屋夜深人盡睡，九衢風急路如迷。僕夫恐喝争馳馬，心事倉皇錯聽雞。欲向嫦娥問消息，不知誰有上天梯。

次祈雨齋宿韵

齋禱共聞帝命臨，夜堂三對月西沉。洗兵欲挽銀河水，憂旱先勞赤土心。直以民言占視聽，敢從天道問幽深。曾知酷夏窮秋日，不見驕陽見積陰。

補壽憩庵李老[一]先生次韵 一首

壽域星高映壁虚，歡聲春動郭西閭。獨慚賀客稱觴晚，翻恨登堂識面初。厚德高風今海嶽，耆年盛福此權輿。鯉庭獨立瞻依地，何幸生平竊緒餘。

【校勘記】

［一］目録無「李老」二字，據正文補。

次韻劉時雍席上聯句 四首

論交那敢説醇醪，澹泊還應酌水高。未老初心牢欲拙，逼人英氣近來豪。乾坤歲月真何補，富貴功名亦太勞。二十年前君識否，黑頭非復舊同袍。

黑髮青燈二十年，春風長憶夜牀連。不才祇合閒官在，多事仍勞衆力宣。智士功名終雜伯，達人心迹已參禪。濂閩舊轍尼山駕，敢向冥途浪執鞭。

客愁何限此中銷，今是猶堪念昨朝。心事向誰終慷慨，鬢毛欺我欲飄蕭。酒多不敵傷春恨，詩好聊同擊壤謡。最喜漢廷無闕政，狂言不用蓋寬饒。

落落高懷漫不收，是誰詩可着閒愁。花應好事催人老，春似多情念客留。將帥功曾收鐵券，相君名已卜金甌。尊前合放吾儕醉，不是相知尚黑頭。

補賀李士[一] 常遷居一首次西涯韻 西涯詩，己亥歲蕭黄門書。

蓬島仙人海上居，壁間先放老顛書。籠紗已是經年隔，貂尾猶煩末簡虚。清夢有時還紫塞，碧山無地着銀魚。東西舊路瀛洲草，漫興猶堪一駐車。

【校勘記】

［一］ 士，底本目録題作「仕」，據底本正文題、《浄稿》正德本詩卷十四改。

次游西湖聯句韵

禁城春漏夜無多，心憶西湖水上波。有約早尋乘馬主，古直從李秋官借馬。不眠如聽扣牛歌。往游竟欲侵晨發，賓之期天明則不能待。能事先邀隔宿過。潘時用爲賓之招致，隔宿以俟。見説青山無恙在，十年重到未蹉跎。丁亥歲予曾游［一］此。

【校勘記】

［一］游，底本作「由」，據《净稿》正德本詩卷十四改。

哭彭敷五

衰絰登門病在床，予别時，敷五病方篤。别離情苦益難忘。九原竟爾傷皇甫，千里何因哭子張。盛代恩深誰竹帛，大魁名重只文章。江流百折平生恨，目斷寒雲宿草荒。

哭張亨父

高興平生半在詩，玉堂揮翰酒酣時。百年禮樂將興日，一代風騷更屬誰。豪傑此生元有數，文章憎命竟如斯。白頭江海雙垂泪，欲向蒼天一問之。

傷感 四首 成化十八年閏八月。

泣血歸來泪盡吞，枕苫空復念晨昏。三年竟掣中庸制，百歲誰酬罔極恩。忠孝力慚吾道久，乾坤心苦此生存。不才也識非先志，盛德多應付後昆。

哀苦深期與死盟，布袍那復此閒行。山深不放紅塵入，天闊能容白髮生。經世有心誰得盡，報親無地若爲榮。逢人敢説平生事，進退如今祇自明。

空林落日影熹微，目斷長天倦鳥飛。老去敢忘當世念，病來真與此心違。床頭歲月青編在，鏡裏勳名白髮稀。五十年來渾昨夢，蹉跎猶覺未知非。

露在高梧月在川，莫堂燈火色悽然。悲蛩未盡生秋思，急雨無端攪夜眠。人物敢論三代上，文章還憶百年前。朝陽閣上三千卷，負郭誰家二頃田。

閏月初九夜祀先齋宿有感寄東李西涯 二首

聽盡寒更徹夜風，亂蛩聲切雨聲中。愁腸可但九回曲，心事真如萬折東。三日精誠聊自竭，百年追感竟何窮。極知對越慚無地，敢托涓埃念匪躬。

獨坐清齋憶往年，玉堂風采夜燈前。劇談慷慨公孫辨，健筆縱横石鼎篇。江海憂深天欲老，塵埃心苦地須偏。多情漫有金陵約，白髮青山興浩然。

陪祀齋宿用前韵奉答太守叔父[一]

屋頭霜露樹頭風，悽愴心餘百感中。天闊夢隨星緯北，月明人在寢堂東。孝思一代真何忝，慶澤千年此未窮。冠珮幾何瞻盛典，駿奔無地答微躬。

【校勘記】

[一]　底本目録題脱「前」字，據底本正文題、《净稿》正德本詩卷十四補。

雨中次黄汝彝司訓[一]韵

往事分明夢裏真，路岐心苦爲誰頻。雨聲徹夜將辭曉，花意逢秋不及春。白髮漸生今日恨，青山無復舊時人。西風莫更還多事，愛送悲歌易水濱。

【校勘記】

[一]　《净稿》正德本詩卷十四無「司訓」二字。

再次深字韵奉懷四叔父

一望秋山百感深，亂愁争與老相侵。乾坤未盡忘哀苦，日月猶同此照臨。往事凄凉真昨夢，微官顧籍亦何心。曾知二十年來約，白首相看得自今。

有感諸叔父盛筵奉謝 一首

一見青山一惘然，白頭重荷此華筵。虚勞别饌銅盤意，無復高歌彩服年。十年前歸覲，編修府君嘗預此燕。淺薄敢忘宗老念，光輝深倚後人賢。尊前百拜遭逢地，涓滴從知世澤延。

太平道中

十載重來感慨頻，西風吹鬢欲成銀。江山百里驚初割，邑井千年又一新。文物敢論前輩事，交游還憶舊時人。兒童不識青袍在，争看中朝老侍臣。

曉發泉溪望迂江 一首

夜泊溪頭水淺清，岸花汀草雜秋聲。未離城郭猶塵夢，暫憶家園亦别情。山月出林高露下，海風吹浪暗潮生。村雞忽報東方白，又是迂江一日程。

歸自迂江得朝報有懷四叔父

醉下寒江急去舟，卧聽奔浪欲西流。夕陽影裏千山莫，黄葉聲中兩岸秋。朝報忽驚天上鴈，野情多愧水邊鷗。紅塵幾日忘歸路，已隔清風百尺樓。

喜陳儒珍至次四叔父韵

明星坐見出心房，語久翻嫌夜未長。淡亦情深時對酒，貧多書在日攤牀。塵埃地苦江湖夢，布褐春生錦繡光。十五年來渾昨日，彩衣猶憶此升堂。

桃溪類稿卷之九　七言律詩

滄江別墅爲趙主事作

米老庵邊甘露寺，潤州城外趙家莊。蜀山西下江聲急，淮水南來海氣凉。鄴架圖書應萬卷，平泉花木動千章。夢中昨夜天台路，爲爾真慚舊草堂。

次柳邦用通判苦雨韵 二首

急雨悲蛩徹夜秋，客懷零亂水東流。萬間日薄蒼生望，獨樹風高白屋愁。鞭石幾何傳怪妄，叩天誰復啟陰幽。顛崖極目傷心地，辛苦春深憶買牛。

詩思曾因積雨慳，祇將清睡答疏頑。風波夢裏通宵惡，車馬門前幾日閒。獨坐似添千刻漏，相思如隔萬重山。江湖忽報憂民句，汗血真慚竊禄顔。

病中送王世英養親南還

落葉蕭蕭萬木疏，小窗殘月酒醒餘。可堪卧病逢秋日，又是離筵送客初。烏鳥私情終自盡，浮雲富貴復何如？曾知一代江東業，不救當時誤斷裾。

題邵孝子傳　傳有元禁三年喪之説。

百過傳文三太息，心驚夷俗汨堪流。須知一代旌門典，并作千年立國謀。孝道盡從今日勸，忠臣還向此中求。鄠人不及湘人見，直筆猶煩失正憂。

用前韻奉酬時雍　二首

客途冉冉歲將淹，愁坐無言祇自占。門柝夜深風正急，地爐春近火初炎。交情在眼誰終淡，詩律經心晚益嚴。最是思君不能寐，起看明月更推簾。

馬頭岐路意何堪，百歲光陰一駐驂。往事無憑真昨夢，許心多恨只空慚。詩篇故作留連地，尊酒難酬慷慨談。踪迹似君吾更拙，世途三昧竟誰參。

送柳邦用通判之廣平

一笑相逢又故人，十年踪迹幾風塵。新詩次第流傳遍，舊事分明感慨頻。報國有心終剴切，徙官隨地且逡巡。廣平亦是王畿郡，留取甘棠慰我民。

送董德和之官江都

晚冬風日雪初收，匹馬衝寒亦壯游。唾手功名今甲第，少年冠蓋已邦侯。揚州地闊休騎鶴，渤海春深合買牛。雞割莫言真小試，半生心迹此相酬。

次韵楊維立編修與兄維貞侍御侍班述懷之作

禁鼓初嚴曉促班，珮聲遥在殿中間。雁行側立參差地，龍衮前瞻只尺顔。五色雲深通御氣，九重天遠隔塵寰。官曹舊接鳴珂里，幾聽前呵擁馬還。

程司馬挽詞

萬里青霄幾着鞭，白頭風采轉巍然。病來恩未忘三聖，老去官應薄九遷。北狩疏存天早定，西征功在石須鐫。還知一代勳名地，多在殷勤教子年。

東　莊

葑門門裏是東莊，百畝園池十畝堂。居止舊爲吴氏業，標題今比鄭公鄉。振衣岡上風初回，折桂橋邊水亦香。世路百年君看取，平泉花木幾斜陽。

半野堂

十畝園池三畝宅，半爲城市半林泉。作亭豈必皆山郡，佩印休誇負郭田。可是門深塵不到，亦知心遠地能偏。白雲夢裏天台路，始信瀛州别有仙。

古直魚瓶爲物所壞，用西涯韵以慰之 又名泡燈。

夢中光景泡中春，平地風波有涸鱗。成毁一時皆定數，幻冥何處復通神。賞心未厭誰相負，奇貨難居勢合貧。笑語固應天不乏，更留清興與詩人。

古直復置一魚瓶用前韵戲柬 一首

又是東風一度春，即看深浪起枯鱗。甑應破後頻勞顧，錢合多時始有神。泡外功名吾已老，壺中身世子非貧。紅塵滿眼華燈在，不用青山作主人。

清明謁陵次楊學士維新韵 六首

帝命諸陵曉趣朝，從臣冠蓋許聯鑣。春經别甸千花合，路擁群山匹馬遥。倦眼忽驚何處豁，俗塵兼得此中消。奔驅敢謂皆王事，物色詩情步步饒。

四廟衣冠尚衮龍，英靈千載此攸鍾。遺弓欲泣荆湖鼎，斬板殊深夏屋封。漢寢自應傳百代，秦泉何必錮三重。白頭宫監勞供奉，晨鼓初停又暮鐘。

好景分明畫不成，品題今日僕須更。路從險處行來穩，山到深時望却平。花氣暖催春日轉，樹聲寒帶朔風鳴。向來奔走偷閒地，始覺官曹分外清。

萬山深處仰神宫，馬首西來復向東。朝命駿奔三日共，寢園烝獻四時同。雪峰向晚猶餘白，霜葉經春未脱紅。物色爲誰收拾盡，强將詩句學從公。

萬馬争群氣欲酣，歸鞭遥指路東南。月低淺水寒生練，露下空山夜滴嵐。遠近雞聲催曉漏，微茫人語識鄉談。天涯歲歲逢寒食，故國誰同掃墓庵。

歸心不住馬如飛，流水青山又落暉。筋力未窮陵外路，夢魂先繞殿東闈。傷春意懶聊憑酒，出郭塵多亦涴衣。最是忘情小兒女，笑聲無數隔屏幃。

過唐嶺有感

十載離懷此重過，白雲青竹醉中歌。成化庚寅，王城叔父餞鐸北行，至此有「回頭青竹下，便是白雲鄉」之句。江山有恨心如割，歲月無情鬢已皤。樹未深秋先落葉，水當平地亦生波。塵埃倦眼今如此，莫怪逢人感慨多。

至舊邑有感

繞郭人家半出村，望中烟火隔秋雲。遠宗自托千年在，壯邑誰從此地分。門巷斬新非舊雨，江山如故幾斜曛。青燈白髮西窗夜，泮鼓猶驚夢裏聞。

哭子次韵 五首

哀苦煢煢祇自矜，枕苫血泪幾交横。餘生再荷身如寄，酷罰重罹禍未輕。百歲老懷牛犢愛，萬年遺恨蓼莪情。誰言鐵石心腸在，今日真輸宋廣平。

萬苦攢心比棘矜，坐看月落復參橫。千金每念垂堂重，衆羽曾知折軸輕。人定祇今誰可勝，天高終古已無情。清泉碧石人間世，白髮真慚老尚平。

落日哀鴻每自矜，駐天誰借一戈橫。壯心幾覺揮金易，失意難教破釜輕。未了乾坤須着眼，最先憂樂合關情。何能擊壤詩千首，坐爲吾皇頌太平。

夢中頭角漫須矜，幾見酣歌壯氣橫。得失到來誰復定，機關勘盡始爲輕。添愁白髮非公道，趁暖東風亦世情。除却門前流水在，人間何處是真平。

烏鳶螻蟻漫相矜，棺束深藏已六橫。論到有生誰復了，看從今日事皆輕。石麟未識前朝恨，松鶴空悲後夜情。莫更銘旌還愛惜，五陵抔土與山平。

李賓之新買林司寇宅因游慈恩寺詩見報哭子之餘次韵奉答

夢回都市心如昨，坐老江山鬢已華。舊雨不來司寇宅，春風都入翰林家。攤書重滴傷心泪，閲世空驚過眼花。只尺方巖愁絶地，好詩端的任君誇。

歲除前五日夜坐偶成

百恨未消愁欲死，一燈無寐夜方晨。窮年地逼將除日，閏月天遺再到春。清世儘堪泉石在，白頭驚見歲時新。明朝看折梅花去，開口相逢定幾人。

百年岐路真何極，一歲光陰又此過。心事向人誰慷慨，身名於我已蹉跎。挑燈衹足供殘夢，對酒那能强載歌。不識深愁今幾許，鬢毛白似向時多。

清尊意懶心先醉，白髮愁多恨轉遲。世事到來堪一笑，人生何處復多岐。暗明幾向燈蛾惜，得失空憐塞馬知。强欲忘懷甘睡去，哭聲争動及晨悲。

不寢

凍雪蕭蕭月在樓，亂雞聲裏擁衾裯。未衰竟輟周公夢，不寐空懷杜老憂。可信幻冥朝化蝶，是誰辛苦夜歌牛。定知日出還多事，争怪人生易白頭。

獨坐 成化十九年。

眼見春光落盡梅，小樓終日坐徘徊。路岐直與愁乖忤，鬢髮難禁歲往來。濕霧青山看處是，浮雲白日幾時開。百年高論王郎在，事業功名此酒杯。王古直云：「每日飲酒即事業功名也。」

觀冶

萬腋風生金在躍，一腔春轉火初紅。天心未識陶鎔[一]力，人巧能窺造化功。柳下不逢嵇叔夜，步兵[二]空志柳河東。洪鈞柄在誰推握，小補真應陋下風。

【校勘記】

〔一〕鎔，底本作「容」，據《净稿》正德本詩卷十五改。

〔二〕兵，底本及《净稿》正德本詩卷十五均作「名」，據文意改。

次韻奉酬四叔父南樓有懷之作

幾見浮雲蔽日光，履冰猶自念初霜。公私地切蛙聲急，梁棟心高燕子忙。清夢未妨岐路隔，亂愁真與海天長。相思夜夜南樓話，慚愧新添六尺牀。

再次四叔父春夜聽雨韵

奈此樓頭歲月何，入樓春色已無多。榮華幾向風前惜，勳業真從鏡裏過。濕霧黑雲愁對眼，弱妻驕子病爲魔。也知公道非青鬢，敢放空尊有緑波。

次韵四叔父春夜聽雨之作

仰首青天可奈何，晴時還少雨時多。壯心黯淡通宵在，春事凄凉一半過。不盡乾坤皆世夢，未降風月只詩魔。等閒平地真堪笑，勺水猶能起浪波。

謁方山祖墓呈太守叔父

□雨初晴日上時，天開春景與人宜。江山萬古英靈地，□本千年水木思。漢典又尊先墓祭，周官重叙大宗儀。白頭何限他鄉夢，猶喜從公未後期。

次韵答李賓之侍講蕭文明給事李士常御史潘時用布衣　四首

遠别悠悠共此心，夕陽芳草莫江潯。交情自古誰濃淡，世路于今有淺深。百歲是非前日夢，萬年傾覆後車箴。廟堂正爾收清論，江海何人嘆陸沈。時用年四十而猶未第。

不用青霄首重回，亂雲深處是天台。菊殘未合終荒徑，樗老猶堪入散材。驅逐地憐南海鱷，文明以言謫貴州。遭逢心愧北山萊。足音空谷看逾遠，茅塞何年許更開。

春燈寂寂暮窗孤，獨對空庭一事無。可信白頭肝膽在，不堪清夜夢魂徂。英賢有命誰嗟汝，天地多情故着吾。已覺遭逢真忝竊，敢[一]將軒冕薄泥塗。

白髮休言漸不公，老年誰與少年同。濁醪麄飯心先足，明日青山意未窮。汗竹祇今看更遠，浮雲終古幾成空。且教收拾閒情在，認取分毫義利中。

【校勘記】

[一] 敢，《浄稿》正德本詩卷十五作「教」，非。

曬書

飯罷呼兒亟曬書，朝陽閣上日生初。陰幽地僻亡鼷鼠，酷烈天高泣蠹魚。萬卷敢誇誰蓄積，千金不慕此贏餘。獨慚白髮仍糟粕，漫向青燈一卷舒。

六月十九日風雨不竟作喜而有述

萬落千村人更賀，五風十雨世應稀。蛟龍入夜争爲暴，雷電中天忽霽威。大有幾何書上瑞，屢豊今已卜先幾。康衢擊壤歌誰繼[一]，帝利神功念豈微。

【校勘記】

[一]　繼，底本作「維」，據《浄稿》正德本詩卷十六改。

六月二十八日晚得黄通政定軒[一]王主事存敬書感而有述

落日未能辭夏暑，亂蛩先已動秋吟。百年夢在真何事，千里書來愧此心。白髮祇應隨病老，清時何敢入山深。殷勤出處勞相念，率意匆匆直至今。世顯云：「固志隱遯未爲善計。」存敬云：「出處終身所係，未可率意行之。」

【校勘記】

[一]　定軒，《浄稿》正德本詩卷十六作「世顯」。

夢覺

夢覺空山一笑初，始知天地是籧廬。得歸不辨魚羹飯，愛拙聊同陋巷居。恩苦未酬偏感激，鬢驚先老益蕭疏。迂紆敢作平生話，白直終刪謝病書。

秋夜

山當入夜真成寂，月到中天覺倍清。酷烈幾曾禁夏伏，悲凄寧復怨秋庚。直知裘葛皆天道，未信炎凉是世情。何處夢魂今萬里，隔鄰砧杵已三更。

贈别進士黄汝修

兩代交游終忝竊，百年身世幾升沈。飛騰何限光榮地，老大真慚付托心。予以謝病疏托汝修父子。病久杜陵知别苦，愁多宋玉怯秋深。相看賴是青山在，不識人間有古今。

苦雨

半日開晴半日陰，幾驚風雨出高林。山中爽氣初銷伏，天上驕陽已化霖。廊廟敢煩諸老念，村田真切我民心。不知杞國憂多少，詩鬢朝來已不禁。

登　樓

百年光景此登樓，一笑歸來已白頭。鳥外有山皆入畫，竹邊無地不宜秋。仰天且復從吾好，在世誰能與命仇。獨有感恩心未滅，酒酣時作杞人憂。

秋薑贈陳敬所郭筠心

曉從新圃掇秋薑，三徑依稀與菊荒。敗葉半枯初脱雨，舊根深植幾經霜。蔗甘未信終能好，桂辣還應老更强。世味滿前君莫問，酸鹹今日自須嘗。

次韵四叔父哭子詩[一]　一首

泪從詩下識鍾情，三復燈前更獵纓。談虎色傷今日甚，填波恨在幾時平。天高且合看終勝，日暮何能學倒行。張弛此心吾自信，大笤誰説不堪檠。

【校勘記】

［一］　目録無「詩」字，據正文補。

除夕小盡立春有感

病來酷愛青山好，老去難爭白髮催。生怪月當除夕小，多情春與隔年來。榮華不駐風前燭，消息空驚隴上梅。四十九年真昨夢，壯心剛説未成灰。

次韵太守叔父立春有感之作

人老已應驚歲減，客歸猶喜及春先。榮華自昔皆奄忽，桑海于今幾變遷。慷慨敢忘天下念，逍遥誰説地行仙。乾坤俯仰初心在，慚愧浮生五十年。

齋夜有懷賓之學士諸公

獨坐寒窗半擁衾，寂寥無語夜沈沈。青燈最苦欺雙鬢，明月誰同照此心。踪迹可應隨地遠，夢魂何意與春深。清狂却憶當年在，齋閣詩情幾不禁。

從太守叔父謁墓聽諸少讀書感而有述

偶從藜杖一登臨，坐遍峰陰更水陰。芳草有情憐我老，落花隨意覺春深。乾坤豈盡平生恨，丘隴粗酬此日心。莫怪深愁翻劇喜，忽聽空谷有遺音。

三月十八日夜夢寐中得四韵忽風雨驚覺而忘其三因屬之三句四句蓋夢中語也

莫問昆明有劫灰，海瀾誰復見西頹。紅塵不盡青山意，白髮能容濁酒杯。心事已從春慘淡，夢魂空與夜遲回。不眠自起聽雞坐，戰雨驚風突地來。

春　去

詩成一笑已蹉跎，鬢髮先從夢裏皤。春去不知流水在，雨深空恨落花多。廟廊江海今誰是，歲月乾坤可奈何。濁酒青山還愛汝，百年相對且高歌。

次韵太守叔父寫懷　一首

杯酒那能不放寬，白頭雙泪幾空潸。終天有恨悲豪傑，窮海何人問寡鰥。直以是非看世劫，敢於毫末望丘山。不知萬古功名地，伊呂真誰伯仲間。

張公實少參來過夜話　一首

玉署青燈夜幾深，相看曾是昔年心。蓬門已分無車轍，空谷誰知有足音。話舊語多天欲曉，感時憂苦酒停斟。蕭疏酷愛詩囊在，一味寒酸直至今。

次韻喜晴

極目不知三島遠，扁舟便欲五湖浮。山中日月鶯花老，海上樓臺蜃氣收。光景此時應自識，陰晴明日未須愁。獨醒莫問今誰是，斗酒吾能與婦謀。

此心次韻

等閒莫放此心慵，四海端由一念充。直以天機窺妙合，敢於民俗問污隆。治從秦漢皆稱伯，世到殷周不尚忠。今古幾因還幾革，乾坤誰始復誰終。

次太守叔父韻答黄通政定軒[一]

天涯白髮君休念，海上青山我得分。已愧此生真大夢，不知何者是浮雲。閒來且放詩爲祟，愁劇還知酒策勳。竹下鷗盟虚席在，未應鴛鷺可同群。

【校勘記】

[一] 定軒，《浄稿》正德本詩卷十七作「世顯」。

次韻憶陳儒珍敬所

好懷長憶共登山，萬古乾坤一笑間。功在黃虞無牧野，地當秦漢有商顏。心應最苦嗟誰是，病亦多情著我閒。見説鵬程三十萬，幾人分寸學躋攀。

聞　蛙

春水鳴蛙處處通，野田村巷路西東。公私不用分區域，堅白誰能辨異同。井底有天從侈大，月中無地看奸雄。莫教强聒終宵在，正爾蘧蘧蝶夢中。

次韻老杜雨不絶　五月二十七日。

空牀獨眠酒力微，閉門愁坐鬢絲飛。癡雲滯雨久益甚，好日晴天真是稀。饔餐已錯昏晝食，裘葛不知冬夏衣。湘中舞燕幾時歇，海底垂龍何日歸？

讀張亨父彭敷五遺稿有感

三復遺詩酒半醺，亂愁空復鬢毛氄。乾坤涕泪誰憐我，生死交游尚憶君。萬古功名争漢鹿，百年心事負山蚊。浮生莫問人間夢，蒼狗于今幾白雲。

次韻答戴允亨

欲上終南望雨晴，夢中岐路未分明。廟廊憂已隨天遠，葵藿心誰向日傾。功到勇時千仞易，義當安處萬金輕。塞翁得失君應識，造物無須問宰衡。

高宏謐來過次韻復之

一代功名談笑地，百年交誼弟兄間。鳥歸舊路雲霄倦，豹出空山霧雨斑。閉閤尚憐徐榻在，及門誰放剡舟還。白頭不識紅塵夢，看盡秋花只倚欄。

次韻王允達山居 一首

承明初下殿東廬，三徑歸來草自鋤。吾道祇今成幻夢，此身隨地且安舒。萬年誰作生前計，百念真從病後疏。笑殺嵇郎多事在，向人還寫絶交書。

再次賞菊韻一首呈四叔父

幾見東風換物華，平章宅里是誰家。自憐天與冰霜骨，不向春爭富貴花。看老有香終不俗，買栽無地且教賒。獨傷采掇非今日，秋滿南山恨未涯。

次韻留别敬所

在世可言無尼止，出門真覺有遲留。重來興與歸舟盡，欲去心從閉閤[一]休。蓴菜秋風他日念，芭蕉夜雨昔年愁。流連敢作周南嘆，物色誰分海上幽。

【校勘記】

[一] 閤，《净稿》正德本詩卷十八作「閣」。

登白沙岡

小鹿寨前看莽蒼，白沙岡上坐嶔岑。路從行處知夷險，海到觀時識淺深。歲月幾何憂易老，江山無恙古猶今。白頭俯仰乾坤在，一世浮生百世心。

高宏謐以詩相留次韻奉答

白髮憂深病未瘳，廟廊何敢問優游。剥膚恨已空皮骨，蹀血功誰念髑髏。行止此生隨地在，陰晴明日任天留。詩成我欲煩君草，酒盡君須爲我篘。

己巳元日

一聲爆竹夜驅儺，萬户騰歡入嘯歌。歲月又從今日始，路岐還似向時多。太平人與年光好，老大心憐鬢髮皤。耿耿此生休更問，酒杯詩卷半消磨。

臘月二十日喜雪 一首 是冬無霜。

冰至不聞曾薄履，雪深驚見没高春。俗猶吠犬真成越，天不憎寒竟輟冬。出險策誰論敵愾，願豈憂且慰明農。漫憑混沌看摧軋，萬木參差只老松。

過縣西海塘有感

地勢盡從天北下，人家多住海西灣。沿江路極還歸寨，度嶺雲高半隔山。嗚咽水深塘岸底，參差石老斗門間。曾知世界三千後，不識吾民有寡鰥。□縣官役民爲僧築海塘甚苦

讀林貴實奏草

病起翻然欲致身，攬車猶得問埋輪。論深肯綮終謀國，利盡錙銖不在民。鳴馬幾看驚立仗，怒龍誰復念批鱗。極知痛哭非今日，絳灌還須用老臣。

葉太守來過期游委山不果奉柬一律

酒盡登舟薄暮行，卧轅猶憶在空明。多岐路晚真成夢，舊雨山深别有情。笑我老能還出郭，問誰閒得是浮生。定知春滿笙歌地，竹馬兒童夾道迎。

再至黄巖有感

五載歸來兩入城，眼看岐路益難平。閭閻政在新城[一]俗，綽楔門高别有名。丘隴念隨天地老，江湖憂與廟廊并。白頭何限傷春意，又是無端一度行。

【校勘記】

[一] 城，《浄稿》正德本詩卷十八作「成」。

方山墓門成感而有述 題曰元徵士。

馬鬣封高石作門，白雲深護萬山屯。瞻依地隔中天日，徵辟名標異代恩。怵惕祇今猶雨露，英靈終古此乾坤。五陵回首秋蕪滿，滴酒誰從到九原。

春去

看盡飛花獨倚樓，百年身世此虚舟。不知春去隨流水，剛怪人生易白頭。睡到曉鐘猶未夏，老終荒徑也宜秋。錯將勳業羞看鏡，萬事無過一醉休。

小兒婚冠後陳敬所以詩來賀次韵奉答

昏冠粗成禮意同，盛周千載此遺風。獨慚爲父非輪扁，敢望生兒比仲弓。鏡裏勳名休説夢，老來光景合成翁。不知醉眼看春地，緑遍蘭階第幾叢。

雨晴赴逸老叔父登山之約

雨晴先憶聽潺湲，百尺峰頭俯碧灣。自笑病來還愛酒，不妨春盡更登山。江湖賸有丹心在，天地能容白髮閒。莫問空林花落未，杖藜須共夕陽還。

十六夜露坐

露坐無端不愛眠，撫心聊復此千年。欲無偷藥期奔月，誓不焚香學告天。縱飲久知長夜在，戒途誰憶枕戈先。清嚴最是[一]高寒地，玉宇瓊樓有萬千。

【校勘記】

[一] 底本「最」下無「是」字，據《凈稿》正德本詩卷十八補。

次韵奉謝鈞心行冠禮兼示小兒之作

冠禮詩成意轉深，教兒三復此沉吟。丁寧豈但嚴師訓，俯仰真如上帝臨。已愧我終非世美，莫教人笑此[一]童心。百年門祚千年念，白髮青燈幾不禁。

【校勘記】

[一] 此，《凈稿》正德本詩卷十八作「有」。

閑吟再借前韵 一首

獨坐終朝百感深，揜書聊復此閒吟。敢於糞土期朽畫，直使淵冰念履臨。無不可行惟古道，最難相信是人心。乾坤恨在非今日，仰首平生只自禁。

次韵敬所閒行

敢向明時便乞骸，病來聊復臥空齋。百年興在登山屐，十載恩深上殿鞵。今制，近侍上殿須禮□。樂境祇今誰陋巷，醉鄉何處是無懷。莫須更作文章笑，世事紛紛總類俳。敬所詩云：「止無文字類談俳」。

執熱追次老杜韵

入地經天勢轉凌，槁枝焦石爛如蒸。羲皇窗在强教臥，太白峰高未可升。已分黄塵皆赤日，更誰陰壑有層冰。不知炎海風恬未，我欲輕桴自此乘。

月夜有懷林一中病起喜而有作

幾從消息問平安，滿把愁懷一放寬。病起久知能勿藥，健來還憶重加餐。青雲着步今全別，白髮論交老更難。江海百年肝膽地，月明今夜共誰看。

次韵哭一中 三首

苫枕歸來夢未安，玉樓催召不容寬。英雄有恨誰憎命，富貴何心著素餐。衆口敢憑行路是，此生終是蓋棺難。乾坤未老青編在，公道須從後世看。

誰向西州哭謝安，亂愁能與酒杯寬。春花入眼都成恨，秋菊何心憶共餐。俟命祗應隨地在，福謡終欲問天難。半函詩草平生誼，泪盡殘陽可耐看。

痛哭平生憶治安，杞憂那敢共君寬。百年業負初心約，一飯恩羞既飽餐。天上浮雲何日定，人間行路古來難。極知大夢今如此，地下先輸一笑看。

次元韵再答黄通政定軒[一] 二首[二]

橋梓聲華今獨盛，竹林風月此平分。恩深不共棲枝鳥，心懶先於出岫雲。已愧涓埃增海岳，敢從元凱望華勳。白頭自笑非遐棄，猶向空山嘆索群。

世途如夢幾時了，秋色向人今夜分。竹邊未盡白衣酒，天上忽驚蒼狗雲。朝廷合問胡伯始，州里豈堪光禄勳。卑枝已分越南鳥，老馬且空燕北群。

【校勘記】

〔一〕 定軒，《净稿》正德本詩卷十九作「世顯」。

〔二〕 二首，底本作「三首」。目録無此二字。

約敬所游聖水

已辨青錢欲買舟，渭增南畔水西頭。興來莫待山陰雪，恨在空悲宋玉秋。一中頗有此興，今不可作矣。萬古江山終不改，百年岐路老時休。還知一到今三載，可是逍遥第二游。三年前嘗與敬所游方矣。

【校勘記】

［一］時，《净稿》正德本詩卷十九作「誰」。

次韵奉邀番陽先生

憶向山陰上小舟，拜公親自剡溪頭。劇談漏盡三更燭，和氣春回八月秋。直以榮華看夢覺，敢於生死説浮休。杖藜更有登臨興，許我還同聖水游。

再次韵約郭筠心余秋崖諸公游雁山 二首［一］

乾坤一笑此虚舟，萬里歸來已白頭。與世難忘羞及老，問天無計得賒秋。登山有興聊張弛，蹈海何心學退休。誰遣閒情在空谷，紫芝長共白雲游。

驛報匆匆昨夜舟，杞憂還憶鳳池頭。坐來未覺青山老，夢裏先驚白髮秋。禄豈萬鍾須合辨，仕非三黜也宜休。亦知廊廟都俞在，且放江湖爛熳游。

【校勘記】

［一］《净稿》正德本詩卷十九無「游雁山二首」五字。

章忍庵邀游雁山兩美不可兼得，因次元韵以復之

已赴幽期聖水舟，展旗峰外幾回頭。詩情最是今年苦，山色難爲兩地秋。文或有神先合到，興終多事老能休。軟紅塵裏東華夢，白髮平生愧此游。

桃溪類稿卷之十　七言律詩

曉發方巖將至雁山再次元韵 二首

截錦爲囊玉作舟，老奚遥指路南頭。層厓日薄千山曉，落葉風高萬木秋。隨地險夷行莫問，入林深淺倦須休。莫教方外閒窺得，并作乾坤漫浪游。

登山决策比焚舟，興至還須力盡頭。且放浮生閒半日，莫教清泪灑千秋。絶壑下看奔海盡，亂峰高擬極天休。乾坤一笑今須醉，萬古江山此勝游。

入雁山

幾憶秋看雁蕩山，入山秋鬢已成斑。名應耳熟如曾到，路亦心貪不怕艱。大地幾何奇絶在，神洲終是有無間。多情莫怪僧先占，杯酒還偷半日閒。

謝公嶺

極目諸峰杳靄間，興來聊復此躋攀。聲名一代謝公嶺，形勝千年雁蕩山。峭壁似争詩句險，荒苔誰認屐痕斑。不知終古行人在，白髮無情幾往還。

天柱峰

雁山高軋萬山秋，第一峰高在上頭。拔地根深應自固，擎天功在合誰收。先幾不用媧皇補，多事空煩杞國憂。見説頹波三萬里，屹然還鎮此中流。

瀑　布

李白平生不到處，巨那抵死來相看。龍湫下激噴晴雪，巖雨倒飛生晝寒。怒聲奔海直欲到，清氣逼人那可干。惡詩莫問誰堪洗，戰馬屯兵血未乾。

望雁湖再次前韵 湖在山最高處，無人迹。

雁湖高處不勝舟，見説諸天在上頭。定有樓臺非世界，更無花木亦春秋。談空漫憶三生在，飛錫終誰一到休。不識閬丘蓬島外，幾人曾伴赤松游。

出山再次前韵奉謝逸老叔父

萬山深處且停舟，莫問桃源水盡頭。異代衣冠非復晉，避秦雞犬豈知秋。事當過後皆成恨，興到濃時正合休。庭草不除生意在，春風還作舞雩游。

雁山歸因輟聖水之行次韵用謝余存敬諸公

千奇萬怪真何極，絶壑層厓不可攀。久住竟輸僧獨占，倦游應笑我知還。夢驚昨夜貪看瀑，興愧平生淺入山。從此風光盡形勝，漫憑蒼翠問孱顏。

次韵送葉郡守

千里星光接上臺，守臣須仗出群才。安危勢與專城重，消息春從五馬回。足國賦曾裨塞圉，及民功已偏蒿萊。還知葵藿傾陽地，一寸丹心一寸荄。

次韵述懷柬黄通政定軒[一]

五十年光未是秋，功名真笑我先休。得之有命已應識，所好從吾安用求。病骨秖今須乞假，封章何意亦沉浮。極知海岳恩非細，敢説涓埃念可酬。

【校勘記】

［一］　定軒，《净稿》正德本詩卷十九作「世顯」。

次韵柬廷珍

憲府時能問冷官，交游誰説舊盟寒。江花半落春猶在，客夢初醒酒未闌。白髮老添環堵病，青袍心愧畫墁餐。外臺風采中朝望，兩浙聲光四海看。

至天竺庵再次元韵 景泰三年嘗讀書於此。

庭臘驚看幾换僧，讀書猶記昔吾曾。勳名自與青燈愧，歲月誰憐白髮增。涉世智疏心已懶，看山興在病還能。春風秋月須分付，雁蕩天台取次登。

次李提學韵

旌麾猶記去年時，千里重來似有期。興至不妨岐路遠，情深終恨結交遲。文章命合公張主，風月閒須我探支。雁蕩天台回首地，定應今夜是相思。

掃塵

已識掃塵真改歲，更堪燒竹轉驚心。年華最苦分新舊，世事空憐念昨今。老覺債添兒女累，病先愁許鬢毛侵。直須李白推山酒，莫問相如换賦金。

新年次敬所除夕韵 丙午

歲除詩意夜燈前，珍重題封百過纏。病裏光陰吾亦老，别來消息此真[一]傳。敢言容足皆餘地，直使初心不愧天。洗滌更須今日始，白頭容易是新年。

【校勘記】

［一］真，《净稿》正德本詩卷二十作「有」。

續夢中詩 十載前嘗夜夢詩一聯云：「白髮故人憐獨往，青山茆屋與誰鄰？」

洛陽門外午橋春，十載詩成夢裏真。白髮故人憐獨往，青山茆屋與誰鄰。禄猶可受非無義，足不能行似有神。一笑此生聊爾耳，卜居休復問靈均。

閉　門

一笑空山只閉門，百年風月此清尊。飽曾耻爲狙公喜，饑忍能憐漂母恩。不濫豈知窮有鬼，非貧誰説病無根。玉河堤畔長安道，醉裏春光幾夢魂。

謁聖泉先生墓 車玉峰先生高弟。［一］

逝者如斯日夜奔，玉峰西下是淵源。不渾竟亦成千折，欲挽誰從到九原。樹老秋聲悲宿莽，天留春意與枯根。墓有松根，七八十年不死。濂溪溪上窗前草，願起先生一細論。

【校勘記】

［一］弟，《净稿》正德本詩卷二十作「第」。

出聖水寺有感

踏遍三溪石上苔，夕陽山外翠成堆。清分石鼎爐中句，興盡胡麻飯後杯。脱屣功名誰慷慨，濯纓心事幾徘徊。紅塵滿眼江湖地，莫怪沙鷗野鶴猜。

祀先齋宿有感奉柬逸老叔父

罔極天高恨未窮，一燈無語夜堂空。誠交敢謂神如在，養薄還嗟祭不豐。遠慶久慚工祝告，庶情終與胙恩通。百年廢典千年念，盛德何能佐下風。

次韻答賈謙益夏德樹

萍踪何敢問前期，囊錦驚傳别後詩。青眼向人終慷慨，白頭憐我未低垂。功名路在堪隨世，豪傑天生合待時。安得劇談還夜半，盡將肝膈付深巵。

次韻余存敬春懷 八首

莫謾逢人輒慨今，惜春長是怨春深。驛梅未落江南笛，刧火猶存爨下琴。可信險夷元异俗，極知消長本無心。不須惆悵傷多酒，幾見風光别苦吟。

看盡飛花憶去今，亂愁空復酒杯深。幾時儀邑還鳴鐸，千載汾亭又鼓琴。雲雨漫驚翻覆手，觸蠻長苦戰争心。誰將滿目傷春恨，都作從頭掃地吟。

百年醉夢匪斯今，春色何須問淺深。誤殺欲和方淡味，笑教還漆斷紋琴。路岐歲月閒來恨，杯酒功名老去心。玩世不知青眼在，多情誰聽《白頭吟》。

混沌春須直至今，感春誰復識春深。也知依樣元非畫，未信無弦不是琴。否逐泰來皆世道，復於剥後見天心。可應流水高山調，得似光風霽月吟。

陳古何能復刺今，放教幽恨入詩深。鹽梅味重誰調鼎，箏笛聲多幾亂琴。在魯已無存餼念，繼周空復感麟心。多愁漫作芳菲怨，入夢還驚蟋蟀吟。

年去年來幾昨今，世途誰淺復誰深。且看盤錯庖丁刃，莫問成虧昭氏琴。懷古可應行樂地，惜春空復少年心。忙中歲月閒中老，醒里乾坤醉裏吟。

古貨誰言可賣今，愛當深處惡須深。曾知凍日催花鼓，却勝春[一]風解愠琴。岐路幾醒千載夢，乾坤難老百年心。白頭醉眼升平日，秋月春花取次吟。

古道休言不復今，山終未圮海終深。極知南郭非工瑟，敢爲鍾期不鼓琴。到底興衰還物理，分明用舍是天心。春愁曲在君休唱，且聽伊川擊壤吟。

【校勘記】

[一] 春，《净稿》正德本詩卷二十作「薰」。

浮生

養花天氣半陰晴，南陌東阡取次行。富貴江山春景致，功名杯酒病心情。貧無醫藥防衰老，間有詩歌答盛平。不識籧籧何似者，悠然身世此浮生。康節云：「功名歸酒盞」。

追和杜子美暮春韵

留春無計方熱中，問春無語虛咄空。似曾相約燕鴻信，邈不可追牛馬風。百罰杯妨怨頭白，千金夜惜燒燭紅。不知生意滿天地，更看庭前芳草叢。

晝夢追次杜少陵韵

落花門巷人寂然，一枕北窗當晝眠。夢應與世久垂隔，愁不上心相掣牽。化國風光日未莫，醉鄉田地春無邊。起支倦眼忽自賀，猶有三百青銅錢。

愁追次老杜韵

悠悠白髮惟此生，衮衮紅塵非我情。百方入夜夢不徹，一笑仰天心自明。樂矣商家酒非禍，誰哉杞國愁爲城。尚方短劍不敢問，野渡孤舟空自横。

惜春

小麥青青大麥黄，荼蘼花謝菜花香。風顛雨急無窮恨，蝶亂蜂饑有底忙。老去不知春是夢，愁來還憶醉爲鄉。曉鐘莫更催殘夜，付與東君自主張。

偶讀疏廣盧坦傳因括其語以志感得 二首

病骨蕭疏髮半侵，風流殊愧二疏深。相娱地少新知客，趣買囊無舊賜金。老悖豈甘衣食念，賢愚空復子孫心。别腸且放寬藏酒，莫共閒情慨古今。

平生最愛河南尉，庭立敢於丞相争。咎天深意竟[一]誰識，憤世怪言真可驚。家貧不問子能守，官小豈須廉得名。亦知貨悖匪今日，安得前車戒盡明。

【校勘記】

［一］竟，底本作「意」，據《净稿》正德本詩卷二十改。

次韻[二]陳敬所再示東小園芍藥韻

東風再報小園花，落盡殘紅竟莫遮。看足祇輸坡老眼，折來誰送謫仙家。品題已作群芳賽，富貴休將絶豔誇。見説揚州歡會地，病民還苦榷官茶。

【校勘記】

［一］目録無「韵」字。

鄉人邀禱雨用以相答 五月十七日

十月不雨至五月，鄉人邀我禱龍祠。憂天敢忘杞人念，出位難爲添室思。是誰神報海東獄，邑中有巫言此。何日圖陳安上詞。不須更用巫尫暴，頭假弘羊一謝之。

哭李士常御史

即看飛劍委驚波，空憶高春爲反戈。海内英豪知有數，天涯朋舊已無多。愁深白髮應誰共，恨在蒼天可奈何。見説哀鴻今百萬，嗷嗷猶自隔南河。士常在河南救荒，憂勞而卒。

一笑

餘生有恨青山老，世事無端白髮新。辱馬幾驚還唾面，困魚何處是通神。覽輝鳳鳥看能下，頓轡蛟龍合自珍。一笑窩中安樂地，百年風味只鱸蓴。

月夜次太守叔父沉字韵

星稀月朗夜沉沉，烏鵲驚飛幾繞林。雨露關河千里念，江湖廊廟幾人心。山中病渴渾如舊，陌上冬乾直到今。老去乾坤吾不識，敢從明日問晴陰。

次太守叔父韵

雲漢憂深日益難，出門天地已非寬。廟廊諸老謨謀遠，山野儒生性氣酸。社報不聞扶醉客，郊行今見牧民官。當年痛哭真何事，猶自叨叨説治安。

攪　池 鄉俗大旱則攪池水以取魚。

莫向江湖問委源，濫觴涓滴此能存。絶流直恨網初設，竭澤誰悲水到渾。魚鱉不知生有路，乾坤真覺老無恩。可應憫雨憂勞地，付與群兒笑語諠。

感秋八首用杜少陵韵

桂魄分明未滿林，星河影裏夜森森。眼看大火驚殘暑，夢繞重淵念積陰。燥烈轉妨憂旱病，悲淒何止感秋心。蕭關更有千行泪，日向深閨望槁砧。

河漢蒼茫斗半斜，白頭相對幾年華。無媒不用填橋鵲，有路須乘泛海槎。風急地先驚早鴈，天高心已怯秋笳。多情謾説春宵夢，得意長安一日花。

目斷青山又落暉，乾坤回首壯心微。早[二]空黍稌千村望，秋到梧桐一夜飛。溝壑病隨天地老，江湖憂與廟廊違。行藏分在終須識，蓴菜如何肉食肥。

得失紛紛石上棋，望秋休復爲秋悲。物當旱暑初窮地，命在乾坤再造時。栽植可應中道廢，遭逢還是感恩遲。白頭宋玉真多事，又作西風一種思。

顥氣清嚴隔萬山，廣寒臺殿五雲間。未鳴馬已先驚仗，不怒人誰敢扣關。枉路豈堪終局促，振衣聊欲盡孱顔。可應白髮滄江夢，猶復名争處士班。

莫怪無端白盡頭，幾傷春去幾驚秋。都將節序千年恨，并作江山一夜愁。妄意昔曾看料虎，初心今不避盟鷗。明河萬里青天在，歷歷晨星尚九州。

莫將霸力論王功，世變分明感慨中。秦晉以來寧有治，虞周之上不同風。衆流派合終歸海，正色朱曾幾亂紅。不用逢秋嘆蕭索，從頭須問伏羲翁。

九重天路幾逶迤，太液池頭萬頃波。兔老尚能營狡窟，烏棲還欲借全枝。物情未覺乾坤別，凉氣先從殿閣移。見説扣閽梯百級，不知誰是古工垂。

【校勘記】

［一］　早，《净稿》正德本詩卷二十一作「旱」。

喜雨追次韓魏公韵

天意分明捷似桴，壓空雲雨豈區區。旱應已分三秋劇，病忽驚傳九死蘇。碩果也知終不食，稊楊真見復生枯。白頭倚賴乾坤在，誰問吾民儋石無。

哭陳士賢方伯 二首

兩年飛語及[一]天誣，萬里罷氓夾道呼。死未蓋棺公論定，困方遂志此心紆。入山藜藿風初靜，遍地菁莪工[二]尚枯。莫怪白頭還痛哭，不堪清世是羈孤。

天下人材敢厚誣，有如公者豈堪呼。功名正是匡衡薄，籌策休言葛亮紆。道在乾坤誰共老，恨深滄海欲同枯。高風莫問千秋似，明月真應永夜孤。

【校勘記】

[一] 及，《浄稿》正德本詩卷二十一作「極」。

[二] 工，《浄稿》正德本詩卷二十一作「雨」。

澄心樓 致政漳守姜用貞。

占斷清溪第幾洲，盡分天目萬山秋。倦來濯足知無地，老去澄心只此樓。勇攫幾曾羞腐鼠，坐忘今不問[一]飛鷗。峴碑百尺他年泪，應與漳南水共流。漳州有惠政碑。

【校勘記】

[一] 問，《類稿》作「門」，據《浄稿》正德本詩卷二十一改。

潘時用李賓之聯句見寄次韵以答

詩來萬里忽驚秋，紅蓼灘前白鷺洲。北闕幾何勞夜夢，西山猶記及春游。遭逢在世皆奇特，論説平生敢繆悠。一病不知花落去，風光白盡少年頭。

九日追次老杜韵

尚憶龍山堪落帽，不知戰[一]馬有高臺。天邊鴻雁幾時到，江上芙蓉昨夜開。好事可應隨病懶，亂愁誰遣上心來。尊前且共黄花笑，夢裏休驚白髮催。

【校勘記】

[一]戰，《類稿》作「戲」，據《净稿》正德本詩卷二十一改。

送夏德樹舉人會試 二首

藝苑秋高戰捷初，里閭傳報劇歡呼。科名久識非今日，豪傑惟應假此途。物論在人終不廢，天心於我敢全誣。白頭林下升平地，極目青霄是壯圖。

白髮青袍識面初，便從行輩折相呼。酸鹹自信能同味，推挽曾知不異途。學道敢忘斯世念，匡時須息我民誣。丈夫事業看終始，誰作乾坤不朽圖。

送陳野南北上 二首

東南海闊連清漢，西北山高擁太行。且向浮雲看世態，漫從流水惜年光。王功霸力誰升降，地洩天遺幾歛藏。笑殺紛紛蜂蝶在，一番風雨一番狂。

病骨敢忘當世念，癡心還憶古人行。負蚊竟枉江河涉，爝火誰裨日月光。無毁斯民終直道，若虚良賈只深藏。迂言百折真何用，贏得平生一笑狂。

題黄汝彝贈别卷次李西涯韵

竹下清陰映草池，天教此樂更分誰。别來風雨未成夢，在處江山皆有詩。老大况堪多病日，功名不是少年時。莫須科第頻長嘆，我亦今如摘頷髭。

讀順天鄉試録次韵寄潘時用

又是西風桂子秋，不聞仙籙上瀛洲。英賢出處曾非命，歲月[一]江湖念昔游。道德初心知耿耿[二]，功名春夢幾悠悠。青燈入夜西涯老，誰復朱衣爲點頭。西涯李學士爲考官，而時用復不第，豈非命哉？

【校勘記】

[一] 月，底本無，據《浄稿》正德本詩卷二十三補。

[二] 底本「耿耿」下衍「耿」字，據《浄稿》正德本詩卷二十三删。

歲終

漫倚斜陽嘆落鴻，百年心事幾匆匆。不知世外棋千變，又是人間歲一終。閒覺病添真得策，髮先愁白定誰公。未論明日椒盤醉，且愛通宵竈燭紅。

次陳敬所梅花韵 八首

不愛穠華只愛枯，是誰移植近膏腴。多情吴下三分地，德色成都八伯株。調實未須論鼎鼐，賽花先合擅江湖。老松莫漫誇頭角，已汙秦封五大夫。

夜色冬温又隔年，冷光幽豔轉堪憐。孤根分老冰霜窟，冶態春羞玳瑁筵。歲晚風情誰獨占，江南消息此真傳。漫山桃李紛紛在，不是攙天是盜天。

一枝誰折向天涯，誤落長安富貴家。翠羽金尊心未醉，蒨桃穠李眼先花。斷魂蝶老真成夢，應海蜂顛幾放衙。愛殺儲香能萬斛，晚來端欲問天賒。

内園羯鼓不須催，雪後風光半着梅。天與高寒孤瘦在，老堪凌厲折衝來。先愁未落胡雛笛，索笑休停杜老杯。莞海桃溪此相憶，夢魂中夜幾遲回。

一夜飛塵暗緑林，萬紅千紫已難禁。垂涎竟墮奸雄口，調鼎空憐鐵石心。關外馬頭三尺雪，江南春信萬黄金。不知白髮懷鄉地，愁絶誰堪杜老吟。

湖浪翻天勢欲滔，是誰江海氣能豪。中流合着孤山在，南服虚憐五嶺高。緑竹舊盟寒不改，玉堂清夢夜曾勞。相逢莫訝凌[一]寒骨，消得乾坤幾鑄陶。

一笑巡簷坐隔窗，低頭看盡百花降。誰令桃李爲臺皂，獨向冰霜壓後龐。逐物不妨杯罰百，多情還愛鶴來雙。縞衣恨殺羅浮夢，惆悵無言只倚杠。

好惡分明與世移，幾從梅老識安危。可應醢族調鹽後，直放江籬杜若欺。物豈遭逢元有數，天終栽覆果無私。曾知一代商巖夢，不直孤山雪後詩。

【校勘記】

［一］凌，《净稿》正德本詩卷二十二作「遠」。

追次許魯齋先生韵

欲挽嬴車闖户欞，幾驚周道入榛荆。他岐勢合論三昧，此學今誰念七情。且向一瓢甘寂寞，敢於二鳥羡光榮。極知晝夜分明在，蝠燕紛紛有許争。

將游委山夢中得詩二句因屬成之

詩半成時酒半斟，夢回猶憶小仙吟。山中歲月乾坤老，洞口烟霞草樹深。萬古風光誰管領，百年岐路幾登臨。也知辟穀元非計，病骨難消慷慨心。

至委山次韵

清寒曾立最高峰，蓬海分明在眼中。塵劫未窮蝸戰在，路岐何恨[一]鶴書通。病來尚憶燒丹火，老去難乘墮翮風。見説玄都回首地，桃花開盡菜花空。

【校勘記】

［一］恨，《净稿》正德本詩卷二十二作「限」。

次黄通政韵贈别高司訓宏謚詩 二首

五十年光未老時，遭逢休恨得官遲。教分百里元非小，學在三人亦有師。待扣鐘須隨我應，無弦琴不用人知。抱關自古皆常職，一飯能忘主上私。

拙樣分明不入時，蹉跎猶恨此生遲。斯民竟老三王化，吾道誰堪百世師。進退祇今慚寡過，禎祥從古合先知。别離何限殷勤語，仰首青天不敢私。

次韵酬世教叔

未老先應愧嗣宗，不知白髮爲誰公。桑蓬敢説平生志，芹曝空懷病後忠。眼底功名今日是，夢中岐路幾時窮。便須收拾心情坐，且向空山學養蒙。

再到緦山讀書有感 九首

仰首乾坤此倦游，白雲飛盡水東流。重來欲問春深處，一笑更登山上頭。道愧未聞生苦晚，士妨爲下拙須修。草堂猶喜英靈在，不是猿驚鶴怨秋。

燈火空林念昔游，可知歲月去如流。乾坤有恨憎多病，歧路無端白盡頭。環堵地偏山可辟，苦[一]堂封在墓須修。清陰更有西塘竹，別是風光一段秋。

憶昨江湖汙[二]漫游，也曾王屋望中流。狂瀾滿地無容足，砥柱中天是出頭。兩漢以來皆智力，六經之外幾删修。從知一代河汾教，不似光風霽月秋。

羲皇身世舞雩游，竹外清陰石上流。瞻仰敢忘天北極，遭逢空憶殿東頭。素餐責在終難塞，賜告恩深合退修。見説上林無限樹，一番風雨一番秋。

敢説心難太古游，乾坤上下本同流。廓清勢合先茅塞，綜理功須到竹頭。道在本根誰致力，事從邊幅幾增修。憑君看取惺惺地，水色天光萬頃秋。

漫憑杯酒作遨游，太息還知涕欲流。結局未須論末着，濫觴先已識源頭。七年艾豈倉皇畜，百潰堤難罅隙修。耐可閒愁侵白髮，病來消得幾春秋。

高情誰遣此重游，濯足來觀萬里流。賸有好山藏我拙，更無矮屋壓人頭。杞人不用憂天墜，媧氏還能鍊石修。笑殺雨雲翻覆地，却將團扇怨清秋。

浩蕩心期萬里游，已憑杯酒付東流。榮名莫問初來夢，世路分明一轉頭。習静可能成老癖，端居真欲念交修。咏歸豈合偕行樂，坐待西風碧樹秋。

斷崖深谷幾浮游，飲犢猶疑汙上流。何限風光空眼界，可堪塵慮上眉頭。每於屋漏求無愧[三]，敢爲天知始自修。道上莫須論月旦，腹中元自有陽秋。

【校勘記】

[一] 苦，《浄稿》正德本詩卷二十二作「若」。

[二] 汙，《浄稿》正德本詩卷二十二作「汗」。

[三] 此句底本漫漶，據《浄稿》正德本詩卷二十二補。

奉次太守叔父種菊詩韵 二首

宿土分根未隔年，亂枝繁葉已芊芊。晚香竟老山腰節，凍色誰堪澤腹堅。清世且須開笑口，好官何必賽多錢。平泉花木知多少，幾見棲烏野鹿眠。

陶後寥寥復幾年，晚香庭院草芊芊。極知世味看難似，莫怪風情好獨堅。老未折腰羞得米，貧誰多事嘆無錢。曾知祖跣臯盧地，不直羲皇一覺眠。

聞黄定軒[一]侍郎徙官南都感而有述

邸報南來日扣關，盛恩真領列卿還。君才豈合輕辭陛，我病惟應更入山。默坐祇須悲級綆，相看何敢小塵寰。丈夫志業誰終極，可信勳名汗竹間。

【校勘記】

［一］定軒，《净稿》正德本詩卷二十二作「世顯」。

繆守謙以詩來過次韵奉答

相望未隔赤城霞，野樹烟村共一家。斷雁不聞秋後信，殘燈忽報夜來花。極知東海頹波在，休問南山捷徑斜。千古首陽孤竹地，更誰人采蕨薇芽。

寄李西涯學士再用前韵

夢魂終夜幾差池，心事無端欲問誰。老去江山還是病，春來風景不聞詩。西涯書云：「春來風景大不可人，欲作一詩，未能也。」 莘梧鳴鳳真千載，驟雨顛花又一時。白髮江湖今萬里，亂愁休訝上吟髭。李詩云：「爲問東山高卧客，苦吟今白幾莖髭。」

追次劉静修述懷韵

俯仰乾坤幾慨然，百年誰復念千年。測蠡器淺空望海，鍊石心多欲問天。學墮九流終有恨，治論三代已無前。高風莫怪柴桑老，不放琴聲更上弦。

應茂修掌教來過次韻奉柬

炎涼久與世相安，空谷誰煩憶漫官。喜劇不知傾蓋晚，交深翻笑舊盟寒。穩從驛路行能便，老向親庭別更難。努力一杯煩上馬，好傳消息是怡顔。

次李白洲玉山舟中見寄韵

半江星月夜推蓬，何恨離懷感慨中。玩世功名隨地好，絶塵心事有天通。是非豈必勞詹尹，得失分□□塞翁。已分青山容我老，不知白髮爲誰公。

哭袁德純

凄凉無復見斯人，痛哭終誰念我民。作縣政成曾買犢，立朝心苦欲埋輪。郎星尚憶三台曉，驄馬虚憐五嶺春。笑殺沉碑争墮泪，不知桑海幾揚塵。

李賓之學士批抹拙稿賦此爲謝

風月情多每自耽，敢從至味托酸鹹。咏歌直作康衢看，筆削翻爲魯史慚。點鐵有丹金可化，奪胎無地骨空饞。神交更在忘言外，何限繁蕪待刈芟。

次郭鈞心移梅韵

乾坤何敢閟幽香，風在霜林月在塘。寥落未應嗟失所，量移今復近周行。調鹽我識功名薄，索笑誰憐興味長。安得屈騷還直筆，盡驅凡卉發潛光。

次韵奉酬劉時雍大參

尺書千里動經年，一度相看一惘然。心苦别離今日甚，老堪迂癖向來偏。英豪豈合輕忘世，薄劣惟應早讓賢。富貴滿前公看取，更誰名下是虛傳。

凉　棚

爇空驕日太相侵，駕竹編松强自禁。萬里不知誰病暍，一庭聊借此清陰。已應地與炎埃隔，敢望凉非殿閣深。最好北窗高枕在，夢回猶憶阜民琴。

次韵敬所風壇避暑

放教清興與天寬，遍坐松陰更石壇。世外幾何能避暑，山中六月舊知寒。道旁剩有思霑暍，天下誰爲大庇歡。莫怪壯心消不得，病來猶自惜摧殘。

見孫

一笑侵晨客滿門，呼兒且復倒深尊。百千事往誰非夢，五十年來此見孫。業愧弓[一]裘無可繼，心於方寸但能存。監昭敢卜栽培意，積慶曾知締造恩。

【校勘記】

［一］弓，底本作「王」，據《净稿》正德本詩卷二十四改。

次韻凉棚有感

紛紛得失故相侵，感慨無端此不禁。抗暑未能祛酷烈，蔽天先已作幽陰。幾從明暗看能定，敢爲炎凉恨獨深。一笑又成添足畫，百年殊愧絶弦琴。

十月初二日恭聽遺詔有感

詔命初傳玉幾臨，白頭雙泪小臣心。萬年治擬隆三代，四海人驚遏八音。清蹕夢回馳道遠，遺弓恨滿鼎湖深。前星炯炯中天在，宗社靈長始自今。

桃溪類稿卷之十一　七言律詩

四月四日下緦山有感呈太守叔父[一]

一笑匆匆欲下山，倦來還倚暮闌干。花應有恨傷春早，雲亦何心出岫難。岐路滿前皆絶足，海天終古此頹瀾。藥囊書卷依然在，修竹清陰且耐看。

【校勘記】

[一] 此詩原缺，今取《净稿》詩卷三十補入。

再宿會緦亭有感[一]

酒酣聊復卧虚亭，芳草門深晝不扃。已愧羈離非地主，敢煩呵護有山靈。年華最苦風前燭，世路誰堪水上萍。一笑邯鄲春夢在，軟紅塵裏幾時醒。

【校勘記】

[一] 此詩原缺，今取《净稿》詩卷三十補入。

讀　易[一]

俯仰乾坤此太初，分明萬物備於吾。看從注脚三分欠，悟到天心一畫無。須信假年堪卒學，是誰滴露許研朱。羲皇世遠非今日，龍馬何能更出圖。

【校勘記】

[一]　此詩原缺，今取《浄稿》詩卷三十補入。

纂修命下黄亞卿世顯、李學士賓之，連以書來勸，且示以諸公論薦大略，愧感之餘聊此奉答[一]

坐老空山歲月侵，不知天路有升沉。百方重荷殷勤勸，一念應憐痼癖深。淺薄可堪污薦牘，遭逢終亦愧詞林。撫心尚憶平生在，病骨區區恐未禁。

【校勘記】

[一]　此詩原缺，今取《浄稿》詩卷三十補入。

舟中苦熱憶敬所[一]

火雲推日忽中升，酷暑無端一倍增。欹枕半眠心欲醉，短篷低軋氣如蒸。不知棹雪人何似，却怪趨炎我亦能。愛殺秋山山外路，舞雩誰共好風乘。

【校勘記】

［一］　此詩原缺，今取《凈稿》詩卷三十補入。

六月二十九日喜雨追次黄山谷韵寄王秋官存敬［一］

村北村南皆旱塵，出門幾望西郊雲。山靈半死龍作祟，田骨盡枯龜拆文。喜劇此時不覺舞，憂深前日夏如勳。醉來便欲擊社鼓，誰爲更招南郭君。旱至是四十日矣。存敬號南郭。

【校勘記】

［一］　此詩原缺，今取《凈稿》詩卷三十補入。

太守叔父新樓成次陳敬所韵［一］

萬壑風烟畫不成，小樓誰占此真清。百年隱幾有餘地，一笑憑欄無限情。莫更乾坤誇勝概，且從溪谷聽彭觥。放教竹下還三徑，已共沙鷗野鶴盟。

【校勘記】

［一］　此詩原缺，今取《凈稿》詩卷三十補入。

次逸老堂分韻詩留别諸公[二]

出門心已付盟鷗，萬里何能復浪游。恨向别離仍及老，眼驚時節忽逢秋。素餐每憶河檀耻，多事誰煩漆室憂。最是漢皇真有道，不妨痛哭涕還流。

右憂字

莫難如屠龍，莫苦如食鼠。偉哉蘇子卿，悲矣孔文舉。苦者誠莫當，難者乃易與。豈不聞，錦繡不如布褐，膏粱不如菽黍。

右與字

山莫峙，水莫駛。山峙易摧，水駛不止。頽立萬年，緩行萬里。君不見，塞上翁、東門李，失亦何憂得何喜。天有經、地有紀，人道與之相終始。何須更問蚊負山、犀辟水。

右始字

丈夫行出門，直以身許國。致君堯舜上，大被斯民澤。何期中道艱，耻爲利名役。耿耿一寸心，前瞻後無極。惟應架上編，庶以窮吾力。君看此路岐，茫茫竟何益。

右國字

【校勘記】

［一］　此詩原缺，今取《浄稿》詩卷三十補入。《類稿》目録「公」後有「得憂字」三字。

次再宿緦山韵奉謝秋官諸公來過[一]

一笑空山舊雨亭，爲君還啟白雲扃。卑棲已分鳳不至，淺水敢言龍有靈。鏡裹勳名誰黑髮，匣中星斗此青萍。百壺且共今宵醉，莫更逢人問獨醒。

【校勘記】

［一］　此詩原缺，今取《浄稿》詩卷三十補入。

再次前韵贈别王秋官[一]

莫上勞勞送别亭，繞天離思不堪扃。車輪安得夜生角，祖輒忽驚朝有靈。在世此生皆幻夢，出門回首即雲萍。一杯直笑陽關淺，愁正濃時酒已醒。

【校勘記】

［一］　此詩原缺，今取《浄稿》詩卷三十補入。

北上奉别太守叔父筠心諸公[一]

再拜匆匆欲别難，離腸真愧酒杯寬。起逢盛世恩終忝，老向空山分所安。奔走祇堪供歲月，路岐何敢問悲歡。一川風月今輸却，留取幽人仔細看。

【校勘記】

［一］ 此詩原缺，今取《净稿》詩卷三十補入。

登嚴子陵釣臺次陳公甫韵 三首[一]

江上好山青欲老，江頭流水不西還。萬年風節雲霄上，一代君臣朋友間。唐舜以來皆此道，許巢之外更誰班。雲臺不是三公地，且作乾坤自在閒。

往來屑屑果堪疑，進退平生只自知。千載未分周黨毁，幾人不愧蔡邕碑。高風再起西京懦，苦節竟爲東漢師。江水雲山看不極，東吴人老更無詩。

便非物色也難藏，山玉川珠每自光。不識真龍誰矯矯，直教野鶴自昂昂。蹉跎林下十年夢，感慨平生一瓣香。最是三公真不换，白頭羞殺老馮唐。

【校勘記】

［一］ 此詩原缺，今取《净稿》詩卷三十補入。

與葉太守諸公登巾山追次陳剛中先生韻[一]

爛醉須從絶頂歸，漫尋秋草剔殘碑。江山不見有窮處，混沌誰分未鑿時。獨立且隨天地老，浮名休問古今垂。出門一笑君應識，高興平生不在詩。

【校勘記】

［一］　此詩原缺，今取《净稿》詩卷三十補入。

至杭有感

（缺）

夜泊姑蘇追憶張亨父[一]

聽盡寒山夜半鐘，客愁無數入秋篷。不知天定何年是，已恨人豪絶代逢。一笑且須看澼絖，千金休更學屠龍。傷心欲問滄洲路，舊雨凄凉宿草封。

【校勘記】

［一］　此詩原缺，今取《净稿》詩卷三十補入。

訪陸鼎儀太常 二首[一]

忽驚秋思入鱸魚，又向天涯嘆索居。夢裏對君誰是病，書來報我已成虚。予病時，鼎儀屢書招起。遭逢敢謂元非偶，進退分明得自如。海内英豪憑看取，幾人勳業似當初。

幾從飛躍看鳶魚，妙悟分明有定居。求着即時皆病痛，不卑汚處是空虚。病來笑我都成棄，老去於人百不如。三十年前休更問，對君真愧結交初。

【校勘記】

[一] 此詩原缺，今取《净稿》詩卷三十補入。

哭陳士賢方伯墓[一]

索索西風正可哀，丘原極目半蒿萊。不知泪爲才難盡，便欲心隨世降摧。一代勳名終坎坷，百年岐路幾遲回。丹崖院裏清風在，貪懦猶堪激我台。

【校勘記】

[一] 此詩原缺，今取《净稿》詩卷三十補入。

沛縣懷古次李西涯韵[一]

赤龍飛上泗亭濱，百二山河一騎塵。天下未能忘六國，關中先已踣三秦。故鄉湯沐恩殊數，父老酣歌酒幾巡。一代規模真漢業，繼周千載復何人。

【校勘記】

［一］此詩原缺，今取《浄稿》詩卷三十一補入。

望金陵次韵懷黄世顯亞卿［一］

十年病骨苦相侵，幾向魚鴻嘆杳沉。到此又成睽隔地，對君空恨結交深。且看絶足頻登峻，敢愛高飛遠入林。最是酒醒秋夢在，望鄉懷國兩難禁。

【校勘記】

［一］此詩原缺，今取《浄稿》詩卷三十一補入。

哭張都經䜚次陳太常師召韵［一］

叩額曾經幾怒闇，茅生自荷舌猶存。不知天意栽誰覆，已信君恩死可原。銜血直堪山作海，認明休問晝爲昏。傷心欲寄瀧岡泪，江水無情日夜奔。張，彭數五門下士也。

【校勘記】

［一］此詩原缺，今取《浄稿》詩卷三十一補入。

舟次鎮江别宗勳表侄[一]

短劍羞同白髮看，畫船明月坐更闌。不知爾亦能千里，却怪吾還愛一官。兩代恩私猶骨肉，百年岐路幾艱難。吾兒到日丁寧語，勤謹無忘是問安。

【校勘記】

[一] 此詩原缺，今取《净稿》詩卷三十一補入。

司馬通伯約游金山不果以詩來柬次韵復之

（缺）

渡　淮

（缺）

過兖州界見台船有感[一]

暮帆朝櫓幾時休，濟水南來尚逆流。問俗未能窺魯國，認船猶喜見台州。放歌笑我非前日，傾蓋何人是舊游。誤殺路岐三十載，風光白盡少年頭。

【校勘記】

〔一〕　此詩原缺，今取《净稿》詩卷三十一補入。

次韵憶王和州〔一〕

强扶醉眼一登樓，送盡西風北雁秋。世路滿前堪白髮，故鄉何處是丹丘。浮生笑我真成拙，老景如公百不憂。獨有詩情花鳥在，春來時復費深愁。

【校勘記】

〔一〕　此詩原缺，今取《净稿》詩卷三十一補入。

次韵奉懷太守叔父

（缺）

蘇文簡約車登德州道中遇雨有感

（缺）

次韵寄李西涯

（缺）

元旦用東坡韻[一]

夢中岐路年年别，醉裏風光色色新。後飲不辭長健酒，得歸真愧故園春。未衰眼已慵看曆，不死心猶欲競辰。誤殺兒童歡笑地，一天陰霧正愁人。是日大霧。

【校勘記】

[一] 此詩原缺，今取《浄稿》詩卷三十一補入。

用除夕元旦寫懷韻奉答西涯祥後述哀之作[一]

中庸制在須循古，罔極天高欲報誰。忍死竟深烏鳥恨，相看休問蓼莪詩。無端浪迹真萍梗，最苦傷心是歲時。昨夜夢魂家萬里，夕陽荒隴不勝思。

【校勘記】

[一] 此詩原缺，今取《浄稿》詩卷三十一補入。

次倪青谿亞卿祫祭韻[一]

日華初動篆烟銷，幾聽靈風下紫霄。禝廟特尊終睿斷，宋祧紛議自臣寮。肇禋典在隆周禮，奏假歌成美舜韶。一祖五宗相望地，敢將功德紀遵堯。

【校勘記】

［一］此詩原缺，今取《净稿》詩卷三十一補入。

再次前韻答戴師文職方［一］

幾聽新隄築相沙，東風休笑鬢先華。交承分在今三世，迂拙天教自一家。但覺此心相肯綮，不妨多事限官衙。黑頭地望中朝識，汗竹勳名意永涯。

【校勘記】

［一］此詩原缺，今取《净稿》詩卷三十一補入。

齋居有懷諸同年［一］

十載重來兩鬢霜，直廬元是舊齋房。相看敢作忘言地，不寐翻思少日狂。燈燭影憐生死恨，亨父、敷五。路岐心苦夢魂妨。明仲至賓之八人者，雖相去近遠皆爲離隔，此夕在者，獨予一人耳。覺來忽報趨朝鼓，又是披衣一日忙。

【校勘記】

［一］此詩原缺，今取《净稿》詩卷三十一補入。

齋居獨坐再用前韵柬體齋太常青谿禮侍[一]

聽盡寒鐘夜半霜，恍聞仙馭下雲房。一天星月真如洗，滿地風沙不作狂。大祀禮傳周廟在，幸途恩與宋郊妨。白頭謾作微官笑，奔走元無扈從忙。

【校勘記】

［一］此詩原缺，今取《凈稿》詩卷三十一補入。

謁李老先生墓[一]

十里驚沙郭外風，亂雲回首是江東。半生分已天教病，一慟誰期此拜公。泪盡西州春共老，夢深遼海夜難終。祇應萬古豐碑在，盛德殊恩總未窮。

【校勘記】

［一］此詩原缺，今取《凈稿》詩卷三十一補入。

再次前韵哭李老先生兼慰賓之[一]

百年耆舊此高風，雲自西飛水自東。在世幾何醒夢別，蓋棺今日是非公。九原我已知無憾，五福天誰與考終。莫更祥琴不成調，向人嗚咽恨難窮。

【校勘記】

［一］ 此詩原缺，今取《浄稿》詩卷三十一補入。

二月十日齋夜有感［一］ 十二日春分，家中祀先之期。

獨客齋居意不歡，一燈相對坐忘餐。致存敢謂神無主，越在空慚禄有官。舉奠禮曾親付托，采蘋心許共清寒。可知白髮還鄉夢，行盡江南路轉難。

【校勘記】

［一］ 此詩原缺，今取《浄稿》詩卷三十一補入。

再入經筵有感［一］

講殿春聲雜佩環，拜瞻猶得近龍顔。七千里外新恩命，十五年前舊侍班。豈有涓埃增海嶽，敢於毫末望丘山。極慚醉飽雍容地，又送夔龍退食還。

【校勘記】

［一］ 此詩原缺，今取《浄稿》詩卷三十一補入。

二月望日雪[一]

朝罷歸來背客眠，馬頭春色轉堪憐。隨陽錯報經年雁，剩雪猶深二月天。驚犬吠人疑北越，凍雷崩石憶西川。元年十二月四川雷震梁山崩。閉門只合頻呼酒，莫問霜毛白滿顛。

【校勘記】

[一] 此詩原缺，今取《浄稿》詩卷三十一補入。

山陵陪祀次李西涯學士贈行韻[一]

莫笑紅塵匹馬遲，好風珍重爲先吹。前二日大風。世途再涉曾非夢，陵祀重來敢後期。白髮忽看驚歲幾，青山應不記吾誰。會緦亭下松楸在，奔走空慚節有祠。

【校勘記】

[一] 此詩原缺，今取《浄稿》詩卷三十一補入。

宿劉諫議祠有感諸公壁間之作再用西涯韻[一]

漏轉山城獨坐遲，一燈明滅幾停吹。齋心儼覺神如對，春夢空憐夜作期。五度客來須笑我，百年人在定應誰。壁間敢恨題名晚，淺薄終慚諫議祠。

【校勘記】

［一］此詩原缺，今取《净稿》詩卷三十一補入。

次吴庶子原博題中諫議祠韵

（缺）

謁狄梁公祠次程少詹克勤韵［一］

力盡千鈞一髮微，立朝誰道我公非。斡旋功擬酬三聖，高祖、太祖、高宗。匡復心終到九圍。天上牝雞驚欲老，夢中鸚鵡折還飛。獨憐赤手虞淵日，又向空山共落暉。

【校勘記】

［一］此詩原缺，今取《净稿》詩卷三十一補入。

至長陵望茂陵有感［一］ 時東西分祀不得至茂陵。

北門誰築此幽都，形勝天開絶代無。四塞河山歸帝業，萬年陵寢識神謨。夢驚清蹕還馳道，痛憶遺弓在鼎湖。望斷六龍新蜕地，九疑何處是蒼梧。

【校勘記】

［一］此詩原缺，今取《净稿》詩卷三十一補入。

候祀諸陵[一]

寂寥風色夜凄凄，寢殿門深接御隄。九陛神靈天陟降，五陵燈火路東西。星辰影動千官合，松柏聲寒萬馬嘶。奔走小臣今白髮，報恩無地獨含凄。

【校勘記】

[一] 此詩原缺，今取《凈稿》詩卷三十一補入。

曉發昌平遇大風有感[一]

飯罷山城聽曉鍾，客途歸計已匆匆。蔽空欲作漫山霧，盪日先驅刮地風。老去路岐還似夢，向來天道定誰公？不教倦眼看春去，又是郊行一度空。

【校勘記】

[一] 此詩原缺，今取《凈稿》詩卷三十二補入。

哭陸鼎儀太常[一] 是日齋宿。

空江月色宛如新，別夢悠悠忽愴神。泪盡不知辰日忌，書來却恨耿蘭真。交游一代終慚我，物論中朝尚幾人。春雨堂深遺草在，太平勳業此經綸。

【校勘記】

［一］此詩原缺，今取《净稿》詩卷三十二補入。

西郭奉待李西涯［一］

晚凉西郭愛招尋，報導殘紅已緑陰。老去斷無騎馬興，雨餘剛辦賞春心。百年世路誰三昧，一日閒行抵萬金。見説小車高閣外，好懷時亦費長吟。

【校勘記】

［一］此詩原缺，今取《净稿》詩卷三十二補入。

春　歸［一］

一夜東風緑滿枝，曉鍾無語立多時。夢中白髮空慚我，頭上青天欲問誰。未定是非他日見，最先消息此心知。不須更作春歸嘆，客路倉皇已後期。

【校勘記】

［一］此詩原缺，今取《净稿》詩卷三十二補入。

得家書有感再用前韻[一]

忽報寒梅隴上枝，馬頭風色暮春時。青山自信今猶昨，白髮休疑我是誰。門祚光華諸弟在，宦途情緒病妻知。夢魂夜夜南飛雁，莫遣平安誤作期。

【校勘記】

[一] 此詩原缺，今取《净稿》詩卷三十二補入。

次陸廉伯暮春韵[一]

十分春色有無中，看盡飛花過眼空。誰復可眠猶昨夜，最難相負是東風。隙光有恨憐虚白，塵土無因隔軟紅。誤矣石梁橋上路，碧桃催發去年叢。

【校勘記】

[一] 此詩原缺，今取《净稿》詩卷三十二補入。

先妣忌日有感[一]

客懷寥落轉難憑，泪盡天涯幾濕膺。喪苦終身仍比日，恩慚罔極報何能。鬱蒸路憶三江險，生死愁添五内崩。十六年五月聞先人喪，六月至杭仍聞先妣訃。白髮辛勤丸膽地，課兒親共緝麻燈。

【校勘記】

［一］ 此詩原缺，今取《净稿》詩卷三十二補入。

次盧希哲進士雨中趨朝有感韵［一］

苦憶田家舊業忙，一年春事又分秧。吹竽例且隨人後，作舍心終愧道傍。未解微風辭燕雀，敢從清漏誤參房。神仙莫恨猶官府，脱屣誰能更絶糧。

【校勘記】

［一］ 此詩原缺，今取《净稿》詩卷三十二補入。

約西涯游西山［一］

百年消息此區寰，一笑紛紛幾觸蠻。身正健時須載酒，興堪春盡也登山。是誰白髮能容老，何處黄金得買閒。十載江南回首地，夢魂猶在有無間。

【校勘記】

［一］ 此詩原缺，今取《净稿》詩卷三十二補入。

華嚴上洞次西涯韻[一] 甲辰歲西涯嘗先登，以詩寄予。

洞門高處逼諸天，下界如聞別有仙。後到竟慚黄石履，快登誰着祖生鞭。紅塵路憶三山隔，太華峰疑七澤連。欲就石床眠幾日，却嫌身世似逃禪。

【校勘記】

［一］此詩原缺，今取《浄稿》詩卷三十二補入。

西涯先生以詩來慰次韻奉答[一]

萬石驚看一索懸，燕謀誰説是真傳。不才豈敢憂天覆，多恨空教望月圓。心到苦時先自覺，愛當深處也須偏。白頭何限銷魂地，讀罷來詩更黯然。

【校勘記】

［一］此詩原缺，今取《浄稿》詩卷三十二補入。

哭大司馬王公度[一]

萬折河流百折灘，極天西下幾頽瀾。坐令黄髮遺秦叔，無復蒼生望謝安。折檻力窮神在劍，發棠心苦怒衝冠。丈夫事業今誰是，七尺鬚眉共蓋棺。是日同聞萬閣老訃。

【校勘記】

［一］　此詩原缺，今取《净稿》詩卷三十二補入。

聞亡妻孔孺人訃　四首［一］

一封書在恨千端，九曲回腸百結酸。禍烈自天那敢問，命窮於我故須安。愁添歲月妨多病，老向江湖愧此官。最是傷心兒女地，客懷今日十分難。

嫁天飛禍太無端，曲直分明故作酸。空復夢魂勞太卜，不禁兒女憶長安。九衢泥淖妨羸馬，兩月盤飧輟大官。病裏心情吾自識，莫教人訝出門難。

默坐中朝此恨端，爲誰清泪復悲酸。飲教醉後千鍾好，睡得濃時一枕安。閉户不妨稱避暑，懶朝先合比休官。遭逢尚憶恩私在，一種心情兩倍難。

欲究窮陰未有端，謾增炎暑入凄酸。室家似我真成毁，風雨如山敢望安。伏枕每驚多病日，倒衣終愧早朝官。也知末路皆棋局，老向人前着着難。

【校勘記】

［一］　此詩原缺，今取《净稿》詩卷三十二補入。

水大至再用前韵柬西涯［一］

駭浪掀階半軋門，敢論沈竈與浮盆。人間滄海應難受，天上銀河莫更翻。我已無家堪蕩析，民今何處是流奔。廟廊尚憶雍容地，寵賜還應得上尊。

【校勘記】

［一］ 此詩原缺，今取《净稿》詩卷三十二補入。

悲　秋［一］

坐看明月下西樓，不斷砧聲萬里愁。長夜可應誰待旦，老年今已怯悲秋。極知世故皆黄葉，敢向人生怨白頭。青海碧山無恙在，也須慚愧此盟鷗。

【校勘記】

［一］ 此詩原缺，今取《净稿》詩卷三十二補入。

次韵答王存敬秋官戴師文職方［一］

十年重辦早朝裝，尚憶閒官是病坊。豈有微勞裨盛代，獨慚歸夢遶空堂。世機可着誰人拙，民疾今無古者狂。珍重苦心相慰藉，不嫌衰老惜餘光。

【校勘記】

［一］ 此詩原缺，今取《净稿》詩卷三十二補入。

英國公輔挽詩[一]

百戰名高萬馬空，乾坤落落果豪雄。登壇未數無雙士，靖難深知第一功。號令祗今清瘴海，英靈終古泣腥風。墓門莫謾呈多瑞，奕世誰曾爵上公。公墓上有芝。

【校勘記】

[一]　此詩原缺，今取《浄稿》詩卷三十二補入。

重陽後三日約西涯登高[一]

雨過秋山翠欲凝，上方臺殿鬱稜層。塵深不礙郊西路，興在還堪節後登。未老乾坤須着我，最閒風月莫論僧。翻思二十年來地，黑髮何人再到曾。

【校勘記】

[一]　此詩原缺，今取《浄稿》詩卷三十三補入。

天　氣[一]

鎮日陰陰意不堪，濕人寒霧半成嵐。世途疑夢忽疑醉，天氣似春還似南。謀國有方勞燮理，感恩隨例許朝參。詩成却笑還多事，不及希夷一覺酣。

【校勘記】

［一］ 此詩原缺，今取《净稿》詩卷三十三補入。

秋　色［一］

曉露枝頭半夕霏，近人秋色故依依。小窗得此已非俗，荒徑待吾胡不歸。晚節有情看歲月，春風何意入芳菲。無弦别是琴中趣，莫向東籬問白衣。

【校勘記】

［一］ 此詩原缺，今取《净稿》詩卷三十三補入。

望哭王允達中舍［一］ 二首 允達以應召至，卒于灣。

忽驚病勢入阽危，客路倉皇竟莫支。地阻豈勝南望哭，天高空負北來期。英豪自昔元非偶，江海平生幾舊知。看取百年忠義澤，可應人定是何時。

世路分明百折危，病餘筋力幾能支。僕夫敢望趙延嗣，吾黨久無鍾子期。何者命堪由我立，此生心只與天知。虚名到底翻成誤，論薦誰言是達時。

【校勘記】

［一］ 此詩原缺，今取《净稿》詩卷三十三補入。題無「二首」，據目録補。

次韵奉待劉大參時雍[一]

舍舟策馬憶先登，萬里看君此奮騰。鶚薦路遥名在簡，隗臺天近價須增。欲窮汗竹心仍苦，未熟黄粱夢已曾。慷慨十年傾倒地，不妨還共夜床燈。

【校勘記】

[一] 此詩原缺，今取《净稿》詩卷三十三補入。

次吴匏庵原博過西苑韵[一]

平步分明是絶塵，十洲深處渺無津。漏聲書下通西掖，御氣秋高薄紫宸。天上風光元隔别，夢中岐路幾紛綸。極知供奉非前度，白髪重來愧小臣。

【校勘記】

[一] 此詩原缺，今取《净稿》詩卷三十三補入。「過」字原缺，據《類稿》目録補。

庭菊爲風所折再用原韵悼之[一]

一夜顛風凍雨霏，强扶枯竹自相依。孤根合向此中老，生意忽從何處歸。不死有香甘寂寞，後凋無力鬥芬菲。醉魂地下如堪酹，斗酒吾應爲典衣。

【校勘記】

[一] 此詩原缺，今取《净稿》詩卷三十三補入。

再次暖耳韵[一] 二首

病骨難禁瘴海颸，十年心與鶡冠辭，殊恩敢擬戎貂賜，遠致真勞貢馬騎。章甫制應居宋别，彌文今豈服周時。葛巾尚憶風流在，欲和淵明漉酒詩。

短鬢輕貂颶暖颸，病餘真與苦寒辭。蜀裘不用臨朝賜，坡馬先堪出塞騎。歲褐幾幾猶在望，宵衣一念此何時。春明門外天涯遠，誰獻《豳風·七月》詩。

【校勘記】

[一] 此詩原缺，今取《净稿》詩卷三十三補入。

董尚矩久俟東白先生未能入見次韵奉懷[一]

相期人在大江西，幾向秋風憶解携。萬里到翻嫌地隔，五雲深不礙天低。夢回錦字寒無雁，吻渴金莖夜有齏。海内祇今皆浪迹，雪中休復嘆鴻泥。

【校勘記】

[一] 此詩原缺，今取《净稿》詩卷三十三補入。

喜古直至次韻吴匏庵韻[一]

短髮蕭蕭逼暮年，絶人風度更無前。功名盡付三杯酒，身世長隨萬里船。我愧病懷猶兀爾，天教閒興豈徒然。衹應他日桃溪上，回首雲泥是隔懸。

【校勘記】

[一] 此詩原缺，今取《净稿》詩卷三十三補入。目録無「韻」字，據正文補。

吴匏庵遺魚再用騎字依韻奉答[一]

凍鱗冰鬣動寒飈，涸轍何年是永辭。變化幾驚隨浪躍，飛騰無復上天騎。絶憐膾炙登盤日，不是豪雄跋扈時。昨夜秋風菰未熟，幾人曾辨季膺詩。

【校勘記】

[一] 此詩原缺，今取《净稿》詩卷三十三補入。

次韻劉大參時雍寫懷之作[一]

誰屹中流海浪西，極天東望轉凄迷。夢魂共是邯鄲枕，評品空勞月旦題。鱗角鳳膠奇始見，岑樓寸木本難齊。百年岐路君休問，一笑寒江看縛鶏。

【校勘記】

［一］ 此詩原缺，今取《浄稿》詩卷三十三補入。

歲暮有懷東西涯[一]

撼屋風來徹夜顛，一燈明滅酒杯前。放懷直勘無窮世，過眼空驚欲盡年。癡坐意隨天地老，卜居深許古今憐。分明記得江南夢，禾黍秋深滿石田。

【校勘記】

［一］ 此詩原缺，今取《浄稿》詩卷三十三補入。

再次前韻二首用答西涯功成之説 二首[一]

世路紛紛幾末顛，却行何敢更求前。涓埃未盡桑蓬志，溝壑空餘犬馬年。感激地惟明主在，蹉跎心荷故人憐。功成謾作蘇秦計，饘粥從來有薄田。

待得功成白盡顛，幾能裕後復光前。濫吹可是逃名地，再到終慚起廢年。行止命曾關尼使，是非心不礙憎憐。黄金若鑄神仙骨，萬變真看到海田。

【校勘記】

［一］ 此詩原缺，今取《浄稿》詩卷三十三補入。

再次歲除韵 一首

（缺）

次韵吴原博史館有懷之作

（缺）

元日在告有感[一] 弘治三年。

殿廷燈燭夜生輝，又報春聲入瑣闈。强欲追趨慚病力。敢忘咫尺是天威，遭逢地憶光榮在，感激心先拜舞歸。最好太平新景象，十年重誤舊朝衣。

【校勘記】

［一］此詩原缺，今取《净稿》詩卷三十三補入。

次韵西涯元日早朝[一]

白頭重許上鸞坡，治象親看入泰和。圖報地慚今日晚，感恩心比向時多。物華慘淡春猶淺，凍色依微水未波。見説六鼇先出海，亂山深處是無何。

【校勘記】

〔一〕　此詩原缺，今取《浄稿》詩卷三十三補入。

病中不及預同年會柬席上諸公〔一〕

三百人中今十人，回頭二十七年春。蘧蘧枕畔夢未覺，落落天邊星已晨。病來苦恨路岐隔，歡在且教尊酒頻。勳名鏡裏各自愛，莫問誰家鬢似銀。

【校勘記】

〔一〕　此詩原缺，今取《浄稿》詩卷三十二補入。

春　歸〔一〕

病來無力斗春芳，又爲春歸一斷腸。花落不知三月暮，夜寒還怯五更霜。是月終連霜三夜。錯教戲蝶閒撩亂，尚憶東君自主張。莫更悲秋憐宋玉，曉鐘聲裏幾斜陽。

【校勘記】

〔一〕　此詩原缺，今取《浄稿》詩卷三十四補入。

送王存敬太守得翁字[一]

忽報秋臺五馬東，別離情與酒匆匆。一麾未覺閩南遠，千里先驚薊北空。清渭濁涇元自別，麛裘章甫久須公。甘棠樹老西風急，今日人應拜岳翁。

【校勘記】

[一] 此詩原缺，今取《净稿》詩卷三十四補入。

次韻奉答太守叔父[一]

迂疏久與世相違，進退分明失據依。環堵病堪前日甚，故園天遣幾時歸。素餐未了癡兒事，白髮敢論游子衣。自笑吹竽今更拙，知音休訝昔人稀。

【校勘記】

[一] 此詩原缺，今取《净稿》詩卷三十四補入。

留別西涯諸公[一]

路岐何限此多端，却望南雲更渺漫。青眼恨深千里別，白頭名愧兩京官。量移可是還山近，感激誠知報國難。病骨十年依舊在，爲誰辛苦誤儒冠。

【校勘記】

［一］ 此詩原缺，今取《净稿》詩卷三十四補入。

清　尊[一]

兩月官厨輟大供，典衣天許向江東。病來白髮誰醫得？愁裏清尊敢放空。杜老有懷憂國在，阮郎多事嘆途窮。秫田未覺荒蕪盡，三徑猶堪伴菊松。

【校勘記】

［一］ 此詩原缺，今取《净稿》詩卷三十四補入。

蘇墨亭[一]

蘇墨何年别有亭，酒酣聊復快先登。此邦事業黄樓最，異代風流赤壁曾。夜半不妨還放鶴，月明何必更邀僧。祇應一字千金值，留與人間識廢興。

【校勘記】

［一］ 此詩原缺，今取《净稿》詩卷三十四補入。

竹欄[一]

寂寞空庭一徑開，小欄深護碧雲堆。紅塵滿地不能到，明月有時還自來。老向宦情消我俗，病先歸夢爲君催。分明記得清陰在，望海亭前取次栽。

【校勘記】

［一］此詩原缺，今取《净稿》詩卷三十四補入。

新池次黄定軒韵[一]

一池便可五湖如，尺地中涵萬象虚。已覺乾坤無隔礙，不妨飛躍自鳶魚。窮年我笑爲山力，漫興人誇洗硯書。看取一般生意在，緑楊芳草半芙渠。

【校勘記】

［一］此詩原缺，今取《净稿》詩卷三十四補入。

放衙[一]

鏡裏勳名浪裏沙，百年身世幾堪嗟。紅塵滿眼空岐路，白髮驚心又歲華。局促每慚官有責，寂寥休問客無家。獨憐事簡恩深地，不待澌除已放衙。

【校勘記】

〔一〕　此詩原缺，今取《浄稿》詩卷三十四補入。

郊齋有懷定軒愧齋二公〔一〕

路岐南北幾能同，燈火無端又澤宮。踪迹此生隨地在，夢魂中夜與天通。起從病廢終慚我，老向交游正憶公。恩苦未酬歸未得，小山落盡桂花風。

【校勘記】

〔一〕　此詩原缺，今取《浄稿》詩卷三十四補入。

謁孝陵有感〔一〕

萬年腥穢此祛除，尚憶清塵避屬車。一代河山開國地，五朝陵寢奉祠初。廟謨睿斷真天錫，鐵馬晨衣儼帝居。白髮小臣慚再拜，報恩無路只欷歔。

【校勘記】

〔一〕　此詩原缺，今取《浄稿》詩卷三十四補入。

致仕命下喜而有述次舊韵柬定軒[一]

明時誰道乞身難，聖德真應似海寬。試可未能期月報，得閒終愧此生安。不妨浪迹從人笑，已識山靈爲我歡。珍重太平勳業在，百年須作萬年看。

【校勘記】

[一]　此詩原缺，今取《净稿》詩卷三十四補入。

再次前韵[一]

紅塵十丈到應難，海上青山百畝寬。歸計地堪生處樂，老懷天與病來安。直知荒徑吾廬在，未乏牽衣稚子歡。怪殺淵明多事甚，白衣還待笑相看。

【校勘記】

[一]　此詩原缺，今取《净稿》詩卷三十四補入。

再用前韵寄贈太守叔父[一]

冒炎歸路不知難，濁酒深杯且放寬。猿鶴久曾勞悵望，竹林先已報平安。三生石上幾年夢，萬壑樓中一笑歡。莫怪好山青不老，白頭心似舊時看。

【校勘記】

［一］ 此詩原缺，今取《凈稿》詩卷三十四補入。

再次前韵邀定軒愧齋二公登雞鳴山［一］

病骨天生不作難，十年未覺帶圍寬。計從歸路晚方愜，夢若登山夜不安。萬古地堪形勝在，百年人幾故交歡。典衣已辦江南酒，洗眼須君一醉看。

【校勘記】

［一］ 此詩原缺，今取《凈稿》詩卷三十四補入。

七月二十一日留别陳太常先生［一］

去年八月二日到，未到今年八月歸。白頭自愛此身在，清世敢言吾道非。鄉井夢隨多病苦，江湖心與故交稀。相逢莫問蓴鱸興，不待秋風已拂衣。

【校勘記】

［一］ 此詩原缺，今取《凈稿》詩卷三十四補入。底本目録有「二首」，《凈稿》實有一首。

二十二日出郊有感［一］

身輕真覺是無官，吏隱今應免素餐。萬計不如歸路穩，此生終愧聖恩寬。禁林地近棲枝偏，蓬海風高倦翮難。誤殺江湖三十載，也隨人去夢邯鄲。

【校勘記】

［一］此詩原缺，今取《凈稿》詩卷三十四補入，題作《廿二日出郊有感》。

過丹陽［一］

兩日客行何快哉，句容已過丹陽來。不妨赤縣未離鎬，已喜青山真似台。觴履有盟還水石，衣冠無夢到塵埃。多情爲報東籬菊，管待秋風取次開。

【校勘記】

［一］此詩原缺，今取《凈稿》詩卷三十四補入。

得李白洲賀履任詩因次其韵

（缺）

登姑蘇驛樓有感

（缺）

桃溪類稿卷之十二　七言律詩

舟入嘉興

（缺）

過四明阻雨不克登[一]　此新吕在路三日。

聖恩如海許東還，却望天台杳靄間。笑殺枉行三日路，終然孤負四明山。歸心倦憶天涯苦，老鬢愁添雨後斑。從此登臨盡吾興，未應半日是偷閒。

【校勘記】

［一］　此詩原缺，今取《净稿》詩卷三十四補入。

謁侯城裏有感[二]

欲向西風酹一尊，乾坤何處着英魂。百年事過風前燭，千古名留海上村。香火半龕誰地主，孫枝一葉是君恩。夕陽滿地傷心泪，付與江流自吐吞。

【校勘記】

［一］ 此詩原缺，今取《浄稿》詩卷三十一補入。

八月二十四日抵家因檢舊書有感［一］

一笑歸來白盡顛，倚樓聊復整遺編。極知無以遺孫子，未敢公然辱聖賢。插架牙籤空萬軸，斫輪心事已千年。乾坤俯仰無窮在，誰探羲皇未畫先。

【校勘記】

［一］ 此詩原缺，今取《浄稿》詩卷三十五補入。

余秋崖賀得孫因次其韵［一］

百憂歷盡見遺孫，不絶真如一綫存。仁在天心無棄物，暖回春意有孤根。弓裘未説傳家業，酌獻先堪舉奠尊。最是深恩歸老地，白頭重荷此乾坤。

【校勘記】

［一］ 此詩原缺，今取《浄稿》詩卷三十五補入。

湯婆次韵[一]

老來無復念專房，净掃蛾眉只素妝。提甕未能忘出汲，抱衾空自熱中腸。守宫分在聊隨例，團扇恩深豈有常。一點貞心衹如水，不妨人世幾炎涼。

【校勘記】

[一] 此詩原缺，今取《净稿》詩卷三十五補入。

盆荷[一]

倚遍虚欄看小荷，曉缸分漲碧生波。參差出水雨聲急，次第着根秋意多。白髮偶同君子愛，畫船休唱越溪歌。獨憐玉井非吾地，十丈花高奈爾何。

【校勘記】

[一] 此詩原缺，今取《净稿》詩卷三十五補入。

太守叔父期緦山看荷再次前韵[一]

未見峰頭玉井荷，渴心先已濯清波。出塵絶態看逾好，隔水幽香不用多。黄菊再逢今日病，紫芝無復舊時歌。九原不作濂溪老，一笑青山可奈何。

【校勘記】

［一］此詩原缺，今取《净稿》詩卷三十五補入。

造裕遠庵有感

（缺）

重修赤城志有感

（缺）

再用前韻哭輝伯秀才[一]

消息忽傳秋入病，夢魂曾幾夜相關。誰知永訣平生恨，只在臨岐笑語間。天地有情容白髮，金丹無術駐朱顔。倚門望斷青霄路，尚憶天香兩袖還。

【校勘記】

［一］此詩原缺，今取《净稿》詩卷三十五補入。

次韻九日登高[一]

短髮無多帽不勝，也隨風力亂飛騰。八州塵土誰堪捨，三島蓬萊我欲登。但有青山長作主，放教深谷幾爲陵。祇應收拾閒風月，羸馬何能復渡澠。

【校勘記】

［一］此詩原缺，今取《净稿》詩卷三十五補入。

重陽後見菊［一］

最難花是看根荄，莫問重陽雨後開。荒徑儘堪秋僻寂，多情還待我歸來。地憐塵土他年夢，天予風光別様栽。清世且同元亮老，白頭休笑杜陵杯。

【校勘記】

［一］此詩原缺，今取《净稿》詩卷三十五補入。

雨後奉請太守叔父賞菊

（缺）

次賞菊韵［一］

不須更上望京樓，野色烟光次第收。廊廟不關江海念，乾坤空着古今愁。儘多濁酒能忘世，未老青山只麽秋。籬菊有情休笑我，竹林元不愛風流。

【校勘記】

［一］ 此詩原缺，今取《浄稿》詩卷三十五補入。

次韻答王存敬、蘇文簡二太守［一］

萬有紛紛可奈何，極知天地費包羅。繞烏正合棲全樹，倦鳥惟應戀舊窠。江海百年今契闊，夢魂終夜此經過。三亭風月緦山在，敢擅東南水石窩。

【校勘記】

［一］ 此詩原缺，今取《浄稿》詩卷三十五補入。

李西涯以經筵輟講詩見寄次韻奉答［一］

輟講深知未是忙，委蛇猶復想羔羊。金蓮直退齋廬静，玉殿風來笑語凉。地遠江湖空繫戀，天高廊廟幾徜徉。太平氣象今千載，誰向虞階説怠荒。

【校勘記】

［一］ 此詩原缺，今取《浄稿》詩卷三十五補入。

歲暮有懷 三首[一]

莫問囊無舊賜金，得歸真荷主恩深。蹉跎又作一年夢，輾轉幾勞終夜心。江海廟廊誰事業，酒杯詩卷此光陰。看教碧石青山在，一任霜毛雪鬢侵。

半日閒須抵萬金，生涯隨分不求深。衰顔病骨能禁酒，弱女孤孫頗慰心。鎮古好山無改色，出林修竹更清陰。紅塵馬首三千丈，到此何能一點侵。

官貧不辦買山金，自在青山只麼深。莫更好如歸老地，最難堪是歲時心。浮生誰復能千載，把酒須還惜寸陰。江海路岐休更問，利名蝸角正交侵。

【校勘記】

［一］此詩原缺，今取《净稿》詩卷三十五補入。

次韵答陳潤卿、葉全卿二秀才[一]

要路誰堪立便登，也須辛苦自青燈。鏡中勳業休頻看，天上風雲正好乘。未必山林皆物色，祇應豪傑待賓興。百年舊事真如夢，俯首吾今合讓能。

【校勘記】

［一］此詩原缺，今取《净稿》詩卷三十五補入。

裕遠庵既成有感次舊韻[一]

莫向年光問轉蓬，日西飛去水流東。碧山不負初心約，舊隴終慚一簣功。罔極有天嗟莫報，獨行無地恨難窮。竹陰望斷歸來鶴，新雨惟看長籜龍。

【校勘記】

[一] 此詩原缺，今取《浄稿》詩卷三十五補入。

奉次太守叔父悠然閣韻[一]

看盡南山更北山，極知天予分非慳。白雲似共三生約，黄閣終輸一味閒。野興欲隨天地老，高情直寄有無間。悠然便是神仙地，絶世誰能出大寰。

【校勘記】

[一] 此詩原缺，今取《浄稿》詩卷三十五補入。

裕遠庵遇雨太守叔父起句因屬成之用悠然閣韻[一]

半晴半雨畫中山，野色烟光未覺慳。地似有靈留客在，天應多妒事人閒。桑田幾作耕耘業，蓬海終歸杳靄間。得失久曾忘念慮，不須重論此區寰。

【校勘記】

［一］此詩原缺，今取《浄稿》詩卷三十六補入。

次韻楊一坡元旦感懷［一］

未老厭開塵世眼，惜春長辦碧山鞋。一尊興盡屠蘇酒，百念愁輕磊磈懷。默視可能遺物累，坐忘真似學心齋。不須更作升平夢，景象分明在泰階。

【校勘記】

［一］此詩原缺，今取《浄稿》詩卷三十六補入。

次韻寄羅明仲［一］

長憶丹陽道上詩，夢魂中夜此羈離。功名莫更論三黜，老病惟應有二宜。也識救時真上相，敢言善後是吾師。極知千載無言教，不待風聲已四馳。

【校勘記】

［一］此詩原缺，今取《浄稿》詩卷三十六補入。

喜晴次舊韵一首[一]

大麥已過小麥新，田家得此未全貧。雨窮晦朔苦愁地，晴是江山富貴春。剩有清尊能醉我，放教白髮且欺人。五湖風景今何在？莫問孤舟野水濱。

【校勘記】

[一]　此詩原缺，今取《净稿》詩卷三十六補入。

大雨次韵留王存敬太守[一]

驟雨驅風忽滿山，坐看清晝晦冥間。水深平地蛟龍窟，霧擁千巖虎豹關。人向路岐今識險，天教游宦此偷閒。絶塵心事今誰在，許占蓬萊第一班。

【校勘記】

[一]　此詩原缺，今取《净稿》詩卷三十六補入。

讀李賓之憂旱奏稿有感因次其韵[一]

亭午開緘到夕陰，屹看經濟此胸襟。臣恭正合責難盡，國體從來受病深。敢謂汚隆皆世道，極知仁愛是天心。杞人亦有江湖念，白髮朝來半不禁。

【校勘記】

［一］此詩原缺，今取《净稿》詩卷三十六補入。

讀諸公薦稿志愧 一首［一］

乞得歸來老此身，夢魂無復想清塵。不才誤辱諸公薦，久病難忘故國春。敢謂江湖真漫浪，極知廊廟有經綸。白頭一笑青山在，且伴康衢擊壤民。

【校勘記】

［一］此詩原缺，今取《净稿》詩卷三十六補入。

次舊韵寄劉時雍都憲［一］

河議紛紛動萬端，幾驚砥柱失遮欄。勢包汴洛今逾險，功到平成古亦難。廊廟坐籌川有楫，憲臺經略鷹爲冠。莫須更作張秋券，留取聲光百代看。

【校勘記】

［一］此詩原缺，今取《净稿》詩卷三十六補入。

陳敬所藏師文同宿山亭用韵奉柬

（缺）

敬所以詩來壽兼致感慨之意次韵奉答[一]

浪將名姓入儒林，老大全孤夙昔心。一種病懷聊自識，十分短髮不勝簪。德凉敢望年俱化，志在空嗟力未任。餘日殘編猶有待，竹邊疑義共誰斟。

【校勘記】

[一] 此詩原缺，今取《净稿》詩卷三十六補入。

空　庭[一]

睡足空庭午夢回，可知花落與花開。乞陳每恨歸休晚，造請誰堪逼逐來。天地儘多寬世界，江山隨意好亭臺。百年岐路真兒戲，一笑勳名且酒杯。

【校勘記】

[一] 此詩原缺，今取《净稿》詩卷三十六補入。

惜　春[一]

坐老東風日閉關，惜春無計挽春還。悶來安得可人客，青在且看隨意山。零落幾經花片減，登臨休放酒杯閒。勳名鏡裏何須問，髮鬢吾今白盡斑。

【校勘記】

［一］　此詩原缺，今取《净稿》詩卷三十六補入。

讀李西涯書有感［一］　予以再乞致仕疏進，西涯止之。

陳乞先愁口囁嚅，莫删朝改亦應迂。癡心已識蛇添足，妄意何能虎料鬚。尼使也知元有命，行藏久已定於吾。來書三復燈前意，珍重忠謀爲我虞。

【校勘記】

［一］　此詩原缺，今取《净稿》詩卷三十六補入。

春　光［一］

物色春光幾送迎，没階芳草踏還生。宦途誤作半生夢，在處都無一事成。老去溪山甘絶迹，怪來江海尚虚名。乾坤再拜吾皇德，白髮容看此盛平。

【校勘記】

［一］　此詩原缺，今取《净稿》詩卷三十六補入。

放　懷[一]

緑荷庭院晝陰陰，濁酒清茶緩自斟。老去不知高興減，醉來還撿舊詩吟。放懷丘壑乾坤在，回首江湖歲月深。帝利熙熙耕鑿外，一閒誰可博千金。

【校勘記】

[一]　此詩原缺，今取《净稿》詩卷三十六補入。

重修族譜有感[一]

三百年來一祖傳，支分派别尚依然。歐蘇法幸家存譜，杞宋徵慚世乏賢。須信纘承終在我，敢言興廢本由天。九原泪落台南遠，台南逸老。老眼摩挲重入編。

【校勘記】

[一]　此詩原缺，今取《净稿》詩卷三十七補入。

雨阻不遂登山再用前韻

（缺）

敬所報至感而有述[一]

東海先生不出城，忽傳消息使人驚。可知竹下三年苦，更作山中一度行。老去功名俱是夢，醉來風月尚多情。不妨落日催遲暮，且共高歌答盛平。

【校勘記】

［一］此詩原缺，今取《净稿》詩卷三十七補入。

惜春再用前韻[一]

雨聲終夜入愁城，夢斷山靈亦自驚。登陟豈無明日待，蹉跎不及暮春行。可應白髮誰公道，只恐東風亦世情。流水落花君看取，萬紅新漲與溪平。

【校勘記】

［一］此詩原缺，今取《净稿》詩卷三十七補入。

獨　坐[一]

獨坐空庭晝日遲，弱孫嬌子戲相隨。五朝身世太平日，六十年光强健時。掃地焚香皆事業，登山載酒是心期。不須更問邯鄲夢，慚愧平生只自知。

【校勘記】

［一］　此詩原缺，今取《浄稿》詩卷三十八補入。

邸　報［一］　三首

北窗幽夢正逡巡，忽聽南來邸報頻。鳴馬一空還立仗，震雷百里尚驚人。癡心敢自渾忘世，浪迹猶憐未絶塵。感慨不知圖報地，白頭羞殺老詞臣。四月十二日，科道官悉待詔徵。

相逢休復問歸來，一笑行藏此酒杯。富貴久知真倘寄，遭逢今只是輪該。碧山分已同吾老，白髮心全與世灰。看取一般新雨露，盡憑芽甲换根荄。四月内，兩京堂上官更易大半。

消息無端又日邊，白頭心事轉茫然。虚名誤辱銓衡論，病骨終煩聖主憐。不定世真看局戲，最深恩典是歸田。百年岐路知何極，學佛還應更學仙。四月二十一日，吏部以予與吴原博同點右侍郎。

【校勘記】

［一］　此詩原缺，今取《浄稿》詩卷三十八補入。

高情東金願學應繼休二公［一］

萬古功名酒一卮，盡將塵夢付流澌。不知歲月閒中老，且共兒孫醉後嬉。賓主東南相得地，溪山只尺獨行時。三亭風月天留在，何限高情待賦詩。

【校勘記】

［一］ 此詩原缺，今取《浄稿》詩卷三十八補入。

悼　詩［一］ 甲寅冬，亡去詩一册，追念不已，因成四韵以悼之。

胠篋分明奈爾何，鶴聲一一已無多。朱弦自愛齊門瑟，白雪誰酬郢上歌。好事定應供覆缶，苦心寧復念填波。也知不是豐城劍，敢望神靈有護呵。

【校勘記】

［一］ 此詩原缺，今取《浄稿》詩卷三十八補入。

次韵答應黟縣金六合［一］

明朝何必問晴陰，冷暖平生自酌斟。夢未足時先作覺，飲微醺處輒閒吟。可人安得客長在，避俗不須山更深。留取舊書三百卷，任他人説滿籯金。

【校勘記】

［一］ 此詩原缺，今取《浄稿》詩卷三十八補入。

喜蔡秋官至[一]

束帶匆匆倒屣迎，高車忽報已前庭。十年頓覺離愁破，一笑能令病骨輕。遷轉地看花作帶，蹉跎心苦鬢全星。緦山剩有閒風月，且共奚囊幾日行。

【校勘記】

[一] 此詩原缺，今取《浄稿》詩卷三十八補入。

願學繼休期登高以病不至 二首[一]

只尺登臨路未通，百年能幾嘯歌同。興猶未敗催租雨，病忽先驚落帽風。悵望衹應慚地主，遭逢何敢怨天公。定知不負青山約，黄菊秋深正滿叢。

入秋高興與天通，摇落誰甘宋玉同。坎坷未離環堵病，夢魂先逐渡溪風。黄花有恨今誰愛，白髮無情本自公。莫訝三亭風月淺，方巖高出萬山叢。

【校勘記】

[一] 此詩原缺，今取《浄稿》詩卷三十八補入。題無「二首」。

草室留宿方巖書院次韵奉懷兼柬秋崖南郭[一]

昏黑猶懷山上頭，坐看河漢欲西流。酒醒定作聯床話，興在還應秉燭游。邂逅幾番心欲醉，相思一夜鬢先秋。聚星何處勞占望，好是當年陳太丘。

【校勘記】

［一］此詩原缺，今取《净稿》詩卷三十八補入。

秋崖南郭有詞章之辨再用前韵以解之［一］

斯文氣味本相通，堅白從來亦異同。可是縱横聊作戲，不妨談笑每生風。争先競作當時樣，定論還輸後世公。藝苑從頭君看取，幾人高出萬人叢。

【校勘記】

［一］此詩原缺，今取《净稿》詩卷三十八補入。

讀舊詩有感［一］

老去爲詩興盡闌，多情花鳥未須煩。前題再把不能改，舊稿有時聊自翻。吾道乾坤終古在，騷壇風月幾人存。也知不朽元非此，曠缺平生敢重論。

【校勘記】

［一］此詩原缺，今取《净稿》詩卷三十八補入。

四月二十三日夜夢中得詩二句因足成之[一]

白日西飛水逝東，坐看青鬢老英雄。百年事業蹉跎地，萬古江山感慨中。未死祇添詩卷在，得閒休放酒杯空。極知夢覺皆如此，敢向乾坤問始終。

【校勘記】

［一］此詩原缺，今取《净稿》詩卷三十八補入。

有懷王古直詩以招之[一]

再到長安已十年，爲誰辛苦白盈顛。龍行雨後終歸壑，雁逐陽回亦離燕。大海浮萍何日定，小山叢桂故依然。試看萬古争名地，若箇長生不老仙。

【校勘記】

［一］此詩原缺，今取《净稿》詩卷三十八補入。

雨中有懷應黟縣[一]

咫尺相望日幾回，眼看花落又花開。未論耿耿三秋恨，却怪匆匆兩度來。深樹濕雲空鳥雀，小窗陰雨半莓苔。何當更躡東山屐，共坐晴峰一快哉。

【校勘記】

［一］此詩原缺，今取《浄稿》詩卷三十八補入。

月下對菊與應黟縣同作［一］

月下看花亦太清，晚香庭院軟風生。地偏塵土不入夢，天與歲寒聊結盟。荒徑得歸真不俗，空尊相對亦多情。平生笑殺陶彭澤，却使江州浪得名。

【校勘記】

［一］此詩原缺，今取《浄稿》詩卷三十九補入。

祠堂成喜而有述次原韵［一］

衆役勞勞已隔年，苟完聊復此巍然。遷祠自合仍遷主，改邑曾知不改泉。草徑地深非舊雨，石爐香暖有新烟。敢言貧病官無禄，尚喜粢盛歲在田。

【校勘記】

［一］此詩原缺，今取《浄稿》詩卷三十九補入。

西涯病起有習隱之句次韻以答 二首[一]

百年雙鬢未蕭疏，莫問青山不負吾。報國久知心欲盡，却醫今喜病全無。正須大展匡時略，未許先爲習隱圖。此日聖明方在御，高風休復問東湖。

老去紅塵迹盡疏，昨非猶喜是今吾。青山路遶千重隔，芳草門深一事無。心遠每懷彭澤徑，詩高寧羨輞川圖。百年風月天留在，敢向君王乞鑑湖。

【校勘記】

［一］此詩原缺，今取《净稿》詩卷三十九補入。

雨中偶興[一]

閉門長日雨絲絲，正是空山斷客時。隨意不妨庭草緑，多情却怪海鷗知。病懷老尚能禁酒，懶性今應亦廢詩。慚愧一川風月在，百年端的是天私。

【校勘記】

［一］此詩原缺，今取《净稿》詩卷三十九補入。

王興化談及世事兼致西涯之意感慨之餘再用前韻 二首[一]

駭浪驚風半軋山，世途直在險巇間。廟廊有道勞相問，憂樂無端夢亦關。未盡青編須共老，儘多白日可消閒。休論四十年來夢，供奉猶慚綴末班。

捷徑終南別有山，退藏聊處不才閒。虛煩陸地推移力，已脱黄粱夢覺關。世路向人空偪仄，野情隨處是寬閒。放教更插飛仙翼，直上蓬萊第一班。

【校勘記】

［一］此詩原缺，今取《净稿》詩卷三十九補入。《净稿》題無「二首」。

興化詩奉以白我爲□且方連結以困我因再疊前韻以懷

（缺）

再用前韻奉酬西涯[一]

當年意氣欲移山，談笑今須反掌閒。敢謂施行無掣挽，極知回斡有機關。救時尚憶心能壯，習隱休言病是閒。廊廟江湖懸隔甚，未應先覓海鷗班。

【校勘記】

［一］此詩原缺，今取《净稿》詩卷三十九補入。

再讀西涯病起韻有感[一]

莫笑平生百念疏，始知今日有真吾。行藏久已心能識，得失休言命是無。鷗鷺有情聊共狎，觸蠻隨地且相圖。乾坤未老青山在，風月依然屬五湖。

【校勘記】

［一］此詩原缺，今取《净稿》詩卷三十九補入。

二十六日雨甚用前韵以志喜

（缺）

至南閣再用前韵柬忍庵

（缺）

載觀南閣形勝門第之盛復用前韵

（缺）

東雁亭次韵［一］

一亭端可鎮千山，委秀鍾靈正此間。剩有清風來雁蕩，不須紫氣滿函關。峰頭月出天留勝，海上鷗來地占閒。誤矣黄金臺上路，白頭猶自戀清班。

【校勘記】

［一］ 此詩原缺，今取《浄稿》詩卷三十九補入。

歲除有感［一］

爆竹驚傳夜半聲，起憑尊酒坐深更。百年未滿不得死，一事無成真枉生。江海忽看岐路改，鬢毛難與歲時争。極知大化無終始，不朽能消幾汗青。

【校勘記】

［一］ 此詩原缺，今取《浄稿》詩卷三十九補入。

守歲再用前韵［一］

鄰雞忽報第三聲，風色蕭蕭近五更。莫怪清尊長守歲，極知塵世是浮生。榮華幾向燈前過，頭角還從夢裏争。試問五陵裘馬客，鬢毛誰似向時青。

【校勘記】

［一］ 此詩原缺，今取《浄稿》詩卷三十九補入。

元旦再用前韻[一]

忽聽兒童拜舞聲，匆匆又是歲華更。春光有限催人老，世事無端逐日生。塵劫幾何窮醉夢，觸蠻隨處且紛争。多情莫問長安柳，一夜東風盡變青。

【校勘記】

［一］此詩原缺，今取《净稿》詩卷三十九補入。

文太守宗儒期會雁山阻於風雨且方以迎詔爲急道上匆匆奉寄一首[一]

一笑歸來蚤閉門，舊游回首幾人存。十年苦憶三生夢，千里重勞五馬尊。風雨久妨天未定，寒暄休訝席初温。極知優詔奔迎地，民瘼東南得細論。

【校勘記】

［一］此詩原缺，今取《净稿》詩卷三十九補入。

次韵奉答宗儒[一]

曾記當年學子癡，夢魂長復愧追隨。地高安用術能縮，山在幸無文可移。風雨幾番愁欲絶，路岐如此莽何之。浮雲極目真堪怪，半在山顛半水湄。

【校勘記】

〔一〕　此詩原缺，今取《净稿》詩卷三十九補入。

再用前韵柬同游黄趙二公〔一〕

一掩還看又一重，坐驚詩目眩西東。溪流屈曲疑無路，石勢參差半軋空。塵劫敢論生滅地，神仙都在有無中。白頭一笑真難得，且放清尊半日同。

【校勘記】

〔一〕　此詩原缺，今取《净稿》詩卷三十九補入。

再至靈巖次趙司訓韵〔一〕

再入靈巖看益奇，不妨移席坐多時。極知天下境無最，翻恨平生到已遲。忙里愛山元有癖，老來漫興本無期。癡雲滯雨渾相妒，却笑天公亦未知。時雨甚，予歸之速，以二公故，再至。

【校勘記】

〔一〕　此詩原缺，今取《净稿》詩卷三十九補入。

文太守宗儒復以詩來次韻奉答

（缺）

張木庵卜居未遂次韻奉解

（缺）

達德昆季送至番溪因用前韻留别[一]

登臨未盡意重重，遠送猶煩出雁東。物色尚留詩句在，别懷須放酒杯空。十年耆舊經行地，萬古江山感慨中。一笑番溪溪上路，白頭還與少年同。成化中，嘗從叔父貞肅公至此。

【校勘記】

[一] 此詩原缺，今取《净稿》詩卷四十補入。

永嘉汪尹以詩來詫雁山之游次韻以答[一]

一笑乾坤此漫游，高情未許博封侯。山深不見水奔海，雲起忽驚龍在湫。詩句豈能窮老興，酒杯聊復浣春愁。馬頭塵土今千丈，濯足還須萬里流。

【校勘記】

［一］此詩原缺，今取《凈稿》詩卷四十補入。

哭王存敬太守［一］

每從交道憶論文，水部閩僉各有神。老矣空山誰是伴，傷哉吾黨又斯人。怨來敢復從天問，愁劇聊應與酒親。後死獨慚無寸補，白頭虚作太平民。

【校勘記】

［一］此詩原缺，今取《凈稿》詩卷四十補入。

文太守述懷詩來次韵奉解［一］ 二首 時有敕其不謹者。

救弊深嗟作法凉，中流誰障海瀾狂。吹竽幾見逃齊國，舞袖何須笑郭郎。但使真心元不愧，直看公論後來長。民勞正是南東甚，未放閒身入太康。

莫怪逢人苦憶歸，宦途真亦是危機。獨憐再起新恩重，敢説平生舊念微。公自勳名元有分，我於富貴久知非。紅塵面首三千丈，一笑青山白板扉。

【校勘記】

［一］此詩原缺，今取《凈稿》詩卷四十補入。

桃溪類稿卷之十三　七言律詩

邸　報[一]得之文太守。

誰傳邸報又温州，消息真應是浪投。公論在人何敢問，虚名到我轉堪羞。半生恩苦涓埃報，百念心從老病休。宵旰豈能忘舜禹，廟廊元自有伊周。

【校勘記】

[一]　此詩原缺，今取《净稿》詩卷四十補入。

次人哭子韵[一]

何年逝水更西流，空憶鍾情有許愁，不用叩天悲孔鯉，幾能生子似孫謀。色傷談虎今逾甚，恨在填波死未休。修短也知元有命，敢論寸木與岑樓。

【校勘記】

[一]　此詩原缺，今取《净稿》詩卷四十補入。

文太守以詩來勸駕[一]

紛紛騎鶴上揚州，都在梟盧一再投。敢以虚名輕立異，久堪尸禄尚包羞。是誰直道還三黜，笑我閒情且四休。欲佐下風無着處，太平今日是虞周。

【校勘記】

［一］此詩原缺，今取《浄稿》詩卷四十補入。底本目録作《文太守以詩來勸駕次韵奉答二首》。

寄蕭文明僉憲用舊韵[一] 文明以給事謫雲南，旋升僉事，未老而歸。

諫垣簪筆凛生風，回首天南路萬重。憂國共憐槐里令，保身今見郭林宗。交期敢謂生來淺，風采長於夢裏逢。二十年前相别地，酒杯猶復恨匆匆。

【校勘記】

［一］此詩原缺，今取《浄稿》詩卷四十補入。

再用舊韵寄文明[一]

白髮歸來泣抱孫，謝天猶有此孤根。一身到底真如夢，萬事從今底用論。世路漸隨前日改，舊游今復幾人存。近來見説升平甚，桃李成蹊更不言。

【校勘記】

［一］　此詩原缺，今取《净稿》詩卷四十補入。

用舊韵寄劉時雍亞卿［一］

萬里冥鴻尚幾人，相逢今日始知真。公家久識勤勞甚，世事從來感慨頻。到處即看花造次，是誰能造酒逡巡。多情莫問陽關路，舊恨分明夢裏新。

【校勘記】

［一］　此詩原缺，今取《净稿》詩卷四十補入。

得李西涯書有感　三首［一］

一讀來書百感并，聖恩如此若爲情。由衷公自非私語，俯首吾應愧近名。已幸素餐曾逭責，敢於末路轉叨榮。廟廊好是雍容地，天下人方仰盛平。

百年安得四難并，且向乾坤老此情。敢謂初心非道德，極知隨世是功名。遭逢莫怪千人諾，嗟羨誰忘二鳥榮。揣分量能吾已過，謝天分與十分平。

爲誰薦剡日交并，予自歸休，薦者不下十數。一笑悠悠非我情。天下敢言無直道，人間元亦有虚名。涓流平地幾成浪，老木逢春羞向榮。欲報深恩竟何似，且從擊壤話升平。

【校勘記】

［一］ 此詩原缺，今取《浄稿》詩卷四十補入。

謝文太守作《緦山集序》

（缺）

哭文太守宗儒次韵 二首［一］

專城風采忽凄凉，狐鼠紛紛跳作狂。借郡可應無寇老，修文何必有顔郎。滄州席上交期在，雁蕩山前别恨長。安得似公千百輩，盡令民物入平康。

作郡期年兩乞歸，宦途誰似此忘機。慭遺不識天心在，奄忽深嗟世道微。末路浮生空自苦，蓋棺公論未全非。白頭一掬交游泪，兀坐青山幾掩扉。

【校勘記】

［一］ 此詩原缺，今取《浄稿》詩卷四十補入。底本題無「二首」。

次李閣老重經西涯韵［一］

榮華心不忘清寒，未老功名意已闌。天上恩波方浩蕩，人間塵海正瀰漫。經綸未盡酬明主，温飽元非愛好官。可是西涯舊游地，便應容易五湖看。

四十年來海子西，夢中光景半凄迷。釣魚磯在增新水，巢燕梁空落舊泥。緑野有堂堪别業，上林無樹不全棲。極知風月天留在，未許閒情入品題。

【校勘記】

〔一〕此詩原缺，今取《净稿》詩卷四十補入。

次西涯子兆先韵〔一〕

公子青年氣决河，乃翁况是國之皤。却看行業增門地，未數聲光到甲科。吾道敢言真土苴，此心直恐愧烟蘿。彩衣堂下槐庭在，無限清陰奈爾何。

【校勘記】

〔一〕此詩原缺，今取《净稿》詩卷四十補入。

八月初一日大雨喜而有作〔一〕

一雨驚看喜欲狂，倒懸真解此皇皇。未論報社還扶醉，且免從人乞奏荒，民命在天終可賴，杞心憂國暫須忘。有年自是春秋瑞，麟筆誰堪繼末光。

【校勘記】

〔一〕此詩原缺，今取《净稿》詩卷四十補入。

歸來園[一]

一笑空山又此園，白頭荒徑幸終存。放教金谷争華侈，敢共平泉計子孫。日涉趣成人已老，賜歸詔在墨猶温。極知耕鑿遭逢地，抱甕區區亦主恩。

【校勘記】

[一] 此詩原缺，今取《浄稿》詩卷四十補入。

九日登樓旗峰追次杜牧之韵 三首[一]

興在登高健欲飛，病來未覺壯心微。不妨白髮逢秋老，且共黄花判醉歸。眼見西風先落葉，代經東谷幾斜暉。東谷樓旗，王氏宋時故居。相逢莫問滄桑事，蒼狗無端又白衣。

蓐食登途快若飛，晨光猶復恨熹微。山行最是秋能好，世路誰堪老未歸。洗盞且須淹暇日，駐戈誰爲挽斜暉。獨憐多病秋崖叟，看盡紅蓮落渚衣。余秋崖約不赴。

風急天高葉亂飛，一天秋色半霏微。忽驚西北浮雲起，不見東南倦鳥歸。百代光陰真倏忽，萬年川岳此靈暉。瓊樓玉宇寒多少，誰獻山龍補衮衣。

【校勘記】

[一] 此詩原缺，今取《浄稿》詩卷四十補入。底本目録原作「四首」，實有三首。

諸叔父盛筵以勸北上用韵奉謝[一]

觥籌交錯鎮如飛，別饌銅盤意豈微。半世虚名終累病，萬般高計不如歸。亦知雨露皆殊渥，誰向桑榆駐末暉。禄仕敢忘當日念，傷心無復舊斑衣。

【校勘記】

[一] 此詩原缺，今取《净稿》詩卷四十補入。

次韵答王老繡衣[一]

過情常愧是虚名，世路悠悠幾變更。敢以行藏欺末俗，但將迂闊答平生。人心在處知何極，天道從來不好争。莫問邯鄲舊時夢，榮華消盡鬢毛青。

【校勘記】

[一] 此詩原缺，今取《净稿》詩卷四十補入。

次黄大尹九日偶書韵[一]

春宵誰説是千金，且向黄花惜寸陰。自信老懷終慷慨，未妨秋氣轉蕭森。龍山放浪一朝興，彭澤歸來千載心。世路到頭真贋在，可將燕石賽良琛。

【校勘記】

［一］此詩原缺，今取《凈稿》詩卷四十補入。

九日登高次陳敬所韵 二首［一］

百年岐路幾紛更，萬古江山只麼生。白髮怏登休作恨，黄花催發似多情。是誰死有回天力，笑我生慚報國名。莫訝秋光非晚福，且從南畝看西成。

又是秋光一度更，漫憑杯酒話浮生。放教黄葉催人老，依舊青山不世情。小魯祇今誰着眼，登高終古亦虛名。杖藜白髮隨吾興，不用詩誇七步成。

【校勘記】

［一］此詩原缺，今取《凈稿》詩卷四十補入。

次一坡哭子韵［一］

談虎心神我獨驚，轉看天道未分明。吉凶在世渾難定，栽覆於人每倒行。愁向老來真逆境，泪從詩下識鍾情。悲傷正是無聊甚，莫向尊前更失聲。

【校勘記】

［一］此詩原缺，今取《凈稿》詩卷四十一補入。

讀丙辰登高亂稿有感次舊韵[一]

處處青山有路通，舊游回首幾人同。金六合、孔謙受俱物故。白頭正爾悲前日，黄菊依然傲晚風。對酒且須談笑在，蓋棺誰復是非公。多情最是傷心地，敗稿無端亂作叢。

【校勘記】

[一]　此詩原缺，今取《净稿》詩卷四十一補入。

借李西涯韵奉謝南屏潘先生[一]

滔滔誰屹海瀾西，珍重先生爲指迷。南屏獨勸予不起。已分心情隨鹿豕，敢將踪迹較雲泥。包羅共是乾坤德，去住寧論枳棘棲。莫道東南風月少，兩祠物色要人題。

【校勘記】

[一]　此詩原缺，今取《净稿》詩卷四十一補入。

西涯以詩來勸北上次韵奉答[一]

優命新傳入故山，撫心真在震驚間。極慚知遇恩難報，敢説行藏義所關。千里有書勞勸駕，半生多病幸投閒。可應漏盡鐘鳴地，猶向金門聽押班。自謂也。

【校勘記】

［一］ 此詩原缺，今取《净稿》詩卷四十一補入。

次韵奉答傅體齋春卿［一］

再拜深恩重似山，感恩常在夢魂間。不才豈敢輕忘世，多病深慚早閉關。耕鑿有天容老大，弓旌何意及幽閒。宫端翰長中朝望，奔走誰堪簉末班。

【校勘記】

［一］ 此詩原缺，今取《净稿》詩卷四十一補入。

再次前韵答西涯

（缺）

元旦早起有感

（缺）

次李西涯卜居詩韵［一］

莫將明日問晴陰，且向尊前散鬱襟。報國也知無盡地，卜居元亦是初心。天高海闊何終極，流水浮雲幾淺深。一唱朱弦三嘆後，更誰千載激頹音。

【校勘記】

［一］此詩原缺，今取《净稿》詩卷四十一補入。

次韵奉答西涯［一］

老病侵尋與懶并，飛揚無復少年情。極知本是迂疏樣，何敢還沽矯激名。向晚路岐終坎坷，背春花木幾敷榮。多情爲謝西涯老，客氣年來已盡平。

【校勘記】

［一］此詩原缺，今取《净稿》詩卷四十一補入。

喜敬所先生至再用舊韵［一］

忽傳消息到空山，正在披衣倒屣間。一代交游元不淺，幾宵魂夢轉相關。古今直占貧兼病，天地誰容老更閒。釣海有竿休忘却，忘機本是海鷗班。

【校勘記】

［一］此詩原缺，今取《净稿》詩卷四十一補入。

敬所催予亟行再次前韵以答〔一〕

莫怪遲遲懶出山，出山便落市塵閒。去留可是心無主，久速分明義所關。人向老來難免病，地於忙處好偷閒。翻思四十年來事，奔走猶慚綴末班。

【校勘記】

〔一〕此詩原缺，今取《浄稿》詩卷四十一補入。

出門再用前韵〔一〕

白頭穩卧海東山，誰遣幽情落世間。老向此行真不奈，病於吾道敢相關。功名好是勞生地，歲月難容自在閒。一笑出門慚愧甚，强顔還入少年班。

【校勘記】

〔一〕此詩原缺，今取《浄稿》詩卷四十一補入。

雨中留别祖筵諸公用九峰舊韵

（缺）

再疊山字韻〔一〕

今日真成别故山，不勝離思酒杯間。一川風月慚非主，三徑柴門合反關。清夢可能隨地遠，白鷗猶自近人閒。經過莫問嚴陵瀨，千古高風愧下班。

【校勘記】

〔一〕此詩原缺，今取《净稿》詩卷四十一補入。

途中有感志愧〔一〕

幾聞明詔起幽淪，十載重來愧小臣。豈有謀猷堪報國，衹將迎送益勞民。尊前白髪誰憐我，馬上青山亦笑人。安得聖恩寬似海，許從初志樂吾真。

【校勘記】

〔一〕此詩原缺，今取《净稿》詩卷四十一補入。

午後將登石梁再疊前韻〔一〕

石梁聞道十分奇，又向巉巖一繫思。興盡也須重載酒，官忙誰許廢吟詩。衣添短袂風初冷，天閣輕陰日未遲。竹院到時須判宿，山靈休問我何之。

【校勘記】

［一］ 此詩原缺，今取《净稿》詩卷四十一補入。

曉起將歸再疊前韵［一］

看盡千巖萬壑奇，平生殊慰此心思。且從物色留餘興，敢説行囊剩有詩。不寐忽驚雞唱蚤，憶歸翻愛馬行遲。白頭更有重來約，願與山靈一訂之。

【校勘記】

［一］ 此詩原缺，今取《净稿》詩卷四十一補入。

歸途有感再疊前韵奉謝二公［一］

歷盡巉巖境轉奇，一回首處一興思。宿酲半解猶眈睡，疊韵粗成不當詩。未老馬諳歸路熟，無心雲笑出山遲。風流地主情誰似，更向尊前問所之。

【校勘記】

［一］ 此詩原缺，今取《净稿》詩卷四十一補入。

再次范寧國韻[一]

萬古天台此勝游，相逢不似雁山秋。冥搜欲勘神仙怪，清賞先窮水石幽。謾説劫灰隨地盡，分明物色是天留。溪聲徹夜蛙聲急，似與乾坤作唱酬。

【校勘記】

［一］此詩原缺，今取《凈稿》詩卷四十一補入。

至接待寺有感[一]

三十年前此到曾，竹床猶憶寢還興。青山未老風光在，白髮重來感慨增。往事忽驚春後夢，浮名真愧佛前燈。拂衣又是明朝路，天姥峰頭第幾層。

【校勘記】

［一］此詩原缺，今取《凈稿》詩卷四十一補入。

次通伯東園獨步韻[一]

一笑歸來又此園，白雲深處坐忘年。優游自足真無累，妙悟休言別有傳。未老行藏惟我在，最多風月許誰憐。紅塵莫訝頭堪白，富貴分明是宿緣。

【校勘記】

［一］ 此詩原缺，今取《净稿》詩卷四十一補入。

范寧國諸公以詩相勸次韵奉答［一］

相逢休復問爲官，迂拙深知着步難。幾向路岐羞捷徑，敢於江海助狂瀾。功名且付三杯酒，老病誰堪百尺竿。一笑青山依舊在，聖恩容我十分寬。

【校勘記】

［一］ 此詩原缺，今取《净稿》詩卷四十一補入。

抵紹興病不能行再次前韵

（缺）

次司馬通伯東園韵 四首

（缺）

將歸自婺處再次前韵

（缺）

紹興二守爲予陳乞再用原韵奉謝[一]

病來爲客苦漂淪，扶護多應仗守臣。直以封章煩聖主，許從初志作閒民。安危未必皆由命，尼使分明亦在人。珍重兩公江海士，久要傾蓋意俱真。

【校勘記】

[一] 此詩原缺，今取《净稿》詩卷三十六補入。

再次通伯東園韵[一]

又報新詩出小園，盡收風景入流年。酒杯况味聊應爾，竹帛勳名亦浪傳。天意也須容我老，世途元不要人憐。莫嫌病骨今逾甚，三徑分明舊有緣。

【校勘記】

[一] 此詩原缺，今取《净稿》詩卷三十六補入。

送聽選弟鳴徑北行

（缺）

久客紹興有感 二首[一]

兩月蹉跎不出門，祇將愁緒對芳尊。不才何以酬公論，多病真應負主恩。雁蕩歸心妨酷暑，并州回首愧鄉園。夢中昨夜桃溪路，舊業分明海上村。

緑楊庭院客重門，案有新詩酒有尊。暑毒困人渾細事，病鄉容我是深恩。邯鄲覺後真成夢，彭澤歸來尚有園。爲報山靈休作怨，白頭還共舊江村。

【校勘記】

[一] 此詩原缺，今取《净稿》詩卷四十二補入。

懸車舊第[一]

力辭五馬得懸車，猶記歸來黑髮初。轉眼光陰真過客，傷心天地此籧廬。藏書閣上清風在，逸老堂前舊雨疏。最是竹林追感地，起公無路只欷歔。

【校勘記】

[一] 此詩原缺，今取《净稿》詩卷四十二補入。

次蕭文明應憲韵

（缺）

喜姜貞庵至[一]

忽聞消息自嘉興，病客無聊喜不勝。千里神交真有道，十年離恨莽何曾。却嫌興盡猶風雪，可信情多奈鬱蒸。一笑相看頭總白，浮名休問泡中燈。

【校勘記】

[一] 此詩原缺，今取《凈稿》詩卷四十二補入。

驚秋二首柬通伯[一]

借得蓬萊六尺床，藥囊詩卷强相將。白頭怯暑還如醉，黄葉驚秋忽滿廊。諸老寵光歸路穩，三邊傳報夕烽忙。杞臣何限憂天念，病骨摧頹祇自傷。

兩月詩筒積滿床，往來聊藉此情將。未能北顧清沙漠，空憶南薰在殿廊。何限碧山堪我老，不停白日與誰忙。旅懷剩有悲秋恨，敢爲無端世道傷。

【校勘記】

[一] 此詩原缺，今取《凈稿》詩卷四十二補入。

留别蓬萊館[一]

病骨經秋未覺輕，幾從鄉夢數歸程。可應金馬門無路，似與蓬萊館有情。塞雁風高天色改，井梧聲墮旅魂驚。一方留滯真堪笑，三見初弦海月生。

【校勘記】

[一] 此詩原缺，今取《净稿》詩卷四十二補入。底本目録有「二首」。

司馬通伯以詩見留次韵奉謝[一]

忽聽天邊落雁聲，還家心可萬金輕。炎凉在世隨時换，淡薄論交到底清。麋鹿山林元有伴，雲萍江海亦多情。東西明日仍千里，縮地無由奈此生。

【校勘記】

[一] 此詩原缺，今取《净稿》詩卷四十二補入。

再次通伯韵[一]

城頭昨夜擣衣聲，千里還家客夢輕。三伏炎蒸隨雨盡，一天風露入秋清。未應彭澤歸無計，却笑并州望有情。明日片雲相憶地，始知萍海是浮生。

【校勘記】

［一］ 此詩原缺，今取《净稿》詩卷四十二補入。

游戒珠寺有感［一］ **寺，羲之故宅，即所謂蕺山也。**

劫火光寒又戒珠，右軍亭館迹全蕪。墨池春盡誰深淺，筆冢秋高半有無。往事謾勞千載念，浮生共是百年圖。不知采蕺興邦後，禾黍離離幾故都。

【校勘記】

［一］ 此詩原缺，今取《净稿》詩卷四十二補入。

游梅山次韵 一首［一］

極目晴光杳靄間，鑑湖秋水碧連山。野心□逐浮雲出，歸思先驚倦鳥還。天地可容吾輩在，古今能得幾人閒。九原敢共梅仙道，幻夢從來是大寰。

【校勘記】

［一］ 此詩原缺，今取《净稿》詩卷四十二補入。

留别汪時用司馬通伯諸公［一］ **七月十八日**

殷勤又見唱陽關，把酒相看祇厚顔。老去不才終負國，病來無力倦登山。天時未定仍煩鬱，世路多岐正險難。不識好游何似者，周南猶在滯留間。

【校勘記】

［一］ 此詩原缺，今取《净稿》詩卷四十二補入。

次諸暨馮秋官珏韵一首并柬熊大尹希古[一]

亂雲回首是天台，浪走無端念不才。清世却慚人已老，碧山應笑我重來。閬人傳舍真過隙，渴雨田疇半起埃。記取一尊相别地，殷勤休忘隴頭梅。

【校勘記】

［一］ 此詩原缺，今取《净稿》詩卷四十二補入。

謁王允達墓有感[一] 二十二日。

憶曾相送繡湖濆，白髮重來已夕曛。迂拙此生猶是我，交游今日幾如君。山深竟阻生芻奠，泪落空悲宿草墳。珍重高情吴太史，真辭不愧蔡邕文。

【校勘記】

［一］ 此詩原缺，今取《净稿》詩卷四十二補入。

過金華諸郡有感[一] 二十四日。

伏枕經秋得暫還，可堪岐路轉間關。無端更歷三州路，不厭頻看兩浙山。鄉味漸知鱸膾美，客愁難減鬢毛斑。聖恩舊識寬如海，便合從兹謝世艱。

【校勘記】

[一] 此詩原缺，今取《浄稿》詩卷四十二補入。

再宿武義溪中追前船不及[一] 二十六日。

烏投林樹日銜山，忽報舟航淺閣灘。止宿又爲今夜隔，崎嶇方信此行難。天高鄉夢不能作，地近客懷聊自寬。怪底溪聲争聒耳，不平如訴夜漫漫。

【校勘記】

[一] 此詩原缺，今取《浄稿》詩卷四十二補入。

謁文信公祠追次公舊韵[一]

萬里孤臣命若絲，支離身世豈勝悲。眼中無地可立脚，頭上有天堪戴誰。終古華風今復見，百年胡運本非期。繼周别有中興頌，不用磨崖更勒碑。

【校勘記】

[一] 此詩原缺，今取《浄稿》詩卷四十三補入。

浪　迹[一]

四月離家八月歸，路岐心事兩依微。深恩未報吾終忝，浪迹無端世所譏。半夜櫓聲妨入夢，一天秋意欲侵衣。故園松菊應無恙，尊酒猶堪對夕暉。

【校勘記】

[一] 此詩原缺，今取《浄稿》詩卷四十二補入。

自青田東下將抵温州[一]　八月初一日。

海角分明又一天，萬山歷盡見平川。始知包括乾坤大，未信生成造化偏。繁侈祇今誇物産，英靈終古有才賢。故鄉只尺方巖路，台壤從來是接連。

【校勘記】

[一] 此詩原缺，今取《浄稿》詩卷四十二補入。

期敬所諸公來游雁山[一]

路盡三州始見台，故鄉翻憶小蓬萊。涓埃竟負新恩報，風月還尋舊社來。衰老病餘心已懶，登臨興在夢猶催。極知雁蕩逢秋好，頭白相看得幾回。

【校勘記】

[一]　此詩原缺，今取《净稿》詩卷四十二補入。

渡甌江[一]

酒盡雙門鼓亂撾，滿船秋思闊無涯。敢從平世思浮海，且向空江學泛槎。蜃氣遠吞青嶂日，嵐光高映赤城霞。望中只尺桃溪路，三徑分明是我家。

【校勘記】

[一]　此詩原缺，今取《净稿》詩卷四十三補入。

曉發樂清[一]

水陸奔馳路幾千，可知寒暑倏推遷。舍舟此日真登岸，弛檐明朝是息肩。桑海幾時成變滅，蓬萊何處有神仙。候門稚子應相笑，笑我霜毫白盡顛。

【校勘記】

［一］ 此詩原缺，今取《浄稿》詩卷四十三補入。

芙蓉筋竹道中［一］

力疲亭午自天明，又是崎嶇第幾程。路轉忽驚山勢斷，天開殊覺海波平。居人雜還難知姓，村落依稀屢問名。猶喜到家今只尺，可堪垂老此經行。

【校勘記】

［一］ 此詩原缺，今取《浄稿》詩卷四十三補入。

八月十七日抵家有感［一］

柴門歸覓舊榆枌，猶喜空山有白雲。奔走敢曾嗟來路，遭逢今已負明君。乞恩有疏惟求退，任懶何心復賣文。獨有未忘情處在，一竿還共海鷗分。

【校勘記】

［一］ 此詩原缺，今取《浄稿》詩卷四十三補入。

桃溪類稿卷之十四　七言律詩

九日有感[一]

朗吟長憶醉題糕，此日西風首重搔。卧病有懷空望遠，奮飛無力更登高。自憐佳節增多恨，敢向明時嘆不遭。猶喜黄花根節在，晚香終未委青蒿。

【校勘記】

[一] 此詩原缺，今取《净稿》詩卷四十三補入。

陳乞不允有感[一]

倦客歸來夢未甘，忽聞呼召又征驂。恩光稠疊何能報，老病侵尋衹自慚。不棄也知天有量，菲才誰信力難堪。敢言用舍渾無意，安分平生是指南。

【校勘記】

[一] 此詩原缺，今取《净稿》詩卷四十三補入。

有懷汪車駕司馬憲副[一]

回首并州尚故鄉，酒杯詩卷幾徜徉。别離似怪三秋隔，岐路生添兩度忙。清世可容誰卧病，白頭終愧此恩光。不須更問東園叟，已負黄花晚節香。

【校勘記】

[一] 此詩原缺，今取《浄稿》詩卷四十三補入。

再過天姥嶺有感[一]

一年兩度此驅馳，春雨秋風幾路岐。歲月悠悠渾自笑，往來屑屑果堪疑。遭逢敢望明時幸，淺薄深慚聖主知。病骨未瘳頭白盡，不才何以答恩私。

【校勘記】

[一] 此詩原缺，今取《浄稿》詩卷四十三補入。

容春精舍次吴匏庵韵[一]

邵國賢所居，失之數世而復，傍有龜山先生祠。

不用從人話卜居，分明天地此蘧廬。汶田再復真難事，趙璧能完未足書。金谷園林空大夢，平泉花木亦前車。高情誰似容春館，更向龜山究緒餘。

【校勘記】

［一］ 此詩原缺，今取《浄稿》詩卷四十三補入。

丹陽舟中遇雨有感［一］

上緊親煩詔旨催，路岐那敢更遲回。不辭曳病扶衰苦，猶自衝寒冒雨來。清世有恩真海嶽，白頭無地答涓埃。極知柱石諸公在，榱桷何須念不才。

【校勘記】

［一］ 此詩原缺，今取《浄稿》詩卷四十三補入。

鎮江阻風再次前韵［一］

江闊風顛雨半催，客舟無計更圖回。可應行止皆前定，敢謂功名是倘來。畫舫北飛真過隙，渴心南望已生埃。不知險阻艱難地，大濟誰堪傳説才。

【校勘記】

［一］ 此詩原缺，今取《浄稿》詩卷四十三補入。

廣陵舟中有感[一]

忽聽城頭夜擣衣，客情無賴轉依微。悶來對酒難成醉，夢裏還家不當歸。奔走秖應慚老病，遭逢何敢説光輝。幸看聖治當陽日，仰首晨星未覺稀。

【校勘記】

[一] 此詩原缺，今取《净稿》詩卷四十三補入。

徐州登車有感[一]

凍日熙熙氣轉融，無端舟楫住河東。人應過慮先登岸，天似多情爲輟冬。名在薛滕終小邑，道經鄒魯尚遺風。白頭奔走真堪笑，入國休言路盡通。

【校勘記】

[一] 此詩原缺，今取《净稿》詩卷四十三補入。

擬謁孔林[一]

督促頻煩詔旨臨，朔風吹鬢雪盈簪。登山未解小天下，謁廟先須自孔林。宗派敢論千載學，瓣香聊罄百年心。多岐莫作亡羊嘆，東魯門墻自古深。

【校勘記】

[一] 此詩原缺，今取《浄稿》詩卷四十三補入。

滋陽道中有感[一]

水陸交馳路幾千，敢將辛苦怨華年。直須歷盡山東地，始覺能瞻冀北天。奔命衹應隨病在，履霜先已識冰堅。涓埃欲報知何似，一念深恩一惘然。

【校勘記】

[一] 此詩原缺，今取《浄稿》詩卷四十五補入。

東阿驛夜酌有感[一]

客酒還從夢裏斟，路岐江海幾浮沉。極知陳乞還多事，轉使遲回直至今。恩渥又隨零露下，鬢毛争奈苦寒侵。不才明主非難棄，應念平生犬馬心。

【校勘記】

[一] 此詩原缺，今取《浄稿》詩卷四十五補入。

有懷陳敬所[一]

歸來又復别匆匆，相憶真應是夢中。上國恩光終愧我，故鄉風教獨煩公。病隨岐路天誰管，老向山林命轉窮。得似一竿横海上，片帆隨意坐春風。

【校勘記】

［一］　此詩原缺，今取《净稿》詩卷四十五補入。

再次前韵寄余秋崖[一]

一年歲月果匆匆，兩度離筵感慨中。到底路岐終愧我，從頭謀畫幾如公。軟裘快馬心全懶，秋月春花意未窮。安得聖恩寬似海，一帆歸去趁東風。

【校勘記】

［一］　此詩原缺，今取《净稿》詩卷四十四補入。

途中有懷同年諸公[一]

故情幾度逐徵書，悸恐何能更俟車。誰説不才堪自棄，却慚多病未容疏。分明白髮重來地，又是黄粱入夢初。安得此身無繫着，秋風還覓舊鱸魚。

【校勘記】

[一] 此詩原缺，今取《浄稿》詩卷四十四補入。

傳舍[一]

莫問前程有滯留，一程過是一程休。極知傳舍皆如寄，可笑吾生若是浮。岐路向人終不極，功名隨世亦堪羞。勞勞到底成何事，看盡風光白盡頭。

【校勘記】

[一] 此詩原缺，今取《浄稿》詩卷四十四補入。

次韵憶戴安州[一]

兩度河間有報書，安州不見駕來車。興知王子殊非淺，迹在韋郎本不疏。未必老逾相別後，可應難是入官初。十年離恨長安地，尚憶趨庭有伯魚。

【校勘記】

[一] 此詩原缺，今取《浄稿》詩卷四十四補入。

别後再用前韻寄施彦器[一]

眼看驛報不停書，迎送頻煩刺史車。仕路似公真不易，宦情笑我却全疏。雲萍會合應如夢，江海分携又一初。莫訝陽關杯酒在，海鱸元有故鄉魚。

【校勘記】

[一] 此詩原缺，今取《净稿》詩卷四十四補入。

次西涯韻寄憶劉東山[一]

西館長安幾共眠，劇談猶記十年前。極知起廢皆奔命，誰念銜寒更舍船。腹有甲兵須重試，興深山水未容偏。獨憐白髮晨星地，又是相思萬里天。

【校勘記】

[一] 此詩原缺，今取《净稿》詩卷四十四補入。

辭免新命不允因次前韻以志愧[一]

褒奬驚聞有玉音，負芒真覺愧難禁。虚名到底成何用，安分平生是素心。清世可能隨病隱，白頭空自感恩深。極知風教賢關地，不是尋常力易任。

【校勘記】

［一］ 此詩原缺，今取《浄稿》詩卷四十四補入。

歲除卧病再次前韵奉懷西涯先生［一］

病餘强起拜綸音，一到官來已不禁。自笑素餐非薄分，敢言求退是初心。分明咫尺人千里，又是相思歲一深。十日優閒空賜假，夢魂來往轉難任。

【校勘記】

［一］ 此詩原缺，今取《浄稿》詩卷四十四補入。

元日有感次西涯韵 二首［一］

又是長安病一回，白頭真笑我重來。漏深北闕春初動，門掩東厢晝未開。廊廟謀謨須大老，山林遺逸本非才。故園松竹元無恙，二十年前手自栽。

世道方兹藉斡回，匆匆未許賦歸來。且看夢與黄粱熟，空憶堂從緑野開。赤土正深憂旱念，急流誰是濟川才。近來祚宋公知不，天意分明有覆栽。

【校勘記】

［一］ 此詩原缺，今取《浄稿》詩卷四十四補入。

元日卧病有感〔一〕

閉門十日卧東廂，藥裹爐薰静對床。愁裏不知恩有假，倦來聊以睡爲鄉。逢時報國心先負，入夜還家夢亦忙。莫怪病根除不得，白頭祇此是行藏。

【校勘記】

〔一〕 此詩原缺，今取《净稿》詩卷四十四補入。

次吴匏庵齋宿韵〔一〕

白頭還踏軟紅塵，又見長安報早春。大藥不醫衰後病，黄粱空復夢中身。敢從高閣頻聽漏，已向柴桑早卜鄰。看取棲烏林上樹，幾番凋舊幾更新。

【校勘記】

〔一〕 此詩原缺，今取《净稿》詩卷四十四補入。

倪青谿李西涯分獻星壇有作病中有感次韵奉柬〔一〕

壇擁星辰最上班，祼將真覺手堪攀。斗看元氣酌斟地，聲在尚書步履間。禮洽園丘成慶後，恩從宣室領春還。白頭病廢重來日，扈從無能亦厚顔。

【校勘記】

［一］ 此詩原缺，今取《浄稿》詩卷四十四補入。

奉和西涯慶成席上之作［一］

紫殿紅雲擁上班，九重廉陛許誰攀。臺階列坐參差地，天表前瞻只尺間。醉飽每聽温詔下，委蛇真覺自公還。十年尚憶中門宴，黑髪全凋病後顔。

【校勘記】

［一］ 此詩原缺，今取《浄稿》詩卷四十四補入。

三月望日過北海子有懷西涯［一］

城中三月未見春，海子橋邊仰問津。枯株半死故不死，芳草欲匀仍未匀。狂風一路色凛凛，夕陽兩岸波粼粼。仿佛西涯舊游處，夢回已隔江南塵。

【校勘記】

［一］ 此詩原缺，今取《浄稿》詩卷四十四補入。

有懷兩山樓[一]

山入樓來萬境空，軋檐蒼翠鬱重重。千年地洩牛眠秘，四世天高馬鬣封。魂夢有時看陟降，棲遲無分着疏慵。倚闌敢作懷鄉恨，三徑吾今愧菊松。

【校勘記】

[一] 此詩原缺，今取《净稿》詩卷四十四補入。

次西涯春興韵 八首[二]

睡起猶看晝日陰，細憑風色認天心。春寒有恨妨遲暮，庭草無情日淺深。老去世途渾不識，病餘鄉思苦難禁。涷髭白盡公休問，短髮居然不受簪。

辟雍不似舊瀛洲，再到真同夢裏游。官事有程妨病骨，客懷無賴怯春愁。卜居未許終離世，看鏡難禁獨倚樓。最是閒情袪不得，相思夜夜水西頭。謂西涯也。

誰遣南來更上船，碧山回首故依然。塵中歲月真如夢，物外風光別是天。白髮浪傳人百歲，黄金不鑄骨千年。自憐清廟非朱瑟，敢爲鍾期便絶弦。

客思紛紛未易裁，酒酣休上望鄉臺。人間岐路經時變，天上浮雲幾日開。廊廟祇今煩遠略，乾坤終古有奇才。可知北伐相須地，文武元從孝友來。

辭章休報第三封，西涯謝病章已再上矣。君寵臣心有萬重。負海不妨山培塿，拒霜真笑水芙蓉。

且從朝日看鳴鳳，肯放寒潭老卧龍。我病不才衰更甚，不知春興爲誰濃。
歸興春來莫放濃，盛平今日是遭逢。江湖地遠誰千里，宫闕天高正九重。匡翼且須煩濟楫，
逍遥曾許着吟笻。不才愧我頭先白，却恨青山未肯容。
白頭何意復鑾坡，故國長從夢裏過。芳草有情隨處好，碧山無計奈春多。石櫟洞口流丹汞，
雁蕩雲深長薜蘿。緑髮仙翁應未老，醉鄉何必更無何。
雲滿青山水滿池，可堪歸思轉遲遲。光榮在我真何益，愧負平生祇自知。閒憶野芳春興減，
坐憐庭樹午陰移。路岐堪恨還堪笑，病骨生從未老時。

【校勘記】

〔一〕　此詩原缺，今取《净稿》詩卷四十四補入。

六月十一日雨中以事早朝不果感而有述〔一〕

炎風吹雨晝陰陰，夜半泥塗没馬深。路險未能辭吏責，命窮猶復誤朝簪。向來漫浪成何事，
老去依違愧夙心。廊廟江湖憂樂地，敢言城市與山林。

【校勘記】

〔一〕　此詩原缺，今取《净稿》詩卷四十五補入。

十三日再朝有感用前韵[一]

敢從明日問晴陰，又向空街走夜深。多病可應還涉世，感恩終是愧投簪。自憐一代功名地，不盡平生感慨心。何處有山容不得，好官猶復玷儒林。

【校勘記】

[一] 此詩原缺，今取《净稿》詩卷四十五補入。

送世謹叔南歸[一]

石湫橋外墓前碑，一派分從第幾支。正是宗祊疏闊地，况逢江海別離時。觀光最好升平世，起廢終慚感激私。莫道恩深歸未得，碧山元與白雲期。

【校勘記】

[一] 此詩原缺，今取《净稿》詩卷四十五補入。

次西涯病起早朝韵 二首[一]

卜居未是賜歸年，陽羨誰教浪買田。可信行藏真在我，極知用舍本由天。周公寤道方成夢，尼父初心未絶編。廊廟江湖今萬里，海天空闊正無邊。

擬向清朝更乞年，敢論東海有桑田。廟堂久識元無分，溝壑從來不怨天。老共紅塵添白髮，夢回泉石愧青編。腐儒論説真何補，宵旰憂深正在邊。

【校勘記】

［一］此詩原缺，今取《凈稿》詩卷四十五補入。《凈稿》詩題無「二首」，據底本目録補。

次西涯過舊居有感韵［一］

萍水從來西復東，舊堂休嘆燕泥空。即看廊廟今前輩，未數江湖盡下風。病裏路岐還入夢，老來光景合成翁。新詩忽報驚人句，自起推窗月未中。

【校勘記】

［一］此詩原缺，今取《凈稿》詩卷四十五補入。

雨大作不能歸少歇東朝房有懷西涯［一］

放朝有旨雨如傾，只尺金門不可行。在處路頭皆坎坷，幾時天氣是清明。不妨萍梗聊隨地，猶喜樓居是落成。誰共北窗供少歇，偷閒忙裏亦多情。

【校勘記】

［一］此詩原缺，今取《凈稿》詩卷四十五補入。

宿朝房有感[一]

大庇何能萬厦餘，退公聊復此安居。却看突地新樓閣，猶切中天舊殿廬。起廢可堪垂老日，感恩長愧入官初。倚闌望斷南飛雁，更覺從來百念疏。

【校勘記】

[一] 此詩原缺，今取《净稿》詩卷四十五補入。

西涯饋内酒再用前韵奉謝[一]

涓滴從知聖澤餘，遠煩分賜此何居。投詩本是酬知己，洗盞何須恨直廬。共醉世應心自慊，獨醒吾已意非初。一尊倒盡公休笑，百感曾驚鬢髮疏。

【校勘記】

[一] 此詩原缺，今取《净稿》詩卷四十五補入。

廟祀值雨既畢門閉幾不得出，與王濟之吏侍駐西涯朝房短述志感[一]

只尺威顔對越同，駿奔何敢廢臣恭。齋廬幾日惟兢惕，清廟千年想肅雍。夜色未分心耿耿，禁門深鎖路憧憧。翻思少日微官好，風雨如山睡正濃。

【校勘記】

[一] 此詩原缺，今取《浄稿》詩卷四十五補入。

南樓晚興[一]

愛凉聊復過南樓，坐看殘陽宿雨收。樹繞碧簷紛入畫，天開清漢欲生秋。倚闌敢作并州恨，仰首空懷杞國憂。一笑素餐還托宿，且隨嵩祝拜宸旒。是夕俟拜萬壽節。

【校勘記】

[一] 此詩原缺，今取《浄稿》詩卷四十五補入。

送鄭大尹還天台[一]

天台作縣比神仙，好客仍兼鄭老賢。桐柏宫中春載酒，石梁橋上夜忘眠。别來最是塵埃苦，老去還於水石偏。此日送君重有感，不堪歸思益茫然。

【校勘記】

[一] 此詩原缺，今取《浄稿》詩卷四十五補入。

舊游東西涯先生[一]

舊游回首半成空，十載重來愧澤宫。白髮敢忘清世寵，强顔難入少年叢。晝墁心事今逾苦，環堵風情老未窮。世路滿前公莫問，只須一笑付兒童。

【校勘記】

[一] 此詩原缺，今取《净稿》詩卷四十五補入。

次韻答敬所先生[一]

好山何處不相宜，又向鷦鷯寄一枝。清世每慚多竊禄，白頭休恨未逢時。險巇岐路憑誰問，進退心情祇自知。我亦有園三畝在，未容東海獨棲遲。

【校勘記】

[一] 此詩原缺，今取《净稿》詩卷四十五補入。

謁孔廟[一]

白頭還過泗河濱，幾向天階感慨頻。萬古乾坤惟此老，百年身世幾何人。門墻自古誰曾入，廟貌于今又一新。再拜却慚衰病甚，聖言空自憶書紳。

【校勘記】

［一］此詩原缺，今取《净稿》詩卷四十五補入。

哭李生兆先追用生病中寫懷韵

（缺）

次韵奉慰西涯

（缺）

對菊有感

（缺）

哭倪青谿

（缺）

聞劉東山

（缺）

新命喜而作

（缺）

病中遣懷 六首

（缺）

陳乞不遂有感 五首

（缺）

桃溪類稿卷之十五　七言律詩

元旦次除夕韵 弘治壬戌。

九重初日照楓宸，萬户歡聲動化鈞。長夜心情空待旦，老年光景怯逢春。天時有限仍寒暑，□事無端感故新。除却華山酣睡者，乾坤誰是最閒人。

次韵西涯房山道中諸作 二首

忽憶牛眠尚此山，冒寒岡路苦躋扳。極憐睿旨優容地，猶在天威只尺間。行道未須論險阻，濯纓先喜聽潺湲。故園丘壠荒凉甚，幾度臨風爲慘顔。

南來猶憶此行曾，風雪蕭□客復燈。自笑□□真漫浪，不堪病骨尚崚嶒。倦飛每羡投林鳥，□□□慚避俗僧。陽羡并州公懷恨，去留天意□□□。

哭王古直

白髮江湖七十年，風流□□□行仙。逢人未□□傾蓋，到處相看是宿緣。□□諸老在弓裘，不用子孫傳分明。病柳□□□□□，□與先生此墓田。

次吴匏庵齋居韵

病骨難支起癈餘，素餐何敢念安居。裸將無分陪郊祀，魂夢空憐繞直廬。舊雨恨深寥闊地，白頭情似結交初。僊飛不待秋風至，踪迹應知日漸疏。

贈黄宗賢 并序 與後五七言二絶句同贈者。

黄生宗賢，吾故友亞卿公之介孫也。年方弱冠，穎異不群。一日持所業以三詩來見，予喜之甚，因次其韵以進之。生其勉乎哉！固乃祖地下之心也。

乃祖聲華重似山，交游誰説舊盟寒。登高正合先由麓，觀水何曾不似瀾。久識天心生不偶，直須地步放教寬。聖狂宵壤區分處，只在參差利善間。

西涯卜莊西郭，予將偕行，尋以答問，顛錯遂至敗，興既歸，始知莊近甕山，悵悵不已，因柬西涯得 三首

忽傳西郭事幽尋，已識菟裘着意深。可是并州真故國，暫離城市即山林。疏狂自嘆空高興，營度誰憐亦苦心。萬古乾坤行樂地，得閒吟處且閒吟。

出郊岐路已難尋，路入新莊深更深。空復閒情勞夢寐，却慚餘興負園林。敝廬舊業猶前日，碧石清泉亦素心。安得三亭能縮地，爲公還續短長吟。

方巖壁立迥千尋，夢裏相看路轉深。偶遂飛雲間出岫，却慚倦鳥未投林。向來空憶還家樂，老去難償報國心。進退一官無賴甚，敢論鶴怨與猿吟。

寄壽應黟縣六十

解印歸來已十年，鬢毛猶未白盈顛。調高白雪應難繼，心苦浮雲自足憐。再涉世途吾愧甚，翻思鄉國幾茫然。海東釣叟渾無恙，且共秋山學醉眠。

待劉東山不至

驛召頻聽匹馬馳，入郊消息轉遲遲。兩年倚杖恩方重，三揖雍容進每辭。病裏碧山空入夢，老來青發各成絲。不堪回首功名地，落落晨星已後時。

次匏庵東莊新亭韵

東閣頻年事纂修，東莊夢裏草盈疇。書來忽報新亭好，老去還堪共鶴游。已覺封門添絶境，即看平地有瀛洲。秋風何日尊鱸興，着我山陰雪夜舟。

次楊碧川韵賀黄文選汝修

我覆誰言不在天，慶門科甲世相傳。兵曹未必能專美，選部分明是象賢。汝修尊翁定軒公嘗居是官十八年。交道每慚新白髮，家聲曾識舊青氈。後生衮衮真成事，俯首吾今看着鞭。

次屠亞卿孟冬陪祀韵

紫殿岧嶤午漏餘，逗寒天氣雪晴初。千官劍履陪清蹕，九廟英靈導太虛。輦路迂回勞王趾，天顔只尺仰鑾輿。歌雍百代今周典，圖像分明畫不如。

次前韵答定軒

看盡功名到白髭，此心誰信復誰疑。可應陶鑄元非命，何必窮愁例在詩。清世豈能忘春戀，碧山終是舊相知。絶憐此日遭逢地，不似閒官得養癡。

次白洲賀西涯諸公賜玉帶韵

崑沙重鐸出殊方，絶勝金犀與異香。善價未須誇韞櫝，寵頒今已及朝堂。琢磨自是元無玷，潤栗分明爛有光。珍重莫爲燕石贋，也教今古共流芳。

次韵西涯春興三首兼答陳喬顧三公

離離宿草幾斜陽，春到懷人正未忘。溘尔可堪悲薤露，翛然空復仰靈光。王樓竟作無生夢，囊錦誰酬未了章。談虎不禁愁絶處，破除惟有醉爲鄉。

生死交情感慨中，可論渭北與江東。嗚鶯伐木經春在，流水浮雲過眼空。未説綺紈非世態，分明弓冶有家風。新愁舊恨休勞問，骨肉恩深本自同。

春典無端莫謾孤，百年岐路幾縈紆。敗棋未着還千變，失楫中流尚一壺。自信深根隨地在，不妨萎葉望秋枯。極知裁覆天終定，福善休言是有無。

再次前韵酬黄通政定軒

驚心舊約真天上，入手新詩每夜分。空憶相知清漢月，不堪持贈故山雲。高情何敢論巢父，帝力惟應仰放勳。老大獨慚駑馬態，喧啾今見鳳凰群。

駕出視朝喜而有作次問安韵 二月初四日。

凍雪流斯覺已殘，環樓玉宇可曾寒。萬年聖壽從今永，四海民心自此安。北闕拜趨重致慶，南郊扈從敢辭難。威顔兩月遥瞻地，幾聽傳宣詔旨丹。

次楊維立進會典韵兼柬匏庵

飛龍長憶渡江初，六合醒風净掃除。沿革未論三代制，□修今見一王書。文謨武烈勞張弛，春雨秋霜幾慘舒。唐漢以來遺典在，從頭屈指可維如。

郊壇陪祀次西涯韵

萬炬春開不夜城，紫壇高處與天平。烟雲四繞疑無路，星月交輝似有情。宣室夢回誠未竭，生民歌罷禮初成。鳳笙龍管靈風外，嵩祝親傳拜舞聲。

仲丁紀事

易道隨時豈杳真，聖言行處即爲經。燔柴已覺非先甲，釋奠何妨亦仲丁。肅肅共瞻奔廟主，洋洋如見在天靈。斯文萬古遭逢地，紫極分明夜拱星。

同年十老會

晨星落落映孤南，四十年來一夢酣。齒列香山今過九，爵班玉筍尚聯三。白頭燕笑真誰似，清世遭逢祇自慚。麟閣丹青付公等，歸田吾亦是清談。

纂修命下感而有述

恩命臨門竟莫辭，汗顔芒背祇心知。衰遲正是妨多病，奔走何能復兩岐。敢謂文章非黼黻，可應治道此根基。獨憐起廢淹留地，又作官家了事癡。

一笑

一笑直應百念休，鬢毛今已白盈頭。有生且作歸田計，未死空懷報國羞。何限好山都入夢，最閒荒徑亦宜秋。不須更問年來事，天上浮雲水上漚。

送黄宗科還鄉

文采翩翩映玉壺，眼看平地上雲衢。寧親豈必皆私願，覲國分明里□□。□説弓裘今獨盛，却慚行輩老相呼。交游歷歷垂三世，白髮依然是故吾。

送葉全卿司訓

斯文氣誼故鄉情，頭白相看眼倍明。萬里江湖仍别恨，兩年師友亦虚名。皋比位重官非小，首蓿盤空味愈清。黟縣先生真作者，宦途何日是功成。

書卷有感 一首

起廢重來鬢已蓬，腼顔仍許接夔龍。素餐不責三年罪，紫誥還增兩代封。海岳深恩無地哭，尊罏歸思及秋濃。未填溝壑初心在，繫壤猶堪和舜風。

祖母旌表命下用杜韵志喜 三首

苦節貞心歲月遥，抱孫遺恨未全消。極知錫誥恩非世，敢望旌門詔有條。未□春光回朽骨，不磨公論在清朝。分明天意怜孤弱，白髮誰令謁紫霄。

只尺君門萬里遥，下情長與恨俱消。民彝未泯空千古，國史頻登尚幾條。腐草有光終暗室，覆盆無力照清朝。不圖螻蟻微誠在，一旦真能達九霄。

九十年來一夢遥，幾看泉涌幾冰消。乾坤莫道茫無意，栽覆分明整有條。作善且須論必世，争名何苦更於朝。旌門又識元非例，平地恩光下玉霄。

次西涯改葬有感 三首

百年心苦畏梧村，五父衢前幾斷魂。只尺一杯非我有，英靈千古爲誰存。宗祊自昔皆尊祖，國老于今幾是孫。昨夜九重温詔下，更無陳乞有殊恩。

宿草新更求未乾，夜臺無路見應難。再遷敢謂天非定，同穴深知義所安。百事且須看有子，萬鍾何必更加官。相知不是閑休戚，幾謂先生欲廢餐。

斬新高冢一時成，恩渥真應慰此生。隨地已應知險易，問天何必更陰晴。未論遺直魏知古，誰起重泉郭子横。再拜不知清泪盡，通家無復舊交情。

元旦次前韻　弘治十七年。

菜盤椒酒看人將，短日經簷漸覺長。歸去正堪春作伴，老來翻苦病爲鄉。天心自是有寒暑，吾道從來亦弛張。敢謂明時非眷戀，更從浮海憶舟航。

次黄宗賢元日書懷韻

歲月驚□幾惕然，白頭終亦愧前賢。有生便合論千古，不朽何須定百年。兩漢以來皆雜伯，六經之外半參禪。聖命規矩中天在，莫學元郎只惡圓。

送吴少參世忠

十年青瑣諫書存，遷轉驚傳拜渥恩。自是朝廷無缺政，可應方岳少參藩。廟堂有分勳名在，江海何心歲月奔。莫是和陶還飽飯，湘南赤子正須援。

屠亞卿以詩酒來壽次韻奉答

坐窮白日看游絲，脈脈心情祇自知。坎坷忽驚多病日，飛揚無復少年時。餘生歲月真駒隙，半世功名只酒巵。珍重露盤三過酌，不勝和氣滿方頤。

乞歸未遂有感

不才敢説宦情微，到此分明勢合歸。病苦遭逢空感激，老堪岐路轉依違。向時秋夢頻驚鴈，何處春愁好典衣。二十年前休更問，再來元不是和非。

次原韵再送黄宗科

舊家門第比蓬壺，入海驪龍自有珠。累葉登科非偶致，寸田耕道是良圖。辛勤衹合三冬足，祖跣空驚五白呼。試問執鞭求可者，紛紛誰復解從吾。

再乞致仕有感

流水浮雲此路岐，得歸那敢怨遲遲。衰頽病骨天應念，慚愧深情我自知。葵藿有心空眷戀，涓埃無地答恩私。覽輝何限梧岡鳳，且共鷦鷯覓故枝。

送劉學士歸省

清和天氣日遲遲，學士初從講殿辭。正是朝廷崇孝理，不無臣子念恩私。書游路近歡迎地，家慶堂高再拜時。老我有山歸未得，不勝離思亂如絲。

讀台雁唱酬録有感次舊韵

台雁東南最好山，相思長在夢魂間。重來有地能容榻，欲去何人爲斬關。風月百年誰共老，功名當日幾投閒。却慚病骨摧頽甚，白髮猶參玉筍班。

題米南宫墨迹次原韵

雪裏清光水裏雲，分明詩筆舊精魂。可應絶技能兼美，解使名家得擅論。秦刻漢碑隨世改，馬圖龜書與天存。不須更説鍾王事，此道誰參衆妙門。

四乞致仕有感

九萬天高薄紫宸，幾從螻蟻望清塵。四時敢比成功退，三黜猶慚待命頻。有道聖明方側席，太平諸老正彌綸。不才自棄真堪笑，衮白誰憐病苦辛。

次韵送鳴鸞弟南歸 一首

弟兄元不比朋游，况復斯文氣誼投。幾向荳萁笑末俗，敢於□柱望中流。處家忍合師公藝，玩世高誰似許由。水草本來山野性，金籠何必羡犧牛。

送李太守之温州

南台騅馬舊蜚聲，忽報分符海上城。老去一麾寧壓遠，向來山黜正爲榮。初心尚憶酬明主，晚節還看保盛名。九里有河方待潤，莫教豺虎更縱横。李嘗爲南道御史，忤中貴人被謫。

聞黄汝修選部致仕有感

知止幡然勇退真，一封便乞百年身。東南共是思歸路，坎坷誰怜最老人，螻蟻有誠天合定，芝蘭隨意物皆春。兩山風月三亭在，爲尔今應愧後塵。

贈黄宗賢侍父南歸二首 并序

宗賢質美好學，不屑以科舉常調自處，侍其父文選翁乞休以歸，將益求其所未至，以尚友于古之人。予老無成，宗賢之可畏如此，其行也，予烏得而無情哉？因次舊韵得二詩以贈宗賢，勉乎哉！

一腔元自貯天真，萬物分明備我身。欲向淵源尋舊學，須知賢聖亦斯人。井瀾未起本無滓，庭草不除都是春。試問步趨家數在，可知還隔幾根塵。

萬物惟靈二五真，乾坤落落此長身。未能竟達一間地，誰復能爲千載人。清世勳名知有命，白頭光景□非春。祇應收拾閒情去，坐看扶桑海上塵。

得請志喜 七月十九日。

蟻情無賴已全□，忽報中天有指揮。浪迹幾年蹔再出，感恩今日是真歸。極知吾道有餘地，敢向明時嘆昨非。珍重同游諸老在，太平勳業正巍巍。

次韵答李白洲 一首

何幸今朝得賜歸，柳條風色正依稀。還家一路恩猶渥，報國平生志盡違。黄菊有情知客到，青山無恙幾人非。獨慚天上升平樂，都在茅簷白板扉。

重經衛河有感

天上浮雲水上萍，百年身世此重經。河流入夜還争急，岸柳驚秋欲换青。休致敢論南國事，得歸終愧北山靈。黄花濁酒知無恙，不用逢人問獨醒。

五度 天順四年下第，成化五年省親，十六年丁憂，弘治四年致仕，十七年養病。

五度還家轉自驚，百年遺恨未全平。乾坤又是浮生夢，岐路難爲結局行。敢向黄花論晚節，獨慚華髮尚虚名。分明賜告恩猶在，骸骨真應與老争。

過直河

舟子誰呼不暫閒，又聞舟發下邳灣。棹謳一路秋驚夢，燈火沿河夜倒關。病骨未蘇空北望，君恩有許且東還。不妨飽喫桃溪飯，興至還登雁蕩山。

至台有感[一]

萬言乞得聖恩深，未死還家喜不禁。骸骨始知非外物，浮雲原只是初心。碧山有意如相待，白髮無多不受侵。感激此生慚愧甚，敢從明日問晴陰。

【校勘記】

[一] 感，底本正文題作「喜」，據目録改。

到　家

萬里歸來兩鬢霜，重裘初換葛衣凉。五車書在皆□蠹，三徑門深覺已荒。病起未妨骸骨健，歡迎贏得子孫忙。君恩欲報嗟何及，且向東籬醉一觴。

大雪登樓有感

長空黯黯雪絲絲，莫怪登樓起望遲。正是江山難辨處，却疑混沌未分時。豪奢合有銷金帳，警急應無鴈鶩池。白髮僵眠吾分在，不妨春夢且熙熙。

追次應番陽先生中秋韵

屈指中秋强半過，百年如此奈渠何。人間樂事應無幾，天上清光正不多。青眼爲誰增感慨，白頭空復枉奔波。宜休老去真能事，醉後猶聞發嘯歌。

次韵應繼休栽荷

濂溪溪上小庭臺，碧水紅蓮次第開。塵土閑情無物累，乾坤清氣自胚胎。天高玉井風生腋，秋下金莖露滿杯。題品未論君子愛，出泥元有此根荄。

次諸公送劉東山韵

歸日柴桑碧海濱，冥鴻天際又斯人。百年敢謂心先得，千里始知交有神。縮地可能甘結社，揮金無計買爲隣。多情謾作長沙夢，社稷由來繫一身。

次陳提學過接台館韵

五雲影裏日初開，天姥峰頭館接台。攬轡也應關四海，登堂何意夢三槐。路岐未盡皆吾事，世故無端又客懷。自笑此生真結局，爲誰閑往復閑來。

歸來有感

一笑歸來亦寵光，故園風物午橋莊。兩山雨後都成翠，三徑秋深未覺荒。老去功名慚再出，自來簪組本相忘。登臨興在平生分，雲路何心更頡頏。

吾　家

日長睡起隔囱紗，小涉徐看意轉佳。隨意不妨初落葉，多情還愛未開花。儘荒臺榭春猶在，未老園林景更賒。不用别尋蓬島去，方巖巖下是吾家。

起　坐

美蓉秋水影幢幢，起坐無聊困倚囱。老去不妨書滿屋，倦來還憶酒盈缸。閑門長笑青山獨，隔岸遥憐白鷺雙。溝壑此生惟自笑，鬢毛銷盡壯心降。

落　花 二首

春盡園林頓可傷，未秋風物轉凄凉。蝶飢蜂亂□爲主，帶固根深枉自忙。蕭索竟隨一日雨，飄零不待五更霜。古來大夢皆如此，莫怨東君錯主張。

不是神傷是色傷，蒲林紅紫忽荒凉。花開花落無窮恨，春去春來有許忙。觸石不妨雲作雨，履冰惘怪露爲霜。多情莫作東風怨，天道從來有弛張。

次林見素得請志喜韵　一首

乞退詞多不厭繁，蟻誠深荷動天閽。病來壯氣猶千古，老去閑情自一村。道德初心知有負，功名末路豈無門。近來檢點平生事，慚愧茆簷背上暄。

出城再次前韵寄東山西涯二公

出城風物動霏微，水色山光聽指揮。有道告君須更裕，不才笑我却先歸。入山且問路深淺，在世敢□心是非。回首不堪相憶地，五雲宫闕正巍巍。

再次李白洲韵

江淮道殣未全埋，誰遣弘羊謝藁街。枯鮒一朝苏涸轍，瘦岷千仞起顛厓。格天敢忘吾□皇，□□□□病客懷。白洲有喜劇夜舞之句。讀罷新詩煩□在，□□□夢村空齋。

送侯廷誠舉人

三千才子五雲端，妙質英名衆所觀。年少登科非不幸，晚成大器始爲難。折肱每憶三年文，駐足誰堪百尺竿。雁蕩東南靈秀地，汗青從古有人看。

桃溪類稿卷之十六　七言律詩

次韵答黄定軒

論交回首復何人，契闊重來意未申。千里有懷勞縮地，萬金無計買爲隣。遭逢已愧非初復，奔軼何能更絶塵。留取一樽須去醉，不堪歸夢上心頻。

達觀

寒暑漸看成伏臘，晦明長復見朝昏。達觀只此死生在，不朽幾何今古存。始信乾坤真大劫，未妨民物有歸根。不知誰識環中意，願起羲皇一再論。

送黄百之先生之任延平司訓

去日青袍尚故園，歸來忽見此峨冠。恩榮地列新師席，選補名高老貢元。享墓無田長在念，尊鄉有録擬重刊。詩書世澤台南望，終始應知不負言。

次黄汝修病中述懷韵

地下天高有許寬，萬生如此亦無端。幾看麟鳳真爲瑞，在處蚊蠅故作團。老去功名元自薄，病來魂夢可曾安。舊時桃李門前路，多少人彈貢禹冠。

次前韵有懷余秋崖

世路紛紛無盡頭，可憐歲月去如流。多情白髮似相迫，最好碧山誰共游。興在黄花聊一醉，恨深清泪在千秋。相逢莫訝歸來早，幾向君王乞首丘。

有懷陳敬所因追憶黄定軒諸公

縮地無能近海濱，老懷長日上心頻。交游歷數今無幾，歲月驚看忽似新。始信黄粱真大夢，肯撓白髮是何人。碧山風月天留在，又是閑行一度春。

春陰次西涯韵

睡起猶看晝日陰，細憑風色認天心。春寒有恨妨遲暮，庭草無情日淺深。老去世途渾不識，病餘鄉思苦難禁。凍髭白盡公休問，短髪居然不受簪。

王太宜人八十詩 狀元王德輝母。

婺星光動狀元家，王署□深夜築沙。壽近百齡人未老，恩封兩度誥生花。内厨品送三牲饌，仙液杯翻九醖霞。最是堂前重慶地，春風隨意着蘭芽。

次潘孔修病餘感興韵

環堵元非病作魔，愛聽空谷紫芝歌。清時正是遭逢地，黑髪休言少壯過。心事久知公慷慨，功名真笑我蹉跎。相逢莫更看歧路，馬首紅塵日漸多。

聞李白洲抵灣喜而有作

幾傳消息出鄉關，忽報旌麾夜抵灣。萬里江湖傾渴地，十年風采夢魂間。不才愧我身先病，未老知公鬢亦斑。一笑再逢天豈偶，兩懷襞積重於山。

送西涯先生往房山爲子卜葬地

暫輟詞頭幾日忙，許從百里看山莊。定知嬴得可抔土，誰説并州非故鄉。踪迹兩年慚壁水，夢魂終夜憶柴桑。不堪病骨摧頹甚，又爲先生一感傷。

雪中戲答王古直

長途凍裂鳥雀稀，床頭爐火寒無威。愛宜自是豊年瑞，人苦難爲卒歲衣。我病僵眠意頗愜，公健欲出心如飛。怪天安得羝能乳，王古直有怪天大雪之意。却放蘇卿嚙雪歸。

歲除有感

詔下湔除又紫宸，却看恩渥轉洪鈞。地憐病客三冬卧，天與窮年十日春。歲月頭顱吾獨老，乾坤歧路日争新。不須更向屠蘇酒，今日持杯儘讓人。

次韵西涯房山道中諸作 二首

三日皇恩百里程，煖風初動雪初晴。十年輿馬重來往，萬户江山此重輕。衢壤歌曾知帝力，廟堂憂已識民情。獨慚卧病門深鎖，驥□無由逐伴行。

一冬無日雪非風，何限幽懷感慨中。優暇自憐□渥枉，壯圖未覺歲年窮。漫教入眼長留恨，可念兹行不是窮。囊錦莫須收拾盡，幾人先辨碧紗籠。

哭余秋崖

忽報秋厓夜半空，不堪清泪灑西風。碧山風月誰爲主，白髪東南少此翁。語欲驚人甘殉死，氣當逢敵每争雄。赤城詩在公休恨，猶有遺編在卷終。

醉吟

白髮紛紛與病侵，遭逢空復感恩深。包羞不道猶今日，觀過誰從識此心。老去蓴鱸妨舊□，夢回松竹自清陰。歸與何日天憐我，便起山靈一醉吟。

病中拜賜文綺有感

又見春正重卜郊，卧聽龍管雜琅璈。寵光濫荷朱衣賜，奔走曾無扈從勞。進告未能如説笥，寶藏直欲比周刀。獨慚海嶽恩難載，病骨終宜舊緼袍。

次韵哭李徵伯奉解西涯先生 二首

多少賢豪嘆夭亡，久知憎命是文章。流年不用悲青鏡，抔土終須到白楊。驥厄鹽車應絶足，金埋糞壤亦精光。分明得失無窮在，莫道迂言故作狂。

看盡風光白盡頭，邯鄲夢裏幾遨游。但須福似三江水，不用才高五鳳樓。失勢蛟龍終糞土，逢時螻蟻亦王侯。九原若也明斯理，莫遣巖翁泪更流。

送永嘉汪大尹進之

君忙我病兩忡忡，尺地真看萬里同。自荷交游終匪石，敢論踪迹尚飄蓬。鵷班暫綴龍摟曉，鳬鳥還歸雁蕩東。報政重來休更晚，同游英俊幾乘驄。

匏庵留酌次韵奉答

偶向平園踏軟沙，玉延亭下路横斜。極憐地僻能通客，却怪詩來浪乞花。浮世夢深誰獨醒，惱人春去已難遮。清風兩腋平生興，安得盧仝七碗茶。

次韵寄壽羅明仲祭酒

玉堂豐采廣文氈，回首江湖四十年。洗馬恩深無地着，司成名重到今傳。向來大夢空藏鹿，老去高懷謾擊鮮。莫道古稀今更少，白頭誰□□公賢。

送李府丞之南都

兩都冠蓋看游遨，萬里雲衢此際遭。公道未應淹物論，聖恩終自念賢勞。官高少尹新京兆，望重中都舊水曹。赤縣且須煩撫字，東南民力盡脂膏。

西涯期出郭走筆奉柬

生老紅塵白髮年，忽聞出郭輒欣然。可應此日新莊興，猶憶南樓酷暑篇。長笑主人今寂寞，再來癡客尚留連。黄粱未熟公休問，好是三生石上緣。

次韵贈楊維立先生

十年騎馬候長安，幾共鏘鏘聽入鑾。萍水不知今異迹，夢魂猶憶是同官。金蘭未改初心約，鷄犬翻嫌歃血壇。珍重贈行詩句好，南雍志在有人看。

次出郭韵再柬西涯

不到西湖又十年，湖堤風景故依然。病餘幾憶間行地，老去渾無漫興篇。人語鳥聲時互答，水光山色遠相連。分明著我江南境，便欲從兹謝世緣。

出郊再柬西涯 二首

老去風情山水鄉，悶來無計欲顛狂。倒衣猶恨出城晚，怯暑誰先避客忙。兩月悔心猶夢寐，西涯兩月前嘗約予，不及赴。百年高興此行藏。也知天與并州地，敢向先生借末光。西厓小莊於此將歸老焉。

只尺江山近帝鄉，也堪蕭散着疏狂。瀛洲蓬島分明在，宦轍官曹有許忙。莫道塵埃無地洩，極知幽勝是天藏。夕陽漫爾催歸急，且向東林看月光。

再次羅明仲先生韵

大江回首隔東西，踪迹真應似雪泥。道在未妨遺畎畝，堂高元不羨榱題。吉凶尚憶環中悟，歧路猶從覺後迷。怪殺近來工瑟者，也隨人去學求齊。

東山履任再用前韵奉柬

正爾三邊羽檄馳，任如公者可堪遲。廟堂況有夔龍讓，天下寧容伯季辭。世路未窮真似夢，王言再出正如絲。莫須擲筆成長嘆，不是逢時是收時。

章舉人玄梅以詩來見次韵奉答

清時何敢學偷閑，多病真隨倦鳥還。恩渥久慚優老地，蹉跎聊處不材間。無情自古惟華髮，有分平生是碧山。只尺方巖蓬島在，尋幽何必向商顔。

送昌韶進士告病還家

馬頭初見引準旌，正是男兒得意行。勿藥喜從今日始，采薪憂比向時輕。泮雍再遂題橋志，閭里争看衣錦榮。恬退莫教真作念，可知鍾鼎有勳名。

送寧海朱知縣

送君作縣之寧海，往事驚心一慨然。地在吾台爲上邑，人從開國有高賢。半龕香火誰爲主，一葉孫枝自足憐。百世此心相感處，口碑今日尚堪傳。

醉吟次韵

隙駒又見歲華侵，獨向寒燈坐夜深。已愧山林真昨夢，敢言道德是初心。世途不用論三昧，老景應須惜寸陰。却怪閑情多事在，醉來獨復費長吟。

明日雪作再用前韵兼呈[一]白洲亞卿 九日晦日。

天亦多情有許忙，未冬風色與寒妨。宦途每愧年華迫，行役誰憐道路長。有興不來衝雪棹，無詩可敵聚星堂。西曹舊社還爲侣，吴越空嗟是共鄉。

【校勘記】

［一］呈，底本正文題作「至」，據目録改。

次楊碧川史館述懷韵

長憶相逢夢裏來，可知一笑在金臺。深思愧我還留戀，盛典須公更纂裁。逐世每驚歧路改，極天誰障海瀾回。名家兩浙今無比，俯首吾應念不才。

次屠亞卿陵祀韵

萬山深處是諸陵，猶憶奔驅五度曾。地俯東南春浩湯，天高西北玉崚嶒。神宫寂寞留龍衮，□道依微見漆燈。聖子神孫今憶載，坐看三五果咸登。

十九夜中得詩二句，覺而思之，乃向者醉吟韵也，因屬成之，以志吾感

歲月無情忽更侵，水流空恨落花深。夜長賸有還家夢，老至難酬報國心。在處路岐終不定，向人天□□□陰。醉鄉便是神仙窟，且作浮生漫浪吟。

犧牲所迎駕

五雲開處見鑾輿，清蹕聲傳□□□。□□□休片宿地，九重冠珮駿奔初。□□□□□□□，□□瑶壇陟降如。扈從幸參諸老後，白頭重到未全疏。

焦先生未行再次原韵以赠

使節天留幾日行，待看春色上蓬瀛。酒樽未盡還生緑，草木無心亦向榮。萬里江湖憂國念，百年魂夢故鄉情。獨憐歸去吾無計，算老猶慚是長兄。

三忠祠次韵 諸葛忠武侯，岳武，忠文信公。

紛紛弱草鎮輕塵，肝膽千年汗竹新。盡瘁鞠躬惟報主，戴天無地敢逃身。漢家遺恨終三國，宋代孤忠尚幾人。胡虜奸雄公莫問，乾坤若箇是成仁。

次西涯有懷舊業韵 二首

老去幽懷水石邊，城中佳境此須憐。縱非陶令堪容膝，也勝張郎只住船。白髮幾勞南國夢，清風曾辨北窗眠。若教猷俗真無累，便是人間活地仙。

望窮砥柱正中流，未許尋仙別上樓。北海謾誇三島地，西涯剛説五湖舟。鳥應倦後終收翮，士累名高可脱鈎。台雁東南幽絶處，且須還看老夫游。

依韵再答白洲

郊齋病負兩年春，莫怪西曹發典新。險韵疊來如促迫，腐儒分教本酸辛。眼中岐路行將遍，夢裏韶光看未勻。扈從獨慚無寸補，也隨人望屬車塵。

齋官午朝再用前韵

香煖齋宫滿地春，翠華行處景俱新。從官動色增遭際，衛士騰歡失苦辛。紫殿蒼茫靈氣繞，玉壺迢遞漏聲勻。萬靈萃止天心悦，陟降分明見後塵。

分獻再次前韵

十年歸卧碧山春，扈從重來白髮新。灌獻禮存須再問，駿奔力盡敢辭辛。風烟不動天光净，星斗平看夜色勻。坐久忽驚鍾漏急，夢魂争逐後車塵。

郊祀明日大雪再用前韵

上郊何必是初春，典禮真看又一新。精意久曾勞感格，聖躬無乃亦艱辛。寵頒異數恩光重，罷宴從宜禮節勻。前日大風今日雪，始知天眷有清塵。

齋居次吴匏庵韵

忽報齋居第一詩，即看喜氣入黄眉。競嚴郊祀無三卜，屯宿周廬有六師。希闊再瞻清世典，遭逢終愧黑頭時。多情舊話殘燈在，絶勝花前酒滿巵。

再次前韵

老態休言苦見侵，宦途塵土向來深。乞歸之外無他望，竊禄從前有恥心。自笑此生真漫浪，敢知明日是陰晴。白頭歲月康衢世，且誦伊川擊壤吟。

次潘孔修書懷韵

老去無如故國歡，江南山色夢中看。多愁白髮天誰管，半熟黄粱枕未安。勳業祇今羞鏡在，文章何敢説芒寒。極知壯志難降得，猶爲殘經解錯盤。

壽潘太守八十

幾向寒江看縛鶏，軟紅塵裏路猶迷。甘棠春老留南國，獨鶴風高返舊溪。正色每瞻星緯北，中流誰屹海瀾西。括蒼未覺天台遠，白髮還堪問杖藜。

游萬柳[二]莊 二首

暫撥紅塵半日忙，獨將樽酒送年光。望鄉地隔千山路，背郭天留萬柳莊。自笑老來還作客，不妨春盡且尋芳。天台雁宕依然在，洞口遥應未夕陽。

怪底匆匆出郭忙，亂山無數動晨光。千村廢罷皆新主，萬柳空名是舊莊。雨意似憎人劇異，野情猶戀此山芳。不須更向偷閑地，花木經春盡向陽。

【校勘記】

［一］柳，底本正文題作「物」，據目録改。

西涯遷葬歸短述奉慰

昭穆森然儼在防，九原重荷此恩光。百年丘隴心無憾，萬里鄉關夢可忘。清世正須煩黼黻，白頭未許老耕桑。不堪回首天台路，猿鶴山空草樹荒。

送馬守還廬州

纔從南省拜嚴親，又見書功謁紫宸。畫戟風生隨處好，甘棠陰老滿城春。穎川正擬徵黄霸，河内休煩借寇恂。共説東南民力竭，一分寬處是何人。

歸　休

老在年華病在身，秋風長憶海東蓴。名慚起廢終何謂，恩到歸休始是真。碧石清泉行樂地，葛巾藜杖太平民。憑誰預報山靈遠，猿鶴無端莫謾嗔。

送陳太常乃孫須孝南歸

清時無地不逢遭，霄漢風生一羽毛。敢謂周家行世禄，獨於漢法校年勞。高情安得如公輩，後死真應愧我曹。富貴未須論纘述，草業元亦有英毫。

答王太守良玉 良玉以誣去官，又報有誣予者。

春在甘棠未覺殘，惡風淫雨太無端。論公豈必皆來世，事定何須盡蓋棺。撼樹蜉蝤真可笑，窺天蛙黽故應難。但教俯仰無慚怍，始信吾心着處安。

除夕有感

白頭病與老相將，客恨難禁此夜長。七十年來真□景，六千里外尚他鄉。弱孫嬌子自嬉戲，舊隴荒祠誰主張。安得深恩念骸骨，便得歸路買舟航。

郊祀不及與感而有述

再到長安四見郊，病來三負此逢遭。慶成圖在長留席，扈從恩深枉賜袍。心逐夢魂猶對越，力妨奔走且藏韜。明時眷戀吾應足，廊廟於今有禹皋。

次韵奉答同年諸公慶壽之作閔司寇韵

廿年病在命如絲，暗裏流光去不知。雅望公方重今日，初心吾已愧當時。達尊正合玉圍帶，既醉□妨金屈巵。獨恨壽筵無分到，白頭南望幾支頤。

張亞卿韵

曲江花底憶當年，曾共紅綾既醉筵。衰病獨慚今謝老，風流誰似舊張顛。人間花甲公逾七，海上蟠桃歲幾千。更竭丹衷補明主，謾思碧石與清泉。

劉司馬韵

驛書三召始重來，萬里聲光逼斗臺。廟算上裏黄閣重，邊塵坐鎮玉關開。名應竹帛輸公最，恩愧瓊林許我陪。不識壽筵何日是，碧山須准□□杯。

李閣老韵

深冬一病動經春，寂寞空齋度七旬。尸素儘堪三品禄，乾坤誰是百年身。敢言學道渾無用，須信論交别有神。肝膽平生傾倒地，可如公者更何人。

愧我

一官恩渥病初醒，七十年來鬢盡星。到此可能論補報，從前都是負朝廷。看人袞袞真能事，愧我棲棲合遁形。莫道乾坤終不老，白頭江海幾浮萍。

四月

逗寒天氣酒須賒，四月楚城未見花。一病不知春是客，兩年猶苦夢還家。水流雲盡天終定，蝶亂蜂飢意未涯。莫恨鬢毛難再黑，幾看年少賽豪華。

柬費贊善子充

十五年前此路歧，幾從鴻燕寄遐思。不堪公起初逢地，又是吾衮欲去時。載筆每懷兵館論，多情長負浙江詩。丈夫勳業龍頭最，莫向雲霄嘆後期。

寄送陳直夫憲副

晨星落落已全稀，又報河南憲使歸。□□看來須到手，一籌輸却亦先幾。極慚此日君恩負，敢説平生宦況微。早晚錢清東下路，爲公重勘釣魚磯。

再次原韵奉謝白洲詩文之贈

文髓詩情妙入微，手推刑案不停揮。萬言慷慨如公幾，一路光輝送我歸。白髮無多由得老，碧山有待未應非。便須尋却康衢伴，擊壤高歌帝力巍。

有懷姜用貞東溪書院

水滿長河月滿蓬，客程歸思幾匆匆。暫離北闕終慚我，未許致仕。老向東溪正憶公。白髮有情天所整，碧山無恙夢先通。不知書院今何似，弦誦遥應陋辟雍。

虎丘夜歸東諸同游

虎丘山上日初斜，醉下山塘路轉賒。贏着歸舟載明月，笑將白髮對黄花。衰翁興在還停棹，地主情深早放衙。最是滿江秋色好，樓臺燈火寂無譁。

桃溪類稿卷之十七[一]　五七言長律

【校勘記】

［一］十七，底本誤作十五。

謁高祖孝子府君墓

陽夏初分派，桃溪實始基。德應惟孝則，心豈覬天知。五世宗非遠，千年澤在兹。江山仍古墓，歲月復新祠。亭列蘇公譜，銘鐫有道碑。水流[一]元有本，樹老幾生枝。久矣遥瞻地，潸然再拜時。繹賓聊獻酢，後長得追隨。俯仰心何限，奔驅力敢疲。平生丘隴念，白首恨歸遲。

【校勘記】

［一］流，《净稿》正德本詩卷十四作「深」。

贈林克獻司訓

韋布論交地，江湖憶别年。人嗟門閥異，我識弟兄賢。歲月頻淹驥，風雲幾着鞭。壯心猶黑髮，故業但青氊。富貴誰非命，文章或勝天。到來真偶爾，相顧各茫然。早是穿楊舊，終應拔茹連。世途休坎坷，吾道未屯邅。發軔桐川外，移家浙水前。南冠還適越，北客尚羈燕。契闊從茲始，追趨每自憐。明時寧簡[一]棄，王[二]教此敷宣。苜[三]蓿盤非冷，皋比位特專。正須敦大化，何止答微涓。薄劣甘樗散，蹉跎笑瓦全。平生寥闊意，愧爾不成篇。

【校勘記】

［一］簡，《净稿》正德本詩卷十一作「間」。

［二］王，《净稿》正德本詩卷十一作「主」。

［三］苜，底本作「首」，據《净稿》正德本詩卷十一改。

送戴進士師文還鄉畢姻

仙闕初辭珮，凌河已報驂。曉分天語北，春與晝游南。拜慶重闈協，還家晚路貪。人傳真盛事，我識是奇男。名豈龍門躍，才應虎穴探。唐科紛第一，漢策更誰三。少憶心能壯，狂非氣特酣。逢時羞澒涊，憂世劇焚惔。化重閨門始，綱先父子參。早妨官例格，終荷聖恩覃。六禮充庭甚，三星在户堪。造端功不細，慎獨理曾諳。德器須陶鑄，文章亦咀含。高風前輩遠，舊業此生慚。薄力知難競，端居苦未甘。重來深有望，莫只訝虛談。

壽逸老叔父八韵

慷慨辭榮地，優游秉禮鄉。年華初白髮，富貴幾黄粱。世澤桃溪水，清風逸老堂。人争瞻以拜，天予壽而昌。恨入斑衣晚，情看翠竹長。斯文今有主，先德此重光。砥柱方頽浪，桑榆未夕陽。南山與東海，再祝願無疆。

宜興徐公挽詩

當代求遺老，如公復幾人。許身其草莽，畢志只經綸。繼世忠傳子，髫年孝感親。憂時言若訥，活族義常均。病涉溪忘險，貽謀宅屢新。訟庭羞赴牒，仁里願爲鄰。少長皆知敬，童奴不解嗔。分明漢長者，仿佛葛天氏。恩寵方殊數，英賢已厄辰。榮光還墓域，哀挽半朝紳。□瑞看雙鳥，來朱擬十輪。百年揚顯地，何待勒貞珉。

哭楊文懿公維新

昭代稱文學，先生獨興刑。制脩真絶筆，軒輊復遺經。直作山巖古，羞分月露形。孤裘皆倒白，汗簡不留青。匹絹争馳價，長碑遞勒銘。編摩還石室，獻納幾皇扃。路極擬龍輴，門高旋馬聽。廟廊方倚托，河漢忽沉冥。未覺天能整，空嗟地有靈。兆枯連理木，夢返入懷星。節惠名千古，浮生世百齡。莫須論後事，春色滿階庭。

送劉大尹之任

下邑新分地，吾民渴望中。五年三旱潦，十室半疲癃。逋竄無門入，誅求到骨空。求言懷密令，何以起袁公。困苦車隨雨，豪强草疆風。路碑非漫浪，廟祀尚穹窿。在牧今誰最，惟賢繼厥終。白頭雙倦眼，先過越江東。

舜咨席上鬮詩得二十韵

十年寥落嘆詩逋，珍重當筵興不孤。縛鷄載酒親典罰，斥奴奔吏急催租。高懷晚歲仍張弛，文客經[一]時正鬱紆。葺拾竟煩完舊稿，點粧重見出新圖。聯鑣迤邐侵晨發，折簡殷勤隔夜呼。石鼎聲中驚得句，博山香裏坐圍爐。勸酬不盡醒還醉，傾倒渾忘爾與吾。已覺形容成老大，獨慚冠佩强追趨。芝蘭入室如將化，駑驥同槽恐自污。百尺竿頭誰進步，千金堂上是全軀。年光有恨嗟流水，世事無端聽博廬。可念乾坤勞俯仰，也應廊廟亦江湖。遭逢不似原思病，交戰難勝子夏癯。夷險到來看一節，行藏休更説殊途。心將塞海元非怨，志在移山始當愚。管晏功名終陋狹，老莊[二]行業本虛無。狂言似怪翻成怍，古道于今最近迂。明日陰晴君莫問，此生襟抱只區區。

【校勘記】

[一] 經，《凈稿》正德本詩卷十作「絰」。

[二] 莊，《凈稿》正德本詩卷十作「壯」。

次韵李賓之聯句贈李士常舉人

别懷如夢隔疏窗，書在行囊酒在缸。敢謂身名非斷梗，獨將心事對寒釭。迂談自昔翻成笑，古調于今不是腔。下邑陋儒誰復數，將門才子本無雙。明珠照乘羞燕石，熟路輕車仰駿龐。白首豈容孤劍按，洪鐘聊復寸莛撞。交游有分神先往，邂逅重來意盡降。五夜詩成勞石鼎，三秋木落見吴江。齟齬滿徑悲空谷，砥柱中流急怒淙。東魯門墻今幾仞，願從顔子問爲邦。

四叔父與儒珍約登方巖聯句次韵奉柬

相期三載及秋天，卧病猶煩出輞川。世路敢言迂有徑，交情終喜直如弦。人應向老難爲力，花解非春故作妍。節序驚心催晚暮，江湖回首隔風烟。青山有約聊隨興，白髮相看各滿顛。鄉國望深萍水地，家園住近竹林邊。鳥當倦後孤飛急，棋到終時一着先。官事衹今誰得了，野心行處欲成眠。閒來便擬真離俗，世外何須别問仙。醉把茱萸俱健在，登高休復是虚傳。

追次李五峰著作游雁蕩二十韵

岷峨西下看窿穹，直過吴江越嶺東。萬馬奔驅塵始息，兩州分限界方中。依稀鼇海三神島，彷佛天封萬歲嵩。鳥入湖來真雁蕩，花名村是舊芙蓉。巨那迹化山初顯，著作詩高墨尚濃。登陟老堪靈運屐，畫圖生愧葉公龍。嶺當峻極千奇見，崖到層深萬怪叢。禪老寺荒安有谷，洞深天近聽惟聰。直窺佛日三千界，空憶君門九萬重。障若[一]平霞遮遠目，峰難卓筆寫微悰。擎天一柱功誰最，棲棘雙鸞志豈同。捲水乖[二]龍元自蟄，行雲仙女漫須逢。霜厓日出翻紅葉，玄圃秋深問白菘。照膽潭應知病骨，展旗峰敢作先容。石梁晝鎖長春地，巖瀑晴懸不斷風。再宿興妨歸去早，幾年神與夢魂通。盡收物外虛無象，都作胸中磊魂峰。閱世已醒三日眼，洗心還聽五更鐘。極知幽怪神靈護，莫遣追搜造化窮。句好不須論賀錦，酒酣聊復盡郫筒。

【校勘記】

[一] 若，《净稿》正德本詩卷十九作「苦」。

[二] 乖，《净稿》正德本詩卷十九作「垂」。

哭李學士老先生 二首[一] 賓之尊翁。

尚憶升堂再拜時，便從門下托相知。未論跨竈賢無敵，已識趨庭訓有詞。毛骨共傳今鳳鳥，禎祥真作國元龜。官封再賜[二]恩如海，壽域初登鬢未絲。燈影夜寒經在櫝，墨花春老硯留池。望深江海交游地，恨滿平生感激私。枕塊夢殘知獨苦，束芻心遠竟何期。定應泪盡瀧岡表，不用名鐫有道碑。

宣武門頭話別時，十年離恨只心知。忽驚委化隨莊蝶，尚復招魂念楚詞。健筆有書留鐵畫，覆杯無地换金龜。重來浪説三生石，愁在空悲百結絲。泪滿綵衣斑濕袖，夢殘春草夜生池。榮枯可是遭逢别，栽覆休言造化私。鳳翥高梧終未極，鶴歸華表更何期。不堪醉後西州路，猶恐人傳峴首碑。

【校勘記】

[一] 底本正文無「二首」，據目録補。

[二] 賜，《净稿》正德本詩卷二十四作「錫」。

次韻題姜漳州壽藏

桓山三載石爲塋，□占瑕丘萬古青。富貴不聞生有益，圖謀剛與正相縈。癡心嘆殺□□失，□氣誰憐忿未平。早向世途醒醉夢，不妨溪谷聽彭觥。歸來地憶無窮樂，勇退關留不盡情。下櫪敢言無伏驥，喬林時見有遷鶯。居閒正合行無事，安順那堪忝所生。寒鳥未須論得失，昭琴元自有虧成。生憎變觸頻争地，老向芙蓉漫主城。往古來今空作恨，南箕北斗亦虚名。尚存一息終難懈，直到全歸始是榮。不用西山還駐景，却看南極已儲精。紛紛萬有皆浮梗，渺渺三神隔火瀛。螻蟻烏鳶真入殆，鈞金輿羽若爲輕。白頭一笑公須記，四十年前是弱齡。

桃溪類稿卷之十八　五言絶句

殷鑒雜咏二十四首 有序

詩曰：「殷鑒不遠，在夏后之世。」説者以爲後之人又當以幽厲爲鑑，推而極之，三代以降，若漢若唐若宋之所以底于亂亡者，尤後世之所當鑑，獨殷也哉？獨幽厲也哉？夫有國有家者之所當鑑固非一端，然而莫先於女寵，莫甚於宦寺，莫大於奸臣，是三者要皆陰類，恒相依倚附麗以爲腹心羽翼，而國之凶、家之害未有不由之者。故《易》以陽爲君子，陰爲小人，而以小往大來爲泰，大往小來爲否，蓋陰陽之往來消長，實國家之所以治亂存亡，而世道之否泰關焉，於是而不知所以爲鑒，可乎？雖然，害人之家未有不反害其家，凶人之國未有不與國而俱亡者，然卒之往往甘於覆轍之蹈而不知止焉。於乎！是三者之鑒，又豈獨有國有家者之所當知也哉？作《殷鑒雜咏》以告于世之人。

有施伐 妹喜[一]

色荒萬古戒，祖訓一朝圮。乃知有施伐，竟作南巢死。

牝雞晨 妲己

小白夜染血，鹿臺朝委塵。空悲亢龍悔，無復牝雞晨。

櫝漦 褒姒

萬方故不笑，一笑須興戎。可應箕服禍，都在櫝漦中。

人彘 吕后

宮中雉爲牝，厠中人作彘。白馬枉誓天，赤龍幾墮地。

禍水 趙飛燕

炎精方入地，禍水已滔天。何必新都莽，哀平短祚年。

王政君 元后

誰遣稱居攝，分明已即真。卷卷一璽握，笑殺婦人仁。

夕陽亭　賈后

夕陽謀始創，典午禍方深。不待都門嘯，中原已陸沉。

光宅后　武則天

禍極女媧慘，姦深吕氏謀。分明塵聚李[二]，莫怪牝爲周。

新臺妃　楊太真

春老華清宴，門深羯鼓聲。新臺高百尺，不見范陽兵。

始漏師　寺人貂

軍國阽危地，貂璫[三]作俑初。劍誰思斬馬，罪不到多魚。

生隱宫　趙高

世豈無尤物，天生此隱宫。馬方嘗闕下，鹿已失關東。

十常侍 張讓等

功嗟十九侯，禍慘十常侍。孰知狐鼠亡，竟爲城社忌。

觀軍使 魚朝恩

何物觀軍使，能參節度權。相兵真墮地，唐祚幸由天。

甘露變 仇士良

膏肓無善藥，甘露本狂謀。恨殺大[四]和主，甘爲獻赧羞。

蕫頣津 田令孜 孟昭圖

紇干山上雀，蕫頣津下魂。悲哉唐社稷，相見可無言。

媪相 童貫

北伐誰挑虜，南奔直過江。忍令媪作相，竟欲否無邦。

桑　雍　趙孝成王客

但見桑有雍，不識桑有蠹。乃知奸佞臣，賊君非細故。

奇　貨　吕不韋

奇貨誰能致，千金不惜貧。宫中方入楚，天下已非秦。

笑中刀[五]　李義府

欲開天下禍，先看[六]笑中刀。不有登瀛士，誰參定策勞。

立仗馬　李林甫

立仗頻勞斥，臨風不敢鳴。千金誰所致，一飽故爲榮。

色如藍　盧杞

寧見白麵虎，莫逢藍面郎。生奔奉天駕，死懼郭汾陽。

公相走 蔡京

日薄腥風暗，天低汴水渾。未論公相走，可念靖康奔。

議和策 秦檜

野史禁能設，國史世還修。獨有議和策，不刊君父讎。

賈師臣 似道

宋曆終三百，師臣信少雙。虎監方拉厠，韃虜已吞江。

【校勘記】

〔一〕 姝，《淨稿》正德本詩卷二十八作「末」。

〔二〕 李，《淨稿》正德本詩卷二十八作「季」。

〔三〕 瑠，《類稿》作「當」，據《淨稿》正德本詩卷二十八改。

〔四〕 大，《淨稿》正德本詩卷二十八作「太」。

〔五〕 刀，底本誤作「小」，據《淨稿》正德本詩卷二十八改。

〔六〕 看，《淨稿》正德本詩卷二十八作「着」。

緦山雜咏五十首 有序[一]

方巖之北有山焉，南望雁巖，西接天台，東跨平野，以極于海，居之者無車塵馬足之勞，若可以與世杜絶，因名之杜山。或曰：「有學佛者杜氏，世居之，遂姓氏其山，而堂亦以名焉。」山去于家不二里，是爲吾世遷祖孝子府君之墓，先公與叔父太守先生作亭以祭，因更堂爲亭，曰「會緦亭」，蓋取四世而緦之義。

今年春，予讀書其上，且將從先生日增辟之，以爲吾謝氏孫子百世講學之地，遂復因亭之名而更其山曰「緦山」。庶幾陟降之際，上念祖德延于世世，與山無極，而恒如今日緦服之未盡也，獨茲亭也哉！或曰：「自有宇宙即有茲山，山之中不知其幾興而幾廢，且世之亭館臺榭據山川之勝者何限？未幾皆已不可復見。子獨眷眷於是，又將日增辟之不已焉，無亦甚勞矣乎！」予曰：「不然。消息之機存乎天，廢興之道存乎人。天固未嘗以其消而不息，人亦何能以其廢而不興。苟以其終之不能不廢也，遂輟而不興焉，是夜不必有晝，冬不必有春，而天之貞也，亦不必復爲元矣，奚可哉！君子於此亦惟順天道之消息，以盡力於人事之所當爲者而已矣。彼汲汲於其他，溺焉而不知返者，亦豈能保其久存而不廢也哉！自予天順初與茲山别，忽幾三十年，中間不能一再至。回視世途悲歡得喪之紛乎吾前者，蓋已不勝其衆，獨茲山也哉！今予方將依祖宗之墳墓，藉茲山以終老，幸而未填溝壑，病力之餘，奮其駑鈍，得以窺古人斯學之大，以不忝所生，則庶乎其於茲山無負也，尚亦奚論其他哉！」作《緦山雜咏》以貽諸山靈，或者其終不予棄也。成化丁未夏五月朔緦山病叟序。

緦亭

五世服有窮，百世恩無盡。君看作亭意，昭然此原本。

祖隴

悲淒霜露心，慘淡楸梧色。再拜墓前碑，愧此純孝德。

虛堂

虛室夜生白，天光晝不塵。三千誰景界，誤此再來身。

古井

邑改井不改，山深井更深。萬年誰勿幕，惻爾動吾心。

絶頂

仰瞻最上頭，努力詎能止。平生仁知心，未盡丘壑美。

長岡

岡路苦逶迤，山徑半茅塞。刊木者何人，爲我重開闢。

方巖

絶壁峭莫攀，一方刓不得。屹爾海東頭，障此天西極。

石柱

杞憂日方深，頹波日方劇。特立古所遺，六丁今不叱。

獅子巖

林邑能奔象，狼山却畏狸。未論真贗在，勇怯已堪疑。

虎頭山

頭角空疑是，風聲斷不聞。分明山下路，誤殺李將軍。

仙足巖

雲間不聞聲，石上空留趾。爲問脱屣人，至今誰不死。

樓旗峰

參差石外峰，彷彿樓上旗。空憐太常績，不作磨厓碑。

金仙寺

劫火何年息，靈光此地存。遠漸[二]炎漢季，下亦楚王尊。

侍郎墳

東嶼曾無[三]主，西陽豈有宫。惟應歸鶴語，凄斷月明中。

月　嶺

嶺頭初出月，嶺下未歸人。莫怪市朝路，紛然車馬塵。

桃溪

淺水難容棹，繁花自作村。分明幽絶地，不是武陵原。

草池

蓮荒池尚存，草長池亦好。我識濂溪翁，愛蓮還愛草。

石澗

差差澗中石，湜湜澗中[四]沚。誰哉濯我纓，且以礪其齒。

竹塢

塢深雲作堆，風高寒在石。俗子故不來，此君無德色。

松徑

春盡已無花，徑荒猶有菊。仡仡歲寒姿，天教伴幽獨。

菜畦

食肉本無相，揮鋤寧有心。一笑相忘地，居然老漢陰。

茶阪

山深水[五]有茶，地僻官無稅。七碗豈必多，一啜聊自慰。

邃谷

黎藿經春滿，鼪鼯入夜多。跫然此空谷，誰遣足音過。

平疇

千村連有[六]畔，何者是公私。爲問田中叟，從來無卓錐。

凉棚

夭矯蒼龍骨，翩翻彩鳳翎。朝陽不作雨，爲我護西欞。

暑簟

彭澤醉初醒，湘江秋又[七]涼。不知誰累席，清夢到羲皇。

書籤

版策汗牛在，牙籤觸手稀。可應糟粕地，終愧斫輪譏。

蓍櫝

幽贊功何極，神明德可量。問誰千載後，妙用此能藏。

糲飯

粗糲真應爾，簞瓢豈易論。平生素餐念，猶復愧深恩。

疏燈

幾尺韓檠短，千年孔壁殘。劫灰消不得，耿耿此心丹。

瘦笻

病衰怯我先，山行非爾可。龍化性所諳，鳩賜恩向叵。

短屐

短屐此平生，壯心空萬里。已愧乘載勞，敢鄙折齒喜。

敗帷

對楊[八]日萬言，發憤此其積。感激千載心，棄之不可得。

敝帚

乾坤豈無窮，今古誰不朽。誤殺千黄金，向人誇敝帚。

閒行

浴沂春融融，舞雩風細細。斯人不可招，兀兀閒行意。

宴坐

坐覺午夢醒，不知塵慮屏。嗒然隱几心，直到忘言境。

翻詩

離黍何年降，康衢絶代遭。曾知唐雅頌，不及楚風騷。

對酒

愁終誰可破，病亦爾難停。人不惡皆醉，天應念獨醒。

揮蠅

附驥爾所能，止樊爾不耻。適也自何來，遽復集于此。

捫蝨

倉卒婆樓招，立辨[九]符生死。咄哉捫蝨談，真慚卧龍比。

倦鳥

回翔日未暮，欲倦心先知。搴梧盡鳴鳳，喧秋亦何爲。

鳴雞

一聲驚五更，百念動千里。嗟嗟蹠舜間，所争毫末耳。

池蛙

鄙哉窺井雄，怪爾蠹月黠。耐可青草池，受此夜喧聒。

幕燕

棲幕本何心，辭巢足相[一〇]見。莫共堂雀窺，棟炎顔不變。

懷人

悠悠千載上，寂寂千載下。恨殺鍾子期，獨是知音者。

謝客

好古力未能，狎世心不可。莫學載酒人，誤入看山社。

觀海

大海渺何極，倀倀摶桑陰。測冲愧非器，望洋徒有心。

下山

生愧入山深，寧知下山險。下山路有岐，入山塵不染。

農談

我田歲可秋，我病苦莫瘥。未足去年租，强伴[一]今年債。

牧唱

戲嬉春滿坡，欸乃風在笛。東華夢未醒，塵土萬山隔。

【校勘記】

[一]「有序」底本無，據目録補。

〔二〕漸，《凈稿》正德本詩卷二十三作「慚」。
〔三〕無，底本作「死」，據《凈稿》正德本詩卷二十三改。
〔四〕中，《凈稿》正德本詩卷二十三作「旁」。
〔五〕水，《凈稿》正德本詩卷二十三作「阪」。
〔六〕有，《凈稿》正德本詩卷二十三作「畛」。
〔七〕又，《凈稿》正德本詩卷二十三作「正」。
〔八〕楊，《凈稿》正德本詩卷二十三作「揚」。
〔九〕辨，《凈稿》正德本詩卷二十三作「辦」。
〔一〇〕相，《凈稿》正德本詩卷二十三作「先」。
〔一一〕伴，《凈稿》正德本詩卷二十三作「半」。

小景二絶句

招招隔岸舟，我行心且畏。豈不念遠游，渡頭風穩未。
向月援鳴琴，悠然憩山趾。古調今不諧，含情付流水。

偶書二絶

未免今世人，欲作古時樣。所以終日間，此心恒悵悵。

天上月團圓，只與十五六。如何百年中，人心勞不足。

昭君怨

畫史君王恨，琵琶賤妾悲。誰憐青冢夜，不及白登時。

對鏡詞

妾年未三十，心憂貌如病。掩泪惜餘妝，羞看嫁時鏡。

次韵十五叔父送别 三首

路歧元不定，萍梗本無根。在世已如是，出門何所言。

白雲天姥嶺，青竹謝家園。夜夜天南北，誰消此夢魂。

仰天出門去，幽恨與天長。只有天邊雁，年年歸去[一]鄉。

【校勘記】

[一] 去，《净稿》正德本詩卷三作「故」。

雪中 四首

攬衣朝出門，積雪滿平地。朔天[一]二歲强，相對越人吠。

深屋經宋[二]雪，重衾一夜單。去年青海北，臘盡不知寒。

兩年春意繁，生生作荒歲。孰知三百[三]年，再見已爲瑞。

淺雪踏寒馬，蹴蹴步不前。莫以霜蹄勁，更躡冬冰堅。

【校勘記】

[一] 天，《凈稿》正德本詩卷五作「犬」，當是。

[二] 宋，《凈稿》正德本詩卷五作「冬」，當是。

[三] 百，《凈稿》正德本詩卷五作「白」。

讀王城家叔父行實有感 二首

燈前撫遺行，平生半兄弟。論交豈必多，骨肉有知己。

兄弟本天彝，相親乃爲異。側身頽浪間，兀兀增慨涕。

西涯[一]十二題爲李賓之作

西涯閣

長日俯清流，愛此高閣美。城外無游人，城中少山水。

海子

客從東海來，不見江淮人[二]。皇都極天下，中有北海子。

慈恩寺

古寺何年有，鐘聲薄翠華。城中寸金地，香火半人家。

楊柳灣

灣下春水波，灣頭楊柳樹。本是江南人，不辨長安路。

稻田

白髮事秋田，一餐不得飽。倉廪萬家翁，不識田中稻。

菜園

小園逼通市，門外車馬塵。揮鋤與擲金，共是園中人。

桔槔亭

桔槔苦多械，抱甕寧自躬。春雨足生意，皇天乃無功。

蓮池

濯濯青[三]蓮池，凉風起蕪穢。采蓮昔有歌，種蓮今有税。

西山

都城俯平曠，屹然此山尊。天設豈有意，障我西北門。

鐘鼓樓

鼓盡鐘在樓，登登報更吏。莫更及蚤鳴，愁人不曾寐。

響閘[四]

近閘水聲急，遠閘水聲緩。流水日夜聲，不得源頭滿。

飲馬池

官馬飲池水，馬渴人亦渴。白髮騎馬郎，曾飲長城血。

【校勘記】

〔一〕涯，底本作「崖」，據《浄稿》正德本詩卷五改。

〔二〕人，《浄稿》正德本詩卷五作「水」。

〔三〕青，《浄稿》正德本詩卷五作「清」。

〔四〕按底本目録，《西山》在《菜園》前，《響閘》在《鐘鼓樓》前。據正文改。

太守叔父久駐灣下再奉二絶

未見苦日長，得見苦日短。大造何偏私，不得人心滿。

丁寧灣下僕，一日須百遍。只尺十載心，見書如見面。

中夜 三首

寒雞不肯鳴，中夜如一歲。乾坤百感并，輾轉牀頭泪。

趣朝夜未半，起坐青燈前。童僕亦解事，問我不愛眠。

出門即齟齬，徒爾心怦怦。不如小兒女，熟睡到天明。

雪不斷 二首

天與豐年瑞，一冬多雪天。溝壑在朝夕，那能見豐年。
雪少歲不稔，雪多寒不支。五風與十雨，君看唐虞時。

天籟庭

萬籟忽如瀉，蕭然林壑醒。幽人正無寐，莫更下前庭。

長歌對尊酒二章呈諸同年

長歌對尊酒，共君念平生。十年此出處，四海今弟兄。
群聚若忘情，獨居有深慨。君看杯酒間，笑語傾心肺。

翠屏障

湖山翠如滴，森立當我前。濕雲不作雨，障此東南天。

玉帶泉

洗耳豈不潔，飲牛擇其清。寄謝水邊客，駕我玉帶名。

次韻題雪竹

層厓凍欲裂，百卉凄以殘。此君强項甚，凌厲欲欺寒。

拳石回瀾

灩澦有時没，孤根亦沉浮。拳石苦不量，屹然此中流。

上貴祠堂

煌煌太初祠，高風在唐末。落日野草荒，昭陵不堪謁。

題畫四絶句次賓之侍講韻

空林驚薄莫，弱羽豈勝秋。多謝東風意，相看未白頭。

春花看欲落，野樹不知名。慚愧啼山鳥，殷勤爲畫[一]情。

海燕西飛日，東風一半過。相看楊柳樹，未老欲如何？

獨樹秋聲急，長空鳥迹稀。無煩問前路，莫更向高飛。

【校勘記】

［一］畫，《净稿》正德本詩卷十一作「盡」。

絶　句　四首

事多畏日出，愁多畏日下。不如天地初，無晝亦無夜。
黑雲驅不去，白日呼不來。只尺萬里山，使我心顔摧。
去年望春來，今來惜春去。來去春不知，含愁自相語。
雲飛不離山，日出不離海。生生别離愁，坐看岐路改。

次韵題兔

經營三窟謀，輾轉中原病。月臼久已虚，問誰知藥性？

次惜花韵　四首

去年爲誰落，今年爲誰開？問花花不語，自與春去來。
當歌且復醉，莫待明日來。惜花須未落，看花須未開。
白馬少年郎，逢花賽顔色。不惜千金軀，自詫千鈞力。
今日爲花苦，昨日爲花樂。苦樂心自知，問花誰美惡？

葵花

陽德無私照，葵心每自傾。莫教旁近地，蔓草一時生。

古井

古井無波處[一]，下徹天九重。照面不照心，愧我衰朽容。

【校勘記】

[一] 無波處，《净稿》正德本詩卷十六作「净無波」。

蟲聲

蟲聲夜何長，輾轉寐不徹。耿耿千載心，相看謝明月。

秋園

秋園日荒穢，理之不可得。幸有東籬花，見此古顏色。

獨酌

青山悄無言，獨酌心自會。獨醒吾不知，獨酌吾能醉。

前車 三首

秦以東周弱，盡滅强諸侯。嗟嗟隴畝雄，首亂非戈矛。
同姓漢侈封，孤立秦無黨。可念七國餘，更有新都莽。
西京弊盡除，宵衣食方旰。黨錮一以興，閹尹終亡漢。

古憤 三首

讒鋒日以利，亂本日以成。百方不可避，一死聊自明。
卜居志不售，去國義不禁。惟應汨羅水，照見平生心。
豪傑不惜死，耻與名俱没。安得首陽山，爲葬范旁骨[一]。

【校勘記】

[一] 旁，《凈稿》正德本詩卷二十一作「滂」。

未圓月

人愛正圓月，我愛未圓月。未圓月[一]日盈，正圓月[二]日缺。

【校勘記】

[一][二] 月，《凈稿》正德本詩卷二十一皆作「明」。

次王和州韻 二首

擇棲全借樹，嘗險幾臨淵。猶喜青山在，相看白髮年。

爲山真自地，積水幾成淵。誤殺江湖夢，蹉跎四十年。

只尺二首寄王秋官存敬 時有傳存敬使歸[一]

空谷悄無音，仰天時一笑。耿耿意中人，只尺不可到。

契闊何能忘，只尺轉生恨。君心我不知，我心天可問。

【校勘記】

[一] 底本「使歸」下無「者」字，據《凈稿》正德本詩卷二十三補。

歲暮入山有懷 三首

出山日幾更，入山歲忽暮。吾生豈有涯，流年果虛度。

落日若無情，頹波不堪挽。已恨入山遲，休言出山晚。

浮生無百年，垂世有千載。笑殺岐路爭，空驚鬢毛改。

莞山四景爲陳敬所賦

上嶺負樵

柯爛未覺久，嶺行休問遲。負薪吾事畢，曲突世誰知。

東海舉網

網豈有睞處，海應無盡頭。未能蘇涸轍，何敢説□□。

漁市朝鮮

莫怪海鮮早，長爲漁市春。奔名與奔利，共是世間人。

中門老檜

拔地根終有，衝霄氣不回。可堪門屏畔，老此棟梁材。

少歇處十咏

青山

入山何敢深，還山苦不早。山青色不改，髮白人已老。

白雲

雲起石根動，雲歸山氣涼。但無蒼狗變，出岫亦何妨。

長松

拔地長松樹，空山幾歲年。無煩問梁棟，自足老風烟。

翠竹

清陰待我歸，白石爲君掃。風流萬古情，莫問誰多少。

巖桂

月殿本清高，巖阿亦幽絶。未須論棄損，且以免攀折。

盆蓮

種蓮本無心，愛蓮亦偶爾。笑殺盆池中，欲比濂溪水。

藥欄

碧欄少圍春，紅藥不盈把。富貴天所遺，敢圖非分者。

菊徑

寂寞一枝老，蹉跎三徑荒。獨憐尊酒在，不待白衣將。

短枕

短枕不成寐，莫教還依長。祇應添白髮，無復夢黄粱。

殘編

殘編須再緝，斯道未云亡。一代秦灰冷，千年孔壁光。

存松次韻

荒徑不改色，後凋猶有花。玄都千萬樹，零落屬誰家。

緦山傷感十咏 有序

緦山本叔父貞肅先生與先編修府君所營，以奉高祖孝子府君墓祭者也。經畫殆二十年，而山之所有始與墓稱，於是先生與先府君皆後先即世，而鐸之不肖亦衰病久矣，春露秋霜，凡一登陟，不能不悵然傷感于懷，因即山之所有，以志吾哀，作《緦山十咏》。

會緦庵

服緦强登山，泪濕緦如雨。庵空瓦礫初，誰辟兹山土。

孝子門

孝子門前路，杖藜無復登。平生悽惻地，宿草故青青。

望海亭

大海方渺漫，兹亭宛如昨。極目扶桑陰，不見遼東鶴。

一覽[一]臺

末[二]路紛馳逐，誰登一覽臺。似嫌塵世窄，更去覓蓬萊。

仰高亭

尼山高不極，仰之心甚勞。清風今百世，共説首陽高。

濯纓池

白日風波變，驚舟夜壑移。空餘舊池水，不見濯纓時。

采藻亭

春風池上亭，池水故仍緑。采芳人不歸，徘徊亂心曲。

竹林池

冷冷[三]竹下池，青青池上竹。池竹兩無情，誰堪伴幽獨。

方巖書院門

登登方巖山，入門此其始。往轍今杳茫，迷途竟誰指。

方巖書院

鄉祠故有尊，吾院敢言爾。生作方巖師，死作方巖主。

【校勘記】

［一］覽，底本作「鑒」，底本目録及《净稿》正德本詩卷三十六均作「覽」，據改。詩句中同改。

［二］末，《净稿》正德本詩卷三十六作「未」，非。

［三］泠泠，《净稿》正德本詩卷三十六作「泠泠」。

贈黄生宗賢　與宙前七言律詩同贈有序者

義理本無窮，學问豈有極。多岐適亡年，一溜終穿石。

悠然閣十咏次韵

看些山

百年雙白鬢，□□□□□，不□看山者，誰從□□□。

賞些月

月豈解人賞，人長待月明。六千三萬日，能得幾□□。

吟些詩

□性死能殉，奚囊嘔亦吟。傷哉周道隆，空復黍□□。

飲些酒

飲識歡能洽，情須禮自防。一尊林竹下，無地着□□。

啜些茶

只此一甌足，休論七碗來。年來稅茶地，一半是蒿萊。

喫些粥

倉卒難爲獻，功名薄自知。嗟來何似者，却使餓□□。

讀些書

未識升堂地，空多插架書。君看封禪草，千古愧□□。

服些藥

病後力攻療，病先輸護持。從來固元氣，自不到□□。

焚些香

淵源相接地，伊洛最爲長。説殺陳無已，南豐一□香。

説些話

忘言難默無，有口合云云。□□□成箴，終無口過□。

題便面

舊業留荒徑，閒[一]雲度遠岑。溪橋回首處，應悔出山深。

【校勘記】

[一] 閒，底本作「聞」，據《浄稿》正德本詩卷四十一改。

題廬墓卷

食稻悲宣聖，檯鋤哭賈生。敢言賢者過，廬墓是沽名。

浮生

□□懽不足，日長忙未休。浮生有□此，争怪白人頭。

還家

楊柳不改色，長河無險流。還家此風景，何必五湖舟。

桃溪類稿卷之十九　七言絶句

劉工部爲嘉禾許廷冕寫雨竹圖

西風昨夜泣湘娥，老可心情委逝波。不識水曹清夢在，滿船疏雨過嘉禾。

贈劉時雍

不見劉郎凡幾日，相逢始覺悶懷開。無端世事論難盡，又是匆匆一度來。

雨中戲柬黄定軒[一]

炎風吹雨夜如麻，深巷泥途半没車。遥想獨吟黄水部，也應多事念休衙。

【校勘記】

[一] 定軒，《凈稿》正德本詩卷一作「世顯」。

雨中柬應志建

驟雨終朝未覺休，江南客子轉多愁。萬間不庇孤寒士，破屋先驚八月秋。

度莞山次陳儒珍家 三首

度嶺南行半海涯，海雲撩亂日初斜。太平景象分明在，處處烟村處處家。

南望莞山渾咫尺，强隨羸馬一蹐攀。十年不記來時路，行盡深山更有山。

尚憶堂前登拜日，重來兒女各成行。青山不用看雙鬢，驚殺江湖歲月長。

錢御醫山水圖

遠樹孤村帶淺霞，亂山流水入平沙。杖藜不逐扁舟去，紅杏門前看落花。

勿齋

心兵百萬勝熊貔，進退分明在一麾。不是顔家真老將，平原城郭半羌夷。

奉和十五叔父九日至金陵 一首

爛熳花前醉未休，秣陵今日也宜秋。不知天外還看竹，自買清樽慰別愁。

讀四叔父十五叔父金陵唱酬詩稿

掩卷重吟宿別詩，夜牀風雨轉淒其。殷勤爲報歸時信，歸信春來未可知。

四叔父報考滿來京且阻歸覲之行 二首

遠信經年問别離，始知官滿有來期。馬頭未報真消息，入夜還添覺後疑。

天涯入望雲初起，竹裏相隨[一]夢亦[二]長。落日酒醒門外路，不堪離思兩茫茫。

【校勘記】

[一] 隨，《凈稿》正德詩卷二作「尋」。

[二] 亦，底本作「入」，據《凈稿》正德本詩卷二改。

謁十五叔父

竹邊啼鳥兩三聲，流水青山不盡情。十載江湖相憶地，馬頭今在[一]得閒行。

【校勘記】

[一] 在，《凈稿》正德本詩卷二作「日」。

次儒珍韵 二首

莞海東頭去路賒，獨乘羸馬到君家。十年夢裏相尋處，依舊青山兩岸花。

高秋林下相逢日，猶憶天台道士[一]詩。莫向尊前易離别，歸來已是十年期。

【校勘記】

［一］　士，《凈稿》正德本詩卷二作「上」。

雨中有懷十五叔父

竹野桃溪隔數村，日斜猶憶雨中論。十年重檢江湖恨，百遍相過未盡言。

白雲深處

岸海東行路若封，白雲堆裏草茸茸。一聲雞犬斜陽暮，知在青山第幾重。

花塢讀書圖

鵝湖山下晚風急，白鹿洞前芳草深。看盡花飛留不得，一場春夢落繁蔭。

贈送趙廷堅隱者

小橋流水人初去，落日青山酒半醺。一道吟情將別恨，相望直過嶺頭雲。

葵陽樓［一］爲葛大尹作

寂寞樓頭幾度開，丹心長自向陽來。河陽縣裏花如錦，莫共東風一處栽。

【校勘記】

［一］樓，底本正文作「數」，據《類稿》目録題、《净稿》詩卷二改。

九日 二首

竹外高風怯曉寒，自扶羸病過西闌。相逢莫作金陵夢，只尺秋花不共看。

雁蕩峰高半接天，登高長憶菊花前。相看不用憐多病，夢裏鄉山已十年。

冬日雨中覆屋有感

凍雨蕭蕭屋數椽，白茅零亂未成編。十年北地長看雪，不記冬來是雨天。

題魏冢宰送張縣丞詩

尚書歸去鬢如蓬，桃李門墻想舊容。不識春風行樂地，多情還到博陵松。

梅花

踏遍孤山雪外峰，歲寒誰似老逋翁。玄都觀裏休回首，十里斜陽半落紅。

除夕

爆竹一聲驚歲暮，自嗟雙鬢不成眠。窗前聽得兒童語，共喜明朝學拜年。

再次韻答儒珍 二首

春來一月全無雨，隴麥根荄半不禁。昨夜芭蕉窗下聽，多愁不上別離心。

主人自愛天留客，戲作長篇縶我行。天上定無千日雨，人間元有百年晴。

北行書感七絶句

出門不覺三千里，兩月風光屬別人。記得去年歸去日，朗吟送盡隔江春。

孤舟此日登江岸，暮雨東風百恨生。遥憶故園椿樹下，白雲[一]惟有倚門情。

江南江北雨聲急，夢裏風波亦自驚。八使忽傳天上至，曉來添得驛舟迎。

城中幾日不開閙，十里笙歌動地聞。釃酒椎牛達明夜，征南專待少將軍。

落日長林風色暮，哀哀鴻雁起深愁。相逢道上看除目，肉食紛紛半黑頭。

長溝昨夜添新雨，起爲吾農喜不眠。蓬背舟人暗相語，天明風水好行船。

滄州城下日初暝，十里風聲使者船。報導西江急公幹，馬頭呵喝夜無眠。

【校勘記】

［一］雲，《凈稿》正德本詩卷二作「頭」。

醉後戲酬金尚義侍御

滿船載酒金驄馬，一路清吟喚我行。喫盡不知三百甕，船頭出水近來輕。

喜　雨

今朝對酒歡無極，細雨朦朦［一］兩日餘。昨夜江南有船到，徵糧不用薛尚書。

【校勘記】

［一］朦朦，《凈稿》正德本詩卷三作「濛濛」。

偶爲六絶句

冀北近來風土別，一冬和氣滿郊畿。去年記得江南路，凍雨蕭蕭雪亂飛。

城中米價貴無比，見説官家一倍輕。幾日荒荒賣兒女，繡衣門下未通名。

泪痕點點生離別，最是江南賣女悲。今日相逢轉相慰，不填溝壑是恩私。

輦下饑羸如附蟻，重臣分命手親摩。朝來道上傳新令，畚鍤先於釜甑多。

破屋荒村無賣處，城中逐日好隨緣。殷勤重謝還鄉意，秋種從來未下田。
給得官家秋種至，妻兒相對急相炊。明年歲事休勞問，喫盡荒村薯蕷皮。

寄呈十五叔父

城頭凍日風如戟，哀雁嗷嗷向客鳴。莫怪近來書信少，愁心一倍別離輕。

至日歸自天壽山

山頭月出霜初落，倦馬歸來路轉長。急辦清河午時飯，到家雞犬已斜陽。

雪　夜

牀頭長夜如年歲，凍鼓寥寥不報更。自起吹燈看唐鑑，官軍方入蔡州城。

題子昂書少陵茅屋秋風歌

黄屋飄零海上山，北風吹雨泪斑斑。一椽不庇東陵[一]土，愛向誰家寫萬間。

【校勘記】

[一]　陵，底本作「風」，據《净稿》正德本詩卷四改。

除夜 二首

暗裏年光此黑頭，落花無計水東流。誰將多事分年歲，添得今宵一倍愁。
燈前無語共妻孥，數盡寒更聽博盧。記得去年除夕夜，彩衣堂下笑相呼。

題松

空山老樹只直幹，廊廟棟樑千尺强。多事丹青愛奇崛，强教屈鐵受風霜。

春旦

誰家池館愛逢新，滿地笙歌遏路塵。幾日東風在楊柳，長安門外未知春。

得寶慶叔父書因懷十五叔父

唐嶺南頭相别地，斷無消息兩年餘。春風自有還家夢，昨日新傳寶慶書。

春雪

二月東風翻作凍，兩年春意臈前歸。越中兒女燕中長，不識今朝是雪飛。

苦雨柬黄吏部世顯 三首

長安一夜雨如注，大市街頭好買船。戲看兒童插標去，水頭一倍似前年。

借得南樓安穩坐，銀鞍傍險怯相過。不知吏部門前水，比我門前幾尺多。

野外更傳風雨惡，黍田生事不宜秋。白頭父老泣相語，典盡春衣錯買牛。

枉李賓之來過

素絲良馬西行路，落日蒼茫及暮秋。相對階前看兒女，多君一倍客中愁。

夜坐

短笛清砧共一樓，樓頭月色是鄜州。燈前笑舞看兒女，猶喜蚩蚩未解愁。

閏九月朔日雨

宿夜[一]終朝仍作惡，西風今日轉生愁。客懷最是秋來苦，又是無端一月秋。

【校勘記】

［一］夜，《浄稿》正德本詩卷五作「雨」。

送李賓之編修扶侍還長沙省墓 四首

彩衣江上及春游，春盡江南水亂流。明日白雲山上路，故鄉何處是并州。

江頭春色送飛花，江上青山舊路斜。楚酒一春渾醉客，停車何日吊長沙。

茶陵山水似桃源，山下人家幾户存。白髮不關前日事，太平今見狀元孫。

道路埃塵没馬深，贈君席上有孤琴。相逢不待南來雁，猶是秋江怨别心。

題宜興邵主事畫

參天老樹凍欲死，弱柳抵死相禁當。老弱[一]多事不依卧，猶欲與世觀炎凉。

【校勘記】

[一] 弱，《凈稿》正德本詩卷十一作「翁」，據格律平仄，作「弱」是。

題扇面寄郭筠心

建水南行舊路斜，石橋青竹野人家。相思不及雙飛鳥，紅雨溪頭又落花。

題扇贈陳牧村

赤日當空映午樓，剡藤湘竹怯生秋。不知白石南山下，短褐誰歌夜半牛。

急雨

急雨如崩夾怒雷，海波平地欲西回。憂心兩日容多少，苦潦真兼赤旱來。

次韻會稽六題爲姜用貞賦

臺前落日半崔嵬，臺下荒碑亦草萊。太息何年歌舞地，卧薪嘗膽爲誰來。

右越王臺

碧梧青竹兩無情，覽德中天亦自驚。寂寞岐周江漢晚，相逢端合愛佳名。

右鳳凰山

殫酒爲池比百川，嗚絛西去不通船。奠山平海君王德，菲飲猶勞愛勺泉。

右菲飲泉

越鳥南飛翼半垂，蕺山無恙得棲遲。獨憐離黍生周道，不似中田采芑時。

右蕺山

郡郭名聞自酒泉，可知沈釀有平川。清時莫訝人皆醉，秋水無心亦愛錢。

右沈釀川

寂寞秋江夜正寒，躍龍無地且泥蟠。鮑郎山下誰家雨，深井生雲屬老鰻。

右鰻井

期張亨父講易不至

門前小吏報空回，愁思千重鬱不開。見説先生方枕《易》，想應真悟瀆蒙來。

寄黄定軒

□□□□此停驂，雲樹茫茫幾不堪。愘殺乾坤岐□□，□□□北憶江南。

黄蘆白鷺圖爲沈邦瑞題　沈，項都憲甥，以荆襄功授職。

湘水西風昨夜秋，黄蘆聲裏暮雲愁。一天鴻雁驚飛盡，鷺羽翩翩共白頭。圖中有白頭公，畫家俗呼爲「一路功名到白頭」。

題竹

日落鷓鴣啼遠林，寒雲漠漠漲秋陰。誰家船上竹枝曲，鳴鳳不來江水深。

題岳太守葡萄

凉州西上萬山高，五馬南來憶解弢。嘗盡荔枝今上品，爲誰風味重葡萄。

送陳師召四絶句

秋盡湘江[一]雁未歸，馬頭黄葉向人飛。多情正怯東郊路，一夜西風又客衣。

古貌如心見者知，論交況是十年期。黑頭傾蓋江湖晚，自把離杯寫贈詩。

故國歸來十載初，秋風不是憶鱸魚。交游事業清朝望，囊底休藏舊諫書。

君住南閩我浙東，眼看歸路不相從。武夷山下秋雲白，高出天台第幾峰。

【校勘記】

[一] 江，底本作「冰」，據《浄稿》正德本詩卷六改。

爲王仁輔題竹贈郭筠石隱者 二首

碧樹西風昨夜秋，漢江無水不東流。故園物色惟慈竹，誰寫平安寄遠游。仁輔有母在黄巖。

溪頭筠石晚蒼蒼，溪外山光碧繞廊。夢裏相逢驚夏半，冷風疏雨濕衣裳。

紅菊花

一夕寒雲萬木風，江山無賴酒杯中。丹心不及酡顔好，秋裏黄花故作紅。

再寄黄定軒

北望長淮已暮秋，稜陵消息果虚投。至今□□丹陽路，猶自寒車上德州。

題程尚書晴洲釣者卷

路隔紅塵第幾灘，淺溪清渚晝生寒。尚書别後鷗盟在，不放閒人把釣竿。

百畝幽園圖

山頭雲氣薄高寒，山下陂陁百畝寬。湘水有情天未老，不栽荆棘只栽蘭。

再枉一中來過

楊柳風高隔御河，夕陽春水漫生波。尊前莫惜頻相見，見日終輸别日多。

予同年進士二[一]百五十人，自天順[二]甲申以迄於今，僅十有二年，中間得喪悲歡，蓋物故者幾[三]五之一。感念今昔，不覺悵然爲之出涕。因取其最可哀者得八人，人[四]爲一詩以泄予情云，成化乙未夏四月十三日志

目斷寒雲泪欲傾，瘴天炎海盡平生。咄嗟莫更驚仙仗，萬馬瘖瘖不敢鳴。

右胡以道知州

列疏當廷抗逐臣，動人風采尚嶙峋。馬頭無復青齊路，長使諸生泣後塵。

右楊朝重僉事

同年情誼復同鄉，生死江湖泪幾行。遺草半函心事晚，忍將衰病答君王。

右王尚德主事

一道風霜百里春，黄金出鍊愈精神。栽培此日真何意，不見松梧見棘榛。

右沈澄之知縣

玉河燈火夜分曹，十八人中氣最豪。病骨爲誰衰弱甚，不勝清論尚嗷嗷。

右郭文瑞員外

誓酌貪泉不共流，忍寒端可却重裘。平生喫着真何語，到死翻爲故老羞。

右張暉吉行人

繡斧新從下邑來，斷碑遺愛半崔嵬。殷勤没後黄丞相，莫訝人傳作郡材。

右劉淵深御史

惆悵齊門憶改弦，每於清論輒泠然。黄金作印知何用，只博蘇家二頃田。

右徐大華郎中

【校勘記】

［一］二，《净稿》正德本詩卷八作「一」。

［二］天順，底本正文題作「順天」，據底本目録《净稿》正德本詩卷八改。

［三］ 幾，底本目録作「成」，改同正文題。《净稿》正德本詩卷八亦作「幾」。

［四］ 底本目録「八人」下脱「人」字，改同正文題。《净稿》正德本詩卷八亦有「人」字。

次韵答陳牧村 二首

倚天長笑果癡兒，世路低昂斷未知。珍重來詩三百過，向人心緒比棼絲。

別離何用太分明，水底魚行亦避清。安得浩波［一］三萬頃，不教人怨汝南評。

【校勘記】

［一］ 波，《净稿》正德本詩卷八作「陂」。

題夏太常墨竹

落落平生老可心，醉提濃墨寫秋陰。一枝流落人間世，曾博西番幾錠金。

不寐

萬緒千條散不鋪，擁衾無力費招呼。馬公辛苦平生業，不學蒲團愛數珠。

退直遇雨柬師召賓之二兄

黑雲如軋雨如傾，只尺金門不可行。天地有情君信否，裏邊落雨外邊晴。

題松送陳永清還天台

蛟龍入夜呼雲起，鱗甲驚秋墮地寒。洶洶風濤不成雨，不如高卧且泥蟠。

九月十日雨中候朝

十年騎馬候朝闕，道路相看亦厚顔。猶喜姓名曾不忘，鴻臚催點紫宸班。

送董進士復宰黟縣

亂雲深處萬人家，流水青山是縣衙。公事不妨春事晚，石田過雨看桑麻。

送吴汝賢 三首

十載論交此送行，别懷如渴酒如傾。相思昨夜如[一]南夢，似聽離群落鴈聲。

廟廊心遠亦江湖，閩嶺天高更海隅。爲問卜居林柱史，秋風貧病幾時蘇。

歲月江湖路有岐，重來須及暮秋時。交游十載休勞問，天子臨軒待賦詩。

【校勘記】

[一] 如，《净稿》正德本詩卷九作「江」。

送仙居王貢士純

萬山如束水如環，知是湖山第幾山。歸去瓣香須再拜，紫陽碑老雨苔斑。吴康肅公號湖山居士，晦翁爲神道碑。

題蘭竹雜畫

修竹幽蘭本共清，陰崖深谷一時生。天高地闊誰知得，野草閒花别有名。

夜坐贈王古直 二首

筆底烟雲袖裏書，布衣江海十年餘。乾坤入眼身如窄，何處先生是定居。

獨枕連牀比兩僧，渴懷如洗氣如蒸。拂衣又是明朝路，慚愧先生且未能。

桃溪類稿卷之二十　七言絶句

寄呈太守叔父 三首

湖海傳聞隔歲開[一]，力將忠孝起摧頽。黑頭愧負平生業，曾立春風坐下來。

萬山深處是專城，雞犬荒村夜不驚。昨日湖南張御史，循良猶説舊時名。

少壯心情不及初，殷勤重荷別來書。歸期十載還如夢，羞向南鴻話卜居。

【校勘記】

［一］海，《浄稿》正德本詩卷九作「學」。

追悼十五叔父 二首

王城山下起秋風，林竹蕭疏向[一]幾叢。江海茫茫天欲老，爲誰辛苦葬詩窮。

布袍無復憶天涯，泪盡秋風鬢欲華。最苦丁寧百年事，墓前先種紫荆花。

【校勘記】

［一］向，《浄稿》正德本詩卷九作「尚」。

題王孟端竹

湘妃有泪空成恨，湘水無情去不還。日暮鷓鴣春雨裏，行人休過九龍山。王號九龍山人。

八一軒雜咏

糟粕曾聞自斲輪，劫灰何必是嬴秦。鄴侯架上三千卷，不救平生幻夢身。

右看書

碧天凉冷夜初深，一奏朱弦萬古心。獨鶴不來江海遠，爲誰重整斷紋琴。

右彈琴

愁海茫茫萬葉萍，一杯那可破滄溟。醉鄉田地君須到，今日無人愛獨醒。

右飲酒

墨池春染内園芳，玉骨冰肌别様妝。仿佛徽州孫太守，月明顔色在羹墻。

右畫梅

力盡西崑出險艱，黍離零亂雜秋菅。多情願起河汾子，漢魏[一]於今尚可删。

右吟詩

百戰紛紛笑觸蠻，蹙秦顛項此江山。輸贏萬古知何用，多事憐君一着間。

右圍棊

寂感何心果自隨，鬼神無語得先窺。須知屋漏忘言地，不是參禪入定時。

右静坐

退直歸來午夢餘，竹牀疏簟此安居。誰知四十年來事，都在黄粱未熟初。

右熟睡

【校勘記】

[一]　漢魏，底本作「魏漢」，據《净稿》正德本詩卷九改。

自　笑 二首

自笑逃名浪入山，紅塵踪迹尚人間。掖垣未輟金閨籍，薇省先升里甲班。

清時那敢薄承明，潦倒無堪百念輕。自笑布衣翻混俗，姓名先已落編氓。

題雲巖遺墨 二首

宋公筆法雲間最，二沈風流更不凡。春盡墨池三萬斛，亂波挑擲上雲巖。

六書變滅同烟霧，流落鍾王八百年。地下若逢松雪老，莫言科斗是真傳。

瞻雲圖 二首

白雲渺渺青山外，是我思親獨立時。安得無心長在望，出山容易入山遲。

梁相忠勳千載事，平生純孝此根基。誰言惆悵瞻雲地，不及艱危取日時。

題扇面小景

竹色波光共一天，棹船歸去正堪眠。瞿塘只在湘江外，擊檝還聞有濟川。

題青山白雲圖[一]送人歸吉安

江上青山水亂流，江頭風色動歸舟。白雲回首天南北，不是并州是吉州。

【校勘記】

[一] 圖，底本目録作「畫」，改同正文，《净稿》正德本詩卷十一亦作「圖」。

次韵題宋理宗莊監簿遺敕[一] 時墨本已失。

翠華南渡自爲家，内苑春深盡種花。遺草休言莊監簿，亂星先墮海東涯。

【校勘記】

[一] 敕，底本目録作「稿」，改同正文，《净稿》正德本詩卷十一亦作「敕」。

次韵李賓之至夕有懷 二首

自起開簾見月光，客愁無奈此空牀。爲誰宫綫初添日，猶是寒宵一倍長。

屋漏分明有隙光，獨眠誰不愧帷牀。乾坤俯仰無窮事，一世浮生百世長。

贈鄭廷韶南歸 四首

世事無端髮半侵，送君歸去憶君深。牀頭濁酒通宵話，不盡平生耿耿心。

西風吹動客衣裳，馬首逢君又故鄉。不是尊前重離别，十年惆悵少何郎。

雁蕩天台只尺間，青山如夢白雲閒。微官誤却無窮事，眼看南來又北還。

十載江湖盡路岐，胸中落落果男兒。相逢莫道功名晚，到手功名我自知。

次韻題五湖圖

樓船東望隔三神，大藥根深别有春。慚愧五湖風月在，至今不死是何人。

題原博所藏魏范二公祭虞提刑遺文 二首

落日窮猿萬木愁，提刑允文之孫蜀人。滄江無復水西流。魏范與提刑講學滄江之上。交游獨有當時淚，過盡潼川又靖州。時魏鶴山謫靖州，範文叔知潼川事。

滄江亭館舊[一]清風，尚憶賢豪向此中。片紙百年流落在，虞亦有手帖。好奇猶得比歐公。

【校勘記】

[一] 館舊，底本作「舊館」，據《浄稿》正德本詩卷十四改。

次韻陸鼎儀齋居之作 二首

金聲擲地已千年，流落重煩大冶甄。昨夜燈前看鋒鍔，逼人光焰盡生烟。

南郊又見慶成年，簫鼓聲中擁隊甄。萬馬不鳴春晝静，滿城初日照戈烟。

次韻題扇面小景

空江收網雨收蓑，忽聽中流欸乃歌。莫是晚來風色好，片帆歸去已無多。

題怡[一]雲圖奉寄十五[二]叔父

山上白雲山下竹，每思親處輒相思。愁心百折天南路，不是江東日暮時。

【校勘記】

[一] 怡，底本目録題作「眙」，改同正文，《净稿》正德本詩卷十一亦作「怡」。

[二] 五，《净稿》正德本詩卷十一作「六」。

爲吴興沈文瑞太守題林良花鳥圖

鵝溪纖絹剡溪藤，健筆縱横勢欲凌。花鳥無情崔白老，爲誰流落到吴興。

長信詞

芍藥春深映曲欄，海棠枝上雨初殘。合歡扇在君須記，莫放秋風一夜寒。

次韻題三顧草廬圖

莫向中原説兩雄，真從莘野到隆中。若教巾幗能挑戰，并作曹家滅晉功。

次韻晉王出獵圖

幾見車攻出乘黄，盛周風采盡岐陽。流連豈獨河東晉，漢道西來此意荒。

題墨菊

典午山河不復東，乾坤無賴酒杯中。寒花也識歸來意，不向西風賽晚紅。

梅坡二首悼叔祖盛五府君

平泉金谷一齊無，富貴何曾當博盧。留得坡頭千樹在，至今人説是西湖。

坐老坡頭幾歲寒，春光長是惜摧殘。直知風味遺商鼎，今日調羹不用酸。

次韻二首奉答[一]逸老叔父 二首[二]

正是清明好看山，黑雲驅霧忽飛還。乾坤老去機心在，不放吾人一着閒。

百年貽笑只青山，白髮誰從捷徑還。見五湖無恙在，釣船風月衹今閒。

【校勘記】

［一］底本正文題無「答」字，據目録補。

［二］「二首」原缺，據目録補。

陳野南索醋因以奉柬

斗酢分香手自緘，先生得此未爲饞。殷勤莫更逢人説，世味于今只好鹹。

次韵題梅 二首

潔白難完絶代名，點妝聊復近前榮。是誰脂粉相污得，天地容吾着此清。

天上冰梅忽擅名，商家羹鼎未爲榮。不知玉屑金莖露，誰是仙壇第一清。時冰梅之令甚急。

筠心與太守叔父招登山先此[一]奉柬

野趣無如曝背歡，忽聞呼召出門難。登山可是平生興，不怕峰頭百尺寒。

【校勘記】

[一] 此，底本目録作「以」，改同正文，《浄稿》正德本詩卷十六亦作「此」。

太守叔父以墓地贈郭筠心，筠心[一]酬以詩，因次其韵 二首

一諾從來重萬金，刻銘何必更碑陰。還知世講交游地，不在兹山祇在心。

百歲論交幾斷金，眼看松梓得連陰。多情恨殺延陵子，許劍平生祇許心。

【校勘記】

［一］「�心」二字底本缺，據目録補。

訪陳墅南暮歸有述

力盡登山復下山，是誰多事忽催還。百年歧路今如此，林下休言便得閒。

仙居應茂端挽詞 茂端，王静學先生門下士也。

高風寂寂王文學，清汨平生幾不堪。今日西州門下路，更誰人去哭羊曇。

次太守叔父惜花韵

雨後殘花半脱枝，暖風無力不勝吹。白頭何限看花意，莫放疏簾向晚垂。

題便面小景示宗勳

水光山色半模糊，何處扁舟是五湖。見説近來風浪急，莫須浮海學乘桴。

釣臺圖次韵

萬古寥寥一望空，釣臺誰共此高風。曾知牧野鷹揚業，都屬蟠溪鶴发翁。

次韻復答敬所

憶着鱸魚便拂衣，秋風不待雁南歸。相逢莫怪君先得，此味從來識者稀。

百　感

百感紛紛幾不平，夢魂長夜雨中聲。有知何似無知好，飽食終朝過此生。

張超然崇茂以二詩來慰喪子，間及文章諸説，因各次韻以復

花白花紅幾淺深，惜花無復少年心。多情一種傷春泪，滴向花前暗不禁。

仰首晨星夜未闌，麗天時復見芒寒。廓清摧陷須今日，一代文章百代看。

雨中憶郭筠心先生

望斷空山日幾回，眼看花落又花開。竹邊何限相思意，不見筠心踏雨來。

留　春

不眠竟惜千金夜，未盡誰留十日春。猶喜蝶蜂撩亂在，一番花落一番新。

題草次韻

寸心誰作春暉報，暝雨寒烟一樣青。若使堯階能指佞，四凶應不到虞廷。

次韻李賓之題梅 二首

東閣歸來夢已疏，江南山是此山孤。相思夜夜風林月，覺後分明記得無。

雪里横斜影半疏，清寒真與月同孤。留酸且結青青子，莫問調羹用得無。

次韻黄世顯題梅二絶

空山萬木凍欲折，天遣江梅别置春。莫訝肝腸終鐵石，歲寒留取伴幽人。

北枝未落南枝落，寒暖從知隔幾塵。一種東風春雨露，更誰消息問花神。

獨慚 一首

僧牒官憑殊絡繹，邊輸民食幾驚惶。獨慚卧病無籌策，祇爲公家省月糧。

不圖

乞得深恩到白頭，日高清睡幾酣齁。不圖姓字人猶識，里甲重煩[一]縣帖勾。

【校勘記】

［一］煩，《净稿》正德本詩卷二十作「頌」。

休笑

酒興詩狂老未涯，妻兒休笑我談［一］諧。不妨醉作風流病，也勝愁添磊磈懷。

【校勘記】

［一］談，《净稿》正德本詩卷二十作「詼」。

烏紗 二首

病骨秋深早謝官，烏紗零落不堪冠。感恩夜夜青天在，敢作尋常敝屣看。

未老烏紗半委塵，便從初服反吾真。野人不識章縫樣，錯訝風流墊角巾。

怪得 二首

一笑邯鄲夢已忘，只留西市與東莊。黄金不鑄他生骨，怪得生來有許忙。

驪山抔土萬黄金，不見重泉下固深。怪得平生蕭相國，斷無垣屋爲經心。

次韻菊花

典午河山又一新，風光不似義熙春。寂寥三徑歸來後，獨有黄花是故人。

次韻題竹

天闊蒼梧恨未降，泪痕點點落秋江。幾年望斷朝陽鳳，雨色風聲夜滿窗。

不寐戲柬明仲曰川二公

多事通宵寐不成，斂衣時復問天明。雅懷多[一]得寬如海，都作牀頭鼾睡聲。

【校勘記】

[一] 多，《净稿》正德本詩卷二十四作「安」。

再題菊花

夕陽門巷半蕭疏，三徑歸來草未鋤。莫怪傷心兼斷酒，風光不是義熙初。

共黄礁叔談五月十八日事[一]有感 二首[二]

黄礁江口章安渡，海浪如山十丈高。何限居民千百姓，泣天呼地夜嗷嗷。

一自離居遭蕩拆，我民無復念生涯。休言待報開倉事，白骨沿江半未埋。

【校勘記】

［一］　底本正文脱「事」字，據《净稿》正德本詩卷三十補。

［二］　《净稿》正德本詩卷三十僅載第一首。

題筠石書房次吴原博韵

莫嫌破屋老江關，突兀今誰是萬間。留取霜筠溪石在，半生清夢穩如山。

天台道中 二首

路盡清溪百折回，亂雲深處是天台。黑頭消息君休問，也當看山一度來。

出門一笑欲褰衣，華頂峰頭半落暉。怪殺平生山水癖，隔溪燈火夜深歸。

夏德樹許陪游金華用以相激

平生豪傑夏德樹，只尺不識金華春。急須收拾錦囊去，只恐青山也笑人。

度夾溪至玉山有感

一笑休論蜀道難，夾溪力盡路千盤。始知天下有平處，夷險從來只恁看。

假宿東陽尖山周氏主人辭焉

旅舍匆匆一宿難，也應慚愧此空山。丈夫事業真堪笑，開口平生説萬間。

戲贈古直

絶代風流此老孤，乾坤踪迹半江湖。不知今後[一]尖山裏，欲借東陽一榻無。

【校勘記】

[一] 後，《凈稿》正德本詩卷三十作「夜」。

東陽道中

亂峰壁立斜陽外，更在秋雲杳靄間。始信乾坤如此大，一重山是一重山。

登孤山追次東坡韵

逋仙老去孤山在，天地誰堪着此奇。莫怪寒梅零落盡，近來風土不相宜。

謁岳王墳追次東坡韵

細雨平湖隔斷岡，水光山色有無鄉。不知葛嶺今何在，且向墳前拜岳王。

訪張亨父墓不可得悵然久之輒成一絶

泪盡荒丘又夕陽，路人遥指半微茫。文章怪殺虚名在，今日誰留一瓣香。

清　河

擬向清河一濯纓，濁流如此豈能清。不須更問中泠[一]水，等是人間浪得名。

【校勘記】

[一] 泠，《净稿》正德本詩卷三十一作「泠」。

魯橋更鼓

船底愁人夢不成，船頭更鼓太分明。傳呼一路先開閘，知是巡河御史行。

閘頭水戲柬蘇雲崖文簡

閘頭流水苦無多，也向人前作浪波。莫怪井蛙從古大，可知天地有江河。

過白溝河

看盡滹沱看白溝，三關元是宋邊陬。始知再造乾坤地，今日分明腹裏州。

雄縣道中風雨

陰雲温霧初開暝，凍雨淒風故作寒。敢向天公怨多事，人間行路古來難。

望容城有感

夷夏堂堂幾丈夫，力將多病謝安車。瓣香千載還堪笑，不拜容城拜草廬。

羡文簡躍馬

弧矢横腰決拾張，舍車策馬意堂堂。胡兒拍手攔街笑，知是前身老職方。

良鄉道中即事

温霧陰雲凍不勝，斷崖枯樹半生凌。幾時天氣還開朗，南圃臺高好放鷹。

過盧溝橋柬文簡

清樽下馬聊相慰，病骨稜層凍欲僵。記取盧溝橋上路，瓦盆燒炕老僧房。

聽趙錦衣恭談遼東事有感

自説遼師蹀血回，歡聲一路夜如雷。不須更問交鋒地，親見穹廬按堵來。

聞西涯謁墓有感

一官落落秪堪羞，又向天涯嘆白頭。最苦窮年凄惻地，聽人騎馬拜松楸。

聞西涯不睡

醉逐愁來與睡深，不知窗外月西沉。惶惶見説通霄在，珍重先生待旦心。

隔　壁

簷頭隨意醉朝餐，笑語時聞隔壁歡。富貴不如貧賤好，瓦盆攢坐説國親。

戲別暖耳 二首

太息當年暖耳功，便應拋擲向東風。多情莫作班姬怨，今日炎涼又不同。

莫笑還遮兩鬢絲，老年心事故遲遲。不妨用舍隨人意，冷暖平生只自知。

得家書有感 二首 二月初六

亂愁飛夢入驚猜，海北天南日幾回。莫把平安容易看，兩年剛得一書來。

百過書來百過憂，半於心曲半眉頭。從今學取胡安定，只看平安兩字休。

任問月扇上有王城先叔詩因追次舊韵志感

王城山下隔通津，不見回船舊葛巾。恨殺蒲葵秋扇在，寂寥今日再逢春。

東[一]山高卧圖次韵 二首

手中莫笑倒持笏，壁後還驚别置人。可是東山高卧地，從容元亦有經綸。

東山一起淮淝捷，談笑胸中百萬兵。不識書空何似者，也教天下望蒼生。

【校勘記】

［一］底本目録脱「東」字，據正文題及《净稿》正德本詩卷三十二補。

此　心 二首

白日青天只此心，此心誰古復誰今。豆羹未可輕千乘，枉尺終須愧直尋。

欷歔執手亦繁文，操筆欣然始是真。看取此心端的處，不欺天也是欺人。

次韵奉懷逸老叔父

一笑功名真覆鹿，十年辛苦誤聽雞。夢魂回首長安路，幾憶清風竹下溪。

土坯

雨後家家築土坯，土坯成後是亭臺。幾人解作堅牢計，辨取明堂柱石來。

儂家

岐路紛紛百不知，睡來常早起常遲。起來索酒還加飯，便是儂家快活時。

一度看山一酒巵，酒巵山色半成詩。上林莫問春如酒，便是儂家富貴時。

大烏小白

大烏小白兩嗷嗷，争食分明似客驕。莫怪終霄還聒我，也能防盗也防妖。

石頭

一笑千金不自謀，盡從敝屣付東流。相逢怪殺癡兒在，攫取無端問石頭。

桃溪類稿卷之二十一　七言絶句

西涯以糕來饋而詩不至戲謝　一首

短簑斜笠走分糕，濃墨親題紫兔毫。可是平生劉夢得，詩名先讓麓堂高。

天　地　二首[一]

説地談天半有無，駭風奔浪劇鵝湖。直看絶學今千載，壓倒先從太極圖。

嚇地瞞天日幾回，祇將甜舌作蜂媒。吠形可是能逃影，肝膽分明得見來。

【校勘記】

[一]　此詩共二首，《浄稿》正德本詩卷三十三止載「説地談天」一首。

讀劉静修傳有感　二首

極目腥風萬里塵，繼周千載此何人。若教剩得遼東地，敢爲先生嘆不辰。

束帛何心抵死辭，乾坤落落果男兒。平生恨殺渡江賦，不似南陽兩出師。

暫輟 三首[一]

老態先從脚上生，摧頹敢與鬢毛争。不知冷眼誰留得，看盡人間得意行。

百事蹉跎老即休，儘將身世付悠悠。病來猶喜能酣睡，消得平生一半愁。

□輟金閨籍裏忙，禁鍾猶怯五更霜。素餐一念天□識，敢説偷閒病是强。

【校勘記】

［一］此詩共三首，《浄稿》正德本詩卷三十三止載前二首。

多事 二首

只尺城陰隔五雲，不知門外有囂氛。却嫌多事心猶在，更使人間黜陟聞。

得失紛紛只恁生，愛憎何必太分明。放教心地平如水，看取斯民直道行。

泥頭酒

笑指泥頭次第開，半成鹹鹵半空罍。始知冠玉真靈美，椎魯還須絳灌材。

悼酒

撲地香聞忽失驚，怪看癡僕倒瓶罌。從來美物天須忌，得失吾今愧豆羹。

猛虎圖

一嘯分明百獸驚，是誰能料復能攖。多情笑殺黔驢技，費盡嗷嗷吠犬聲。

觀教仗馬有感

立仗真愁過闕驚，幾憑敲磕作虛聲。凡演仗馬過門，必敲碻[一]作聲使之不驚，以爲常。等閒莫訝千金骨，此馬從來不肯鳴。

【校勘記】

[一] 碻，《净稿》正德本詩卷三十四作「磕」。

楊貞婦

萬里倉皇歸骨地，百年辛苦到頭時。老天可是憐貞節，許見佳孫復見兒。子春，行人司正。孫廷和，翰林修撰。

圯　橋

炎漢規模四百年，也由人事也由天。坑[二]灰未冷咸陽火，倉卒功名祇一編。

【校勘記】

［一］坑，底本作「坎」，據《净稿》正德本詩卷三十四改。

漂母祠

漂母自須憐一飯，王孫能幾報千金。從來澼絖封侯地，困殺無窮壯士心。

郡伯河阻

百里舟航半塞河，眼看南北斷經過。不知名利争衡地，亂楫叢篙有許多。

定軒再惠酒小詩將醋以謝

知公不飲非皆醉，笑我無端只獨酸。認取此心今白髮，冷看世味有般般。

偶讀虞舜夏少康周成王與程嬰杵臼事有感得四絶句

兩笠幾填浚井中，牀琴猶復此雍容。極知聖度非常比，安得人皆有痹封。

一旅看看起二斟，分明遺腹是天心。祀天舊物終歸夏，奡羿何須着意深。

拚鳥荓蜂勢欲顛，流言終古幾滔天。平生愛殺漢昭帝，不待風雷已判然。

二客高情絶代無，死生一念祇存孤。袴中命與天終極，愧殺紛紛岸賈徒。

再用李廣鄭玄杜衍范鎮事足前四絶爲 八首

逐北曾驚百戰空，封侯無分比元功。數奇不困真豪傑，陵也分明有祖風。

避難歸來室半空，白頭堅守漢儒風。天應未絶斯文脈，再世還教有小同。

遺腹從來秀所鍾，堂堂誰復似祁公。須知一代宗臣命，不落阽危虎口中。

看盡匡綏又粟春，越人何敢説關弓。百常命在天應識，涕泣吾今拜蜀公。

新竹生 東園有竹

舊竹砟盡新竹生，枝葉半委根荄萌。生生自是老天意，牧豎園丁休浪争。

題扇面小景

海波粼粼生碧漪，海月倒映珊瑚枝。扁舟莫訝未歸去，正是飽帆風好時。

二月二十七日登緦山有感 弘治七年

花落春歸可奈何，白頭[一]清泪幾滂沱。緦山不是西州路，敢作羊曇醉後過。

【校勘記】

［一］頭，底本作「雲」，據《净稿》正德本詩卷三十六改。

悠然閣五朴次韵

居室朴

宫室克卑神禹聖，茅茨不翦帝堯居。争知金碧輝煌地，不貯天書貯佛書。

主人朴

尋常自恠此生拙，機巧過爲天下憂。商質夏忠無夢到，不知文勝幾時休。

器物朴

峻宇雕墻元有漸，玉杯象箸奈渠何。聖賢喫緊工夫地，也自先從這里過。

子孫朴

大事衹今須厚重，小才從古忌儇浮。近仁木訥史寧野，此訓分明出聖丘。

僮僕朴

亡羊競作多岐惑，守兔難求一得愚。自笑老來迂鈍甚，催詩猶復怪奚奴。

海邊天

賣田人説更能田[一]，一種憂心兩處懸。燒土欲乾耕欲雨，最難天是海邊天。

【校勘記】

[一] 田，《凈稿》正德本詩卷三十六作「鹽」。

悼　菊

西菊未開東菊謝，一般天地兩般春。平生恨殺大庾嶺，南北枝頭幾慘神。

題菜次韵

菜根元自勝肥甘，天下何人是最諳。除却采薇山上客，此心都衹爲泉貪。

對月有感

白髮相看六十年，幾經清潔幾團圓。故園不是悲秋地，莫怪中宵不愛眠。

讀同年會詩集有感

一讀諸詩百感深，幾驚生死幾升沉。白頭自荷青編在，一息猶存未死心。

五　更

五更百念動千里，一步起來那可行。莫怪壯心空白髮，悠悠只此是平生。

亂　繩

處世真如解亂繩，從頭徐理不須驚。若還急性須傷手，到底都無一事成。

跳墻虎

三首　十二月初七日夜，有虎突入吾墻，攫小猪而死，棄之以去。吁！可怪也，亦可感也！作《跳墻虎》三首。

□□□何□□之，□墻突入勞忘危。貪心笑殺炎如火，末路倉黄竟若斯。

暴横幾看當白日，吾民筋骨比蒿萊。獨憐畏忌心猶在，竊取還從暮夜來。

一嘯分明百獸空，咆哮氣勢十分雄。有時落阱人爭快，不及孤豚草莽中。

鷄啄蘭有感 弘治九年。

異種分明是國香，是誰移植近鷄坊。若教依舊生空谷，縱使無人也自芳。

閒看

孫子在後兒在前，後者把犂前者牽。枕書長笑北窗下，閒看兒孫學種田。

讀舊稿有感 二首

老句遺編自討論，文章何敢望專門。試憑藝苑從頭數，千百今誰十一存。

敗稿無端亂作堆，百年心事此迂回。千金敝帚真堪笑，未盡匆匆付劫灰。

讀敬所詩有感

心事此生相唯諾，甘貧知足豈虛談。交游一代公非淺，出處三朝我獨慚。

讀王城定軒二遺稿有感

山人水部兩争能，李杜門墻各自登。莫道吾台詩派遠，詩家到此是中興。

盆梔爲牛所害感嘆之餘遂成四絶

金顆離離碧玉柯，一朝摧折奈渠何。無情敢作天公怨，美物從來忌者多。

牛山濯濯恨難禁，驀地何來忽見侵。深谷剩多閑水草，庭階元不是桃林。

成毁休言是偶然，從來栽覆本由天。惓惓顧惜真堪笑，始信當時孟敏賢。

一笑歸來百念輕，無端花草却關情。千年愧殺東坡老，破釜何須到失聲。

出舊邑次委羽有感 三首[一]

共説空明是洞天，我來依舊雜塵緣。不如歸卧桃溪上，閉户猶堪學睡仙。

洞天天下説空明，撮土今看似地平。我欲問山山莫笑，人間元祇是虚名。

泥污靴韈水濺袍，雨中迎送十分勞。出山便覺忙如許，始信人生退步高。

【校勘記】

［一］「三首」，底本正文無，據目録補。

樓　臺

十萬樓臺爛綺羅，兩街燈火沸笙歌。白頭驚見升平世，井邑繁華有許多。

讀潘提學詩 首句用潘詩，潘號留鶴。

六丁夜擘蓬萊股，直至天台山上頭。猶恐鶴聲高不徹，極天更起九層樓。

感舊 十首

交道每懷黄水部，黑頭心事幾青燈。不才後死知何用，東北如今盡喪朋。黄亞卿世顯。

落落平生林憲府，最疏闊處是真情。近來交道休勞問，平地風波尺恁生。林僉憲一中。

牧伯聲華陳柱史，立朝風采儼如生。命窮竟墮豺狼口，今日狐狸白晝行。陳布政士賢。

榜下弟兄鄉曲誼，秋臺聲價更誰先。蹉跎白髮今如此，後死空多三〔一〕十年。王刑部尚德。

老向交游尋舊侶，布衣能幾郭筠心。百年文獻千年念，尺紙真應抵萬金。郭朝端筠心。

同年三百今無幾，豪傑平生陸與彭。不識乾坤栽覆意，只教天下望虚名。陸太常鼎儀，彭侍講敷立〔二〕。

談笑南都真昨日，别離猶復恨匆匆。西風一夜元龍老，生死交情竟負公。陳太常師召。

無復能詩亨父老，百年風月奈渠何。可知地闊天高在，蟬噪蛙鳴有許多。張修撰亨父。

眼看諸老收聲盡，又覺傷心到爾豪。一簣隱然嵩嶽勢，培塿何敢與争高。戴師文參政。

太息功名争奪地，逼人豪氣每縱横。不須更説燃臍塢，最是人間唾斥聲。同時仕宦者。

【校勘記】

［一］　三，《凈稿》正德本詩卷三十八作「二」。

［二］　立，《凈稿》正德本詩卷三十八作「五」。

桑梓 二首

報本物憐豺與獺，秉彝人識古猶今。誰言桑梓維恭地，不及甘棠勿翦心。

公私擾擾休勞問，非是昭昭直至今。莫道無知是天道，須知不死有人心。

懷遠 六首

江海論交四十年，西涯於我獨惓惓。不嫌老病空山裏，更爲施行一惘然。李閣卷賓之。

上宰聲華未白顛，是誰能使忽南遷。太平漫□□□事，今日還多黜陟權。倪少保舜咨。

十八人中共一銜，世途情味幾酸鹹。黄粱夢裏頭先白，今日功名屬傅巖。傅亞卿曰川。

道路爭傳治水功，聖恩誰許老華容。眼看白髮□□地，猶有聲華在浙東。劉司徒時雍。

坐老青山白板扉，忽聞南自辟雍歸。上林何限棲烏樹，若箇雲霄是倦飛。羅祭酒明仲。

自斷莞山日幾回，出門長笑我衰頽。十年夢寐溪頭路，慚愧先生五度來。陳敬所儒珍。

自遣 五首

落落晨星尚幾人，鬢毛休笑白如銀。老天似愛閒風月，留與溪山作主賓。

閉門長日養疏愚，老去心情一事無。除却送迎門外客，不知何處有催租。

糲飯清茶濁酒杯，兩三童子日徘[一]徊。今朝有喜誰知得，教到孤孫小學來。

老病侵尋百念疏，草深門巷不教鋤。獨憐一息心猶在，睡起還尋架上書。

不盡風情奈爾何，儘閒長日半消磨。詩成欲寄無人問，付與兒童一笑歌。

【校勘記】

［一］徘，底本作「柝」，據《净稿》正德本詩卷三十九改。

雨中追憶逸老王城二叔父

雨裹閉門成獨坐，空庭無事日如年。竹林風采早生誼，一度相思一泫然。

喜晴

亂山影裹夕陽遲，鐘鼓聲中鳥雀嬉。莫道老天無好日，久知陰雨有晴時。

復　雨 二首

雨意厭厭斷復連，又看行潦没平川。不須更問污邪地，今日高原好種田。

一望黄雲半白波，無端又作此滂沱。不知天漏誰堪補，翻盡銀河有許多。

消　息 三首

消息傳來日漸真，幾堪流涕幾酸辛。不須更問門主號，今日街頭嚇殺人。項縣丞彪來談李廣事。

上清深處隔烟霞，蓬海分明自一家。已視王候真□虱，未論金玉是泥沙。

天下還多烈丈夫，直將首領博倉奴。仙都一入深如海，此語分明聽得無。有辦事官言其事者。

爲台城章書生題雙松

城上紅塵高十丈，只尺隔斷徂徠春。歲寒高節在天地，却愛兩翁能寫真。

次韻贈夏德樹 二首

排押風雲作陣行，筆鋒無地避嚴刑。直須透出凡科套，始覺文章盡此生。

謝病歸來兩鬢青，居然能使利名輕。恨中取次憑君□，□英莫豪是弟兄。

次潘孔修南山感興韵 二首

滿懷認取自家春，天與南山未是貧。試問五陵裘馬客，祇今抔土屬何人。
萬古乾坤幾勝游，南山隨處即蓬丘。黄粱未熟邯鄲枕，争怪人生易白頭。

峻　絶

盈科後進是途程，峻絶終須着力登。若更悠悠待明日，白頭真負此青燈。

荑　稗

東風到處是繁華，荑稗休將五穀誇。見説玄都春正好，菜花無數雜桃花。

病吃自戲

心自分明口不明，向人堪笑亦堪驚。可應白黑今難辯，天遣糢糊過此生。

題青谿所藏胡頤庵題王孟端墨竹

山人書格原師可，頤老詩神尚逼坡。莫怪青谿□□宰，直從童穉爲摩挲。

盆荷少花有感 東花而西不花。

南枝先似北枝開，向暖長驚庾嶺梅。可是濂溪溪上水，一般根蒂兩般栽。

丹　青 二首

竹杖芒鞋舊葛巾，蕭然泉石反吾真。丹青不識歸來意，猶寫黄粱夢裏身。

骯髒形骸我自知，丹青休寫十分奇。世途漫説知心少，知面今應更是誰。

渡　江

潮漲船開月上遲，櫓聲帆影夜交馳。半醒半睡江南北，始信風還有順時。

捩　船 初二日

捩船又報五更開，浪静風恬亦快哉。歸路早知如此穩，蓴鱸未熟已歸來。

有　感 四首[一]

莫向東郊問老農，秋田今日盡成空。半年爛死滔天浸，一夜乾枯刮地風。

已分吾民爲餓莩，敢望來歲是秋成。廟堂謀國真長算，且向東南説預征。預征十一年物料。

西北軍輸方告急，東南民力已無餘。曾知玉石堆盤處，下邑風行正偃如。邑有席面有号横九竪二十三。

見説東山已啟行，劉司徒號東山，奉敕督運西北糧草。可知活得幾蒼生。莫將邊報驚閒夢，林下今猶是太平。

【校勘記】

［一］此詩底本有四首，《净稿》正德本詩卷三十九止載第一、第四首。

桃溪類稿卷之二十二　七言絶句

虚名

雲霄鶚薦幾縱横，十載歸來夢不驚。敢謂斯民非直道，獨慚天下有虚名。

吾民

忽漫吾民到此生，幾堪流涕幾堪驚。凶年未見能蠲税，清世無端又點兵。

新河軍

軍嘗笑予曰：「有官不會做，有錢不會接，只管在屋底幽，怎的？」予聞之曰：「軍其知我者哉！」遂爲賦此。

五陵裘馬日更新，白髪歸來苦愛貧。除却新河軍識我，平生知己更何人。

讀秦檜傳有感

欲蓋彌彰理則然，是非公案可欺天。史官任爾能三世，遺臭依然到萬年。

荒歲用舊韵

荒歲艱難百用侵，獨於祠墓最關心。可知他[一]館繁華地，一笑無端又萬金。

【校勘記】

［一］他，《净稿》正德本詩卷三十九作「池」。

疏　庵

滔滔世道奈渠何，坐見彌文日漸多。不識繁華千室地，一庵能挽幾頹波。

自　笑

自笑分明亦自嗟，白頭渾未解生涯。不知槁死田中稻，猶自勞勞欲灌花。

海陵耆英會

清時仕路十分寬，進退分明兩不難。一種盤筵真率會，白頭隨處有閒官。

移置菊盆高處有感

細資秋香野徑邊，一朝高出衆芳前。從今我亦高抬眼，莫道看花是偶然。

恭覩寛詔有感 二首

優詔分明出廟謨，回天真復是良圖。對揚尚憶諸公在，冤枉今應一事無。時大官有被劾自陳辦明寛□者。

雨露中天忽沛如，盡從涸轍起枯魚。獨憐詩債尋常在，不共逋租一例除。

村民有用三十六桶以救飢者，慨然感興爲賦 三首

水上淘澄别有方，直須依數始無傷。莫教餓腹争先食，忍死猶堪待麥黄。

海上歸來各滿筐，雷鳴聊復免飢腸。若教此物堪供上，也作官家折耗糧。

風旱相兼積歲荒，我民無計脱流亡。獨憐救死山中藥，不救催科棒上瘡。

林祭酒先生以詩來報古直住近其家次韵奉答 三首[一]

一笑春風兩鬢華，乾坤隨處是儂家。不妨老眼天留在，看盡花開又落花。

禁城深處避繁華，愛近三山祭酒家。不識玄部千百樹，春風何似杏壇花。

又報長安换物華，不知堂燕屬誰家。白頭一笑青山在，依舊春風枳殼花。

【校勘記】

[一] 此詩底本有三首，《净稿》正德本詩卷四十止載前第一首與第三首。

得西涯書云日黑不盡所欲言因爲二絶句以復故云

契闊重驚十載餘，此心元不負當初。不須更作分明話，都在匆匆日黑書。

吾道分明此緒餘，劇談曾記結交初。不妨忙下詞頭夜，日黑還堪舉燭書。

應黟縣以詩來論文次韵復之 二首

入道從來各有門，幾何能解絶塵奔。文章亦是天機杼，笑殺隨人脚後跟。

文章自古幾名家，半是枝頭葉上花。更有一般迂僻在，不爲潰爛即聱牙。

有以求籖勸予行者口號以答

白髮惟應學退□，行藏今日豈須占。多情笑殺高三老，不信吾心只信籖。

素飡

獨坐門無一事干，家人頻報酒杯寬。平生笑殺官無謂，今日真應是素餐。

悼貓 二首

一貓端可比千金，空谷居然斷足音。莫怪紛紛還鼠輩，祇應養惡是天心。

殺犬都言是報讎，我心猶復此悠悠。一般鼠盜尋常在，輕重終須爲策籌。

孤松偃蹇

世事於今半模稜，十分偃蹇恐難勝。老松可亦隨時樣，也向秦封誤結盟。

老檜[一]嵯峨

根到重泉亦自清，漫從枝葉看崢嶸。廟堂梁棟元無分，秖合風霜老此生。

【校勘記】

[一] 檜，底本原作「椿」，據目録及《凈稿》正德本詩卷四十一改。

宿華嚴寺有感

又作華嚴寺裏眠，一燈無寐故依然。誰知五度經行客，白髮相看四十年。

清風嶺追次李五峰韵 二首

乾坤誰照死心情，萬古寒潭徹底清。從此血崖真砥柱，狂瀾不敢盡東行。

夷夏風聲本異情，腥羶誰污此澄清。乾坤不着投崖婦，世道真應是逆行。

上清 二首

上清深處隔烟霞，蓬海分明自一家。已視王侯真蟻蝨，未論金玉是泥沙。

天下還多烈丈夫，真[一]將首領博倉奴。仙都一入深如海，此語分明聽得無。

【校勘記】

［一］真，《净稿》正德本詩卷三十九作「直」。

自笑

婺括江山特地過，歸途真笑此奔波。極知天姥行來近，癖性平生奈爾何。

換船有感 二首

犒勞虚煩我酒杯，大船依舊是空回。何如只着輕舟載，淺水飛帆任往來。

樓船重載不勝難，換得輕船好過灘。船裏主人元是我，重輕一任世争看。

過永康有感 二首

生芻一束萬年情，欲拜龍川竟未能。讀罷三書毛髮竦，不勝豪氣尚憑陵。

英豪一去未千年，獨立西風思惘然。正是攘夷圖治日，九原誰共起龍川。

縉雲道中有感 二首[一]

只尺分明路接台，括蒼誰遣更迂回。錦囊自笑無多興，剛被青山引得來。
雨後看山故故蒼，葛衣重換曉來裝。老天似念心煩渴，更遣輕陰作午涼。

【校勘記】

[一] 此詩底本有二首，《浄稿》正德本詩卷四十二止載第一首。

追憶金尚義盧舜用二同年[一] 二首

南台意氣盡遼陽，誰復堅冰念履霜。祚宋有天昭德死，九原含笑見平康。
尚憶青袍獻納初，直聲争看賈生迂。也知補衮元[二]容地，祇爲君王效執殳。

【校勘記】

[一] 盧舜用二同年，底本「用」「同」二字誤倒，據《浄稿》正德本詩卷四十二乙正。
[二] 元，《浄稿》正德本詩卷四十二作「無」。

馮公嶺

括蒼遥在萬山中，駕壑穿巖有路通。千古嶺頭開鑿地，姓名猶説是馮公。

却金館

一毫非義也須辭，亭館標名亦可[一]奇。看取漢家清白吏，却金元祇與天知。

【校勘記】

[一] 可，《净稿》正德本詩卷四十二作「太」。

至温訪達德不在有感

我來君去太匆匆，却憶台州是夢中。珍重臨岐相厚意，不堪歸思逐秋風。

浦口舟中有感 四首

纔入船來便擱灘，出門真覺路行難。不知萬里瞿塘峽，誰障中流砥柱瀾。

百里乾灘盡日推，歡呼聲動沸如雷。可堪行路難如此，上臣猶煩詔旨催。

前途只尺爛泥灣，見説江潮已過灘。祇恐急流無着處，未應行路到頭難。

午夢無端一覺回，過灘船已順風開。相逢莫話黄粱事，富貴分明是倘來。

待渡奉謝王太守誠之 二首

待將風定潮先涸，剛得潮來風又顛。風水相遭每如此，問公争奈渡江船。

小江闊淺大江風，敢向天公訴不公。行路總難吾久識，命窮元有此遭逢。

再過河間有感 三首

净洗腥塵四百年，我明畿輔宋三邊。河山極目金湯固，若箇狼烽更起烟。

河間國自獻王開，雅樂曾聞好古來。若使當年能嗣漢，悔心應不到輪臺。

瀛鄭鍾靈近帝鄉，椒塗千古此流芳。白頭冷眼經過地，香火猶聞拜獻王。

過高郵諸湖

篷背風高水有聲，畫船隨夢過三更。不知湖面今多少，夷險分明斷不驚。

至雄縣有感宗勳表侄

世路紛紛死利名，無端亦有殞其生[一]。白頭萬里經過地，不覺潸然爲慘情。

【校勘記】

[一] 無端亦有殞其生，《净稿》詩卷四十四作「無端尔亦殞其生」。

月夜舟次司馬門首

短棹清溪汗漫游，始知行役是風流。月明司馬橋邊路，絶勝當年雪夜舟。

過白溝河有感 二首

山後山前十六州，坐輸天險竟誰收。過河漫作千秋恨，狼籍曾聞在白溝。
聖祖功高絶代無，分明再造此輿圖。只今腹里三關地，腥穢當年盡屬胡。

謁樓桑廟 三首

一旅中興自少康，千秋又復見樓桑。較來鼎沸艱難地，建武於公更有光。
知人千古豈能多，我憶樓桑特地過。太息六朝操莽後，托孤心事奈渠何。
河山無復見三分，千古樓桑廟獨存。魚水君臣真不忝，霸王勳業未須論。

至京有感 二首

感恩長憶病爲仇，十載重來白盡頭。猶喜故人[一]青眼在，故鄉真覺是并州。
詔旨敦臨强拜嘉，白頭何意更榮華。祇應道路辛勤甚，到得官來却似家。

【校勘記】

［一］ 人，底本作「今」，據《净稿》正德本詩卷四十四改。

修治衣服有感 二首

廣眉大袖半成風，古樣今時盡不同。只合輕肥任人去，莫教還問舊章逢。
闊狹高低逐旋移，本來尺度盡參差。眼看弄巧今如此，拙樣何能更入時。

戲從西涯索酒

侵曉臨風浄洗杯，開嘗不見馬軍來。獨醒錯訝金吾是，也向迷途醉幾回。

萬卷堂次韵

一自宣尼删述後，六經之外已無他。曾知不着秦灰地，亂簡叢編世更多。

雨中有懷古直 二首

醉裏乾坤不記年，忽聞多病亦凄然。可應寂寂青燈地，誰共呻吟對雨眠。
黑髮相看直至今，幾驚離合幾升沉。自憐不及先生處，猶有懷鄉一種心。

新開北牖有感 二首

北牖初開意豁然，即看頭上有青天。無因共入高明域，敢作羲皇自在眠。

曲墻方牖一時通，昨日今朝便不同。看□□□茅寒地，清明境界本無窮。

訪西涯不值 二首

阿戎病裏念通家，勸坐清齋幾换茶。莫怪先生歸□晚，金蓮須待燭生花。

十里塵沙特地來，坐驚風雨日西頽。多情愧殺山□老，不及當年興盡回。

真情 二首

大言堪笑亦堪驚，讓國何能學好名。不用失聲看破釜，肺肝今已見真情。

得失區區輒爾驚，敢將敝屣説功名。不如笑駡從他者，攫取居然只任情。

古直遷居祭酒公館聊此奉賀 二首

十車行李五車書，珍重泉山爲卜居。逆旅久知非我住，先生從此是吾廬。

鐵骨仙風醉後書，乾坤無地着樓居。萬間本是平生夢，三徑何心憶舊廬。

讀白沙净稿有感 二首

一代高風此老孤，是誰祖跣博臯盧。千年除却梁公在，更許何人説自汙。

離黍寥寥直至今，乾坤伊洛有遺音。不知一種江門調，别是鴛鴦繡譜針。

病中期古直吟詩

病坐無聊悶不支，每思鐵老一哦詩。朗吟不用驚人句，認取江南舊竹枝。

有約陳繡衣諸公來會忽風雨不果戲柬再請

雪舟有興誰能至，風雨無端故作狂。却愧我終非□老，莫教人笑似周郎。

見菊有感

天涯又復見黃花，慚愧西風鬢盡華。不識而□山□路，就荒三徑是誰家。

題青雲萬里圖送張舉人天顯

君向青雲懷萬里，我欲白雲分半間。送君長笑出門去，世間誰是最忙閒。

從西涯惜花有感 二首

長憶西涯舊海榴，可能還借一枝不。賞花今日人誰在，泪眼荒荒共白頭。當時共賞者休齋青谿古直。

春盡空庭未見花，病餘光景冷官衙。玄都觀裏知無數，敢共東風一例賒。

種荷有感東吳匏庵 二首

東吳見説亦無花，冷淡風情共此衙。可是當年君子愛，也隨富貴落人家。

花未成開葉已枯，兩年幽恨隔江湖。栽培可是乾坤别，愛者今應絶代無。

乞花不遂再呈匏庵西涯二公 三首

病餘猶有惜春心，愛向花前熳爛吟。走遍長安無覓處，始知佳景在山林。

功名長是愧當初，每向風流憶二疏。不識等閑花草地，少年心事未全除。

長安四月得春遲，遍走東西無一枝。始信命窮□□笑，等閒又費乞花詩。

黄文選世顯陪祀回奉柬一絶

□旗玉輦曉瑲瑲，扈從思聯吏部郎。星斗夜深□火静，幾聽清頌出明堂。

送趙尚粲南歸 一首

黄粱莫訝夢難成，世路區區只麽生。萬事不如歸去好，碧山風月有誰争。

眼看

眼看勺水亦波瀾，老向人前着着難。除却點齋并説假，不妨祭酒是閒官。

次韵答周一躍 二首

踪迹似公真不易，行藏於我豈堪論。夢中風月元無恙，世上功名别有問。
人生得喪無非命，世路升沉莫更論。我已得參山水樂，公曾不識帝王門。

堪笑 二首

聖恩容我養疏頑，隨例升堂日兩班。更有一然堪笑處，泉山亭館晝常關。
茅屋秋風徹夜顛，萬間心事尚倦倦。却慚有屋無人在，猶爲人憑買屋錢。

秋雪 二首 九月十八日

秋風忽報一聲雷，平地紛紛雪蒲堆。不是人心無□召，老天堪笑亦堪猜。
黄花蜂蝶未全歸，凍雨蕭蕭雪亂飛。驀地不知天地變，可堪爐火薄秋衣。

題張時達司空邊景昭花鳥圖 二首

花鳥多情□作叢，上林春色與天通。紅塵拂面長安道，怪得癡心老未窮。

淺白深紅次第芳，枝頭隨意領春光。獨憐百鳥喧啾地，不見琅玕有鳳凰。

買　花 二首

有花須買不須栽，突地公然群作堆。誤殺去年無覓處，强□笑口向人開。

即看庭院比林丘，翠幄亭亭西海榴。莫道有□無□處，人間元自有清幽。

偶柬劉東山

枉辦封章學自陳，聖恩今已付寬仁。不須更恨東山卧，稽首還多感激人。

相期只尺即參辰，岐路茫茫幾是真。莫怪剡溪空興返，一場風雨更愁人。

栽荷有感 二首

□歲栽荷花不開，今年□□□先栽。不知荷更無情極，又放茨菰先出來。

人説茨菰更有花，便從盆沼賽繁華。眼前成敗吾能識，荑稗終輸五穀嘉。

齊明所偶作有序 二首

予初至國學，疑其不設後堂，且所謂齊明所者甚隘。與號房等問之，有以□文□先生爲祭酒，時因忤内臣所致。予喟然曰：「於此亦足以見先生高風之萬一矣！」未幾，有旨脩理國學。工部鄙其隘議，欲更之，予止之曰：「公固善意，予何人斯？居先生之室，猶以爲愧，况從而張大之，先生有知，其以我爲何如人哉！」因爲二絶句以紀，且以自警雲爾。

巍巍廟學兩輝煌，蕞爾齋房比號房。正是高風難及處，不才何敢説更張。

數尺榱題數仞堂，食前方丈意揚揚。可知□□簞瓢地，曾與斯人較短長。

送嚴陵童敏問之漢陽推官 二首

玉泉一派自嚴陵，萬丈寒潭徹底清。莫遣漢陽江上水，人間猶作不平聲。敏問父號玉泉。

漢陽江上水如天，江上人家半業船。莫把私船還起税，官船元亦是私錢。

張　秋

蟻穴金堤不用尋，河流爲患古來深。相逢莫問張秋事，一寸功成一寸金。

過泗上亭有感

莫怪玆亭感慨頻，江山如故幾更新。萬年黄屋還鄉地，百里清風死節臣。

高郵新堤

新堤百里障重湖，平地風波盡日無。尺土寸金休更説，長城千古亦防胡。

揚　州

江北江南共此天，揚州騎鶴古今憐。曾知萬乘爲家日，不及孤臣渡海年。

渡　江

五更解纜忽匆匆，報導船頭又順風。客夢未醒天未曉，不知身在大江東。

贈黄生宗賢

喬松着根勢千尺，排軌風雲何可攀。驥子墮地人不識，牝牡驪黄真等閒。

敗荷眷令圖

□□西風吹折荷，凄凉秋色已無多。急難原上□意忍，忍聽淮南粟布歌。

讀出師表

辛苦[一]平生兩出師，萬方不救此孤兒。永安宫裏欷歔語，只許青天白日[二]知。

【校勘記】

[一] 苦，原作「若」，據文意改。

[二] 日，原作「自」，據文意改。

次匏庵韻題一爵三公圖

鳥雀何曾識塞翁，白頭猶自戀春風。鳶魚蒲目皆吾道，誰遣丹青却惱公。

檣仆有感

風高水急正堪憂，檣倒帆傾不自由。猶喜我船非滿載，縱欲亥處亦安流。

見　月 二首

忽見歸舟月有光，客程今夜尚淮陽。可應此夜重看月，無復鄜州憶故鄉。

萬水千山此月華，極天雲翳可能遮。分明與我歸□共，夜夜相隨直到家。

抱　孫

昔聞抱孫不抱子，今我抱子兼抱孫。孫子五歲子不識，老懷只此相温存。

聞黄汝修武選將到

□□歸來未是期，黑頭須戀此明時。不知橋□□□地，誰解千金玉勒絲。

讀邸報 楊茂元爲安慶知府南京給事中徐沂被逮詔獄

邸報初聞喜懼并，江湖何但故人情。未亡公道猶□仗，自是吾儂立脚輕。

四月二十八夜夢黄定軒在林亞卿墓上督工修砌哀歌一詩甚偉，予在其側，將誦向所過定軒墓上詩，忽驚覺而罷聊爲述此

長歌讀罷似招魂，激切分明夢裏聞。可是英靈□不死，向人猶戀此荒墳。

菊園

西風吹恨滿陂陀，三徑荒來奈爾何。留却一枝秋更好，寂寥光景不須多。

台州文獻叢書

桃溪類稿

【明】謝鐸 撰

林家驪 點校

下

上海古籍出版社

桃溪類稿卷之二十三　序

送陳御史序

成化丁亥春三月，御史陳君士賢以廷議出督學政于南畿，命下，吾同鄉薦紳士往過焉。有惜之者曰：「天下事有重輕緩急，抱蓄如士賢，善論列侃侃如士賢，謂宜置左右，以公天下得失，以開道天子意嚮，以復于古之治。乃兹斂大用於一方，其誰能不齎咨悵惘焉者？」爲士賢喜者則又曰：「時哉弗可違。士賢而好盡言以招人，雖未有至如國武子者，然與其一齊衆楚，卒置其身於無益之歸，無寧爲今之行，得安吾身心，以致力於所任使者乎？」士賢怐然曰：「君子不出位以思，固也。而食君之禄，亦豈能漠焉？判秦越於吾心耶？且自朝廷以達于國都，于藩府州邑，猶手足腹心，然曷有忘腹心而獨於手足運用以自取快適？此固吾夙夜去思之惓惓者，惡乎喜？雖然，天下風化實維學校，惟兹材良，以敉寧我國家民物。而南畿尤祖宗根本重地，亦固吾君所先注心者，吾淺薄，方懼忝厥任使，幸而盡瘁以底有成績，於吾心尤兢兢焉，又何以惜爲哉！」鐸聞而贊之曰：「子之言亶矣，志則罕矣！子俶其行，亦既有踐矣，兹其弗渝中，斯克脜矣！于嗟古人，伊誰之遠矣，無曰予詞之諵諵矣。」士賢起謝曰：「某不佞，敢違心以有負於今日？」衆具曰：「維邦之光，維吾黨之望。」明日，相與餞于大都門之外，各以其意爲詩，而屬鐸述以爲之序。

元宵讌集詩序

皇帝御極之三年，朝廷熙洽，乃休暇。文武群臣於元宵前後各五日，得讌飲爲樂。先是，鐸同年諸僚友相與約，歲時假杯席叙平生以爲常。去年長至日，明仲爲首舉，鐸以次得元宵之會。及期，天大雨雪，竟日夕弗止。諸友無違約，悉至。至乃舉爵，爵無筭，垂酣，明仲主席抗言曰：「乃今日雖故舊之歡，實維君之賜，故事會有紀，今故已乎哉？」遂舉「金吾不禁夜，玉漏莫相催」之句，鬮爲韵，已乃復舉酒。明仲曰：「因以爲令，凡於聲吟哦，作推敲勢者有罰。主人主勸客，詩成，許後客貴速，遲亦弗罰也。」師召寡言，話得「金」字，詩最先成，罰弗及。汝賢次之，餘詩成，鮮不入于罰者。明仲亦自坐焉，賓之故不飲，得「惰」令，以離席背書爲長句。鼎儀耽詩，興特濃，每出口吻間，輒觸令，衆競罰，困之，未終篇，夜幾二鼓矣。明仲曰：「樂不可極。」因披雪以出。鰲火燭天，驚烏群噪，尚質馬逸去，衆亦弗之覺。明日，鼎儀詩屬成。主人例有序，不得以不能辭。於乎！鐸於諸公，東西南北人也，幸出而同時，而同登甲第，而同爲禁近之臣，抑交分兄弟也。故一會率有紀，亦庸以考他日所以不相背負者何如，所以進退[一]不但已，以重輕斯會者何如。且毋曰汗青交籍不忝于前聞人，而子孫世講以永斯好於不墜，固亦不徒然哉。豈其惜離聚於酒食文詞間，以流連一時者爲也？詩不齒序，以得韵爲後先，姓名邑里則各繫之詩之末。

【校勘記】

[一] 進退，底本作「進進」，據文意改。

訥軒詩序

鐸先大母之仲氏趙翁訥軒先生，明年壽八十。翁之子洪，將以例歸省自京師，京師大夫士知翁於鐸者，作《訥軒詩》以遺翁，凡若干首，鐸再拜敬受而序之。於乎，訥之義大矣哉！見班氏《蒯通傳》，謂仲尼惡利口之覆邦家者，通一説喪三儁，其得不亨者幸也。春秋以來，禍敗多矣：子翬謀桓隱公危，欒書構郤厲公弑，宰嚭譖胥夫差喪，上官訴屈懷王執，趙高敗斯二世縊，江充造蠱太子殺，息夫作奸東平誅，皆自小覆大，繇疏陷親。於乎，訥之義大矣哉！或曰：「齊郤師盟以屈完，秦改館饋以飴甥焻，池質以子家行父歸，以聲伯僑争承羽，辭圍吉懼獻，皆以辭命重國强諸侯，言或未可輕也。」噫！是亦知夫訥哉！夫所謂訥者，非不言之謂，言而不易於言之謂也。言豈直利口之害，疾惡過義，美惡易位，矯枉過直，美惡同則病，言惟易乃罔克有濟。彼二三子者，徒得其粗而媿功效績，猶不可誣若是，而況仁人之言之利之博[一]哉！翁老於田野，所謂訥者，誠無所用於時，然足以厚家政，善里俗，使佻滛變械者知所愧，亦或邦家之一助也哉。彼所謂豪傑位通顯者，顧慕爲通輩以爲能，不然則又畏縮避忌，惴惴焉不敢出一語以當天下事，曰：「訥，美德也，吾爲訥，吾爲訥。」於乎！此其與翁何如哉！鐸不佞，願爲訥而未能者。重於翁有感焉，作《訥軒詩序》，曰訥之義大矣哉！

【校勘記】

［一］ 博，浙江圖書館藏《文集》抄本作「溥」。

贈大理評事龔君序

天下之患皆生於私，公則無所不可也。韓愈氏曰：「同則成，異則敗。」敗惟患之極，然則公者同，私者異。君子其尚同乎？曰：「不然。」于其公，同之可也，異之亦可也；私則異之不可也，同之亦不可也。惟夫不固異，不固同，可不可之間，一以公行之，而無所謂私者，天下之患，其庶幾乎！朝廷重天下之大命於獄，懼民之或離非辜也，舉天下之獄而屬之刑曹，而屬之御史臺，又舉刑曹、御史臺之獄，而屬之大理，於是有異有同、有可有不可。大理者舉得以持法。比亭平之刑曹、御史臺不能自爲用異可不可以輕重天下之獄。噫！任之于大理亦重矣。於是而私有所同異以可不可，吾民之大命何賴哉？然所謂私者，非必誘於利、奪於威之謂也，眩小智、矜小能以物我必勝爲主。彼曰可，我固曰不可，我曰不可，彼固曰可，各惟其一偏以自異，不然則又附和黨比無所與擇可不可，惟人之同而已。於是而傳致而掠立，以輕重天下之獄。若是者皆所謂私也。於乎！吾民之大命何賴哉？誠使爲大理者不過於深文，曰彼罪之輕重誠當矣，彼之法天下之法也。吾從之，夫何同？爲刑曹、爲御史臺者，不狃於成案，曰彼辨之是非誠當矣，彼之法天下之法也，吾更之，夫何異？夫是之謂一以公行之而無所謂私者。夫然豈直曰天下之獄得其平而已，以是而成天下之事，將無所不可也，天下之患其庶幾乎。慈溪龔君時濟，以進士拜南京大理評事，秋官主事王君文徵屬予爲贈言。二君蓋正所謂相與同異可不可者，因推其説以告之，不識果以爲[一]然否。

【校勘記】

〔一〕《净稿》文卷一無「爲」字。

贈姜用貞序

南京秋官郎中姜君用貞既拜命爲郎中，明日亟告行。於其所嘗往來者，束書戒途，欣欣然往，若恐後，若將弗及，曰：「吾母在，吾不能一日留也。」初，君之爲行人司副也，人皆以散地困君，謂且得顯曹，以大見所抱蓄。君則曰：「吾母年幾八十矣，不能涉遠，迎養之非其願，舍官而養，亦非其願，獨得近地以養吾母，生死皆君恩也，無能以白于當道者。」與人言輒流涕曰：「雖三公，吾不願易也。」既而得今官，則又謂予曰：「獄，重事也，吾甚懼，子何以教我？」予曰：「昔雋不疑，每有平反之獄，則其母喜；否，則爲之不食。子知所以養母而不知所以治獄乎？且獄之所以不得其平者，蓋非一端。矜智巧，持姑息，視趨向，惑浮言，以威怵，以法繩，凡此皆足以爲害，而與利爲市不與焉。孔子曰：『聽訟，吾猶人也，必也使無訟乎！』不幸而未能無訟，則哀矜勿喜之誠恒在所先，而治獄之道過半矣。予從君久，見君之行履之才識論議，類出予右，而養親之孝獨拳拳焉，是心何但於獄？孟子曰：『堯舜之道，孝弟而已矣！』充而極之，事君之忠，以至光四海，通神明，皆自此始。特求端用力之實，非有他人所能與者。予方深愧於此，而何以爲君告哉！或者君取善不倦，而理義學問相與無窮，則予又安敢以己所不能者自沮，而不以告君哉！」

大夫士知君者多爲贈行詩，賓之李君既輯而序之矣，以予於君非詩能盡也，俾復贅其説。

贈袁德純序

吾太平邑大夫袁君德純既拜命爲太平之明日，有過君者，迎謂之曰：「太平，黄巖故壤，地分西南之半爲太平。黄巖，昔所謂健訟者在焉。吾爲子懼，子誠執儒之迂，而不知以術以猛，吾恐子之弗堪也。」君蹙然曰：「有是哉！吾惟弗能儒之愧，民之性，夫豈獨黄巖異哉！某不佞，不敢侮聖言以自卑也。吾聞今守令以罷免去者，往往非自外至，吾安忍輒誣彼民哉！」又有賀之者曰：「今朝廷蓋試御史，以民事而亟進之，子將不久於彼，彼之民亦不得而慢之也。」君則顧而笑曰：「子誠愛我哉！君子不出位以思，則能盡力於其位。吾苟持是心以待，是自棄之也。且一邑之難，孰與天下？御史者，舉天下之責加焉，不能令而樂於御史，某未之前聞也。」鐸與黄吏部世顯聞之曰：「賢矣哉，吾邑之大夫也。吾與爾生長今四十年于兹矣，見爲吾黄巖者嘗有是心乎？有之，是果吾民之負彼也。孟子曰：『狗彘食人食而不知檢，塗有餓莩而不知發，人死，則曰非我也，歲也。』於乎！今天下之罪歲者何限，而於吾黄巖特甚，是安得盡如吾袁者，一洗而出之以信吾民哉！」初，世顯舉君於春官，已識君爲名進士，而未知其有知至是也。予嘗叩之明仲羅先生，明仲於君最親且久，則亟稱之曰：「今安得盡如斯人哉，吾鄉固未易有也。」既明日，予乃從世顯得親其論議，殆與明仲合。予益敬且喜，因以語明仲。明仲曰：「若是者，不能以有爲，吾固不敢疑天下士，吾與子將益自疑其不足信而儒者爲空言也。」又明日，君過予，歷詢民隱，且屬予録古

《循吏傳》而折衷以濂、閩諸先生之説，因以其得試州縣者附焉，予益信君卓然以大起治道、興教化、厚風俗爲己任。今之稱能吏，區區簿書期會獄訟之間，或未足以盡君也。君於諸先生之道，蓋嘗求之全書，驗之心，體之身，以力行於平日，而尤拳拳於是者，則臨事而懼，亦盤銘書紳之意也。益擴而大，益久而恒，他日爲賢御史、爲良公卿，以大行諸先生之道於天下，則孔孟之道在是，此真儒之效，君之極致，而吾黨之望也，夫豈特一邑之幸而已哉！世顯俾予爲贈言，予不能辭，因摭其説以俟諸其後。

贈節庵章公歸鄞序

今年秋，鄞節庵章公致和，將歸自京師，京師大夫士之家於鄞者，皆重公之行，願有所贈，於是學士楊先生維新過謂鐸曰：「章故吾鄞巨族，族有聞人，公又其最賢者也。公自永樂中以富民徙實京師，受廛北郭，北郭之民久且信之，至訟者質其成，而盗者愧其知。公雖早違鄉邑，家族恒仰公以爲模表，公又取其賢者而教育之，如方伯繪，舉人紹，黄門鎰，進士鋭，皆與有力焉。今兹北郭之民蓋重惜公之去，而吾鄞人則幸其得歸之爲喜。子能爲我圖其所以贈公者。」予曰：「先生知公之所以去歸其鄉者乎？」先生曰：「人心不可兩用，方壯之時，其氣盛，其志鋭，其材雄，故凡百念乘之以動者森不可禦，而莫不有事於四方焉。暨其既老，則盛者消，鋭者沮，雄者伏，向之所爲，無復顧籍，而惟宗戚墳墓鄉土之思，亦人之情也。」予曰：「是則然矣，其亦有耄邁衰疾，奔驅勞苦，終其身而不得休者乎？公以八十之年，遐祉盛福，危冠博帶，以榮歸于其鄉，仰而懷，俯而視，少者壯，壯者老，而老者没矣。白髮儼然，青山如故，得以優佚桑榆之景者，果誰之賜耶？昔史遷稱漢文帝時，六七十翁游遨嬉戲如小兒狀，以爲極盛，然則公之歸也，其可以卜吾皇之治乎？」先生曰：「然亦有生死射利、志得意滿而未知所以止足者。公今日之歸，固上之德，而所以能歸者，則又公之獨見。故君子惡夫以官爲家，而以不去其鄉爲可法。」鐸起而嘆曰：「先生之言至矣，請書以贈公，且使夫人之聞之也，其亦有所勸乎？」明日先生與鄞之大夫士餞公於都門之外，因屬鐸叙次其言以爲别。

吴修撰汝賢省親送行序

今年秋九月，吾友翰林修撰吴君汝賢有歸省之命。於是君去家蓋十有四年，而檢討公太孺人年方六十，君已再轉官長史局矣。初君以親命，久不果於行，乃者朝廷特重近臣之去，復更定爲令，凡臣僚去家十年者始得請。君雖以例當行，猶懼上意之不敢知，惘惘然若有不堪于懷。既而命下，人皆爲君喜之，而君亦自喜其過望。夫省親在我朝爲恒義，臣子苟不欲行則已，未有不俞其請[二]者，而今乃若有不易。至如君者，去家之久，亦復以得之爲過望，過望而喜，望而未至，則戚以憂，固人之情哉。噫！使君當未更令之前隨例以行，未必知上之恩如是之深且難也。吾於是乃知恩賞威罰之不可不謹，而一張弛之間固可以收人心於不墜矣。雖然，感恩而知報者恒人也，若夫君子則又有不盡然者。古之人固有奔走勞苦，終其身不遑養親，如四牡杕杜而不以怨上者，苟推私養之爲恩，置王事於不顧，豈仁人孝子所以善事其親者哉？亦豈賢父母所以教其子之心哉？吾於是又知公義私恩之不可偏廢，而一舉措之間可以窺君子之用心矣。然世之人，懷禄以爲君，營私以爲親者，往往而是。至或假托附籍於公義私恩之間，以便其身圖，於是上心始疑，而賞罰之施，亦將無所憑矣。於乎！均之一事也，而所繫不同乃如是。然則君子之所以自立，烏可於其微而忽[二]哉[三]！君明達博雅，落落有大志，於此蓋所熟聞而素履之者，予深未能以無愧焉，而猶不已於言者，亦朋友之誼也。

【校勘記】

［一］請，《净稿》作文卷二「情」。

［二］浙江圖書館藏《文集》抄本「忽」下有「之」字。

［三］《净稿》文卷一此句後，又重「烏可於其微而忽哉」一句。

安素處士姜公挽詩序

安素處士嘉禾姜公既殁之十有九年，其子南京秋官郎中用貞始出劉欽謨所爲《傳》視予。既又輯諸大夫士所以哀處士者爲詩凡若干首，强予序。予念得從用貞游非一日，竊名世德之末，固所願欲，特蒴劣無以闡幽微，信久遠而情又終有不能辭者，乃□□□而三復之，曰：「世復有斯人哉？世常説古今人不相及，其不可作已。」《傳》稱處士有喪親之孝，有讓弟之友，有郵交之誼，有教子之忠，四者皆行之大者。處士視古之爲人子、爲人父、爲人兄、爲人友者，殆無所與愧。於乎！世復有斯人哉？予生晚，不及見處士，又居相遠，不得親觀處士之遺風。獨識處士之子，有足遠過人。昔歐陽崇公以深仁厚德困于下官，至其子文忠，遂用文章行業以顯，而公因亦以大顯于天下，後世之知有崇公者自此始。然則處士以此終其身，于不得試者將不在用貞乎？蓋用貞之所以自處，以不死其親者當不止於其所已能。《孟子》曰：「事親若曾子，可也。」夫豈以歐陽氏之顯其親者爲足爲有餘哉？即大夫士之所以哀處士者，至於今不衰，非處士有得於人，人則用貞有以信之然，此又豈予一人之私言也哉？

桃溪類稿卷之二十四　序

贈寧國通判陳君序

成化乙未秋八月，吏部以吏比奏補中外官，先是，取太學諸生以及諸鄉進士群試而參用之。予友陳君德廉，名實在上第，故事當得州守府上佐。惟上之人重名爵，則更用以待超遷者爲勸激之具，每初授僅一二人，至或不以及，德廉乃遂有寧國通判之命。夫以德廉之才之學，以之取進士，列縉紳侍從間，宜無不可者，而乃偃蹇沉欝以至于今。上之人猶以其所當得者縣之爲勸激，勸激而後能，士之豪傑者不屑也。德廉今所謂豪傑士而果有待於是哉。然作其立名喜功之氣，使之鼓舞奔赴，不自知其入於善，則固上之人之任也。於乎！充是心而上之，以及於無窮，使盃羹巵酒有重於千金之賜，則轉移天下之道，其殆庶幾乎！故以德廉之賢而得是不爲詘，而上之人所以待德廉亦不爲薄矣。吾獨念夫予與德廉同領鄉書十有七年于兹，如予之迂疏淺薄，視德廉殆不能以什一，而守愚坐食，進退無據，至以官階相夸詡，必猥歸之以辱諸大夫士之後。而德廉所得乃若是，予又不知其所謂勸激者果何如也？雖然，昔人謂邑之政可達於天下，况寧國近在畿輔之内，環千里以爲郡，通判之尊，視守爲別駕，千里之休戚，守與通判實共之，而或不加之意，夫豈但其政之不可達而已？故古之君子不患其位之不足，惟患其職之不修而薄功厚享者。天道每惡盈焉，然則德廉於此亦可以自念矣。德廉其行哉！知人則哲，予既昧於自處，懼無以深知吾德廉也，故又以克艱之説終焉，亦朋友之誼也。德廉其行哉！

勉軒先生挽詩序

古者閭巷之學，自黨術以達一[二]國，莫不有師。閭巷之師，蓋大夫士致仕而老于其鄉者爲之，曰上老、庶老，坐左右塾而教焉。歲事畢，則餘子皆入於學，至春而傳農事。士與農初不易業，而學以爲常，如是者雖欲不習於善，不可得已。去古既遠，學校之政不及閭巷，家自爲俗而人無定學，於是有起而爲一鄉之師者，一鄉之人無小大、無衆寡、無賢不肖皆得而師之，則亦豈非古所謂閭巷之師也哉？閭巷之師，不繫於上，惟布衣之從，教自我立，而卒莫之能外，若是者豈不益見其難能也哉？勉軒張先生世家吾鄉之桃溪，桃溪之人無慮數百家，家有子弟，自童孺莫不求先生而受學焉。先生久抗師席，歷宣德、天順，先後幾四十年，蓋吾叔父寳慶先生而下，鮮不及其門者。雖以鐸之無似，亦得以備灑掃之末。於乎博哉，先生之爲教也！先生之没，今二十有餘年矣，凡生長吾鄉者，過先生之閭，莫不惻然曰：「此吾昔之所從以受業者也。」見先生之子若孫，亦莫不曰：「此吾後人之所當愛念而弗忘者也。」吾豈苟焉哉！於乎！異時豪家右族威武斷鄉曲、持禍福以讋動人者何限，而今視先生何如哉？先生隱約終身，名不大顯於時，而獨不没於其鄉，鄉曲之譽，故非偶然。世之人固有獵取天下之名，而終其身不能得之於鄉曲者，由是而推，則先生之所養可知矣。先生之學與行，鐸叔父既銘之墓矣，先生之子某，又不遠數千里，將遍求今之名能詩者，以大白先生於天下後世。鐸淺薄，無能窺見先生之遠且大者，姑即其施于鄉者，以告夫今之所謂閭巷之師，作《張先生挽詩序》。

【校勘記】

〔一〕一，《净稿》文卷二作「于」。

京師十景詩序

京師，天子之居曰京師者，衆大之詞。天子宅中而居，既衆且大，以觀萬方，以朝諸侯，以奠民物，維宗廟，維郊社，維百官庶府，罔不在是。是爲天地之隩區，疆域之都會，非據河山之勝，極形勢之全，不可也。我太祖高皇帝受命之始，宅都金陵。太宗文皇帝入繼大統，遂營北平爲北京，乃即勝國之都而廓大之。於是在金陵者爲南京，而京師遂定于此，於乎！自石晉氏割燕雲十六州之地以畀契丹，而兹土不沾中國聲教者，蓋餘四百年于兹矣。雖以宋之全盛不能一日而有，乃今闡華辟夷，屹爲天府，一代衣冠文物之盛，光前邁後，遂爲聖子神孫億千萬載之業，豈非天秘地藏，若固有待於其間？吁，盛矣！鐸等遭遇聖明，仰瞻天邑，咏歌贊頌，以鋪張盛美，分内事也。而異時諸老之作，所謂京師十景者，大約略備。景凡幾詩，詩若干首，洋洋乎，渢渢乎，蓋將擬《二京》《三都》而作者。嘻！亦盛矣！然京師之所謂衆大者，夫豈直是哉？經國之規模〔一〕，立朝之綱紀，上之天命之永祈，下之民心之顧畏，蓋無往而不用其極。斯則國勢尊安，王靈顯赫，所謂在德而不險者也。《詩》曰：「商邑翼翼，四方之極。」又曰：「鎬京辟雍，無思不服。」鐸不佞，敢以是爲今日京師之頌，以率先十景之作，庶幾我列聖創造締述之深意，真[二]足以上配殷周於無窮也。於乎休哉！年月日。謹序。

【校勘記】

[一] 模，底本作「摹」，據《净稿》文卷二改。

[二] 真，浙江圖書館藏《文集》抄本作「直」。

重修宗譜後序

成化辛卯冬十二月，叔父愚得先生以寶慶知府來朝于京師，念欲乞身，未得也。鐸侍教在告者凡兩越月，乃取吾《謝氏宗譜》，參酌歐蘇之法而損益之。譜别爲類，有録、有圖、有考、有傳、有範、有志，録之目有二，圖之目亦有二。而又有所謂誥、勑、詩、文者附焉，總之爲類十，類各有題引以標識之。於是僞者芟，訛者正，疑者闕，凡以本之傳信，而不敢一有容心於其間。於乎！吾謝氏遷黄巖，始經略公，譜之傳蓋不知其幾十世矣。憂亂屢更，散落殆盡，乃今斷自禄八府君爲一世祖，至鐸得九世，九世之上不可得而詳焉。然則斯譜之作，夫豈得已哉？於乎！自宗法不立，世之人不一再傳，而皆已不知其身之所本；不知其身之所本，則不知所以尊祖；不知尊祖，則不知所以敬宗；不知敬宗，則不知所以收族；不知收族，則不知所以崇恩愛長和睦，而人道或幾乎息矣。昔之君子蓋曰：彼且不知身之所本〔一〕，吾無如之何。吾視吾力之所能者，則姑自吾一家一族而始之，庶其攝人心以厚風俗者在是乎？然則譜之始作也，亦豈得已哉？雖然枝分派別，昭穆親疏，秩然不紊，一舉目間，而千百年之世數如指諸掌者〔二〕，譜之文也。所謂尊祖，所謂敬宗，所謂收族，所謂崇恩愛長和睦，以不忘其身之所本者，則文之實也。立法創制本之躬行之實，而不能不著之文，以傳示天下後世者，上也。因其文之著，以力求造乎其實而不已焉者，次也。若乃飾輪轅爲虚車，而棄之如芻狗，顧舉以號於人曰：「吾譜某法也，吾譜某例也。」則亦將焉用彼爲哉？吾叔父篤學力行，好古不倦，蓋欲以其本之身者達之天下，而位不滿德，乃退而修諸譜，又將行之一家一族而爲之兆也。然則斯譜之作，亦豈先生之得已也哉？於乎！不得已而有作，則先生之所以望吾後人者深矣。鐸無似，大懼世德負荷之不堪，以深有忝吾先生之教，謹贅其説于後，固將與吾謝氏之子孫俯焉，各求至乎其實，以庶幾乎古人修身齊家之意，以不愧於斯譜云。

【校勘記】

〔一〕不知身之所本，底本及《浄稿》文卷二皆無，據浙江圖書館藏《文集》鈔本補。

〔二〕者，底本作「百」，據《浄稿》文卷二改。以文意推之，作「者」當是。

贈王存敬大尹序

國朝進士，在吾郡先後幾百人，獨方伯陳公、亞卿范公以知縣起家，以迄于今，而始有余崑山茂器，馮宿松融端，王吉水良玉，吴績溪孟章，以及吾存敬。存敬，今和州節判王君之子也。和州於吾文選黄君爲知己，文選之子倩又於存敬爲知己。始融端以近例不合爲知縣，人多以是咎文選，至是則又以是多之，曰：「是果不爲私者也。」予曰：「不然，若是者不爲避嫌則爲賣直。賣直避嫌，鄉黨自好者不爲也，而謂吾文選爲之哉？況其進退黜陟之柄，雖冢宰上卿，有不得以自由者。若是者豈特不知文選，抑不知命矣。命之所在，固不特[一]求而得，雖求而得之，亦命也。夫惟不待求而得，則亦何有於愛憎取捨之間哉？雖愛而取，憎而舍，亦命也。故凡廷寵之爲行人，不爲御史也。應昌商霖之爲大理刑部而南也，命也，獨融端哉？執是以咎吾文選而疑之，則過矣。」或者曰：「自三代官人之道廢，天下之困於命者何限？今子獨以其一鄉之私，一二人之故而疑之於命，是何其見之不廣也？」[二]予默然不能答。文選聞之曰：「此吾黨之罪也。願書之以志吾過，遂以爲存敬贈，且以諗之，諸君以爲何如哉？」予托交存敬父子，猶文選也。文選之心，獨予能知之，存敬能知之。存敬識趣不凡，而其問學之功又進進不已，則夫義以處命，盡其在我者，以施之於政，以幾及於古人，蓋聞之熟矣[三]，在篤信而力行之耳，予不復以贅。

【校勘記】

[一]　特，《浄稿》文卷二作「待」。

[二]　自「夫惟不待求而得」句至「是何其見之不廣也」句之間文字，底本錯亂不通，據《浄稿》文卷二改。

[三]　底本脱「矣」字，據《浄稿》文卷二補。

贈項先生南歸序

皇上御極之十有三年，念承平之久，文恬武熙，乃奮自乾斷，明目達聰，務悉幽隱。既又用近臣之言，式序在位，以大彰黜陟於天下，於是大臣坐陳乞去者，前後以十數。既又命吏部合諸司百執事而群覈之，後先奏免者，又凡以十數，而加倍蓰焉。初，是法之行也，小大凜凜，若明神之臨于其上，不遑朝夕。吾鄉衛幕項公士昭，竊獨自喜曰：「造物者其以是假予，吾於是而不得遂吾志，斯已矣。」乃亟命其子魁以痼疾辭，明日果報罷。予往賀焉，公忻然曰：「某不自分，其有今日，是果吾君之賜也哉！」蓋公於是年既七十，謝病而居者幾二年矣。維是倉儲實主去納例，雖如公者，不得輒棄去。公讀書飭行，起自太學，被旌孝之典，顧欲完晚節而未知所以處，乃今得一旦藉是以歸，夫豈不快然於心也哉！吾用是知天下事，固有衆人以爲易而得之獨難者，亦有衆人之所不堪而若獨以爲甚快者，此特視其所遭與其人何如耳。噫！使公不繫兹職，則雖所謂卿相師保，苟欲去之，未有不以爲易者，使公之心不安於去，則雖簞食豆羹，亦或有不堪於色者，然則公之行也，固可以觀君子之所養，抑亦可以仰窺世道之萬一矣。或疑公及是而行其迹，不能不同於衆人者，是大不然。君子之出處去就，惟慊於其心，不愧俯仰之爲貴。昔之人固有去國不潔其名者，而陽辭陰取之徒反或施施焉，自以爲得志，若是者，而何以其迹爲哉，而何以其迹爲哉！公聞之，益自喜曰：「他人有心，予忖度之。吾無以易此矣。」於是，文選黄君世顯亦以予言爲然，乃相予書，遂以爲公別，且以告夫人人之欲知公者。

贈太守史君赴潯州序

今年春三月，廣西潯州府知府缺，天官卿推户部主事史君芳奏補之。廣西，古百粤地，去京師幾萬里，而潯又重江復嶺，爲廣之絶徼，蓋所謂大藤峽者在焉。地深以阻，治之非其人，則不幸往往而有他。因襲之久，士之官四方者，類以得是郡爲不樂。其行也，莫不惘惘然有懼色，而人之見之，亦相與勞苦慰藉之不暇。君既拜命之明日，予往賀焉，君漠然不爲意，第曰：「潯，大郡也，廣東西之安危繫焉，吾何足以堪之？」既乃見，凡所與游，皆曰賢者固不可測，則益相與嘆當道之明於知人，處君之足當其材而無所苟也。初，天順甲申，予與同年進士李君東陽十八人者奉命入翰林爲庶吉士，君雄材偉觀，在輩行中，人莫之敢易，而君亦偃然自顧念，欲得劇職，將大有所爲以自見。然則今日之行，固宜君之所不以爲意者。蓋朝歌渤海，昔之人嘗用之以大治，而其勳名位望，亦因之以大顯，初未聞其以艱難險阻而自沮也。又況納之於人之所不堪，以動心忍性而增益其所不能，則亦惡知夫造物者之不深有意於君，以大成就之於其後也哉？雖然，君爲世家元名臣天澤之後，先君子某，又嘗爲兵馬指揮，文事武備，固其所有事也，則亦何有於是哉？獨諸君念交游之故，謂君之行不可以無贈。以鐸犬馬齒宜爲之序，乃不敢辭而僭有是説，君果以爲何如哉？

貴州按察副使李君贈行序

今年春，貴州按察副使缺，吏部以監察御史李君勉之奏補之。命既下，有惜君者曰：「貴雖名藩方，實荆廣川雲之衝，於西南爲絶徼，去京師蓋幾萬里，舟楫所不能至，古所謂羅施國者在焉，夷獠雜揉，寔有徒喜則人，怒則獸，治者恒簡節疏目，猶或懼其不幸往往而有他，君縱賢，其如彼何哉？」爲君喜者則又曰：「法嚴於近，遠則寬。寬則人得以自遂。治難於始，久則習，習則人易以安。維是貴州入我王度蓋餘百年于兹矣，化更治洽，人樂其生，晏不敢動，非如異時荆廣川雲之有足慮者。然朝廷終以其遠中國，特羈縻之，不甚繩以法，而吏責亦得以少逭焉。是名雖遠邦，實則樂土，况賢如君者而往，夫豈不綽綽然有餘裕也哉？」予曰：「不然，由前之言則甚難，由後之言則甚易。以爲難則怠心生而阻，以爲易則忽心生而驕。驕且阻，而天下之事去矣。有志者視天下事皆所當爲，視天下事皆所可化，惟不亟不徐，持以歲月，則用夏變夷，不阻於難而怠心息矣。不縱弛於人所不知，不幸免於法所不至，莫見莫顯，天威只尺，則視遠如近，不驕於易而忽心息矣。不怠不忽，此忠信篤敬之道，孔子所謂蠻貊可行者也。充是以往，夫豈一貴州也哉！君練達老成，以名進士爲御史，嘗有聲於福建、江西間，所謂難易之説，蓋聞之熟而行之素矣，夫豈有待於予言者哉，又豈以人人之言而自惑者哉！」君行有日，文選黄君世顯、行人董君廷寵皆相予言，以爲有足以贈君者，遂書之作《李憲副送行序》。

贈按察副使李君序

皇上以深仁厚澤煦濡臣工餘二十年，文恬武熙，奔走仰承，唯諾恐後。乃者用述職大彰慶讓之典，以式序在位。一時大臣坐罷免去者以十數。中外百執事，自部署藩臬下及抱關之微，蓋已不知其幾，尋即吏比次第調補之，無廢官焉。於是吾友浙江按察副使李君若虛亦預有更賢之行，大夫士若僉憲鄒君濟時輩皆知君者，因相與惜其去，作而嘆曰：「甚矣！知人之難。驩兜之於共工，無惑也，雖堯之聖，猶不能不沮於鯀；叔孫之於端木，無惑也，雖晏嬰之賢，猶不能不沮於仲尼。此魚目之珍，燕石之玉，鉛刀之銛，莫邪之鈍，所以眩瞀顛錯，卒莫之辨。而阿即墨之毀譽，在所必察，而不可以後焉者也。」予曰：「不然，此特爲知人者言耳。若君子之自處，則豈以人之知不知爲意哉？君子者，舉天下譽之而不加勸，舉天下毀之而不加沮。蓋其所以自處者，能爲可貴而不能使人必貴己，能爲可信而不能使人必信己，能爲可用而不能使人必用己。是以大行不加，窮居不損，舉凡天下之物，皆無足以動其心者，而況一不快於出作入息之間哉？抑予聞之，重耳之伯心生於曹，小白之伯心生於莒。又安知抑之非揚，損之非益，而有餘者之不積於不足耶？且盈虛消息之機，實屈信往來之相與推蕩而不能自已者。暨其至也，天固不能嗇於人，而人亦豈能辭之於天哉？獨念予之於君，初與李學士賓之諸君爲文字交，未幾皆散落南北，而君復得以提學過予，過則劇談徹夜，俯仰疇昔，尚友千古，蓋皆悵然有遐思焉。茲予方卧病，又將棄予以去。是何但樂育之下，悵悵無所與歸？雖予之心，亦終有不能恝然者。若君之勳名志業，固未可涯，夫豈有待於予之言哉？夫豈有待於予之言哉？」

桃溪類稿卷之二十五　序

感情詩序

感情詩若干首，廣東按察副使應公志欽之所作也。公以湖廣副使起復京師，凡八越月，而始有廣東之命。於是情之所感不能自已，而是詩作焉。初，公以景泰辛未進士，拜南京監察御史，遂擢僉事，進副使，歷江西、福建、湖廣，以迄于今。一時同年如公者，蓋已握要樞，爲天子心膂，得以振威令如反覆手矣。而公方逡巡仕途，凡五歷臺憲，幾三十年而官不過四品。於乎！非命也耶？然命出於天，雖天亦有所分，予所受者大，則其小者不足[一]取也。公之先君子全歸先生，以雅德盛福躋于上壽，母弟學正君志道、鄉進士志順，又皆森聳翹特[二]相爲後先，一時門地冠裳之盛如公者，殆亦莫之與京，况公回視鄉邑，名同薦書若秋卿林公、進士羅公者，亦既已如此矣，而公方老成，屹立挺然如後凋之松柏。於乎！此其天之命於公也，亦豈可謂不厚哉！雖公之心，亦願留其有餘者以還造物，以遺子孫，不然，以公之才之賢而偃蹇至是，豈理也哉！抑今之所謂命者，不特士之進退，雖上之用舍亦不能不參之毀譽愛憎之間，及其至也，蓋有莫知其所以然而然者。於乎！斯亦豈非所謂命也哉！命之所在，惟君子以義處之，則進退之機，恒在我而不在人，故用舍之命，君子有弗命者焉。公鐸叔父寶慶先生知己，鐸所敬事而不敢後焉者也。其於義命之際，誠有非鐸所及知，特因公詩而謬爲之説如此。公詩既成，大夫士應而和者又凡若干首，遂聯爲大卷，而鐸也亦以公命僭厕於其末。

【校勘記】

［一］足，《净稿》文卷三作「得」。

［二］特，底本及《净稿》文卷三作「待」，據浙江圖書館藏《文集》抄本改，據文意，當以「特」爲正。

重修洞黄黄氏族譜序

吾邑多舊家鉅族，邑之東南曰洞黄黄氏，蓋其先昭武鎮都監某，避五代之亂徙自閩，幾五六百年于兹矣。子孫繩繩，無慮千數百指。都監之十四世孫松塢公某，懼其族之遠且蕃，而或不知所以相親相别也，始與其子職方君某爲之譜。越五十年，職方之子今文選郎中某，復取歐蘇之法，因舊譜而增修焉。曰大宗圖，則因其所謂宗緒圖者而修之；曰小宗圖，則因其所謂六世圖者而修之；曰譜傳，則因其所謂世事録者而修之。而復益以墳墓誌、居徙考、昏姻世考，則又歐蘇之所未備者也。於乎！其爲法亦詳矣。昔先王之世，太宰以九兩之法繫邦國，曰宗以族得民，而又有小史掌邦國之志，以奠繫世，以辨昭穆。當是時，雖蚩蚩之民，皆知不忘其祖，不紊其宗，以自相安，於相親相别之中，有莫知其所以然而然者。自夫宗法之不立也，而後賢士大夫家始自爲譜以親其族，以别其類，以幸其不至於忘且紊，以求自附於先王之民。於乎！譜之作，其宗法之變乎？然自歐蘇譜學既行之後，世之效而爲之者亦衆矣，卒鮮聞能保其族至于久而不替者，故曰必有《關雎》《麟趾》之意，然後可以行《周官》之法度。然則譜者固君子之所不敢後，而亦曷嘗專賴是以爲重也哉。黄氏之先，世載厥德，其遠者吾不可得而詳矣。若松塢公之重厚狷介，職方君之廉退孝讓，所以行之身，教之家，施之政，以孚于其鄉者，蓋皆鑿鑿乎不愧所謂先民[一]長者之風，至於文選而益有光焉。文選之子倆，又方承其家學，以明經取進士。於乎！黄氏之澤於是乎不可涯矣。鐸不佞，辱與文選交最久，故於其世德知之特深，因取以列之首簡，以見兹譜之修，其所藉以爲重者，在此而不在彼。譜之附録，又有所謂誥勑，所謂詩文，蓋皆世德之可考見者。於乎！黄氏之澤於乎不可涯矣。

【校勘記】

［一］民，浙江圖書館藏《文集》抄本作「生」。

送林蒙庵先生序

今年秋，兵部郎中蒙庵林先生萬容有南歸之命。先生年未六十，一旦抗疏以去，當道者重以士論勉留之，至於再，先生疏凡四上，期必得請乃已。於乎！先生在下位，隱然以一身負天下之望。今天下所謂名士者，蓋將視先生之[一]進退以爲重，先生兹行，其不輕而審者[二]，較然矣。人或曰：「先生紆徐仕塗幾三十年，未嘗言去，去輒不顧後先，奮不可奪，賢者之不可測也，固如此。」予曰：「不然，隱者爲高，故往而不反；仕者爲通，故溺而不止。先生非隱者也，非仕而通者也，《易》曰：『罔孚裕，無咎。』又曰：『敦艮吉。』先生其庶幾乎？世固有終其身不屑於天下而矯抗以干名者，曰吾其爲《易》之艮；亦有終其身不惜於天下，而假託以罔利者，曰吾其爲《易》之裕。於乎！斯不亦侮聖言哉！然失之艮，猶不失爲自守。失之裕，則枉己徇人，將無所不至矣。是以君子寧不避干名之嫌而不敢一置其身於罔利之迹，惟夫誠不以名而止於不可不止，誠不以利而進於不可不進，斯則用舍行藏之義，庶幾乎聖人之教，而於道無負矣。鐸也實耻於進而未知所以止，方將就先生而問焉，而吴君道本顧以予言爲先生贈。於乎，予言豈足爲先生有無哉！」

【校勘記】

［一］之，底本作「爲」，據《浄稿》文卷三改。

［二］者，《浄稿》文卷三作「也」。

通政經歷徐君贈行詩序

成化庚子春二月，天官卿以吏比奏補中外官，乃取太學諸生與諸進士，比諸途進者，絜短長而參用之。永嘉徐君宗德，裒然出諸生之右，遂拜南京通政經歷，於是君領鄉薦，居太學十有六年。初，君之謁選天官也，願得一州縣以自效，曰：「吾不得於進士，將得於民，吾敢以是爲勞人者哉？」既而不果得，則又曰：「吾願如是而不可必得，則命也。吾何擇乎哉？」夫今之所謂仕宦者，外而尊寧内而卑，此人之情，而亦輕重自然之勢也。况通政，天下[一]喉舌，而其屬視部寺臺省，不爲甚卑者乎！君之志，蓋以爲居其職則思任其事，與其逸吾身以負於職，孰若勞吾心以不負於民。是以寧爲彼不爲此也，夫豈擇所利以自安者哉？或者曰：「君先給事與今天官卿同事先朝爲知己，其知君也蓋深，用而不違其材也審矣，而何以其志爲哉？」予曰：「不然，以夫子而使漆雕開仕，非不知開也，及開對以未信，又從而説之，則固不若開自知之爲至也。然則，知人之道其難乎？於乎，誠使今之士自知皆如開，而説之者皆如夫子，將天下無難事矣。」雖然，君年方壯，誠以其有餘之力而益求於學以充之，他日出而爲方岳、爲郡太守，以從事於民，未晚也，則亦何歉於[二]自知者哉？君始與張君尚美、彭君□□[三]讀書後湖，未幾連舉於鄉，稱後湖三友。兹行也，尚美實相率爲詩以贈，而屬予爲之序。予亦知君者也，因不敢讓而述其意以歸之，君以爲何如哉？

【校勘記】

[一] 天下，底本及《净稿》卷三均作「天子」，據浙江圖書館藏《文集》抄本改。通政職責爲通達下情，受理内外奏疏，故以「天下」爲是。

[二] 於，浙江圖書館藏《文集》抄本作「乎」。

[三] 此二字爲「彭君」之名，底本及《净稿》文卷三均空缺。

贈寧波守馬君序

士之以進士進者，歷京朝官既久，乃始得爲藩臬、爲郡太守，其選曰推選，蓋又以其所謂行與能，而非盡以資格也。然藩臬之員視郡太守實半倍之，守之位雖下，不爲卑，而其職之於民也，視邑不甚遠。凡民之疾苦，政之巨細，藩臬不能知者，守得以知之，邑不得爲者，守得以爲之，故識者謂舉天下之郡守得其人，則天下之治得矣。然人之情寧得藩臬下僚，而不樂於爲郡者，何哉？藩臬之所讓部使者而已，郡則藩臬之胥掾，亦得以媒蘖凌轢其間，使之望顔色、聽麾指，郡之於藩臬，猶邑之於郡也，故邑願爲郡，郡願爲藩臬，此勢也，亦人之情也。是以古之爲官者，恒難乎其大；今之爲官者，恒難乎其小。難乎其大，則益見其有餘，恐恐焉懼負天下之責，而不敢一日冒寵榮以爲樂。難乎其小，則益見其不足，急急焉懼失天下之利，而不肯一日甘貧賤以爲安。所以然者，以職業則小者易塞，而大者不易塞；以勢位則大者得肆，而小者不得肆。於乎！君子於此亦可以觀世矣。馬君廷宣以丙戌進士，歷秋官郎中，去年冬乃遂有寧波之命。寧波大夫士太史楊君惟立輩皆相與屬予爲贈言。君西蜀世家，伯兄誠與予同年，今崇府長史南京户部郎中自然、蕭縣尹綸，則皆君之群從昆弟，同舉進士者也。君既練達明敏，爲僚輩所推重，而又得於家學者如此。其知職業之難而不樂於爲郡也，必矣；其能不以郡之不欲於藩臬者施之邑也，審矣。所以大慰兹郡之民，以不負於其大夫士之所望者，將不在是乎？因爲之言，以徵諸其他日。

愚得先生文集序

昔人有言，文之用二，明道、紀事而已矣。六經之文，若《易》、若《禮》，明道之文也，而未嘗不著於事；若《書》、若《春秋》，紀事之文也，而未嘗不本於道。後世若濂、洛、關、建，則明道之文，原道復性，蓋庶幾乎是者也；司馬遷、班固，則紀事之文，唐、隋、五代史，蓋因襲乎是者也。舍是而之焉，非文之弊，則文之贅也。斯甚矣，乃若雖不主於明道而於道不可離，雖不專於紀事而於事不可緩，是固不得已於言而其用亦不可缺。故上而郊廟朝廷，下而鄉黨邦國，近之一家，遠之天下，皆未有一日舍是而爲用者也。特幸而遇焉，則用之爲制誥、爲典章、爲號令征伐，而其文遂以大顯於天下；不幸而不遇焉，則用之爲家訓、爲學則、爲諭俗之文，則其用有限，而其文不能以大顯。然幸而用之郊廟朝廷天下矣，而行愧其言、事戾乎道，玆顯也所以爲辱也，奚貴哉！君子所貴乎文者，體道不遺，言顧其行，有益於實用，而不可缺焉耳。鐸叔父愚得先生博學好古，蓋嘗以其所抱蓄者大肆力於文矣，然官止一郡，未老而休，所謂郊廟朝廷天下者，其文已無所於用，獨其用之於郡邑、於鄉黨、於一家一族者，皆諄諄乎道德倫理之懿，言之自身，而不爲無用之文，以取譬於天下。是蓋不必主於明道，而於道不可離；不必專於紀事，而於事不可緩。所謂布帛菽粟之文如先生者非耶？是又安知先生之文不盡用於今者不大顯於後耶？鐸學文於先生幾三十年，而未知所用，姑識吾愧以掇其大者如右，庶後之人得以考焉。

劉氏宗譜序

法立於一家，而天下之治由之，此衆人之所謂迂，而君子盡心焉。何也？一家者，天下之積也。人各重其家，以不忘其身之所自，則各親其親，各長其長，而天下之治可幾矣。宗法者，先王所以攝人心、厚風俗，使人尊祖重本，以不忘其所自者乎？夫自《周官》九兩之法不行於天下，所以奠繫世、辨昭穆者，皆無所於屬，於是生無宗、死無廟，族之人不相爲慶吊，而先王敦[一]叙收睦之意微矣。君子於此有不得已焉，則自吾力之所能者爲之譜，以聯其宗。宗各有譜，則人猶庶幾焉，皆知其本之所自，不敢輕視其家，以一試其身於不屑，而朝廷之勢尊，朝廷之勢尊，而天下之治將於是乎在矣。是宗法與治道實相表里，而譜又所以繼宗法之不足而爲之者也。太守劉公攄誠，以名御史涖吾台郡，其家在濮[二]。濮，故金元[三]擾攘地也。故家大族譜諜類無存者，公特取其可徵者爲《劉氏譜》。蓋自高祖而上，雖名與字亦不敢加一詞焉。公之意蓋歉焉，若以不得其詳之爲恨，因舉以質於予。予曰：「此譜之法也。譜之法不幸而無所據，與其不可得而詳也，寧略其所不必詳；與其不能無疑於其所不知也，寧缺其所不可知。」故老泉之譜六世之上無傳焉，君子不以爲略。歐陽子之譜自詢至琮三百年爲七世，自琮至郴乃七十八年而爲十三世，其詳也，蓋不能無憾焉。由是而言公之不得其詳也，夫亦奚歉哉。夫譜，文也。由文以求其實，猶懼其或不至，況又於文而僞乎？公質直無僞，故其見於譜者如此，充是以往，他日登廟廊佐天子，以大敷天下之治，雖舉此而措之可也。然則斯譜也，又豈直劉氏一家之譜哉？作《劉氏宗譜序》。

【校勘記】

[一] 敦，浙江圖書館藏《文集》抄本作「敷」。

[二] 濮，底本及《浄稿》文卷三均作「潗」，據浙江圖書館藏《文集》抄本改。下一「濮」字同。

[三] 元，底本及《浄稿》文卷三均作「源」，據文意改。

贈太守劉公九載考績序

太守劉公攄誠治台之九年，將以其績書上考于天官。台之六邑令朱君熙之輩受公之知，戴公之德，皆願留公而不可得，則相與謀所以贈公者，以屬吾令尹丁君隆，君介其縣學生高君升來告於予曰：「諸君意惟必得之爲慊，無過辭也。」予曰：「噫！予郡民也，父兄宗族皆屬公以治，公之行予亦烏得而無情哉？獨念公以名御史，聲迹在淮浙間，赫赫如前日事，而久詘兹郡，爵不酬勞，兹行也，公之情將無不可也。雖然，郡刺史，尊官也。昌黎有言：『大丈夫官至刺史，亦榮矣。』幽遠之細民一或不得其所，能自直於鄉里之吏者蓋鮮，況能自直於刺史之庭乎？夫刺史去民不數百里，其欣戚利害且不可得而悉，冢宰上佐天子，禮絶百僚，去刺史不知幾千百里，顧欲一一悉其賢與否而黜陟之，可乎？然則公之滯於兹郡也，無惑矣。」或者曰：「今冢宰公實公同里閈，文選君亦台民也，而何以不知公爲哉？」噫！予於是蓋益重公而不能不有感於今矣。古所謂公無私者，其取捨進退無擇乎親疏遠近，惟其宜而已，今有無寧不私一己，以負天下之公者乎。冢宰公文選君，蓋不失古所謂良有司也，必不屑矯焉，以遠其親者邇者，而公亦豈以是而有疑乎其上者哉？然則奈何？曰：有命焉。噫！士生三代之下，不能不繫於命也久矣。如以命，則柳子所謂房生之棋適近其手而先焉者也，非能有所擇而朱墨之者也。公而知此，亦安知十數年之詘，不爲一旦之信，而其不足於今者，不有餘於他日哉？故曰：信者積於詘者也，有餘者積於不足者也。抑予聞公嘗兩薦而不果矣。兹行也，高爵厚禄之來，殆不可禦。予當洗耳爲公釋前之疑，且以致吾台人之私賀於公也。

慶范太安人受封詩序[一]

國朝推恩臣僚，内外著爲定制。廷臣始自七品，以三載考績稱者，例得貤封其父母。然而又有所謂特恩、所謂恩例者，則又往往不在此數。外則雖藩臬重臣，亦必九載不罹于過而後得。其不待九載以旌異而得者，蓋不能千百而十一焉。然則以郡縣之職而得預兹典者，夫豈不甚難也哉？吾鄉天台范君以貞，始以刑部主事執法，論死獄忤拳貴人，黜爲鳳翔通判。未幾，治聲隱隱，起西北巡檢。□先諸大臣交章論薦以爲賢，遂被旌異得推恩。贈其父宗儒公爲通判，母陳爲太安人。以貞尋亦超擢寧國知府。夫推恩之典，其得之在主事。若甚易，而以貞不能得在通判；若甚難，而以貞能得之。噫！得之不得，其所以爲以貞者固在也。而或者乃謂知不得於虞，而得於秦；忠不用於隋，而用於唐，豈理也哉？然大夏生植，而叢棘能有所芘；疾風烈寒，大木百圍至或不能以自保；秋水時至，溝畎有一溉之功；亢旱竭澤，江河不足以活魚鱉。遇不遇，物固有然者矣！則夫以貞之所以克有今日，以爲其父母榮者，亦豈偶然哉？通判公雖不可作，太安人壽方六十有三，而以貞之功名材譽方進。進未已，又焉知已往之詘不大倍於將來？而所以顯揚其親者，顧寧止是耶？且詘倍往來在天地間，如寒暑晝夜之必至。及其至也，天固不能嗇於人，而人亦不能辭之於天。苟知其必至而或戚戚於未至，以力求其所不必至夫焉得？爲知天□亦焉得？爲以義處命而安於所遇者哉！以貞適以知府來朝，得奉兹恩典以歸爲太安人壽。吾鄉大夫士若黄門龐君元化輩，皆慶其遭遇之不易，相率賦詩以侈之，謂予以犬馬齒宜爲序。因不敢讓，而推其所以得於今日者，以俟諸其他日。

【校勘記】

此標題目録原作「慶太安人范氏受封詩序」，改同正文。

學步莊詩序

仙居醫學訓科林世盛氏，能以書法作墨竹，而尤篤好於詩。間嘗於所居二里許，得唐詩人項斯故址，營别墅，爲學步莊，將大肆力以適意於是而終身焉。莊之中凡十景，景各有詩，皆吾鄉大夫士所品題因名之，曰「學步莊十咏」。一日，介筠心郭先生不遠數百里來屬予序，予方辭之，未得也。或有疑之者曰：「斯晚唐詩人取法於上，僅得其中學步於斯，誠未見其可者」。予曰：「獨詩人哉？楊子雲嘗準易矣，而卒莫之準；王仲淹嘗續經矣，而卒莫之續。卒之能準六經之道以上，續千聖之傳者，濂洛關閩數君子而已。然則實未至而有侈心者，何益哉？若世盛者不亦取名之廉而歉然自持其心於不足者乎？雖然，斯之詩固學問中餘事，所謂一技之能也。千載而下，人猶慕羨效學之不暇，况夫仁人君子之遺風餘烈足以廉頑而立懦者乎！詩雖一技，猶必苦心學之而後得。又况欲學聖賢之大道者而可苟焉，以望其必至也哉！充世盛之心，雖一技之能不以廢，而因之以及其遠，抑亦見其取善之周，好善之誠。若有合於吾黨之爲者，是亦烏可少哉？」吾於是乎有感，作《學步莊詩序》。

桃溪類稿卷之二十六　序

朝陽閣書目序

成化戊子冬，我先人既作貞則堂，以祇奉先太[一]母之訓則，特於其東闢藏書之閣曰「朝陽閣」。蓋念先高祖孝子府君之遺書無幾，而深有俟吾子孫於無窮也。越十有二年庚子，先人棄諸孤，鐸歸自官，遂以中秘暨四方所得書置閣中。遺書獨《尚書》《西漢書》、韓、柳、李、杜集各一册，皆殘缺不完。憶爲兒時尚及見，先曾祖德一府君在廬州，效杜子美《七歌詩》，皆墨稿，而今不可得矣。於乎惜哉！昔人謂積書以遺子孫，子孫未必能讀。鐸固未能讀者，而并其書失之，豈不重可惜哉！乃以其所存與今書類藏之。蓋自我列聖訓誥、六經、子、史以及漢唐宋諸名家之作具在已，無慮數千百卷矣。或曰：「聖人之道至六經而止，學以至乎聖人之道，而奚以多爲哉？」予曰：「不然。天地事物之理，家國治平之道，凡聖賢之言行，古今之得失，以至禮樂之名數，食貨之流源，兵刑之法制，蓋皆吾之度内有不可得而精粗者，苟非參考而博求之，則固無以體其[二]全而究其極也。若曰所求於書者，不越記誦、訓詁、詞章之間，以釣聲名、媒利禄而已，則天下之書愈多而理愈昧，學者之事愈勤而心愈放，是奚以多爲哉！」噫！考亭朱夫子之訓，吾徒所當世守以爲家法者也，不然則頓悟之學，雖六經亦贅疣耳。鐸從諸父太守先生與一時海内諸名士，讀書四十年，日有愧乎此，而未知所以終。姑次其卷帙目録如左，以不忘吾祖父之志，以俟吾之子孫於無窮而已矣。

【校勘記】

［一］太，《净稿》文卷四作「大」。「大」通「太」。

［二］其，底本作「之」，據《净稿》文卷四改。

郭氏文獻録序

予嘗録吾鄉先正諸君子文行之大者爲《尊鄉録》，幾年矣，間有得其名而不得其實者，則往往求諸其子孫，已漫不可考，恒竊自嘆，以爲文獻之不足徵也蓋如是。夫夏殷之禮，夫子雖能言之，猶必取杞宋之文獻以證，況欲以無稽之言，爲不足徵之論，而妄窺其萬一者乎？荀卿氏曰：「欲觀聖王之迹，則於其粲然者。」信哉！筠心郭君某，一日出其所謂《郭氏文獻録》者而觀之，自宋迄今，上下幾三百年，而其文章行業之載於碑版傳記者，歷歷如前日事。於乎！筠心於是過杞宋之君遠矣。杞宋先代之後，時王之所象賢而崇德者也，有宗廟之典籍，有有司之法守，而文獻且不足徵，筠心以一布衣而能之乎？嗟乎！自秦人坑焚之餘，天下之所謂文獻者，蓋已不能存什一於千百，其不足徵也久矣。君子生乎千百載之下，而欲考論於千百載之前，以盡知天下之文獻，不已難乎！雖然，文獻者，其迹也，粲然者也，不于其心，于其迹；于其粲然，不于其所以然。吾夫子之所謂文獻者，其將然乎？殷因夏，周因殷，繼周者之百世損益，聖人蓋已知之而預言之矣。予欲鈎心不徒以一家之文獻爲文獻，如予之局於一鄉而小也，因推其大者，作《〈郭氏文獻録〉序》。

林氏四塋圖詩序

監察御史莆田林君貴實，既謝病歸莆田之明年，遂自穀城遷葬其祖兵部府君于寶澗之西原。寶澗去象峰不一里，是爲君考進士公之墓。又明年，太孺人吴氏没，君葬之鳳山北壠，去象峰亦僅一里許。蓋鳳山之葬，去象峰且四十年，執不得以合葬焉。又明年，君復自卜其壽藏于鳳山之南，曰塗嶺，視象峰、寶澗，實勢相聯屬，低昂拱揖，如祖父子孫叙昭穆於一堂之上。兹四塋者，君皆樹以木，親畚鍤，與童奴同旦暮者，蓋十有二年，而其木殆已拱矣。成化癸卯，君復應命以起，四塋之思，恒切夢寐。因各爲圖而繫以詩，翰林諸公亦既有序且記之詳矣。念欲稡四圖爲一卷，顧不可無引諸其端者，而以遠屬於予。於乎！若君者，其知所以反本者歟？天下事莫不有本，本亡，自其末而反之，則力難而功倍矣。先王之世以井田養民，以比閭居民，以都鄙鄉遂之學教民。暨其没也，則又爲之封墓兆域，使家[一]人、墓大夫之官掌之，各以其尊卑昭穆族葬焉。既又爲之圖，設禁令，俾世守之，以不忘其初。當是時，雖蚩蚩之民，皆知生相親、死相恤，雖欲自外於大同之化，如秦人之視越人，執亦不可得也。及其世降道散之餘，所以居養其民而教之者，已茫[二]失其本，則其没而葬也，可知矣。於乎！此後世之士，有以文章名世而終身不得一至其親之墓者，視林君不亦謂之誠難矣哉！君方爲御史時，排擊論議，不遺餘力，充其志蓋必蘄治道之復于古而後已。既乃不可，則歛其所欲施者以試于家，而獨於塋墓先焉。不已，則又將復大有爲於天下。風聲所至，蓋已凛凛乎吾兩浙之間，而君又將謝病歸矣。予用是知古之爲士也易，今之爲士也難。於乎！豈古之固易，而今之士固難哉？盍亦反其本而已矣。予叔父太守先生自謝病來，日注心祠墓間，以倫理恩義整釐其家不少逭。予從而致力焉，猶未知所以終。於乎！若林君者，可不謂之誠難矣哉！君之難固有不待予贊者，惟知所以反其本，以力於其難，而先生之法意存焉，則予之所甚愧，而欲言之以爲天下勸者也，君其以爲何如？

【校勘記】

[一] 家，底本作「家」，據《净稿》文卷四改。

[二] 浙江圖書館藏《文集》抄本「茫」下有「然」字。

贈監察御史林君歸莆田詩序

予同年友監察御史林君貴實方爲御史，輒廷論侃侃不已。未幾，乃謝病歸。居十有二年，用薦者復起爲御史，起輒有兩浙之命，貴實益感激，思所以報稱者。未期月，章凡再上，乞休致。命下，一時大夫士莫不嘖嘖嘆且驚，以爲甚難。蓋波頹風靡之餘，而屹然有如貴實者出，無惑乎人之亟稱之也！雖然，貴實亦豈以是爲難而故爲之者哉？天下事惟其是而已矣。不惟其是而惟其難，貿貿焉日容心其間，以徒竊其名之似，而曰此聖賢之道，或未也。故曰當理而無私心則仁矣，君子所以持其身以終身者，獨進退間哉？蓋自辭受以至進退，自進退以至生死，雖其小大輕重之不同，而其理則一也。世之人孰不曰受易而辭難，進易而退難，生易而死難，於是往往自其難者而勉之，而易者忽焉。而陳於陵之廉，王鍾山之退，荀壽春之死，君子不之取，而其所亟稱道者，受堯天下之舜，過門不入之禹，而不死之晏嬰，亦在所不棄焉。吾故曰：天下事惟其是而已。容心焉則私，私則悖，悖且私，而天下之事去矣，獨辭受進退生死間哉？貴實非好爲其難而忽於其易者，蓋亦各求其是而已矣。夫苟於進者，必苟於其退。貴實之進也，非罔利；而其退也，亦豈以干名哉？充是以往，則所謂辭受、所謂生死者，槩可識矣。憲使戴君於貴實亦同年也，且同有事於浙，重違其行，率僚佐賦《急流勇退詩》以贈，而屬吾郡守葉君需予言爲之序。於乎！諸君所以贊咏其難者至矣，予豈能知貴實者，而亦奚有於予之言哉？

游雁山詩序

成化庚子，予以憂解官南歸。越三年，始從吾叔父太守先生與一二布衣陳敬所、郭筠心諸公登方巖，望天台、雁蕩，蓋蓬萊三島，諸仙人若可招而得，謂極吾山水平生之好將自兹始矣。未幾復有所掣，不果遂。明年，乃游塔山。又明年，謁番易應先生，宿流慶寺。先生曰：「吾老矣，遠不可至，若聖水，諸公能相與一行乎？」又明年，余秋崖存敬聞之，請爲東道主，以遂尋兹約。濱行，忍庵章公遣其子玄楨來邀登雁山，予重違番易之約，未果也。既而番易以疾報，遂輟存敬之請，乃從太守先生，偕敬所、筠心、嶼南諸公過忍庵所，越宿，度謝公嶺，臨照膽潭，入靈峰洞，過靈巖，觀天柱、卓筆、展旗諸峰，至龍鼻水而止。於是忍庵之從子黄門君來會。既暮，抵能仁寺而止宿焉。明日，還過大龍湫，觀瀑布，望雁湖絶頂，相與咨嗟嘆息，以爲天下之奇觀盡矣。遂復由故道過忍庵而宿。又明日，乃歸，九月十日也。於乎！雁山在東南名天下舊矣。吾相去不數十里，而往來于心者，已不啻十數年，乃不得一至。暨其至也，復輟聖水之行而後果，豈兹山之遭，亦固自有數耶？夫以數則一山之遭且不易得，然則吾人得以詩酒恣於溪風山月之間，以相與優游於太平全盛之世者，可不自賀其所遭之大幸也哉？雖然，山水之樂，在天地間，固取之不窮，而得之無禁，然極意之所向而過之，亦皆足爲害，又豈但富貴利達間哉！吾用是愧無以上酬所遭於萬一，而又懼若兹山之遭，樂而不知所極也，敢質之同游諸公與吾太守先生，不識亦以爲然不？聯句凡若干首，其名氏各著于下方，而凡諸同游者亦得以次見焉。

緦山雜咏序

方巖之北有山焉，南望雁巖，西接天台，東跨平野，以極于海，居之者無車塵馬足之勞，若可以與世杜絶，因名之杜山。或曰：「有學佛者杜氏，世居之，遂姓氏其山，而堂亦以名焉。」山去予家不二里，是爲吾始遷祖孝子府君之墓，先公與叔父太守先生作亭以祭，因更堂爲亭，曰「會緦亭」，蓋取四世而緦之義。

今年春，予讀書其上，且將從先生日增辟之，以爲吾謝氏孫子百世講學之地，遂復因亭之名而更其山曰「緦山」。庶幾陟降之際，上念祖德延于世世，與山無極，而恒如今日緦服之未盡也，獨茲亭也哉！或曰：「自有宇宙即有茲山，山之中不知其幾興而幾廢，且世之亭館臺榭據山川之勝者何限？未幾皆已不可復見。子[一]獨眷眷於是，又將日增辟之不已焉，無亦甚勞矣乎！」予曰：「不然。消息之機存乎天，廢興之道存乎人。天固未嘗以其消而不息，人亦何能以其廢而不興？苟以其終之不能不廢也，遂輟而不興焉，是夜不必有晝，冬不必有春，而天之貞也，亦不必復爲元矣，奚可哉？君子於此亦惟順天道之消息，以盡力於人事之所當爲者而已矣。彼汲汲於其他，溺焉而不知返者，亦豈能保其久存而不廢也哉？自予天順初與茲山別，忽忽幾三十年，中間不能一再至。回視世途悲歡得喪之紛乎吾前者，蓋已不勝其衆，獨茲山也哉！今予方將依祖宗之墳墓，藉茲山以終老，幸而未填溝壑，病力之餘，奮其駑鈍，得以窺見古人斯學之大，以不忝所生，則庶乎其於茲山無負也，尚亦奚論其他哉！」作《緦山雜咏》以貽諸山靈，或者其終不予棄也。成化丁未夏五月朔緦山病叟序。

【校勘記】

[一] 子，底本作「予」，據文意改。

愛諼堂詩序

太醫院幕陳君允謨自入仕暨登朝，別其母太安人者蓋十有七年，而太安人亦既壽幾八十矣。

今年春，君以院幕三載考最，上疏乞歸省，厄於例，不得行。恒戚戚然，過予曰：「古人一日養不以三公換，吾何爲者？」予曰：「獨三公哉！古之人固有以親故讓其國於不取，甚至訢然樂而忘天下者，此伏劍之痛、斷裾之恨，君子之所深惜，而方寸亂者，所以爲孝而不失其心之誠也。心之誠，人皆有之，顧所以自處者何如耳。」君曰：「不已，吾其謝病以行，將無以假托，不誠有起而議之者乎？」予曰：「不然。膰肉之托，采薪之辭，聖賢固嘗爲之矣。所謂誠者，亦惟視其義之所在，以各求盡其心之所至焉耳。豈必曲謹小信，硜硜然之爲誠哉！天下事，竊其名以求，蓋其迹之似者，固聖賢之所深惡；致其誠而不計其迹之非者，實聖賢之所不棄。此同行異情之間，正君子所當明辨而審處之者，又何以人之議不議爲哉！若乃一以其迹而不以其心，顧曰膰肉不可行，采薪不可歸，則其流將必至於患得患失而後已。患得者，以苟進爲圖報其君，患失者，以苟安爲內顧其親。以是而爲忠爲孝，可乎？不可也。」君大笑而去。未幾，遂以病請。有司者察其情，達于上，因得以歸省其親于太平之故居。鄉之大夫士皆羨而榮之，相與名君奉親之堂曰「愛謖」，各賦詩以贈。予與君有連且知君久，誼非詩所能盡也，乃爲序君之所以行。若夫君之才識譽望，固當道者之所素知，移孝之忠以極乎顯揚之大，尚有俟乎他日。君其無滯於茲行哉！

輝伯挽詩序

成化庚子秋，予以翰林侍講奔喪家居。輝伯方總角，來視其姊，意欲從予學。予方哀疚，未能也。乃遣之從吾叔父太守先生游。越明年，遂與吾子興仁、興義同學于予所。如是蓋三年，而學亦漸進矣。一日，敬所先生來視予，知其先君子爲同門友，見之而喜，遂許妻焉。自是往來敬所之門幾十年，而學益進，乃以縣學生與十一郡之士角藝于浙，凡再試、再蹈而志不少衰。予歸自南都，見之益喜。去年春，乃邀致之爲西館賓。居無何，忽以疾告，而秋試幾及矣，予竊憂之。既而，聞其以病不及試而歸，歸未抵家，而客死于太平之渭增。於乎！輝伯其止是矣！吾尚忍爲輝伯言之哉？初，輝伯從吾學，吾二子與輝伯之姊俱少壯無恙，未幾，吾子興仁死；又未幾，輝伯之姊與興義俱死。吾老矣，得以相與慰籍，庶幾後死之托者獨輝伯耳。而復至是，吾尚忍爲輝伯言之哉？先是，輝伯之兄潤伯死，無子，輝伯獨一子，無他昆弟，而母氏年八十矣。俯仰事育之間，實無所與賴，而輝伯至是。吾又安忍爲輝伯言之哉？輝伯名琲，姓孔氏，裔出闕里。祖克炯，爲國子生，父士淳，爲鄉校師，蓋其家以儒業者數世矣。輝伯性敦愨，雖不甚慧，而攻堅茹苦不少休。觀其志，必底于成而後已，而竟止於是。於乎！吾又安忍爲輝伯言之哉？雖然闕里之裔自莆田，令再遷樂清之江綰，今爲吾太平徐都之孔，蓋五百年於兹矣，而未有顯者。天之道，信積于詘。況神明之後久詘而未信者乎？傳曰：「不在其身，必在其子孫」。吾又不能不於輝伯焉？望之敬所與太守先生皆有詩哭輝伯，輝伯之友章守心輩又從而和之，予於輝伯非詩能盡也，因爲之序，以俟諸其他日。

定軒存稿序

古之所謂不朽者，太上有立德，其次有立功，其次有立言。歐陽子推明其説，修於身，不施於事，可也；施於事，不見於言，可也。夫言之精者爲文，文之精者爲詩。若是，則文之與詩，其不足爲有無也甚矣，亦何貴其爲不朽者哉？予竊以爲德無所本，功無所見，而徒以無實之言嘩世而取寵，固君子之所不貴。若乃德之英華，必待言而後發功之顯暴，必待言而後張斯言也，其可少哉？是故德莫盛於唐、虞，功莫盛於夏、商、周。不有典謨誓誥之文，賡歌雅頌之詩，百世之下，曷從而知之，亦曷從而傳之？況下此萬萬，顧欲自托於無言之功德，以求自立於不朽之地，可乎？此文章所以爲不朽之盛事，未可以爲小而不貴之也。吾台先正諸君子，若所謂十大儒、五大臣者，其道德功業，固已卓乎其不可及；而其文之與詩，所以闡發乎幽微，鋪張其盛大，若宋之陳篔窗、左委羽，元之陳□□、潘省元以及我國初之朱白雲、許介石者，其文可少耶？夫其不可少，則其精識深造以自得於不傳之妙，固亦有不可得而易者。夫豈人人所得而預之哉？吾友定軒黄公與吾叔父王城山人，自未脱舉業時即慨然有志於立言，以上繼吾台之絶學。雖於文無所不能，而尤刻意於詩。蓋其學皆規仿盛唐，出入漢魏，力挽古作而上之以極乎三百之旨，不屑一以世俗語置諸胸中，故其發而爲詩。其性情正，其興趣遠，其格調深遂傑然，爲吾台一代之作。雖一時江海之名能詩者，亦無所與讓。識者以吾台詩道之中興而卜之天下，其亦不誣也哉！王城公之詩已行於世，公之子脩方編輯所謂《定軒存稿》者，凡若干卷以行，而屬予爲之序。於乎！二公者，或德晦以位，或位顯於功，而其詩與文又皆足以副之。予無似，雖幸從二公後，而於此一無所得。所以自立者，不特上愧吾台諸先正，而其有愧於二公亦多矣，尚何以序公之詩也哉！

贈郡守陳公考績序

國家治法，遠稽唐虞。其任人也，立法寬而責效遠，故考績必以三載，而黜陟必以三考，所以然者，非故爲是迂緩也。蓋人心之操舍無常，而世故之方來未已，苟徒信其暫而不要其終。則日計有餘、月計不足者，皆足以争先而鼓譽。於是徇名之弊生而責實之道喪矣。或疑如是而任人可也，其如所任者何哉？予曰：不然。□□□所以厲中人而激之進。若夫豪傑之士，舉天下譽之而不加勸，舉天下毁之而不加沮。而况榮辱於一殿最黜陟之間者哉？吾郡太守陳公之考績也，其僚佐皆樂公之績有成而榮其行。吾郡民則又仰公之治方切而憂其去。噫！公以名進士，由大司徒正郎出守于兹，固豪傑士也。察其心，方將致力於吾郡而未已，夫豈以一行爲榮而恝然民情者哉？充其志且將大行於天下而後已，又豈以一郡爲□□邈然宦情者哉？恝然民情者，隨世自私之人，公之心，固不如是也；邈然宦情者，忘世獨善之人，公之志，亦豈如是哉？公之行，惟知考績以奉其志之當然而已。若乃所謂陟而榮者，則一聽其自至，公豈容心□□者哉？雖然屈信往來之理，如寒暑晝夜之必至，反其至也。天固不能嗇於人，而人亦豈能辭之於天？阮司□刑劉二都憲皆嘗假道發迹於此者也。孰謂吾台一郡爲足以淹公之驥足也哉？公其行矣，吾懼台民□寇之私，將不得而再也。公之僚佐諸公，遣教諭陳彝以公贈行序來屬於予。予亦郡民，敢推諸公之意與吾郡民之情以瀆告之？若夫公政績治功，則有□守之典册在，予固不容以贅；而豪傑之士亦豈以是爲意者哉？不識公以爲何如？

桃溪類稿卷之二十七　序

尊鄉録序

吾台人材，歷三國六朝至宋南渡而始盛。蓋古者帝王，率宅中土，大江以南非治化所先被，故其風氣亦隨以漸，而人材之興繫焉。譬之楩[一]楠豫章，雖不能不産於窮山深谷，要非積久不能以自見。然其始也，不幸而摧辱於樵夫、牧豎之手者，蓋亦衆矣。於乎！是豈偶然也哉！宋之南渡也，吾台實稱輔郡，於是耆儒碩輔之道德勳業，以及文章之士，班班焉。篔窗陳公圖志之作，實維其時。蓋更千數百年之久，而後載籍之傳，得有所據。又數百年，遜志方先生始欲蒐輯邑里遺事，爲先達傳，而卒亦未就。自是以來，寖[二]復放失，凡我後人生長其地者，殆莫知所尊慕鄉往。而其廑一世以爲心者，亦幾於無傳矣，可勝慨哉！成化乙未，鐸閲中秘書，乃得所謂篔窗圖志而讀之，因竊取先生之意，旁及史傳碑板與凡故老之所見聞，稡而録之，曰《尊鄉録》，凡四十一卷。既而懼其太繁，更爲《節要》四卷，《拾遺》一卷，皆據實以書，不敢輒有所增益，以上誣我先正。若乃考摭之未備，采取之未精，則不能不深有望於後之君子焉。成化丁酉閏二月十有六日，郡後生謝鐸謹識。[三]

【校勘記】

[一] 梗，底本作「梗」，據《净稿》文卷五改。

[二] 寖，底本及《净稿》文卷五均作「寢」，據文意改。

[三] 「成化丁酉」至「謹識」句底本及《净稿》文卷五均無，據浙江圖書館藏《文集》抄本補。

重刊雲陽李先生文集序

士有不爲俗變而又能隨世自立，以必盡其心之爲慊，是固古之所謂豪傑，而君子不以爲過者也。於乎！若雲陽先生李公，真其人哉！當其時，元有天下幾百年，中國夷狄之變，蓋於是爲極，而遺親後君之俗成矣。先生起進士高第，官翰林，駸駸嚮用，顧以親故就養江南。暨其國之將亡也，則又慨然欲效一障以畢事君之義。不已，則竟辭新命，沈悔悲惋，終其身而不悔焉。於乎！陳良，楚産也，楚不純於夷，良一旦自拔流俗，君子猶以能用夏變夷爲豪傑之士。況生長其世，無所逃於天地之間，而卒能以古道自勝者哉？或謂豪傑若先生者，既非元所得而有，則當起佐我國家維新之治，殆不爲過。噫！王彦章一鐵鎗雄耳，事梁以死。梁之惡，天下之惡，一也，君子猶有取於其忠。若先生者，又惡可以其世而論之哉？若曰生非其時，其出其處有不得不爾者，則固先生之所深悲，而不幸之嘆，亦君子所不敢後焉者也。先生諱祁，字一初，長沙茶陵人，與今翰林學士賓之公實同出西平王之後，文章行業，輝映後先，蓋李氏之澤，積之久而發之遠有如此者，抑天之所以塞先生者，將大昌於今日乎！初先生自茶陵避地吉安之永新，既没，因以葬焉，學士公嘗表其墓。今顧君天錫守吉安，又以爲鄉邦典刑之思，文之在先生者，誠不可缺，而舊本日以放失，抑亦先生不能不致意於後人者，將重刻之以圖不朽。鐸托交學士公最深且久，知先生履歷爲詳，因叙論之以歸諸顧君。或者先生處變之志，得以少白於天下後世。若乃其文之傳不傳，則豈微言所得而輕重之哉！

赤城新志序

郡邑之有志，猶家之有譜，國之有史，不可一日缺焉者也。史缺則無以昭憲章、垂鑒戒；譜缺則無以叙彝倫、敦族屬；志缺則一郡一邑之典刑無以考，而文獻不足徵矣。有志世道者，而不此之務，奚可哉？雖然，昔人謂述作之難，莫先於志，是志固不可以不作而尤不可以妄作。不作則缺而已，缺猶將有起而繼之者；妄作則誣，誣則是非混淆，真僞錯雜；雖有繼者，亦將無以善其後矣。故與其妄也寧缺，而作者慎焉。後世雖良史若司馬遷，君子猶謂其紀帝王世緒，以堯而下傳四世之孫舜，以舜而上傳四世之祖禹；雖善譜若歐陽子，君子猶謂其圖廬陵世譜，自詢至琮餘二百年而爲四世，自琮至觀僅百年而爲十六世。噫！賢如二公，區區世次代緒之間，猶不能以無憾，則所謂述作之難者，亦烏得不慎而苟焉以妄也哉？吾郡[二]《赤城志》，創自宋國子司業篔窗陳公。未幾，吴公子良輩繼之，至元乃有章嘉者，悉更其舊，而名之曰《天台郡志》。當其時，已有覺其妄者，尋改而爲《元統志》矣。然其書今皆不傳，所傳者獨篔窗《志》耳。自是以來，不惟代鮮作者，而并其舊所傳[三]，亦鮮或克見。成化庚子，郡守劉公忠始屬教諭盧守仁踵爲之，未就，而劉以代去。越十年，馬守岱至，更舉以屬於予。予屬稿未半，而馬復以免去，束其稿又五六年矣。今郡守海陵陳公相至，以爲更數百年之缺典莫有繼者；雖繼，莫有厘其力以底於成者，乃於治政之暇[三]，介監丞陳先生旅不鄙而復以屬於予，是固有志世道，而不汲汲於簿書條格之間者矣。况予生長是邦，又安敢以不能之故，而故違郡侯之命也哉？因顧謂公曰：「篔窗之所創而傳者，今固不可尚矣，是用存之，以爲舊志。若乃其不傳者，蓋亦有所不必傳，姑復别爲新志，以附篔窗之後，何如？」公與陳先生皆不以爲不可，乃取舊稿删定之，爲二十三卷。又凡幾閲月而告成焉。噫！後之視今，猶今之視昔，又寧知無如司馬、歐陽之竊議其後者乎？議不議，不敢知。然一郡之文獻，不可自我無所徵，而太守公之意不[四]可以虚辱。遂卒勉而爲之，以俟諸[五]他日。

【校勘記】

[一] 郡，底本作「鄉」，據《净稿》文卷六及《赤城新志》改。

[二] 《赤城新志》「傳」後有「者」字。

[三] 《赤城新志》「暇」後有「率具僚同知陸君琪」。

[四] 不，底本作「寧」，據《净稿》文卷六及《赤城新志》改。

[五] 底本及《净稿》文卷六「諸」後有「其」字，據《赤城新志》删。

國朝名臣事略序

否極而泰，剥極而復。有曠世所無之大變，則必有曠世所不可無之大功。斯理也，亦勢也。

世至于元，天地易位，華盡爲夷，而世變極矣。秦、隋、五代之暴且亂，蓋不若是甚也。噫！此我聖祖再造乾坤之功，所以跨唐軼宋，逼漢高而過之。宰我曰：「以予觀於夫子，賢於堯舜遠矣！」若我聖祖之功，豈非曠萬古之所未見，而天下後世之所不可一日而無者哉？然在《泰》有上下之交，在《復》有朋來之助，孔子「微管仲，吾其被髮左衽矣」，仲相桓攘夷者，不過一楚而已，吾夫子猶動色亟稱之不暇，况其有功於乾坤再造之世而親被其賜者，亦烏可得而忘之哉？曩予病廢無事，既爲《皇明鐃歌》，以贊咏我聖祖之功。復取諸臣之謨謀、勳伐、行業文章足以上裨一代太平之治者，稡爲此編，以便記覽，以致仰戴之私。未幾，以史事赴召，至京邸間，有示予所謂國朝名臣諸贊者，雖其間不能以不異，而益得見所未見，因取其在永樂中者爲《别集》，又取熙宣以來至今日者爲《後集》，而以舊所粹者爲《前集》，乃總題之曰《國朝名臣事略》，而各著其實于篇，不敢加一詞焉。弟恨載籍缺遺，聞見寡陋，不能無掛一漏萬之失，尚論其世，以考其功，以補其所未備，後之君子將必有慨然於斯者矣。

悲喜交集詩序

弘治辛亥秋八月，鐸蒙恩東歸。未抵家之六日，亡男興義得遺腹子，叔父太守先生名之曰「必阼」。阼，主人之階，蓋念鐸之二子繼亡，宗祀有托，實足以杜覬覦之私，而喜之深也。於是秋崖余公首以詩賀，而敬所陳公、筠心郭公、守謙繆公輩相與繼之。未幾，事傳都下，翰林學士長沙李公復爲《志喜詩》以視同志，一時交游若學士新喻傅公、長洲吳公、寧都董公、侍郎錢塘倪公、漳浦吴公、修撰華亭錢公、主事山西喬公、知府山陽葉公[一]、布衣括蒼潘公輩，皆倚韵以歌，至累篇牘，播自京師，歡動閭里。先生顧謂鐸曰：「是諸公之義也，其何可忘？世固有名托交游，强笑語，出肺肝，誓天日，乃幸人之禍，反擠之而下石者；亦有欺孤弱寡，陰伺大利，不已，則造構飛語，預爲攘奪之地者，其視諸公所存之厚薄何如哉！諸公皆天下士，故篤於交義，不謀而同，發於性情之真有如是者，其何可忘？盍叙而存之，俾吾謝氏之子孫，世守而世講之。」鐸惕然再拜曰：「先生命之矣，謹次諸韵以謝。」因以舊所爲《感事詩》若干首繫之左，以俟諸其他日。

【校勘記】

[一]　葉公，此二字底本及《净稿》文卷五均缺，浙江圖書館藏《文集》抄本作「葉」字亦缺，考成化十八抽山陽人葉贇任台州知府，故據補。

恒産録序

《恒産録》，録吾恒産之所在也。孟子曰：「無恒産而有恒心者，惟士爲能。若民則無恒産，因無恒心。」於乎！民豈能以皆士哉！是恒産在人誠不可一日無也。古者恒産之制，皆定於上，故當時之民，鮮有不入於善，而失其本心者。後世家自爲産，上無定制，則夫欲爲其子孫恒心慮者，亦烏得不以是而預處之哉？吾祖宗之産雖不甚厚，亦未嘗不及中人之家，先編修府君在日，已分屬鐸兄弟，今皆日加充拓，至有以第宅雄於一方者矣。鐸無似，後先禄食幾三十年，垣屋器用無所增，乃僅以其所入，買田百[二]六十畝，蓋視昔亦稍稍加盈矣。於是以昔所分屬者，如其數歸之猶子某，又斥其半以奉祠墓之祭，以待吾族之來學與死無所歸者，而不敢私，然後以其餘，俾吾之子孫世守之爲恒産焉。於乎！民豈能以皆士哉！吾淺薄，不敢以士之賢望子孫，特令其足共衣食，與凡民齊耳。雖然，世固有家累千金，而子孫不免爲溝中之瘠；亦有貧無卓錐，而子孫卒能自奮爲豪傑之士焉。卒亦存乎其人而已矣，豈能逆料而預處之哉！昔人有言：「但存方寸地，留與子孫耕。」請誦是以爲吾子孫之恒産，可乎？觀者幸無疑其迂，而又笑其言之喋喋如是也。因叙次吾恒産之實如右，作《〈恒産録〉序》。

【校勘記】

［一］浙江圖書館藏《文集》抄本無「百」字。

赤城後集序

台故有《赤城集》，宋林表民氏之所輯録，凡文章之有關吾台而郡志不暇載者咸在焉。蓋志之於文章，具載則繁，繁[二]則無以示其要；不載則缺，缺則無以考其詳。故不得已而别爲是集，將以備[三]郡志之缺，而歸其繁於要也。或者乃謂文章末技，載不載，殆不足爲志之有亡。是不然，文章，道德之英華，而功業之在天下，後世未有不待是以傳者。故不朽之論，雖不能不後於功德，而究其所繫，反或有重於彼者。然則欲考一郡道德功業之所在，與夫政治俗尚之異同，沿革興置之顛末，非此其何以哉？用是取其自林氏輯録以來，凡爲吾台而述作者，輒次第之，以爲《後集》。昔人有言：「文章不關世教，雖工弗取。」是集之關世教不關世教不敢知，姑用以存吾邦文獻之舊，以終太守公作志之意，庶後之人有徵焉。於乎！是亦寧知非世教萬一之助也哉！

【校勘記】

〔一〕底本漏一「繁」字，據《净稿》文卷六及《赤城後集》補。

〔二〕備，底本作「補」，據《净稿》文卷六及《赤城後集》改。

重刊石屏詩集序〔一〕

宋之南渡，吾台文獻實稱東南上郡，而詩人亦多有聲江湖間，若石屏先生戴公式之，其一也。然當其時，台之人以科第發身致顯榮〔二〕者何限，而石屏獨工於詩以窮，豈詩固能窮人哉？蓋天之於富貴，往往在所不惜，而於斯文之權，恒若有所靳，而不易以予人，何也？斯文，天地精英之氣，必間世而後得；富貴，則倘來之物，趙孟之所能賤者也。故一代之興起而爲將相者，比肩接迹〔三〕，而文章之士或不能以一二數，幸而得之，必困折其身，拂鬱其志，俾之窮極而後已。若漢之蘇、李，唐之李、杜，宋之蘇、黄，其於詩也，皆出於顛沛放逐之餘，而後得以享大名於後世，夫豈易而予之哉！雖然，其視當時富貴之極而泯泯無聞者，則不啻霄壤矣。是以古之君子，寧爲麟踣，無爲鵰鳴；寧爲玉碎，無爲瓦全，實亦有見乎天之意，其所重固在此，而不在彼也。於乎，豈獨石屏一詩人然哉？三代以降，以道致窮，雖上聖大賢如孔孟者，亦有所不免。然則石屏之以詩窮，亦何足怪哉？石屏之詩，當宋紹定中，樓攻愧鑰、吴荆溪子良嘗叙之以行於世矣。弘治初，其裔孫廣東參政豪慨念散逸，將重刻之[四]，未就而卒。今廬之六安學正鏞，參政從父也，將畢參政之志而未能，以告于其守宋君克明。克明素重斯文而樂於義舉者，乃不閲月而功以告成焉。於乎！石屏之没幾三百年，而詩又大行于世，石屏於是乎不窮矣！彼之營營以富貴爲達者，誠烏足以知之？

【校勘記】

[一] 標題《明文海》作《重刊石屏詩序》。

[二] 榮，底本及《净稿》文卷五均作「融」，據浙江圖書館藏《文集》抄本改。

[三] 迹，《台州叢書甲集·石屏集》作「蹟」。

[四] 此句《台州叢書甲集·石屏集》作「其裔孫廣東參政豪將重刊之」。

敬所陳先生集序

《詩》四卷，《雜文》二卷，總之爲四百一十八首，皆吾友敬所陳先生所作，而其門人潘驥與其弟儒信之所編録者也。先生在景泰中已負能詩名，嘗游無逸林先生之門，與其從子亞卿公實相伯仲。天順初，予與黄亞卿諸公始獲納交於先生。先生之年與學，皆先於予，予日追之不可及。既而予從諸公以出，而先生連不得志于有司，於是學益進名益高而身益困。因自念造物者不可與競，乃奮脱青袍，反其初服，杜門習静，日益操修，而士之從游者日益衆。蓋以其不獲施之天下者，施于其家以及其鄉，已隱然爲一方之望。郡邑賢大夫聞其名者，交請爲鄉飲賓，先生皆辭不就。而有所咨决者，則恒顧其廬而禮焉。於乎！若先生可謂困於其身而不困於所學者矣！昔人有言：「士之行世，窮達不足論，論其所傳而已。」先生之行，自家以達于鄉，環海以東，無大小賢不肖，皆尊仰之而不敢慢，則其所可傳者，蓋又不特聲詩文字間也。彼之詩薦郊廟，文施典册，而行愧其言，終背其始，舉平生而盡棄之者，其視先生何如哉？又况營營富貴利達之間，與萬物同一澌盡，而一無可傳者哉！噫！此豪傑之士，固未能以此而易彼也，後之觀先生之詩與文者，尚亦有考於斯。先生姓陳氏，名彬，字儒珍，太平莞奥人。敬所，其别號也，又號秋山居士，今年壽且七十有五矣。驥實先生高弟子，第編録既成，不幸短命以死，繼自今所得者，儒信當爲續集云。

禱雨有感詩序

弘治戊午夏四月，太守姑蘇文侯宗儒之治温也。温適大旱，侯惕然自懼，召郡民而論之曰：「古所謂備荒者，莫先於修德政，以召和氣；亦莫先於修水利，以助天時；則旱潦有防，而灾害不作矣。今吾不德，起自病發甫至而輒罹此厄。兹二者皆未遑及，而倉廩之儲又不足以振。顧坐視吾民以至此極，亦安用大□□哉？吾聞一夫之冤，上干天德。東海之旱，鄒陽之□，□固有然者矣。今天之降譴，若是意者，吾郡其有冤獄乎？」既齋沐潔誠，舞雩以禱於山川百源，雨猶未應。□召永嘉尹汪進之，謂之曰：「吾與爾皆民牧也。民有□而匿不以告，爾其謂何？」尹乃以侯意大戒於衆，將連坐之。於是，項良泗殺其叔項哀父子一紀矣，衆具以告，遂逮繫之，一訊而伏。未幾，陰雲四塞，大雨如注，窮山僻壤固不沾足。歡聲載道，如獲再生。温之大夫士名能詩者，皆擬爲歌頌而相謂曰：「侯之政，獨今日然哉！侯之爲永嘉也，亦嘗斷弒父之獄，而大旱即雨矣。永嘉之民至今猶誦之不衰。侯之政，獨今日然哉！」於是耆民王廷載等輯所爲詩，介吾姻黨章秀才達德來告於予，曰：「願有序，以無忘侯之德。」且曰：「侯之治郡也，廑恤民隱，搜挾吏弊，苛政除而疲癃起，淫祠廢而學校興，鄉有約而族有範，訟者衰而暴者息。蓋隱然有古循吏之風焉。禱雨而應，特其一端耳。」予曰：「嘻！凡此皆侯之所以致雨也。侯其有達於天人之理者哉？夫天人相與之際，誠有未易言者。謂天果有預於人，則九年之水、七年之旱，未嘗有所致者。謂天果無預於人，則桑林之禱、雲漢之憂未有無其應者。然則奈何？」亦曰：「君子道其常而已矣。是故九年、七年之水旱，數之所不能免者，變而不得其常者也。桑林、雲漢之感應，天之所不能勝者，變而能復其常者也。苟以天數爲不可逃，而置天於漠漠；以天變爲不足畏，而視天於夢夢。則己德不必脩，民病不必恤，而凡祈天求命之説，一切皆爲虚文矣。有志世道者，可不爲之寒心也哉？」吾以是於侯禱雨之事竊有感焉，曰：「侯其達於天人之理者哉？若夫侯之遺愛在民，則他日當有大書特書爲立去思之碑者，兹無庸贅。」

桃溪類稿卷之二十八　序

金華鄉賢志序

金華郡故有麗澤書院，祀東萊呂成公，又有正學祠，以祀何、王、金、許四公。蓋成公上友朱子以及南軒張公，嘗相與講道於此者，而四公則又統承朱子之學，以次轉[一]相授受者也。成公雖嘗從祀孔廟，而與此四公實皆婺産，蓋鄉賢之傑然者，故各特廟以祀。而其他若徐文靖[二]公諸賢，則未之及焉。弘治丁巳，浙江參議衡山吴公某分守其地，謂是邦實兩浙文獻淵藪，而鄉賢之祠未備，誠爲缺典，乃白巡按御史吴公某，議以克合，遂屬其役於薛同知敬之。敬之度廢寺地之在郡城者，建爲祠。仍蒐輯諸賢之應祀者，曰大儒、曰名臣、曰忠臣、曰孝子、曰名儒，凡五十有一[三]人。或以德行聞，或以勳烈著，或以文章名，皆疏其出處顛末以爲之《志》。《志》成，參議公以屬予序。予惟鄉賢有祠，上以發先哲之幽潛，下以示後世[四]之趨向，庶幾廑一世以爲心者不至於無聞，曠百世而相感者不至於無據，此古者瞽宗之祭、西學之祀所由設也。或疑學以至乎聖人之道，今郡邑之學通祀孔子，則學者之所謂學，宜亦無俟其他爲也。噫！抑知有所謂没身鑽仰而不足，一日感慨而有餘者乎？夫所謂一日之感慨者，非徒以其志行之卓、名迹之高而已，必其居相近而世相接，風聲之所漸被，目耳之所見聞，於是而感慨焉，興起焉，則所以作其惰而振其儒，將自有不期然而然者矣。視彼没身鑽仰若天之不可階而升者，其爲功之難易何如哉！况大儒如成公者，遠泝洙泗，近接伊洛，其所謂學，固聖賢之學，而所謂德行勳烈文章，固其所有事也。苟學焉而不止，若沿河以至於海，雖孔子之道，亦將于是乎階矣。然則今日之尊崇而尸祝之者，亦豈徒曰修舉缺典而已哉。參議公又將取是志刊置祠中，俾邦人得以考論其世，庶幾其感慨之也益切而興起之益深，非徒示趨向於對越駿奔之際而已。噫！今之爲政者，僅取辨於法令、簿書之所急，已稱爲良有司，况能旌古厲俗、教化其民，若是其至者哉！是固不可以不書，書之亦以見是祠之所由立，而是《志》之所由成也。作《〈金華鄉賢志〉序》。

【校勘記】

［一］轉，底本作「傳」，據《净稿》文卷六改。

［二］靖，《净稿》文卷六作「清」。

［三］一，《净稿》文卷六作「二」。

［四］世，《净稿》文卷六作「進」。

贅言録序

師文既没之三年，厥父潛勉翁以其所遺詩若文凡若干首，所謂《贅言録》者視予，且曰：「豪不幸短命以死，其不死者庶其在是。先生幸哀之，無亦使之無傳焉。」予曰：「嗟乎！此後死之責，正吾人所望於師文者，而顧以屬我，不亦重可悲哉！且師文自以其言無所於用爲贅言，而予重以無益之言贅之，可乎？雖然，自濂洛關閩之説行，而聖經賢傳之旨搜剔已盡，於是而復有所言，誠爲贅矣。若乃一代有一代之典章，一人有一人之履歷，上之天道之灾祥，下之人事之興革，目之所經，心之所感，其能已於言乎？不能已於言，則咏歌之於詩，紀述之於文，在後世固有不可得而缺者，又烏可以爲贅而盡廢之哉。惟夫妄意聖賢，不肖以文人自處，乃至肆爲欺誕，高自標表，卒之離真失正，反以害道，則其贅也斯甚矣。師文英偉特出，其所自立者，蓋將有監於此，以求必至乎不贅之言，而不幸未見其止，此固吾人之所深悲而永嘆者也。雖然，言之無用者爲贅言，則人之幸而免老而不死，所謂焉能爲有亡者，不亦爲贅人哉！師文雖短命以死，而有言以傳，則其生也不爲贅矣，夫亦奚憾哉！」師文姓戴氏，豪其名也，以成化戊戌進士歷官廣東參政，其操履行業，識者以爲不愧其言云。

方巖祈雨有感詩序

弘治戊午，吾鄉自四月不雨，至于七月，禾槁于田，水涸于澤，民心皇皇，若不能以朝夕者。先是，陳君希瑞來告予曰：「往者成化丙午，嘗遭此厄矣，然未有饑饉薦臻、徵求孔棘若今日者，吾民奈之何哉！」予曰：「吾衰病，蒙恩休致，分同編氓，已不涉人間事久矣。出位之思，其何敢預？惟古者國有大旱則舞雩，仲夏則命有司爲民祈祀山川百源，此雖非吾民之職，然漆室之憂上及於國，况救灾患在鄰保，尤所當急者乎？君其圖之。」希瑞亟以予言走告于吾叔父怡雲、止軒二公，二公者欣然從之。乃以謀之童西涯諸公，以及吾鄉吾族之少長，罔不從者。遂以六月癸巳，止軒、希瑞躬率鄉人拜謁於方巖之大龍湫，懇求未應。越明日甲午，乃得屬，遂奉迎於緦山之中庵，此其所謂祈祀山川百源者乎？越七月丙申，乃涖衆戒途呼天以拜，蓋吁嗟其聲以求雨，亦舞雩之遺意也。越六日，止軒以病歸，雨猶未應，衆志漸懈。既乃扶病蹶起，謂希瑞曰：「事創於君而領於我，今天心未孚，而民困愈亟，事不可以不終也。」明日戊午，乃介怡雲諸公再謁龍湫，以祈必應。是夕雨隨至，猶未告足。又明日庚申，仍涖衆拜天以呼入山，未幾陰雲四塞，大雨如注，渴者飲而槁者蘇，溝澮咽流，而溪澗奔溢矣。吾民咸歡呼于道，舉手加額而言曰：「感應之不可誣也如是哉！」予即舊韵爲《喜雨詩》二首，諸公之能詩[一]者曁吾弟鳴鑾輩皆和焉，二叔父乃屬予爲之序。惟舞雩祈祀在救荒固非上策，蓋必天時不能順，地利不能修，儲蓄無備，乃始不得已而爲此舉。然亦非民之自爲之也，今也民既自爲之矣，而上之人乃若罔聞知焉。噫！若是者亦何望其用天因地以感召休徵之祥，省刑[二]薄征以修舉賑恤之政也哉！若天人之際，感應之機，固有未易言者，然六月之霜、三年之旱，亦固有然者矣，又孰謂休徵咎徵而果不以類應者哉！苟謂果不以類而極備極無之凶一付之自然，所謂天變不足畏者，昔之人已爲之矣，尚亦何望其他哉？作《〈方巖祈雨有感詩〉序》，庶夫人之聞之也，其亦有所感乎！

【校勘記】

[一] 詩，底本及《浄稿》文卷六均作「鳴」，據文意改。

[二] 刑，底本及《浄稿》文卷六均作「利」，據浙江圖書館藏《文集》抄本改。

台雁唱酬詩序

弘治丁巳秋，敬所陳先生以觀郡志來過予。予方議姻于忍庵章公之子達德，達德之弟振德，先生孫婿也，遂以父兄之命參決定議，爲來秋之期。及期，敬所至，而達德與其兄慎德以試事未歸，因留以俟。久之，乃請怡雲、止軒二叔父爲偕行，予忝以舊姻故，實從其後。既至，而達德猶在杭。忍庵公乃始主盟，成禮而退。蓋自敬所之來，後先往復，凡三十有四日。燕笑晤言，感事觸物，心所不能自已者，往往於詩焉發之。予亦猥厠其間，而章氏之名能詩者亦罔不在，蓋已亡慮百數十首，敬所謂宜萃于一卷以存斯文世講之誼。因取其無大關涉者悉删去之，得一韵四十三首，爲《台雁唱酬録》。予惟唱酬之義始於《賡歌》《鹿鳴》《天保》之作，其來遠矣，蓋非獨漢唐以下諸詩家之贈處和答然也。然皆以其意而未嘗以韵，韵之次，其宋之末造乎？詩之唱酬而至於次韵，一韵之次而至於累數百首，詩之變，亦於是乎極矣。噫！詩之變化無窮，而人心之妙用亦相與無窮，况夫義理之在天下者，而可以有窮求之哉！是詩之韵，實始於貞肅公緦山之作。自公之没，五六年來，凡大夫士之有事於兹山者，輒用公韵，已不知其幾百首矣，然未有盛於敬所之作者。敬所之至，類必有作，然亦未有如今日之盛者[一]。蓋兹行也，其事專，其留久，故其詩亦特盛云。卷成，遂以歸之慎[二]德諸昆季，俾藏之，亦敬所意也。

【校勘記】

[一] 者，底本作「日」，據《净稿》文卷六改。

〔二〕愼，底本作「盛」，據《浄稿》文卷六改。據前文，愼德、達德、振德乃章忍庵之子。

緦山集後序

《緦山集》，集凡所以紀述咏歌於兹山者皆在焉。首《會緦庵》，見山之所以名；次《孝子府君墓》，見庵之所以名；次《方巖書院》，見於此而藏修焉；次《三亭雜咏》，見於此而游息焉；次《墓祭學田》，見所以左右乎此山者不廢；次《宗派孫子》，見所以源流於此山者無窮。凡爲文序、記、表、志、題跋若干首，爲詩聯句、次韵、五七言古、絶、律又若干首，蓋自洪武永樂以迄于今，皆一時賢士大夫之所述作，總之爲七卷，曰《緦山集》。《集》既成，叔父太守先生顧而嘆曰：「若知兹山之有今日乎？昔我孝子府君之卜葬於是也，蓋猶在國初，擾攘遷徙中，一墓之外故非已有，迨至天順而始有兹山，又至成化而兹山始有庵，乃今〔一〕弘治改元則庵之外復有書院、有亭池，以及門路之標表，有若是者，蓋我國家承平之久，而吾祖之積累亦已百年。於是兹山之所宜有者，始與墓稱，而紀述咏歌之得於遠近見聞，在諸公外亦固有不能自已者矣。凡若是者，吾與若等曷敢忘之，而不益思所以延永兹山之名於不朽乎？」鐸曰：「古所謂自立於不朽者，不以德則以功，不以功則以言，然則山之於不朽也，亦固有若是者哉？」先生曰：「匡廬之山以李白之詩顯，天台之山以孫綽之賦顯，永州之山以柳子厚之文顯，况尤有大於此，若歷山之聖德，塗山之神功者耶？吾與若既未能上窺聖賢之德業，而又〔二〕無二三子之文章，則所以不朽兹山者，誠不能不有望於諸公。若乃挾其區區自信之過，而以爲足以不朽也，不亦誣茲山也哉？抑豈吾祖宗之望於後人者哉？」鐸曰：「諾。謹鋟諸梓以藏諸山中，以無忘諸公之德，以爲吾謝氏子孫百世之寶。乃若先生所自著與鐸之所形穢於諸公之旁者，在茲山或不可缺，敢亦妄綴一二其間，蓋亦有不能自已焉者。若曰以是而將竊附於不朽之地，則其爲茲山之累也不亦甚乎？」先生曰：「然。」遂并書之，以識諸其後。

【校勘記】

〔一〕今，底本作「知」，據《浄稿》文卷六改。

〔二〕又，底本作「文」，據《浄稿》文卷六改。

正俗編序

天下事必有其幾，識其幾而謹之，則天下無難事矣。不然，星星之焰可以燎原，涓涓之流可以滔天。機之所在，勢之所必至也。况人之情，其蕩而熾也，有甚於是。於是而不有禮以爲之節，奚可哉？蓋禮之教化也，微所以正邪於未形，使民日遷善遠辠而不自知也。故天下之治，教化爲大。教化之行，禮爲先。然則禮者，先王所以承天之道以治人之情者乎？人之情，至於殺其子而不顧，則其上逆天道，蕩而熾也甚矣。其習以成風而安於其俗也，已非一朝一夕之故，而其所由來者漸矣。於是而不有禮以爲之節，奚可哉？處之屬縣，民往往有産女不舉而溺之者。事聞巡視兩浙户部侍郎吴公，公亟命按察僉事王公下其事於所部，以民之忍爲此者，以昏禮之無節也，無節則欲動情勝而忍心生焉。因取國朝昏禮定制，稽合故典，參以近例，會稡成編，曰《正俗編》，將鋟諸梓以行。僉事公遂屬永嘉知縣林君廷瓛來請予序。予惟斯固轉移風俗之一端，若二公者，其知禮以爲教而不專於法令之末者乎？然禮之當復與俗之當正者，不但已也。文中子曰：「冠禮廢，天下無成人矣；昏禮廢，天下無家道矣；喪禮廢，天下遺其親矣；祭禮廢，天下忘其祖矣。」蓋無成人則忠孝之道喪，無家道則淫僻之罪多，遺其親則火葬之法行，忘其祖則非鬼之諂起，凡此皆禮之失以致之。禮失則教衰，教衰則俗壞。爲治者誠識其幾，皆自禮而謹之，將教化無不行，風俗無不美，而天下無難事矣。予不佞，敢以是而復二公，且以爲凡有志於天下者告，作《〈正俗編〉序》。

伊洛淵源續録[一]序

昔晦庵先生嘗取周程張子之書，緒正表章以示當世。既又慮夫世之學者，徒得其言而不得其所以言，乃復取其平生出處履歷之詳，及其師友之所授受者，稡而録之曰《伊洛淵源録》，以見聖賢之所謂學者，皆言行一致，體用一源，而理之未始不該於事，事之未始不根於理也。於乎！微哉！先生既没，其遺言緒論散見六經四子者，固已家傳而人誦矣。獨其授受源委，與夫出處履歷之詳，窮鄉下邑之士或所未究，則無以盡見其全體大用之學。鐸僭不自量，於是竊取先生之意，具録勉齋所撰行狀，與其師友之間凡有預聞於斯道者，定爲《續録》六卷，以見先生繼往開來之功於是爲大，而是録之不可以不續也。嗟夫！自鄒孟氏没，而聖人之學不傳，其過於高遠者，不溺於虚無，則淪於寂滅；其安於淺陋者，不滯於詞章，則狃於功利。二者雖有過與不及之不同，而其爲吾道之害，則一也。向非伊洛諸老先生相繼迭起於千數百年之下，得不傳之學於遺經，以興起斯文爲己任，則吾道之害將何時而已邪？然自是以來，猶有竊吾道之名，以用於夷狄之世，借儒者之言以蓋其佛老之真，其得罪於聖門甚矣！凡爲孔子之徒者，皆將鳴鼓而攻之不暇，顧復偃然求以自附於伊洛之淵源，何哉？豹窺貂續，極知僭妄，特高山景行之思，在平生所不敢後者，姑録其概而攄其説如此。後之君子脱有取焉，其亦明道術、扶世教之一助也哉！

【校勘記】

［一］録，底本作「集」，據《净稿》文卷六改。

重録祭禮儀註序

成化癸巳，先叔父太守先生蒙恩休致，輒創祠堂以爲行禮之地。鐸在京邸聞之，喜不自勝，謹奉書先編修府君，請踵先生而亟爲之。未幾，先府君棄諸孤，祠雖立，而龕櫝之制未備也。鐸以憂解官東歸，乃始得備其制，仍置祭田以共歲事。先生既又定爲儀註，俾鐸等共守之。於乎！兹禮之廢也久矣！獨吾家與吾鄉也哉！先生篤好古道，始創以復，又因而推之，於冠則行三加，於昏則備六禮，於喪則痛革燕飲之俗，於祭則力排祈禱之非。數十年來，環百里之内，間有從而行之者。噫！先生扶世牖民之功，於是大矣！鐸無似，不能上佐下風於萬一，謹録先生所爲《儀注》，而著其説于首，俾知百數十年曠典之興復，實自先生始，庶吾後世之子孫得有所憑藉遵守，而不墮於豺獺之不若矣。於乎！其敬念之哉！

送姜貞庵還嘉興詩序

予從今閣老西涯李公、少司徒東山劉公托交貞庵者，幾四十年矣。初，貞庵爲行人司副，予三人者近在翰林部署，未嘗不朝夕見，見輒談論瑳切，未嘗不歸于正。暨其後也，貞庵去爲南京秋官正郎，尋出守章，東山亦出爲福建參政，予方以憂謝病家居者幾十年。弘治改元，始以史事赴召，過嘉興，則貞庵已致其政三四年矣。自是乃得再會西涯于邸舍，而東山亦以起復來會。未幾，予復以南京國子祭酒致仕歸，再見貞庵于嘉興之里，第匆匆别，蓋又十年于兹矣。今年夏，予復赴召命，以病留止紹興之蓬萊館。貞庵不遠數百里來省予病。予不意貞庵遽至，喜不自勝，貞庵亦喜甚，顧謂予曰：「今兹之會，謂非天哉！使朝廷不起先生，吾固不得而見之矣，使先生不病而過嘉興，則自兹以往，夫人皆得而見之，獨區區也哉！今先生一病，限錢塘以爲界，彼西涯、東山二公者，皆遠在數千里外，而予獨以只尺得至，寧非謂之天而何哉？」予笑曰：「嗟乎！信如公言！則一會晤、一飲酌，莫非命也。况夫出處進退之大者哉？雖然，古之君子俟命，必先於行法，行法者以義處命，命固不足道也。若乃不用而求行，舍之而不藏，又烏足與語於此哉！」貞庵曰：「吾已卜敦艮之藏，爲順受之所，出處進退之際，非所敢聞也。」予曰：「嘻！公其有達於生死晝夜之理者，他尚何説哉！抑予聞公將爲義學義莊以教養其族人，則其爲計蓋又不止於一身而已也。若貞庵者豈予所及哉，豈予所及哉！」既乃貞庵以別告，紹興守佟公亦知貞庵者，謂斯會也，不可以無紀，因屬予書之卷首，而貞庵之友曹高州、汪車駕、司馬憲副諸公與予弟業復爲詩以繫之。詩之韵實始於予。予不敢後，因并録入，或者西涯、東山二公見之，當不有羨慕於吾二人者哉！苟誠有所羨慕，則相與載賡以歸諸貞庵，亦未可知也。

重修紹興府志序

弘治庚申夏五月，予赴召命，以病留止紹興之蓬萊館。既越月，紹興守遼陽佟公珍暨其僚周公惠輩，以郡志序來請。予念假館兹郡，而公又爲我申請于朝，俾得休養以爲歸，計其有德於我甚大，義不得以不能辭。乃謂之曰：「一郡之志，一郡之文獻在焉，誠不可以不重也。昔吾夫子欲言夏殷之禮，而嘆杞宋之文獻不足徵，則文獻之在天下，雖聖人亦焉〔一〕得而少之哉！荀卿氏曰：『欲觀聖王之迹，則於其粲然者。』信矣。然自小史、外史之職不立，而重以秦人坑焚之禍，天下之所謂文獻者，蓋已不能存什一於千百，况生乎千百載之下，而欲考論於千百載之前，以盡知天下之文獻，不已難乎？此邦國郡邑之志，不可以不作，而尤不可以易而作也。昔人謂作史有三長，志亦史也，而可以易而作之哉？必其才足以發幽秘之情，學足以究古今之變，識足以別去取之公，而後所立之言可以傳遠，而足爲千萬世之法戒。不然，或失則易，或失則艱，或失則誣，或失則泥，或失則俚，或失則浮。詞理曖昧，真僞混淆，不惟奇偉非常之績不可得而彰，而嵬瑣奸慝之狀亦或可幸而掩也，烏在其爲史哉？亦烏在其爲志哉？吾聞紹興之志，實作於宋元儒者馮景中、韓性諸公，其缺而不修也，蓋已數百年于兹矣。先是，戴守琥嘗一修之，而布衣羅頎、吴騵輩亦竊預有志焉，而卒未之就。弘治乙卯，游守興以僉憲陰公子淑之意，始屬今郡學戴訓導冠與騵等，因其舊而纂成之。既成而佟公適至，遂將鋟梓以傳。予無似，有愧史職久矣，兹病且懶，又未能悉其所謂志者，姑序其作之所以難以復于公。若乃公之惓惓文獻，所以爲世道計者不淺，亦豈予言所得而重輕之哉！作《紹興志》序，庶後之人得以考焉。」

【校勘記】

［一］焉，浙江圖書館藏《文集》抄本作「安」。

重修永嘉縣志序

温在兩浙爲名郡，永嘉又温之巨邑也。蓋自宋以來，儒碩薦紳，項背相望，人益顯而地益勝，幾三五百年于兹矣。邑舊有《志》，歲久殘缺，且來者無所與續，邦人病焉。弘治戊午，新安汪侯循來宰是邑。既明年，政通人和，乃取舊《志》而參酌之，總之爲十六卷。既成，以書介予所親章秀才玄緘來請予序。予與侯有斯文之雅，不得以不能辭。惟古者邦國之《志》，小史掌之；四方之《志》，外史掌之。邦國各自爲《志》，所以紀一方之事，若晉楚之《乘》與《檮杌》是也。四方合而爲《志》，所以紀天下之事，若《周禮》之《職方氏》也。我朝雖所掌無有恒職，而一統有《志》，藩省郡邑亦各有《志》，則猶古之遺制也。然一統《志》，采之天下，作之朝廷，其體重，其勢疏，則其爲《志》也，固在所當略，雖欲詳之，亦有不可得而詳者矣。自朝廷而藩省，自藩省而州郡，以至于邑，天下之勢蓋於是乎極。則其《志》之爲體，昔所可略者，於此不得而略，昔所不得詳者，於此不得而不詳，况夫永嘉爲附郭巨邑，郡之體統亦將於是乎在矣！然則是《志》也，安得而不作？其作之也，亦安得略之而不詳哉！夫《志》不特紀已往之迹，亦所以垂將來者之監焉。蓋於建置沿革，可以見世代之紛更；於田賦物産，可以見世變之升降；於人材風俗，可以見世道之污隆；於詩文政績，可以見世運之興衰。於是而視其善者以爲法，視其不善者以爲戒，則凡生長是邦，與夫臨涖其地者，皆一舉目可以得之矣，亦奚以他求哉！此汪侯作《志》之意，亦或古者小史之遺意也。因推而序之，不識以爲何如？

贈南京國子祭酒黄公序

弘治辛酉夏四月，南京國子祭酒缺，吏部參以物論，質之館閣，以吾寮友國子司業、右春坊、右諭德黄公廷璽奏補之。命既下，衆心翕然，而予若獨有不能自已于懷者。蓋予之衰病蹇拙，方籍公以大拯其不逮，顧一旦舍我以去，予之心其何能以介然也？雖然，公之遷，在資[一]望方恨其不早，而南都之教，非公則固有不可者，予又焉敢以予一人之私而奪天下之公也哉！予聞之，生民之道，以教爲本。古者自閭巷以至國都，莫不有學，學之有師，教化治道，皆於此焉繫，誠不可以不慎也。况師之所處隨其地之大小以爲職，地愈大則其職愈尊，職愈尊則其責愈重，責愈重則風化治道之繫尤在所急。又況國家根本重地，身師儒之尊者，乃可以爲閒官具員，而一切以百司庶府之職視之哉！予用是懼。蓋於改元之初，嘗爲是官，未一年輒引以退，朝廷不諒其不才，力起自家，俾復承乏。方予之未起也，公實以諸生之請吏部，并擬以進予。顧先之正以久妨賢路爲歉，及兹而有是命，予之心又寧不爲之快然也哉？公發解兩浙，以進士及第[二]延歷翰苑官僚，後先蓋二十有一年，而始有今日，則其所大抱負而未盡試者，將必於此焉，發之以大慰天下之望。昔之居公之位若吾浙陳先生者，亦豈得專美於前哉？乃若名在實亡，大爲師儒之耻如予者，惟日知求退而已，固不足爲公道論也。

【校勘記】

[一] 資，浙江圖書館藏《文集》抄本作「衆」。

[二] 進士及第，浙江圖書館藏《文集》抄本作「成化壬辰榜眼」。

縣車舊第詩序

縣車舊第，先叔父太守先生之所營也。先生以兵部副郎出守寶慶，甫三年，屢乞休致。不久，尋以考績竟，從中道力以疾請，乃得賜歸。歸之時，年方五十有四。首闢祠堂，築墓庵，開義學，歲合其族人以祭始基之祖。既十年，乃以其餘力營小樓以自居，曰「藏書之樓」。樓之前爲逸老堂，皆湫隘僅庇風雨。既没，先生之子業始構門於堂之前，布衣陳敬所儒珍扁曰「縣車舊第」，示不忘也。嗚呼！古之大夫士倦而歸者，安車、几杖以及膳羞百物之賜，無所不具，故有縣車之榮。如薛廣德者，後世大夫士以官爲家，罷則無所於□方惟上之待下也，不及於古。而下之所以自待其身者，亦已甚薄。故近制之於大臣，雖或有所在輿皂月俸之給，然皆俾之自陳而後予。則其所以致之者，果誰之故哉？先生之歸也，上無所覬，下無所資，處貧而安，克已爲義。故以良二千石之居而僅僅乃爾。然視世之高堂廣廈，而使人疾視頻顣以過之者，相去則不啻天淵矣。況夫豐悴有時，富貴難守，又或有愧於王承福之見者耶？因爲一詩以志感，且將以告夫世之欲知先生者：

力辭五馬得縣車，猶記歸來黑髮初。轉眼光陰真過隙，傷心天地此籧廬。藏書閣上清風在，逸老堂前舊雨疏。最是竹林追感地，起公無路只欷歔！

吳興閔氏重修宗譜序

古者奠繫世，辨昭穆，皆有邦國之志，而小史實掌之。暨其後也，去古既遠，周禮盡廢。唐以前猶屬之官，宋以後則家自爲之。故當是時，歐蘇二氏倡爲譜法，盛稱于世，至于今猶遵用之。蓋譜者，宗法之變，後之君子不得已而爲之者也。先王所以攝人心、厚風俗者，實亦惟宗法焉。是時宗法行，則人皆知尊祖重本，以不忘其身之所自。於是各親其親，各長其長，而朝廷之勢尊。朝廷之勢尊，而天下之治可幾矣。不然，生無宗，死無廟，族之人不相爲吊慶，甚至陷於夷狄禽獸而不自知，况望其敦叙收睦以庶幾乎先王宗法之遺意也哉？是宗法與治道相表裏，而譜又所以繼宗法之不足而爲之者也。士君子有志於齊家治國之道者，可不知所重哉？此太子太保、大司寇吴興閔公惓惓修其《宗譜》，而不敢後焉者也。《譜》稱閔公本汴人，宋寶慶中，有諱某者爲將仕，即徙居吴興晟溪之東。將仕之孫菊山處士衍出嗣外家笠澤黄氏，再徙晟溪之西。今溪之上有橋曰「黄閔橋」，其故迹也。菊山五子有諱遜者，號牧齋，尋復閔姓，是司寇公之高祖。其他雖尚仍黄姓，然而倫序不失，慶吊不廢，至于今悉以將仕爲始基之祖，則猶一宗也。自汴之遷，《譜》亡於元。至公之祖贈右都御史，用紳公始追修之，然將仕以上，則不可得而考矣。今司寇公方以累朝舊臣進官宫保，爲天子之所倚重。謂左右治道必自宗法始，修明宗法必自譜系始，乃取厥祖舊《譜》而增葺之。既成，而以屬予序。嗟夫！宗法之廢久矣！自歐蘇譜學既行之後，世之效而爲之者，不爲不衆，然卒鮮聞能保其族至於久而不替者。故曰必有《關雎》《麟趾》之意，然後可以行周官之法度。是則譜者，固君子所不敢後，而亦曷嘗專恃是以爲重哉？公沈厚博大，洗寃澤物，德善所被，將必有默存其間，而非兹譜之所能□者。蓋自公上遡將仕，已有十一世，閔氏後先積累之盛，殆至今日而始大發于公，而公又方深培厚植之未艾也。於乎！閔氏之澤，於是乎不可涯矣！

國子監續志序

《國子監續志》者，續舊《志》之所未備，與其所不可不□者也。舊《志》作於成化丁亥，蓋三十七年于兹矣。世再歷而官屢更，法治之沿革，人事之變遷，歲月滋久，案牘日繁臨事之際，欲徧觀以求其要，誠亦難矣。弘治庚申，鐸以南京祭酒致仕家居。再召而起，以承茲乏。衰病之餘，堆案相仍，茫無所措。乃謀之寮屬，詢之故吏，取自丁亥以來凡事之有關廟學與其切於師生之日用者，質以舊《志》《南雍志》互考而參訂之。必其有所徵於前而足以俟諸後者，始加采輯，否則不敢也。於是事以類分，類以年繫，總之爲十有一卷。不惟教學於斯者，得以由而知之，見而行之，而凡我聖天子與先帝崇儒重道、興學育材之良法美意，所以上繼祖宗之盛德大業於無疆者，亦於是乎在矣。或疑今朝廷會典方行，諸司之法制具在，此□雖不作可也。鐸竊以爲，古者既有職方氏掌天下之圖，又有小史以掌邦國之志，蓋列國各有史以紀時事，正欲詳略相因，小大悉備，而不容以偏廢也。監之有志，殆不可缺。謹録成編，俾鋟諸梓付載道所藏焉。後之君子脱在所取，未必非備忘補遺之一助也。若乃教學於斯，所當服行而身體之者，則有聖賢之經訓與我列聖之敕諭學規在，鐸不佞，亦奚容以贅。

衍聖公知德襲封還闕里贈行詩序

弘治十六年夏六月十七日，巡撫山東都察院右副都御史徐公源奏闕里主祀襲封衍聖公缺，宣聖六十二代孫聞韶以世胄當嗣。上可之，命吏部驛召至。秋九月朔二日乙丑，聞韶陛見，賜光禄酒饌。越三日己巳，乃命襲封爲衍聖公。又八日丁丑，賜玉帶大紅織金麒麟衣一襲，仍賜璽書，俾還闕里以主祀事。於是朝之公卿大夫，若少師兼太子太師、吏部尚書馬公，太子太保、刑部尚書閔公，户部尚書佀公，禮部尚書張公，兵部尚書劉公，工部尚書曾公，都察院左都御史戴公，以及通政司、大里寺諸公與其寮佐，凡三十有四人，睹兹盛典，各載詩□□□成而以屬予序。予忝以職事，復奉宣聖廟祀，又重以諸公之命，義不得以□能□乃爲之言，曰：「惟我宣聖，道德配天地，故其流澤，亦世世與天地相爲無窮。蓋其子孫封爵，肇自漢唐。而衍聖公之封則實自宋始。雖金元夷狄之世，亦知崇德象賢，罔或敢後。逮至我朝，世值文明，益加崇重。蓋自洪武初元，我太祖高皇帝即封其五十六代孫希學爲衍聖公，以迄于今，聞韶知德，歷百三十有六年，爲六易封矣。於乎！盛哉！唐虞三代之際，聖帝明王之子孫，蓋未之前聞也。雖然，春秋之義責備賢者，蓋望之深則責之備；責之備，則其處之也益難矣。恒人之子孫稍能樹立，則人皆動色稱之曰：『其先固未始有也。』賢者之子孫，□有缺遺，則人皆將群指其先而議之曰：『某某今知□□□爲聖人之後者哉！』今衍聖公知德以妙齡，年□□□祖訓，承藉世澤，亨有土田，爵爲上公，富貴之極亦云無以加矣。貴不期驕，富不期侈，寧非知德之所當念者乎？《論語》曰：『以約失之者，鮮矣。』此吾夫子惓惓于人之深意。况爲之子孫者，可不世守其家法□□□□□□□□□□□□謹身殿大□□□沙李公之子，公與予爲同年，且久交而深，故於諸公之屬以序也。既不敢辭，亦不敢徒以頌云。」

重慶堂詩序

重慶堂者，今禮部侍郎餘姚王公德輝奉其母太宜人岑氏之堂也。公以狀元及第，爲修撰，爲諭德，爲學士，爲少詹事，未三十年以至今官。而太宜人壽躋八旬，其兄德元父，又以應詔爲七品官，亦既壽踰六十矣。公之子守仁又以進士爲秋官主事，請告代公承顔兹堂在重慶之下，於是朝之公卿大夫士因扁其所居，曰「重慶堂」。皆爲詩以咏嘆之，而以囑予序。予與公同鄉且同官，雖老且病，不得以不能辭，乃爲之言，曰：「噫嘻！盛矣！斯豈偶得而幸致之者哉？蓋天地之氣，陽變陰合，參錯交運，萬有不齊。人之所值而得者，既不能無清濁之不同，則亦不能無厚薄長短之異。故凡得其清者爲聖、爲賢，得其濁者爲愚、爲不肖，得其厚且長者爲富貴、爲壽考，得其薄且短者爲貧賤、爲夭札。今公父子以科第文章擅天下，爲吾兩浙增重，而公又方日侍經筵爲聖天子輔道啟沃，豈非所謂得其清者？太宜人駸駸上壽，封爵之膺方□□□□元父又復以寇裳壽耆領袖孫曾雍□□□□於兹堂之上，□爲得其厚且長者。非邪？抑予聞之，《易》曰：『積善之家，必有餘慶。』公之世家，在宋元盛矣。逮于國初，猶有以兵部郎爲按察副使者。至公之先大父愛槐先生，又以上舍之賢詘而弗用，而先翁諭德公竹軒先生又以布衣卒老于儒。則其善之積於家者，非一世矣！乃今之大發于公，以臻兹重慶之盛者，不亦宜哉！抑又有不止於是者，《書》曰：『皇建其有極，斂時百福，用敷錫厥庶民。』蓋必上有建極之君，斯下有錫福之民。故漢文時，六七十翁遨游嬉戲如小兒狀，史遷以爲極盛。若乃春秋戰國之世，六朝五季之衰，雖鷄犬草木，亦或不得其生，況在於民而有所謂康寧壽考者哉？胡元之亂極矣！我太祖高皇帝受天明命，肇造區夏，聖子神孫，繼繼承承，重熙累洽。百餘年間，生養休息之餘，太平全盛之極，於是渾厚淳固之氣始復，鍾而爲康寧壽考之民，往往有若太宜人與德元父者，亦豈偶然之故哉？公今方有江淮之命，將遂事以登兹堂爲太宜人壽，因推重慶之義以爲公贈，不識公以爲何如？」

太子太保李公奉使闕里贈行詩序

弘治甲子春二月，山東守臣以闕里新廟告成，上特賜敕遣太子太保、户部尚書兼謹身殿大學士長沙李公馳驛以往，行釋奠之禮。先是廟灾，朝廷縻十數萬之費，屢四五年之力而後成。百凡規制，焕然一新，視昔倍蓰。故聖心豫悦，而有是命，蓋異數也。小大臣工睹兹盛美，舉欣欣然願得天葩睿藻，勒之金石，以垂萬世。某不佞，實忝太保公同年，贈行之作，義豈敢後？因僭爲一詩以贈。於是諸同年之在朝者，若太子太保、刑部尚書吴興閔公輩凡八人，皆從而和之，萃爲卷而復以屬予序。予衰病鈍拙，無能爲役，而義又不得辭，乃謂之曰：「諸公知公之所以行與聖天子之所以命公者乎？蓋我國家使命之將，自祖宗來具有彝典。惟祭告陵寢，徧祀山川，則遣大臣；總制兵旅，撫視方嶽，則遣大臣；衆建宗藩，典行封册，則遣大臣。自餘非科道，則郎署，則行人而已，未嘗有大臣之命。然所謂大臣者，又不過勳戚公候、臺省卿佐，亦未嘗有黄閣元老之命。若是其重者，惟兹素王，吾道宗主。况闕里之灾，聖靈震驚，皇心驚懼，所以安妥而慰懌之者，端有待於今日。故不得已暫輟密勿機務之重，而特命公爲是數千里之行。豈徒增重斯文，爲天下一時之美觀而已哉？雖然，天下事其輕重緩急，固有大分。而於其中，又不能不隨其所在而各有輕重緩急之别。蓋在朝廷崇儒重道，則以釋奠爲急，而不敢輕任，臣子忠君愛國，則以輔導爲重，而不敢緩。故仲山甫賦政於外，則式遄其歸，而以王躬衮職爲急。范仲淹遠在江湖，則上思其君，而以先憂後樂爲心。然則，公雖暫違闕廷，而一飯不忘之心又豈後於山甫、仲淹者哉？若乃東山、泰山之登眺，館甥愛子之情話，此遂事之義，《春秋》所不廢，公固有不能自已者矣。惟湍歸後樂，則公之素心亦公之職。而吾朋友之私，天下蒼生之望，亦未必不在此也，諸公以爲何如？」

崇正堂録序

士豈能以皆賢哉？世教明而勸賞之道備，雖有未至，不得不企而及之也。後世之士上焉者，莫爲之率蹈乎邪者。非惟莫之禁，而或以取榮趨乎義者，非惟無所勸而適以取困。故道之行也，中人皆可以爲善；及其廢也，賢者亦不能以自立。故曰周之士也貴，秦之士也賤。豈周秦之士故然哉？其感應之機，亦惟視其上之所好何如耳。是故有諸己而後可以求諸人，無諸己而後可以非諸人。焉有所令反其所好，而可必若從者乎？今世遭清平，公卿大夫皆躬行於上，惟正是崇，而不正者，皆非其所好也。二泉邵公憲副江西□也，職專提學，首辟白鹿洞書院，以爲倡道之階。奏請有疏，祝告有詞，論學修學之有記，品士獨對之有序，皆所以視趨向而存防檢之矩者，無所不至。他如衍義奏議之刊行，書院烈婦之標表，莫不一出於正。所謂所令反其所好者，蓋未之或有也。江西士子謂聽其言不若踐其言之實，踐其言不若傳其言之廣。且今二泉公易位兩浙憲長，不得專其教矣。吾寧忍而背之乎？遂録公諸作於提學之堂，且請予序之，以傳見公之以身爲教之實。實之所在，將天下之士皆不得不趨於正也，豈特江右哉！又豈特吾兩浙之士哉！

王氏三節婦傳序

風聲義概之漸被，志尚俗尚之轉移，遠之一世，近之一方，又近之一家。甚矣！其不能相似也。若東京之世持節義而不能變，齊俗之專尚誇詐而不易變，孔氏之一門争死，楊氏之益敦義讓，皆其漸被轉移，潛消默奪，有莫知其所以然而然者。夫豈一朝一夕之所能致哉？吾台之士，素尚風節，剛介寡合，見齷齪無耻者，恒不屑與之語。故閨門之内，亦聞風效慕，貞節自守，不幸而寡居，多誓不再適。寒室寂幃，含冰茹蘖，孤苦之志，堅忍之操，愈久而勵。若臨海吕嶴王氏之三節婦可概見也。其一曰宗孝之妻，日溪趙氏；其二曰宗制之妻，亦日溪趙氏，蓋姊妹而妯娌也。皆再娶而早寡，且無子，撫其先室之遺孤，辛勤孤苦五十餘年，子長孫繁，蔚然門祚。鄉大夫士題曰「雙節」。都御史李公匡、侍郎杜公寧皆嗟異而標表之，縣尹孫振望亦上其事於朝，不報。其三曰義城金氏，宗制之孫曰璋者，亦再娶焉。不期月而寡，遺腹得一女，亦撫其先室之孤以守。或風之曰「守此欲爲誰耶？」節婦曰：「配匹之道，終身不易。即吾夫不幸，吾猶忍死以俟。況有遺孤，忍棄之耶？」風者不止，節婦潛入樓自縊者再，家人覺之，不得死。遂手持一斧以自戕，誓必欲死，於是風者絶口。遂撫其先室之孤與其女，既長而婚嫁之。未幾，孤亦亡，復撫其孫煊。間關孤苦，三十年如一日，今亦年五十矣。南郭高士素爲之傳。於乎！三節婦之志偉矣。斯固民彝天理所不容已，然非風聲氣習之感，其孰能使之然哉？且三節婦不生於他族，而萃於王氏之一門，□□□□□而見於吾台之一方，誠所謂罕見難得之祥瑞，是宜表厥宅里，以勵風俗。然君門萬里，孰爲先容？閶闔之下，闉闍之間，亦難予其爲名矣。吾祖母趙淑人，辛勤守節五十餘年，而以死例不得旌。吾父編修公齎志以没，又二十餘年矣。乃今吾始以官乞恩移封，而得旌門之典。於乎！其亦甚難矣乎？然天道有徵，如桐城陶氏一門四節之旌，殆有日矣。亦豈偶然之故哉？庸書此，以爲他日之兆。

桃溪類稿卷之二十九　碑記

永嘉文信公新祠碑

成化壬寅夏四月，宋丞相文信公新祠成。祠在永嘉江心之孤嶼，蓋宋德祐中公避難興復之地，去今且二百年矣。即其地與其時，尚想見其風聲義概，歷歷如前日事，雖小夫婦女，皆知公之爲烈也。於是祠而祝之，固天理人心之不容已，而亦安知公不死之心，其不眷眷於此也哉？當夫宋社既屋，天下爲夷，公方間關萬死，脱京口、走真揚，涉江浮海，力求二王之所在，以一至于是也。人孰不曰無可爲矣，而公也指日誓天，載踣載奮，盡瘁鞠躬，不震不讋，以一旅未亡爲興王之期，以一息尚存爲報國之計。必欲誅浞，若臣靡之於夏；必欲討卓，若王允之於漢；必欲挫温遏堅，若謝安之於晉。凡其區區致力於未極之間，强此之衰以艱彼之進者，皆聖賢之所屑爲也。故在《易》之《遯》曰「小，利貞」，又曰「與時行」。若乃拼命於一死，以自異於忘君誤國之徒，夫豈公之所難哉！故即是以究公之平生，不難於死而難於未死，不責其未死之功，而予其必死之志。不然，宋亡，殉國以死者何限，而獨公爲之首稱哉！初，公之在難也，門下客莫有從者，獨吾邑杜大卿滸，慨然從公以行，竟克脱公，而大卿亦卒死于國。然則祠公於此，而大卿其從與享之，固禮也哉。公祠在京師、在廬陵者已非一日，永嘉之祠則今劉令尹遜所創也。令尹於公爲鄉後進，知公爲詳，因白其郡守項君澄而爲之。既成，肖公像其中，仍置田以供祀事。於是郡邑兩學之士謂其有關風教也，將刻石以紀，而以其師之命來告於予。於乎！公之赫赫不可蓋者，固不繫祠之有無，而亦奚有於予之言哉？獨世之鄉往不定[一]者，非此無以致其至，而令尹乃能於法令簿書之所不急者力倡之，以風示當世，是固不可以不書。因書之，且遺之詞，俾歌以祀公。其詞曰：

孤嶼兮江中，屹頹波兮我公。江之流兮淙淙，公心萬折兮必東。乾坤兮易位，江山兮改色。擊楫兮中流，渺四海兮焉極？江之水兮上通於天，孰挽而下兮洗此腥羶？江之水兮與海不竭，石不可填兮臣心始滅。日慘慘兮江聲哀，公神不死兮尚其駕風濤而或來。繫廟食兮江渚，萬歲千秋兮有如此水！

【校勘記】

[一] 定，《浄稿》文卷八作「足」。

黃巖縣尹盧侯去思碑

正德改元夏五月初六日，黃巖知縣盧侯英以□□[二]已矣。吾聞黃巖之民爲之歌曰：「天門萬里兮，東海之隅；耳目障遮兮，只尺遠而。舉枉措直兮，顛倒是非；奈我民之宜兮，孰知我哀？惟河潤之九里兮，我民之□；曰宦成其不怠兮，終焉是依。」太平之民載歌曰：「横湖之水清兮，清且淵；方巖之山高兮，高極天。百世廟祀兮，孰敢其先？倚我侯之來兮，不愧于袁。惟前父而後母兮，天假之緣；曠千古其一轍兮，事豈偶然？」貞等再拜曰：「是則然矣。」敢不敬誦以傳，予不能文，輒采兩縣民情以爲之詞。作去思碑，俾後之人有考焉。

【校勘記】

［一］□□以下底本缺一葉，《浄稿》亦不載此文。

重修都城隍廟碑

太宗文皇帝既營北平布政司，爲北京。遂即勝國之都而廓大之，以爲聖子神孫億千萬載之業。築城鑿池，辨方正位。乃治宗廟，乃立社稷，乃作殿庭、朝□以及官府、廄庫，百司之所，罔不畢具。工既訖，功乃□。北平府城隍爲都城隍之神，卜吉以祠，因舊爲新，蓋七十年于兹矣。歷歲既久，祠日以壞，今年夏復毀于水。守臣恐懼，告灾。上命内臣發官帑若千萬緡，大葺以完。民不知費而神得所依，於是都人仰瞻，過者嗟羡。僉謂：「興弊起廢，敬共明神，國之大事，不可無所紀述，以昭示無窮。」按《祭法》有天下者祭百神。神者，妙萬物而無不在其於地也。山林、川谷、丘陵，能出雲□、風雨者，皆曰神。爲其爲民所取財用也，則祭之。城隍以殿都會域民物，宜有神主其間。我太祖立國之初，大正天下岳鎮海瀆之祀，獨城隍之神在所不廢，則祀典於今日。所謂有其舉之而廟之修。蓋亦有不可得而已者，乃推本國家以禮事神之意作《都城隍廟碑》，其詞曰：

明明我皇，奄有萬方。式繼式承，益大而光。我民其宣，邦之用熙。凡厥有神，曰惟具依。昔在虞周，聖王有作。既遍于神，亦周于岳。高城大隍，邦之翼翼。豈無明神，以主以宅。有司告處，作廟自昔。有寢有堂，有殿有閣。崇極而隮，亦有歲年。下風上雨，水齧其垣。守臣駿奔，告于天子。天子曰嘻，我神是主。神之弗共，民失其所。曰惟汝工，亦既作止。既善既足，我錫賚汝。汝惟弗信，神則監爾。廟成孔嚴，來旬來瞻。牲牢既具，醴酒其甘。邦人嬉嬉，無大無小。曰神之憑，既祝既禱。惟神降福，惟神降威。不愆不僭，如蓍如龜。上帝有命，神食兹土。依我邦家，民之父母。水旱疾疫，神亦有聞。不相于天，而虐于民。天之高高，民則孔邇。不畏于天，神其寧止。導天之休，爲國之禎。惟神之職，惟神之能。長河大岳，與國終始。惟神惟明，億千萬祀。

重修臨海縣學碑

成化辛丑秋八月，臨海方侯進重修臨海學。越二年，癸卯春三月，學成。凡故之所有悉具，其不可無也，乃今有之。蓋楮令祚之修，未幾而侯實繼之，遂完美焉。侯以進士治臨海，甫期月，輒興是役，而民不告勞。於是教諭汪君昶遣其學之徒包生祥來謂予曰：「興廢起敝，法宜得書，以著成績。兹固吾徒朝夕之所與游，而漫無稱述以答侯貺，不可也。」予力謝不佞不可得，則從而嘆之曰：噫嘻！此侯之績固也。亦知侯之所以從事於此者乎？夫教化，國家之急務；風俗，天下之大事。古所謂教化風俗者，夷陵至於元極矣。暴秦五季之亂，蓋不若是壞也。漢承秦至武帝，乃五世始興學校，宋承五季，至慶曆，幾八十年，始詔天下皆立學。我太祖皇帝即位之初，亟反以正，首辟學校，申明五帝，大誥天下，迄今百餘年間，明法具在，其教則民彝倫，則其俗，則禮義廉耻；其師則孔魯顔孟；其書則六經四子；其爲説則濂洛關閩之所考定。無專門之私，無他岐之惑，三代而下，學校之政蓋已無復加矣。獨念躬行之教所以祗承於下者，無仲山甫將之之賢，至或視爲文具故常。而風靡波蕩之餘，殆未知其所極。於乎！此豈學校之誠端使然哉？然則學校者，先王有之，而非盡恃以爲足也。及其考論政治之由，則又未嘗終以爲緩。故曰：「天下非法所能治，而無法不足以治天下。」凡以此耳。噫！我國家所以道民成俗者，蓋如此。而侯之舉將亦有見於此乎！矧吾台實朱夫子過化之地，而三老六賢之高風，故在文獻東南，蔚爲望郡。臨海固台之近邑，而侯之致意學校者又如此，則自一邑而天下，所謂教化風俗者，將亦於此而卜之乎？汪君礱石以俟予文，而郡守葉公適至，曰：「道揚風化，歸之天子，固吾黨事也。」請遂刻之麗牲之碑。其詞曰：

惟天佑民，立君以師。曰維風教，職具是尸。維教乃化，風以成俗。族類既區，乃别慝淑。堂堂中國，孰壞我防？驫然左衽，易我冠裳。九十年間，彝倫大斁。腥聞于天，帝乃震怒，命我高皇，拯此萬方。如焚如溺，莫或暇遑。維風與教，必先建學。三代之隆，曰維是若。赫赫玄聖，我皇是尊。承承繼繼，聖子神孫。伯二十年，岳牧令守。駿奔後先，唯諾恐後。辟雍之化，在周則然。鄉校不毁，伊鄭之賢。我思古人，孰媲厥美？我作歌詩，百世以俟。

誠意伯劉公新廟碑記

有曠世所無之大變，則必有曠世所不可無之大功。否極而泰，剥極而復，此理也，亦勢也，世至于元，天地易位，葉盡爲夷，而世變極矣。秦、隋、五代之暴且亂，蓋不若是甚也。此我聖祖再造乾坤之功，所以跨唐軼宋，逼漢高而過之。宰我曰：「以予觀於夫子，賢於堯舜遠矣。」若我聖祖之功，豈非曠萬古之所未見，而天下後世所不可一日而無者哉？然天將降是亂於世，必預爲之生能弭是亂之人於其先。故伊摯不生於商而生於夏，留侯不生於漢而生於韓，皆亡國之英，出而爲興王之佐也。用是在泰，則有上下之交；在復，則有朋來之助。孔子曰：「微管仲，吾其被髮左衽矣。」仲相桓攘夷，不過一楚而已，吾夫子猶動色稱之。况其有功於乾坤再造之世，而親被其賜者，亦烏可得而忘之哉？我聖祖之創興大業，雖藉膂力爪牙之士，而謨謀帷幄，指授群師，則誠意伯劉公之功爲多。蓋天實授之，而非偶然也，是宜百世廟祀以享天下之報。夫何歷世既久，寖遠而堙？至宣德初，始有博士之命，爲立廟以祀。弘治中，尋以禮科給事中吴仕偉之言，録其九世孫瑜寫處州衛指揮使，世襲以奉祀事。蓋先是郡人鄭以璋嘗有立廟之請，詔下所司巡按、分守等官實奉行之。至是瑜還，兵備副使林公廷選首謁公廟，復於通道立坊匾，曰「翊運元勳之坊」，於是廟制焕然一新。乃命公八世孫養以鄭御史宣之言來屬予記。予惟公之豐功偉績，實與天地相與始終，使生民之類不致糜爛泯没，而綱常倫理爲之復振，是誠不可以異代而論也。旗常，金石在所必載；信史，正人在所必録，亦豈區區所得而贊之哉？因繫之詞曰：

天生至人兮，輔我皇明。天實假手兮，亡國之英。桀五就而不售兮，國用以傾。故將大有爲兮，待文王而後興。風塵開洞兮，六合羶腥。乾旋坤轉兮，夷夏廓清。公神不死兮，百世如生。在帝左右兮，焄蒿□愴。於穆廟祀兮，崇階兩楹。麗酒麗牲兮，苾芬其馨。仰瞻再拜兮，我民之情。神其不爽兮，來止來寧。

胙城縣學科貢題名記

古者養士於學而教之，教之而久，則論選其賢者而升之，以告于王。凡以先德行而後文藝，其待之也厚，其簡而進之也不敢輕，其爲法也，實易以簡，其得人以爲用也，至使無遺賢幸位，而直道之效大章於天下。蓋大同之世，人有定分，士知自重，故其自處也，恒不敢自後于人，人而實亦以累于其上之爲耻。楊子雲曰：「周之士也貴，秦之士也賤。」豈士之性固然哉？我國家取士之途，其最大者曰科舉，曰歲貢。科舉者，聚天下之人，一旦而默定之，以爲終身之進退得失。歲貢，則優廩餼，積歲月，以徐考其可不可，然後顯拔之，既久而始獲用焉。其視科舉之法，反若甚易且簡，其待之而簡以進也，反若甚厚而不敢輕，而得人之效，乃顧在彼而不在此，至有甚不相及者。於乎！亦豈今之法端使然哉？河南按察副使陳君士賢之爲學政也，謂古之道必可復，而一以今法行之，身爲之倡，務使士知自重，以不負于國家校學養士之意。既胙城縣令修學之明年，爰立石爲[一]科貢題名碑，而以屬予記。予曰：「士而務名，耻也。若乃修[二]其名以責實，使之自勸而自效焉，在我者亦豈可少哉？然士之所繫以爲名者，蓋不止是。由是而竹帛，而鍾鼎，百世之下皆得以考見其人，而卒莫之能違也。於乎！是不亦大可畏也哉？勸以始之，畏以終之，則今之所謂題名者，亦豈可少哉？」士賢曰：「吾意也，請書之以列于碑之上，方以示于學，以告于後之人。」士賢，庚辰進士，浙之臨海人，與鐸爲同郡，有斯文之誼。嘗爲名御史，侃侃于廷矣，其學政之在南畿者，猶河南也。縣令姓陳氏，名輔，克舉其官，士賢云。

【校勘記】

〔一〕爲，底本作「寫」，據《净稿》文卷八改。

〔二〕修，《净稿》文卷八作「循」。

重修長垣縣學記

既長垣縣令修學之明年，御史毛君鱶來告于予曰：「吾學故圮於水，更先後十數令弗克治，雖治，且無以大稱我國家道民造士之深意，爲教化羞。今若兹不有〔一〕紀述，曷示來者俾知作之艱，以不墜兹學。惟吾子其圖之。」予曰：「子知古之所謂學校教化者乎？古者建國居民，教學爲先，其本在躬行，其教之之法，蓋無所不具。自黨術以達于國都，自王公以至于庶人之子弟。士與農初不易業而學以爲常，既又自卿大夫各以其時受教法于司徒，以考其德行道藝，而因以簡不師〔二〕教者移之，終身不齒焉，夫其所以培養勸激之者如此其至。故當是時，教化之美，匪徒士知自重，雖蚩蚩之氓，亦皆耻於不善以自相安。於不識不知之中，其教道之結人心，雖更數十世，以中材之主守之，而猶足以不亂。於乎！是豈苟焉一朝一夕者之所能致也哉？三代以降，此意既微，士各以其性之所近爲學，而不復知有聖賢之大道，所謂雖無文王猶興者，則已難乎其人矣。而今世遭聖明，學校之道[三]，一惟先聖王之微言是訓是用，然而培養勸激之下，往往所言不足于行，至或盡負所學以上累吾君之清化。於乎，是豈學校之教其端使然哉？然則茲學之新，亦豈徒曰規模營度之間而已哉？長垣，古蒲邑，季路嘗用以治，而孔子稱之，先聖賢之遺風餘澤當有存者。今令以下車不期月，輒興大役，而民不告勞，雖其有以處之，而其俗之易化亦可見矣。充是以往，斯民也，烏可得而誣哉！」令王姓，名輔，字良弼，關陝人，壬辰進士，學之修實始於成化乙未冬某月，至明年春而落成焉。

【校勘記】

〔一〕 浙江圖書館藏《文集》抄本「有」下有「以」字。

〔二〕 師，底本及《净稿》文卷八均作「帥」，據文意改。

〔三〕 道，《净稿》文卷八作「教」。

重修京都城壕記

成化甲午秋九月，重修京都城壕。城壕之外，復爲墻，以堤障閈固，繯城而周。壕之延袤視舊，而廣不加益，深倍之。凡爲橋二十，爲壩十有三，爲溝二佰三十有七。凡費木甓石瓦以枚計若干萬有奇，灰與鐵以計若干萬有奇，人日以工計又若干萬有奇，他率稱是。壕初歲久壅弗治，水弗潤下，每都城積雨，輒漫爲民害，壞廬舍以千百，民桴筏以行，縣竈以爨，如是者蓋自庚寅之夏歷三歲而益甚，民益弗堪。皇上既大發振民所不足，乃詔太監臣某、襄城侯臣某、工部尚書臣某大董是役，功卒以成。凡故之所有悉具，其不可無也，乃今有之。於是内外小大共事之臣，悉從嘉勞頒賞，進爵有差，實始于癸巳春二月十有六日，蓋周一歲而贏焉。於是内閣臣以上命命臣鐸紀其事。於乎！臣于此有以仰窺聖天子敬天恤民之心矣。蓋王者所恃惟民，所畏惟天。故《春秋》之義，城役必書，重民力也。雖時且義，亦不敢過焉；大水必書，謹天戒也，雖無所感召，亦不敢忽焉。夫惟不敢於此[一]而過、於此而忽，則凡於其所不急與其所必至者，蓋可知已。雖然，今聖天子神功大業遍在天下，具載簡册，此於省民固國，拯灾起廢，直一事耳。即是而求，辟之以一物之生成變化，而擬天地大造之全功，奚可哉？然天地之功，雖不盡于此，而其所以生生之機，則固即此而無不在，究而極之，窮萬物，亘古今亦若是而已矣。夫然，則今日所以大啟中興之業，以統承列聖，以迓續億萬年無疆之休者，亦豈有他道哉？於乎！臣於此有以仰窺聖天子敬天恤民之心矣。臣不佞，謹拜手稽首，敢以是告成功焉。

【校勘記】

[一] 此，底本作「之」，據《净稿》文卷八改。

存誠堂[一]記

古者教化風俗，出於一民之性，不鑿不汩，日由之而不知所謂僞。《傳》曰：「殷人作誓，而民始畔；周人作會，而民始疑。」民畔且疑，自上作之，雖二代之季而已然矣，是以史闕文，馬借人，孔子亟嘆其亡，况後世哉？况其大者哉？後世去古益遠，所謂教化者，已不能使民不趨於僞，民各因以其地之所習者爲性，而風俗成焉。吾台在宋中葉[二]人材爲極盛。其大者，既皆光明俊偉，儼然爲一代之望；其隱約而在下者，亦皆龐厚碩大，不失爲儒先長者。是以風俗之美，至於今，談者必首及之，曰「台未嘗無人焉」。台之邑五，獨仙居在萬山中，車塵馬足所不易到，其民皆采山釣水，服稼穡以爲業，其風俗皆敦本實、崇樸茂，不僕僕相誇詡以爲能貿之勝，視諸邑蓋莫之或先焉。邑之著姓曰斷橋林氏，林氏之秀曰文魁君，蓋稱其邑之所謂民，故因其性與俗之近似者，以自名其所居之堂曰「存誠堂」，示志也。其子醫學訓科世盛來京師，問以名堂之義謁予記。予與君爲鄰邑，亦台民也，辭之不可得，乃爲之言曰：嗟乎！誠之道大矣，遠之天地聖人所不能違，近之民生日用所不可離。學者所以實用其力，上希聖賢，與天地參，以求異乎凡民者也，斯正吾人所當自力而未之能焉。吾于是有感矣。若乃必其[三]教化風俗之至而至焉者，則夫人皆是也，而亦何有於吾聖賢之學也哉？而亦何有於吾聖賢之學也哉？吾于是有感矣。林氏之先，徙自福建之長溪，四世祖某以進士仕爲度支員外郎，至君而其族益大，君嘗奉詔輸粟，例當得冠帶，不願，棄去之，乃以及世盛云。

【校勘記】

[一] 堂，底本誤作「當」，據《浄稿》文卷八改。正文内容亦云「以自名其所居之堂曰『存誠堂』」。

[二] 葉，底本及《浄稿》文卷八均作「業」，據浙江圖書館藏《文集》抄本改。

［三］ 其，《净稿》文卷八作「於」。

永嘉縣令祠堂記

永嘉令劉侯遜既爲永嘉之三年，衆廢具舉，乃按圖考志，得永嘉令之顯者十有二人，曰：「《祭法》：『法施於民則祀之。』兹固有功吾永嘉之民者，所謂有其舉之非缺典與？」乃相地，縣治之西爲堂以祀，曰永嘉縣令之祠。既成，而以屬予記曰：「凡以彰前人之功，而亦以爲來者勸，亦固吾邑人意也。先生其無棄予哉！」予不佞，重違侯意，乃爲之言曰：嘻！侯其有志斯民者邪！夫天下之政，自國都以下達於縣，至縣而止；縣之政自典幕以上達於令，至令而極。令之於民，有君道焉，有父道焉，有師道焉，故天下之休戚在縣，縣之休戚在令。令或不良，上之政雖善，德不下究，而民亦不與被其澤矣。故曰邑之政可達於天下。一邑者天下之式也。然則令之有功於民者，雖欲弗祀，惡得而弗祀？且永嘉自漢初入中國，歷三國、六朝至齊，蓋五六百年，乃始有令如蕭景者以顯於世。自六朝，歷隋、唐、五代、宋以迄於今，蓋又千數百年，而繼景以顯者亦僅僅如此。夫然，則令之於吾民，所謂休戚者可知矣。舉一邑而天下之政所謂休戚者則又可知矣。然則兹十二人者，雖欲弗祀，亦惡得而弗祀？侯又爲予言：「兹十二人者，亦既取其所存所行者，而施之民有成效矣。」祀固邑人之意，然亦吾邑令之所有事也。於乎！侯以進士起家，且將有志于其遠者大者，而顧以是爲足者乎？侯特靳一邑，就其所至者而言耳。若論其極，必若濂溪之在郴，明道之在鄂，横渠之在雲巖，晦翁之在同安、在漳州、在南康，而漢唐之所謂循吏者，殆非君子所願學，而俠豈亦以爲足者哉！雖然，充侯之心，兹十二人者猶在所慕，况其功烈行業有大于是者乎？其惓惓不忘一邑之民猶若是，况夫達之天下而責以世道之重者乎？此侯之意，抑固吾黨公天下之意也。乃不辭而爲之書，若乃十二人者之政迹，與祠之建置歲月，侯能文，蓋別著之，予不復以贅[一]。

【校勘記】

[一] 贅，底本作「嚽」，據《净稿》文卷八改。

太平縣學鄉賢祠記

太平，台黄巖故南壤也。成化庚寅，今兵部侍郎阮公勤守台，始分爲太平。邑小力不足，甫營縣治，學之制未備也。令尹今御史袁君道至，進諸生謂之曰：「學則孔孟尚矣。然居是邦，語其風聲氣習之近，則所謂鄉先生者可不知其人哉？矧其人上師聖賢，蓋嘗厘一世以爲心矣。吾後之人而不知所以尊崇之，尸祝之，可乎？」遂即學之左[一]建爲祠，取黄巖所嘗祀者祀焉，曰泉溪先生戴公，曰聖泉先生盛公，而又益以方巖先生王公，台南先生郭公，静學先生王公，拙訥先生葉公，則故秋卿林公鶚，今通政黄君孔昭，合吾一鄉士論之公而爲之也。未幾，袁君以憂去，更代者，祠毁于風雨，弗克治。于是教諭黄君脩顧而嘆曰：「是吾責也。」遂節縮其學之羨，因門之兩翼而葺之，以其右祠諸先生，其左則六經子史與諸先生之遺籍皆在焉。嗟乎！自有天地即有此山川，有山川即有此民物。吾台歷唐虞三代以至于漢而始入中國，歷漢、三國、六朝至宋而人材始出，于是始推三老六賢以列[二]于學官，以至于今日，如太平六先生之祠可數也。夫自有吾台，以至今日，不知幾千百載，其間棼棼而生、泯泯而死者不暇論，論其乘時富貴，起而爲君長、爲將相者不知其幾，固亦雄視一世，謂足傳之無窮矣。今吾人之所尊崇而尸祝之者，乃在此而不在彼。於乎！士之生于斯而游于斯者，盍亦知[三]所慕乎？慕而不止，若沿河以至于海，雖孔孟之道，亦于是乎階矣。《周禮・大司樂》掌成均之樂以治建國之學政，合國之子弟，使凡有道有德者教焉，死則以爲樂祖而祀於瞽宗。《祭義》亦曰「祀先賢於西學」。凡以此也，六先生之風節、勳業、行誼、文章，蓋皆本之道德而不失。所謂先賢者，史牒可覆視也。教諭君又欲著其概以示諸生，以風厲邦人，因各摭其實，贊之如左，俾來者得以考焉。

方巖先生王公　名居安，宋淳熙中進士，官至工部侍郎[四]。

方巖屹屹，上薄于天。鬱爲正氣，異人出焉。談笑功名，慷慨風節。壯哉我公，王國之傑。既踣大奸，亦掃群邪。根極究竟，治本亂階。天子改容，憸讒側[五]目。公心不貳，公去何辱。載蹶而起，凛凛高風。嗟嗟左史，人中之龍。

泉溪先生戴公 名良齊，宋嘉熙初進士，官至秘書少監。

景定何時，安坐以戲。韃之方張，如火必熾。誰其憂國，永命祈天。我拜公疏，涕泗漣漣。惟公之學，最深者禮。遠淑諸人，曰吴澄氏。峨峨孔廟，俎豆以陳。公心不愧，夷夏君臣。泉溪之南，其流湜湜。逝者如斯，君子之澤。

聖泉先生盛公 名象翁，元延祐中，昌國州判官。

宋學之盛，實陋于元。公生宋季，亦闖其藩。世遠日亡，公學益弛。杳不可聞，言論風旨。玉峰壽雲，師友淵源。究公之學，此其大端。七十之士[六]，從聖以祀。祀公于鄉，敢告于子。

台南先生郭公 名櫝，國朝洪武中，饒陽知縣。

我台之學，考亭是宗。孰知而見，曰正肅公。公後百年，實奮以嗣。家學之深，有源有委。憤世道降，力起而更。饒陽之政，兆足以行。澤止而卑，曷以天下。於乎先生，台南兀者。

静學先生王公 名叔英，永樂初，以翰林修撰卒於官。

武王放伐，微子以歸。千載而下，孰敢是非。特立獨行，惟孤竹子。不惑衆見，百世以俟。豈乏[七]周粟，食薇乃甘。我餓以死，惟義之耽。昌黎有頌，特筆莫繼。我再拜公，痛哭流涕。

拙訥先生葉公 名黼，宣德間，以布衣終。

斯學之大，體用二者。窮善其身，達則天下。悠悠九州，我懷我人。誰哉利物，忘己之訥[八]。嗟公此心，窮力所至。彼何人斯，而在高位。公拙以訥，公質近仁。公學不愧，饒陽之門。

【校勘記】

[一] 左，浙江圖書館藏《文集》抄本作「右」。
[二] 列，底本作「例」，據《浄稿》文卷八改。
[三] 知，底本作「和」，據《浄稿》文卷八改。
[四] 《浄稿》文卷八無「侍」字。
[五] 側，底本作「則」，據《浄稿》文卷八改。
[六] 士，《浄稿》文卷八作「徒」。
[七] 乏，底本及《浄稿》文卷八均作「其」，據浙江圖書館藏《文集》抄本改。
[八] 訥，《浄稿》文卷八作「貧」。

重濬宿遷小河記

河出龍門，非禹迹舊矣。唐宋以來，益徙而南，其下流率委於淮，其爲害於汴爲最甚。入淮之道有三：一自中牟，由鳳陽而下；一自開封，徑徐州而下；一自歸德，歷睢陽抵宿遷而下。自宿遷下者，謂之小河，或曰睢河，其所經歷延袤，蓋不啻五百里而始達于淮。視鳳陽、徐州，實當其中。壅而不治，則不特二州受其害，其爲汴之害也，亦大矣。弘治改元之明年，河決金龍口，汴之重臣以急告。上命今刑部侍郎白公昂往治之。公舉其屬婁郎中性，而以小河之役屬焉。起并河三州八縣之民力治之，以求復其故道。去年秋，予過宿遷，見河口之土山積，而下流之水爭赴淮以入海，舟人指曰：「此婁郎中之功也。」俄而，宿遷教諭張瀚偕其僚抵舟中，請予記。予力辭。至淮，徐太守鏞復請之無已，乃爲之言曰：古稱善治水者不與水争路，惟行所無事，順其性而利道之耳。故禹治九州之水必先于究，以究爲下流必趨之地，舍此而往，將有不可爲者。曩予聞金龍之決，勢將直抵張秋，復如往歲之變議者，徒以漕河爲憂，而民之墊溺不暇顧。既乃復聞上築長堤，下修減水閘，而今復有小河之濬，所以遏其衝而殺其勢者，殆亦無所不至。嗟夫！水之爲用大矣，以資飲食，以利灌溉，以通舟楫。及其爲害也，崖爲之崩，地爲之陷，帆檣爲之摧，宫室廬

舍爲之蕩溺。此無他，順其性與逆其性然耳。於乎！安有逆民之性而可以有爲于天下者乎？吾

於是乎有感，作《宿遷小河記》。

墓祭學田記

成化丁酉，先公與叔父太守先生作庵曾祖孝子府君墓側，以時祭掃，曰「會緦庵」。既十年，鐸謝病，讀書其中。間有從之者，而其地不能容。先生謂：「盍面方巖之勝爲書院以廣之，且以爲吾子孫百世講學之地？」未幾，鐸以史事赴召，先生從弟怡雲翁實領兹役。又三年，鐸蒙恩東歸，而書院成矣。先生又謂庵與院雖成，非田不可久。乃倡爲祭田伍畝，俾鐸如其數。又倡爲學田十畝，鐸懼其不足，乃倍之，凡爲田四十，以四之三屬書院，而以其一屬庵。庵舊爲佛氏宫，道人陳覺顯，以私田五畝爲香火，奉於吾祭，吾學無與也。議既定，先生俾鐸爲之記。鐸惟古者井田法行，士皆自食其力，而各以其時從事于學，卿以下則又益以圭田以共祭祀，蓋祭與學之費皆出于公，而私家不預焉。暨其後也，兹法既壞，人無恒産，以救死不贍之民而欲驅之于禮義之域，誠亦難矣。君子于此有不能已焉者以爲祭，所以報本，有身則有本，學所以復性，有生則有性，本焉而不知所以報，性焉而不知所以復，亦安在其以是身而生于天地之間哉！此先生與先公之意，而鐸之不肖，所以不後焉者也。由是而推，祭與學固不繫田之有無，田之有無所以爲衆人爲子孫計也。天之生豪傑也，不數幾能有無所待而興者乎？無所待而興，又從而增廣之光大之，不可知不得已而守其舊，不敢毁不敢變，斯亦可矣。若乃不能增不能守，又從而争奪之廢壞之，則亦安

在其以是身而生於天地間哉。噫！是又不特不可爲吾謝氏之子孫而已也，田之所在與其租之所入，皆告於廟，聞于官，而具列如右。仍擇其子孫之廉而才者，歲掌之，以共其事，俾勿壞。

祠墓諸田記

先公編脩府君方晬而孤，大母太夫人趙氏率其媵嚴誓死以守。既四十年，始及見鐸兄弟。於是食指稍繁，家日益落，而太夫人不幸没矣。又十年，先公始以恩受封，乃建貞則堂，以不忘太夫人之訓則，即于其東别爲祠堂，以奉時祭。既又與叔父太守先生作會緦庵，以爲曾祖孝子府君墓祭之所，蓋將次第以及太夫人之墓，而力未之能也。未幾，先公棄諸孤。鐸以憂謝病，幾十年，始以史事赴召，尋有南京國子之命，自愧不職。未一年，遂復謝病，得致其事以歸。既歸，始克以太夫人墓上之木創爲庵，以供祭掃，蓋先大父與先公之墓皆在焉。初，先公治命以遺田三十畝，俾供祠墓之祭，至是，鐸始得以俸入之田代之，而均之以歸諸弟。於乎！先公辛勤自立，克己爲義，遭家中衰，力不逮志。不肖孤雖幸竊科第，而不克隨世以安，雖僅有禄食，而不克固位以久，所以光先德而大先業者方怛焉内懼，而獨以是爲不辱先志，不亦重可愧哉！好施樂教，亦先志所在，於是又斥其俸入之田二十畝，屬方巖書院，而以十畝爲貧葬田，以待吾族之有志於學與死而無所歸者。極知不足以上酬先公爲義之志於萬一，特各爲之兆，庶幾吾謝氏之子孫有起而爲范高平、齊晏子者。

重修松門衛記

先王制治保邦之道雖非一端，其於夷狄出入之防，尤在所慎，誠不可不周思極慮而預爲之所也。蓋中國幅員雖極天覆地載之廣，而大海絶漠實爲東南西北之限，夫豈夷狄所得而窺之哉！世至于元，華盡爲夷，蕩無區隔，而中國之禍亂極矣。我聖祖躬滌腥穢，再造函夏，安不忘危，而預爲之所，其控制而威服之也，在西北則有甘凉、寧綏、大同、宣府、山海極邊諸重鎮；在東南則有登萊、淮楊、蘇、浙、閩、廣沿海諸衛所所以障蔽我中國而爲億萬年夷狄之防者，蓋無所不至。吾浙地濱大海，實鄰倭夷，備倭官軍自臨山以至磐石，凡若干衛所，而吾台之所謂松門衛者在焉。松門在宋爲寨，入國初，信國湯公始城爲衛，城環九里，内設五所，而隘頑、楚門屬焉。歲久漸壞，成化中，今張都閫某之父總督公勇實增修之。未幾，復壞。弘治改元，今按察副使文公天爵，偕總督王公佐至，顧而嘆曰：「邊城若是，何以清海道，何以壯國威？况將領卒伍無所于處，又何以號令奔走而服役其間哉！」乃議選把總指揮葛侯奎拳署衛事，而因以修治之役屬之，未期月，城堞樓櫓之圮缺者，廨宇館傳之腐撓者，烽堠戰艦之頹廢者，皆焕然一新。蓋凡故之所有悉具，而其不可無也乃今有之，亦可謂難能也已。工既訖功，衛人皆歸之按察公爲能任侯，以致成功之速有如此者。于是侯之所親鮑君全和來請予記。予以衰病力辭，不獲。因謂之曰：今聖天子在上，海宇晏寧，邊烽消息，若是功者，誠亦在所得已。然天下事，寧備而無所用，不可欲用而無其備，此兵備之在先王，雖非盡恃以爲固，要亦卒不敢以爲後而忽之。不然失道寡助，則雖親戚亦將畔之，而封疆之界，山谿之險，舉不足言矣，況邊圉哉？況夷狄也哉？此朝廷所以建立是衛之深意，與是衛今日之所以不可以不修者蓋如此。若乃修治歲月之詳，木石工力之費，則或在所略，而別置之碑陰云。

太平尹袁公祠記

吾友敬所陳先生儒珍，憤郡邑之失職，痛吾民之受害，間嘗進其弟儒敷而謂之曰：「今安得有若吾舊令尹袁公者？蓋公之始至也，吾猶爲縣諸生，見强盜有誣指應華等二十三人，有司府官以鍛鍊成獄，公力爲辨[一]理，至納冠帶以去就決之，曰：『民冤如此，何以官爲？』一時旁觀者爲之泣下，華等卒得白。於乎！今之以非辜連坐，陷民于死者何限，尚有若公者乎？備倭張總督勇以沿海倉糧腐折者，責償於民，郡縣莫之敢後，公獨據法與抗曰：『糧在倉而責之民，吾官可去，吾不能以是令民矣。』張卒亦無如之何。於乎！今之以非法催科，毒民至死者何限，復有若公者乎？黄巖縣界有賊殺捕盜官姜昕者，民驚懼甚，幾至激變，公亟至其地，招諭之曰：『獨殺人者死耳，吾爲爾白之，無憂也。』上之人卒從其言，民以不擾。於乎！其視今之坐視秦越，方且援據延蔓，因而利之，死其民而不顧者何如哉？他如新學校以敷教，祠鄉賢以厲俗，明保伍以糾察奸細，修水利以預備凶荒，勸善而表孝行之墓，懲惡而嚴盜賊之刑。凡若此者，蓋無所不用其心，遂至民懷其惠，吏畏其威，數年之間，政通人和，邑以無事，公堂晝静，縣門洞開，而鄰邑亦仰之若父母矣。至其以憂去官，則即日戒道，行李蕭然，雖假貸以給，而贐賻一無所受。於乎！今之所謂能吏者，有其一二亦足爲難，况能若是其盛者乎？抑吾嘗聞之公曰：『濂閩諸老先生及民之政，皆漢唐循吏所未能到[二]，吾徒有志于民，而不是之法，皆苟而已。』噫！此公所以度越流輩，而卓然爲我國家一代之循吏者乎！於乎！公今已矣，吾亦退老于家，無能爲矣。若等生長是邦，親受其賜，其尚忍忘之而不思所以報？」儒敷曰：「諾。」遂以質之吾叔父太守先生，先生是之。乃率其徒葉宗文、王廷用輩凡若干人，列狀于府，請立公祠，以致邦人之思。知府葉公遂以轉達于分巡部使者，于是巡撫侍郎彭公卒俞其請，而祠以克成。既成，儒敷來請予記。予方以史事被召，未果也。越三年，予致其事以歸。敬所曰：「祠有石，待公久矣。」予曰：「天下事惟其不可易得則得之者，始足以爲貴。苟以贋爲真，則燕石皆可以爲玉，而野鳥亦可以爲鸞，奚貴哉？聞今之吏有以子孫通顯之故，雖貪且酷，亦已往往列祀郡邑矣。然則是祠雖無作，而是記之不必作，亦可也。」敬所曰：「嘻！獨一郡縣吏哉！嶧山之頌德碑固碑也，峴山之墮淚碑亦碑也。要之，是非誠僞之在人心者，自有萬世不可磨滅之公論，又焉得因噎廢食，而悉置天下事于不必爲哉！」予無以應，乃爲述其事如右，而繫以詞，俾歌以祀[三]焉。令尹吉水人，諱道，字德純，以進士再轉爲御史。太平邑屬于台，實其初政，俗號以爲難治者也。其辭曰：台之山兮秀而峙，台之水兮清以駛。孰頽我山兮，亦濁我水。我民之怨兮山高，我民之恨兮與水滔滔。孰屹而挽兮砥柱遥，瞻望弗及兮我心之勞。

【校勘記】

［一］ 辨，《净稿》文卷九作「辨」。

［二］　到，底本作「則」，據《净稿》文卷九改。

［三］　祀，底本作「祠」，據《净稿》文卷九改。

東嶼記

吾太平分台、温之餘以爲邑，天台、雁蕩之山蓋至是而極。其延迤起伏，則其南爲方巖、爲泉溪，至盤馬而極。其北爲盤山、爲唐嶺，至白楓而極。兩山之間，沃野彌望，自西徂東，以極于海。甚靈秀所鍾，融結［一］而未盡者，則復洩而爲嶼，屹然在野，以爲一方之望，若莞嶼、瓦嶼、横嶼、葉嶼、鶩嶼、夾嶼，則其最著者也。于是民之野處而不暱者，往往依之以居，而嶼亦因以顯。所謂葉嶼者，則吾姻弟醫學訓科陳君允時所居也。允時居嶼之東，因自號曰東嶼大夫。士之名能詩者嘗爲之歌咏，而今閣老西涯李先生亦嘗序之矣。既又謂予爲至親，不可無一言以發其義，予力以病辭不能者再。允時執不變，乃顧而謂之曰：「子嘗歷齊魯，抵燕而見太行之爲險、太山之爲高矣。其視吾天台、雁蕩何如哉？以東嶼而視天台、雁蕩，已不啻倍蓰什百，又况所謂太行、太山者哉？嶼，山之小而卑者，予［二］顧以此而不于其遠者大者何哉？」允時起而應之曰：「某聞之，君子之道，辟如行遠必自邇，辟如登高必自卑。夫道之大，雖極天地，窮古今，而未始不行乎日用之間，固未可以其卑且近而忽之也。」予瞿然曰：「吾與子論山，而子知道。昔人有言：『瓶水之凍［三］，知天下之冰；堂下之陰，知日月之行。』理固亦有然者，故曰堯舜之道，孝悌而已矣。子嘗以廬墓之孝見稱於[四]人，人誠充是心以及乎友弟，以求盡乎[五]吾性之本然，則堯舜之道，雖遠且大，亦自此始，夫焉有不至者哉！是雖據東嶼一方之勝，則所謂天台、雁蕩，所謂太行、太山者，殆不必身履目見而皆可以得其概矣，況嘗有見于此，欲親履其上而未知所止者哉！」雖然，予老矣，無能及也，姑以是爲《東嶼記》。若乃因之以志于道，則允時自知之，亦允時自勉之爾，予何言哉！

【校勘記】

［一］結，浙江圖書館藏《文集》抄本作「潔」。

［二］予，《浄稿》文卷九作「子」。

［三］底本及《浄稿》文卷九皆無「之涷」二字，據文意補。

［四］於，底本及《浄稿》文卷九均無，據浙江圖書館藏《文集》抄本補。

［五］乎，浙江圖書館藏《文集》抄本作「於」。

龍游縣學記

弘治己未春正月，衢之龍游縣學工既畢功[一]，學之教諭陳璜氏遣其徒葉森輩以書來告予曰：「兹學也，燬自勝國，地侵于民，久[二]失其制，有司者往往因陋就簡，補敝葺壞，蓋二百年于故[三]矣。弘治癸丑，六合袁侯文紀來涖兹邑，顧瞻咨嗟，大懼弗稱，遂白分守少參車公明理、分巡僉憲林公廷選，二公是之，議以克合，乃復侵地，乃遷故址而大更作之。學之中爲大成殿，殿之前爲兩廡，廡之前爲戟門，門之旁爲鄉賢祠，祠之外爲櫺星門，門之外爲泮池。其西則爲神廚，爲神庫，爲宰牲房。學之後爲尊經閣，閣之前爲明倫堂，堂之左右爲齋宿所，其外則爲東西齋，爲饌堂，爲講堂，爲倉廒，爲廨舍，爲號房。皆煥然一新。凡故之所有悉具，其不可無也，乃今有之，而其規模氣象，蓋已不啻倍蓰於前矣。璜等忝職茲學，念侯之功不可忘，因與訓導黄垣倪俊，又將建祠于學以祀侯，以上及車林二公。惟先生其予之記，固邑人與諸生意也。」于是侯已遷而通判吾台矣，遽聞之則顧謂予曰：「是烏可哉？吾發龍游時，功且未終，終之者今提學憲訓副趙公寬、分守亞參吴公紀與湯令尹夏民也。況僉憲林公實爲之倡，吾焉敢獨享其成哉！且修學在有司爲常事，亦有所不必書者，惟學既成，而諸生懼未知所以學，願先生終有以教之，則斯學之幸也。」予曰：「嗟乎！今學校之設遍天下，天下之士盈學校，其所讀誦者皆六經四子之文，其所講習者皆孔孟程朱之道，不可謂不知所學矣，獨一衢之龍游也哉！所深慮者，名是而實非，行同而情異耳。蓋古之學者，所以窮理而盡性，所以修己而治人。今學校之士，不過綴文詞以竊科第，釣聲名以媒利禄，一或得焉，甚至托古訓以[四]藉口侮聖，言以文奸。回視向所讀誦而講習者，蓋已筌蹄芻狗之不若矣。尚何怪乎□□不明，風俗之不美，而治道之不古若哉！且衢之爲州，西連廣信，象山之學在焉；東望永康，龍川之學在焉。而徽之考亭，婺之東萊皆近在咫尺，今其爲書具在，是非得失之歸，必有能辨之者，苟知所以辨而俯焉，以實用其力，則所謂聖賢之學者將不外是矣。他日聞有卓然名世如趙清獻、徐誠叟諸公者復出于衢，則亦豈非斯學之光也哉！此侯之所惓惓於龍游之士者。」若乃興作之歲月，糜[五]費之金穀，督造之姓名，則别[六]著之碑陰，非侯所以建學屬筆之深意也。

【校勘記】

〔一〕功，底本作「工」，據《净稿》正德本文卷九改。

〔二〕久，底本作「人」，據《净稿》正德本文卷九改。

〔三〕故，《净稿》正德本文卷九作「兹」。

〔四〕底本及《净稿》正德本文卷九均無「以」字，據浙江圖書館藏《文集》抄本補。

〔五〕糜，《净稿》正德本文卷九作「縻」。

〔六〕别，《净稿》正德本文卷九作「列」。

葉氏祠堂記

古者命士得立家廟，而庶人祭於寢。寢之祭，禰以上無及焉，後之大儒君子以近制，士非也，官難於立廟，而祭止於禰，必所未安。乃據宗法，沿人情，俾得視祀四代，以各盡其尊祖敬宗之心。此酌古準今，禮以義起，而祠堂之制所由設也。夫禮，莫大於謹名分，而敦睦之義存焉。敦睦，雖在於收族，而名分莫先於敬宗。故在禮有大宗，有小宗。大宗者，百世不遷，所謂繼别爲宗，若今之墓祭，必共尊始基之祖者似矣。小宗者，五世則遷，所謂繼高曾祖禰之宗，若今之神主，必遞易主祀之名者。以□比其親疏之殺，名分之守，蓋有秩然而不可紊者。苟非先有以别而正之，而遽欲合祀於一祠，以爲敦睦收族之舉，吾固未見其可也。故凡有志於報本反始，立祠堂以祀其先者，必首立大宗以見其本之所以一，而又各立小宗以見其支之所由分。其祭也，必使支子不得專，而祭必以告於宗子。庶幾禮明義盡，而祠堂之設，宗法行矣。予行天下，見富貴崇極而無地以祠者，何限其祠焉者？又或混昭穆於親疏，以祈禳爲薦祭，往往竊禮之名而不知義之所在。噫！俗之弊也久矣！亦何怪乎窮鄉下邑所謂蚩蚩之氓也哉。河邊葉氏宗文創爲祠堂，既成，因吾友敬所陳先生來請予記。予聞葉氏自鶏而遷，今十有六世矣。宗文蓋繼祖之宗，繼祖之宗祀止二代，其始遷之祖與其繼高祖曾祖之宗，應亦有祠。不然，宗文既富而好禮，於此將必有以處之而不但已也。嗟夫！今二氏之宫偉麗遍天下，雖出於一時之所崇奉，實亦其徒酷信其法，有以致之，安有爲祖先之子孫，以天屬之親，而又有世業以守，宗法以繩，而顧不彼若哉？不彼之若，則豺獺之不若從可知矣。吾於葉氏祠堂之記，不能不重有感焉。宗文蓋葉氏之傑，然者其祠堂之所經畫，實始其父瑞森公，而成於其母姚氏。姚氏，敬所蓋謂賢母也。其所創置，凡書院、義役、墓祭、賓禮，皆有田以給。而祠之義最大，法宜并書碑，列之碑陰。庶葉氏子孫，知創始之艱難，而益相與保守於不替哉！

白沙鄧氏祠堂記

温守鄧公淮履任之初，即介予所親章秀才玄緘以書來告於予曰：「淮鄧氏世居吉之白沙，實漢高密侯之後。蓋高密之孫廣平侯淵嘗征安南，既返而卒，遂葬于此，其子彪因家焉。故吉白沙之有鄧氏，實自此始。厥後，自白沙分而爲彭坊，爲塘頭，爲窑坊，爲龍湖，爲逢塘。自逢塘又分而爲袁之分宜，爲江溪，爲白水村，要皆白沙始也。族屬既蕃，支派亦別，不得不隨地立祠，以便祀事。惟白沙實爲始基之祖，《禮》所謂太宗之祀，百世不遷者也。不幸遭世中衰，荐罹兵禍，雖祠之基，亦已爲有力者所奪，而勢莫之能復。伯兄先參政貴，恒竊痛之。淮既佐衡，始斥俸貲別買祠地，經始於弘治五年之冬十一月，至明年秋八月而落成焉。幸先生一言以紀之，庶吾後人知是祠興衰之由，以永有所憑藉而弗替引之也。」予曰：「嗟乎！公其有志於復古者哉！」古者，將營宫室宗廟爲先，後世仕無世官□□□立。故大儒君子禮以義起，而創爲祠堂之制，雖不盡泥於古，而實以宗法行之。宗法者，先王所以攝人心，厚風俗，使天下之人皆知尊祖重本，以不忘其身之所自，其立法之意非淺淺也。自夫《周官》九□之法不行，而天下之所以奠繫世、辯昭穆者，皆無所於屬。於是生無宗，死無廟，族之人至不相爲吊慶，而□至敦叙收睦之意，微矣。况望其尊祖重本，以不□□□之所自乎？君子於此有不得已焉。則自吾力之□能者而爲之祠，以事其祖，以聯其宗，宗各有聯，□人猶庶幾焉。皆知其本之所自，不敢輕視其家，以一試其身於不屑。於是各親其親，各長其長，而朝廷之勢尊。朝廷之勢尊，則天下之治可幾矣。是宗法與□道實相表裏，而立祠尊祖又所以推行乎宗法，以□失先王之遺意，而爲治道之根也。然則白沙一祠之立，豈淺淺哉。太守公誠推此意以治温，則河潤之功□□吾台將被其澤，雖達而登廟廊，佐天子以大敷天下之治，亦舉此而措之耳。庸書此爲《白沙祠堂記》，以俟諸其他日。

重修黄巖縣學記

□□之縣視古諸侯之國，縣之有學，猶諸侯之有泮。□□昔魯僖公能修泮宫，詩人頌之，詩凡八章。□□□爲自敬其德而至於明其德，明其德而至於廣其心，廣其心而至於固其謀，此學之本也。自威儀孝弟□自修而達於師旅獄訟之講習，自師旅獄訟之講習而極于車馬器械之精能，此學之事也。自烈祖之鑒其誠而至于多士之化其德，自多士之化其德而至于遠夷之服其道，此學之功也。凡此蓋皆自修學者言之耳。夫然則學校之設，豈直爲諸生課試之地、仕途榮進之階而已哉！此天下之治必本於人材，人材之興必本於學校，學校實教化所自出，而有志治道者誠不可不以之爲急務也。黄巖縣學肇建自宋，燬于元。逮我國初，縣令李復、李震亨始奉明詔而重建之。歲久漸壞，宣德中，周令旭鑑乃更作焉。并是而後，若祝令茂、鄺令文，雖時或修葺，然皆假公□私，因陋就簡而已，尚何望其如泮宫之修而致魯□之稱頌也哉。弘治丙辰春，今令尹李侯葵以名進士由監察御史左遷至，下車之初，號令嚴肅，民不敢□。未及期月，而輒興是役。自殿堂以至齋廡，自橋□□□庫，自射圃以至鄉賢祠，壞者易之，缺者補之，□□□修之。凡故之所有悉具，而其不可無也，□□□之。工既訖功，諸生高孚等凡若干人相與謀曰：「興廢起敝，法宜得書，以著成績。況侯之戾學，諄諄善教，恒至中昃，是殆不愧於學之本，學之事，學之功者也。吾徒日夕樂此泮水，以從公于邁，而漫無稱頌以答侯貺，可乎？」乃請于其師教諭林君，而相率以來告于予。予曰：「黄巖之爲學，尚矣！世雖屢更而地未嘗易，同是地也，何宋世之多賢大儒君子如清獻、玉峰、壽雲諸公者，林立并起，而今若未聞有繼之者哉。諸生溥際聖明，誠不負朝廷建學育才之深意，以大答侯貺。宜莫如以先正諸公爲法，以求不愧於有宋黄巖之學，斯可矣。而何以稱頌爲哉？無已，則有《泮水》之詩在，請舉以爲諸生頌，固亦侯之所樂聞也。諸生以爲何如哉？」孚等咸再拜曰：「□□□諸麗牲之石爲修□記。」

重建温州衛治記

弘治己未夏四月，温州衛指揮同知陳侯璠遣其百户李鑑，介吾友王大理藴和書，不遠數百里來告予曰：「璠忝職茲衛，惟是衛之廨宇，毁自成化改元之颶風，蓋三十年于茲矣。璠無似，先是雖嘗重建宣威、振武二坊與土地祠，以示端緒，而恒竊自愧不能大有興復，以忝茲職。惟太守文公治温之明年，政通人和，百廢具舉，璠因得以其情告公，慨然曰：『吾職古稱專城，况今制城堞之巡視，器杖之盤覈，皆吾職所得爲，而衛治乃久廢不舉，吾獨無責哉！』遂即日按衛，召軍之富而傅籍於民者丁輝等十數人，諭之曰：『若知所以有今日乎？朝廷之設若輩凡以爲民也，今皇威四訖，邊塵不驚，若輩得以飽食暖衣於無所事事之地。而爾衛顧傾圮，乃爾可乎？况吾民歲出賦税以共若輩者不暇給，又可重勞之以輸爾衛之營繕乎？』輝等皆再拜曰：『唯唯！惟公之命。』明日，乃争自赴役，不期月而功告成焉。衛之中爲正廳，爲川堂，廳之左右爲幕廳，爲架閣庫，廳之前爲儀門，爲碑亭，爲吏舍，爲旗纛廟。又以其地故屬府治，有晉守謝公遺迹，更爲夢草堂，以不忘其舊。凡此皆公之功，而璠之所仰以成者。義不可以無紀，惟先生實知公者，脱無靳焉，則璠與諸軍士之願，亦茲衛之大幸也。」予惟古者，兵寓於農，文必有武，故人皆全材而國無異政。自夫文武之材别而兵農之政分，後之經世保邦而欲爲久安長治之慮者，可得而偏廢之哉！洪惟我朝，酌古定制。兵農雖分而文武并用。體統不紊而内外相維。故有臺省則有督府，有藩臬則有都閫，有府縣則有衛所，是皆所謂安不忘危而勢不偏重者也。奈何去古既遠，人各自私，文吏武夫往往至相訾謷，尚何望其不直視之爲秦越也哉！若太守公之有功於衛，其過人人誠遠矣。然《春秋》之義，興作必書，重民力也。苟時詘舉贏而爲之不以其義，亦何以紀爲哉？今公因不費之材而爲不得已之舉，民不知勞而事皆立辦，其視世之好爲改作而虐用其民者異矣！是固君子之所樂道，而非《春秋》之所不予者也。陳侯深知所自，不掩其功，既没而思之益至，亦可謂難能也已。此其賢豈盡出於公之下者哉？公名林，字宗儒，姑蘇人，由成化壬辰進士歷今官，年方五十有五，兩乞休致，俞命未下而卒於郡，惜哉！侯字汝玉，璠其名也。曾祖翼，都督同知，祖文，都指揮僉事。侯世襲勳閥，其功名蓋未艾也。

重遷祠堂記

祠堂之設，雖近世大儒，禮[一]以義起，而其爲制[二]，則一以宗法行之。蓋古之所謂宗法者，有百世不遷之大宗，有五世則遷之小宗。故凡今之有志[三]於報本反始，立祠堂以祀其先者，必首立大宗，以見其本之所以一；又必各立小宗，以見其支之所由分。庶幾禮明義盡，而宗法亦於是乎在矣。若乃合親疏于一堂，混昭穆而無别，或以支庶而各祭其祖禰，或以先後而祔之爲旁親，夫豈大儒君子所以酌古立祠之初意哉？我先公編修府君與叔父太守先生之始爲祠堂也，一準是制，首推孝子府君爲吾桃溪始基之祖，我曾祖德一府君實繼之，曾祖以降，則與先生各自爲宗，故亦各自爲祠，而義不得以相攝。自先公以上及吾祖，皆旁無支庶，故祠亦得以統于一。自吾諸弟以下及其子，則又當各自爲宗，而祠不得以祔于此。然則是祠也，吾雖無似，實亦有大宗之責，則春秋之祀，吾子孫將百世主之矣。於乎！其可不知所重哉！其可不知所懼哉！初，祠之基在寢堂之右，先公以其非宜，更置之左，既又以其湫隘，將别卜地而遷之大門之東南，未能也。弘治丁巳，始克粗承先志而卒成之。黄大理藴和題其額曰：「謝翰林祠堂」，實自先公之創始言之也。蓋自成化癸巳，後先經營已不啻二十年于兹矣。初先公治命以遺田三十畝，俾供祠墓之祭。至是，亦始克代以俸入之田，而均之以歸諸弟，又斥其餘以待吾宗之有志於學與死而無所歸者。噫！我先公孤苦自立，克己爲義，凡志所欲爲而未遂者何限？吾菲薄，曷足以副九原萬一之望，特各爲之兆，庶吾宗之子孫有起而增拓以光大之者。今墓亦有庵，閣老西涯李先生實記之。田之所在與其租之所入，皆告於祠、聞於官，而具列如左。弘治己未春三月曾孫鐸謹識。

【校勘記】

［一］禮，《淨稿》浙江圖書館藏《文集》抄本作「祀」。

［二］制，《淨稿》浙江圖書館藏《文集》抄本作「意」。

［三］志，《淨稿》浙江圖書館藏《文集》抄本作「意」。

忍庵記

忍庵章公嘗謂予曰：「吾性卞急，遇事不可於意者，輒不能忍。子[一]之從父貞肅公因以『忍』名吾所居之庵，且曰：『吾將爲爾記之，庶幾顧諟之際，恒有所警於心而不忘焉。』吾懼兹名之未易踐也，不敢以請，以至於今。每一思之，未嘗不惕然于中，謂公之意不可以終負，而公已不可作矣。然則兹庵之記，不子之屬而誰屬哉？」予遜避不敢當。公之諸子慎德、達德輩，固要之不已，屬予方有召命，未遑也，乃持其卷以來。衰病之餘，官事叢脞，往往有不能忍於忿戾者，因自反曰：「吾其有[二]愧於公多矣。《書》曰：『必有忍，其乃有濟。』《論語》曰：『小不忍則亂大謀。』是欲濟大謀而不亂者，必[三]在乎忍，而非忍固不可也。然忍之義不同，有不可不忍者，容忍之忍是也，容忍之忍不可無；有不可忍者，殘忍之忍是也，殘忍之忍不可有。此君陳之忍，所以膺多福而終有辭。季氏之忍，所以不至於弑父與君不已也。公年愈高而識愈進，顧名庵之義，矯素性之偏，小心黜己，含垢藏疾，一朝之忿必忍之而不發，横逆之加必忍之而不報。至其不忍人之艱於徒涉也，則爲橋以濟之；不忍人之無所止宿也，則爲樓以居之；不忍人之病而危也，則爲醫藥以活之；不忍人之貧而死也[四]，則爲棺槨以葬之。凡若此者，皆足以見公之能忍於不可不忍，而不忍於其所不可忍者矣。」公諱巘，字大獻，世居樂清之南閤，先翁平園公之静退，伯兄宗伯公之忠節，義聲仁聞，蔚爲東南望族，而公隱然以一庵克紹其家於不替，諸子方且争先振勵，以豪傑自負，駸駸之勢，殆不可遏。然則兹庵之澤，夫豈得而涯涘之哉！公，予之再從姑之夫，公之子達德，今復與予爲重親。南閣去桃溪不咫尺，故予之與公相聚處也最稔，而公之知予也亦深，乃不敢辭，因摭公家世行事之實，與「忍」之所以名庵者歸之，不識公以爲何如？

【校勘記】

［一］子，底本及《净稿》正德本文卷十均作「予」，據文章改。

［二］浙江圖書館藏《文集》抄本無「有」字。

［三］浙江圖書館藏《文集》抄本「必」下有「其」字。

［四］底本及《净稿》正德本文卷十均無「也」字，據文意補。

廬州府學尊經閣記

廬州府知府西蜀馬君金，吾僚友翰林侍讀學士良佐先生之子也。既爲知府之明年，百廢具舉，乃大修廟學。先大成殿，次兩廡，次戟門，次欞星門，次明倫堂，次齋舍，次庖湢之所，以及道路坊牌之標表。凡故之所有悉具，而其不可無也，乃今有之，於是尊經有閣。閣成，遣六安戴學正鏞如南雍東西書樓，悉市板本所有以充入之，蓋已亡慮數十百萬卷矣。學正今遷南京國子助教，又以其府校孫佐、黄勣、余人俊之意來請予爲閣記，且曰：「經備矣，尊之亦既有其地矣，獨諸生未知所以學，願因有以教之。」於乎！予淺薄，衰病甚，方愧無以爲吾國學諸生告，何以當子［一］之屬而遽及是哉！然竊聞之，道之大原雖出於天，而修道之教則實在於聖人。聖人既因天命之性，而修道以爲之教，又以爲吾身有盡而道無窮，使不有文以載［二］以爲繼之之具，將何以遍天下及後世而爲無窮之教化也哉！於是爲之《易》以道陰陽，爲之《書》以紀政事，爲之《詩》以理性情，爲之《春秋》以示褒貶，爲之《禮》以正行，爲之《樂》以和心，聖人之教至是，亦可謂無餘藴矣。聖人既没，而諸子競作，則又各以其所見者著爲論説，謂之諸子。而歷代國家又皆各有史官以紀時事，謂之諸史。於是世之賢人君子窮經考史，凡其有得於見聞[三]之感觸者，則又往往見之述作，以成一家之言。皆所以羽翼聖經，參訂子史，以求自造乎垂世立教之地。然載籍至是，蓋已不勝其多，而尊經之閣將有不得而容者矣。雖然，上之天道之幽微，下之人事之變革，以至名物度數之雜，錢穀甲兵之繁，皆吾之度内有不可得而精粗者，苟非參考而博求之，則固無以體其全而究其極也。若曰所求於是者，不越記誦、訓詁、詞章之間，以釣聲名、媒利禄而已，則天下之書愈多而理愈昧，學者之事愈勤而心愈放，亦奚以多爲哉！噫！此考亭朱夫子之訓，吾徒所當世守以爲家法者也。不然，則頓[四]悟之學，雖六經亦贅疣[五]耳。予於是重有感焉，作《尊經閣記》。

【校勘記】

［一］子，底本及《浄稿》正德本文卷十均作「予」，據文意改。

［二］浙江圖書館藏《文集》抄本「載」下有「之」字。

［三］見聞，《浄稿》浙江圖書館藏《文集》抄本作「聞見」。

［四］頓，《浄稿》浙江圖書館藏《文集》抄本作「穎」。

［五］疣，底本作「疣」，據《浄稿》正德本文卷十改。

素庵記

上古之世，質而已。人之生，惟名以自别，未始有字也。中古加之以字，則漸入于文，然猶未有所謂號也。後世又加之號，則彌文矣，然猶未有紀述咏歌其所謂號者。至于今之世，蓋始有之，則文之備而勝也，斯極矣。且古之所謂名與字者，非必有所擇，夔之怪、虺之毒，皆可以名。魚之冥、牛之賤，皆可以字。萬世之下，莫不尊仰其人，以爲聖賢之徒而不可及。至于號，雖近世大賢君子所不免，然以旋乾轉坤之功而自號爲迂，以繼往開來之學而自號爲晦，初亦未聞求其過于人而自以異也。今之人往往務爲虚飾，高自標表，以一軒一室之微，而加以莫大之號，甚者紀述咏歌，動盈卷帙，曾不知古之質，名且無字，字且無號，况有若是其盛者乎？噫！文之備而勝也，亦甚極矣！昔人有言：「天下之事，不患其未備，而患其太備。」故素之未繪，而五彩之質已具。及其繪而文之也，蓋亦無所不可而恒有餘美焉。苟質未至而輒欲文之，則物之美于是乎窮。窮則不可復加，將必至於蠹且壞，而其患有不可勝言，故曰「繪事後素」，此孔子欲從先進，而惡夫周末之文勝也哉？新昌何公彦廣扁其所居之室曰「素庵」，蓋雖不能不隨世以立號，觀其意固將厭今之文，亟欲反之以求至乎其質。公之孫御史君鑑閒嘗請予記其所謂素庵者，予曰：「公方名庵以素，吾又從而文之，殆非公之意所存乎？」御史君亟請不已，曰：「先生之言正吾祖之意也。」遂書以歸之，作《素庵記》。

重修河間府學記

弘治庚申冬十一月，予赴召，道經河間。河間之民亟稱其郡守施侯彦器之政，歷歷不容口。既而郡學訓導孟儒輩率諸生于楷等來謁，又稱道之，如其民。越二年，壬戌，侯擢山東按察副使，儒等以書來告於予曰：「惟兹河間之學，始建於永樂崔守衍，再建於成化謝守文，雖屢有所增修，而功猶有未備。侯之始至也，闢櫺星門，立鄉賢祠並尊經閣，皆既完既美。又方圖爲饌堂，爲號房，爲坊牌，材用已具，而侯以新命去矣。甚矣！侯之有功於吾學也，吾曷敢忘哉？蓋前功雖有所因，而廢墜之修舉甚大；後功雖未畢就，而規模之謀畫甚周。吾曷敢忘哉？願乞一言以紀侯績。」時侯以副使按治天津。天津，河間隣壤也。侯聞之，則顧謂儒等曰：「修學，有司之恒職，不足紀。惟學既修，而諸生或未知所以學，則不可不有以教之耳。」予聞之，則仰而嘆之曰：「侯其有志於古道者哉！」今學校之設遍天下，天下之士盈學校。學校之所誦習者，皆六經四子之文；所講明者，皆孔孟程朱之道。無它枝之雜，無異端之惑，不可謂不知所學矣。侯所慮者，寧以此哉？或者名是而實非，行同而情異耳。蓋古之學者，爲己而不爲人，足乎内而不求乎外，故雖大行不加而窮居不損。後之所謂學者，一不得志則戚戚然，若將無以容其身，故其在學校也，惟知綴文詞以竊科第，鈞聲名以媒利禄。幸而得焉，甚至托古[一]訓以藉口，侮聖言以文奸。回視向之所誦習、所講明者，蓋已不啻筌蹄芻狗之不若矣，尚何怪乎教化之不明，風俗之不美，而治道之不古哉！此侯之修學而惓惓屬望於諸生者。噫！使天下之守令皆以是教其郡邑之士，郡邑之士皆以是而學於學校，監乎今而必求以復乎古，則豈有復如前之弊，以大有負於聖朝作養之際恩也哉？予不佞，濫司國學，恒懼未知所以教，而其所以憂諸生者，則固未嘗不與侯同也。因書以歸之。若乃董治之姓名、興造之歲月，與凡財用工役之費，非侯所以屬筆之深意，則别著之碑陰云。

【校勘記】

〔一〕古，底本作「右」，據上下文意，當爲「古」。

始置公田記

予無似，恒懼官忝厥職。雖名在仕籍餘四十年，而後先請告家居者，蓋已亡慮十之五六。初爲翰林時，官雖稍久而歲入之禄僅供菽水，他固未暇議也。及起爲南雍，則又不一年而輒致其事以歸，歸十年乃始再起而爲今官。愧感之餘，則念祠墓之需，亦既各有田矣，獨吾兄弟之親未有以及也，因首斥餘俸，買上稔田三十畝以畀之。蓋吾兄弟五人，惟四弟鑑爲福州司訓，已有官禄，三人者又皆不幸早世，其子孫殆不能不有賴於是。因俾自弘治乙丑始，始興讓、興運、興德，次興言、興校、興輅、興東、興敏，次興學、興福、興才，每三歲而一周焉。田之利，吾弟子孫世享之，而吾之子孫不得預；田之業，吾子孫世掌之，而吾弟之子孫不得侵。庶幾彼此相制，公私無撓，爲物雖微，而惠之所及者亦遠矣。若夫糧差，則歲享其利者供之。歲之豐凶，則惟視其逢而已，不可以此而較比也。於乎！凡此皆朝廷之恩，吾祖宗積慶之所致者，吾曷敢私哉？故惠雖不能博要，亦隨吾力以盡吾心而已矣。吾子孫之世掌其業而享其利者，其尚敬念之哉！田之所在與其租之所入，皆告之廟、著之籍，俾有考而勿墜焉。

朱子行祠記

聖賢之道，窮天地、亘古今，曠百世而相感，況其身所經歷過化之地哉？吾道中絶，千載復興，上接洙泗，下承伊洛。求其根，極究竟，探討服行，集諸儒之大成，揭六經之旨要，未有若吾朱夫子者。遂使孔孟之後，斯道再明，如日中天，如水行地。歷選儒先授受之次，以論其廓清汛掃之功，誠未有過焉者也。是用秩之孔廟，與天地相爲終始，以迄于今。天下之所通祀者也，夫豈一方所得而專之哉？一方之所專者，特其流風餘韵之沾被，而人之感之也益深。尊仰尸祝之不容已，而人之趨之也益勸。實出於天理人心之所在，有不得不然者耳，非私之也。譬之指日窺天，鑿地得水，而謂天之與水其專在是，豈理也哉？宋孝宗淳熙八年，朱子提舉浙東常平蔡望亭。明年至台，首劾贓吏，奏免丁錢、條義役、平鹽法、改酒坊、築沿海諸閘，而及民之澤深矣。又以其□得與台之士子石子重、潘時舉、趙幾道以及杜煇、杜智仁、郭磊卿輩，親相講授，而傳道之功博矣。夫及民之澤雖盛於一時，而傳道之功則流行於萬□。故宋景濂氏嘗曰：「朱子之學大行於江南，而台爲特盛。若濟寧守愚庵方公，其殆聞而知之者與？」夫世至愚庵父子而猶有聞，則吾台之士得其傳者可謂深且遠矣！用是文獻書院之祀，著爲令典而久廢不舉，豈其情哉？弘治癸亥，莆田方公良節來守于台，以爲是固守士者之責，乃訪天慶觀廢址，即古崇道觀，吾朱之之所主管者也。遂撤三清神像，因舊增新，創爲正堂三間。乃塑遺像于其中，列台之及門，見知與聞知其道者，左右以配。堂之前爲儀門，題曰：「朱子行祠。」門之外，鑿池築橋，以通出入。下至庖湢之所，罔或不具。歲設門子二人，以供灑掃。乃白巡按謝公、分守童公、分巡杜公，議以克合。遂經始於甲子七月，至明年三月而落成焉。先是，方公實司其事，至是有述職之行，乃委寅寮同知傅公、通判鄧公，而天台、黄巖、太平三縣尹實佐成之。而終始董其事者，則諶檢校還節也。方公以憂去，猶惓惓以屬推官俞公請予記。予謂祭祀之禮，有通天下之所同者，有專一方之所獨者。所同者天下之公義，所專者一方之私情。義雖以公而不能不順乎情，情雖以私而不能不附乎義。此朱子之祠，雖天下之所同，而又不能不專於一方，如吾台今日之祠也。今太守徐公亦不以爲不然，遂刻于麗牲之碑以爲之記。

道源書院記

南安守天台盧君濬既興復道源書院，而以書來□於某，曰：「南安，故濂溪先生周公之仕國，實二程先生所從以受學之地也。」蓋宋慶曆中，先生嘗爲南安司理，二程之父大中公適卒于兹，知其爲知道者，因與之友，且使二子往受學焉。即所謂每令尋仲尼、顏子樂處而吟風弄月以歸者也。南渡以來，凡先生宦游所至，若洪、若韶、若邵、若江州，皆有祠以尊奉之。況南安所謂道源書院之榜，實理宗御書以賜，顧得而後之，惟我國朝益崇正學。先是，若姚守旭輩雖嘗更新，而歲久寖壞。弘治庚申，復圮於水。越明年，濬移守自黄，大懼弗稱。又明年，乃圖興復。因白于提學副使錫山邵公國賢，議以克合。遂經始于今年甲子之春，至仲夏而成祠，凡四楹。先生南向坐，二程先生左右列以侑焉。祠之後爲「景行堂」，其前爲「光風霽月亭」，亭之前爲大門，取故御榜而揭之。提學公謂不可無一言以紀成績，因屬濬以請。嗟夫！先生之道高矣！美矣！豈予末小子之所敢知？然竊嘗究觀儒先之説，抑不敢謂無志於其梗概之萬一者。蓋先生道本天畀，學匪師傳，建屬圖書，闡發精藴，體用一源，隱顯無間，上接洙泗千載之統，下啟河洛百世之傳，脉絡分明，規模宏遠。遂使孔孟之後，斯道再明，如日中天，如水行地。所謂歷選諸儒授受之次，以論其興復開創汛掃□□之功，誠未有高焉者也。由是而觀先生之道，實天下之所共仰，百世之所當祀者。蓋嘗秩之孔廟，與天地相終始矣，夫豈區區一方之仕國所得而專之哉？惟覩其去思之迹，仰其過化之神，則所以致其尊奉之誠，自有不能自已者耳。辟之指日窺天，鑿地得水，而謂天之與水，其專在是，夫豈可哉？雖然，秩在廟祀，固天下百世之所共守，而仕國之祀，則實繫乎守土之人。否則，先生宦游所至，豈直南安哉？亦豈直所謂若洪、若韶、若邵、若江州者哉？於是益足以見盧君之賢。若乃力取先生之遺言，探討服行，而不爲異端俗學之所疑誤，則又提學公之責，而某亦竊預有愧焉者也，又豈直一書院之興復，竊名文字之末而已哉？

聽松樓記

我高祖孝子府君，始遷桃溪，僦盧氏之居以居，居後有花石壇，將爲有力者所脅，盧母憤而毁之。我曾祖德一府君手植二松於其處，既而吾曾祖徙居洋畧，□於趙奥而定居焉。曾叔祖德二府君獨居之，時盧居漸敝，而松亦漸大。正統中，贈南京員外府君，世居之，乃號友松。友松之子貞肅公太守先生再傳其孫孝，孝遂建大樓，樓高數十尺，蓋自祖以來所未有也。樓成，因名之曰「聽松」。時松已亡，孝蓋追惟祖宗之意而聽之於無聲也。嘗邀敬所先生請予記，予謂之曰：「松，祖宗所植物也，今雖已亡，猶欲聽之於無聲而不敢忘，况祖宗之聲音笑貌，可忘之而不思乎？又况有大於聲音笑貌者，又可忘之而不思乎？乃祖太守公之清風高節，盛德大業，皆有耳者所共聞，實吾邦後生小子之所瞻仰，况吾謝氏之子孫親得於見聞之實，而不思所繼之乎？《詩》曰：『無念爾祖，聿修厥德。』又曰：『夙興夜寐，無忝爾所生。』苟不念爾祖以修厥德，則爲忝所生矣。如是而獨建是樓，而以號於人曰：『吾聽松，吾聽松。』其何以哉？昔漢文帝欲作靈臺，曰：『吾奉先帝宮室，常恐羞之。』何以臺爲？孝當以漢文之心爲心，推建樓之意，以念厥祖，廣聽松之意，以修厥德，則不忝所生，真可以爲太守公之子孫矣！孝勉乎哉！」作《聽松樓記》。

桃溪類稿卷之三十二　傳

松塢黄公傳

公諱禮遐，字尚斌，姓黄氏。松塢，公所居之别號也。公好古篤行，讀書不爲詞章。性狷介而與物無忤，鄉人無小大賢不肖，皆倚公以爲信。行旅入其鄉者，至斗斛衡尺知其出於公，則皆無異詞，曰：「公固不我欺也。」僮僕每市易自外歸，未嘗一問其直，第曰：「好好。」子弟有疑之者，輒厲聲曰：「爾能，何用彼爲？」有盗發其困者，公遥見之，却避焉，顧從者：「彼一人所得幾何？不幸而我見，將終身蒙耻矣。」市人有誤與之紙過其直者，公竟還之，曰：「非其義也，雖小猶大，吾豈苟焉哉？」公生事薄，每至匱乏，雖子弟亦不見其有不足，而或於斗斛取贏者則斥之，終其身，曰：「爾獨不留有餘以與爾之子孫，而壞吾家法邪？」歲延明師以教諸子弟，曰：「不爲士，則爲農。逐末自利，非吾黄氏之子孫也。」子彦俊，學成取進士，官兵部職方主事，聲稱赫然，公未嘗見詞色。黄巖令周旭鑑持威斷以禍福生死人，至衣冠之族無所忌，獨雅重公，願得公以爲鄉飲賓，公謝曰：「令尹縱不以吾兒故，吾安吾分，乃不願入城府也。」職方君在官久，力辭遷擢，冀及九載以推恩於公，卒不可得。没之日，公不爲戚戚，曰：「壽夭，命也，獨吾兒哉！」公平生好讀《通鑑綱目》，日取一編，坐所謂松塢者觀焉。見奸臣賊子，則憤然正色，掩卷大駡不絶口。卒之前一日，是書猶在，未釋也。於乎！若公者豈易及哉？公世家吾台黄巖之洞黄。洞黄在大山中，山四顧環束如洞。洞之中惟黄氏，因姓氏，其地曰洞黄。黄氏之先，昭武鎮都監緒徙自閩，至公蓋十有四世矣。公子八人：瑾、瑜、竇、琉、瓏、□、璹、璲。瑜，職方君也，以字行。職方之子孔昭，於鐸爲知己，今以進士歷官吏部郎中，其問學操履，鐸不敢私，識者曰：「觀其孫則知其祖矣。」鐸生晚，不及拜公，尚及友公之孫以考見世德，以求合乎鄉論之公，作《松塢黄公傳》，以示其家，以勸于鄉之人，俾傳焉。贊曰：於乎！迹公之行，非有甚高難行之事，而世之人卒未易及者，猶之布帛粟菽，在在有之，而閭巷之人每病於不足，然則凶年饑歲，豪門右族，至有抱珠玉、曳羅綺餓死於道路而莫之自救者，亦足怪哉？於乎！此吾黨之士所以猶有愧於公也！惟公之善積而弗施，若水之下而不能以及物，苟其汪涵渟蓄不爲溝澮，其久也必且旁溢四出而終不可禦。故曰：「澤之道其亦有施乎？」於乎！由是而觀公之孫子，其固可信哉！其固可信哉！

嚴貞姆傳

嚴貞姆者，台州黄巖人，名閏，鐸祖母太安人趙氏之媵也。年十一，從太安人來歸自趙。十有九歲而太安人嫠居，豪黠有弱孤欺寡者，屢撼奪其志，太安人度不可免，乃破産泣呼衆媵，謝遣之曰：「凡是皆彼之利，非有利吾孤也。吾母子更相爲命，不可舍。爾其各圖所宜歸，吾之禍其將有息乎？」媵某某皆如所遣，獨姆不肯，曰：「閏去將何之？安人托主君以終身，閏托安人以終身，安人今日之不幸，閏之不幸也。閏去將何之？」太安人知其志堅，乃復托爲恐之之言曰：「吾産非前日，吾終無以養汝，將無悔乎？」姆曰：「世嘗有坐餓而死者，幸無外辱。閏力能自辦，願勿念也。」遂日夜紡績不輟，又以其餘買田若干畝。太安人撫之，終其身如娣妹，未嘗以婢妾名也。鐸既有知，往往從太安人問昔所經歷，泣不以告。退以問姆，姆攬涕憤然曰：「某某，吾僕妾力不能報汝祖于地下，今其已如此矣。意者其天乎！」鐸泣而志之不敢忘。姆性端静，自壯至老，恂恂如處女，而其中則毅然有丈夫子所不能及者，遍宗戚鄉黨，識不識，不敢出一語以罅隙姆。宿儒長者，每以過門不及見姆爲恨。叔父愚得先生自兵部來，歲時一見，輒下拜曰：「賢哉姆也！」姆或見人有以帷薄相訾毁者，輒嚬蹙不之信，曰：「是非人類也，世寧有是哉！」姆弟苟兒亦謹願不負人，人有侵侮其主者，輒攘袂奮怒曰：「吾死不悔也。」先府君幼時，嘗倉卒以驛兵起發，當詣廬江。廬江在數千里外，苟兒徑往代于官。既還，而太安人始知之，泣謂姆曰：「爾兄弟天實生之以輔吾謝氏之孤，吾何修以致之？」姆泣謝曰：「安人之德也。」姆年七十九，無子，後太安人十八年爲成化癸巳三月某日卒于家，先府君以禮葬，以義爲庶母之服。訃達于鐸，鐸南望踊哭無筭。鐸之友黄吏部世顯，特加嗟悼，謂鐸曰：「賢者故事有易名，若姆也終始一節，實爲女師，如曰貞姆，則君子考德論世必不以貴賤高下爲也。」鐸泣拜而受之，謹略避親之嫌，掇其事之大者作《嚴貞姆傳》，以傳于家，以告于後之人。於乎！求其事雖若非投崖赴火之爲，而其輔孤念主之誠，積五十年精白如一日，推是以往，不幸而有他，夫豈姆之所難哉！然則怵惕惻隱於乍見入井之頃者，視預養是心于不睹不聞之前，其爲力淺深，何如也？是以微子之去，比干之死，箕子之爲奴，孔子總稱之曰「三仁」，而未嘗加輕重焉。嗚呼！此在學士大夫，猶或難之，况姆也哉！

鐸於是知《漢廣》《汝墳》之化，其所從來者遠矣。

金尚義傳

尚義姓金，諱忠，尚義，字也，處之麗水人，世業儒。曾祖善，乾州知州。祖叔度，封監察御史。父愷，雲南按察僉事。尚義以《易》舉天順甲申進士，拜南京監察御史。未上，丁按察公憂。服闋，謁銓曹，輒上疏言國家大計凡三事，皆時所深諱者。衆聞之股栗，尚義慨然不爲意，曰：「天其不祚宋乎？」既復除南京，會星變，將復入疏，言愈切，其兄刑部郎中尚德，作《東甌童子篇》，力諭之，乃止。未幾，以臺檄巡沿江上下諸郡邑，吏皆望風相戒，曰：「勿犯金御史。」或謂尚義法大重，執不變，卒坐是中傷入詔獄，適爲遼東戍[一]，即日慷慨就道，無難曰：「吾知不免久矣，敢怨尤邪？」既至遼，杜門謝客。有達官高其義，問其欲者，輒謝曰：「此正某平生所不敢爲。」在遼凡六年，其子祺，今進士，嘗上疏乞代者再，格不行。病革，家人舉冠服問所殮，麾斥之，易深衣[二]乃一領而卒，年四十八。尚義負才氣，性果敢，精悍勇發。少嘗厭舉子業，相從孫吴陶白，間以自雄。既長，始復奮就學，亦不屑屑章句，而恒以古豪傑自期待，視天下事蓋優爲之而止於是。昔人有言，莫邪大劍，其鋒鍔鍔，足以破堅珉，而不保其缺折之患。雖然，不害爲千金之寶也。於乎！尚義其固然哉！贊曰：初予在同年中見尚義，目光如電，氣英英不可狎。暨并舟北上，則日就予拙，温然君子也。及酒酣憤激，往往出肺肝語，則又痛哭流涕，若欲爲賈長沙而不可得者。既乃密示予疏，予愧焉曰：「壯哉！世復有斯人邪！」方是時，尚義未嘗一日食御史禄，輒敢言人所甚不敢言乃爾。於乎！使得立殿陛咫尺間，與天子相可否，則其所以憂治世而危明主者，當何如哉！當何如哉！

【校勘記】

［一］戍，底本作「成」，據《净稿》正德本文卷十八改。

［二］衣，底本作「不」，據《净稿》正德本文卷十八改。

符真奴小傳

符松，黃巖人。母解氏，遺腹生松，冰蘗[二]自守。松長，爲娶新瀆鍾氏，甫十有三日而松亡。鍾輒有異志，其媵真奴竊知之，亟告于松之從父，將諷以不可。鍾恨甚，捽入閉户亂捶之，衆强解得脱，因泣告于其母解氏曰：「安人不幸至此，真奴雖欲侍奉以終身，勢不可得，惟求他日見安人，與安人之子於地下耳。」言訖，血泪俱下，是夜沐浴，遂縊死松柩上。聞者莫不驚嘆，至有爲泣下者。衆議葬之以從其夫，鍾不顧，竟焚其屍以去。始予聞之張木庵，至是又詢之章生順，乃得其詳如此。憶予又嘗聞吾邑郭崇文妻陳氏，生一子而寡居于母家，將改嫁焉，其媵阿菊夜竊其子以歸于郭。是雖未至于必死，使其心不易，則固真奴之心也。於乎！是何媵妾之多賢哉！夫人而至于媵妾，至微賤也，顧能奮然守義，不辱其身，卓卓乃爾。彼名爲主婦，稱衣冠之族者，夫肉未寒反棄之以去，而靦然不以爲耻。此可見天理民彝之在天下，出於人心所不能自已者，雖微賤之極，亦未嘗一日亡。其亡焉者，特禽獸夷狄耳，尚可謂之人乎哉！嗟乎！古稱田横之客爲義士，此猶從横以死爲有所感而然，若真奴與郭氏之妾，其又特立而獨行者歟？

【校勘記】

〔一〕 藥，《净稿》正德本文卷十八作「□」。

定軒黄公傳

公姓黄，諱曜，字孔昭。后以字行，更字世顯，定軒其别號也。公之先徙自閩興化之涵江。昭武鎮都監緒，至公十有六世。世居洞黄。公祖尚斌，讀書尚義，號松塢。鄉人服其素行，無異詞。至斗斛丈尺亦必唯松塢爲信。性狷介而嚴，讀史鑑，至奸佞之徒必奮罵乃已。以公貴，贈南京工部右侍郎。父彦俊，以正統丙辰進士擢〔二〕兵部職方主事，爲學士陳德遵所嘆賞。大臣屢□論薦，力辭，冀得推恩之典。未幾，卒。其操、其才，人猶至今稱之。亦以公貴，累贈南京工部右侍郎。公少孤，而能克志勵學，晝粥爲虀而以米飯食其弟妹，倦則親書姓名以自繫。嘗夜坐至徹曉，賊有伺於門者，不敢犯，遂愧縮以退。初舉明經，不合，乃退而爲縣學生。讀書不事章句，往往能窮前人所未至，精思之餘，下筆沛然。景泰丙子，遂領鄉薦，登天順庚辰進士。初，讀卷官欲置之一甲，已而置二甲之五，人皆惜之，謂：「吾台之氣數然也。」公人物修偉，人多擬其得顯擢而先職方。同年在要地者，公未嘗一至其門，惟衆中、旅見而已。遂例授屯田主事。屯田本濁曹，公稍持以正，顧爲其寮所怨，嗾惡吏誣毀之。公雖不之較，然彼竟坐是落職，而公之譽亦因以起。尋遷都水員外郎，仍差江西、湖廣，時吏部文選一司，坐事外調。輿論推公以補，尋遷郎中，公嘆曰：「銓司，天下之根本，吾今既居此，豈可負厥初心哉？」在職守法，處例不示恩、不賣直，凡所舉錯，不獨人莫之敢干。雖上之人，亦或以公爲辭而若有所憚。每見賓客，必詢以人才賢否而論薦之，嘗曰：「一人之不職，一方之害也。吾敢易哉？」故凡公平日所汲引之人，驗之于今，不爲名卿則爲風節高邁之士。一時名士翕然，皆以此歸重於公。公又謂：「用人莫要於提學，得人則能培養天下之才。斯足取用。」每欲推薦周時可、周梁石、陳士賢、張時敏、胡希仁諸公，次第用之。雖未及盡舉，亦可謂知務矣。有一閣老，其子將死，乞恩求一京啣掩棺，公執不行。每公退輒過予，予望而見其喜，則知賢者之得進；見其憂，則知小人之不得退。如是者蓋十有五年，終始一節不少變。後先在文選者，率驟遷擢，敗，至或并累其上之人，爲天下笑。公循滿考，越三月，始升右通政。公去文選僅一年，而尹公之禍發，牽連者衆而卒不能免公。蓋尹冢宰久爲士論所不容，但公輔之以正而事亦不至於壞，言者亦有所顧忌而不忍。初，談倫、張頤輩皆以巧附權幸，驟欲升之。公力争，謂：「其奸邪庸下，若用之必敗。」後果如其言，衆益信公爲知人。又五載，乃升南京工部右侍郎。公去吏部久，人益思之。御史余濬、陳璧，行人吴叙等連上章乞用公。銓衡御史曹璘，又以公與何尚書喬新、黎尚書淳、陳檢討獻章、張編修元禎、林員外俊諸公同薦，大冢宰三原王公亦兩以公薦，沮於内閣，不果得。然物論在人，騣騣未已，要皆以鈞衡望公也。既没而人益思之。公初至南都，其工匠之無告者，公以廠中空地給之。時有劉主事者管庫藏，以餘銀千數來饋公，公驚訝將白其事，劉愧而退。工部所管蘆揚花利累年爲豪右侵占，因奏請命郎中毛科清理之。又自爲區畫規度，以盡革宿弊。後毛科爲太監蔣琮牽奏公，又奏出之甲字等庫千餘間坍塌。詔修理，工費以數十萬計，太監度其不敷，欲將應天府鋪户借辦，又欲派湖廣、四川采備。時方灾傷，公力争不可，遂爲區處奏請，以蘇、松、常、揚、淮安五府豊熟地方贓罰銀兩協用。民不知擾而事亦集。有抽分陳主事，在職貪婪，人以「十萬」號之。及解部，木價多過前額，公欲參奏，彼亦自愧引去。江操船壞，指揮江通等挾中貴人勢，將自侵尅，欲易底板以杉。時杉缺，公力奏用松，而所省亦數千計。内官監等裝載松木板枋之類俱用馬船，往往夾帶私貨，沿途擾人。公奏請禁約，減其船隻。凡蠹政害民如此類者，悉奏罷之。公初爲主事時，憤慈懿皇太后山陵事，輒草數百言示予，將上之，會事定乃止。未幾，爲會試同考官，有拳要子暮夜來謁，公叱去之，至終身不□語。吏部以例舉官。公初舉三衢樊瑩，遂由知府升按察使，又由按察升應天府尹，以至刑部尚書。再舉金華章德懋，德懋謝病而歸田二十年。府□不能用，而天下皆□之。今德懋爲□京祭酒，德望□□□必不自公始舉之也。公性廉□敦樸，□□人□□□氣□童子見之，必以禮貌而無一毫虛假意。與之□，必致以孝弟、廉耻、忠信，以及僮奴僕隸之類，亦爲之推誠心，而不爲貴重之威以臨之。平生無苟取而亦不以一毫苟費。惟事關倫理，則每欲自盡。如以舊屋之價，讓其弟；以餘俸之金，周其甥。又嘗謂予：「吾族貧，不知學。先職方有遺田三十畝，吾將爲義學，終先人之志焉。」乃歲出束脩以爲之兆。蓋公自始仕，以至卿貳，未嘗一至勢要之門。雖禁近中有宦官欲招一揖，公亦不之顧。公雖剛介而脱，蓋寬厚有容。在南都時，轎夫醉酒失足傾公於地，從容整衣而起，略無辭色。醉者驚恐，俯伏請罪，公笑曰：「汝誤也，非故也。」有狂生醉酒訪，公與之坐，狂言怪語，左右猶不欲聽，意必嗔怒，公處之温然愈恭。及去，有問曰：「此何人？公不怒。」公曰：「焉知彼非其人？如其人，我即慢之，則爲失人；非其人，亦彼自狂爾，於我何損？」公平居所爲，不事□□，其深識遠念，能見人所未至，如朝廷有某事，公私計曰：□□□。果，皆爾。孝廟之初，言路□通，客有談□□□□因以更化，公獨默然曰：「但恐□者，務于求名，□知寬大之體而傷於苛察，使□堅之黨，疑懼思以□樹，而□爲蔽結，則言之將皆無用而或生釁隙。□□當朝夕勸學，時令親近儒臣，不使彼得以間以漸□□□明薰陶德性，以爲將來出治之本可也。」工部□地得一古銅鼎，緑色如玉，人以爲異。公曰：「此非常物，設若中貴人聞之，取以進御，不無起人主玩好之心，更令天下求此類，豈不爲民之害乎？」亟命工刻「文廟」二字，送置廟中。俄而貴人來視，果欲取以獻，以文廟遺器而止。其深識遠見，類如此。配蔡淑人，子男三：侹、佐皆先卒，長俌，辛丑進士。初爲武選主事，與中貴人不合，遂乞病歸。再出，爲營繕主事，抽分□州，以抽分地濁，不欲往，將再乞病，適丁外艱而止。服闋，爲車駕主事，適親王之國，車輛、船隻以數萬計，悉究其弊，呈堂奏請減之。時文選有缺冢宰，耿公以俌有父風，遂奏補之。及爲郎中，往往與上人不合，遂乞致仕以歸，時方五十餘矣。此其不耐官職，知止不殆，殆海寧祝員外萃之流。昔人以公與陳仕賢、方迫齊名。父子之間，時論之所推許者，豈虚語哉？孫男五：紹、繹、約、□紒，皆能讀。父□□□卯生。繹，邑庠生；綰，承蔭爲爲國子生，尤有志於學，且將上追伊洛未艾也。曾孫男四：承芳、承文、承基、承孝。公没，西涯先生既爲公表墓，匏庵先生既爲公傳，予亦既已爲之銘矣。而綰復以爲未備，猶欲予爲補傳，乃追論之曰：須友以成，世寧可少哉！予托交定軒公，天假之緣。一語而合，遂至忘年。切磋磨勵，終始無間。既成進士而出天下名士，不爲不多，而平生知己，惟西涯、東山二公。四視吾鄉，則惟定軒公一人而已。定軒嘗謂予曰：「因連骨肉，人皆有之。」朋友之交，至或曠一世而不一二人焉！涉歷之久，予始信其言之不誣也。予無似，有愧於公多矣！意須友以成，信矣哉！

【校勘記】

［一］「丙辰進士擢」五字底本漫漶不清，據《類稿》卷三十六謝鐸《南京工部侍郎黄公墓誌銘》補。

逸老先生傳

先生少岐疑，七歲，太宜人喪，輒慟哭如成人，聞者至不忍聽。未弱冠，有能詩名。邑令周公旭鑑一見，大奇之，即遣爲縣學生，進士羅公從范侍郎林公一鶚，實同學舍。先生日相琢切，期底于成。景泰甲戌，舉進士。天順初，拜南京兵部車駕主事。車駕轄馬快船暨太僕孳畜馬，往往不利權貴，必利於己。先生至，一處以廉，而人亦莫之敢撓。未幾，轉武選員外郎，益厲厥操。嘗市一蒼頭，久乃知其爲百户張某子，愕然曰：「□□可哉！」因爲優給，且長養而婚配之，俾得以襲蔭焉。成化己丑，遷湖廣寶慶知府。至官，先與神誓，悉推堂食錢爲公用，乃大書真西山「四事十害」爲僚屬戒，仍條民隱十四事請于上，次第罷行之。春秋則時行郊野，察民之所不足，至給牛種以千萬計，計郡儲積可支五年。乃選郡學弟子，教之府；鄉村，則教之社，學皆得以食於公。既又取文公家禮，并作《十勿詩》，俾民誦習，知所趨避其怙，終不率者則一裁以法。雖籍勢如王官，稔惡如軍豪，皆有所不顧。舊俗泥陰陽佛法，久喪老女有不以時婚葬者，至是皆遵禮畏法，不敢後。蓋行之期年而民悦，先生猶以不職爲愧，乃乞補教職，不許，連乞病，亦不許。既三年卒，從考績去位，請告益力。時都憲吴公琛旌擢之，薦方至，而先生之去□矣。於是先生年方五十有四，政聲地望方駸駸未已。獨念士方好進，爲天下憂，乃決意勇退。冢宰尹公□留之。黄文選世顯，知先生者，力爲請。尹顧黄笑曰：「是所謂道學者邪？其從之。」郡人乃以不得再借爲□□與立去思之碑于學，致感慕焉。先生既歸，首创祠堂，明譜系，率宗人歲祭始遷之祖於其墓。既又與先編修府君，築會緦亭，爲敦彝十二會。且議立鄉約，開義學，以大惠于一方。暇則與一二布衣陳敬所儒珍、郭筠心端朝輩，登山臨水，翛然有出塵之態。敬所所居，惡政不敢加其鄉，蓋其所得於先生者多矣。先生性嚴重周慎，晚年學益博，六經子史，必深求其義而力行之。旦則具深衣謁祖考，退與子弟講學，惓惓焉以孝悌爲本，有過必痛責乃已，至有終其身不敢見者。先生初甚貧，禄食僅僅，必均之弟侄，無所私。撫孤恤寡，克己爲義，至老不倦。客至，無貴賤疏戚，必盡其歡。自奉甚薄，布褐疏食，晏如也。初號愚得，既老更號台南逸老，學者稱逸老先生，所著有《金陵邵陵歸田諸稿》若干卷。先生與先府君爲再從兄弟，某從先生久，知先生者宜莫如某。獨恨昏闇蹇劣，深有負於先生之教，不足以窺其遠者大者。然嘗聞之：「立言，君子矣！」永豐羅太史應魁曰：「黄巖謝侯之守邵，革弊政、斥淫祠、興化俗、正人心，期年而政成，蓋庶幾乎周子之遺化也。」長沙李學士賓之曰：「愚得先生作郡湖南時，賦訟之外，雖細事小役，亦夙計夜會，寢與食有所不暇。然謀身無蹊徑，與人無崖谷，田廬妻子之計皆無所累乎其心。及其引身而退，徜徉容與山林之下，則修宗譜、築祠亭、開義學、議鄉約、作敦彝，會見諸詩歌文章間者，又無歲無之，豈非古君子之心哉？」由是而觀先生之道，蓋無進退、無隱顯、無精粗小大，所謂無所不用其極者。噫！予小子則何敢知？二公，天下士也。世有不疑於二公之言者，則其於先生也，尚亦有徵哉！

桃溪類稿卷之三十三　墓誌銘

都御史丁君墓誌銘

成化戊戌夏六月二十四日，都察院左僉都御史丁君大容，卒于京師之第。初，君奉敕巡撫延綏，得疾，既聞太恭人喪，疾益劇，久乃得請還，還不踰日而卒。卒之日，囊橐蕭然，無以爲殮。上閔悼之，賜諭祭。君戚黨禮部侍郎俞公振恭、監察御史何君世光，相與治後事，既而俞公狀其行來屬銘，予辱與君爲同年友，不得以不能辭。按狀，君諱川，姓丁氏，大容，其字也。世爲紹興新昌望族，曾祖彦鼎、祖處良，皆隱約田里，父孟達，鄉進士，廬江訓導，以君貴，累贈中憲大夫、順天府丞。母石氏，子重先生之裔，累封太恭人，有賢行。君生于廬江，九歲而廬江公卒，太恭人扶伏歸葬。君歲時必哀絰，泣拜墓下，儼然若成人，識者已奇其非常兒矣。未弱冠，爲邑庠生，時黄巖徐先生研司教事，擇弟子之秀者七人專教之，君與焉。天順己卯，以《詩經》領浙江鄉薦，甲申登進士第，授貴州道監察御史。成化丙戌，奉命巡漕河，即落落見能聲。既還，監天順戊子鄉試，益爲上人所稱道，遂兼掌諸道事。諸有所論擊，必視君爲之倡，有大刑獄，必君以爲可而後聞。君益盡心所事，上之人至稱名御史，必曰「丁某，丁某」。壬辰擢順天府丞，歷訪民隱，疏荒政十有五事，復察屬吏之能否而旌别之，未幾，遂有延綏之命。延逼河湟，爲北虜折衝要地，三邊之在陝者莫先焉。朝廷西顧之念，蓋十數年于兹。自君之往，隱然不聞有以煩上慮者。於乎！若君者其可謂用世之材矣！君生于宣德辛亥九月十有一日，距其没，年四十八而止。於乎！惜哉！配同邑黄氏，封孺人，累封恭人。子男二：鐩、鎡。鐩娶陳氏。女一，章熙其婿也。銘曰：

始也困，孰發之奮？終也振，孰踣之頓？彼嗟者天，吾孰與愬？於乎！兹銘其永傳！

都御史夏公墓誌銘

成化己亥秋九月，都察院右副都御史天台夏公卒于家，於是公年甫五十有四，而致其政已五年矣。方公之力致其政以歸也，天下想聞其風采，以爲有若公者，蓋士方以進爲榮，至老于官而不倦，官愈尊而退愈難，若公者其進退輕重于世何如哉？公没之明年冬十一月，公之子鋹將葬公烏山之原，不遠數百里遣其從弟鎦以狀來速銘。鐸叔父寶慶先生進退大節似公，亟重公者，曰：「是不可以不銘[二]。」按狀，公景泰中以進士起家爲御史，出按廣西，首除奸貪、息盗賊、通錢幣，民皆便之。尋歷福建，興革黜陟，一如廣西時。而其於江西也，風裁益甚。中貴人葉達怙勢，衆莫之敢攖，公卒劾之，落其權。天順末，用薦者擢廣東按察使。廣東有師旅之命，守城兵不足，取之民。公曰：「誰獨無父母妻子，而使人舍其親以扞人之親，奚罪哉？」民皆感泣而去，曰：「公活我也。」既凱旋，都御史韓公雍將侈爲燕樂，公亟止之曰：「出師以爲民也，今師以病民，可乎？」韓不能難。成化初，擢布政使，尋徙江西，江西人亟稱之。未幾，遂擢都察院右副都御史，巡撫四川。四川逼夷獠，歲多劇寇。公至，以楊兒捷聞，上寵賚之，公益爲盡心，立互知會捕法，賊得以不熾。古州苗以萬數，徙居爛土幾年矣，有仇播州宣慰者，誣爲道引，將逐之。公亟奏，曰：「制馭苗蠻當如狼虎。其静也，若棄之使不懷疑；其動也，必縶之使不爲患。今静而故使之動，何哉？」松茂參將請益兵，公曰：「將不在兵，兵不在衆。」乃揀精鋭四千八百人往更之，而一無所增。巡撫例得議事，公條六事以聞曰：「嚴責成以馭將威遠，慎舉措以修政安民，權事宜以防奸制變，度繁簡以隨材授任，重將權以馭寇安邊，設官攢以典司出納。」大抵皆疆圉計也。既乃意有所不合，輒引病歸。章三四上，上留之，卒不可得，曰：「知足不辱，吾豈敢阿所好以終負吾心哉？」及歸，杜門養親，有造之者雖數不報，曰：「吾以病，故棄國事，何能復修主客禮也？」至是以疾[二]卒。公諱塡，字宗成，族出會稽，其在天台，代有顯者。高祖圭孫，曾祖應剛，俱以從祖迪之貴贈都察院左副都御史，祖進有隱德，父大愚封廣東道監察御史，母丁氏封孺人，妻盧氏封孺人，子男一，即鋑，女三，長適王穎，次許聘張腴，次幼。孫男一。曰：「漢公剛直介潔，平生未嘗一詘意于人，而人亦不敢干以私。所至鋤强扶弱，尤善推鞠，得其半詞，輒剖露具伏。有犯之者，雖少賤，一以理喻，不苟責也。」事親篤于敬，非公署，終身未嘗南向而坐。居常好讀書，雖職務塡委不少廢，間出爲文章，而尤工于詩，往往逼唐律，所著有《説苑要語》《裨政叢説》《嶺南集》《嶺南江西行稿》《三巴稿》《奏議集》，凡數十卷，藏于家。初，朝廷思用舊臣，詔起户部尚書薛遠爲南京兵部尚書都察院僉都御史，閣本爲户部侍郎，方次及於公，而公没矣。公之没也，於朝廷重臣例，得葬祭，有司不以時聞。公之子又力學好古，不欲以陳乞累其親，曰：「推榮讓美，固吾父志也。」於乎！若公者亦何有於銘？銘不銘固後人事也，輒敢銘其大者，以告夫世之人，將于是考焉。銘曰：

世湇湇以同，寧一矯以爲過也；世矍矍以營，寧一退以爲懦也。于嗟乎公！知德者鮮，亦孰怪其寡和也？我銘幽宮，百世之下，有過而拜之者，曰此夏公之墓也。

【校勘記】

［一］銘，《净稿》正德本文卷三十一作「名」。

［二］底本及《净稿》正德本文卷三十一「疾」下均衍一「疾」字，據意删。

侍郎章公墓誌銘

成化癸卯春三月甲寅，南京禮部左侍郎樂清章公以疾卒于家。訃聞，上遣工部進士黄俌營葬事，賜諭祭焉。公之子南京禮科給事中玄應，將以是歲冬十二月甲申，葬公横嶼山之原，狀公行來速銘。於乎！公立朝大節赫赫在人耳目，銘固不繫于有無，獨念鐸之於公仰止焉者非一日，銘固吾黨事也，其可以辭？始鐸成化初，被旨入校先皇帝《實録》，見公景泰中論復儲下獄事，輒嘆息泣下，曰：「公疏動萬言而一不之載，何以示天下後世？」亟持以告總裁官學士劉文安公，公曰：「諸臣奏疏凡留中者，例不得書。」鐸曰：「天下事復有大於此者，此而不書，將奚書？公盍［一］上其事增入之。」公憮然曰：「業已成，無益也。」鐸至今未嘗不以爲恨。於乎！銘固吾黨事也，其可以辭？公以正統己未進士，爲南京主客主事。景泰中，擢儀制郎中。方是時，南城懷愍之釁，上干天變，公卿百執事，無一人敢昌言於廷者，公遂極言修德弭灾凡十四事：曰畏天戒、曰任爕理、曰養聖躬、曰節幸遇、曰務儉約、曰勤論政、曰惇孝義、曰慎賞罰、曰重名爵、曰革巡撫、曰擇重臣、曰辨異端、曰却貢獻、曰汰冗官，皆譏切時病，傳以古義，而於畏天戒、惇孝義尤惓惓焉。大要以爲臣子之邪佞，妾婦之嬌妒，小人進而君子退，夷狄强而中國弱，刑不當罪，賞不當功，賦役繁重，紀綱散壞，凡皆在人之陰足以勝陽，于是乖氣致沴而天變見矣。況上皇爲天下之父，陛下爲上皇之臣，上皇以天下授陛下，陛下以天下尊上皇。今若是尤，天監所在，而不容以僞者，誠不可不念同氣之親，推猶子之義，率群臣時見，上皇詔沂王復居儲位，如此則五倫全備，和氣克溢，天心自回，灾異自弭。且曰：「臣非不知逆耳之言出而身必危，然臣身輕而朝廷重，使朝廷事安則臣身雖死亦無憾矣。」疏入，上大怒，逮繫詔獄，連五日榜掠無全膚，必欲置之死。天忽大風雨，黄沙四塞，獄遂稍緩，得不死。初，御史鍾同亦上言，令諸司各陳所以致灾者，因以復儲事風禮部，老臣縮不敢對，曰：「作死！作死！」公疏方具，奮曰：「我復不言，當誰言者？」遂言之，至是，乃并逮同。明年秋，南京大理少卿廖莊，亦繼公有言，詔廷箠八十，幾死，且并箠公暨同，同死獄中。天順初，首詔釋公。檢公疏無所得，内臣有能舉以誦者，上擊節嘆賞，即日擢爲禮部右侍郎。未幾，同列有中公者，更出爲南京禮部，上特御文華殿慰遣之，以白金文綺賚焉。尋轉南京吏部。先皇帝上賓遺詔：「嗣君婚禮不得過百日。」公復極言：「三年通喪，達乎天子，今山陵尚新，元朔未改，諒陰婚配，實所未安。」禮官大臣争排公，賴上聖明，不之罪。秩滿，稍遷南京禮部左侍郎，以内艱乞致仕，許之。公平生以天下爲己任，凡朝政得失、生民利病，知之未嘗不言，言之未嘗不盡。方其未論復儲也，嘗陳太平致治十六策，以至籌邊圉、通楮鈔、冀寬恤、增解額，亦屢言之，蓋已亡慮數千萬言。其始脱詔獄而爲禮部也，山東以水灾告，户部尼不行，則特奏，得減租十之五。王府以火灾告，同列執以例，則特請，得賜金五百兩。蓋其既踣且奮，而抗言讜論不少挫衄有如此者。噫！公歷官先後不四十年，在南京者恒十之八。立朝之日蓋十不能一二，而其反覆論諫已若是其盛，使公坐廟堂、立殿陛，與天子相可否、争是非，則其所以爲世道計者，當何如耶？公初諱侖，尋改綸，字大經，本吴姓，其先閩人，五代時有爲閩王太傅，曰仔鈞之孫賁，避亂徙樂清南閣。凡幾世諱開宗者，仕元爲德清典史，後章氏，因以爲姓，實公之始祖也。曾祖諱性，不仕。祖諱新民，父諱文寶，皆以公貴，累贈南京禮部右侍郎。公生永樂癸巳，享年七十有一。配朱淑人，先公九年卒。子男三：長玄清，亦先公卒；次玄應，以乙未進士至今官；次玄會，以恩補國子。生女一，適永嘉縣學生陳浚。孫男六、女四。公自少輒嗜學，不事家人生産，嘗截枯竹繼晷，晝夜誦不休。久之，出從春官主事黄巖章先生陬學。及爲郡學生，則又從郡守何公文淵參質疑義，既歷官南北，聚書幾萬卷，自六經子史以至星曆醫卜皆搜抉，務達其要，以爲文之有關世教者，莫先告君之詞。故平生之文，奏議爲多，而間發爲詩，亦不事雕琢，而自成一家，有《拙稿困志集》《進思録》，凡若干卷，藏于公[二]家。公性質直坦易，與人無貴賤疏戚，一笑之間，洞見肺腑。至其臨大事、决大議，則凜不可奪。自號戇夫，或勸公少貶以狥，曰：「在我者有義與命，在彼者吾不知也。」故悦公者寡，不悦公者衆。然至論立朝大節，未嘗不以公爲首稱。於乎！歲寒乃見松柏。我國家承平之治，至宣德、正統而極，極熾而豐，小大之臣，方仰承德意，以將順頌美於不暇，所謂憂治世而危明主者，已絶無而僅有，蓋於是得二人焉：曰翰林學士李公時勉，曰翰林侍講劉公球。至於景泰之季，而公實繼之。公以二聖之恩，克保晚節，已上媲學士公於無愧，故雖不必若鍾以必至乎侍講公之死。然究其所至，固非嘗試而幸成者，則其於廖已益有光矣。於乎！公固一代之偉人也哉！公之群行不止是，給事君能文，蓋別著之家乘，鐸不得而論，論其繫天下國家之大者，以銘公墓，以備國史之缺，以明示天下後世，亦公之志也。銘曰：

浚恒之凶，世具曰非。吾寧爲激，而不以隨。罔乎之俗[三]，世具曰是。吾寧爲罪，而不以耻。我思古人，猛虎藜藿。孰與重輕？發蒙振落。我思古人，砥柱狂瀾。孰與有無？模棱兩端。彼何人斯？如鬼如蜮。不有君子，吁何能國？我作銘詩，以告萬世。紛紛鄙夫，敢拜公墓。

【校勘記】

[一] 盍，底本作「蓋」，據《净稿》正德本文卷十一改。

[二] 公，《净稿》正德本文卷十一無。

[三] 俗，底本作「裕」，據《净稿》正德本文卷十一改。

處士魯公崇吉墓碣銘

天台有隱君子曰魯公崇吉，是爲都憲公之冢子，鄉進士誠之父，今府尹公懋功之兄也。都憲公以清德雅望重于一時，公兄弟志圖不辱，更相問學，以求力底於成。既府尹公貴，公輒自喜曰：「吾先人之業以付吾弟足矣，吾其爲太平之民。」則益自韜晦，取六經子史環列之，日坐一室，曰：「吾有以自老。」蓋於書靡所不好，而於詩、於琴大得也。其勉學之詩曰：「至理如寶玉，功成在琢磨。」又嘗曰：「吾於琴，得治心之道焉。」因自號曰「養性」，學者稱之曰「養性先生」。公用世之心雖不克究，而人未嘗不知，部使者邑大夫至，往往下詢以政。景泰中，盜起處州，蔓延于台，台守令卒用公策防遏之，得無他。邑故多訟，公爲陳《訟卦》大略，反覆喻止之。所著有《讀禮日録》《琴譜正宗》《養性稿》，凡十數卷，又嘗擬修《郡邑志》，未就而卒。卒之日，賦《全歸詞》以自見，實成化辛丑春三月十有七日也，距其生□年□月□日，享年七十有五。配潘氏。子七：長即誠，先公十有九年卒。次某，次某，諫習舉子業。女二，皆適爲士人妻。孫男十有二。曾孫男一，某。將以□年□月□日葬公溪南山，而墓石未有刻，因以其所親楊秋官商林狀來告予。叔父太守先生與府尹公爲同年友，嘗主其家，於公納交焉，知公蓋詳。予又嘗從府尹公識公詩而友其子誠，誠誼不得辭也，乃按狀爲銘其墓上之碣。銘曰：

吾嘗怪天台山稱神仙窟穴，豈無至人棲息其間，與世道遼絶，明月清風，高山流水，援琴而歌？公神不死，豈其薄清都、翔寥廓以往來於此乎？嗟世之人，死利死名，誰其脱屣，而不以死？嗚呼先生！

明處士孔公墓誌銘

於乎！是爲宣聖五十六代孫孔公之墓。宣聖之裔，散處江南，其最顯者爲衢、爲句容、爲莆田。樂清江綰之有孔氏，則實自莆田徙也。蓋至公已十有二世，而其族日大以蕃。洪武初，公伯父克庸，以大名守謁祠闕里，爲立樂清孔氏之碑。於是優復之典，上埒宗適而源流益深遠矣。大父諱恭，號魯隱。父諱克炯，爲國子生，皆以儒世其家。公少孤，輒有志於學。嘗登考功林先生貴壁之門，與其從子少司寇一鶚公爲同門友，既乃以家難，悉棄舉子業，遂一寓於詩以自晦，然學成而人尊之，從游之衆，歲無虚席，歸然布衣間。環海以東稱鄉先生者，恒歸焉。公諱朴，字士淳，事母孝，與其弟友。别號樂古，示志也。成化辛卯閏九月八日以疾卒于家，距其生永樂乙未三月四日，得年五十有七。初，國子公再徙徐都，去江綰不一舍。今分隸吾太平，公即徐都以葬，曰大墳山之原，實成化壬寅年□六日也。配陳安人，□□公斯銘之從子，有賢行，子男二：曰璒，曰琲，皆知讀父書不廢。子女二：曰常姬，曰疏姬。疏姬適邑庠生方岳。常姬，最公所鍾愛。公卒之七年，始克歸於某。間從某泣道公之平生，因得掇其大者以銘，銘曰：

盛德在世，與天地存。孰謂其澤，不在子孫？維祖之顯，實鮮克繼。矧曰我公，維聖之裔。豈無冠裳，亦忝厥先。公也布衣，允矣其賢，拜公九原，恨不可作。公墓我銘，其永無怍。

桃溪處士黄公墓碣銘

桃溪處士黄公既没之四十有四年，其孫休寧訓導倫，始以其從父今南京工部侍郎世顯君所爲傳，來請予銘處士墓上之碣。予與工部爲知己，習聞世德舊矣，而倫又以斯文有通家之好，其奚可辭？按傳，處士黄姓，諱瑾，字彦芝，桃溪其别號也。其先昭武鎮都監緒，避五代之亂來自閩，世居黄巖之洞山，山皆黄氏，因姓，其地曰洞黄。蓋五百年于兹矣。父諱禮遐，號松塢，厚重狷介，鄉稱長者，以工部貴贈嘉議大夫，工部右侍郎。處士少穎敏，故與工部厥考職方公稱二難，實同學鄉先正葉拙訥之門。拙訥有至行，今與王方巖、戴泉溪諸公同祀于鄉。職方公既得其學以□于政，處士乃退爲弟子師。工部之學，蓋不能不□□於處士者。處士與職方公學皆不究於用，年未之□而卒。卒之日，人咸惜之。今工部之子補又以進士□世其業，而倫亦以文學致身未艾。於乎！不在其身則在其子孫，固理也哉？雖然，以松塢爲之父，以拙訥爲之師，而職方之後又以工部而大顯。若處士者，其固有所自哉？作黄處士墓碣銘，銘曰：

不識其本，觀其瀾；不識其□，觀其端。然則欲識其人，而不於父兄師友，其何以觀？吾於是知習之相遠而持立者之難。於乎深哉！桃溪之水，洞黄之山，公德有自，我銘不刊。

桃溪類稿卷之三十四　墓誌銘

廣東左布政使陳君墓誌銘

成化丙午夏五月，廣東左布政使臨海陳君士賢卒于江西之南昌。南昌太史張先生廷祥以禮殮，歸其喪，且抵予書，將表其墓而俾爲之志，予執書爲位哭。明日，吾友通政黄君世顯復以書俾其子戴來速銘。於乎！君天下士也！其赫赫不可蓋者，固不繫銘之有無。獨念君故知我者，重以二公大義要責，其奚敢辭？初，君之在廣東也，拳貴人有據市泊餘户，假貢獻通私番以毒民蠹國者，君連三疏抗折之，遂誣罔君，賴上聖明，不即罪，然卒從吏議，將逮君詔獄，民老稚號泣，遮道以從者，動千億計。有故吏張某嘗爲君所黜，至是拳貴人鈎致之，將并中君。張顧廷疏訟君冤。君雖不幸死道上，然天下益以是壯君，且信其得民之深有如此者。而一時貪冒患得以傅成其獄者，聞兹吏之風，亦可以少愧矣。始君之爲御史也，上方厲精，開言路，諸在言責者，争拾苛細以自售。君獨抗疏請追覆直言之士，并斥大臣之將柄用者，且曰：「君子、小人之進退否泰，關焉一時風采。」獨楊御史琅與之抗。君子謂憂治世而危明主也，蓋如是，雖其言不盡行，然天下自是始畏公議而進者沮矣。暨其出而提學南直隸、河南也，念學政久廢，士之務浮棄實者比比而是，所至必先使之習小學，而後及科舉之業，立困學館[一]，至則居宿，以身爲教，仍下冠婚祭儀，俾諸生習焉。既至廣，猶特刻《道學傳》以詔之，蓋至今稱提學之善於其職者，舍君亦無所與歸。君歷官後先幾三十年，服食居室無所增，嘗呼其子謂曰：「吾藉祖宗慶官二品，禄入之産，汝何可獨享？」其分十之六爲思遠莊，以祀祖先、周宗族。其克己爲義，尤君子所難，于是益足以見君平生之大節不誣矣。於乎！君固天下之士也而止于斯！吾安得不爲天下惜哉？君諱選，別號克庵，士賢，其字也。陳氏本宋國子司業公[二]輔之後，由婺徙台之仙居，再徙而爲臨海。曾祖濬圭，號鈍静，祖泰生，贈監察御史。父諱員韜，景泰初，仕至福建右布政，嘗活沙尤盜之脅從者數萬人，民至今德焉。母金[三]，累贈夫人。繼母沈，封夫人。配王，封孺人。繼張。子男四：長藩、次翼，俱郡學生，早卒。次戴，次某[四]。女二，孫女一，俱幼。戴將以□年□月□日葬君□山之原。君學博而深於經，詞章非其所好，嘗從翰林檢討逸庵陳先生游，先生深器之，以《禮經》領景泰庚午鄉薦。天順庚辰，會試第一人，歷御史、按察，四轉以至今。君生宣德己酉，享年五十有八而已。有《丹崖集》若干卷，藏于家。君性内剛外柔，居常謙謙，言若不出口，至其臨大事、决大議，則屹然萬夫之勇而卒莫之奪。吾嘗求古節概之士得一人，曰：「君其陽道州乎？」道州爲諫議，且七年始一論裴延齡、陸贄事；君爲御史三年耳，而剴切論諫急于其職乃若是。道州爲司業，日與諸生親，宜其罔不率教者；君遍歷徐、揚、冀、豫之域，而教澤所至亦無不及焉。道州爲刺史，自以追科政拙不奉侏儒之貢；君力障五嶺之民，忤拳奸以至于死。於乎！凡若是者，君子謂視道州難而功倍非邪！君之行不止是，輒敢取其大者以銘，庶天下後世之欲知君者得以考焉。銘曰：

深文傳比，訐私拾細，臺史法吏。歲課月論，棄根掇芸，提學校文。國肥民瘠，下損上益，轉運方伯。世方競趨，我絶不窺。世所不爲，我勇赴之。於乎！士賢而止於斯，吾安得不爲斯世而悲？

【校勘記】

［一］立困學館，底本及《浄稿》正德本文卷十二均作「學立困館」，據浙江圖書館藏《文集》抄本改。

［二］公，底本及《浄稿》正德本文卷十二均作「左」。陳選當爲宋陳公輔之後，據改。

［三］《浄稿》正德本文卷十二「金」下有「氏」字。

［四］某，《浄稿》正德本文卷十二爲空格。

建陽知縣項君崇仁墓誌銘

福建建陽知縣瑞安項君崇仁，既卒之九月，將葬其邑之周湖村，從子德持其友木彛遜狀來請銘。於乎崇仁！其止是矣！初，予天順末識崇仁與其從子秉中于禮部，未悉也。吾友鄭通判廷韵亟稱崇仁不容口，予從而聽其議論，固將超流輩、追古人而及之。既落落十年，乃始登成化壬辰進士。其同年若袁德純者，又皆亟稱之曰：「吾榜中人物也。」未幾，拜建陽知縣，予贈之言，固意其將自一邑達之天下矣。於乎！吾崇仁而止是耶！狀稱崇仁在建陽新學舍、旌孝節、禮先賢、立義冢，政平訟簡，人無私議，環百里内，俗幾以變。在官僅二年，以外艱，歸之日，民遮道泣涕，至肖其像以祀。既歸，得下滯疾。越六年，遂不起，成化乙巳正月五日也，距其生宣德庚戌，得年僅五十有六。於乎！吾崇仁而止是矣！崇仁諱旻，崇仁，字也。裔出宋秘書瑞安開國男模之後。

祖惇，贈安仁知縣。父備，工部主事，世稱里安南隄故家。配徐、繼胡，皆無子。女三：長適楊推官瑛之子，次俱幼，以從子從爲後。崇仁性至孝，有周人之義，未成童，輒操筆爲文，盤摺硬語，儼然有奇氣，如老成人。既壯，益大究于學，開口論當世事，侃侃若無以當其意者。既謝病，更號隆山病叟，有《病餘稿》若干卷，藏于家。於乎！若崇仁者，使乘其少壯而用之，用之極其志之所至不已焉，其所建立寧止是哉？是固有志世道者之所深慨也，乃爲之銘，納諸幽[一]以慰吾崇仁於不死。銘曰：

湛盧豪曹，試以牛刀。鹽車驥老，駑駘志驕。然不有識於驪黃牝牡之外，以上觀其紫氣之干霄。將不以豪傑之士，而一困於所遭。於乎崇仁！百世之下，欲求君于不死者，其不有視乎吾銘之昭昭！

【校勘記】

[一] 幽，浙江圖書館藏《文集》抄本作「氹」。

福建按察僉事林君墓誌銘

成化乙巳春，予友福建按察僉事林君一中，奔其父主事公之喪，來歸未幾，病且危，危且復安數月矣，至是病復作，遂不起，七月□日也。於乎！吾一中而止是矣！既爲位哭，復從吾太守叔父扶復哭盡哀，且從其家商葬事，遂書赴今通政黃君世顯，俾爲之銘，未報而君已葬矣。於乎！

予與一中、世顯異姓兄弟也。知一中之深者，宜莫如世顯，亦莫如予，後死之責，銘固吾黨事也，又曷敢終以不能辭[一]，而不慰吾一中於不死乎？乃按其世譜遺行而銘之。君諱壟，字克賢，以字行，一中，其更字也。林氏徙自閩，今爲台黄巖支邑太平之望族。至我朝而益顯，若南安太守公芊、吏部員外公茂弘、郎中公璧、秋官侍郎公鶚，文章行業蓋彬彬可考，皆君之從祖父兄也。曾祖周民、祖從深皆隱德不仕。父諱格，有善行，以君貴封刑部主事。母胡氏，封安人。君自幼岐嶷，從員外公學，與侍郎公實相師友。既冠，補邑庠生，以《書經》領景泰丙子鄉薦，登成化丙戌進士。明年，拜刑部主事。未幾，轉員外郎，遂有福建之命。其在刑部也，盡心獄事，不爲顧忌、苛刻。阮成者，錦衣嘗以大辟罪屬君議，君知其冤，白尚書陸公，陸畏其勢，不敢出一言，君毅然曰：「彼勢雖崇，豈容妄殺人？我位雖卑，殺人以媚人，弗爲也。」陸悟，成卒從末減。王宗禳者，吏部誣以投匿名文書罪，宗禳父淵嘗以言官獲譴，君知其儒家子，無他而事不屬君，衆亦覺其誣，曰：「非林主事莫能辨。」遂移其獄於君，宗禳卒得白。其在按察也，尤力振風紀，而抑强扶弱之志惓惓焉。大臣有在閩者，縱豪奴凌轢并吞，君悉置之法，不少貸。御史有按閩者，舞文法稔奸醜正，君面質其過，不少恕。二人者遂日夜伺君之隙不可得，則相與嗾武流無賴子誣毁君，雖卒莫之浼，然竟坐是十年不調，知君者皆爲之不平，君惟盡職弗顧也。君遇事直前，義激於心，不問勢之可不可。先是，在刑部，吾台方奏割太平，君知其事之有害于民也，詣户曹力争之不可，則聞于上，陳古風今，動千數言。功雖不就，識者韙之。在按察，嘗兩爲鄉試監試官。御史有欲以意黜陟若楊黼林廷貴者，君以公道之不可廢也，抗執回斡[二]必得而後已，其勇於有爲類若是。君雖職刑獄而好學不倦，旁涉諸經、子、史、唐宋諸大家，間發爲文詞，穠郁奮張，讀之可想見其爲人。有《抑齋稿》若干卷，藏于家。君生宣德辛亥[三]□月□日，享年五十有五而已，葬邑南瓦嶼祖塋之次。配陳氏，封安人。子男二：保昌、保旦。女三：長[四]適黄巖張通判之子鯨；次夭，嘗許聘予子興義矣；次幼在室。君意氣激昂，恒思欲盡友一時豪傑，以大有爲於天下而不可得。其視詭隨患得之徒，輒對衆姍斥之不暇。故人不以爲訐，則以爲軋；不以爲揭，則以爲捩，誠有若吾世顯云者。用略其細，取以銘君墓上之石，以深有俟乎後之君子，亦君之志也。銘曰：

衆之非不以疑，衆之趨不以娭。其嶷嶷也人所擠，其嘐嘐也人所悲。於乎！一世之決[五]，百世之嗤。以此易彼，君子弗爲。後有識者，考德在兹。於乎一中！吾何敢以私。

【校勘記】

[一] 辭，《净稿》正德本文卷十二作「解」。

[二] 斡，底本作「幹」，據《净稿》正德本文卷十二改。

[三] 亥，底本及《净稿》正德本文卷十二均無，據浙江圖書館藏《文集》抄本補。

[四] 長，底本及《净稿》正德本文卷十二均無，據文意補。

[五] 決，《净稿》正德本文卷十二作「快」。

南安府知府華亭張君墓誌銘

成化丁未夏六月十有三日，南安守華亭張君汝弼，以疾卒于華亭之故居，其子寧海令弘宜將以是歲冬□月□日葬君祖塋之次，屬吾台郡守葉公崇禮以狀來請銘。於乎！予尚忍復銘君也哉？始予天順初，與吾友今亞卿黄君世顯、故方伯陳君士賢、僉憲林君一中，識君於禮部，蓋三十年于兹矣。慨念疇昔一代交游，稱豪傑士若諸君者，固落落可數。予駑下，病且不死，既銘吾一中，又銘士賢，而尚忍復銘君也哉？君諱弼，姓張氏，汝弼，其字也。其先汴人，八世祖稱斗山先生者，宋南渡始居松江之華亭。曾祖庠，以《易》教授鄉里。祖子英，早世。父熊應，以睦族稱，號村居子，用君貴贈兵部主事。母胡氏，贈安人。君少，穎異過人，既壯，以《詩經》領景泰癸酉鄉薦，登成化羅倫榜進士。倫以言事忤宰相，去國，君作詩慷慨送之。未幾，拜兵部主事，轉員外郎，以遂有南安之命。南安，兩廣要衝，大山長谷，亡命嘯聚爲民患者蓋衆，君下車悉捕滅之。尋慮民之貧而勞役弗息也，亟請諸當道者，俾均節之，且得以食其力于商，而橋梁道路之利，因亦以時興焉。既又毁淫祠百數十區爲社學，凡先哲之嘗莅兹土者，若張九齡、李剛、劉元城諸公，皆特爲立祠，至周程三先生，則既祠而又别立吟風弄月臺以深致景仰。蓋於教化風俗之大者，其惓惓又如此。初，君之外補也，人咸惜之，謂：「若君者，盍留以羽儀明廷，以藻繪一代太平之盛治。」君固不薄淮陽而卒有成績。至是始謝病歸。歸之日，民蓋相與立生祠焉。歸方三年，天竟不憖遺以卒，距其生洪熙乙巳，享年六十有三而已。於乎！惜哉！配王氏，封安人。子男六[一]：長弘正，次即弘宜，以進士拜今官，次弘至，邑庠生，次弘圭，次弘玉，次弘金。女二，李觀、顧行己其婿也。孫男四：性、協、忻、恪。女七。所著有《鶴城天趣》《清和》《慶雲》諸稿，凡若干卷，號東海翁。又有《東海手稿》若干卷行于時，蓋君手筆也。君以靈識異稟，充[二]之學問，老且不倦，詩與文，幾成一家，草書之妙，論者至推爲一代冠冕。然世之所謂文人者，類近浮薄，君獨惇尚行履，慨然以風節自將，雖論議間雜諧謔，而往往必以理勝。故彭都憲鳳儀嘗論其天分、人品、問學、政事有如此者。而君亦嘗爲予戲評其所能曰：「人故以書名我，公論哉？吾自視文爲最，詩次之，書又次之，其他則非吾所敢知也。」恒相與一笑而罷。噫！昔人稱趙孟頫爲書畫所掩，世莫克盡知其文章與經濟之學。然則君之所以自道者，其亦有感於斯乎？於乎！斯文非細，故自文與道雜，而後世之所謂文人者，始爲大賢君子之所鄙，然則文豈易能哉？故予又即君之文而銘之，以見吾人之所謂文者，正在此而不在彼也。銘曰：

東海之東，有氣如虹。凌虛厲空，人曰此劍獄之鋒。孰知其下，文塚之雄。於乎！萬靈所鍾，鬼護神封。後千百年，兹其不墜於地耶，尚有考乎吾銘之公。

【校勘記】

[一] 六，底本及《浄稿》正德本文卷十二均作「五」。

[二] 充，底本作「克」，即「充」的異體，《浄稿》正德本文卷十二作「克」。

亡妻封孺人陳氏墓誌銘

於乎！此吾妻封孺人陳氏墓也。孺人以荆布相我。取進士既十年，乃始以編修恩封孺人。甫一年，從予歸省。既還，又二年，爲成化辛卯五月某日，遂卒于京師，年三十五，命也。明年，歸其喪。予獨留與二子興仁、興毅處。又七年，予再室孔氏，乃遣興仁歸葬孺人于洋嶴祖塋之次。又三年，予以先編修太孺人憂解官。既終喪，而興仁死矣，年二十有二。嗚呼天乎！予之極一至此也。初，予遣興仁歸，期娶趙氏婦，坐嫌郤，中與之絶。再議娶蔡氏巴東宰某之孫，未及期，一夕腹痛死。方死，語惺惺不亂，執其母孔氏呼曰：「負此生，負此生！不能立功名，報父母。」又呼其弟興毅曰：「吾已矣！汝勉之，勉之！」又連呼其叔父，遍語之乃死，實成化壬寅冬十一月有四日，距孺人之死蓋十有二年，乃以其死之逾月某日，與其殤妹貞同祔葬於孺人之墓。於乎天乎！予之極一至此也。興仁性外暗而訥，有問未嘗輒對，然徐考其文義，於科舉間則又未嘗不通也。予不善教子，嘗遣之從陳先生、李進士某學《詩經》，入爲縣學生，預庚子秋試。既又懼其局而無成也，復取他經暨濂洛諸書，以及歷代諸史大略，日授之，類能誦而習，予竊念：其自是亦庶幾不失爲謝氏孫子矣。而止于是，謂天之命非耶？予嘗與叔父太守先生考論天道載[一]覆之理，若吾高祖之孝德，吾祖母之節義，其流澤當未遽已，今若是，予之罪不足以承之也，於天何尤哉！先是，孺人之墓未有銘。予不佞，終不敢以溷作者，乃哭而銘，而并以繫之。銘曰：

嗚呼！吾妻葬于此，吾子葬于此，吾何恃以不死？吁嗟天乎！其定未定也，吾不敢擬，吾將修吾身以俟！

【校勘記】

[一] 載，底本作「栽」，當係誤刻，與上下文意不協，兹據文意改正。

族祖盛三十四府君墓誌銘

府君諱九疇，字性範，姓謝氏，以成化甲午二月十三日卒于家，距其生宣德丁未正月十九日，享年四十有八。父諱順，祖諱文彪，皆隱約不仕。曾祖諱繼先，仕爲里安主簿。高祖諱詔，不仕元，是爲福五徵士，實積德以大遺厥慶。鐸與叔父太守公皆同出其後，今七世矣。府君性孝友，事嫡母，甚得其歡心，至長，恒嬉戲不離膝下。與仲氏終其身同財産，周孺人實善相之，無間言。府君既卒，仲氏一遵其志，作堂與府君之子以居，曰「存睦堂」。初，府君號處睦，人因稱謝氏二睦。於是府君兄弟之義，隱然重一時，至以擬諸太守公與其季王城山人。於乎！公力學上師聖賢，此固未足爲異，若府君者不亦尤難矣乎？府君既卒之十年，爲成化癸卯冬十二月某日，仲氏存睦公與其子岳慎，葬府君方山祖塋之側，而虚其左以俟，曰：「吾兄弟生同志，死同穴，義也。」鐸聞之曰：「是不可以不銘。」府君之嫡母趙，實鐸祖母太安人之妹，先編修府君與鐸往來，主其家者幾五十年，而終始如一日，鐸德之不敢忘。府君之行不止是，因取以銘其大者如左。銘曰：

自匡綏之政失，而萁布之俗成。千載而下，孰不待文王而後興。噫！夫孰知生質之美，乃不愧乎學問之能！然則吾之於公之墓也，亦安得而不銘！

從弟聲墓誌銘

聲字鳴鶴，今致仕中憲大夫寶慶太守公諱某之子，贈南京兵部員外郎府君諱某之孫，孝子隆三府君諱某之曾孫。孝子府君實吾謝氏桃溪始基之祖，至鐸與聲五世矣。始予從太守公學，見聲在提抱間可念。後十年，予舉進士，拜公南京，則已嶄然見頭角。又七年，公守寶慶，予以編修恩歸覲，而聲亦歸自南京，蓋已習爲應舉之學。間從其季父王城公叩之，而詩律亦立就，則亟喜其不凡。又五年，公致其事以歸，教之益篤，遂與其弟彩入爲縣學生。又六年，予以憂解官歸，拜公于家，則與彩已赴庚子秋試，殆駸駸乎公之業，將有繼矣。未幾，得脾胃疾，予與公竊憂之。又二年，竟以是不起，年[二]三十有七，成化癸卯冬十月某日也。於乎痛哉！天寧有是耶！去年冬，吾脱襄未三月，吾子興仁，一旦夭死，公爲予哭之哀。於乎天乎！詎其於公而復至是耶！吾家世德，其遠者弗可知，若孝子府君之遺澤，當未遽已，况公以文章行業深培遠紹，力起而振之，又非但予之不敢爲惡而已！於乎天乎！詎其於公而復至是耶！雖然，興仁之死，去殤不遠，聲則奄及强仕矣。興仁之死，未克有家，聲則亦既多子矣。然則吾之痛，視公蓋又不知其孰爲倍蓰，而聲亦可以自慰矣。初，公營壽域，既葬王城公其側，至是因以祔聲，遂命其子孝以其卒之逾月某日，奉柩以窆，而俾鐸爲之銘。遂哭而銘，以抒予哀，以詰于不可知者。銘曰：

嗚呼！盛德之世，父無哭子。我生孔辰，曷復有是？世德在家，慶則有餘。天故弗僭，曷其負予？我痛而思，茫茫天宇。子也何辜，亦哭爾父？嗟世之人，天實爲培。我銘子墓，曷敢告哀。

【校勘記】

［一］「年」字底本無，據文意補。

監察御史余君墓誌銘

監察御史臨海余君懋器既卒之期月，其弟銀持其所親潘少參應升狀來京［二］速予銘，將歸葬長石山之原。於乎！予尚忍銘吾懋器也哉！初天順末，懋器與其從兄懋純同赴禮部試，有風火之厄，予實預焉。未幾，懋純卒，懋器連不得志者十有五年。成化乙未，始舉進士。明年，出爲崑山令，濱行，謂予曰：「何以教我？」予舉濂閩諸先生郡邑政績格言，俾持以往。既至崑山，民黠事夥，譁然相咻。懋器力鎮以静，而一毫無所侵，久之乃定。崑山大夫士若吾友陸太常鼎儀，亟稱之不容口。曩予以憂過蘇，懋器自崑山來會，藹然故舊之情。自是不相值者幾十年，則懋器已報遷御史，按廣西矣。去年秋，予有纂修之召，忽得懋器訃，傷悼不自禁，因過其家哭之，弱妻幼子凄然在目。於乎！予尚忍銘吾懋器也哉！方懋器之按廣西也，適當大比，防範嚴密，人不敢干以私，且其地逼夷獠，多瘴癘，因刊《瘴説》以遺之，而自題其後曰：「吾不忍土瘴之自病，而坐視人瘴之病民。」遂力鋤强梗，招流亡。觀風問俗，無遠弗至，作《八桂行稿》，識者知其志之有在，將大用而未艾也。既得代還淮安，忽遘疾卒。方卒時，屬其子河曰：「吾未及贈吾親，死不瞑目［三］。」厄於例，卒不得請。於乎惜哉！懋器，諱鐖，懋器，字也，别號困學。性和厚謙慎，事親孝，撫弟妹以恩。娶鄭氏，繼陳氏，繼長潭陶氏，尚書中立公之孫。子男三：汶、河、灌。河聘少參女。女一，未行。余氏譜出宋丞相郇[三]國公端禮之後，世居臨海，子誠、晦，懋器曾祖、祖父也。父諱操，號順庵，俱積慶弗仕。懋器之卒，實以弘治戊申六月二十七日，距其生正統庚申十月二十一日，得年四十有九而已。於乎惜哉！銘曰：

雞利于割，其鉶若發。驄蹄于行，不仗以鳴。利孰敵之，蹄孰已之！於乎懋器，我銘不刊，亦孰得而死之！

【校勘記】

[一]《净稿》正德本文卷十三「京」下有「師」字。

[二]《净稿》正德本文卷十三「死不瞑目」上有「吾」字。

[三]郇，底本作「郇」，據《净稿》正德本文卷十三改。

亡妻孺人孔氏墓誌銘

弘治己酉夏六月朔，吾妻孔氏孺人之訃至。予咽絶不能語，久之，乃克爲位以哭。如是者蓋旬日，間莫知所以爲心，既而曰：「孺人已矣！吾何爲者哉！」乃復執筆以叙其平生，以慰諸冥漠之下。於乎！孺人已矣！其終不可作矣！吾之眷眷悲痛於不已者，抑豈獨吾家室之情然哉！蓋孺人年二十七而始歸於我，於是予妻陳氏喪，獨居旅邸者七年矣。孺人本儒産，識大義，執婦道甚恭。既二年，予奔先編修府君喪，中道而先妣太孺人之訃復至。皇皇焉幾無以爲生，孺人實能疏食水飲以相我，匍匐襄事。甫畢，則又謂予曰：「吾父久不克葬，君其銘，吾將謀吾弟而葬之。」遂以衰服往葬其父。未幾，吾兒興仁一夕病將革，孺人刲左臂肉和藥以救，曰：「吾恨不代汝死。」既死，痛哭幾絶。予既即吉，當起復，念禄弗及養，將謝病以居。孺人曰：「貧賤吾故態也，吾安之久矣，慎勿以我故累君。」先府君有餘田若干，遺命俾勿分以供祀事。孺人曰：「君官雖卑無禄，不猶愈於布衣乎？其均諸弟侄，祀事吾與君共承之。薄自奉而僉[一]以遺子孫可也。」去年春，有纂修之命，予未果行，孺人亟勸之曰：「吾固知君之無意於出也，如王事何？吾與爾子暫守宗祀以俟君之歸，君其亟行。」乃治裝促予行。行時孺人已病瘵且二年，懼爲予累，益勉强趨事，予亦不覺其病之深也，而竟至是。於乎！予固負孺人哉！痛何可及！孺人之卒，實以今年四月二日，距其生景泰壬申□月□日，得年三十有八而已。子男一、女二，俱不育，今所存女小貞方七歲。於乎悲哉！孺人諱常姬，姓孔氏，宣聖五十七代孫，世居樂清之江繬，今官府復其家俾隸儒籍。祖克炯，太學生。父朴，號樂古，以布衣爲鄉校師。孺人幼有志識，能知《孝經》《小學》《列女傳》諸書，樂古翁最鍾愛之，曰：「吾女恨不爲男也。」孺人性[二]頗强直見義趣，憤然有丈夫志，而嫉惡之心尤勝，曰：「何甘爲人唾罵爲也？」予嘗與談先大母節義事，未嘗不泣下，曰：「幸相與保此生無忝也。」故予貧病，家居且十年，孺人從容朝夕間，曾無幾微見于色。予頗自以迂拙，晚得知己之助。而今已矣。於乎！其何可及哉！乃爲銘其墓，納諸幽，庶後之人有知孺人者。銘曰：

心如其面，類以風靡。豈曰友朋，實鮮知己。我銘不愧，百世以俟。婦德之徵，其視諸此。

【校勘記】

［一］僉，《浄稿》正德本文卷十三作「儉」。

［二］性，底本及《浄稿》正德本文卷十三均作「姓」，據文意改。

明中書舍人王君墓誌銘

今皇帝嗣位之初，勵精治道，納諫用賢。於是南京兵部婁主事性首，以一時名士退修於家者列薦于朝，若翰林檢討陳君獻章、中書舍人王君汶，凡若干人。詔下公卿議，特起檢討君，曁［一］君檢討以母老，不果。君病方愈，有司趣之行，行至淮，病復作，未抵京五十里，卒于舟，實弘治改元之明年十月四日也，距其生宣德癸丑，得年五十有七。於乎痛哉！鐸既與左庶子吴君原博會哭，遂亟謀諸戴郎中師文、陳員外于章，相與殮君。既殮，將歸葬，庶子君謂葬宜爲銘，且將表君之墓，以示不朽。嗟乎！予與君交幾二十年，凡其敦慤之行、清苦之節、静退之風，皆予之所愧畏而未之能者，其何以銘？顧其義有終不可已，乃摭其世次而序之。王氏本五代節度彦超之後，蓋自太原徙金華，遂顯于宋，世爲金華義烏人。君曾祖忠文公禕，在國初與宋太史公濂齊名，以翰林待制，奉使雲南，執節不屈以死。正統中，有贈謚之典，今廟食其地。忠文之祖南稜先生炎澤，實得朱子再傳之學于葉通齋由庚，遂以授黄文獻公溍。其子，國子博士紳實，與正學方先生同登太史公之門，博士之子贈中書舍人稌，於正學有館甥之義。實生君，君字允達，别號齊山，汶其名也，以《春秋》舉成化戊戌進士，拜中書舍人。王氏在金華，文以行顯，至是蓋六世矣。君子謂忠文之澤，方大發於君未艾也。於乎！詎其遽止是哉！君初登進士，輒願爲教官，衆謂其迂，不知君實欲見之行。除中書，非其好也，曰：「吾豈少年矻矻筆硯間者哉！」未幾，遂謝病歸，結屋齊山之下，取累世所積書研窮之，將終身焉。去年秋，予以史事赴召，道金華，將問君之廬而拜，鄉之人無少長賢不肖，聞君名皆唯而立，其學者相與尊之曰齊山先生，至不敢斥其姓。君迓予道上，歡然握手如平生。明日，謁忠文公廟。又明日，君餞予百里外，相與謁四賢祠，謁麗澤書院，至蘭溪會章德懋而别。於乎！詎其謂君而遽止是哉！君貌樸而和，平生無町畦崖谷，人人得而親之，然其善善惡惡之誠，則有確乎不可拔者。詩與文類其爲人，不爲斬絶奇險，而自成一家。家居儼然，夙興必具衣冠，率子姓謁家廟，歲時享祀，必躬必敬。日食惟一味，雖對客亦然，蓋其祖博士君痛忠文死國之故，不甘於食，子孫遂永以爲訓，亦可見其世德所從來遠矣。所著有《齊山稿》若干卷，藏于家。配余氏，有賢行。子男二：長俯，次□。女□□，長適鄉進士許塤，次適龔□□，餘幼未行。銘曰：

慨彼下泉，澤而不川。再實者木，栽或以覆。在勢則然。于嗟齊山！吾何尤乎天？

【校勘記】

［一］暨，底本作「概」，據《净稿》正德本文卷十三改。

南耕處士王公墓誌銘

弘治己酉秋八月，南耕處士王公以九十壽終于家，其子和州判封刑部主事某，將以明年某月日葬公壕頭先塋之次。和州之子今興化知府弼狀公行來速銘。憶鐸在景泰中，竊從吾叔父太守先生托交和州君，嘗一識公，既又往往因興化益克信公之賢，十數年來，老成淪謝，公獨巋然如後凋之松柏，望而知其爲前輩長者。於乎！若公者亦豈易得哉！按狀，王氏之先有爲大理少卿曰從德者，避五代之亂，自錢唐始遷吾黄巖之寧溪，十三傳而至元臨海教諭升，教諭生士傳，士傳生世鉉，實公之祖，則又再遷于邑之南門，然至今人猶稱寧溪王氏。公諱阜，字宗民。南耕，其别號也。生而謹重，有才略，甫弱冠，輒力持門户。時周縣令旭鑑至，亟治一切逋負，民箠死者以百數，公坐逋弓箭，衆爲大恐。公曰：「是在里户，我何罪？令雖猛而明，我其以情告耳。」其弟準謂必不免，固請代公，公乃以己貲代輸十之二，俾如所對，持以往，周矍然曰：「良民也。」特釋之，而事亦立辦。未幾，準亡，公痛之，撫其妻若子，久而益篤。公起家至鉅萬，一以勤儉自將，如艱難時，未嘗過爲宫室衣服之飾。所居湫隘，惟即東樓爲祠堂，以歲供祀事。退則商决家政，䛐䛐爲諸少言其所當勸戒者。寧溪之族亡慮千百，有事于邑必先謁公，公待之皆有恩意。其或忿争，亦必反覆譬曉之，至有不待訟而决者。有司歲行鄉飲，以公年高望尊，數以賓位，俱不赴。朝廷下優老之詔，有司復以公冠帶應格，亦卒謝不受，人亦以是高之。配李安人，有賢行，先公九年卒。子男五：長即和州君，實肖公，次瑳，次璁，次玭，次玖。孫男二十，興化其一也，賢而甚文，燁、爍某皆縣學生。女五。曾孫男十有三，女六。公少警敏，每自恨遭家多故，不克專志于學。迨晚歲，恒不廢書，乃至卦畫奇耦之數、吉凶消長之理，類能究而言之。摭其平生亦可謂艱而能豫，有而能謙，庶幾得保困處之道者。若乃垂休委祉、門祚子孫之盛，蓋又所不論也。噫！是皆學士大夫所難而公顧能之，若公者豈易得哉！豈易得哉！因爲之銘，納諸幽，將後之人有考焉。銘曰：

孰困則舒，孰有弗居。斂其餘不盈以虚，積而孚若取而符。我銘不諛，于嗟公乎！其永圖。

廣東興寧縣知縣樂清侯君墓誌銘

予謝病歸桃溪山者幾十年，讀書談道之餘，間以文墨自適，姻戚大夫往往顧以相督責，有不應者輒忿以去。予從而解之曰：「予非能文者，抑亦知文之所以爲文者乎？史案經斷、言立道明，是曰傳世之文；論諫代言、文告符檄，是曰用世之文；碑板楣揭、贈送唱酬，是曰應世之文。予非能文者，固不敢望以傳世，而亦已知其無所用於世矣。顧獨泛然而求，雜然而應，以無所可不可於其間，不亦辱斯文哉？」用是謝而去者過半。弘治改元夏六月，樂清侯氏子惟鑾以其先君子興寧尹事狀來請銘，予方赴纂修之召，未暇也。惟鑾力請不已，予念與興寧君爲隣封，又嘗識君京師，有斯文一日之雅，所謂不可謝而去者，則按狀而銘之。狀稱君諱爵，字欽爵，世爲温樂清之望族。宋寶祐中有諱畐者，以武舉辟海州通判，與李松壽力戰死城下，詔謚節毅，仍即其地廟祀之，至君蓋六世矣。君生而英偉，在庠序間有文名。既升太學，大司成周公洪謨雅重之，至遣諸子師焉。興寧在東廣萬里外，民未知法。君始至，誓於衆曰：「吾常祿之外，苟有一毫□漁獵爾民，是欺天罔神負國家也。」申布約束，勸農抑末。暇則親蒞學宮[一]爲諸生講解，由是士知經術，人漸向化。其頑不率教，以健訟至者，君立決之，而民亦不敢欺。既三年，乃以病乞歸，巡撫兩廣都御史朱□英固留之，君請益力。既歸，未抵家遂不起。成化癸卯十一月四日也，享年六十有二而已。於乎惜哉！君雖晚得一官，不大顯，然惠在民，實足以行其志。彼以高位而播惡於衆者，視君何如哉？是固可銘，銘曰：

海州以忠，興寧以惠，是祖是孫，後先不愧。君子考德，必先其最。我作銘詩，以俟來世。

【校勘記】

[一] 宮，底本作「官」，據文意改。

工部員外郎鄭君墓誌銘

弘治丁巳夏四月八日，工部員外郎鄭君時望卒于杭。初，君得羸疾，將乞歸，不果。至是以恩例得休致歸，未抵家而卒。距其生景泰甲戌，得年四十有四而已。於乎惜哉！君之弟文清聞訃奔哭。藩臬諸公既賻祭之，仍檄郡縣，護送其喪以歸。越明年秋九月二十九日，文清與其弟文源將葬君義城鄉乎嶺之原。先期來請予銘其墓。予交君之日淺，君之平生未悉也，將辭謝之。文清亟出寧國通守陳君所爲君事狀以視，予顧謂之曰：寧國，吾同年之賢者，以文墨議論□鄉曲公道，不苟毁譽於人者。狀之所稱如此，予之銘亦安得而辭之哉？乃爲按其狀而叙之。君鄭姓，諱文隰，時望其字也。曾祖與賢，祖思九，俱隱約不仕。父諱楷，號散齋，以布衣爲學者師，贈工部主事。母毛封太安人。配朱封安人。子男一，繩武，女一，俱幼。君世爲臨海望族，大行人華、御史泉、知州忠、知縣維新、訓導濬，皆其從祖、伯父、昆弟也。君少穎敏，未弱冠補郡學士。成化癸卯，以禮經冠鄉薦，明年登進士第。又明年，拜工部主事，出理吕梁洪。未幾，丁外艱，服闋，復舊職，掌六科廊事，滿考，書最，遷刑部。未幾，以内艱歸，起復，尋升工部員外郎，提督器皿等四廠。後先歷官凡十有四年，所至類有聲稱。蓋洪河漕輓所經，役夫最爲艱險，君則用雇役，以聽其便。科廊賜服所儲，工匠易爲侵蠹，君則省工課以謹其防。刑曹拆獄，未免冤濫，君則務爲平反，而一一處以恕。冬曹諸廠，類多污濁，君則嚴爲條約，而一倡以廉。凡此皆恒人之所難，而君子之所盡心焉者也。蓋君讀書好古，以其修于家者，施之有政，故往往輒出人右而非俗吏之所能及。所著有《勿齋稿》若干卷，藏于家。於乎！使若君者，克享壽考，以大躋顯融，則其問學之所成就，勳業之所建立，寧止是哉？是固有志者之所深悲也，乃爲掇其已故者而銘之，以慰君於不死。銘曰：

殿廊巖巖，洪流決決。冬曹棼棼，秋臺烈烈。歷試以難，隨處而別。方大厥□，遽踣以折。于嗟乎君！孰作之孽？没其寧也，我銘不滅。

思復陳公墓碣銘

思復陳公既葬其里之披雲山二十六年矣，厥配安人鮑氏卒，至是祔焉。公之子瑄介應黟縣葉順齊以公外侄鮑全和之狀來請銘。瑄嘗以斯文之好往來，□予甚習銘，焉得而辭之哉？按狀，公諱侊，字光偉，思□，其別號也。其先光州固始人，五季時有諱檄者仕爲太尉。宋初，又有諱呑者，自閩而温，再徙台州黄巖之元山，又自元山再徙今太平之蔡陽，遂爲蔡陽陳氏，凡幾世矣。高祖元珏仕元，爲黎城副使。曾祖□□，值元末兵亂，以忤方氏，居室積聚爲之一空。祖□久赤立起家，聚族以義，爲鄉聞人。父正夫，能詩善□法。公生十歲而孤，輒嶷然有成人志。養母之暇，往往刻志于學。先世所藏圖籍，必躬自蒐輯標記，不使遺逸，乃放懷詩酒，與鮑昪軒、林友筠輩更唱迭和篇。迂江文會，性質樸素，趨舍取予一以義，而不苟。里有以□□侵漁于人者，公教然不可。雖彼自有所獻，亦不受也。故一時便儇射利之徒，恒以版老目之，公笑曰：「我□固爾也，其如我何哉？」於乎！世嘗説：「古今人不相及。」若公者，豈今人耶？公生永樂庚子，至成化癸巳而卒，卒年五十有四而已，所著有《杜鶩集》，藏于家。子男二：長瑊，次即瑄，爲縣學生，習仕進業，而尤長於詩，强教好古，以禮執喪，蓋陳氏之傑然者。予雖不及識公，而識公之子，則公之平生，亦於是乎見矣！是固不可以不銘，乃爲之銘曰：

世豈無能，脱囊者錐。亦有拙者，擁腫之樗。孰癡孰黠？我避我趨。人曰版老，匪我其誰？公亦有子，思復是師，噫公可作，不朽在兹。弘治庚申春二月朔旦。

封奉直大夫刑部員外郎伍公墓誌銘

公諱麟，字體祥，姓伍氏，吉之安成人。其先春秋時椒舉，仕楚，封於伍，子孫遂以國姓。越五代，時有諱喬者，爲吏部尚書，實徙豫章。尚書之孫正君，爲閩長相使。相之子大官，爲偏將軍，再徙于汀。將軍之子□，爲福州長史，又再徙吉之安成，遂至今家焉。長史四世孫誥，擢宋治平進士，累官四王宫教授，賜緋魚袋，從祀學宫教授。九世孫性中，元季，糾義兵爲鄉扞蔽，實公之高祖也。曾祖洪，其國初舉進士，爲臨清丞。祖□經，好文重義，鄉稱長者。考諱冕，由鄉科爲樂清尹，以子驥恩，贈監察御史。妣彭氏，今副都御史彦恭之姑，贈孺人。公少有志節，讀書識大義，議論設施，動合矩度。與人務款曲，而遇事不可，則英發果毅，人莫之敢侮。家餘千指，兄弟合爨幾四十年，而和氣如一日。婚嫁孤姊妹子姓，二十有五；葬其不能葬者，十有八喪。立祠堂、置祭田，以供祀事，而又時出其餘，作橋梁、築堤堰，以利其鄉。鄉之人有不平者，得公一言，皆唯唯而退。公平生好爲義舉，不擇險易爲趨舍，族之人有被誣枉者，必力辨其冤，以雪其罪；遭凌虐者，必力庇其孤，以歸其業。居常儼然，歲延名師以主教事。厥弟御史公驥，既以進士起家，而公之子希淵即繼之。御史之子希閔又繼之。既而公之孫符與其季子希齊又連繼之。三世五人皆以名進士爲顯官，而公方以厚德耆年薦膺恩命，爲鄉邦一時所尊仰。於乎！若公者豈易及哉！公生永樂癸巳十二月二十有二日，以弘治乙卯十一月十七日卒于正寢，享年八十有三，累封奉直大夫、刑部陝西員外郎，誥詞有敦尚禮義之褒。彭文憲公美其立心之高、守身之謹、處家之嚴、與凡尊賢待士之誠、應門禦侮之智，要皆自□幾中來也。於乎！若公者雖其生質之美，得之天賦，然而盛世教澤之所沾被，故家風聲之所漸染，亦豈可得而誣哉？古所謂：「一鄉之善士。」若公者，固其人矣。公配彭氏，贈宜人，先公四十三年卒。繼亦彭氏，封宜人，後公三年卒，皆有賢行。子男四：長即希淵，今以廣西布政使致仕；次希旦、希魚，先公卒；次希齊，今爲黄州推官。女三，劉襟、劉敦、劉尚端，其婿也。孫男十：長符，今爲寧波知府，次範、次箕、次策，俱邑庠生，次篆、次籌、次篭、次简、次籩。曾孫男八：長全，亦邑庠生，次仝、次會，餘幼未名。公卒之五年，改葬所居忠孝里竹園頭之原，而墓石未有刻。方伯公與予爲同年友，因其子符來考績，屬予爲之銘，予衰病久，謝文墨。符以其父命，固請不已，不得以不能辭也，乃按狀而爲之銘，銘曰：於乎公也！宗祊柱石，鄉閭斗山，迹其所至，蓋楊延慶、陳仲弓之流，而地望之重，則又匪直孫子兄弟之間。於乎公也！我銘不刊。後千百載，尚想像乎！太平全盛之世，三代直道之風，或可挽而還也。

桃溪類稿卷之三十六　墓誌銘

南京工部侍郎黄公墓誌銘

弘治辛亥夏六月十有七日，南京工部右侍郎黄公卒。公得疾甚暴，予亟往視，至中途，公訃已至。於乎痛哉！先是，予蒙恩休致，公悵然不樂，且期太常陳先生師召邀予，遍游南都諸名山以别。蓋予自謝病來，與公别者餘十年，乃今始得一會，詎意公方恨予之别，而予遽以哭公也哉！公卒之明日，予既三往三哭之，乃與其子俌商葬事，遂謀所以銘公之墓，不得以不能辭。於乎！公其止是哉！公諱曜，字孔昭，後以字行，更字世顯，别號定軒，姓黄氏。其先昭武鎮都監緒，避五代之亂，徙居黄巖洞山。山今分屬太平，公以其地隘不能容，始再遷舊邑之西而定居焉。曾祖與莊，不仕，鄉稱長者。祖諱禮遐，號松塢，性狷介，鄉人服其行義，無異詞，以公貴，贈南京工部右侍郎。父諱彦俊，以正統丙辰進士，擢兵部職方主事，其操其才，人猶至今稱之，累贈右通政南京工部右侍郎。母金氏，累贈淑人。公自幼穎拔，屹然如成人。未弱冠，職方公即世扶伏歸葬，撫其弟妹益篤。初以明經舉，不合，乃退而爲縣學生，刻苦問學。公辱與予友，予少且劣，日追之，日見其不可及。未幾，領丙子鄉薦，登庚辰進士第，擢工部屯田主事。屯田號濁曹，公稍持以正，顧爲其僚所怨，嗾惡吏誣毁之。公雖不之較，然彼竟坐是落職，而公之譽亦因以起。尋遷都水員外郎，調吏部文選郎中，在職守法據例，不示恩，不賣直，凡所舉錯，不獨人莫之敢干，雖上之人，亦或以公爲辭而若有所憚。每公退輒過予，予望而見其喜，則知賢者之進，見其憂則知小人之不得退。如是者蓋十有五年，終始一節不少變。後先在文選者，率驟遷輒敗至，或并累其上之人，爲天下笑。公循循滿考，始擢右通政。又五年，乃遷今職。公既去吏部久，人益思之。大冢宰王公兩以公與今亞卿彭公鳳儀、張公時敏薦，不果得，然物論在人，駸駸未已，要皆以鈞衡望公也。於乎！詎其謂公而遽止是哉！公生宣德戊申，迄今享年六十有四而已。配蔡淑人，巴東知縣思之女。子男三：長即俌；次侹，嘗聘予女，俱夭；次佐，亦夭。孫男五：紹、繹、綰、約、紒。俌以辛丑進士，爲工部主事，實克公。吾台父子祖孫相繼登進士第者，亦惟公而已。公讀書不事章句，往往能窮前人所未至，精思之餘，下筆沛然，而尤長於詩，與吾叔父王城山人慨詩道中絶，將力振之，有《定軒集》若干卷，藏于家。性恬静，寡嗜好，平生無所苟取，而亦不以一毫苟費，雖官至三品，居室服食無所增。惟事關倫理，則惓惓每欲自盡，嘗以舊宅之直讓其弟，以餘俸之金周其甥。又嘗謂予：「吾族貧甚，且不知學。先職方有田若干，吾將以是終先人之志，立義塾焉。」乃歲出束脩若干爲之兆。初，公爲主事時，憤慈懿太后山陵事，輒草疏數百言示予，將上之，會事定乃已。未幾，爲會試同考官，有拳要子暮夜來謁，公叱去之，終其身不與語。今年春，大臣復以例當舉官，公舉金華章德懋，於是德懋謝病而歸者幾二十年，天下皆知其賢而卒莫之能舉。凡此皆足以見公之大者。蓋公晚歲，雖寬厚有容，與世無忤，而剛直之氣，人固有莫得而測之者。予交公久，知公最深，因爲之銘。銘曰：

豐而譽，困而遂。不矯以躓，盱以覬安，吾常以聽其至。于嗟乎！我銘不愧，尚後之人，以考德論世。

鄱陽教諭應先生墓碣銘

鄱陽先生復庵應公既卒之明年，其子教諭紀以予太守叔父書，介其所親繆君思敬狀屬金君鳳魁來請銘。時予在南都，方蒙恩東歸，未暇也。既歸，教諭君以起復北上，遇諸途，復拜予，泣請不已。於乎！予尚忍銘先生哉！曩予謝病家居，得從先生杖屨者幾十年，既而以史事赴召，别先生鏡川上，先生酌之酒而贈以詩，所以屬望之者不淺。予既落落無成，方仰首故山，藉先生以終老，而先生没矣。前輩老成，典刑無幾，予又安得不爲先生銘哉！先生諱律，字志和，以字行，仕終鄱陽教諭。復庵，其别號也。應氏世爲黄巖望族，至先生之父息耕翁尚惠，始遷邑南之鏡川，今分隸太平矣。黄巖之應，實始永康，在宋有緝熙殿侍講，在元有上饒山長玉泉，在國朝有全歸先生尚節、溪南先生尚履、按察副使志欽，行業文章，後先輝映，蓋皆先生之諸祖、諸父、昆弟也。先生穎悟夙成，未束髮時，已能屬對作驚人語。稍長，從溪南學，既又獲登拙訥葉先生之門，拙訥以學行重一時，亟相推許。永嘉黄文簡公，三朝元老，一見至與爲忘年交，於是聲譽日起，遠近交辟。南畿提學孫侍御鼎薦爲鹽城訓導，以母老，不果行。周郡守旭鑑復以郡學薦，乃始迎母以養。未幾，丁母憂。服闋，改河南蘭陽。蘭陽素乏科第，且其僚酗酒而愎，先生相處以禮而結以恩，久之，不覺愧屈，於是士服其教，而科第亦班班然矣。暨其去也，蘭陽之人相與立生祠焉。

其在鄱陽，尤篤意風教，訪周瑜、陶侃之墓而封表之，進江萬里、彭汝勵於祠而尸祝之，賢聲之著，上徹淮府。方期大用，而先生力乞休致矣。時去引年尚遠，大夫士莫不惜其去而高之。既歸，更號宜休居士，奉先教子，老而不倦，考德問業，門無虛席。暇則幅巾杖藜，寓情詩酒，如是者蓋幾二十年而卒，年八十有四，實弘治戊申十有二月十日也。配安人林氏，有内行，先先生八年卒。子男四：紹、維、經、紀，類能讀父書，而紀方馳聲宦途，先生之澤未艾也。女一，適涇畧陳暢。孫男若干，輅縣學生。曾孫男若干。先生重厚樂易，雖與人無忤而未嘗詭隨；雖望之儼然若不可褻，而無賢不肖皆得其歡心；雖博學能文而恬於進取，不事舉子業；雖晚歲勉從禄仕以出，然科目勢所偏重，而薦舉顧爲具文。故一時輩行去先生遠甚而位遇反或過之。至有方嶽重臣往往出於其門者，而先生終老一氈，不亦重可念哉！用慨所見，以銘墓上之碣，以告于世之欲知先生者。銘曰：

棟梁斧柯，涔蹄江河。孰抗不撓，障此頹波。於乎先生！勢如之何？死者可作，我銘不磨。

繆君思敬墓碣銘

今聖天子嗣位之初，勵精圖治，下詔求言，内外大小之臣争以言進者亡慮百數，然未有韋布之士，能爲國家論大事若吾鄉繆君思敬者。思敬之言曰：「臣少讀書，老而不死，曝日獻芹，負山填海，心欲言者六事，鬱於時者累年：一曰保神器，二曰崇正學，三曰紹絶屬，四曰懷舊勳，五曰廣賢路，六曰革冗員。」首尾歷歷凡數千百言，皆指斥忌諱，最人之[二]所不敢道者。疏入，通政司官輒大懼，遂拘留而劾奏之，賴上聖明不之罪，特敕有司遣之歸。既歸，有問之者曰：「萬一不測，奈何？」思敬蹙然大笑曰：「吾此行已自分一死，豈復敢徼幸其間哉！」自是杜門不出，環堵蕭然。更自稱小茅山餓夫，示志也。弘治癸丑春二月二日，以疾卒于家，得年六十有五。所著有《茅山穢稿》若干卷。娶戴氏。子男二：長煉，次熄，熄，先一年卒。女一，適望江教諭張夔之子邦祥。方卒時，煉在望江，貧無以殮，百凡經紀，皆出其門人葉俊。既殮，又與其友陳潤卿輩商葬事，謂予亦知思敬者，因以狀屬予銘。於乎！若思敬者其可使之湮没無聞哉！按狀，思敬姓繆氏，諱恭，別號守謙，又號責庵。思敬，其字也。繆之先，實徙自蘭溪，歷臨海、黃巖，蓋三遷也[二]。至思敬之父汀以家難，遂再遷黃巖之南，曰茅畬山，山今分隸太平，遂爲太平人。思敬自少刻苦問學，以詩自豪，不事家人生産，學成而家益落。嘗從國子學録張先生游，與謝昭爲同門友。昭以石亨故得官，奔走其門者如市，思敬貽書謂張曰：「亨敗在旦夕，禍將及昭。先生雖門弟子，方遠之不暇，而顧親之乎？」未幾，卒如其言。思敬自負强直，好論議人長短類如此，以故人皆忌之。至是，果以布衣論天下事，爲賢士大夫所許予，人始知前日之論議非苟然也。於乎！波頽風靡之中，而困窮拂鬱、屹然有若吾思敬者，豈可使之湮没無聞哉！乃爲銘其墓上之碣。銘曰：

韋布之憂，肉食之棄。明主之危，治世之利。於乎思敬！罪或言高，思非出位。漆室杞天，我銘不愧。

【校勘記】

[二] 之，《净稿》正德本文卷十四無。

〔一〕也，《净稿》正德本文卷十四作「矣」。

貞肅先生墓誌銘

弘治六年十有一月六日，我叔父逸老先生忽中末疾，鐸亟往候，已不能語。越明日，吾鄉大夫士暨諸姻戚皆來候，問所欲言，惟瞠目點頭而已。越三十有一日乃終，距生永樂庚子，享年七十有四而已。於乎天乎！忍不憖遺而使予小子至此極也！痛哉！鐸既以禮襲歛，於是陳敬所儒珍、郭筠心端朝諸公皆來吊哭，且商葬事，而顧謂予曰：「賢者故事有易名，先生位不滿德，節惠之謚，雖不得上請于朝，若王文中、孟貞曜者，獨非門弟子朋友之責乎？」鐸泣拜曰：「敢不如教，謹按謚法，清白守節曰貞，節德克就曰肅。先生官至四品，而歸橐無百金之贏，清其至矣。年未六十而乞身，至五疏之决，剛亦有焉。如曰貞肅，先生之行殆其有合，何如？」敬所曰：「然。」筠心亟應以和，遂用〔一〕之。既又復謂鐸曰：「葬不可以無銘，且葬期迫，遠不可致，吾子其圖之。」鐸又拜且泣曰：「先生之没，鄉失典刑，國失耆舊，斯文失宗主，誠有如戴大參師文所痛者。予小子無所肖似，亦復何言？惟稽合物論之在先生者而叙次之，庶後人有考焉。」叙曰：先生諱省，字世脩，别號愚得，既老，更號台南逸老，學者稱逸老先生。姓謝氏，系出經略使鞅。鞅，實康樂公之後。曾祖孝子府君諱温良〔二〕，始自黄巖，再遷邑南之桃溪，桃溪今分隸太平，遂爲太平人。祖諱立〔三〕，號石泉翁。父諱性全〔四〕，累贈南京兵部員外郎。母陳，贈宜人。配王，封安人。子男四：長聲，先先生幾年卒；次彩，出爲母弟王城山人後；次業；次休。孫男四：孝、閆、儉、祐。曾孫男二，可[五]、堪。聲、彩、孝，俱縣學生。先生少岐嶷穎異，甫弱冠，補邑庠弟子員。景泰癸酉，以《詩經》領鄉薦，明年登孫賢榜進士。天順初，拜南京兵部車駕主事，車駕轄馬快船，暨太僕，孳畜馬牛，往往不利貴必利於己。先生至，則一處以廉，而人亦莫之敢撓。未幾，轉武選員外郎。嘗市一蒼頭，久乃知其爲百户張某子，愕然曰：「是惡可哉！」亟還之，仍爲優給，俾得以襲祖父職。成化己丑，遷寶慶知府。至則首與神誓，悉推堂食錢爲公用，乃大書真西山四事十害爲僚屬戒，仍條民隱十四事請于上，次第罷行之。春秋則時行郊野，察民之所不足，至給牛種以千百計。計郡儲積可支五年，乃選郡縣學弟子之秀者教之府，鄉村則教之以社學，皆得以食於公。既又撮取《文公家禮》，并作《十勿詩》，俾民誦習之。其怙終不率者，則一裁以法。至黜縣令二人，籍其贓以代民賦。於是境内肅然，皆望風相戒，不敢犯。舊俗陰陽佛法、久喪、老女有不以時昏葬者，至是亦皆遵禮畏法不敢後。修撰羅公應魁，所謂黄巖謝侯之守郡，革弊政、斥淫祠、興禮俗、正人心，庶幾周子遺化者蓋如此。然先生之志不安小成，猶以不職爲愧，乃乞補教職，不許，連乞病，亦不許。既三年，卒從考績去位，請告益力。於是先生年方五十有四，政聲地望，方駸駸未已。獨念士方好進，爲天下憂，故决意勇退，雖當道交章論薦，而先生之去不可留矣。郡人遂以不得再借爲恨，相與立去思之碑於學，致感慕焉。先生既歸，囊橐蕭然，田園邸舍無所增益，惟日孜孜祠墓間。既割田爲祠堂創，又歲率宗人追祭始祖之墓。既又與先編修府君築會緦亭于孝子府君墓側。時復逍遥杖履，與一二布衣登[六]望海[七]、仰高、采藻三亭酌酒賦詩，修然有出塵之態。此則學士李公賓之所謂徜徉容與山林之下，則修宗譜、築祠亭、開義學、議鄉約、作敦彝會，往往皆古君子之心，而非徒見諸詩歌文章者也。先生早以詩鳴，與王城公力追古作，蓋吾台之詩，自天順、成化來，始一變以復于古，而今之稱大家者宗焉。晚年學益博，旁通諸經、子、史，而尤深於《禮》，所著有《行禮或問》《杜詩注解》《逸老堂諸稿》。居常儼然，每旦必深衣幅巾以謁祖考，暇則與弟子講學方巖書院中，惓惓以孝悌爲本，有過必痛責乃已，至有終其身不敢見者。俸入所積，必均諸弟侄，雖日給僅僅，而克己爲義，至老不衰。此又贊善張公廷祥所謂「其氣宇嚴重，其識趨端正，其問學該博，其持身治家，一軌諸禮而不苟，非今人中之可多得者也」。由是而觀，先生之道無進退、無隱顯、無精粗大小，蓋所謂無所不用其極者。噫！予小子則何敢知三君子、天下士也！後之人有不疑於三君子之言者，則其於先生也，尚亦有徵哉！是用叙次其概，以志諸墓，以少塞無涯之悲。於乎痛哉！墓在所居之東山，與王城公聯實先生歸時所營，蓋二十年于兹矣。孝等將以今年二月朔日奉柩以窆於是，敬所、筠心復即先生易名之實而銘以繫之。銘曰：

仕而能退，君子之介。貴而能貧，君子之仁。仁以激貪，介以起懦。君子之風，可以百世。於乎貞肅！考德易名，是曰不愧。

【校勘記】

［一］用，底本作「南」，據《浄稿》正德本文卷十四改。

［二］温良，底本及《浄稿》正德本文卷十四均缺，據《桃溪謝氏宗譜・貞肅先生墓誌銘》補。

［三］立，底本及《浄稿》正德本文卷十四均缺，據《桃溪謝氏宗譜・貞肅先生墓誌銘》補。

〔四〕性全，底本及《净稿》正德本文卷十四均缺，據《桃溪謝氏宗譜・貞肅先生墓誌銘》補。

〔五〕可，《桃溪謝氏宗譜・貞肅先生墓誌銘》作「哥」。

〔六〕登，《净稿》正德本文卷十四脱。

〔七〕《净稿》正德本文卷十四「望海」前衍「海」字，據卷三十一詩《題緦山游咏圖》删。

秋崖余公墓碣銘

弘治壬戌四月十五日，秋崖余公卒。訃聞京師，予爲位南望而哭。時西涯先生方爲吾鄉重修《赤城詩集》，顧謂予曰：「公曩以例見在者不得預。今秋崖，庸非其人哉？」遂取其詩，擇之以入。故予哭公之詩，有曰：「赤城詩在公休恨，猶有餘編待卷終。」蓋實録也。未幾，予蒙恩東歸，公之子盤以公治命來告予曰：「苟人得方石謝先生銘，雖死猶不死也。」予愧無以答，曰：「此公激語也。」明年，予哭公墓草，盤復來請。於乎！予托交秋崖幾三十載，書問詩篇往來意勤勤不舍，晚復以盤故，重訂姻盟，吾尚忍而不爲公身後役哉？蓋公自予叔父太守先生已在交籍，與敬所、筠心諸公俱輩行相及。初從應復軒、趙□□二公進，二公皆器重之。既而憣然有林壑之志。性愛奇石，作《奇石賦》以見志。於是鑿池築壇，疊石爲山，日與騷人墨客游咏其間，超然有出塵之態。故其爲詩也，劌目鉥心，神施鬼設，往往以奇自見。詩之稱名能詩者，若繆守謙輩，亦皆岸然不獨之下。所著有《秋崖集》，詩與文皆行于世，嘗與予預修《赤城志》。余氏之先，黄巖秀溪人。宋末有號遯庵者，以故官子，遂徙羅川，至秋崖凡七世矣。祖諱畎，號耕趣，才氣奇傑，克振家聲。父諱翰，與物無忤，鄉稱長者。公居父喪，哀有過而禮不踰。母老，二弟俱幼，公撫之，一無所私。成化癸巳，朝廷有輸粟之例，公奉例出粟，而冠帶竟推其弟倫，公獨以布衣終其身。邑令、郡守咸雅重之，至推爲鄉飲賓。配鍾，有内行，繼陳。子男四，元龍、元鳳，皆先卒。次元鵬，次即元盤，常讀書，有父風。女二，長適西橋葛謙，次莞適趙溧。孫男七。公諱弘德，字存敬，別號秋崖，學者稱秋崖先生。卒以弘治壬戌，距其生正統丙辰，享年六十有七。公雖巨族，以行義稱，而嶄然韋布中，獨以詩鳴，詩固公之志也。乃遂爲之銘。銘曰：

詩道中否，日替以凌。孰奮而作，有勃則興。秋崖落落，玉蘭户庭。不抗以激，不靡而仍。李杜之壇，光焰日增。後千百載，其孰與承。

吉安司訓林君墓碣銘

□□天爵，字進修，別號惕若，姓林氏。其先有諱鏗者，爲淮南節度使，□王審知之亂，自閩之黄塘，徙于台之黄巖彭橋。後五世倫，爲大理司直。又自彭橋徙南浦，今所謂車路林氏是也。君世爲車路林氏，後爲太平庠生，則爲太平人。曾祖養銘，祖伯津，父可械，皆隱約不仕。君幼孤，鞠于母章氏。嘗游寧波之慈溪，數年而後反，乃曰：「道豈遠乎哉？」即閉門讀書，雖甚病，手不釋卷。嘗館盤馬江氏，江奇其清苦，遂以族女妻之。未幾，游邑庠，弟子受業者日繼于門。君循循善誘，列郡負笈而來者，歲恒數十人。至今稱師道之盛者，必以君爲首。其在庠也，二十有餘年。憲使考校，必以君爲首，而獨挫於場屋。至其門人，若六合尹趙彦達、南京監丞戴允大輩，又往往見售於科目，豈君之過哉？弘治乙卯，以貢入選爲今官，未滿，乞歸，當道弗許。至是以直道忤郡守，遂有免官之命。君即日行，諸生有泣辭者。歸三年，至是疾不起，享年七十有一。於乎痛哉！君性純樸嚴重，博學能文，於傳註未明而自有所得者，必雜抄之。故所著有《易經雜抄》四卷、《四書雜抄》十八卷、《綱目集覽補遺》五十九卷、《雕蟲集》二卷，大抵閔民憂世之志，悉於此發之。其處家也，喜怒不形，而子姓有過失者，至死不敢見。又嘗修譜諜，以維系族屬之疏遠者。官既退，閑猶執書以觀。或戲之曰：「今猶庸心於此邪？」君正色曰：「生一日，則有一日之工程。官之進退，曷預焉？」配江氏，早卒，繼章氏。女一，適邑庠生[一]陳孝民子。男二，側出，長繼，次緒。孫男四。於乎！若君者，豈易得哉！吾鄉學官，由科目監生起者，往往不下百數十輩，求其行履純篤而問學該博以師道自任者，實鮮其人。若君者，庶幾不愧斯職哉！乃爲之銘其墓上之碣，銘曰：

官無定，惟職之稱。職無涯，稱職乃佳。惟職之稱，乃責之塞。吁嗟吉安！著述歷歷，不愧斯職。茲其爲惕，若□邪！

【校勘記】

[一] 邑庠生，底本誤作「庠邑生」，據意改。明清州縣學稱「邑庠」，「邑庠生」即指秀才。

古趣葉君墓碣銘

予既銘繼幸葉君之墓之踰月，君從子鑑、釗、恩，復介應黟縣先生書，來請予銘其父古趣君墓上之石，如繼幸君例。予蹙然曰：「文豈可以例求哉？文之作，大概有三：有傳世者，有用世者，有應世者。經按史斷，言立道明，是曰傳世之文；論諫代言，文告符檄，是曰用世之文；碑板楣揭，贈處唱酬，是曰應世之文。予自惟闇劣，固弗敢望其傳世，然而動與時違，已知其無所用於世矣。顧乃雜然而作，泛然而應，以無所可不可於其間，不亦辱斯文哉？用是，謝而去之十恒六七，文豈可以例求哉？獨念子之先君子，予故同門友也，謝而去之，義所不可。而子顧復以例要我，其何説之辭？」乃爲按其譜狀而銘之。君姓葉氏，名雍，字希寧，與予同爲台之方巖里人。君在里之鏡川，今隸太平。君嘗爲縣學生，籍有名稱，已而累舉於有司，不得第。年四十，賫志以卒。配陳氏，繼室張氏。子男三，即鑑、釗、恩，恩亦爲縣學生。女二，皆適爲士人妻。墓在里白山之原，從先兆也。銘曰：

鏡川之葉閩始遷，歷代世久支綿延。有敷文閣如木天，閣中待制瀛洲仙。待制之孫易最玄，平陽學正仕厄元。奕葉不墜弓裘傳，隱約再世祭韋軒。韋軒有子皆象賢，力持門户家聲全。君其仲也秀發偏，讀書接武思騰騫。我貞肅公師席專，門外鼓篋肩踵連。予少且劣慚陶甄，嶄然頭角君斯先。碧桃紅杏紛争妍，蘭萎蕙謝理則愆。吁嗟世事無不然，墓前有石立深□，君看此後千百年。

桃溪類稿卷之三十七　墓誌銘

戴師文墓誌銘

始予與師文之父潛勉翁交，已聞師文自少輒穎異，日讀書幾數千百言，至義理肯綮會心處，雖其師亦反爲所難。甫弱冠，以《書經》領鄉薦。來京師，予見其公據不甚類科舉文字，心竊奇之。及試禮部，以所試文字來視予，予益奇之，謂科第可俯拾也。既揭曉，今閣老長沙李公爲考官，迎謂予曰：「公鄉戴豪今年幾何？是固久困場屋者耶？」予曰：「其父視予且少，今猶在太學諸生中。」公驚且笑曰：「有是哉？」遂袖出其五策以視予曰：「恨得之晚，奈何？」暨廷試，予以受卷官得盡閱天下諸名士，至師文所對俗尚、時務處皆酌古準今，確有定論，其鋒焰所逼，如負嵎之虎，而人莫之敢攖。予私謂李公曰：「公所稱〔一〕五策者，今當不在大魁後矣。」既而乃聞冢宰尹公，果欲寘之上第，而閣老萬公以爲冗長，難於奏讀，遂置二甲之三，然師文之名，亦自是隱然動京師矣。師文既登第，往往以通家故來謁予請益，予曰：「固知一第不足以溷子，而區區文字間，亦恐未足以盡子也，要當傑然爲吾台第一流人物，如所謂十大儒、五大臣者，其庶幾乎？」師文不以予言爲不然，每頷之而去。未幾，師文拜兵部武庫主事。予以憂去官，謝病不起者幾十年，而師文之聲實遂流播遠邇。間得其《敬齋銘》《當官三箴》《通陳公甫書》而讀之，則見其修己治人之大方，而求道之志亦於是乎在矣。及予以史事赴召，師文已自武庫遷職方郎中，乃盡得其所謂《贅言録》者而觀之，則益奇其問學之篤，曾不以吏事自沮。蓋武庫主隸役、出納，職方主邊務、區處，實天下勢利所在，居之者恒縻溺於此，而莫知其他。師文獨盡收天下書而讀之。公退雖甚疲，亦手不釋卷，家人以日用告不足，輒麾去曰：「其稱貸之，無亂吾志。」至於衆務糾紛，不動聲色，而判決如流，人皆服其精敏，雖老成練達之士，亦或自以爲不及。是其賢蓋又不特貴而能貧，仕優而學之爲難也。予既以南京祭酒致仕，師文尋遷[二]廣東右參政，取道歸省，留宿予緦山[三]，觀其論議，益英偉不凡，而憂世之心恒在眉目，因叩予出處事，予謂之曰：「遠大之業，子其勉之。吾老矣，無能爲也。」師文唯唯而笑，遂酌之酒而與之别。未幾，遽以訃聞。於乎！天下大夫士之望師文者何如？師文之所以自望其身者何如？而竟止於是！惜哉！予既爲位哭，柩至，復往哭之，潛勉泣謂予曰：「豪赴官之夕，有大星隕于水，而予之故居四望，草木亦皆有悴色，豈其凶兆[四]先見而竟止是哉？」乃相與再哭之慟。潛勉復謂予曰：「豪葬且有日，幸賜之銘，豪可以不死矣。」於乎！吾尚忍銘吾師文哉？師文系出吾台之黄巖南塘戴氏，是爲石屏先生之後，再遷温嶺，今隸太平，凡六世矣。戴氏自宋歷元，世以詩書宦業爲邑著姓，至國初，以故官謫鳳陽，而族始微，師文蓋戴氏之中興者。其祖慎齋府君，諱圭，隱處不仕。父潛勉翁，諱通，亦以《書經》舉于鄉，待試禮部，將入仕矣。母陳。妻鍾氏。子男二：曰曾、曰魯。女五。以弘治七年六月卒于官，距其生天順戊寅，得年三十有七而已。所著有《贅言録》，凡若干卷。其學實師於父，而自得爲多，蓋其質本天成，非偶然也。於乎！而竟止於是！惜哉！予嘗竊怪，靈識異禀如賈誼、李賀、邢居實者，一皆短命以死，而奸憸頑靦若張禹、馮道、秦檜之徒，又皆以卿相壽考終其身，未嘗不有疑於天道之不公。然而天下後世之所羨慕而痛悼者，恒在於此；其所唾斥而賤惡者，恒在於彼。人心之公即天道也，然則予之於師文也，亦何惜其不爲彼而爲此哉？雖然，人之所難得乎天者美質，而克自問學以成之，又天之所難得乎人者也。夫人既知其所以難而欲有以成之，天乃不少假之年，俾得大底于成，以見其所止，又安得不爲之永嘆而深惜之也哉？乃爲之銘曰：

於乎師文！孰使[五]之而亟已之？孰予之而亟毁之？于嗟天乎！不朽者存，亦孰得而死之？

【校勘記】

[一] 公所稱，底本作「所公稱」，據《浄稿》正德本文卷十五改。

[二] 遷，《浄稿》正德本文卷十五作「升」。

[三] 《浄稿》正德本文卷十五「山」下有「上」字。

[四] 兆，底本作「垂」，據《浄稿》正德本文卷十五改。

[五] 使，《浄稿》正德本文卷十五作「始」。

筠心郭先生墓碣銘

弘治八年春正月二十三日，筠心先生來過予，予延之坐，酌酒論詩，言笑衎衎如平時，日且暮，予留之不可得。厥明忽報先生亡矣。予驚且愕，亟往哭之，遂以禮服殮先生而歸。蓋先生於是年已七十有二矣。未幾，先生之子夔來乞銘。於乎！予尚忍銘先生哉！初，予叔父太守先生休致而歸也，先生與敬所陳公實相與爲文字友，令節佳辰，登臨歌嘯，蓋無往而不與俱，予辱從杖屨者，幾二十年于兹矣。一旦吾叔父溘先朝露，而先生繼之，前輩典刑零落殆盡，不惟後生小子無所與歸，而溪風山月亦無主領者矣，如之何而不悲且痛，而尚忍爲先生銘哉！雖然，在先生則有不可不銘者，此固後死之責，亦復奚辭？謹按郭氏譜，先生系出仙居宋端平六君子正肅公之後，諱琤，字端朝，别號筠心。至元有爲參政者，始自仙居，再遷吾黃巖之温嶺，今五世矣。曾祖諱樌，洪武初爲饒陽尹，文章行業爲世推重，學者稱饒陽先生，今與王方巖、戴泉溪諸公并祠于鄉。祖諱熙，號退軒。父諱韭，號溪南，俱隱處不仕，而實克以《詩》《書》世其家。先生少孤，蕩無遺產，上念先世之緒，攻苦力學，屹然自立，再遷吾鄉之新建，一室蕭然，疏筠瘦石，左圖右書，入其室，聽其談，殆不知人世間别有所謂塵俗氣也。年甫弱冠，輒爲弟子師。及其學成譽尊，巨室大家争相邀請，殆無虚歲，而邑大夫之賢若袁公者，亦每造其廬而禮焉。至請以爲鄉飲賓，則輒謝不往。於是先生之年益高而望益重，巍然布衣中，爲鄉前輩，人仰而望之，有弗能及者矣。先生性孝友，重信義，未立家時即以束脩所入，葬其兄姊姑表，凡幾喪。稍克自立，家雖甚貧，而交游宗戚之病患難者，恒以爲歸，先生湯藥而殯殮之無難色。先生初治《書經》，爲舉子業。既乃棄去，益博涉群書。爲古文詞而尤工於詩，所著有《筠心存稿》若干卷，又輯先世[二]所爲詩文與諸名公之所贈遺者，爲《郭氏遺芳集》，爲《文獻録》，又凡若干卷。所謂《遺芳詩選》者，則已梓行于世矣。配王氏。子男三：長葩，先卒；次即夔；次薰，亦早卒。女二，鍾匡、陳元恒其婿也。孫男三：長鑒，次甚[二]，次莖[三]。夔等卜以今年冬十二月某日，葬先生于桃溪之[四]緦山，墓地實太守先生所遺，而先生預營以俟者也。於乎！先生於是亦可以無憾矣！先生困處衡門，而過其廬者必式；終老布衣，而聞其名者必慕。彼貴極卿相、富連阡陌而没世無稱、公論不齒者，其視先生已不啻倍蓰，又況區區雄伯一鄉、奔走一命者，亦何足與論於此哉！因爲銘其墓上之碣，以闡于幽，以告于世之人。銘曰：

不貴而尊，不富而裕。順受以生，得正而斃。饒陽之孫，正肅之裔。於乎先生！我銘不愧。

【校勘記】

[一]先世，底本作「先生」，據《净稿》正德本文卷十五改。

[二]甚，底本及《净稿》正德本文卷十五均無，據浙江圖書館藏《文集》抄本補。

[三]莖，底本及《净稿》正德本文卷十五均無，據浙江圖書館藏《文集》抄本補。

[四]之，《净稿》正德本文卷十五無。

贈資政大夫太子少保禮部尚書兼文淵閣大學士李公遷葬墓誌銘

贈資政大夫太子少保禮部尚書兼文淵閣大學士李公既葬都城小西門之外十有七年矣。厥子今太子太保、户部尚書兼謹身殿大學士賓之，嘗恨其母劉夫人祔葬畏吾村世墓者，限於地，葬弗克合，欲啟以從公墓，而勢有不可，往來于心者，不知其幾。蓋嘗彷徨乎房山之麓，樹村之墅矣。弘治癸亥春，始獲售夫人墓旁之地而廓大之。乃仰而嘆曰：「吾先人屬纊之心，庶幾少慰矣乎！」遂卜五月□日，將遷公柩以合葬焉。公李姓，諱淳，字行素，别號憩菴，累封翰林院侍講學士，加贈至今官。夫人亦累贈，以至今號。考諱久興，有刲股之孝，贈官如公秩。妣陳氏，亦贈夫人。祖諱文祥，世爲湖廣茶陵人，裔出西平之後。國初以戎籍隸京師，至公蓋三世矣。在勝國時，有以進士及第，翰林應奉文字，爲江浙儒學副提舉，稱雲陽先生者，實公之族祖也。公少聰穎，習舉子業，弱冠爲里塾師，尤旁通堪輿家。既乃棄去，專攻字學，嘗以永字八法，變三十二勢，更定爲八十四格，具有論述。景泰初，以獻于朝。覆試禮部，胡忠安公亟加稱賞，尋薦之，不報。公孝友天至，父病臥積二十餘歲，湯藥瀡滫，必身親之，久益不懈。家雖貧，日必具酒殽，以爲母壽。母忽中瘋，痰壅不能語，公憂惶無措，乃折葦以筒，以口吸之，連三日夜不止。與其弟百户澤同居，委以家政，白首無間言。張氏姊寡，鞠其子女，婚嫁服食之，終其身。公性篤厚慈祥，與物無忤，嘗飭其家，不事屠宰。雖在布衣，所交皆一時名勝，而周窮恤匱，必隨力所至，不少吝。然猶嚴於教子，太保公雖官至通顯，居嘗戒勉之，至垂没猶然。成化丙午十二月三十日，以疾卒于正寢，距其生永樂丁酉，享年七十。配劉夫人，東安望族。生有淑德，恪共婦道，孝事舅姑。舅不茹葷，有肉食必以餉客，或至再至三而不敢私。尤勤女工，尊幼所需悉出手製，或夜分不輟，竟以勞瘁致疾而卒。卒之日，爲景泰丙子，年方三十有三而已。遠近宗戚嘗被恩遇者，罔不傷悼至於出涕。公感其賢，尤以不得同享禄養爲恨。故太保公每語及遷祔事，輒泣下。子男三：長即太保公，名東陽，賓之，字也，文學行業，名重一世，而輔導啟沃，天下蓋有陰被其功而不及盡知者；

次東山，次東川，皆早卒。繼麻氏，累封太夫人。子男一，東溟，亦早卒。孫男四：長兆先，以蔭補國子生；次兆延，次兆同，次兆蕃，今亦以蔭補[一]國子生。女四：一適闕里孔聞韶，一適鄉進士崔傑。兆同生即岐嶷，若默有所悟，甫十歲而殤。兆先詞章器識，不愧家學，不幸而未見其止，至是亦以祔焉。蓋公無恙時，常苦畏吾地偪勢家，力莫能致，故以治命爲小西門之葬，乃今得遂所願，以并祔祖考之墓。昭穆可叙，儀物可備，以上昭寵，光於無極，豈非公之素心惓惓不死者，而鬼神亦或有以相之與？初，公之葬也，鐸以憂，謝病家居□□□□□□□□□□□□葬之辰，以少□通家未盡之恨，執筆以志，固子弟職也。又曷敢以不能辭哉？若乃闡幽微，信久遠，則有累朝之誥敕與瀧岡之表在。鐸不佞，亦奚容以贅？謹述遷葬始末而爲之銘，銘曰：

維周蓋祔，在禮則然。有不獲已，其敢弗遷？五父之慎，行道所憐。于防斯合，相豈在天？猗畏吾村，是曰九五原，後千百世，過者式焉！

【校勘記】

[一] 蔭補，底本誤倒，據文意乙正。

吏部黃郎中墓誌銘

於呼！吾汝修而止是邪？吾嘗見吾汝修，自少屹然如老成人，至其既壯則偉然，其爲福壽人也，而汝修寧止是哉？自吾托交司空公，而接見松塢公之厚重狷介，傳聞職方公之廉退孝讓，而司空公之用猶未之竟者，謂汝修足以承之，而天有不可曉者，何哉？方吾汝修領成化丁酉鄉試以出，司空公時方秉選，故事，舉人有路費而邑人皆力致之。汝修不色喜，曰：「惡用是爲哉？」辛丑拜王華榜進士，擢職方主事，奏改爲武選，武選有録。黄與内官共事，屹屹不肯下，遂上疏稱病南歸，見司空。司空喜曰：「是真吾子也。」居數歲，友人有强之去者，改營繕主事，當抽分荆州。以抽分地濁，欲辭之，不可，乃之南京。留數月，而司空公以病卒，人皆謂司空厚福所致也。服闋，改車駕主事。大冢宰□公以汝修有父風，奏改文選。未幾，升員外，歷郎中，守法不爲恩怨，近名事。嘗薦士如陳僉事壯、林教授先輩，雖不克用，而亦未嘗不盡其心。常自言：「先公在文選，嘗以人才爲己任。吾今雖不肖，其敢負先志哉？」時未考滿，例得受正五品，封其誥文有曰：「性資敦厚，器識恢宏。操修罔懈，簡別惟精。念爾父嘗居是官，以此知廟堂之眷顧有在也。」適丁蔡淑人憂去，終制，謂家人曰：「吾本無宦情，可爲吾置吾老園以自逸，我不復願爲官矣！」既出，爲稽勳郎中。不數月而爲文選，以勞致瘁，而歸心益動。論事與冢宰馬公不合，故有缺當升，乃以南鴻臚寺卿薦，不果。賀秉中者，無賴小人。與京城假名帖，謂之撞太歲。事覺，汝修慨然曰：「吾歸志自此决矣！」予時方累疏乞致仕，未允，至此得以病請，遂與并舟而歸，人以爲若有所受之也。既歸，杜門謝客，雖衽席間，未嘗聞戲笑聲。未卒前一日，猶著衣冠，儼然坐一椅。家人苦勸，扶就枕而逝。汝修姓黄氏，名偁，號艾齋，又號方麓道人。厥配鮑宜人，善理家政，汝修若罔聞知。子男五：曰紹，曰繹，曰縉，曰約，曰紒，皆各擅所能，而有遠到之勢。紹，辯印生；繹，邑庠生；縉，勵志□細，直趨聖賢之學，而自以爲不足，以司空蔭補國子生。孫男五人。縉泣請予銘，予忍不爲汝修銘乎？念予與司空世交也，而三見其死。始哭松塢於垂老之年，再哭司空公於既暮之年，亦既已矣。今又不幸而哭汝修於强壯之年，而予亦既衰老甚矣！豈不重可傷哉？乃述其概而哭以銘之。銘曰：

司空之功，用之未竟。世澤之深，誰闕其盛？汪濊停蓄，湜湜其沚。不在其身，在其孫子。子子孫孫，可以百世。君子之澤，引之勿替。

寧國通判陳公[一]墓誌銘

正德丙寅冬十一月二十九日，寧國通判陳公卒于家，於是公退休二十有一年矣！予爲位哭，亟馳書以吊。嗟乎！天何奪吾同年之亟邪！初，予天順己卯同年以升于鄉者，若戴鹽城孚、胡吉安鉉、潘提學禎、應舉人珉，皆先後即世，惟予與寧國亟退以俟。今寧國又先予以没，豈不重可痛哉！寧國諱紀，字德廉，別號樗散，台之臨海人。其先徙自閩，始祖壽甫，祖原昔，父叔英，皆有隱德。德廉由舉人擢寧國通判，清介絶俗，律身嚴而守法公，皂隸例得多取，公却之，一毫無所利。滿考，例得叙進，公視之漠然無所慕。初，丁外艱，妻已早世。一妾待巾櫛，年方少，即黜之。夜則煢然苫塊間，既祥且禫，猶蔬食水飲。邑佐張信子，一日持卮酒，跪以進。見公雙泪雨下，遂輟不敢。既而丁内艱，有甘露降于庭，凝綴栢木之上，觀者異之。仙居王僉事純，以爲孝感所致。公所從游，有白學士鉞、張憲副鎮侯舉人序，皆傑然科第間。而白尤發解京闈，進士及第，以文章著名者也。公在寧國，以名節自持，惓惓激勵于下，如汪澤民、王原彩之忠義，皆表章之，不下三原。王公稱其事，非俗吏所可及，且曰：「均亦節義，名流中人也。」歸途道經安吉，賊有圍之者，公語之曰：「吾寧國陳通判也。」賊知廉吏不可犯，遂麾其徒以去。既歸，杜門却掃，埋頭點勘，矻矻不少置。所著有《通鑑綱目測義》五十九卷、《朱子感興詩衍義》一卷、《武夷九曲棹歌註》一卷、《考訂顏子始末》一卷、《樗散拙稿》數十卷，旁及天文、地理，靡不通究。嗚呼！博哉！陳子之學，今殆未之見。子男一，淑，爲府學生。孫男三：渠、梁、棨。今年秋九月某日，淑得奉公之柩以葬，而以繼母林氏祔焉。先期乞銘於予，予與公友也，知公之深者莫如予，予安敢以不能辭？乃摭其大者以銘，銘曰：

閉門著述，其書滿家。搜奇抉秘，吾道之華。上有千古，下有來今。屹屹不已，先生此心。嗟哉遺草！其存者幾。九原可作，先生不死！

【校勘記】

［一］公，底本原作「君」，目録作「公」，前後文亦作「公」，據改。

屏山金公墓誌銘

屏山金公既卒三月，其子魁將葬公腰嶼之原，以其友應教諭茂修狀來請銘。於乎！予尚忍銘公也哉？初，予在京師，嘗從公之甥，今通政黄君世顯得公之爲人，曰：「公厚重長者。」既又見公之弟，故漳浦令弘淵與其季浦雲先生思淵，恒亟推公曰：「吾兄，我何可及？」暨予歸省，又嘗衆中一邂逅公，則公已膺旌義之命，峨冠偉貌，儼然老成人也。既乃辱公以先封君世契，許室予子興義孫女。未幾，先封君棄諸孤。予解官歸，公果不忘舊好，卒排衆議而歸之。予往拜焉，公見諸孫，歌古詩篇。酒酣，夜半劇談今古，歷歷如前日事，而氣不少衰，予意公之福壽未艾也。今年秋八月，忽報亡，予亟往哭，而公已殮，不及見矣！於乎！予尚忍銘公也哉！公諱洼，字聚淵，屏山，其別號也。其先本河中劉氏唐節度使沔之後。五代時，子孫有徙台黄巖者，避吴越嫌名，金改姓，世爲望族。至公，始分隸太平矣。曾祖用嘉，元海道巡防千户，嘗置學田；祖敬益，立義役；父如璧，以經升國子生。公承家學，早登拙訥葉先生之門。讀書能詩，識大義，既棄去舉子業，則益求所以處家睦族之道。接人無少長疏戚，皆有恩意，而貧無依者尤惓惓然。配蔡安人，玄丌公之女，玄丌公貲雄一鄉，以義聚族，自視浦江鄭氏，將擇婿遍旁邑，無當意者，卒以歸公。安人終其身執婦道，未嘗以富驕。於是益足以見公之賢，而玄丌公知人之明不誣矣！子二：長即魁，縣學生；次析。孫男十：焰，縣學增廣生。曾孫男一。公生永樂戊子，歷成化丙午，享年七十有九。嘗輸粟助邊，官七品，階承事郎，今二十有一年矣。曰屏山公者，公之志，亦邦人之所以相與稱公也。銘曰：

隱乎屏山，腰銀背錦，鵷鷺之斑。仕乎屏山，野處家食，雲水之間。隱以名競，南山捷徑。仕以利奔，東郭乞墦。吁嗟屏山！隱不以名，仕不以利。我銘有懲，兹山不厲，後千百年，尚考見乎？錫福歸極之民，以相像太平全盛之世。

桃溪類稿卷之三十八　墓誌銘

應天府六合縣儒學訓導金公墓碣銘

公分教六合未三年，輒以養母之情諗諸當道，當道者憐之，久乃得歸。歸未一年，吏部以例不合，逼起之。不得已，乃復之六合。既得白，例又當赴京改選，則喟然曰：「古人一日養，不以三公换，吾母年已八十餘矣，吾寧重得罪，吾忍復離吾母哉？」遂自六合徑歸。歸又一年而卒，實弘治丁巳正月四日也，距其生正統己未，得年五十有九而已。於乎！詎其謂公而遽止是哉？公姓金氏，諱核，字鳳魁，以字行。其先本劉氏，避吴越王嫌名改金姓，世居黄巖之雲浦，今分隷太平，則爲太平人。高祖用嘉，元海道巡防千户，嘗置學田。曾祖敬益，又嘗置義役田。祖如璧，倜倘負氣，以太學生將授官而卒。父聚淵，以旌義膺七品官，階承仕郎，鄉稱長者。母蔡氏，黄巖義民蔡公玄丌之女，婦道母儀，具有家法，今壽已躋九十矣，聰明如故，績絍不衰，而公顧溘先朝露，以遺此終天之恨，不亦重可痛哉！配澤庫鍾氏，有賢行。子男七：焰、爀、瑩、憲、愐、選、忻。焰、憲，縣學生。女三：次適樂清章參政子九仁，次適芜田季昭，其長則予子興義婦也。方興義没時，無他昆弟，實賴公諸子扶護，以俟予歸，而遺腹孫必阼，今亦幾十歲矣。於乎！予犬馬齒視公稍長，方卒藉公以爲孀婦孤孫之托，而公乃先棄予，則予之痛其與公不及終養之恨何如哉？公質性温厚，雖生長富室而無所矜驕，凡處宗戚交游間，務盡恩義，而又克自勉强問學，不屑與鄉人伍，卒能列職師儒，以司一方之教，雖歷官不久而聲名亦漸顯矣。獨其終養之志不售，而賫恨以没，是固君子之所深悲而永嘆者，不得不著之以爲世勸，因此[一]以銘公墓上之碣，而其細者或可略焉。銘曰：

匪莪[二]伊蒿，胡禍之遭。風欲静木，孰罹之毒？九原茫茫，此恨曷償？維是錫類，以徵不匱。

【校勘記】

[一] 此，《浄稿》正德本文卷十六作「取」。

[二] 匪莪，《浄稿》正德本文卷十六作「莪匪」。

進士王六公墓誌銘

正統壬戌，進士王公没，迄今弘治丁巳，蓋五十有六年矣。公之子淞奉故春官主事章先生仲寅狀公之行來速銘，將穿公之墓而追納焉。予生晚不及識公，尚及友公之子與孫，竊名世德之末，固所願欲，特文詞譾劣，懼無以闡幽微，信久遠，而義又有不可得而辭者。按狀，公諱欽，字彦恭，姓王氏，裔出宋魏國文正公之後，世爲台之黄巖人。曾祖禹，元栅墟巡檢。祖原禮，父玩，俱隱約不仕。母郭氏。公自幼岐嶷有鉅志，八九歲時輒能詩，作驚人語。嘗游鄉先生拙訥葉公之門，既又從會元趙公、檢討陳公游，三公皆極稱許之，一時同門之士，恒莫之先焉。正統乙卯，以《詩經》領浙江鄉薦，自以學未至，家居益精所業。己未，赴春官，得乙榜，辭不就。入太學，時姚文敏公在諸生中，公相與切磋爲文詞，今世傳所謂姚夔義者，公實與焉。壬戌，果從文敏以起，得甲榜，未及殿試，遽得疾以卒，距其生永樂辛卯，得年三十有二而已。一時台之仕于朝者，若職方主事黄公彦俊輩，皆相與賻贈，治其喪而歸之。公孝友忠信，慷慨尚氣節，故賢者皆樂與之友，而卒賴其力。其學雖專舉子業而旁通古文辭，尤精於詩，工於書，故其没也，人猶痛惜之。配安人章氏，貞白自守，今尚無恙，有司以其事聞，將旌表之。子即淞，能讀父書，而連不得志於有司。至淞之子敔始由進士爲御史，聲稱赫然，而敔之弟根又方治經邑校，駸駸有日進之勢，天之所以詘公而信之於後者，蓋未艾也。噫！世之論天者，皆不待其定而求之，故惑於顔跖壽夭之説，而不知善惡之報至于子孫而其定也久矣。因爲銘公之墓，以慰公於不死。銘曰：

有蒙者泉，出以坎止。滙而爲澤，沛不可禦。氣騰而雨，厥施乃普。公積弗施，在公孫子。有欲考之，其視諸此。

安福司訓章先生墓碣銘

先生諱唐，字仲熙，姓章氏。其先五季時閩太傅仔鈞之子仁嗷，奉使吴越，遂止于台黄巖之臨湖里。六傳至宋秘閣校理敦禮，又五傳而至元國子學録天瑞，則先生之高祖也。曾祖德俊，不仕。祖日孜，洪武中試禮部主事。父子良，贈兵部主事。母鄭，繼戴，皆贈安人。先生幼聰穎，聽諸兄讀書，輒能默識。及長，從伯兄春官先生學，與章恭毅公共處一室，冬不爐，夜則燃枯竹松明以繼，辛苦至有人所不能堪者。正統甲子，領鄉薦。明年，得乙榜，爲東流訓導。東流士皆素陋且惰，先生勤敏而嚴督之，遂以績最，升長汀教諭。汀初脱兵燹，學舍蕩爲墟礫，生徒僅十數人，先生乃白郡守，勸武職官漸次修復，又訪求民之俊秀者，招之入學，其最優者請即廩之，而贄幣一無所受。終日坐堂上，其教一如在東流。時士方競勸，而先生以秩滿不及俟其成，然汀之士風亦自是彬彬矣。成化庚寅，赴銓曹，以例左遷安福訓導，到官不二載而卒，實成化癸巳十二月八日，距其生永樂甲午，得年六十。明年冬，葬於黄奥之原，從先兆也。配陳氏。子男四：長文紹，先卒；次文韜，鄉進士；次文藴，亦卒；次文禄，邑庠生。女一，適汪教授之子齡。孫男六、女四。先生性孝友醇篤，恒痛禄不逮養，遇時序薦獻，輒悲不自勝，待宗族婚親，尤有恩意。在官雖未嘗干人，而於事之不平者，則極力以拯之。三爲考官，所得多名士，若狀元羅倫、王一夔輩，實出榜下。平生刻苦問學，雖務博涉而尤精性理之説，恒曰：「讀書不務明理，如矮人看戲，欲見其真，胡可得邪？大抵聖賢之言，理無不同，而言或有異，讀者必考其同之實，庶融會于心，而用之不差。」所著有《勉齋稿》，藏于家。於乎！先生之學雖不克大行于時，然而上承載錫之光，下貽燕翼之慶，先生於是乎爲不死矣！予叔父貞肅公嘗從春官先生游，於先生爲同門，而先生之孫順復娶予猶子，因得以斯文世契，往來先生之門。墓上之碣言雖不文，義固有不可得而辭者。乃爲之銘曰：

篪則有唱，鶴則有和。孰假以鳴，厥聲載路。於乎先生！是維不朽，其又何慕？

南京國子監丞陳公墓誌銘

南京國子監丞臨海陳公正初既卒之踰年，其子吴縣學訓導寅以狀來請銘。嗟乎！予辱公爲忘年之交舊矣，後死之責，義不得辭，亦安能而不爲公銘哉？初，予景泰中嘗從先叔父太守先生，獲拜公先君子逸庵先生于里第，既又納交公之仲弟鄉進士焕，逮成化初，公以新淦[一]訓導，考績來會，則已歡然故交矣。自是宦途宴游、贈處問遺，交愈深而誼愈篤，不啻三十年于兹矣。予又安敢以不能孫而不爲公身後役哉？按狀，公諱旅，姓陳氏，别號敬齋，正初，其字也。其先永嘉人，宋治平中有諱謹中者，爲台州通判，因即臨海而家焉。曾祖志静，隱處不仕。祖興祚，福清教諭。父逸庵先生，諱璲，以《詩經》發解南省，倶爲首魁[二]，歷翰林檢討，預修《五經四書性理大全》，提學江西、廣西諸處。未幾，引年以僉事力乞致仕。清節粹學，師表一方。及門之士，動千百計，若林亞卿一鶚、陳方伯士賢其最顯者。公承家學，以明經發身，其在新淦也，廉以律己，公以率人。貂璫之子，世所畏者，必力遏其進以示懲；忠節之臣，人所諱者，必首題其名以示勸。至于學宫之修治，縣政之裨益，蓋又所不論也。滿考書最，擢翰林孔目，未上，以憂歸。服闋，改國子學録，操履一如在新淦時，雖無所事事而賢聲隱然出六館右，乃遷監丞。監丞職雖卑而拳則重，監之綱紀，自祭酒而下得參預焉。公乃首黜公廨之遺財，力清曠所之宿弊，律己率人，益嚴而厲，甚至堂老改容，貴戚謝過，而監規爲之肅然。未幾，又以憂歸。起復，改南京，六館之士望而畏之，曰：「陳監丞來矣！」及署堂事，遂奏請修理廟學，則盡出羡餘以資公費，而一無所私，輸粟監生與外夷遺子入學者，例皆厚贄，亦一無所取。顧於寮友生徒之孤貧患難者，則周給之而無所吝焉。九載秩滿，即乞休致，諸生請于朝，願再借公。公不待報，已翩然東歸矣。越三年，予適涖監事，諸生、故吏猶稱道公不絶口，曰：「安得[三]有如陳監丞者哉！」蓋繼之者已非其人，故其思公也益至。噫！若公者可謂不負於丞而有去思之實者矣。公歸逾十年乃卒，是謂弘治戊午九月之十日，享年八十有一。配何、繼徐，皆有内行。子男五：長憲，義官；次寧；次寅，即請銘者；次寂；次宥，亦義官。女一，適阮讜。孫男十四、女四。曾孫男九、女一。憲等卜以今年己未□月□日葬公梅浦山之原，從先兆也。公性峭厲强直，才氣英發，議論慷慨，視世之人若無當其意者，至與人言其所履歷，則亹亹不倦。第世際隆平，仕限資格，卒無以盡見其所長。然縣教監紀雖曰少試，而於家學亦無忝矣。彼其尊官重禄適足以辱吾鄉邦者，於公何如哉？因撮其大者以銘公墓，不識公泉下之意亦以爲然否？銘曰：

平世功名，才難克仕。名門閥閲，嗣難克子。孰難而易，克[四]奮以起。既司縣教，亦參監紀。官豈在尊？賢聲卓爾。錫台之光，逸庵是似。彼高位者，亦溘以死。死勿見公，厥顙有泚。

【校勘記】

[一] 淦，底本作「淦」，據《净稿》正德本文卷十六改。

[二] 魁，《净稿》正德本文卷十六作「冠」。

[三] 《净稿》正德本文卷十六「得」下有「復」字。

[四] 底本「克」上衍一「不」字，據《净稿》正德本文卷十六删。

封太[一]淑人徐氏墓誌銘

翰林學士文懿先生吕公既没四十年，厥配太淑人徐氏卒。於是公之子㦤爲南京太常寺卿，太淑人重以子貴，薦膺錫典有日矣。聖天子復追念公先朝舊臣，遣官諭祭，命有司給三品葬具，將以某年月日啟公之墓于長水鄉之原而合葬焉。初太淑人之在室也，公僦居奉母，或至屢空。時徐方當盛，厥父昂力排衆議以歸之，而太淑人處之無難色。暨公以進士及第，入翰林爲編修，尋以學士入内閣，參預機務，錫予駢蕃。太淑人每不自勝，雖一味之珍，必以手加額，叩天以謝，謝畢，輒奉獻其姑顧夫人，乃敢嘗。公在内閣凡六年，公退，删校宋元二史，每至夜分，太淑人輒從旁煮茗奉侯以爲常。顧夫人年高喪明，太淑人奉養備至，出入必躬操几杖以從，人不見其有富貴相。天順壬午，顧夫人卒於邸舍，公扶柩還嘉興，哀毁成疾，亦卒。太淑人煢煢喪禍間，處分衆務，率皆井井不紊。明年，㦤以内閣恩爲國子生。未幾，憲廟即位，又以春官舊學恩，拜中書舍人。太淑人嘗誨之曰：「若知而父之所以有今日乎？方其微時，繼晷或不足，則乘月以誦。暑夜或畏蚊，則披氈以禦。及爲近臣，未嘗言人短長，如景泰中柯潛孫賢之對，上亦笑以爲長者。至於位不滿德而不壽以死，天下至今未嘗不痛惜之。爾小子其無忘乃父之志哉！」㦤用是益自奮勵，克取科第，於常格外，延歷禮曹太僕、通政，以至太常。文采聲望，蔚然爲時名卿，大抵皆太淑人教詔之力也。夫以文懿公遭值聖明，居論思密勿之地，所以啟沃輔道，使天下陰受其賜者，固人人之所共仰，而太淑人之所以助成其德，俾公生無内顧之憂，没無身後之慮者，則天下之人未必盡知之也。予天順中，嘗以諸生拜公於太常，且有一日之長，太淑人之懿德，蓋聞之熟矣。獨念文詞蕪淺，不足以信太淑人於來世，而太常以墓銘請，察其色，殆欲必得之者，予又焉敢以不能辭哉！乃按狀而爲之銘。太淑人生於永樂癸卯，以弘治庚申冬十二月十有七日卒，享年七十有八。子男一，即憼。女一，以病卒于室。銘曰：

士行所學，上結主知。亦行于家，厥媲相之。其相維何，厥有令儀。天作之配，爲萬化基。緊維淑人，君子是宜。胡不偕老，罹此孤嫠。天道不遠，錫之壽眉。清卿在養，黄閣有兒。生榮死哀，亦何憾爲？後千百世，訂此銘詞。

【校勘記】

［一］太，目録作「大」。「大」通「太」。

封太安人鄒氏墓誌銘

吏部考功正郎楊君旦，一日來過予太學之東廂起居外，輒出所爲其鄉彭僉憲母鄒太安人狀請予銘，予以不能辭，且辭官冗、衰病不暇及，楊君曰：「僉憲數千里奔喪，所以不憚迂枉以至於此者，凡以其母故，亦實惟先生爲足以顯其母也。」言之至再、至三，懇且切。予念楊君既素知，而僉憲君之意又勤懇乃爾，其何辭以謝？不已，遂按狀而序之。狀稱安人姓鄒氏，鄒故建之甌寧大族。既笄，歸僉憲之父教授公爲繼室，撫諸子以恩，御臧獲以禮。教授公既没，安人内總家政，儀範益嚴，遠近取則。及僉憲登第，拜户部主事，贈教授公如其官，安人封太安人。晚年家居，頤養有道，而精力不衰，課諸孫耕讀如少壯時。一日疾作，召諸孫語之曰：「吾年至此，無復他憾。但喪葬一循《文公家禮》，不作佛事，吾目瞑矣。」言已遂卒，弘治庚申十月三日也，距其生永樂庚子，享年八十有一。蓋其卒，後教授公若干年。僉憲君克自樹立，聲稱赫然，以至于有今日，大抵皆安人力也。教授公學行淳篤，教澤所被者廣，安人蓋於是有内相之道焉。子男五：曰俊、曰傑，雖非己出而撫之無間；曰程，即僉憲君；曰穆，縣學生，先安人卒；曰稷，皆安人出。女二：長適貢士唐伯，次府學生鄒英。孫男十有三，女一。曾孫男若干。於乎！若安人者，豈易得哉？昔者先王之治，必本之家。故其教之所及，不特大夫士也，蓋亦有婦教焉。後世以古爲迂，爲政者吏治而已。女子之善，既非世教所急，故其事亦罕發聞於世，而先王之意微矣。然則安人之事，其可使之無傳也哉？因楊君之請，重有感焉，乃爲本其大者以銘諸墓。銘曰：

維昔先王，教行風靡。士有禮樂，女有圖史。相彼《關雎》，以及《麟趾》。刑家之政，曰自茲始。猗歟安人，實維女士。既翊于夫，亦顯其子。正寢而終，壽八十祀。我作銘詩，百世以俟。

中書舍人孝莊王先生墓表

於乎！此贈中書舍人金華孝莊王先生之墓也。先生爲翰林待制忠文公之孫，忠文之祖南稜先生，實得晦翁再傳之學於葉通齋由庚，以授黄文獻公溍，至忠文又得文獻之學而益顯。忠文之子博士君紳，又嘗登宋濂溪之門，與正學方先生爲同志友，先生因得以門弟子受知正學，至許以女。暨其難之及也，蓋嘗周旋其間，誓欲返葬而不可得，卒坐逮繫，文皇帝念忠文死國之功，特從宥免，且方嚮用之，而先生力以疾辭。還金華讀書，結屋青巖之下，將終身焉。先生性至孝。初，博士君痛忠文之没，每食必斥兼味，先生一遵其志，子孫相承，閲數十年不少變。事母丁，如事其父，丁每遘疾，輒彷徨不能去左右，没之日哀毁甚，殯葬必以禮，終三年酒食未嘗入于口。撫其弟稚而教之，卒用爲石泉尹，有聲。先生年既至，學益成，行益高，而士之從游者日益衆，郡邑交重之，恒禮爲鄉飲賓，至以分獻于先聖廟。先生疏髯偉貌，出必儼然古冠服，人争快睹之曰：「此王先生也。」所著有《青巖稿》若干卷，藏于家。所編校有《聖朝文纂》《金華賢達傳》《續西山文章正宗》，皆行于時。先生諱稌，字叔豐，世居金華之義烏。其先出五代節度彦超之後，爲太原王氏。實生于洪武癸亥九月二十日，至正統辛酉五月二十五日而卒，得年五十有九。暨卒，門人相與私謚之曰孝莊。先生以子汶貴，贈徵仕郎中書舍人。配丁氏、繼吴氏、側室李氏皆贈孺人。子男二：曰淪，曰汶。孫男二：曰供，曰俯。汶以進士拜中書舍人，文行卓然。王氏以儒顯，至是凡六世未艾也。於乎！習與性之不相及也久矣。蓋自教化風俗之不出於一，父兄師友之習其功，在天下有不可誣者。金華文獻在浙東南爲著，王氏在金華爲尤著，而先生實生其間，宜其所得之不可及有如此者。然堯或不能得於其子，舜或不能得於其弟，而孔孟之門或不能盡得於其徒，則先生之賢於人人，亦豈不遠哉！予懼世之人安於習而不知父兄師友之爲功，又懼夫徒恃其功而不知所以自立也，乃表于墓以附魯君子子賤之義，以告夫世之欲知先生者俾考焉。

平園處士章公墓表

於乎！是爲平園處士章公之墓。公德清掌史廷元公之曾孫，贈禮部侍郎新民公之子，少宗伯大經公之季父，而黄門玄應君之從祖也。章故吴姓其後，章則自德清公始，五代時有爲閩太傅曰仔鈞之孫貴，實徙温之南閣，今不知其幾世矣。公諱洪，字叔濛，少聰穎有大志，永樂初嘗與范御史霖、鄭御史夏爲邑庠友。既病免，則代伯兄侍郎公爲戍卒，未幾坐逮繫，同行無一得生者，公復委身援出之。蓋其涉患難應門户先後餘三十年，而宗伯公始漸顯，公慨然曰：「吾亢宗有托，吾其老耕鑿以爲太平之民乎？」遂度故居之西曰平園。墾田鑿池，誅茅伐石，日經畫其間。去平園之東得二曠地亦如之，如是者蓋三致力焉，以爲游息燕翼之所，因自號曰平園，耕樂示志也。既宗伯公義聲動天下，於是章氏屹然爲東南大族。公以耆宿練達，實揔家政，而地望益崇重矣。

公生洪武辛未，以成化庚子三月六日卒于正寢，享年九十。所著有《平園稿》，藏于家。配鮑安人，克相以德，先公三十四年卒。子男十：歲、岂、蒼、游、巘、嵾、岙、豋、峑、崑。巘號忍庵，實肖公，予之從姑夫也。孫男二十七，玄禎、玄械皆弟子員。曾孫男三十。公之群行，少傅昆陵胡公實記之，予叔父太守先生既取而銘之墓矣。忍庵復謂予宜表〔一〕公墓上之石。於乎！若公者豈易得哉！古者井田法行，上下以辨，民志以定，皆不聞其有外慕之私，故天下之治可不勞而得。後世民無定分，公卿大夫士日志于尊榮，農工商賈日志于富侈，天下之心始日相馳騖，如火熾泉涌而莫知所極。於乎！於是而有若公者，豈易得哉！蓋公讀書能詩，且多幹局材藝，所謂尊榮富侈，皆可跂而得，然卒偃然自老於平園之農者，則非其志定、其分安不能也。孟子論天下之善士必始於一鄉，若公者豈非一鄉之善士也哉？一鄉者天下之積，使天下之民而皆有若公者，則其進而爲古之治也，夫亦奚難哉？是皆公之大者，吾用是特書以竊附。斯民直道之義或者於銘有合焉，作《章平園墓表》。

【校勘記】

〔一〕底本卷三十九卷首至「宜表」皆闕，據《净稿》正德本文卷十七補。

環清處士東陽趙公墓表

環清處士東陽趙公希德既卒之六十有五年，其孫國子生錦，持山陰劉師邵所爲《墓誌銘》，而以吾友中書舍人王君允達書爲先容，不遠數百里來請予表其墓上之石。中書君最予所敬信者，公蓋其先君子孝莊先生之友，不得以不能辭。按志，諱次偲，姓趙氏，希德其字，環清其別號也。卒之日實以永樂甲辰，距其生洪武壬子，享年五十有三。配范，繼陳。子男七：光大、光明、光忠、光澤、光祖、光榮、光華。孫男若干。曾孫男若干。公七世祖忠訓郎公藻，實宋魏悼王廷美之後，紹興初從高宗南渡，居婺之東陽，子孫遂家焉。公藻之子彦矩，嘗從東萊呂成公游，登進士第，厥弟彦棫爲文思承直郎。五傳而至古經，隱約田里，爲鄉聞人，蓋公之先府君也。公恢廓雄偉，讀書識大義，不茹弱不吐剛，侃侃持鄉曲公論。嘗白縣官，出民坐誣罔爲盗者五人，用是虐民之政，不敢加其鄉，而訟者每質成焉。其樂施予，急患難，則或焚積券，或瘞暴骸，或解衣以拯人之溺，或捐金以贖人之偶，凡義之所在，蓋亦無所不用其情。晚歲，家日起，業日裕，環清别墅之築，尊祖有祠，藏書有室，娱賓有館，皆美奂美輪，於是東陽之趙，屹然爲浙東望族，而胄系之貴、文物之盛、貲力之雄莫先焉。於乎！若公者，謂一鄉之善士非邪！古所謂善士者，自一鄉一國以至天下，皆以其人，不以其位。暨其後也，士恒以位爲善，位之貴可達於天下，而後善之名可著於天下。蓋自閭師、黨正之職廢，而許與之公鮮及乎里巷之賢，往往有若是者。雖然，抑嘗見有富貴窮極，威拳隆赫，卒亦不免爲天下之大戮，而不可以位掩者乎？若是，則所謂磊磊軒天地者，决不沉没。獨其位不滿德，可不可之間，不幸無所托而傳焉。則中材之士，或不知所以勸，是固旌古勵俗者之所悼，夫安得而後之哉！作《環清趙公墓表》，以視其鄉之人俾考焉。

程宗岳妻節婦陳氏墓表

予修郡志，列女之可傳者，自宋季以迄于今，凡七十有一人，而陳氏預焉。陳氏黄巖著奥程宗岳妻，而錢嶼陳略之女也。歸宗岳三年而寡，且無子。宗族姻戚每覘其意而以甘言動之，陳堅不可奪，撫其從子焕爲宗岳後，青燈敗帷，冰蘖自守，幾十年而卒。其弟鄉進士士徵與宗岳之弟鐺，來請予表其墓，予諾之，未遑也。間有詰之者曰：「殉夫以死，與撫孤以存者，孰難？聞羅洋余鑾妻龔氏，鑾既死，卒以死殉，羅洋去著奥不咫尺，今表其墓，而龔顧在所後乎？」予曰：「不然，亡家之婦猶亡國之臣，亡國之臣固有不愛其死而舍生於一旦者，亦有不食其粟而俟死於終身者。其舍生者勇烈之氣、慷慨之風固爲難矣，其俟死者堅忍之操、貞固之心又孰敢以爲易哉？故杵臼謂程嬰曰：『子强爲其難，吾爲其易者。』卒之，杵臼先死，程嬰間關十有五年以全其孤，而存趙氏，君子不以爲過。况宗岳無子，而陳氏乃能忍死撫立其孤以爲之後，吾又何敢以爲易而不表之哉？」故吾於陳氏、龔氏必并列于志，而不敢以難易評也。抑予又有感焉，志之所載，節義之士視列女殆不能十之五，豈世之誦詩書稱丈夫者，固不若一婦人女子哉？抑世當承平之久，雖有仗節死義之士，將無自而見邪？雖然，在平世而能輕爵禄，則其於患難也，必能外生死；在平世而能不詭隨，則其於患難也，必能盡忠節。則其所謂仗節死義之士，又豈必待患難變故之來而後見哉？蓋亦考諸其平生而已矣。作《程節婦墓表》。

趙氏丹崖墓表

於乎！是爲元處士趙公良顯之墓。公實黄巖縣丞迪功郎不弱之六世孫。不弱之父安康郡王士説，蓋宋太宗弟六子寧王元偓之後，士説死靖康圍城中，不弱避亂江南，因仕黄巖，而子孫遂留以家。入國朝來，愈益蕃盛，若故工部員外郎鼎、藁城知縣闢、博興知縣珂、鄉進士季齡、經魁慥，率彬彬仕籍間，而博興之孫本又方濟美世科，大抵皆迪功之孫子也。公生於元延祐丁巳，以至正丁未卒，葬丹崖之弓嶼。子四：友輔，早世；友養，葬聖水山；友鑛、友繁實祔公以葬，其孫盱暹亦在焉。友繁字進茂，讀書尚義，隱約不仕，實惟我大母太夫人之父。太夫人生先[一]編修府君，甫期月而寡，守節自誓，以長以育，以至于有今日。我謝氏不絶如綫，再造之功與天罔極，吾豈敢忘所自哉！弘治己未，公之曾孫某某等，將伐石以表公墓，而顧以諗於予。予泫然曰：「予小子無似，恒愧求所以報公父子之德而未能也，又焉敢以不文辭哉？」乃爲之言曰：嗟乎！德厚者流光。天道雖遠，無久而不報之理。趙宋之有天下也，以忠厚傳家，以寬仁爲治，三百餘年之間，無殘暴慘刻之主，故雖運改時移，不能永保其基業，而深仁厚澤實足以芘覆其子孫。若吾黄巖之趙氏，蓋可見也。彼六朝五季之君，其身且不能一朝居，况望有以及其子孫於異代之久也哉？故觀於今之趙氏，可以見宋之德澤；觀於公之子孫，又可以見迪功之德澤。不忝其先，益相與爲無窮矣。雖然，東都之河洛、南渡之會稽，皆有陵寢，今所奠掃而爲之主者誰哉！而丹崖之墓，子孫具奠掃無缺，於此益足以見德之淺深厚薄，誠有不在富貴貧賤之間者矣。然則爲公之子孫者，可不益思所以培植而延引之哉！作《趙氏丹崖墓表》。

【校勘記】

［一］生先，底本倒作「先生」，據《净稿》正德本文卷十七改。

贈吏部侍郎吴公墓表

封翰林修撰姑蘇吴公孟融既葬之二十有四年，復以其子寬今少宰公貴，加贈通議大夫吏部右侍郎，於是少宰公乃以書屬其故寮友天台謝鐸爲表公墓上之石。嗟乎！少宰公，今之歐陽也！瀧岡之表所宜自爲，以上闡國恩，下昭先德，不然則今之名能文在高位者何限，而顧以猥及迂陋如予者何哉？亟欲馳書謝免，而文選黄郎中俌又重致少宰公命，力以道遠意勤爲説。予雖不及識公，而義在通家，或者竊名世德之末有榮耀焉，因不敢辭。乃取徐方伯仲山狀公之行而讀之，則仰而嘆曰：「世嘗説古今人不相及，若公者豈今之人哉？」狀稱公孤，幼時始雖紿於馬駿，幾覆其家，卒能依顧執中以免於難，此非不逆不億，而幾於先覺者不能也。未幾，公家復起，而二氏漸落，其於顧則不忍售其居，而惟厚其直；於馬亦不復追其咎，而猶恤其貧。此非以德報德而幾於不校者不能也。至於自實市地以共賦，力戒家人以侈用，懲少年之悔，因教子而自勵於學。當大漸之初，謹遺言以益勉其子，此又可見其克己不吝、樂善有恒者矣。蓋公之純心厚德，往往見於處己接物之際者類如此，是宜克昌厥家，篤生令子，享有大名，文章行業赫然爲群公之望。

聖天子方向用之，所以推厥本源，而錫之寵光者蓋猶未艾，而天下之大夫士亦咸稱之曰：「少宰公之賢，固其乃父之遺教也。」於乎！公平生之所藴蓄而未見者，至是亦烏得而掩之哉？夫所貴乎君子之學者，莫難於變化氣質，亦莫難於不爲流俗所浼。公雖未嘗深於問學，迹其所行，生質之美，蓋已暗與古合，而今之所謂學士大夫者反或愧焉。況其生長蘇吴佻儇成俗、波頽風靡之中，而敦樸厚重乃爾。於乎！若公者，謂非三代之遺民，則亦一鄉之善士矣，夫豈今之人所得而及之哉？獨念古之所謂善士者，自一鄉一國以至天下，皆以其人而不以其位。暨其後也，士恒以位爲善，位之貴可達於天下，而後善之名可著於天下。蓋自閭師、黨正之職廢，而許與之公鮮及乎閭巷之賢，故雖賢如公者，使非因其子以顯天下，亦曷從而知之哉！是又重可爲世道之一慨也。公諱融，孟融，其字也，别號東莊老人。吴姓，實周太伯之後，以國爲氏，凡吴中吴姓者悉祖之。久乃散處江東西，惟公之先累世不徙，自宋居吴之東域下，號爲大族。入元始衰，然皆以善行相繼。至正間，張士誠據有吴地，公之祖福四府君度其必敗，深避匿之。未幾，天兵入吴，士誠就執，凡附之者例皆編戍，公家獨不及。福四生壽宗，是爲公父。國初，法令嚴密，實能淳謹自晦以保有其家，今亦贈通議大夫、吏部右侍郎如公階。公配居氏、繼張、繼黄[一]，皆贈淑人。子男三：長宗，次寬，即少宰公，次宣。女四，沈鐛、周謂、沈綬、王節其婿也。孫男五人，奭、奭皆國子生。女七。公墓在吴縣南横山之西，從先兆也。

【校勘記】

［一］黄，《净稿》正德本文卷十七作「王」。

贈南京刑部郎中姜公墓表

贈南京刑部郎中安素處士姜公，既卒之四十有六年，其子漳州府知府諒亦既謝事十有五年矣。於是修飭墓道，樹之華閥，而屬予表其墓上之石。予與漳州君生同鄉，仕同朝，進同甲第，而道義之交蓋又四十年於兹矣。予雖不及升堂拜公，然因漳州君以想望其風範，則固尊親嚮慕之不暇。兹役也，亦奚敢以不能辭哉？按狀，公諱迪，字允吉，安素則故南安守張汝弼、提學憲副劉欽謨輩相與私謚之者。曾祖式，祖明之，父景文，皆隱約不仕。世居嘉興郡城之東。公年十四而孤，即屹然如老成人。事母沈甚得子道。比卒，葬祭一以禮而不苟。母愛少子，公悉以所遺田宅讓之。勤苦自立，而友愛不替，待宗族雖甚疏，皆有恩意。其與人交，一以誠篤，未嘗視富貴爲俯仰。宣德間，嘗被誣連坐，將罹重辟者甚衆，公獨任爲己過，曰：「非夫人之罪也。」正統初，鄰弗戒于火，公廬舍延燎殆盡，有司者將根治之，公力爲解，曰：「此厄數然耳。」其立心制行類如此，蓋猶有先民長者之風焉。漳州君自少岐嶷，公遣游邑庠，每夜歸必親課其業，讀史至古忠節事，必歷歷與語，有不善則斥之曰：「此若輩所當深戒也。」既漳州君舉進士列朝著，而公已不可作，然其廉介之節，終始一致。君子推本其賢，未嘗不歸之遺訓，曰：「是父是子也。」於乎！若公者，豈今之人哉！昔者斯民直道之世，閭師黨正之設遍天下，於是許與之公下及閭巷，而士之占一善者恒不至於沈没。暨其後也，此道既廢，往往毁譽之口不勝其愛惡之私，向非所謂磊磊軒天地者，不幸無所托而傳焉，幾何不爲旌古厲俗之深悼也哉？此公之墓所以不可不表，而漳州君之所爲惓惓者也。公之配聞人氏，有賢行，累封太宜人，後公三十幾年卒，合葬德化鄉洪字圩之原。子男三：長讓，次謂，次即漳州君。女三，皆適爲士人妻。孫男幾某。

封四川成都府同知守朴吴公墓表

守朴吴公，以弘治丁巳冬十月卒于家，於是公壽至八十。以子珏貴，封四川成都府同知階奉政大夫矣。今制凡外僚推封之典，非九載無過者不得與，珏以進士作縣，績最，召試御史臺，再點爲縣，有聲，尋轉爲成都府同知，乃膺是典，蓋異數也。公卒時，珏已自成都再轉爲夔守矣。服闋起復，改贛州濵行，具狀請予表公墓上之石。予方被召承乏國子，衰病之餘未能也。贛州君屢以書來督，乃不得已按狀而表之。狀稱吴氏之先，江西清江人。公曾祖某仕勝國時，爲台州通判。卒，不能歸。子伯安遂占籍焉。伯安之子慶實生公。公少失怙恃，煢煢孑立，居止靡常。晚乃始克有家。蓋吴氏清江之遷至是已四世，幾二百年矣。至贛州君，乃起家至郡侯，遂爲台之著姓。公性敦朴，孝友天至，勤儉以理家，和睦以處鄉，尚義樂施，不責逋券，解紛釋怨，人無間言，蓋隱然有先民長者之風，不愧其所謂守朴者也，嗟呼！末世滋僞，習與性移，文勝其質，敦朴之士，往往或生於深山長谷，車塵馬足所不到之地，而通都大邑則莫或之見也。公生長城市，而敦朴乃尔之，信乎質性而不移於習者矣！老子曰：「化而欲作，吾將鎮之以無名之朴。」若公者，謂爲鎮之□朴，非邪？昔人有言：「天下事不患其未備，患其太備而不可加，則將無以繼之，鮮有不爲天下之大患者。故先王之治天下，恒養斯民之美之朴於未壞之先，不使其太備而不可繼。」於乎！今天下之文備矣，不可以復加矣！其將何以繼之哉！於是而不有在高位者，坐鎮其間以力挽之。吾固未知其底極也，於公之事有感焉，因用以表公墓，且以爲世勸之萬一云耳。公諱滔，字敏灝，守朴其別號也。配盧氏，贈宜人，有賢行，先公三十八年卒，葬某鄉某山之原。公啟而合窆焉。子男三：長瓚，次珣，次即珏，賢而有文。由成化乙未進士至今官，勳名未艾也。女二，長適小溪謝篪，次適新橋張倫。孫男十有二，纁爲郡學生。女四。

存一處士邵公墓表

常之無錫有處士邵公式，字公儀，別號存一，今没且葬四十年矣。予讀《吴匏庵傳》，稱公守禮知義而克孝，歷歷如前日事。世恒説：「古今人不相及。」若公者，豈今之人哉？公少好學，從鄉先生周正言、王舍人、孟端游，通《春秋》大義，尤熟諸史，往往能舉以成誦。居鄉里，不屑少徇俗，至罷設燈祈福之祭。歲率□□□□□□□□□以洽之，其守禮類如此。邑中舉長田賦，歷三十年而一毫無所利。人有非禮之遺，則堅却之而未受，其知義又如此。母老患風，一日侍婢偶斥言其疾，公怒妻不即責其婢，遂絶不與語者久之。族人有取冉涇舊宅木石者，逼令還故處曰：「祖宗之業何可廢也。」其克孝又如此。鄉里服其行誼，至稱爲邵二丈，而爵位不及焉。天順六年九月卒于正寢，享年七十有三。於乎！若公者，謂非三代之遺民，則亦一鄉之善士矣！豈今之人所得而及之哉？獨念古之所謂：「善士者，自一鄉一國以至天下，皆以其人而不以其位。暨其後也，士恒以位爲善。位之貴可達於天下，而後善之名始著於天下。」蓋自閭師、黨正之職廢而許與之公鮮及乎閭巷之賢。故雖賢如公者，非有所因亦孰得而知之哉？吾又重可爲世道慨，而公之墓寔不可以不表也！邵氏世爲江南望族，至國初有仲容者，僅試知州而終。再世而爲處士。處士之曾孫曰寶，字國□，賢而有文，由進士爲今兩浙憲，長以儒飾吏上希□人。於乎！於是可見處士公積累之深，而邵氏之□□未艾也！

朴軒黄公墓表

□之莆田有敦樸之士曰黄公，諱明德，號朴軒者，没且十有六年矣！其子太平教諭楷，一日持其鄉先正翰林學士林公文所爲志其墓者，請予表其墓上之石。既又以其曾孫舲齋翁事狀來示，狀故翰林修撰林公環所述。林蓋舲齋門下士也。舲齋諱慈，洪武初以文字起家爲訓導。自莆田改滁州，卒致其事以歸。子約仲，翰林檢討。其季號謹庵，諱長久者，則公之祖也。公早喪其父，孟儀父事謹庵，蓋周旋無所失。既喪，哀毁甚，撫其弟新民而教之，卒用爲河南理問。里有方姓者，貸不能償。卒還其質，不之校。於孝、於友、於義，蓋皆可稱也。於乎！稱人之善，必本其父兄師友。公以舲齋檢討公爲之祖，而又交游世講於修撰學士二林公之門，宜其敦樸之行有如此者。昔人有言：「天下事不患其未備，患其太備而不可加，則將無以繼之，鮮有不爲天下之大患者。故先王之治天下，恒養斯民至美之樸於未壞之先，不使其至於太備而不可繼。」老子曰：「化而欲作，吾將鎮之以無名之樸。」若公者，豈非先王所養未壞之民而鎮之朴者哉！吾嘗以是求之通都巨邑所謂五陵之豪者，邈不可得則友。而求之深山大谷之中，往往有若公者。噫！

禮失而求諸野，孔子所謂從先進者，不以此哉！教諭君文雅，敦樸之風，有光其先。吾友太常陳先生師召其姻黨也，亟稱之。予用以信師召者，信二林先生，作《朴軒墓表》。

莆田梁處士墓表

嗚呼！此莆田梁處士亨正之墓也。於是處士没且四十七年。其孫天台□學□諭璋，遣其徒賈穎、夏鋑來請予表其墓上之石。二君，予知舊也，不敢辭。祭緘，則吾友太常陳先生師召已誌而銘之矣。誌稱處士諱咸，姓梁氏，亨正，其字也。世爲莆田人，曾祖伯章，與其昆弟某某，皆稱卓行。祖以行，父克和，皆業儒不仕。處士嘗游檢討黄先生行中之門。早喪父，事祖母林、母吴以孝，撫其弟某遺腹之子如己子，以至處宗族、接姻黨，皆有恩意，而賓祭之奉尤惓惓焉。予顧謂二君曰：審如是，抑可謂非賢矣乎？二君曰：未也。處士居海濱，土著之民多輸鹽以爲課。永樂、宣德間，嘗苦風雨，民逋負至數十萬。豪户得部牒高價以售，叫囂隳突無寧時，民大恐，將悉奔以竄。處士挺身以利害説，得減其價，爲鬻資財償之。一鄉之民賴以復安如再造。而處士家乃益落，没之日至無以爲殮。予作而嘆曰：如二君言，將處士不謂之益賢矣乎？賢如處士將不爲忘己之貧而功足以及物者乎！抑古之□□□□者，不必尊官重地，犬行而顯施，但隨力所至□□及物以盡乎吾心之所能，則固不失爲功業矣。故曰利不必博於物，要其心之厚於仁。然則不仁而在高位，以播其惡於衆者，視處士何如哉？自世之論士以位而許與之，公鮮及乎閭巷之賢。於是往往有若處士者，行浮於名，遂終其身以没。噫！士君子自處則自外至者，吾無與焉可也。

然使爲善者卒於湮没而無聞，則中材之士何以勉？是固旌古勵俗者之所悼，夫亦安得而後之哉？吾故因二君之言，表而出之，以補舊志之缺，以慰其孫子之思，且以見夫人人之有若處士者，無亦使其無傳焉。

長沙潘生墓表

於乎！是爲吾太平長沙潘生之墓。生名驥，字存勁。嘗爲縣學廩膳生，凡四舉于鄉，皆不利。其死也，年方三十，人皆痛之。予與生有連，且有一日之長，痛之尤深，因爲表其墓上之石。庶生之不死者，其猶在是乎？初，予謝病家居，成化丁未，嘗讀書緦山之墓庵，驥與洞黄黄生旻實從子游。驥，予先叔父太守先生之孫壻。是則故友亞卿定軒公之從□也，驥敏而文，旻慤而質，蓋交相爲助而不可相無者，予固已心喜之而□其大底于成矣。間會敬所陳先生，先生亦必曰吾□潘驥、黄旻其最也。於乎！詎其不幸而遽相繼以至于是邪？嗟夫！若二生者充其至，吾固未見其止，而俱止於是，不亦重可惜哉！予嘗謂：「天之生才，欲其大底于成，必先予之以壽。」不然驥子墮地，喬松着根。雖其氣勢有不可遏者，而不假之歲月，求其歷塊過都而上凌霄漢也，亦難矣。然或幸而免，老而不死而没世無聞焉，是猶戀棧豆於一飽，與草木而同腐，則亦奚取於彼哉？此二生之不壽，雖甚可惜，視若人者則固大有徑庭矣。九原有知，寧不有以自慰其不幸也哉？驥實泉村之潘松溪先生之後，其高祖思昭，始贅長沙黄氏，遂爲長沙人。今皆自黄巖而分隸太平矣。子男四：經、紹、紓，其一未名，遺腹子也。

南溪逸叟羅公墓表

南溪逸叟新喻羅公既卒之七年，其子政以名進士爲太平尹。一日，持其友張給事旻狀公行來請予爲墓表，既又出今少宗伯傅公爲其母孺人之銘以視。予念托交宗伯公幾四十年，且□□知今尹有斯文之雅，今又辱在治邑爲病民，義不得以不文辭。乃取狀亟讀一再過，則起而嘆曰：「□□□□□文□相及，乃今復有斯人哉！」狀稱公祀先有田事□□□寶一蘭以永世，歷多難而愈芳，則非克孝以敬老不能也。又稱公修橋梁、造渡舟，不忍民之病其涉發□藏。輸官粟，不責報以利其榮，則非强仁慕義者不能也。以至忿忠良之受害，每廢書而嘆息，耻儒林之不預，力教子以登科，則又非好善嫉惡者不能也。噫！即是以推，而公之平生可識矣。若公者，謂爲一鄉之善士，非邪？古之所謂善士者，自一鄉一國以至天下，恒以德而不以位。自世之論，士以位而許與之，公鮮及乎閭巷之賢，於是位不滿德往往有若公者，行浮而名不掩焉。噫！若是者不幸而無托以傳，其不至於沈没以終身也者，幾希矣。是固旌古勵俗之所深悼，夫安得不表而出之哉？雖然，有善如公，而子之賢又足以托，則其顯名於後也，固非淺近所可測識，又豈予言所得而重輕之哉？姑摭公狀用表其墓以俟。公諱舉，字端朋，姓羅氏，南溪逸叟其别號也。曾祖文中，號梅隱。祖孟俊，父時堅，皆隱約不仕，所謂共寶一蘭者，世爲江右新所喻望族。自盡江再徙楊村之橋頭，今五世矣。公生以永樂辛丑，卒以弘治壬子十月，享年七十有二。配楊氏，宗伯所爲□□□。子男二：長即□尹政，由成化丁未進士，尹黄巖，丁公憂，再起而爲太平，績成將書上考矣。今縣尹例得爲御史，其勳名事業未艾也。次敞。女三，皆爲士人妻。孫男三。

贈通議大夫刑部右侍郎屠公墓表

嘉禾屠公士澄以孫元勳貴，贈通議大夫、刑部右侍郎。元勳□奉誥焚黄以告于墓矣，復請予表其墓上之石，用侈上恩，昭祖德以垂示于不朽。予與元勳公有斯文之雅，念欲以不能辭，不可得也，乃推本其意而表之。惟國家建官之制，正從各九品而推恩之典，則惟三等。蓋隨其官之大小以爲恩之隆殺，著在令甲不容以毫髮僭也。故自七品以至四品封止父母，而八品以下則無及焉。惟三品、二品始得封及其祖，而曾祖之封則非一品不可也。一品秩在公，孤固未易及，官至三品爲國重臣而封及其祖，亦豈人人所易得哉！必其祖父之積善，子孫之克肖，不失望于天下而後享之爲不忝。不然，或幸幸於一時之遭遇，雖得之，君子不貴也。於乎！若公者，其膺是典也，寧不謂之宜哉？公自少勤儉清苦，讀書尚義。晚年淹歷世故，脱險就□耕鑿之□□□嗜好。暇日惟短衣長笠，竹杖芒鞋，逍遥阡陌間，擊壤謳歌，曾不知富貴利達爲何物。於乎！若公者，謂爲三代之遺民，非邪？古者井田法行，上下以辨，民志以定，皆不聞有外慕之私，故天下之治可不勞而得。後世民無定分，公卿大夫士日志乎尊榮；農工商賈日志於富侈。天下之心，始日相馳騖，如火燃泉涌而莫知所極。於乎！於是而有若公者，豈易得哉？公雖無心於富貴利達，而再世之後如取如携，視世之人，蓋有没齒覬覦而終不可得者，其於公賢不肖何如也？公諱湘，别號秦川居士，士澄，其字也。世居嘉興之海鹽，後分乎湖，遂爲平湖人，曾祖某，舉解元。祖亨一，父澤民，俱隱約不仕。配楊氏，有賢行。子男三：樞、機、楨，某累贈刑部右侍郎。孫男若干：熙，建昌同知；勳，字元勳，乙丑進士，今爲刑部左侍郎。曾孫奎，己未進士。元勳公清才雅望，爲時名卿，顯融未艾。公之恩典殆不止是也。公所著有《遺訓》數十條，子孫比之，無恤之簡，歷世寶之於不墜云。

桃溪類稿卷之四十　史論

蕭何

漢王與項羽相拒京索間，使使勞丞相何。鮑生謂何曰：「今王暴衣露蓋，數勞苦君者，有疑君心。爲君計，莫若遣子孫昆弟能勝兵者，悉詣軍所。」何從其計，漢王悦。上在邯鄲，聞信誅，使使拜丞相何爲相國，益封五千户。召平謂何曰：「禍自此始矣。上暴露於外，君非被矢石之難而益君封者，以淮陰新反，於中有疑君心，願讓勿受，悉以家私財佐軍。」何從其計，上説。上自擊黥布，數使使問相國何爲，客説何曰：「君族滅不久矣。夫君位爲相國，功第一，不可復加，君初入關得百姓心十餘年矣，上數問君者，畏君傾動關中，今君胡不多買田地，賤貰[一]貸以自污。」何從其計，上乃大悦。

人臣事君，以誠不以僞，則雖勢位之盛，有不難處者矣。古之人若商阿衡之於太甲，放於桐，歸於亳，天下無有疑其爲專爲僭者，君曷得而疑之？此其誠可格天地、質鬼神，無愧於素履者然也。其或誠在我而不能必君之不疑，則如姬公之居東，愈積誠以感之，卒亦未有不悟者也。曾謂疑而可計以解之乎？何之見疑於高帝者，至再至三。當是時，何不過居守關中耳，曷嘗有廢置大柄若彼者，而其君動輒疑之，若此謂其立誠之有素亦難矣。夫彼以疑來，我以誠解，猶恐不足以回之。何顧拳拳以計，務悦其君，保富貴爲全身之地，曾不聞其能退而修誠如姬公者。此其計愈生而疑愈至[二]，不至於械繫之辱不止也。雖然，何之功焉可忘哉！養民致賢，約法定律，鎮[三]國家、撫百姓，漢之爲漢，往往皆何之功。元勳老臣，有罪退之，可也；用而疑之，可乎？甚焉，賜之死，亦可也；械繫而辱之，又可乎？高帝於此，蓋亦分任其咎矣。

【校勘記】

[一] 賤貰，底本誤作「錢貫」，據《净稿》正德本文卷二十一改。

[二] 疑愈至，底本倒作「愈疑至」，據《净稿》正德本文卷二十一改。

[三] 鎮，《净稿》正德本文卷二十一作「填」。

曹參

參代何爲相，舉事無所變更，日夜飲酒。賓客見參不事事，皆欲有言，參輒飲以醇酒，莫得開[一]説。府中無事。帝怪參不治事，乃謂其子窋曰：「女歸，問乃父，高帝新棄群臣，帝富於春秋，君爲相，日飲，無所請事，何以憂天下？然無言吾告汝也。」窋從容言之，參怒，笞窋曰：「趣入侍，天下事非若所當言也。」

天下之治惟其時，識其時而酌其事之當以否，斯善治天下矣。方秦民[二]之吞并諸侯也，阡陌井田，郡邑封建，坑焚學校，舉先王之法而盡變之。當是時，天下之民塗炭已極，繼其後者又從而紛擾之幾何，不爲垓下之項乎？參之相漢有見於此，遂訪諸蓋公求黄老之説，一以清净無爲爲治。彼以其猛，我以其寬；彼以其擾，我以其静。一矯而反之。以苦於多事之民，一旦得見無事之治，是猶出烈熾之中而沃以清冷[三]之水，故民安其治而歌之。所以轉二世之秦爲四百年之漢者，參亦不爲無功焉。參之治固可謂識時矣。然吾猶有惜於參者，蓋時雖厭於有爲，而事之不可不爲者，君子不容以概不爲也。參之意，惟恐一事之爲未能益民而先已擾民，乃至一無所事，終其身惟蕭何之法是守，抑不知何之佐高帝也倥偬於馬上之治。當時制度，大抵襲秦之舊而已。先王良法美意之變於秦者，曾聞其能修什一於千百乎？况時至孝惠，秦灰已冷，楚坑已平，牝雞之聲未聞，屠牛之鋒未挫，可以有爲之日也。帝察參不事事，且使其子諫之，帝亦非常主矣，使參能與帝有爲，三代之治未必不可挽而上也。奈何一意矯秦，遂至酣歌廢事，卒使漢家之治因循雜伯而已。於乎！參但知清净之藥足以調擾亂之民，而不知王道之菽粟所以養民生者，不可一日無此，所以徒能瘳秦民之疾苦而終不能復元氣於三代之時之民[四]。噫！漢之所以爲漢者以此，漢之所以止於漢者亦以此。

【校勘記】

[一] 開，底本及《净稿》正德本文卷二十一均作「聞」，據文意改。

[二] 民，《净稿》正德本文卷二十一作「氏」。

[三] 冷，《净稿》正德本文卷二十一作「泠」。

[四] 《净稿》正德本文卷二十一「民」下有「也」字。

漢文帝

吴王濞以太子之故稱疾不朝，有反謀，文帝賜之几杖，釋其罪，謀亦解。然其國以銅鹽爲利，招納亡叛者四十餘年。景帝時鼂錯上書言吴過可削，文帝寬，不忍罰，以此日益横，遂謀削吴地，濞乃反。

君人者有以服天下之心，則無所施而不可。不然將惠之而褻，威之而格矣。故在文帝可以賜几杖，而鐵券之恩適足以怒[一]懷光；在宋祖可以罷藩鎮，而削地之謀適足以禍鼂錯。然則文帝之於吴，賜之可，削之亦可，而何獨有見於几杖之芒刃，而無見於髖髀之斧斤乎？濞之反帝，亦不能無憾焉。

【校勘記】

［一］怒，底本及《净稿》正德本文卷二十一均作「恕」，據文意改。

義縱

上既下緡錢令而尊卜式，百姓終莫分財佐縣官，於是楊可告緡錢遍天下，商賈中家以上皆破，内史縱以爲此亂民，部吏捕其爲使者。上以縱爲廢格[二]沮事，棄縱市。

刑之濫，不獨君子受其禍，雖小人亦有因禍而幸者。小人幸而得非辜之禍，則亦將有辭於天下，而其罪亦未減矣。殘酷若義縱，至一日殺無罪二百人，在王法誠有不容誅者，今乃坐捕告緡使而棄之市，則縱之罪，以民之故也。以民而死，兹其得禍也，顧不幸乎？於乎！縱不足惜，獨念當時征斂之急，濫刑至是，則非縱而得罪者可知矣。

【校勘記】

［一］格，底本及《浄稿》正德本文卷二十一均缺，據《漢書·義縱傳》補。

貢禹杜欽

石顯聞衆匈匈，言己殺蕭望之，恐天下學士訕，以貢禹明經著節，乃使人深自結納，因薦禹歷位九卿。王章言王鳳專權蔽主，帝以鳳故殺章，時衆庶多冤章者，杜欽欲救其過，乃説鳳舉直言極諫，鳳行其策。

奸臣敢於罔上，以竊生殺之權者，未嘗無所假托憑藉，以收天下之公論。夫公論之在天下，孰不知所畏哉？惟名持公論者身爲之地，然後小人乃敢肆然無復畏[一]忌，而天下之勢去矣。石顯之殺蕭望之，王鳳之殺王章，方不安於天下之公論，欽、禹輩顧以當時明經賢良而低眉委膝，爲之指麾羽翼。於乎！顯之與鳳，亦奚足責哉！

【校勘記】

［一］畏，《浄稿》正德本文卷二十一作「顧」。

王鳳

丞相御史奏顯舊惡，免官徙歸故邸，道死。胡氏曰：「顯權移人主，一朝罷廢，如此之易，蓋政歸元舅，而廢置不出於人主也。事雖盡善，而其所以則不徒然矣。」

自古國家之剪除奸惡也，權出於君則爲福，不則轉而爲禍也益深矣。顯能殺天子之傅，至使帝爲俯首寃戮諫臣而不忌。鳳一旦假名義以去之，如拉朽然。於乎！當是時，天下知有顯而已。鳳能去顯，鳳之權何如哉！是猶烏附之去病，病去而元氣索矣，能不死者，幾人哉？故新都之篡漢，吾不曰莽之弑平帝，而曰鳳之殺顯。於乎！威福之所由來者漸矣！故君子觀人之家國，不幸其奸惡之除，而必察其所以除之者何如，然後爲幸不幸也。他日竇憲之於鄭衆，梁冀之於單超，蓋鳳之故智爾。然則有識者寧不爲之寒心哉？謂之事雖盡善，或未也。

寇恂班超

隗囂將高峻擁兵據高平，耿弇圍之，一年不拔，帝自將征之。遣寇恂往降之，峻遣軍師皇甫文[一]出謁，詞禮不屈，恂斬之，遣其副告峻，峻皇恐，即日降。班超至于寘，于寘王廣德禮意甚疏，而使來求超馬，超斬之，以首送廣德，廣德皇恐，即降。

相機應變，惟在我者有定力，然後足以挫彼之氣而懾服之。不然，如孔巢父之於李懷光者，特區區詞色之間，乃至喪身辱國而不可救，況可殺其使而降其城哉？吾嘗觀寇恂之於高峻，班超之於于寘，未嘗不嘆光武、明帝國勢之盛，而二人之威望知略，足以量敵而破奸也，否則，可不爲之寒心乎？

【校勘記】

[一] 皇甫文，底本及《净稿》正德本文卷二十一均作「皇甫父」，據《後漢書・鄧寇列傳》改。

昭烈

劉璋遣使迎劉備，法正説備取璋，備疑未决，龐統勸之。備曰：「今以小利失大信義於天下，奈何？」統固勸備，備乃入蜀。未幾，備求璋益兵及資糧，但給半，復敕關戍，勿復與備通，備因激怒，遂進兵據涪城，入成都，自領益州牧。

天下事有合於義，而不能不疑於天下後世者，知之不精，行之不直，過爲委曲，自文以自亂其真耳。昭烈以帝室之冑，舉義興復，則天下固漢之天下也，夫孰得而争之？特其勢有難易，不得不先荆益，置江東，以徐制許雒耳。是以孔明隆中之對，直欲資表取璋以圖曹操，蓋亦兼弱攻昧而遠交近攻之意也。向使昭烈乘赤壁之勝，卷席而西，以聲罪致討，則璋固其囊中物耳，孰敢以爲非義者哉？惟以好逆之而入，顧乃以敕關靳兵，爲璋之罪而取之，是固未足以厭人心也。故昭烈之失，不在於取璋，而在於受璋之迎；不在於得蜀，而在於據涪之怒。觀其拒統之説，正坐見義不精，已自不能不疑於心，其何以免於天下後世也哉？獨不知孔明復何處於昭烈也，豈其不與當時之謀乎？

曹操

司馬懿言於曹操曰：「劉備以詐虜劉璋，蜀人未附而遠争江陵，此機不可失。今克漢中，益州震動，進兵臨之，埶必瓦解。」操曰：「人苦不知足，既得隴，復望蜀邪！」劉曄曰：「備有度而遲，得蜀日淺，蜀人未附也。今破漢中，蜀人震恐，因而壓之，無不克也。今不取，必爲後憂。」操不從。居七日，蜀降者説：「蜀一日數十驚，守將雖斬之，不能安。」操問曄：「今尚可擊否？」曄曰：「今已小定，未可擊也。」

劉豫州能以長阪之敗，合江東而爲赤壁之勝，則其於新附之蜀，唇齒漢中，必非苟苟輕出，以坐待自斃者也。操自稱多智，則其計豈盡出懿、曄之下者哉？蓋幸而得，未若不幸而不得，以養吾全勝之威，正有懲於前[一]赤壁之輕用，而重發於此。不然，操豈知足者，而能爲是得隴望蜀之戒邪？一日十驚之説，夫寧知非《晉史》故欲神懿之策，乃援曄以卑操乎？

【校勘記】

[一]《净稿》正德本文卷二十一「前」下有「日」字。

諸葛誕

司馬拔壽春，殺諸葛誕，夷三族，誕麾下數百人，皆拱手爲列不降，每斬一人輒降之，卒不變，以至於盡。

天理民彝之在天下，出於人心之所不能已者，雖衰亂之世未嘗一日亡。特不幸不出於可恃，而出於不足恃，不出於朝廷卿相，而出於僕伍卒隸。是以奸雄往往得肆其詐逆，以遂其篡竊之謀。使魏之大臣皆誕之麾下，則雖司馬氏之父子兄弟跨莽軼操，亦何能獨立於天地間哉？賈充之徒，視此固狗彘之不若，而王祥、石苞輩，亦不能以不愧矣。

徐洪客

世習之移人，不有特見先覺之士出於其間，爲之陳説義理，則舉天下之大事而不陷於功利、詐力也者，幾希矣。世至於隋，例稱禪代，雖以唐太宗之賢，其勸高祖以起兵也，亦必至循其故迹而後已。於乎！其亦溺於世習，而不自知其非也邪！抑嘗見徐洪客之説李密者，曰：「執取獨夫，號令天下。」噫！此特見先覺之言也，使太宗聞此而舉以號於天下，則固漢高之擊楚而爲仁義之師矣。洪客蓋董公之流，漢高幸而遇董公，太宗不幸而不遇洪客，徒使托空言於李密而已。於乎！其亦不幸矣夫！

虞世基

自古衰亂之世，未嘗無智勇才略之士爲國家出死力者，而其功卒不克就，奸臣忌之，而其君之昏不足以知之也。當隋之季，盜賊遍天下，太僕楊義臣擊張全稱、高士達，破降河北賊數十萬，功亦偉矣。虞世基乃曰：「小竊未足慮，義臣克之，擁兵閫外，此最非宜。」遂詔罷義臣兵，賊由是復盛不可制。於乎！以煬之殘逆，雖義臣不罷，吾固未見其能弭盜而安天下也。獨恨奸臣之所以誤國者，啟千百世弊端之始，至使岳飛之忠孝雄傑，亦卒死於賊檜之手，坐失事幾，以壞宋三百年天下于左衽之域，此天下後世之所痛心而扼腕者也。然世基不免而檜乃老死牖下，吾又不能不嘆未定之天，於是而益甚矣。於乎！彼小人者，亦何憚而不爲哉！

唐高祖

天下之弊端，立異以啟之也。事之有不可以經而以權者，惟聖人能行之。不然，是未免於立異，而天下之弊端於是乎始矣。唐高祖之於太宗，既不能如文王之舍伯邑考而立武王，則處之以人臣所不疑之地[一]可也，顧乃寵以天策上將，使之地嫌位偪，不惟建成之心不能自安，而太宗之心亦有不得安者，於是始以妃嬪之譖，繼以王魏之謀，又繼以楊文幹之叛逆，不已，而飲酖嘔血，至於昆明池之約，而太宗危矣。則其推刃同氣，蹀血禁門，亦豈獨太宗之罪哉？程子曰：「周公之功固大矣，皆臣子之分所當爲，魯安得獨用天子禮樂哉？成王之賜，伯禽之受，皆非也。其因襲之弊，遂使季氏僭八佾，三家僭雍徹。」於乎！斯言也，觀於此而尤信。

【校勘記】

［一］地，底本作「池」，據《淨稿》正德本文卷二十一改。

唐太宗

君子於天下事，惟其可久不變，而以吾心之安者行之，不則未有不至於大壞而極敝者也。唐高祖之取天下，大抵皆太宗之謀。高祖嘗謂之曰：「事成，當以汝爲太子。」既而將佐皆以爲請，高祖亦固欲立之矣，太宗乃固辭以止。於乎！不有叔齊之心，亦焉用是爲哉？昔王季受太王之傳國也，詩人美之曰「帝度其心」，曰「貊其德音」，曰「載錫之光」，未嘗有貶詞焉。使太宗不爲虛讓之美，以成高祖之初志，則其骨肉之間，必不至若是之大壞極敝而弗可救者。昔人責太宗以子臧之節，予亦惜太宗不知王季之義，而過爲是好名以自速其罪戾也。於乎！君子於天下事，亦惟其可久不變，而以吾心之安者行之，又烏用是爲哉？

唐高宗

武后專作威福，上不勝其忿，乃密召上官儀議廢之，左右奔告于后，后自訴，上羞縮不忍，乃曰：「我初[一]無心。」后遂誣殺儀。於是大權悉歸中宫，天子拱手而已。

天下之機不在此則在彼，故智者慎焉，方其機之未發也，彼猶有所忌而不敢近[二]，發而彼得以制之，鮮有不反射而及於禍者，此高貴鄉公之所以見弒於司馬昭，而竇武、陳蕃之所以見殺於王甫、曹節也。而況宫闈之間，變在肘腋，機不容發，我伏之而我發之乎？然則高宗之不死於武氏，亦幸也已，且武氏擅高宗生殺之權而用之，豈不意其有不平之忿而懼其機之或發也。及其既發，而高宗黔驢之技止是。於乎！是亦何止君不密則失臣也哉！殺儀則弒高宗之本也，然而殺后、殺妃、殺太子、大臣而高宗得以岌岌於三十年之久者，武氏何憚而不爲哉！蓋亟除之以先天下之惡，不若姑置之以爲天下之餌，是固曹操所以處漢獻之故智也。於乎！其亦可畏也哉！

【校勘記】

[一]《浄稿》正德本文卷二十一「初」下有「此」字。

[二] 近，底本作「遂」，據《浄稿》正德本文卷二十一改。

武后

胡氏曰：「武后謂[一]明君遣將，閫外之事悉以委之，遂不置御史監軍，可爲法矣。又武后不責昧目聖神皇之言爲誹謗，而使舉官者自反，此明主所爲也。」又曰：「武后不以昌宗内變之私，而屈宋璟外廷之議，與漢文帝聽申屠嘉困鄧通者何以異，用是見武氏智術之高。宜其運動四海，呼喚風雷，而一時之[二]英賢無不俯首也。」

於乎！世莫不幸於才之在小人也，小用之則小害，大用之則大害。武氏其小人之才之尤者乎？世何不幸[三]而有莽操而又有武氏也！吾嘗讀《武后傳》，見其一言一事之美，未嘗以爲喜而不以爲憂，故雖以吕强之在漢，張承業之在唐，其行有足取者，君子固憂其善之在彼而不在此，以爲世道之不幸也，而况才之出於小人者乎！

【校勘記】

[一] 謂，底本作「爲」，據《浄稿》正德本文卷二十一改。

[二] 之，《浄稿》正德本文卷二十一無。

[三] 「世何不幸」以下至下一篇《蘇味道》「使小」底本在同一葉，底本誤置於附録卷一《方石先生行狀》一文「揚揚」之後，爲第十册第七十五葉。

蘇味道

胡氏曰：「蘇味道模棱持兩端，比之以是爲非，以曲爲直，以賢爲不肖，確守己[一]見，牢不可破。」

於乎！此模棱所以惑人之深也。紫似朱而後可以亂朱，莠似苗而後可以亂苗。以是爲非者人皆知其是也，以曲爲直者人皆知其曲也，以賢爲不肖者人皆知其賢也，人孰得而惑之哉？惟其混是非曲直賢不肖而中持之，斯天下之人不得而非，不得而刺矣。太宗之將殺建成而問也，李靖、徐世勣辭焉。高宗之將立武后而問也，於志寧獨不言焉。當是時，争之者爲是爲直爲賢，勸之者爲非爲曲爲不肖，有不待辯而明者，之三人[二]既不能自附於君子，而又惡其同於小人，既不知作善之爲福，而又懼夫[三]爲惡之得禍，迹其心蓋原繁之中立，胡廣之中庸也，兩端之間，世惡得而知之哉？故後之人率用此欺世，以爲持禄保位之常法，而不知眉州之禍亦模棱之誤也。於乎！使小[四]人而盡如其所利，如廣、如靖、如世勣，君子固不屑爲也，而況徒得小人之名，有若味道、原繁、于志寧者哉！

【校勘記】

[一] 己，《净稿》正德本文卷二十二作「此」。

[二] 《净稿》正德本文卷二十二「人」下有「者」字。

[三] 夫，底本作「天」，據《净稿》正德本文卷二十二改。

[四] 前一篇《武后》「世何不幸」以下至本篇「使小」，底本誤置附録卷一《方石先生行狀》一文中。

宋王成器

上將立太子，以宋王成器嫡長，平王隆基有功，疑不能决。成器辭曰：「國家安則先嫡長，國家[一]危則先有功。臣死，不敢居平王之上。」

孝友之有益於人家國也大矣。睿宗之賢，不及高祖；明皇之賢，不及太宗。高祖且不能與有功之子，况睿宗乎？太宗且不能處無道之兄，况明皇乎？使成器不能以死自讓，他日登樓之變，吾知其不在太平而在成器矣。父子兄弟之親一也，孰謂明皇能忍於殺其子而不能忍於其兄哉！然則成器一讓，上以成睿宗之明，下以成明皇之義，而開元三十年之治，未必不基於此也。於乎！孝友之有益於人家國也如此！君子觀建成之禍，而後知成器之功。

【校勘記】

〔一〕國家，《凈稿》正德本文卷二十二無。

唐玄宗

胡氏曰：「殲殄諸韋，懲五王之不斷也；誅竄諸武[一]，懲中宗之失刑也。然撥亂反正之道，必拔本而塞源。是時也，若能條陳禍亂，原本起自武后，黜其號，罷其享，以絶之於祖宗，其猶足以垂女王[二]禍亂之戒也乎！」

自古撥亂之君，所以爲天下後世計者，必歷監其禍而曲爲之防，然猶往往出於其所不料，況迹其所以致禍者而躬蹈之，則是惡濕而居下。其爲計也，不亦疏乎？明皇知武后之禍起於聚麀，而不能已壽妃之册；知韋氏之禍生於點籌，而不能遏木[三]兒之寵，雖力誅塈后既死之魄，以絶之於宗廟，欲其不至於亂亡也，得乎？拔本塞源之論，盍亦求之吾身而已矣。故吾論嗣聖之禍，不曰武氏而曰高宗；論景龍之禍，不曰韋氏而曰中宗。然高宗無履霜堅冰之智，如瞽者之墮於阱而不能知；中宗無困心横慮之忿，如跛者之於陷於阱而不能起。若玄宗者，親見武氏之禍，親平韋氏之亂，不瞽不跛，終其身展轉於阱之中，而卒莫之悟。於乎！其亦謂之何哉？吾於是又移其所以責高宗、中宗者，而深責玄宗焉。

【校勘記】

[一] 武，《浄稿》正德本文卷二十二脱。

[二] 王，《浄稿》正德本文卷二十二作「主」。

[三] 木，《浄稿》正德本文卷二十二作「禄」。

狄仁傑

蘇穎濱曰：「王陵、裴炎迎禍亂之鋒，欲一言折之，故不廢則死。陳平、狄仁傑待其已衰而徐止[二]之，故身與國俱全。」

天下事有似同而實異者，君子于其心而已矣。裴炎之諫武后立七廟、反政豫王，侃侃乎殿陛之間，有似於王陵之爲漢。然盧陵廢立之謀，誰實啟之？陳平之佐周勃、誅諸吕，迎立代王，遲遲乎歲月之久，有似於仁傑之復唐。然諸吕分王之議，誰實主之？借曰寬假吕氏，以圖後功。諸武之王，仁傑有是事乎？平之心不過貪生畏死，以保富貴而已。若乃裴炎之廢立，既黨于武氏矣，而故爲是論諫，以收公議於其後。陵之所以面折吕氏者，果如是乎？苟以炎之諫而比陵，以平之功而比仁傑，則紿説吕禄屬兵太尉，酈寄亦漢之忠臣矣；勸誘二張請還廬陵，吉頊亦唐之忠臣矣，是烏可哉？要之陵不必有平之功，而其心即仁傑之心；仁傑不必有炎之諫，而其心非平之心，若乃其事之成不成、幸不幸，則君子不暇論也。先儒有曰：「人臣建策效計當原其心，誠爲國邪，策雖不就，君子予之，心不在國，假善以濟其私，功雖幸成，君子不與也。」至哉！言乎！

【校勘記】

［一］徐止，《净稿》正德本文卷二十二作「除正」。

張涉薛邕

上初即位，疏斥宦官，親任朝士，而張涉、薛邕繼以贓敗。宦官、武將皆曰南牙，文臣贓至巨萬，而謂我曹濁亂天下，豈非欺罔邪？於是上心始疑，不知所倚仗矣。

世謂小人能勝君子，非小人能勝之也。所謂君子者實自敗以取侮，然後小人有詞於天下，斯君子之氣沮而其機在彼矣。不然，君人者豈願疏君子、親小人以取[一]禍其家國也哉！惟不能辯之於早，使小人得以冒君子之名而用之，乃反爲小人之所指摘，若德宗之用張涉、薛邕，適以爲宦官、武將之口實，遂至因噎廢食而盡疑天下之士，雖以陸宣公之賢，猶不免於竄逐而後已。於乎！人君所藉以佐理天下者，天下之賢也，而使小人得以譏笑之，則天下之事可知矣。此宦官、武將之禍所以終唐之世而莫之救也。噫！

【校勘記】

［一］取，《净稿》正德本文卷二十二作「自」。

李　瓘

初，上以李懷光子瓘爲御史。及懷光頓兵不進，瓘密言於上曰：「臣父必負陛下，願早爲之備。臣聞君父一也，陛下待臣厚，故不忍不言。」上曰：「卿當爲朕委曲彌縫之，使君臣父子俱全，不亦善乎？」瓘至咸陽，還曰：「無益也，願陛下備之。」及懷光死，瓘亦自殺。

昔楚子將殺令尹子南，而告其子棄疾，棄疾曰：「洩命重刑，臣亦不爲。」及子南殺，棄疾曰：「棄父事讎，吾弗忍也。」遂縊而死。君子曰：「伐國不問仁人。」楚子不以棄疾爲可憚而告之，固可占其爲人矣。夫爲人子者，猶不可與聞其君之不利于其父，況告父以必負其君而欲早爲之備乎？若瓘者，謂宜微見動静可去，則涕泣以死諫於其父，可也；不幸而勢縶於君，則寧含垢以死，亦可也。又况德宗之所以語瓘者曰：「卿當委曲彌縫，使君臣父子俱全。」則瓘得以自處矣。然而往來咸陽，歸報其君，不過願陛下備之而已，瓘之心何心也？於乎！君父在世，未有能輕重之者，既告君以備其父，則亦可告其父以畔其君矣，棄疾之死且不足以償責，瓘縱自殺，夫何益哉？世之君子猶或以爲賢而惜之者，其亦異乎《春秋》之義矣。

崔昌遐

崔胤語朱全忠，召補六軍十二衛以防茂貞，使全忠無西顧之憂。全忠疑其異己，奏貶胤，譖殺之。胡氏曰：「人見崔昌遐深結宣武，疑其有輸唐社稷之意。胤非敢爾，直惡奄豎疾茂貞耳，不然何用區區召補六軍諸衛，爲王室壯形勢哉？」

自古小人之近[一]利，未有能保其終而不敗者。蓋其爲心私，私則疑，疑則忌，忌則圖，圖則害必及之，崔昌遐之召補六軍十二衛是也。夫壯王室形勢，禁旅之與儲嗣，孰重哉？德王壯偉，惡奸帝位，全忠之意也，昌遐實譖害之；輝王幼沖，利爲元帥，全忠之意也，昌遐實陰請之。然則區區召補，特與全忠，地嫌勢偪，恐反覆及禍，欲握兵以爲[二]固耳，夫孰與於王室哉？然全忠之猜忍淫虐，雖無召補之釁，如蔣玄暉、柳璨、張廷範者亦且不免，况昌遐有以趣之乎？使昌遐直惡奄豎，疾茂貞而結全忠，未免失知人之明，而其心之在唐，則天地鬼神實臨之。召朱温賣社稷之言，何以不能自掩於長安士民之口邪？

【校勘記】

［一］ 近，《浄稿》正德本文卷二十二作「共」。

［二］　爲，《净稿》正德本文卷二十二作「自」。

曹　彬

曹彬總師伐唐，太祖謂曰：「俟克李煜，當以卿爲使相。」及還獻俘，太祖謂曰：「本授卿使相，劉繼元未下［一］，姑少待之。」乃賜彬錢二十萬［二］。

善持天下者不濫賞，亦不吝賞，惟信賞而已矣。太祖之於曹彬，寧賜以三十萬錢而靳一使相，夫豈吝賞者哉？特不欲濫賞者耳。然與其不輕授於旋師之後，孰若不輕許於出師之初？向徙［三］木之賞，固爲國者所不棄，然許而後賞，上下之間已不免交相爲利，况又從而不信之乎？向非曹彬之謙厚，固未能保其不怏怏者，李懷光之覆車，蓋可監矣。

【校勘記】

［一］　劉繼元未下，底本缺「元」字，《净稿》正德本文卷二十二缺「未」字，據《宋史》卷二五八補。

［二］　二十萬，底本作「三十萬」，《宋史》卷二五八改。

［三］　徙，底本作「徒」，據《净稿》正德本文卷二十二改。

吕夷簡

李宸妃實生帝，劉太后既取爲己子，人無敢言者。宸妃薨，太后欲以宫人禮，治喪于外。宰相吕夷簡奏宜從厚，謂太后曰：「陛下不以劉氏爲念，臣不敢言；尚念劉氏，則喪禮宜從厚。」太后悟。又謂内都知羅崇勳曰：「宸妃當以后服殮。異時勿謂夷簡不道。」崇勳如其言。太后既崩，荆王元儼始與帝言，且曰：「妃死非命。」帝因號慟累日，下詔自責，追尊爲皇太后，親啟棺視之，見冠服如皇后，嘆曰：「人言豈可信哉！」

李宸妃之事，劉后以主母而久擅權於當時，仁宗以嫡孕而將得志於他日，人臣謀國而處兹危疑之際，亦大艱難矣。夷簡者，上能奪劉后之私情，下不遺仁宗之宿憾，調和兩宫，終始如一，孰謂非宰臣之力、宰臣之能也？殊不知天子之母，固不可以不厚，而嫡庶之分，亦不可以不嚴。自母以子貴之説行，世之人主但知能尊其所生之爲孝，而不知尊其母所以卑其父之不得爲孝也。是故宸妃以后服殮，非厚宸妃也，所以陷宸妃於先帝宗廟之非禮；非厚仁宗也，所以啟仁宗於他日追尊之非義。且曰太后尚念劉氏，是特爲太后謀也。又曰異時勿謂夷簡不道，是特爲一身謀也。於乎！天下獨無大中至正之道，可以沮太后之邪心，而弭仁宗之遺恨者乎？夷簡誠知道而忠謀，力勸太后，明語仁宗，布諸天下，告於宗廟，痛悔前日襲取之非，大正今日主妾之義，於是而爲宸妃發喪，厚其所當厚，而殺其所當殺，以仁宗之明達仁恕，質以先王之禮，未有不從者，而顧爲是委曲彌縫以免禍，抑末矣。

司馬光

以司馬光爲尚書左僕射，遼人聞之，敕其邊吏曰：「中國相司馬矣，慎無生事、開邊隙。」

自昔中國之動静，夷狄未嘗不知之，則宰相之賢否進退，彼得以爲輕重也，無惑矣。安石爲相，既取熙河湖北，復取瀘夷，無不遂意，若可喜者，而交阯小醜得以露布青苗、助役之非於天下曰：「中國窮困生民，欲以相拯。」温公嘗勸宣仁棄蘭州五砦以復于夏而已，初未聞其能取夷狄尺地以自益，然而契丹君臣動色相戒曰：「中國相司馬矣，慎無生事、開邊隙。」噫！何以得此於彼哉？夫人必自侮而後人侮之，安石設法盡利以自弱其民，交阯雖小，如之何其弗侮？温公易暴弛利以自固其民，契丹雖强，如之何其弗畏？相臣之爲國重輕也，蓋如此。然則爲國者，其亦知所先務哉？

吕公著

吕惠卿、章惇等皆斥外言者論之不已。范純仁言于太后曰：「録人之過，不宜太深。」或謂吕公著曰：「今除惡不盡，將爲後患。」公著曰：「治道去太甚耳。」鴻臚丞常安民貽公著書：「竇武、陳蕃[二]協心同力，天下想望太平，然卒死曹節之手。張柬之、五王中興唐室，以謂慶流萬世，及武三思一得志，至於竄殛淪没。此皆已然之禍，甚可懼也。」公著得書默然。

於乎！陳竇、五王之禍，君子幾事之不密，識者未嘗不痛恨於千載之下，則常安民諸人所以深爲公著慮者，夫豈過哉？然有懲陳竇以悉誅宦官者，而漢卒不免於夷陵，懲五王以悉殄韋[三]武者，而唐卒不免於播遷。則懲其事未若懲其心，天下之治與亂，特君心一轉移之間耳。於乎！太甲不怨艾，雖伊尹何以成其功？成王不悔悟，周公何以致其力？吾嘗竊謂元祐之治，雖司馬公諸人之力，實宣仁攝政之功；紹聖之亂，雖惇卞諸人之罪，實哲宗親政之過。故上官桀不能譖霍光者，孝昭主之也；封德彝不能勝魏徵者，太宗主之也。然則吾於紹聖諸人也何責哉？必不得已則畢仲游之策，其庶幾乎？

【校勘記】

［一］蕃，底本作「番」，《浄稿》正德本文卷二十二誤作「蓄」，據文意改。按：陳蕃爲東漢大臣。

［二］韋，底本及《浄稿》正德本文卷二十二均作「常」，據文意改。按：「韋」指唐中宗韋后之黨。

范純仁

文彦博欲貶蔡確嶺嶠，純仁謂吕大防曰：「此路自乾興以來，荆棘近七年，吾輩開之，恐自不免。」

韓魏公於國家事知而[一]不爲。或曰：「公所爲如是，殆非明哲之所尚。」公嘆曰：「爲人臣者，盡力以事其君，死生以之，顧事之是非何如耳。至於成敗，天也。豈可豫憂其不成而遂輟不爲哉？」温公剗革新法，或謂之曰：「熙豐舊臣多憸巧小人，他日有以父子義間上者，則禍作矣。」公正色曰：「天若宋祚，必無此事。」於乎！至哉二公之言！君子之臨大節、斷大事，亦惟曰「盡己」、曰「聽天」而已。盡己必勇，不勇則有所畏怯；聽天必誠，不誠則有所覬幸。魏公以己而俟乎天，温公以天而信乎己，氣象雖或不同，然視忠宣之言，則高下大小蓋可見矣。

【校勘記】

［一］而，《浄稿》正德本文卷二十二作「無」。

張權輿

上□□□□□□□張權輿叩頭諫曰：「昔周幽王幸驪山爲犬戎所殺，秦始皇幸驪山而國亡，玄宗幸驪山而禄山反，先帝幸驪山而享年不長。」上曰：「驪山若此之凶邪邪！宣□□□之。」既還，謂左右曰：「彼叩頭者之言，安足信哉！」

恒人之情，將有所爲而不顧也。其私心僻意，如泉之涌，如火之熾。壅之而愈騰，撲之而愈烈。況夫萬乘之尊，勢得以生殺予奪者，而欲以强言縶之乎！吾嘗□之，敬宗非果於拒諫者，諫晏朝而聽，諫營造而聽，諫宴游而聽，諫肴李紳而聽，諫免崔發而聽，諫罷東巡而聽，諫寬量移而聽，諫廢戒壇而聽，諫箴丹扆而聽，敬宗非果於拒諫者也。今張權輿歷舉驪山之禍，若桴鼓影響之逼於其後，叩頭力諫而卒，不能沮温湯之行者，得非激其忿而畏禍之心反輕乎？然則，人臣不患乎其君之不可諫，惟患乎己之不能諫，況反覆憸小如權輿者之不足以取信於君，復何望哉？《易》曰：「有孚血去，惕，出無咎。」然則人臣之欲諫其君者，其亦知所自處矣。

桃溪類稿卷之四十一　講章

誠者天之道也[一]

誠者，天之道也。誠之者，人之道也。誠者，不勉而中，不思而得，從容中道，聖人也。誠之者，擇善而固執之者也。

這是《中庸》第二十章，子思引孔子答魯哀公問政，又特拈出一個「誠」字的説話。誠，是真實無妄之謂。天之道，是天理之本然。誠之者，是未能真實無妄，要著力去做那真實無妄的工夫。人之道，是人事之當然。孔子説天地間惟天理爲至實而無妄，人得這天理以爲性，如仁便著實是個仁，義便著實是個義，禮智便著實是個禮智。所以發出來惻隱、羞惡、辭讓、是非之情也，都是真實無妄，所以亘古亘今千萬人，一個個都是如此，這便是天理之本然，都不由人安排得，所以説誠者，天之道也。天理本無不實，但在人不能無氣質物欲之雜，故未能真實無妄，而必欲到那真實無妄的去處，這便是人事之當然，斷斷乎不可不如此者，所以説誠之者，人之道也。不勉是不待勉强，不思是不待思索，從容是自然的意思。聖人之德，渾然天理，真實無妄。不待勉强而自然合此理，這便是安行。不待思索而自然得此理，這便是生知。其知其行，皆是從容自然而中乎道。這等處便是聖人與天合德，却便也是個天之道，所以説誠者，不勉而中，不思而得，從容中道，聖人也。擇善，是分別那善惡，專揀個善的來做。固執，是既擇得個善了，却要牢固去執守得定的意思。蓋未至於聖，則不能無人欲之私，而其爲德，不能皆實，故未能不思而得，必要去用那擇善的工夫；未能不勉而中，必要去用那固執的工夫。擇善是學知以下的事，固執是利行以下的事，這便是人之道，所以說誠之者，擇善而固執之者也。臣嘗考之，「誠」爲《中庸》一篇之樞紐，先儒之論，已極詳備，但此章專爲問政而發，則這誠字於人君身上又是十分緊要的道理。古之人君如堯舜性之，這便是自然的誠。如湯武身之，却便也不免用那誠的工夫。至如太甲、成王，始雖迷惑，到後面却能服行一德，敬德之訓，這便是也曾去用那誠的工夫來。所以他當時都雍熙泰和，享國長久。若只務虚文，不肯去著實用那誠的工夫，名如此而實不如此，迹如此而心不如此，所令如此而所好不如此，如漢武帝内多欲而外施仁義，唐太宗外行仁義而内多慚德，這便都是不誠了，所以他的治效，終有愧唐虞三代。又如梁武帝酷好佛法，唐德宗信任盧杞，其於治道之邪正、人才之賢否，却全曉不得，這便是不能用那誠的擇善工夫。又如唐玄宗初年厲精幾致太平，後來却窮奢極欲，溺於所愛；唐憲宗初年，發憤志平僭亂，後來却好神仙，迎佛骨，有始無終，前後却似兩個人一般，這便是不能用那誠的固執工夫。所以此四君禍亂相仍，或亡其國，或及其身，與漢武帝、唐太宗又覺不同，這可見「誠」的一字，真個是千萬世帝王治天下的根本。得之則治，失之則亂，孔子之言不可不篤信有如此者。臣愚，不勝犬馬惓惓，伏惟聖明留意。

【校勘記】

［一］《類稿》目録以「誠者天之道也」至「擇善而固執之者也」爲題，今取首六字。

故君子尊德性[一]

故君子尊德性而道問學，致廣大而盡精微，極高明而道中庸，温故而知新，敦厚以崇禮。

這是《中庸》第二十七章，説君子修德凝道的工夫，全在存心致知上面。君子，是指學者。説尊，是恭敬奉持的意。德性，是吾所受於天的正理。道字，解做由字。温，是時習的意思。敦，是加厚。子思説道體極於至大而無外，所以君子常要尊奉德性，做那存心的工夫，以極乎道體之大；道體入於至小而無間，所以君子常要由於問學，做那致知的工夫，以盡乎道體之細。這二者是修德凝[二]道之大端，所以説君子尊德性而道問學。心體本自廣大，私意蔽之則小，不以一毫私意自蔽，這便是致廣大。精微是理之微妙處。析理不使有毫釐之差，這便是盡精微。心體本自高明，私欲累之則暗，不以一毫私欲自累，這便是極高明。中庸是事之恰好處。處事不使有過不及之謬，這便是道中庸。舊得易忘，必涵泳乎其所已知，此是温故。義理無窮，必日知其所未知，此是知新。持守欲其堅，故必敦篤乎其所已能，此是敦厚。節文欲其慎密，必日謹其所未謹，此是崇禮。致廣大、極高明、温故、敦厚，都是存心的工夫。盡精微、道中庸、知新、崇禮，都是致知的工夫。蓋非存心無以致知，而存心者又不可以不致知。故此五句大小相資，首尾相應，聖賢所示入德之方，莫詳於此。臣嘗推而論之，《中庸》此章雖通上下而言，然修德凝道之責，在人君身上尤爲切要，而存心致知之功尤不可缺。蓋人身之心，一或不存，則衆欲攻之，念慮之微害及四海。故雖以舜之聖，而其臣猶有「罔游罔淫，無教逸欲，無若丹朱傲」之戒。人君之知一有不致，則衆邪蔽之，毫釐之差，謬以千里。故雖以舜之聖，而其臣猶有「勿貳勿疑，罔違道，罔咈百姓」之戒。是必惟精惟一、兢業萬幾如舜，然後可以爲存心；必明物察倫、知人則哲如舜，然後可以爲致知，如是則德無不修而道可凝，于以著於三千三百之儀而成其發育峻極之功。區區後世功利駁雜之治，蓋不足以語此也。伏惟皇上遠法大舜，而深以其所戒者爲鑒，則有虞治道之盛，端在今日，宗社幸甚，天下幸甚，萬世幸甚，臣不勝犬馬惓惓。

【校勘記】

[一]《類稿》目録以「故君子尊德性」至「以崇禮」爲題，今取首六字。

[二] 凝，《浄稿》正德本文卷二十三作「疑」。

帝曰皋陶[一]

帝曰：「皋陶！惟茲臣庶，罔或干予正。汝作士，明于五刑，以弼五教。期于予治，刑期于無刑，民協于中，時乃功，懋哉！」

這是《虞書·大禹謨》舜稱皋陶之美以勸勉的意思。帝，是舜。皋陶，是舜臣名。干，是犯，正，是政。士，是士師，獄官也。五刑，墨、劓、剕、宮、大辟。五教，是五品之教。弼，是輔。懋，是勉也。帝舜呼皋陶之名，説道政以德爲本，而刑所以輔其不及，惟此，臣庶都無有干犯我之政者，正以汝皋陶爲士師之官，能明審那五刑之法，以輔弼這五品教條所不及處，而期我以必至於治。其始雖不免用刑，而實所以懲其惡，使歸於善[二]，以期必到那無刑的地步。故曰：「明于五刑，以弼五教，期于予治，刑期于無刑。」舜又説汝皋陶用刑非所以殘民，乃所以化民，故民亦皆能協於中道。初無那過不及的差失，是刑到此地步，果無所用了。故曰：「民協于中。」又説凡此皆汝皋陶已成之功，汝又必益勉之，使刑常期於無，而民常協于中可也。故曰：「時乃功，懋哉！」蓋舜不聽禹之讓，而稱皋陶之美以勸勉之如此。臣嘗因是而推之，刑雖聖人未嘗不用，實亦不得已而用之，故曰弼教、曰期于治、曰期于無刑，是皆有欽恤哀矜不得已的意思，故舜之刑四凶之外，不聞有所濫，而民皆協于中以極于無刑之化。後世之刑，若秦以深計忠諫爲罪，而有連坐督責之法，法愈密而民愈無所措其手足，民無所措手足而天下之治已不可復爲矣。雖然，刑之爲用，慘刻固不可，姑息亦不可。一於姑息，則四凶不必誅，而天下之爲惡者無所懲、無所懼，其流之弊必至於漢元成、唐僖昭而後已，此又古聖人之所深慮而必欲歸之于中者也。臣愚不勝犬馬惓惓，伏惟聖明留意。

【校勘記】

［一］《類稿》目録以「帝曰皋陶」至「懋哉」爲題，今取首四字。

［二］善，《净稿》正德本文卷二十三無。

聖有謨訓［二］

聖有謨訓，明徵定保。先王克謹天戒，臣人克有常憲，百官修輔，厥后惟明明。

這是《夏書·胤征篇》，仲康將命胤侯征羲和而誓告于衆的意思。聖，是聖人，指大禹而言。

謨訓，是謨謀之可爲訓者。明徵，是明有徵驗，不是無稽之言。定，是安定。保[二]，是保守。天戒，上天所以警戒人君者，如日食之類。謹，是恐懼修省的意思。常憲，是奉法修職以供其事的意思。修輔，是各修其職以輔於君。后字，訓做君字。明明，后是人君之明哲賢聖的。仲康將征羲和，誓告于衆，説道聖人謨訓明有徵驗，不是都無稽的言語，遵而行之，可以安定保守邦國而不失其謨訓之意。説道在昔先王不敢慢天，常恐懼修省，以克謹天戒於上。其臣人不敢玩法，皆奉法修職，以克有常憲於下。百官之衆，各修其職以輔其君。故當時之君，内無失德，外無失政，所以能爲明哲賢聖的君。今日食之變，天戒顯然，而羲和若罔聞，知是失其常憲，昧先王之謨訓矣，如何可赦？蓋當是時，后羿專政，君弱臣强，以致此變。羲和黨羿，而不以告，故仲康命胤侯正其罪而誅之如此。臣嘗因是推之，人君至尊無對，其所敬事而畏憚者惟天而已，故天心仁愛人君，必出變異以告戒之，而人臣之忠愛其君者，必舉天戒以警動之，庶幾恐懼修省，變異可消，天意可回，而國祚可永。後世之臣蒙蔽其君，至有以天變爲新學亂道，如張禹之誤成帝；以天變爲不足懼，如王安石之誤神宗者，其欺天罔上之罪，比之羲和則又不容誅矣。然仲康猶幸能誅羲和，而成帝、神宗則誤於張禹、王安石，而卒莫之覺，是又重可嘆恨而足爲永鑒者也。伏望皇上，遠法聖謨，近取殷鑒，以上謹天戒，以下察臣愚，則宗社幸甚，天下幸甚，萬世幸甚，臣不勝犬馬惓惓。

【校勘記】

[一]《類稿》目録以「聖有謨訓」至「明明」爲題，今取首四字。

[二] 保，底本及《浄稿》正德本文卷二十三作「守」，據《浄稿》臨海博物館藏抄本改。

先進於禮樂[一]

先進於禮樂，野人也。後進於禮樂，君子也。如用之，則吾從先進。

這是《論語》第十一篇，孔子述時人之言，而又自言其意如此。先進，是前輩的人。後進，是後輩的人。禮樂，不但是製禮作樂，凡日用間一動一静，無處無之，都是禮樂。野人，是郊外的小民。君子，謂賢士大夫。孔子説大凡禮樂必先有質而後有文，文與質二者固不可相無，亦不可相勝。先進於禮樂，當周盛時，文與質皆得其宜，本是恰好的，當時之人不知其美，反謂之質樸，而以那先進的爲野人。後進於禮樂，當周之衰，文勝而過其質，本是不好的，當時之人不知其過，反謂之彬彬，而以這後進的爲君子。孔子既述時人之言，又自説道：「我若用這禮樂時，必須從那先進的禮樂。」蓋先進禮樂，正是那文武周公監二代而損益的，後進禮樂，却是周末文勝的禮樂，這已都失了那文武周公的初意，我若用這禮樂，必須要從那先進的，這後進的却决不敢從。臣嘗因是推之，時人以先進爲野人，以後進爲君子，這都是惑於流俗，以是爲非、以非爲是，故其顛倒錯亂，至於此[二]。若不是孔子之聖，如何辨别得出來？務要從那先進的君子？此知人之難，自古爲然。而所謂君子小人，似是而非之間，尤有國有家者所當亟辨而不可忽也。臣竊見後世往往有以君子之盡忠守，正爲沽名、爲立異者，這便是以先進爲野人的意思。有以小人之容悦奔走，爲愛君、爲謀國者，這便是以後進爲君子的意思。是故賢如漢武帝，猶以汲黯之面折廷諍爲戇而斥之守郡，以公孫弘之曲學阿世爲賢而置之相位。賢如唐玄宗，猶以宋璟之特立不阿而疑其賣直，以李林甫之妒賢嫉能而任之不疑。甚者至爲奸險所罔，欲以空一世之善類而名之爲黨人，欲鋤一世之正道而名之爲僞學，這等的比那君子、野人之顛倒錯亂，又不知其幾百倍，此其用舍進退、鼓舞予奪之間，國之所以治亂安危，世之所以汙隆升降者，實繫於此。伏願皇上推類致察於是非邪正之間，必取法於孔子從先進之言，以下監漢唐宋諸君之失。宗社幸甚，天下幸甚，萬世幸甚，臣不勝犬馬惓惓。

【校勘記】

［一］《類稿》目録以「先進於禮樂」至「從先進」爲題，今取首五字。

［二］至於此，《净稿》正德本文卷二十三作「至於如此」。

桃溪類稿卷之四十二　奏疏

論西北備邊事宜狀

右今月十四日内閣臣彭時等遣中書舍人劉詢遞到《論西北備邊事宜狀》，今臣等選列獻納者。臣實駑下，不識當世之務，凡臣所未能言與所欲言而未能者，神謨睿算固已素定，而元老大臣與公卿百執事、又皆能知而言之，而復猥及於臣者，蓋求言自助，不遺疏賤，實古人以人事君之盛心，臣雖至愚不敢言及之，而不言以負陛下，且負元老大臣所以盡忠於陛下之職分也。臣愚，竊惟天下之事，有自其本而言者，有就其事而言者。自其本而言雖若迂而實切，就其事而言則若急而實泛。今日西北備邊之狀，所謂就其事而言者。然臣嘗窮古今極理勢而論之，有其本而不見於事者有矣，未有爲其事無其本而能終始無弊者也。且備邊急務，莫先於審擇形勢。而形勢之所以固，則實在於將帥之賢、士卒之銳。然所以任用其賢、蓄養其鋭者，則又在於人君之一心，而輔之者宰臣也。孟子曰：「惟大人爲能格君心之非，君正莫不正，一正君而國定矣。」《書》曰：「無怠無荒，四夷來王。」又曰：「惇德允元而難任人，蠻夷率服。」臣愚，謹按古義，輒敢以是爲備邊之本，而復詳具其事于後，惟元老大臣擇其可而進焉。臣惟中國之於夷狄，得其地不足以賦税，得其人不足以服役，不可以禮義化，不可以衣冠處，故先王馭之之道，惟來則禦戰，去則守備而已，未嘗窮追遠討，罷敝中國以爲無益之圖。然所以守而禦之者，惟在於設險，亦必因夫天地自然之險，庶幾爲力易而其成功也不難矣。臣嘗近觀往事。宋之時，北有契丹之雄猛，西有元昊之桀黠，講好納幣，特以曲爲隱忍，羈迷而已。今則東而女直、毛鄰，北則朵顔、迤北，西則哈密、吐番，莫不奉貢來朝，願比侯服，曷嘗聞其顯有名號如彼者乎？宋之時，全燕之險既失於北，横山之險復失於西，養兵守境，特以力爲支持撐拄而已。今而東則遼陽、山海，北而宣府、大同，西而寧夏、甘肅，莫不入我版圖，屹爲城翰，曷嘗聞其雄據險阻如彼者乎？是夷狄之衰，未有甚於今日者也；險阻之得，亦未有過於今日者也。獨河西一方，近失聲援，伏爲窟穴，是猶四肢無恙，而一指不信，豈足爲吾病哉？然數年以來，民疲兵困，而卒未能攘逖克服以底于成功者，抑有説焉。且以形勢而論，失淮甸則江不可守，失漢中則蜀不可守。天生大河以爲關輔之限，而受降、東勝又大河之藩籬，失此則河固不可守，况又失河而退守延綏、榆林，千數百里之内，其何及哉？蓋寧夏去受降不數百里，既失受降，則寧夏以東之聲援不通，而東勝不可守。大同去東勝亦不數百里，既失東勝，則大同以西之策應絶遠，而延綏、榆林不易守。况自延綏徑榆林以至寧夏不下二千餘里，而列堡不過二十有三，馬步軍不過二萬三千有奇，校之宋時西兵，蓋不能二十分之一，而老羸半之，兵弱而寡，如此則雖狄青、种世衡爲之將，韓琦、范仲淹爲之帥，亦且無以爲用，况萬萬不及者哉！是以往年寇掠，如履無人之境，東則自孤山、柏林諸堡而入，中則自平夷、懷遠諸堡而入，西則自靖邊、清平諸堡而入。又西則寧塞諸處直抵金湯，川安邊諸處直抵環慶，花馬池諸處直抵固原，以至土門、塞門、山城、萌城諸處莫非入寇之路，曾無可據之險，又况榆林以北東西數千里，沙深水小，高不可城，深不可塹，於此控扼，實爲至難。朝廷久爲搜套之策，直以餽運之艱，重勞民力，疑而未决。然往者劫營之舉，傳聞路道，則又不過老弱婦女及掩擊漢人，以虚張冒賞而已，曾未聞既舉之後所以長久守禦之計，是蓋不惟徒激其怒以堅彼復寇之心，使虜而有知，寧不反貽其笑乎？幸而上賴宗社之靈，近復北徙，無大猖獗，及此無事之時，正宜蓄兵養鋭，於大同、寧夏以爲東西之援，於是而漸圖收復漢唐故疆與我國初東勝之地，據三受降城以極形勢，修千八百堠以謹烽火，以河曲爲室家而屯田積穀於其中，以受降爲門户而耀兵振武於其外。賊小至，則彼此自衛，扼險設伏以待之。賊大至，則左右召援，堅壁清野以困之。又大至，則西發寧夏，東發大同，以至大河西南，皆我屯聚策援之所。以路道則大減於昔，以險阻則大過於昔。道路近則我易於號召，而守御之力專。險阻多則彼難於進退，而奔突之氣阻。所謂守而必固，守其所不攻者，策之上也。不然，則嚴精鋭添築墩堡分布森列於前諸路之衝，而以重兵屯宿於延綏、環慶、固原諸處，以備策應聲援，以伐賊謀，使彼欲侵掠吾外則有追逐之慮，欲深入吾内則有邀截之危，跋前躓後，方且進退畏縮之不暇，安敢自投死地以求無厭之利哉？所謂畫地而守，敵不敢[二]與我戰者，乖其所之也。此則今日之必可行者，特在朝廷所以任用將帥，所以蓄養士卒者何如耳。孟子曰：「地利不如人和。」不然，則劍閣平地、長江坦途，亦安用近舍延綏、榆林而必取受降、東勝之爲險哉？蓋將帥者三軍之司命，擇之不可以不精，任之不可以不專，馭之不可以不法。昔漢宣帝欲伐西羌，必使丙吉問趙充國而後用以爲將。宋仁宗欲用夏守贇爲樞密使，富弼力諫其不可。蓋選用將帥必詢謀宰臣以大合天下之公論，此國之體，亦事之宜也。不然，一人之耳目有限，豈能保其無所偏聽誤惑以禍人國家者哉？輸錢諂價、交結保明，若晚唐之債帥，殷監不遠，甚可畏也。如是而擇將可乎？李牧爲將軍，市之租[二]悉聽其用，以享士卒；狄青南征，貴近之黨相聞駭愕，不敢從行。蓋閫外之權惟其所制，雖天子之私人亦不得而撓之也。不然左監右督，甲可乙否，惡能望其堅志獨力以爲國家之用哉？邙山之戰，河懷陷没，雖李光弼之賢亦不能以成功，甚可恨也。如是而任將可乎？王全斌在蜀，至郡[三]貂帽以賜之，曹彬既平江南，猶惜一使相而不與。古之馭將雖未嘗不以恩，而亦無所濫也，恩濫則雖欲懷之不可得矣。今則戎虜[四]如故，而先後從事之賓，貪冒扳緣已躋極品，可復制乎？城濮之戰，殺子玉而爭伯；江漢高平之役，斬樊愛能而威振關南。古之馭將雖不專以威，而實未嘗褻也。威褻欲懼之[五]，亦不可得矣。今則誅罰不聞，而猶得以高爵厚禄，偃蹇退托矣，欲坐享以終身，可復禁乎？夫所謂將帥者如此，則其於士卒可知矣。昔吴起爲將，與士卒最下者同服食，病則爲之吮其疽。竇嬰爲將，陳所賜金於簷下，聽軍吏量取以爲用，此則恩足以結其歡心者也。今而戰没者士卒而名數不聞於朝廷，克捷者士卒而功賞悉歸於權勢，甚至糧有克减之暴，月有辦納之需，怨心忿氣，充塞腦腹，况得而使之乎？吕蒙出師，卒有取民一笠者，即斬以狥；張仁願禦寇，卒敢回首望城者，必斬不宥，此則威足以制其死命者也。今而邊民不畏寇虜而畏官軍，官軍但聞增級之賞而不聞退縮之誅，甚至襲殺無辜，淫虐良善，驕心惰氣凝[六]滿眉目，况得而用之乎？習山川之利，懷骨肉之戀，耐寒好勇，陝西之土兵可用也。今則始而召募，終而調補，非其願矣。爲方田，立馬社，厚以招賚如曹瑋者何人？無久戍之苦，有安土之便，輕險狎戰，山西之民壯可使也。今則始許爲民，終永爲軍，失其信矣。營建田，射銀的，優以恩賞如种世衡者何人？强虜在外，倉卒禦戰，金城猶可屯也。十七在田，十三在堡，今獨不可以此而省餽運乎？寇敵在前，艱難討伐，渭濱猶可屯也。無事則耕，有警則戰，今獨不可以此而紓漕輓乎？然而饒沃或兼并於豪强，荒瘠或困乏於牛種，耕斂或奪於私差，輸納或脅於包攬，衛所有屯田之官而因以侵漁，按察有屯田之官而全爲姑息，於是屯田之政爲虛文、爲故事，而兵食益困矣。雖然避三門之險以泝河而入渭，漕運之迹可尋也，酌古準今，繼耀卿之故智者誰乎？轉襄漢之漕，由南陽而入武關，陸運之路可通也。因勢相宜，舉歐陽之遺策者誰乎？今而輦金駝帛日涌月增，止以輸關中之粟，斗出斛[七]入，陽禁陰取，不能無耗外之科，甚至先期預徵，急如風火，方面有司，但知軍需之重，而不知有民；但知部令之嚴，而不知有民。困而掊剋者有矣，何望其畏遏匈奴，如郭伋之在漁陽！苟且交代者有矣，何望其擊破寇虜，如張堪[八]之在高柳！有榷鹽以爲永利，所以爲兵也，然鹽率[九]賣窩以侵利於商賈，而公家不享其實；有鬻爵以爲權宜，亦所以爲兵也。然爵或虛授以取媚於權豪，而公家徒濫其名。竭民之脂膏以養兵，而兵未嘗飽；塗兵之肝腦以衛民，而民未嘗安。法立弊生，根連蠹結，凡此皆非虜之能敝我[一〇]，吾自敝耳。然猶未也，聞有以交易茶馬而賊殺其人者矣，寧不啟[一一]爭釁之端；聞有因貢賜入境而掠換其馬者矣，寧不重納侮之隙。武夫俗流出疆撫諭，何以尊中國之體？頑狡白丁重譯接伴，何以通夷狄之情？在彼叛服之由，蓋亦有繫於此，不可以不慎者。凡今之事，率皆類是。臣欲遍舉以陳，顧其序有未及者，兹欲通前之弊一洗而去之。羸弱之人，百骸九竅，無一毫一髮而不受病，雖有盧、扁、華佗[一二]之神丹妙劑，欲一一而救之，亦無着手處矣。獨調養元氣以壯吾心腹之本，然後煎腸滌胃，以大收瞑眩之效，則病根不期去而自去，病勢不期安而自安。然此豈他人所能預哉？實聖心一轉移之間耳。陛下誠如前所謂無怠無荒者，以敬守此心，惇德允元而難任人者，以慎用此心，而又使宿德大人得以朝夕輔[一三]導啟沃於其側，如孟子所謂格君者，則聖心無不正矣。聖心既正，必能奮厲如雷霆，明照如日月，不惑異端，不溺他好，綱紀必立，賞罰必信，征歛以藝，費出以經，罷廟塔之奉，絶恩幸之濫，杜私門之蠹，省坐食之冗，以大寬邊税，以大足邊儲。凡所以任用將帥，蓄養士卒，設施注措於關徼夷狄之間者，皆周詳精密如在室堂之上。夫如是，則所謂不戰屈人之兵，而守在四夷者也，不必繫單于之頸、飲月氏之頭，而來王率服之不暇，尚何乩加思蘭孛羅忽之足患哉？凡此皆世所謂迂腐之談，臣雖至愚，然周思極慮，所以禦戎之道，必可行之永久而無弊者，實莫過此。若乃相視形勢，據險設奇，臨機制變，雖充國老將，猶以爲兵難遥度。臣愚，貌圖臆説，豈敢自謂其必然而望其必可行哉？不彼之圖而徒孳孳于此，臣恐區區夷狄之患有非聖心之所深憂者矣。臣愚不識，不勝[一四]犬馬惓惓，萬一便殿讌閒之際，少賜睿覽，非臣一人之幸，實天下萬世之幸也。以前件狀，謹録如右。臣不勝戰慄，待罪之至。

【校勘記】

[一] 敢，底本無，《净稿》正德本文卷二十四文字漫漶，據《嘉興太平縣志》卷十七藝文所載謝文補。

[二] 租，《净稿》正德本文卷二十四作「粗」。

[三] 郡，底本作「郤」，據《净稿》正德本文卷二十四改。

［四］ 戎虜，底本文字模糊，疑似「狡虜」，今從《浄稿》正德本文卷二十四作「戎虜」。

［五］ 「欲懼之」之前《浄稿》正德本文卷二十四有「則雖」二字。

［六］ 凝，底本文字模糊，似作「釁」，今從《浄稿》正德本文卷二十四作「凝」。

［七］ 斛，底本作「量」，據《浄稿》正德本文卷二十四改。

［八］ 堪，底本及《浄稿》正德本文卷二十四均誤作「湛」，據《後漢書・張堪傳》改。傳記其在高柳擊敗匈奴事。

［九］ 率，浙江圖書館藏《文集》抄本作「卒」。

［一〇］ 我，浙江圖書館藏《文集》抄本作「哉」。

［一一］ 啟，《浄稿》浙江圖書館藏《文集》抄本作「起」。

［一二］ 佗，底本誤作「陀」，據《浄稿》正德本文卷二十四改。

［一三］ 輔，底本作「轉」，據《浄稿》正德本文卷二十四改。

［一四］ 勝，底本作「識」，據《浄稿》正德本文卷二十四改。

癸巳封事

具官臣某謹奏，爲講學圖治事。成化八年十二月十六日，太子少保、吏部尚書兼文淵閣大學士彭等傳奏到《資治通鑑綱目》五十九卷，今修撰羅璟并臣等二十員，校勘訛誤，將翻刻以供[一]睿覽者。除欽遵外，臣退竊自念，是書成於宋儒司馬光、朱熹之手[二]，上師《春秋》，下薄遷、固，實經史之大典，帝王之龜鑑也。曩在宋時，神宗、理宗二君雖嘗留意是書，卒不能推而見之。政治之際，百世之下，識者未嘗不有望如陛下今日之舉者，是蓋不特是書千載一時之幸，實宗廟社稷之幸，天下生民之幸，臣等豈勝欣慶踊躍之至。臣待罪翰林，今八年矣，恒竊愧懼，思欲仰酬聖恩於萬一，而庸鈍淺暗，不識治道之宜，凡臣所未能言與所欲言而未能者大，臣能言之，諫官能言之，百司庶職能言之，是以口與心謀，趑趄前却，不敢無因冒越，以至今日。臣愚，竊觀今日天下之勢，如日之中，如月之望，如四時之夏，正《易》所謂《泰》、所謂《豐》、所謂《大有》之時也，以陛下端拱持盈於上，群臣奔走仰成[三]於下，宜若無待於私憂過計者。然而中者昃之漸，望者弦之漸，夏者秋之漸，故聖人於《易》，在《泰》有艱貞之戒，在《豐》有勿憂之戒，在《大有》有無備之戒，蓋不如是則無以保其常豐、常泰、常大有如一日也，然則將如之何哉？亦曰「廣求賢臣」，如《泰・九二》之「得尚中行」，《豐・六二》之「有孚[四]發若」，《大有・九二》之「大車以載」，相與講學[五]圖治，以保此豐、泰、大有之業於無窮而已。然帝王之所謂學者，亦豈區區尋章摘句間哉？孔子曰：「知、仁、勇三者，天下之達德也。」蓋必明足以燭理，然後謂之知，不然則知之不精，至有以君子爲小人，以小人爲君子者矣。必理足以勝私，然後謂之仁，不然則行之不篤，至有知其爲君子而不能用，知其爲小人而不能退者矣。必氣足以配道義，然後謂之勇，不然則所知而行者亦將半途而廢，至有知用君子而卒不果於用，知退小人而卒不果於退者矣。堯、舜、禹、湯、文、武之所以爲知、爲仁、爲勇者，具見諸經。臣愚，不敢遠引備述，姑即是書所謂漢唐二代之君，其於君子小人、進退用舍之間，亦略可見矣。蓋必若漢昭帝辨上官桀之詐，以信霍光，庶可謂之知，而苛察之知非知也；必若漢文帝割鄧通[六]之愛以從申屠嘉，庶可謂之仁，而姑息之仁非仁也；必若唐憲宗不沮群議，卒任裴度以成淮蔡之功，庶可謂之勇，而亢暴之勇非勇也。彼代宗深信佛法，惑於元載報應之言而不能察，是以貪昧而昏其知也；玄宗溺意聲色，知李林甫之妒賢嫉能而不能去，是以愛欲而害其仁也；元帝屈於恭顯之譖而終不能直蕭望之之冤，是以柔懦而喪其勇也。若是者，今其治亂安危何如哉？臣愚，竊觀今日天下之治，上安下泰，文恬武熙。積襲因仍，徇名廢實，天下之事恒所令非其所好，天下之人皆奉意而不奉法，如曰振綱紀而小人無畏忌者自若，如曰勵風俗而士夫之無廉耻者自如。飭官司也而污暴益以甚，裕兵民也而罷敝益以極。減省有制，而興作每疲於奔走；蠲免有詔，而征斂每困於追呼。考察非不行，而幸門日益開；簡練非不舉，而私撓日益衆。賞竭府庫之財，而有功者未必勸；罰窮讞覆之案，而有罪者未必懲。凡若此者，其蠹根弊源，將必有在。臣愚誠不足以知之，夫以陛下之聰明天縱、宵旰勤勞若今日之留意是書者，豈不知講學用賢以圖政治而故使之至是哉？特以人心不可兩用，或者一念之間，奪於彼則不得務於此，惑於外則不專於內，故雖勞於求賢，而一或有妨乎己，則賢者未必得用；雖勤於立政，而一或有礙乎己，則善政未必得行。是惟陛下密察此心，懼有於無，必開拓此心之所謂知，必力行此心之所謂仁，必奮發此心之所謂勇，以力求所謂「中行有孚」「大車以載」之賢，知之必深，任之必篤。日置左右，薰陶啟沃，稽之經傳，質以是書，直以今日之事，驗之既往之迹，見其用某人而興，行某政而得，則曰今嘗亦有是乎？見其用某人而亡，行某政而失，則曰今豈亦有是乎？反觀内省，長慮却顧，兢兢此心，罔有内外，罔有終始，大本既立，萬目自隨，則前所謂積襲因仍、徇名廢實之弊，皆將一旦革去無有難者，而此《豐》《泰》《大有》之業，可以常保無失如唐虞三代時矣，區區漢唐之治如此書所載，尚足道哉！臣狂瞽迷謬，凡此皆儒生之常談，世之雄傑才辨者，未必不以爲迂腐而不可用。然臣力求往古，反覆究思，要之爲至理，竊惟治道之大本，莫切於此。而救時之急務，亦莫先於此。舍此而欲別爲奇謀良策，以坐收唐虞三代之治，臣愚，不敢負此心以欺陛下也。夫以陛下之聖，據大有爲之勢，操大可爲之權，如天之於萬物，欲春而春，欲夏而夏，欲秋而秋，無與牽掣，無與沮撓，斷然而行，實聖心一轉移間耳，夫何難之有哉？伏惟陛下察臣之愚，矜臣之志，不以出位爲責，不以未信爲嫌，試以今日惓惓是書之意而一行之，則宗廟社稷之福，天下生民之福，皆將不外是矣。臣不勝惓惓，戰慄待罪之至。

始乎狂妄爲此，幸不即罪，已棄而焚之矣。既十年，偶讀曾南豐論孔光焚稿事，謂必焚之使後世不見稿之是非，是必其過常在於君，而美常在於己也，其可乎哉？且光之爲是，亦庸知其言不果出於邪，而故焚之以蓋己之奸，以惑於後世者乎？予用是懼，乃從官府案牘中掇拾其舊以存，用志吾過，且以彰吾君之美於億千萬載而不忘也。成化十八年秋八月，某謹識。

【校勘記】

〔一〕供，底本及《净稿》正德本文卷二十四均作「拱」，據浙江圖書館藏《文集》抄本改。

〔二〕手，底本作「子」，據《净稿》正德本文卷二十四改。

〔三〕成，浙江圖書館藏《文集》抄本作「承」。

〔四〕乎，底本誤作「豐」。

〔五〕學，浙江圖書館藏《文集》抄本作「道」。
〔六〕鄧通，底本誤倒作「通鄧」，據《净稿》正德本文卷二十四改。

謝病疏

具官臣鐸謹奏爲乞恩養病事。臣原籍浙江台州府太平縣人，由進士歷升今職。成化十六年四月十六日，丁父謝某憂，欽蒙照例還家守制。本年六月二十二日奔喪至杭州府地面，又聞母高氏病故，照給勘合内事理具告本縣。至成化十八年閏八月初一日，例該服滿起復。緣臣居喪以來，心神耗亂，氣血摧毁，幾不能生，去年四月内忽感傷寒等疾，困苦纏綿，至今未獲平復。况臣極陋至愚，學不逮志。曩者干禄實以爲親，幾欲辭高就卑，庶幾古人爲貧而仕之意。然明法無從，内顧不足，立異好名，恐所未免，用是趑趄前却，因循至今，實亦未嘗不俯仰局脊而芒汗無地也。况今禄養無及，學日廢而病日增，正使義無可辭，力亦難强，實不敢冒昧苟進，以上玷清明幸位之耻。且臣歷官前後幾二十年，曾無分寸之益，臣非不知深恩未報，死不瞑目。然臣犬馬之年，未填溝壑，脱病或少苏，可以勉策駑鈍，有所驅使，臣不敢避。爲此將原給孝字一千九百三十三號勘合一道，令義男某赴京告繳，謹具奏聞。臣不勝待罪俟恩之至。

桃溪類稿卷之四十三　奏疏

論教化六事疏

南京國子監祭酒臣謝某謹奏[一]爲修明教化事。

臣聞教化學校所自出，誠國家之急務，而不可一日忽焉者也。故我太祖皇帝定鼎金陵，首建國學，以司教化，以式四方，所以爲天下國家慮者，至深遠矣。百餘年間，繼繼承承，罔敢失墜。皇上嗣位之初，謁廟幸學，尤切注意于此。臣實何人，謬膺此任。受命以來，夙夜戰兢。恒思古人以身教而化天下者固未易能，然法制禁令之間，或可以爲教化萬一之助者，苟有所見，亦烏敢自隱而不爲陛下言之哉？所有合言事宜，輒敢條例[二]如左：一曰擇師儒以重教化之職，二曰慎科貢以清教化之源，三曰正祀典以端教化之本，四曰廣載籍以永教化之基，五曰復會饌以嚴教化之地，六曰均撥歷以拯教化之弊。凡此六者，自今而觀，惟撥歷最爲緊要，而會饌次之，其他不以爲迂泛不切，則以爲窒礙難行。然臣竊思之，不擇師儒則所教或非其道，不慎科貢則所養或非其賢，不正祀典則駿奔仰瞻之際，無以示趨向，不廣載籍則明體適用之學無以資見聞。臣恐所謂會饌、所謂撥歷者，一切皆爲虛文故事，以如是坐食待次之人，而欲備他日天下國家之用。臣愚，誠未見其可也。凡此皆臣旦夕之所憂念，以求盡職分於萬一而未能者。用是冒昧[三]上陳，不敢緩於此而急於彼。若論其極，則所謂教化本源，其遠者、大者尚不止此。出位之思，又非臣愚所得而易言也。伏惟聖明留意，則天下幸甚。臣不勝犬[四]馬惓惓。

一擇師儒以重教化之職。臣愚，竊謂師道立則善人多，善人多則天下治，是師儒之職誠不可以不重。如臣等兩京國子監官以至十三布政使司、南北直隸提學等官，皆所謂師儒也，有如臣者，至愚極陋，既病且衰，力不逮志，甚愧負於初心，任匪其人，曷克更圖於後效，願乞早賜罷黜之恩，以爲師儒不職之戒。然後力求道德之士，以爲太學之師，若唐之韓愈、宋之楊時，庶幾教化有賴，人材有作，而朝廷之委任，天下之仰望，不爲虚也。至於提學等官，雖一方教化之司，實天下人材之責，拳足以黜陟其間，非如國學之徒守繩墨而不敢越，功足以培養其始，非如國學之坐視扞格而不可爲。蓋其官之所歷，視國學雖爲稍卑，而其職之所關，視國學[五]則爲最切。故必得廉静恬退之士而有嚴重剛方之操，風采綱紀之中而有涵養作興之道者，庶足以稱其任而不愧其職也。不然，或矯激以賣公道，或假託以蓋私恩。在我者不能以不奔競，何以禁人之不於我乎奔競？在我者不能以不貪得，何以禁人之不於我乎貪得？科貢由之而弊，人材以之而衰，其府州縣學等官，固亦視其好惡以爲向背，因其勸懲以爲賢否，蓋又在所不必論也。凡若此者，臣豈敢推過於人而不歸咎於己？其實天下之士，十數年養成於彼，而欲一旦責成於此，雖有智者，殆亦無如之何。伏願聖明深加之意，精擇其人，而無如用臣之誤，則庶幾於教化之職無負矣。

二慎科貢以清教化之源。臣愚，竊謂國學所養之士，皆萬邦黎獻之臣，不取之歲貢則取之鄉科，是國學爲養士之地，而科貢實取士之階，誠不可以不慎也。今之所謂歲貢者，雖足以勝私納自進之徒，而因循姑息之弊，實莫此爲甚。今之所謂科貢[六]者，雖可以得豪傑非常之士，而虛浮躁競之習，亦莫此爲甚。蓋科舉必本於讀書，今而不讀《京華日抄》則讀主意，不讀源流至論則讀提綱，甚者不知經史爲何書。歲貢必先於食廪，今而不以貨賄廪則以權勢廪，不以優老廪則以恤貧廪，甚[七]者不知舉業爲何物。雖[八]未必盡然，大率實類於此。臣愚，乞敕提學等官，凡此《日抄》等書其板在書坊者，必聚[九]而焚之，以永絶其根柢。其書在民間者，必禁而絶之，以悉投於水火。於其廪之未食者，必嚴加考覈而不容其幸進。於其廪之已食者，必痛加裁革，而不恤其私怨。如此，庶幾國學之所養皆賢，不惟朝廷之恩無負，而教化之源亦稍清矣。

三正祀典以端教化之本。臣愚，竊謂孔廟從祀之賢，實萬世瞻仰所繫，一有不合於天理人心之公，何以爲教化本源之地，是誠不可以不正也。且所謂十哲、七十二子以及左氏以下二十二人，其所當黜陟者，先儒程子與熊去非已有定論，而近時大臣與禮官亦嘗會議，取自上裁，不敢再贅。但此外猶有不能以無疑者，有若龜山先生楊時，程門高第，伊洛正傳，息邪放淫，以承孟氏，不愧南軒所稱繼往開來，吾道南矣。實演晦翁之派，雖其晚節一出，不克盡從其言，而新經之闢，誠足以衛吾道。論行檢，漢儒如馬融、戴聖之徒，固爲不可幾及。論著述，宋儒自周、程、張、朱之外，恐亦未免有疵，如是而不預從祀之列，臣竊惑焉。又若臨川郡公吴澄，著述雖不爲不多，行檢則不無可議。生長於淳祐，貢舉於咸淳，受宋之恩者，已如此其久；爲國子司業，爲翰林學士，歷元之官者，乃如彼其榮，出處聖賢之大節，夷夏古今之大防。處中國而居然夷狄，忘君親而不耻仇虜。迹其所爲，曾不及洛邑之頑民，何敢望首陽之高士？昔人謂其專務聖賢之學，卓然進退之際，不識聖賢之於進退，果如是否乎？如是而猶在從祀之列，臣固不能以無惑，況二人者皆太學之師，其於廟祀黜陟之際，尤不可以不正也。臣愚，乞敕升時以上附宋諸賢之位，斥澄以下從莽大夫之列，如此不惟天下之公論允愜，而於世道教化亦不爲無少補矣。

四廣載籍以永教化之基。臣愚，竊謂天下之道非托之書不能以自傳，天下之書非藏之官不能以不散。雖教化所在，有不依文字以立，而誦習之功未有不假書籍以傳[一〇]者也。本監所有歷代書板，雖舊多藏貯，而散在天下者未免有遺，雖旋加脩補而切於日用者，猶或未備。臣愚，乞敕各布政司，將所有緊要等板如《程朱大全集》與《宋史》等書，盡行起送到監，一以備國學蓄積之富，而士習有所資。一以免有司饋贈之勞，而民力有所省。一舉兩得而有益無損矣。又本監所有東西書庫，屋既隘陋，地亦卑濕，以致各樣書板，朽壞日甚，所損非細。臣愚，乞敕改爲東西書樓，上以爲庋置之所，下以爲印造之局，不惟書籍之奉安極其高潔，抑且工匠之出入有所拘檢。其工價料物，如不欲動費在官錢糧，臣當別行節縮措置。如此則歷代緊要書板，不致污壞散漫，而教化之助，亦庶幾其永有賴矣。

五復會饌以嚴教化之地。臣愚，竊謂監生之會饌猶百工之居肆，不惟朝斯夕斯得以專精其術業，實亦相觀相善有以收斂其放心。誠國學之舊規，皇祖之明訓，不可以爲不重而不加之意也。自景泰初，以柴薪缺少暫且停免，逮成化中，致饌堂損壞遂成廢弛。今饌堂廚竈，脩造將完，所缺者器皿，米肉椒油支給如故，所少者柴薪。若復因仍不舉，誠爲虛費可惜。臣愚，乞敕該部計議，將饌堂前廊房一帶，照舊蓋造，以便朝夕往來，確磨凳桌碗碟等件逐一修造，以供日用飲饌，柴薪之費，或取之抽分，或資之買辦，務使經久可行，不致半途而廢。如此，庶幾國家養士之恩不爲虛文，而教化之地亦益見其嚴密矣。

六均撥歷以拯教化之弊。臣愚，竊謂作法於凉，其弊猶貪，作法於貪，弊將何極。所有納粟監生一節，實爲國家教化之弊，今固既往而不敢言矣。然天下之事[一]，既不及塞其源，亦必塞其流。天下之病，既不克治其本，猶當治其標，又安可坐視其流弊之極而不之？且往歲會議之時，納粟監生約有三分，科貢監生止有一分，故今分爲兩途，相兼撥歷，各取其年月淺深以定其名次先後，或三七分，或四六分，是以名數之多少而爲撥歷之多少也。然先帝聖裁，猶命該監臨期酌量，務使均平撥歷，蓋已慮納粟之旁蹊將有妨於科貢之正路，而一時救荒之權宜，終不可有加於萬世取士之定制也。今見在監生，納粟止及一分，科貢已有二分。自此以後，多漸反而爲少，少漸反而爲多，蓋又不止往歲之三分一分而已也。若但泥於舊制，納粟仍爲六七，而科貢止於三四，則人少而撥反多，人多而撥反少，不惟流弊之極有不可言，而不均之嘆實所不免，殆恐非先帝臨期酌量均平之深意也。臣愚，欲乞轉科貢爲六七，更納粟爲三四，庶幾《易》窮則變、變則通之義，雖於教化未能少補，而流弊亦不至於甚極也。

【校勘記】

［一］奏，底本作「奉」，《净稿》正德本文卷二十五誤作「秦」，據《净稿》臨海博物館藏抄本改。

［二］例，《净稿》正德本文卷二十五作「列」。

［三］冒昧，底本誤倒，據《净稿》正德本文卷二十五改。

〔四〕犬，《净稿》正德本文卷二十五作「大」。

〔五〕國學，底本誤倒，據《净稿》正德本文卷二十五乙正。

〔六〕貢，《净稿》正德本文卷二十五作「舉」。

〔七〕甚，底本缺，據《净稿》正德本文卷二十五補。

〔八〕《净稿》正德本文卷二十五「雖」前有「是」字。

〔九〕底本「聚」後有「之」字，據《净稿》正德本文卷二十五删。

〔一〇〕傳，底本及《净稿》正德本文卷二十五均作「待」，據浙江圖書館藏《文集》抄本改。

〔一一〕「然天下之事」之下底本缺頁，據《净稿》正德本文卷二十五補。

乞致仕疏

南京國子監祭酒臣謝某謹奏爲乞恩養病致仕事。臣原籍浙江台州府黄巖縣人，天順〔一〕八年由進士改翰林院庶吉士，歷升編修、侍講等官。成化十六年四月，内聞父喪，回還原籍守制。服闋，間忽患傷寒，變成勞弱等症，旋至兩腿瘋濕麻痹，率難動履，一向告病，在家調治。至弘治元年五月内，爲纂修《憲宗純皇帝實録》事，奉吏部寅字一千二百五十六號勘合行取，不得已扶病赴京。弘治三年五月内，欽蒙薦升今職。本年八月内到任，不期前病未痊，時復舉發，動履益艱，雖嘗奏請求退，未蒙俞允。况臣止有一子留守祖宗墳墓，忽於今年三月二十四日病故，舐犢私情，憂傷鬱積，病日告增，因之廢事曠官，實切懼愧。臣雖至愚極陋，不堪任使，非不知深恩未報，死難瞑目，但臣病勢至此，情實可矜。伏乞聖恩憐憫，將臣放歸田里，少延喘息，别選學行老成之士，前來補闕管事，庶幾久病菲才不至有妨賢路，而國學英賢亦得以上蒙朝廷樂育之恩矣。爲此激切具本，順差辦事官葉鮮賫捧，謹具奏聞，伏候敕旨。

【校勘記】

［一］標題至「天順」底本缺頁，據《凈稿》正德本文卷二十五補。

再乞致仕疏

致仕南京國子監祭酒臣謝某謹奏爲乞恩仍舊養病以終致仕事。臣原籍浙江台州府太平縣人，由天順八年進士，歷官翰林院侍講。成化十六年五月内，以丁憂還家，荼毒催傷之餘，遂感劳弱風濕等病，纏綿日久，不能起復，延至弘治元年八月内始以纂修之命，扶病供職。彼時史事方嚴，不敢輒有内顧。弘治三年五月内，過蒙聖恩薦升今職，恐懼感激之初，又未敢輒以私情上請，只得扶病管事。到任未久，前病屢作，兩腿麻痹，輒難動履。至弘治四年四月内，不得已備瀝前情，懇乞休致，荷蒙皇上憫臣委實衰病，放歸田里，臣杜門戴恩，奉祠守墓，溝壑餘生，惟知待盡而已，豈復有他念哉？遞年以來，科道等官及大理少卿屠勳等，以臣未死之年尚或可備班行之末，文章論薦，上瀆淵衷誤蒙。皇上不鄙疏庸，將復收召，臣已聞命驚惶，罔知所以爲報矣。兹者吏部復因給事中吴蕣論薦奏請聖旨，行取擢用。弘治十二年八月三十日，本縣知縣羅政欽奉旨意，公文前到臣家，催趣上道。臣感激稽拜，愧恐無地。切念臣本乏寸長，偶塵末第，久冒寵榮，實孤任使得逭尸素之誅，以終首丘之願，爲幸大矣。况臣致仕以來，舊病日增，眼目昏花，精力衰耗，正使義無可辭，實亦力所難强，豈敢復玷清朝之爵，以故犯不知止足之戒哉！若乃欲如吴荈所陳，訪求經筵儒臣有彷佛宋之程頤、朱熹者，則以祖宗百數十年作養之深，天下之廣豈無其人？臣至愚極陋，尤不敢以望下風而受此不虞之譽。伏望聖明，俯察微忱，收回恩命，别求所謂彷佛二儒者，啟沃聖心，緝熙聖學，上光祖宗，以遠紹唐虞三代之治。俾臣仍舊養病致仕，得以自附於康衢擊壤之民。臣不勝大願，當將前情具告本府縣與本布政司，乞爲覆奏，繳回勘合，猶恐遲誤不便，爲此具本，專差義男謝來賫捧奏聞，伏候敕旨。臣不勝戰慄待罪之至。

辭免禮部疏

致仕南京國子監祭酒臣謝某謹奏爲乞恩收回新命事。弘治十二年十二月初九日，吏部差到辦事官孫朝賫送公文一道，欽奉聖旨升臣爲禮部右侍郎，仍管國子監祭酒事者。臣拜命驚惶，罔知所措。切念臣本凡庸，不堪任使，少年禄仕，實以爲親故，雖知翰林院清切之地，非臣愚陋之所宜居，只得靦顔逐禄爲貧以養。仰思古人，未嘗不局促於俯仰之間而未知所以處也。暨於中年，親不逮養，禄仕無名，益深愧赧，加以勞弱風濕等病纏綿日久，心竊自念，以爲列聖深恩，無復有圖報之路矣。

皇上即位之初，收召天下儒臣纂修先帝實録，臣以嘗爲史官，不得不扶病赴召。在官未久，薦升今職，臣已愧恐無地。不意到任之後，前病復作，加以兩腿麻痹，動履益艱，不得已備瀝前情，懇乞休致。荷蒙皇上閔臣委實衰病，放歸田里。致仕以來，舊病日增，仍感下部疝氣，精力耗敗，眼目昏花，溝壑餘生，但知待盡而已，豈復有他念哉？維是大小諸臣，謬相論薦，以致上瀆淵衷，旋加收召。臣已將衰病實情具本陳乞，不意情詞未達，而新命復加，臣芒汗震驚，益難自處。蓋禮部爲禮樂之司，國學乃教化之地，臣實何人，謬膺此任。況夫歷官有年，已乏涓埃之報。卧病日久，又無服役之勞。若又安受此官而不知避，不惟愚臣有冒昧苟得之羞，而聖朝亦未免有輕用名爵之累。伏望聖明，俯察微誠，收回新命，俾臣仍前致仕，得以安養舊病，保全餘生，爲幸大矣。不然，止令臣以舊官供職，庶幾少安愚分，以黽勉圖報於萬一，猶之可也。臣以一芥疏遠之臣，受此知遇，已甚慚恐，尤恐稽違召命，自取罪戾，此心愈不自安，只得扶病迤邐前來，以聽進止，然猶未卜病之痊否，與行之能至否也。臣不勝戰慄待罪之至。爲此具本，再差義男謝興賫捧奏聞。伏候敕旨。

在途再乞養病致仕疏

致仕南京國子監祭酒臣謝某謹奏：爲乞恩，仍舊養病，收回新命以終致仕事。臣於弘治十二年八月内，欽蒙聖恩升臣爲禮部右侍郎，仍管國子監祭酒事。本年十二月初九日，吏部差到辦事官孫潮賫至咨文一道，令臣赴任。臣聞命驚惶，愧赧無地。彼時臣方舊病未痊，加以疝氣繼作，未能啟行，隨告本府，撥醫調治，猶恐稽違君命，兩具情辭，再行陳乞，不意賫捧義男謝來等中途患病，未即奏聞。至弘治十三年四月十三[一]日，前病稍痊，扶憊應命，山嶺崎嶇，只得隨路將息。延至五月十一日，始到紹興府會稽縣地界。勞頓之餘，前病復作，每一發動，繞臍疼痛，下部築塞，非獨不堪動履，抑且難於屈伸，急須偃臥，移時方得稍稍苏息。不得已借下本縣蓬萊館歇泊，猶望痊可，庶幾前來，以償初志，不意舊患勞弱、麻痹等病，亦復乘虛發動。臣當此時，離鄉已及五六百里，道路炎熱，望闕思家，進退兩難，實爲狼狽。切念臣少壯之時，自分庸愚，不堪任使，故自禄不逮養之後，輒起知難而退之心，屢陳情欵，得遂休致。況今衰年已近七旬，百病侵攻，去死無日，尚敢覆冒寵榮，以叨此不次之旌擢哉！若臣自度才力可以補報，筋力足以馳驅，又豈敢妄飾他詞固爲遜避，上干違命之誅，下速近名之謗，以負先帝兩朝之深恩與陛下今日之殊遇，而不思所以黽勉區區於萬一也哉！誠不忍以既衰多病之身，過情不虞之譽，上累聖明，故復爲此不得已陳乞之計耳。臣雖不才，嘗忝此官，竊伏自念，彝倫教化之地，司之者誠不可一日而曠其職，尤不可一日而非其人。知難之退，臣已歷陳於前矣，今又以臣久病之故，缺官曠職幾及一年。臣之上負國恩，下妨賢路，死且有餘辜矣。伏望聖明，亟選學行老成，聲望素著，彷佛唐之韓愈、宋之楊時者，補缺管事，將臣升除職名，收回新命，仍俾臣以舊官致仕，庶幾少安愚分，以畢餘生。臣不勝大願，爲此具本，再差族弟謝澄賫捧奏聞。凡臣之所陳乞，皆是衷腑誠懇，不敢妄爲虛浮，以備禮數。伏乞檢照臣前後情詞，俯賜矜憫，臣一面在於紹興府地界調養前病，聽候處分，稍俟可以扶曳，或者迤邐還家，藉藁待罪，不勝戰慄恐懼之至。謹具奏[二]聞，伏候敕旨。

【校勘記】

[一] 三，《净稿》正德本文卷二十六作「一」。

[二] 奏，底本作「奉」，據文意改。

桃溪類稿卷之四十四　奏疏

再擬乞恩養病疏

致仕南京國子監祭酒臣謝鐸謹奏：爲患病不能赴召[二]乞恩寬免事。弘治十三年四月内，臣欽奉君命，至五月十一日前到紹興地面，舊病復作，不得已借下本府蓬萊館歇泊，再將疾病情節并乞辭免新升職名緣由具本，令族弟謝澄賫捧奏聞。本年七月二十九日奉聖旨：「謝鐸不准辭還。行文去催他著上緊來。欽此。欽遵。」臣愚不意蟻忱屢竭，天聽未回，祗誦恩言，益深震悸。竊念臣猥以凡品遭值昌辰，荷蒙皇上天覆地載，不惟不責以稽慢之罪，而又薦加以趣召之恩，臣實何人，受此知遇，感極涕零，口心相語，雖湛身九隕，無以上報深恩於萬一矣。奈何臣久病積衰，一卧紹興，奄及七十餘日始能扶憊還家。暑毒之餘，山嶺勞頓，到家未久，左腿發一大癰，日夜呻吟，近歷月餘，始覺破潰。神色尫羸，氣體虚弱，所有前項諸病，亦復乘之發動。即今猶在床褥，湯藥未離，飲食少進。醫者相乘，謂臣此病非調養元氣、越歲踰時不能平復，恐或少愈不謹，遂成不起痼疾，深可慮也。臣衰頽及此，死亦無恨，但恨深恩未報，猶恐天下之病有甚於臣者，死難瞑目耳。夫以臣之不才，疾病退藏，自其常分，過辱諸臣論薦，以致上瀆淵衷，誤蒙睿念，不虞之譽，踰分之榮，在己撫心靦顔，再三塵瀆，兹亦不敢復贅矣。伏念陛下勵精圖治，以爵禄奔走天下之士，天下之士孰不願立於朝而惟陛下之所用？況臣受恩未報，若猶自度病勢稍退可以奔走，雖知駑下，萬萬不足以稱塞任使，亦當疾驅前來以應召命，但臣福薄分淺，病勢至此，實難支持，心雖欲前，力不能進，本府知府陳相目睹臣病委，實難以啟行，特爲差人具奏，不敢誣也。伏望聖恩特賜矜憫，曲加寬宥，容臣仍以舊官養病致仕，少延殘喘，不至顛踣道路，得以偃臥林下，以仰觀今日太平之盛，則陛下終始深恩，所謂死生而骨肉也。萬一藉天之靈未填溝壑，犬馬之力足任奔走，別有驅使，臣不敢避焉。爲此具本，再差表侄趙臘賫捧奏聞，伏候勅旨。臣不勝激切戰慄待罪之至。

聞命之初而具此疏，既而吏部覆本徑差辦事官段隆賫文馳驛前來守取，陳知府畏懼不敢爲奏。傍惶之餘，病勢稍退，扶憊上道，竟負此心，聊存此稿以志吾愧，十月望日在嘉興舟中書。

【校勘記】

［一］召，底本及《净稿》正德十六年刻本均作「君」，據文意改。

再乞辭免禮部職名疏

致仕南京國子監祭酒臣謝鐸謹奏爲乞恩收回新命事。臣於弘治十三年四月内欽奉召命，前到紹興府地面，不意舊病復作，不得已再將疾病情節并乞辭免新升職名緣由具本，令族弟謝澄賫捧奏聞。本年七月二十九日奉聖旨：「謝鐸不准辭還。行文去催他着上緊來。吏部知道。欽此。欽遵。」續該吏部題准欽差辦事官段隆賫文守取。臣一芥疏賤，屢辱厚恩，益深悸恐，故自紹興還家未及一月，只得扶病就道，冒寒衝凍，不分明夜，上緊前來。竊念臣以不才，疾病退藏，自其常分，過辱諸臣論薦，以致上瀆淵衷，誤蒙記憶，不虞之譽，踰分之榮，臣已撫心靦顔，措身無所矣。惟是朝廷命官之法，遷轉之序，不以才望則以年勞，雖一命之畀，猶在所懼，而況六卿之佐哉？有如臣者，至極愚陋[一]，既病且衰，比嘗試用罔功，已自知退，兹以病廢驟進，人其謂何，在臣愚分實所未安。伏望聖明，俯察微誠，收回新命，俾臣仍以舊官蒞事，萬一他日未能圖報涓埃，而病疾發作不可支吾，亦不至濫竊卿佐職名以去，則臣尸位之罪亦庶幾其未減矣。具本[二]親賫，謹具奏聞，伏候敕旨，臣不勝戰慄待罪之至。

弘治十三年十一月二十八日，該通政司官進。十二月初一日奉聖旨：「謝鐸學行端謹，望譽素著，特兹擢用，不允所辭。吏部知道。欽此。」

【校勘記】

[一] 至極愚陋，《浄稿》正德本文卷二十六作「至愚極陋」。

[二] 《浄稿》正德本文卷二十六「具本」前有「爲此」二字。

修舉廢墜疏

國子監管祭酒事、禮部右侍郎臣謝鐸謹奏爲修舉廢墜事。切見本監廢墜之事固非一端，其遠者大者。臣愚，未敢輕易輒舉，惟是日用之急，雖近且小，不可暫缺，輒敢略舉一二爲陛下言之，惟陛下俯察而加惠焉。竊惟先王之治天下，必使之斯民養生喪死無憾，而後可望王道之成，況國學聚天下之英才而教育之，於兹二者或未能以無憾焉，尚何以望士風之振，人才之興，以備家國天下他日之用哉？臣到任以來，切見本監監生二千三百餘名，而號房曾不及五六百間，其傾頽漏爛不可居者，往往半之，於是不免寄居雜處軍民之家，是不惟出入往來有所不便，而僦貸支費亦甚艱難。以朝夕無所[一]居之人，而欲望其篤志於學，以大底于成，誠亦難矣。切見退省堂及東西饌堂不下五六十間，亦皆損壞，廢於無用，如蒙乞敕工部，通加修理，量撥監生暫且居住，是亦不費之惠而人人稱便矣。臣又切見本監《通志》舊例：監生不幸病故者，本監移文順天府，給與殯殮之具。臣在南京時亦嘗舉行，近者本監監生邢偉病故，移關順天府，雖有所給而稱爲俸銀。既而監生韓本、宋濟相繼病故，却乃執稱無例，漫不之應，臣等不得已，止從本監勉强措置，少助其[二]喪。臣職居其地，目睹生死喪之狀狼狽如此，若復坐視不言，不惟死者目不能瞑，而於聖朝仁政亦未免爲萬一之累矣。且《監志》作於成化三年，前人必有所據，方敢載入；但禮部近年兩經火灾，案卷無存，故有司執稱無例，以致推調内外。大小故官皆有口糧、脚力送還其家，監生雖未爲官，然皆朝廷儲養以備官使之數，豈可使之死無所歸，而漠然不恤哉？如蒙乞敕禮部，從長計議，量加恩典，所費之惠雖不甚多，而所以作士氣、收人心者，端在是矣。臣又切見本監各邑堂宇與夫四面墻圍亦皆年久坍[三]損，夫[四]今不修，後必大壞。及照文廟欞星門前一帶空街，每被附近軍民朝夕作踐，又有不良淫婦雜居其間，極爲褻瀆污穢之甚。臣愚，欲乞朝廷逐去不良，稍加開拓，高築屏墻以爲障蔽，庶幾文廟肅清而神靈安妥矣。又本監朝房一所，亦皆坍塌隘陋，朔望朝參不堪住坐。臣愚，欲照順天府朝房事例，造爲前後兩樓，以儤衆官歇泊，此雖細務末節，實亦廢墜不舉之一端。朝廷如不欲動費在官錢糧，臣別當自行節縮措置。惟是養生喪死之具，實惟監生日用所急，伏乞聖明曲加矜憫，特敕該部議擬施行，則臣等不勝幸甚，國學士子不勝幸甚。爲此具本親賫，謹具奏聞，伏候敕旨。

【校勘記】

[一]《净稿》正德本文卷二十六「所」後有「與」字。

[二] 其，《净稿》正德本文卷二十六作「甚」。

[三] 坍，底本及《净稿》正德本文卷二十六均作「墹」，據文意改。

[四] 夫，底本及《净稿》正德本文卷二十六均作「失」，據文意改。

維持風教疏

具官臣某謹題爲維持風教事。臣愚，竊惟人倫，風教所先，人倫不可以不明也，臣願正祀典以究明倫之實。仕途，風教所繫，仕途不可以不清也，臣願重科貢以清入仕之途；冗員，風教之濫，冗員不可以不革也[一]，臣願革冗員以從京府之制；捷徑，風教之羞，捷徑不可以不塞也，臣願塞捷徑以澄國學之源。臣愚，近睹禮部尚書傅瀚等爲地震事，題准各該衙門條陳所見，臣固知天下之事所當言者不止於此。蓋凡政本之蠹蝕，官司之黷濫，生民之愁苦，軍士之疲困，灾異之迭見，邊境之失寧，是皆宗社安危之關[二]，而朝廷宵旰之所急者。顧以啟沃論諫，各有攸司，而出位高言[三]，尤在所諱，惟是四者，事關風教。風教，學校之首務也。臣雖不才，職專學校，又豈容終於隱默而不一言之哉？用是條例[四]如左，輒敢冒昧以陳。惟聖明加之意焉，天下幸甚，斯文幸甚。臣不勝戰慄待罪之至。緣係維持風教事理，未敢擅便，謹題請旨。計開：

一曰正祀典以究明倫之實。臣愚，竊惟學校之設，皆所以明人倫也。人倫莫先於父子，子雖齊聖，不先父食，奈何仍訛襲故以顏、曾、思三子配饗堂上，而其父則皆列祀廡下，冠履倒置，有是理哉？爲今之計，莫若別於闕里立廟，祀叔梁紇而配以顏、路、曾皙、孔鯉諸賢，如先儒熊去非之論，庶幾各全其尊而神靈安妥也。人倫莫大於君臣，殷之頑民猶不忍忘紂，奈何忘君事讐，若吴澄者親爲有宋之遺臣，而靦顏胡元之官禄，名節掃地，復何言哉？後死之誅，正宜律以《春秋》大義，斥其用夷變夏之罪，罷黜從祀，以列於莽大夫之列，庶幾不掩其惡而人心愜服也。此前一事，人雖屢言而未見施行；此後一事，臣亦嘗言而未蒙俞允。臣非不知重復覼縷言之，誠爲可恨，特以每當奉祀[五]對越之際，輒起頻顣不安之心。心所不安，故又不得不發之言耳！如蒙乞敕禮部、翰林院重加考定議處，使祀典以正，人倫以明，則所以維持風教者不淺淺矣。

二曰重科貢以清入仕之途。臣愚，竊惟科貢之設，皆所以羅天下之賢才而用之也。科舉一途，雖稱得人，奈何考試等官，類皆御史方面之所辟召，職分既卑，學亦與稱，恩之所加，勢亦隨之。於是又以外簾之官，預定去取。或者名爲防閑，而實則關節内外相應，悉憑指麾，而科貢之法日壞矣。臣愚，乞敕兩京大臣，各舉部屬等官素有文行者，取自上裁，每布政司特差二員以爲主考，如往歲諸臣之所建白者，庶幾前弊稍革而真才亦可以漸得矣。歲貢一途，雖亦有人，但近來提學等官，類從姑息，試廩之初，不以勢取，則以賄行；不以濟貧，則以優老。及其來貢之際，又聽其自乞願授教職，往往名爲升考而實則虚文，上下相蒙，迄無可否，而歲貢之法益壞矣。臣愚，乞敕禮部，將歲貢生員願授教職者，先送翰林院、國子監，按月考試，期年之間，擇其果通三場者，方許陛考，授以職事，庶幾前弊稍革而教官亦不至甚濫矣。凡此二者，揆之人情格例，未免窒礙難行。臣切反覆思之，積弊之深如此，必得出自宸斷，力加旋斡，然後科貢可重，仕途可清，而所以維持風教者不外是矣。

三曰革冗員以從京府之制。臣愚，竊惟京國四方之極，天下所視以爲準則者也。切見順天、應天二郡，實惟京府。大興、宛平、江陵、上元四縣，皆爲附郭。見今學校之設，惟二府有之，而四縣皆未嘗有。蓋雖統於所轄，實亦以府學之生徒，悉皆四縣之俊秀。與其儲養之濫，不若選擇之精之爲愈也。不然，豈以京國首善之地而惜此一學校之官哉？奈何凡今天下附郭縣分不拘多寡，俱各有學，其視京府實爲冗濫。臣愚，請從順天、應天之制，凡附郭一縣例增廩膳十名，隨其縣之多寡以爲增益。止以府學教官兼領其事，生員雖益而官不加多，庶幾冗員稍革，而風教之責亦稍重矣。臣亦熟知今之爲官者，類喜添設而難於裁減。殊不知增一官則增一官之費，寬一分則民受一分之賜，天下冗員之可減者，寧止是哉？

四曰塞捷徑以澄國學之源。臣愚，竊惟國學聚天下之英才而教育[六]，皆所以備國家他日之任使也。選之科舉，猶恐未精，奈何近年以來大開捷徑，如納馬、納粟之徒，皆謂其有資國用之缺，殊不知得其利者未什一，而受其害者已千百。况今日之納馬、納粟，即他日之鬻爵賣官，此等風聲，豈盛世所宜有哉！今邊事方殷，謀國之臣必有以此策獻者，萬一再行，則彝倫之堂，意爲交易之地，豈不大可耻哉！臣願深監前弊，預塞其途，雖或國用不足，亦當别爲節縮區處，而此策斷不可行矣。往年爲因此輩在監不諳文理，凡撥各衙門寫本者俱各顧人，今遂視爲定例，致使六科短差，亦以顧人艱難爲辭，目前流害其極如此。蒙乞照内府等衙門事例，許以年月相應者送科寫本亦令掛選出身，庶幾嗟怨少息，而風教之地亦稍清矣。臣固知國家養士不厭其多，但賢關所在，恩幸之濫進，昏眊之雜處，殊亦可憂，然則捷徑之當塞者，又寧止是哉！

【校勘記】

［一］也，底本缺，據《凈稿》正德本卷二十六補。

［二］浙江圖書館藏《文集》抄本「關」前有「攸」字。

［三］高言，《凈稿》正德本文卷二十七作「言高」。

［四］例，《凈稿》正德本文卷二十七作「列」。

［五］祀，《凈稿》正德本文卷二十七作「祠」。

［六］《凈稿》正德本文卷二十七「育」下有「之」字。

乞致仕疏

國子監管祭酒事、禮部右侍郎臣謝某謹奏：爲陳情乞恩，仍舊致仕事。切念臣年四十以上，即感勞弱麻痹等癥，以致血氣虛耗，支體疲困。近年以來復感下部疝氣，每遇舉發輒難動履，一向蒙恩養病，致仕前後二十餘年。弘治十二[一]年八月内，過蒙皇上誤采人言，不忘求舊，增以爵秩，特起自家，彼時臣方在病，感激厚恩，悸恐無地。延至次年四月内，前病稍痊，只得勉强赴召，不意中途舊病復作，不得已備將前情再差族弟謝澄抱本陳乞，又蒙聖恩不准辭免，還着上緊前來，臣只得忍死奔命。於本年十二月初四日到任，旬日之間復感傷寒等症，卧病月餘方離床褥，一向扶病管事。至弘治十四年十一月初三日，爲因早朝感冒風寒，前項病症亦復乘機舉發，雖欲扶病仍舊管事，亦不能矣。本月二十五日，已將所管印信關出在監，奏請定奪，奉聖旨：「還著謝某掌，欽此。欽遵。」臣卧病看守又復八十餘日，官事内迫，病勢日增，俯自[二]循省，憂悸不遑。切念臣本以庸下凡材膺此教化重任，課試撥歷之餘，茫無下手去處，學政未能加修，士風不改其舊，雖過咎之形暫逭厥罰，而尸素之愧實負初心。况臣今已見年六十八歲，去死不遠，衰病至此，决無痊痾强健之期，雖欲勉策駑鈍，如所謂課試撥歷等事，少圖幹辦以報涓埃，而精神氣力亦萬萬無及矣。伏望聖恩曲加矜憫，將臣仍舊放歸田里，另擇學行老成、聲望素著者補缺管事，不惟臣之不才不致久妨賢路，得以少全廉耻之私，而國學多士亦得早被樂育，以大收作成之效。爲此具本，令義男謝來賫捧奏聞，臣不勝戰慄待罪之至。伏候敕旨。

【校勘記】

[一] 二，底本誤作「八」，據《净稿》正德本文卷二十七改。

[二] 俯自，底本作「悦首」，據《净稿》正德本文卷二十七改。

桃溪類稿卷之四十五　奏疏

再乞致仕疏

國子監管祭酒事、禮部右侍郎臣謝鐸謹奏爲懇乞休致事。臣於正月二十二日已將前情委曲備奏，奉聖旨：「吏部知道。欽此。」節該吏部覆奏。又奉聖旨：「謝鐸不准休致。着用心辦事。欽此。欽遵。」臣感激之餘，悸恐無地。切念臣扶病管事，已及二年。卧病看印，尋復三月。揆之私情，固不自安。律以公義，尤所當去。夫以公義，則臣之屢試罔功而因循苟禄，豈徒尸位？實亦妨賢，不惟下愧諸臣論薦之公，抑恐上累聖明知人之哲。俯仰局促，寢食不遑。於是而不亟去，公義之責，安所逃哉？以私情則臣之衰病已深，精力難强，况復祠墓荒蕪，子孫幼弱，不惟宗族無强近之親，抑且門户無綱紀之僕，孑然一〔二〕身，進退無據，於是而不亟去，私情之迫，何能已哉？臣非不知聖恩深重，不准休致，雖粉身以報，亦不敢辭。特以二者交切于中，日夕輾轉，無以自釋，雖欲用心辦事，以少圖補報於萬一，亦不能矣。伏乞皇上檢照臣前項情詞，斷自宸衷，曲加矜憫，俾臣早還故山，少延殘喘，臣雖遠違闕廷，愧乏涓埃之報，而未填溝壑，敢忘葵藿之誠？爲此激切具本，再令義男謝來賫捧奏聞。臣不勝戰慄待罪之至。伏候敕旨。

【校勘記】

［一］一，底本作「二」，據《浄稿》正德本文卷二十七改。

清理膳夫題本

國子監管祭酒事、禮部右侍郎臣謝某等謹題爲清理膳夫事。臣查得本監見在民僉膳夫八十一名，自宣德三年停止會膳後，一向因仍，改爲顧役，分派各官名下跟隨等用。臣切思之，法無明文，義亦未當。故自到任以來，即將名下舊例膳夫起蓋朝房一所，并周給貧難監生尚安等二百七十名。外而司業周玉亦將名下膳夫預買前任司業黄□舊房一所，永作本監公廨。緣臣等跟隨自有直堂皂隸，其繩愆、典簿二廳亦各有直堂［一］皂隸，獨博士、助教、學正、學録、典籍、掌饌官等無人跟隨，况各官職卑禄薄，日用不給，合無暫照舊例，人各給與一名。其餘膳夫顧役銀兩，自弘治十五年爲始，本監明立文簿，委官收貯在庫，以備各項公用，每年年終，務要扣算支銷存留數目，明白呈堂立案，隨卷照刷。俟候會饌復行之日，仍舊通將各役供給饌堂使用，庶幾［二］受［三］禮存羊之意，如此則義利分明而公私無弊矣。緣係清理膳夫事理，未敢擅便，謹題請旨，弘治十五年三月初五日，本監管祭酒事、禮部右侍郎謝某等具題。次日奉聖旨：「准他。該部知道。欽此。」

【校勘記】

［一］堂，《浄稿》正德本文卷二十七作「廳」。

［二］《浄稿》正德本文卷二十七「庶幾」下有「古人」二字。

〔三〕 受，《净稿》正德本文卷二十七作「愛」。

申明修舉廢墜題本

國子監管祭酒事、禮部右侍郎臣謝某等謹題爲申明修舉廢墜事。臣於弘治十四年三月内爲因本監房宇墻壁年深損壞，來奉聖旨：「堂宇墻垣會饌堂典簿聽都准與修□。欽此。欽遵。」即今工部脩造漸有次序，所有文廟間者屏墻亦以築完。汙穢掃除，淫瀆隔遠，廟門肅清，非復舊日之諠雜矣。但屏墻左右兩旁必須牌坊以爲映帶。臣喜得右邊已有國子監舊坊一座，合無左邊照樣再識坊牌一座，仍照闕里文廟門首兩坊上書「德配天地」「道冠古今」二扁，庶幾門墻壯觀，廟貌尊嚴。乞敕工部措辦。物料、其匠、作工在本監，□□奏□准退□膳夫餘銀，支給裨補，□此則國舊增新，惠而不費，一舉而兩得矣。臣又看得今年下第舉人數多及天下，府州縣學例該歲貢；新增監生不下一二千人，原修號房不勾住坐，見有大東號空地一片及交□號東亦有空地一片，約計可蓋號房三十餘間，乞敕工部再加措辦。并將先前修造□□料□，一并蓋奉，誠爲便益。其或工雇不敷，不□□□，科派本監亦願將前銀陸續補償。如此則民不□□而事亦可以漸完矣。臣又仰見正統八年蓋造□學完日，英宗睿皇帝親製碑文立於廟墀，迄今六十餘年。陛下益隆繼述，重加修造國學，誠遭際之大幸也。臣等僚屬、諸生睹茲盛事，咸願畢功之日，伏望陛下親灑宸翰，御製一碑，并立廟墀，不惟上有以增光皇祖之德業，而千萬世之下，凡在斯文逢□之士，亦永有瞻依矣。緣係申明修舉廢墜事理，未敢擅便，謹題請旨。奉聖旨：「該部看了來説。欽此。」弘治十五年四月十五日，工部尚書曾鑑等議擬具題。奉聖旨：「是號房准擬蓋造，其餘且罷。欽此。」

乞致仕疏

國子監管祭酒事、禮部右侍郎臣謝某謹奏爲乞恩致仕事。臣弘治十五年二月内已嘗兩陳情，欽懇乞致仕，未蒙皇上温旨，令臣勉盡職業，毋得固辭。臣仰荷厚恩，只得扶病忍耻，因循在職，以至于今。臣今歷官已過三年，歷年已滿七十，雖顯過未形，幸免誅責，而内雇不足，愈益慚惶。况自弘治十六年十月二十日以後，爲因觸冒風寒，舊感勞弱，麻痺、疝氣等症俱各乘機發作，卧病在牀，不能管事，已將印信關出本監，奏請定奪。弘治十六年十二月十七日，奉聖旨：「謝鐸有疾，着善加調理，印照舊掌管。欽此。欽遵。」切念臣卧病看印又已四十餘日，非不用心調理，但臣年已至而病日深，必無痊可之期。今精力衰耗，眼目昏花，雖欲勉盡職業，以圖補報於萬一，亦無及矣。伏望皇上念臣再陳懇切之誠，容臣亟遂退休之願，臣不勝激切感恩之至。爲此具本，令義男謝來賫捧，謹具奏聞。伏候敕旨。二月初三日，該吏部覆奏。奉聖旨：「謝鐸學行老成，精力未衰。着用心辦事，以副委任。不允所辭。」

再乞致仕疏

國子監管祭酒事、禮部右侍郎臣謝某謹奏爲懇乞致仕事。臣於正月二十四日已將前情委曲修奏，奉聖旨：「吏部知道。欽此。」節該吏部覆奏。奉聖旨：「謝鐸學行老成，精力未衰，着用心辦事，以付委任，不允致仕。欽此。欽遵。」臣感激之餘，悸恐無地。臣愚非不知委任厚恩，誓死圖報。但臣度之於心，折之於義，則有甚不可不去者焉！蓋臣之年至一也，病深二也，尸位三也，妨賢四也。且七十致仕，此古之禮，亦今之例。其有不拘此格者，必其元老勳舊以一身而繫天下之重輕，與國同休戚者，然後可矣。若臣之衰病不才而濫膺此任，所謂承乏具員，焉能爲有亡者？正宜以年致仕，庶幾於古禮今制亦或有合，不然則未知所以處矣。此臣所謂年至不可不去者一也。臣年四十以上即感勞弱、麻痺等症，近年以來又感下部疝氣，一向養病致仕，前後家居二十餘年。及至蒙恩起廢，赴官之初，前病復作。期年之間，轉加沉重。已嘗兩具情詞，懇乞休致，未蒙俞允，以至於今日。年益至而病日益加，精力衰耗，智識昏迷。雖欲勉强支持，亦無及矣。此臣所謂病深不可不去者二也。國學所在，教化之原。任其責者，固不可一日而非其人，尤不可一日而曠其職。有如臣者，屢試罔功，已甚愧負於初心。靦顔不去，曷克更圖於後效？雖聖度能容，臣已自知其罪之不可逃。雖人言未及，臣也自知其心之不可負。此臣所謂尸位不可不去者三也。古者大臣自知不勝其任，則推賢讓能以避其位。臣雖萬萬不及古人，豈敢久妨賢路，居之而不疑哉？且今後進之士賢於臣而未得其位，以行其志者何限？臣以衰病菲才，久處非據，不惟昧止足之戒，抑恐犯娼疾之嫌。此臣所謂妨賢不可不去者四也。負此四不可不去，而又眷戀厚恩，依違其間不能果於必去。雖臣之不才，固無所學可負，其如負朝廷、負天下何哉？伏望皇上曲加矜貸，容臣致仕以終餘年。不惟仰見聖度克體群臣之心，而臣愚亦得以少免固位苟禄之耻。爲此激切具本，再令義男謝來賫捧謹具奏聞。臣不勝戰慄待罪之至。伏候敕旨。二月二十六日該吏部覆奏。奉聖旨：「師儒重職，正宜任用老成。謝鐸已累有旨勉留，毋再固辭。」

乞恩移封疏

禮部右侍郎管國子祭酒事、臣謝鐸謹奏爲陳情乞恩事。臣祖謝性端，年三十一歲而殁。祖母趙氏，時方二十九歲，臣父謝世演生甫期月。臣祖父傍無嫡親兄弟，外侮内患，交侵沓至。當是時也，使臣祖母之志少有變更，一舉足間，則謝氏不爲若敖氏之鬼者，幾希矣。賴臣祖母指日誓天，率其媵嚴閨忍死以守，既二十年，而臣父始有成立，又二十年而臣兄弟始漸生長。間關孤苦四十餘年，終始一節，人無間言。鄉大夫士因扁其所居之室曰「貞則堂」。先朝内閣學士劉定之商輅等俱有紀述，可覆視也。獨恨臣祖母守節之日，朝廷雖有旌表節義之詔，而臣家孤寒微弱，不能上達以致。因循淺没，不克均沾恩典。今臣幸備員國學，列爵三品，已及一考，例該推封祖父。切念臣之不才，豈宜僥躐至此！蓋皆臣之祖母貞心苦節，上通于天，故承休委祉以有今日。臣愚竊謂推封固朝廷錫予之恒典，旌表，尤朝廷奬勵之特恩。與其以恒典而寵榮臣子於目前，孰若以特恩而慰悦貞魂於地下？如蒙准奏，乞略照見，行移封事例，將臣本身所得誥命移爲臣祖母趙氏，旌表之如此，不惟上足以見朝廷崇奬節義之深意，抑且下足以遂臣子圖報罔極之私情，臣不勝激切戰慄待罪之至。爲此具本親賫，謹具奏聞。伏候敕旨。

三乞致仕疏

禮部右侍郎、管國子監祭酒事、臣謝鐸謹奏爲陳情乞恩懇求致仕事。臣愚，昨者兩□誠款，上瀆天聽。□該吏部覆奏。奉聖旨：「教化重職，正宜任用老成。謝鐸已累有旨勉留，毋再固辭。欽此。欽遵。」臣感極涕零，莫知所措。切念臣以匪才，幸遭盛世，過蒙陛下薦加召用，曲諭勉留。臣實何人，受此殊遇？正宜感激誓死以圖報涓埃，豈敢冒犯固辭以自取罪戾？但陛下天地之恩無窮，而臣螻蟻之命有限，所謂□之不可不去者，臣已不敢復言。而臣之私情迫切又□答於此者。是以千慮百思，雖感恩莫既而俯仰局促，卒不得不盡其詞也。伏惟皇上俯察而矜愍焉，臣不勝千萬大幸。蓋當臣之致仕家居，再被召命也。臣三弟繼亡，兩子已夭，不惟祠墓無奠掃之人，抑且門户無綱紀之僕。一家良賤，二十餘口。孫子二人，未滿十歲。臣欲挈之以來，勢所不能委之以去，心實未忍。是以被召之初，趑趄前却，動經歲年。迫不得已，然後能至。及至官所，上念厚恩，下顧私累，鬱積憂思，舊病復作。調理數月，始獲稍安，扶病供職，獨處廂房。孑然一身，形影相吊，名雖宦途，實則羈旅。因循仰戀，以至于今且五年矣。年日益至而病日益，不惟精力愈覺衰殘，實亦心腹已成痼疾。近因太皇太后崩逝，勉强哭臨奔走勞苦，勢轉危劇，氣魂奄奄，朝不保暮。萬一死於道路，臣之骸骨將誰托哉？是不惟臣九泉之目有所未暝，而皇上下體群臣之心亦恐有所未安。矧皇上即位以來，崇獎士風，進選以復六科。臣之衰病不才，正宜因其亟請，俾遂首丘之願，以少全其廉耻之私。庶幾崇獎進退之間，亦未必無萬一之助。若復羈縻不去，豈徒無裨國學，實恐有玷士風。臣之區區私情，蓋又有不足言者。故臣雖知詔旨之莫違，而不敢畏塵瀆之數；雖知天威之難犯，而不敢避斧越之誅。凡此皆臣之真心實意，天地鬼神之所共鑒，不敢妄爲一等具文備禮之説以瞽惑聖聽，伏惟陛下俯察而矜愍焉。臣病已過三月，例該住俸。所有印信實難卧病看管，爲此激切具本，再令義男謝來賫捧謹具奏聞。臣不勝戰慄待罪之至。伏候敕旨。

四乞致仕疏

國子監管祭酒事、禮部右侍郎臣謝鐸謹奏：爲衰病不能供職懇乞致仕事。伏念臣之懇乞休致，至再至三，蟻誠已竭，天聽未回。昨者又奉聖旨：「謝鐸累次引疾乞休，已有旨不允。宜勉起供職，以副委任。不必再辭。欽此。欽遵。」臣愚，非不知聖恩寬厚，可以藉此苟延歲月，坐享禄位。但顧戀之依違，必至上誤國事，下玷士風，臣之鄙心實竊耻之。是以悸恐之餘，憂惶無措。事勢所迫，病勢益增。俯仰局促，無所控告，卒不得不激切反覆以終其説也。伏惟陛下矜愍而詳察之。昔人有言：一日立乎其位，則一日業乎其官；一日不得乎其官，則不敢一日立乎其位。臣之不才，立乎位而不能業乎其官，平生之愧已無可言。况今以病廢事已及半年，其視一日不得乎官則一日不敢立乎其位者，死且有餘愧矣，又將何辭以謝之哉？蓋臣自弘治十六年十月十九日中冒風寒，爲因年老氣衰，舊感諸病乘機發作，綿延至今，愈覺沉重。腰肢疼痛，下部虚弱，精力摧殘，手足痿痺。偃仰呻吟，憂思鬱積。不惟心腹已成痼疾，其實動履亦甚艱難。朔望不能朝參，節序不能慶賀，經筵不能赴，史館不能入，甚至堂不能升，何以臨視諸生？廟不能謁，何以對越先聖？若乃課試撥歷，與凡學規之廢弛，蓋又不在言矣。且猶坐靡廩禄，虚握印章，豈徒臣之私心有所不安，實亦朝廷明法在所不貸。况臣以三數年瘝曠之餘，而又重以今日病廢之罪，不惟士夫請議有所不容，雖天地鬼神亦孰能容之？是以恐懼驚惶，千思百慮，而卒不敢畏塵瀆之數而避斧鉞之誅。伏望陛下深念教化本源之地，師儒職任之重。誠非臣久病積衰之所堪處，尸位素餐之可以塞責。亟命物論相應者補闕管事，將臣放歸田里，庶幾臣死且瞑目，而骸骨道路蓋又有在所不足言者矣。臣爲此激切具本，再令義男謝來賫捧，謹具奏聞。臣不勝戰慄待罪之至。伏候敕旨。閏四月二十六日奉聖旨：「朕以舊學素望，衆所推服，特切勉留。宜盡心以供職，毋再引疾固辭。」

五乞致仕疏

國子監管祭酒事、禮部右侍郎臣謝鐸奏爲乞恩矜愍以終致仕事。臣久病屢乞致仕，待命半年，未蒙愈允。昨日又蒙聖旨：「朕以爾舊學素望，衆所推服，特切勉留。宜盡心供職，毋再引疾固辭。欽此。欽遵。」臣實何人，受此褒奬。感激之餘，悸恐無地。伏惟陛下始者誤采人言，不忘求舊，起臣於病廢之中，任臣以教化之責。臣竊自念少壯之日已不如人，衰憊之餘豈堪任事？故當被召之初，力辭其難；及至再試之久，果無成效。正宜亟加罷黜，以公勸懲。乃復曲賜勉留，以示寬假。夫朝廷之所以諭留之者，不過欲責其後效之報。臣之所以必於求去者，實亦深懲夫既往之愆。蓋臣二十年前已自知其無所於用，况今衰老至此，疾病至此，使縱有可用之才，亦必無可爲之勢，奈何以本無可用之實而猶欲强試以必不可爲之地哉？若臣者，偶辱虚名，委無實用，留一日則誤一日，留一年則誤一年。必待其誤至於大壞極敝不可效藥，然後斥之以去，雖朝廷顧惜事體，不加之罪，臣亦何顔以立於世？曷若因其固請而姑從其所欲之爲愈哉？此非獨臣一己之私，亦所以爲朝廷天下計也。蓋朝廷始雖以人言誤用而終不使之顛沛無恥爲天下笑，其所以保全國體，扶植士風而爲世道慮者，亦豈少哉？臣是以千思百慮，不避刑威，而卒不得不反覆以盡其説也。伏惟陛下檢照臣前後情詞，詳加省覽。萬一臣言而僞，不敢曲爲回護以避誣罔之誅；若使臣言而是，則乞曲賜俞允，以全進退之義。是非惟臣一人之幸，實天下臣子之大幸也。臣爲此激切具本，再令義男謝來賫捧謹具奏聞。臣不勝戰慄待罪之至。伏候敕旨。該吏部覆。本年六月初六日，奉聖旨：「謝鐸已累有旨，不允休致。宜勉起供職，以副委任。不必再辭。」

六乞致仕疏

國子監管祭酒事、禮部右侍郎臣謝鐸謹奏：爲衰病不勝委任懇乞休致事。切念臣病逾半年，章至六上，塵瀆不已，以數取辱。臣已自分無所逃罪矣。而陛下方且優容，獎惜而勉留之此，實天地覆載之大德。臣雖没身九殞，誠亦未知所以爲報也。臣竊反覆自咎，亦惟深懼詞有未達，誠有未孚而致然耳，豈敢以他求哉？伏惟陛下更赦其愚，俾畢其説而矜愍焉，臣不勝大願。臣聞孔子有言：「君使臣以禮，臣事君以忠。」夫君至尊也，臣至卑也，君者，臣之所恃以立者也。君雖不使臣以禮，臣亦不可不事君以忠。安有君使之以禮而臣敢以不忠而事之者哉？今陛下起臣於病廢之餘，任臣以師儒之職，始則招致之勤，終則勉留之至。所以使之者，誠可謂以禮而無以加矣。臣雖懵無知識，亦安敢自取罪戾而以不忠爲陛下報哉？夫所謂不忠者，非必不能犯顔極諫也，非必不能見危致命也。凡有欺於心不盡於己者，皆不忠也。是故陳力就列而不自知其不能者，是自欺也；尸位素餐而不自知其爲愧者，亦自欺也。以至聖寵過盛而不知持之以謙，血氣既衰而不知戒之在得，皆自欺於心不能盡之於心，所謂不忠者也。在若下者本以匪才誤膺重任，學政日□而不能修，士風日濫而不能革，猶且坐享禄位，因循歲月，而不知既衰之可畏，憑藉勉勵，顧戀寵恩而不知在得之可戒。此臣日夜之所兢兢愧懼，以爲不忠之大者也。臣雖至愚極陋，亦顧有識於此矣，安敢親承陛下禮遇之隆而忍以此不忠而報之哉？夫陛下之所以有取於臣者，亦或以其萬一不諂于此。若乃内以自欺，外以欺人，而以忍死圖報爲事君之忠，則舉其平生而盡棄之。陛下亦安取於此而招致之、勉留之若是哉？此臣所以不避譴責，再三塵瀆而不能自已者也。若乃臣之疾病侵凌，私情迫切，則已屢具前奏。伏望陛下通行，檢照看詳，大推從欲之仁，俯察不欺之實。俾臣早歸田里，少安素分，以畢餘年，臣不勝感激懇切之至。爲此具本，再令義男謝來賫捧，謹具奏聞。伏候敕旨。

乞恩養病疏

國子監管祭酒事、禮部右侍郎臣謝鐸謹奏：爲乞恩比□養病事。臣以衰老久病，懇乞休致，待命半年，未蒙□旨。臣愚知難而懼，不敢再有塵瀆，但虛握印章，坐享禄位。俯仰局促，進退回皇。心所未安，情不能已。切見今年閏四月二十四日，巡撫甘肅副節御史劉璋六月初三日起復，禮部尚書元守直俱以乞恩養病，荷蒙皇上各准，放回原籍。臣愚竊伏自念，彼二臣者以年則未甚衰邁，病則未甚深痼，情則未甚迫切，已蒙陛下俯察而深憫之，容其養病以圖後功。臣之不才，雖不敢與之較量比并，而年之衰邁、病之深痼、情之迫切則實倍蓰於彼，伏望陛下察臣前後情詞，憫臣衰病艱苦，推一視同仁之心，照今日見行之例，准臣如璋、如守，宜養病原籍。萬一臣之餘年，未填溝壑，曷敢不仰思天地再造之恩，而益圖所以爲犬馬未盡之報也哉？爲此激切具本，再令義男謝來賫捧，謹具奏聞。臣不勝戰慄待罪之至。伏候敕旨。本年七月二十九日，奉聖旨：「謝鐸既累奏有疾，情詞懇切，准回原籍調理。着馳馹去，待病痊之日，着有司奏來起用該衙門。欽此。」

謝恩

禮部右侍郎、管國子監祭酒事臣謝鐸謹奏爲謝恩事。臣以衰老疾病屢乞休致，昨者蒙恩：「准回原籍調理，着馳馹去。欽此。欽遵。」臣聞命喜躍，感激無地。伏惟恩深海嶽，恨莫報於涓埃。願遂首丘，幸不死於道路。臣愚，捫心知愧，感激涕零。茲蓋伏遇皇帝陛下明并日月，德配乾坤，一視同仁。大廓普天之量，進退以禮，克體群臣之心，不追咎於昨非。素餐得逭，仍保全其晚節；末路無虞，既賜馳驛以回還，復許病痊而起用。臣感恩無量，揣己奚堪。惟憂國不替於在家，願保邦必先於制治。桑榆或駐，尚能祝聖壽於無疆；溝壑未填，曷敢忘帝力於何有？臣無任激切，感恩之至，緣前病增劇，步履不前，不能赴闕謝恩，爲此具本，再令義男謝來賫捧，謹具奏聞。臣不勝戰慄待罪之至。

桃溪類稿卷之四十六　謚議　策問

倪文毅公謚議

太子少保、吏部尚書倪公，以弘治十四年十月初九日卒於官。訃聞，賜謚文毅，加贈榮禄大夫、少保，遣官祭葬，官其子霦爲中書舍人。大宗伯傅公爲墓銘，大學士李公爲神道碑。謂予亦公同年也，厥弟工部郎中阜以謚議來屬予，惟謚以尊名節以一惠，耻名之浮於行也。謚法敏而好學曰文，果而能斷曰毅，摭公之平生得謚文毅，謂名不浮於行非耶？惟公以英妙之年而接武科第，以雄偉之學而濟美玉堂，講殿經筵之啟沃，裨益良多，《實録》《大訓》之纂修，勞勛不少。陟宗伯而繼掌邦禮，輔新政而入議宗祧，凡此皆足以見其文。既[一]夫冢宰南都而官僚懾服，參贊留務而軍政肅清。及其被召而至，百辟爲之改觀。黜陟惟公而人不敢譁，進退以漸而下無所怨，吏牘堆案而判决如流，衆論盈庭而一言立斷，凡此又足以見其毅。謚毅而先之以文，謚文而麗之以毅，於法爲合，於議爲得。謚以文毅，其誰曰非宜？謹議。

【校勘記】

［一］既，《净稿》正德本文卷二十作「暨」。

傅文穆公謚議

昔者周公作謚法，後世因之。典籍繁浩，莫之適從。至宋蘇詢承詔編定，乃取其法，參酌沈約、賀琛、扈蒙之書，以行其法。上尚書省，下考功，移太常覆議以請，蓋猶有美惡輕重之别。今制類出其子孫之所陳乞，事下禮部屬翰林院[一]，然後内閣大臣爲之參定，取自上裁。凡得謚者，雖無覆議之煩，而益足以見其不易矣。吾友禮部尚書傅公之没也，朝廷深痛惜之，追贈太子太保，謚文穆。其子鄉進士元以謚議來請。嗟乎！公之大者，上有贈官之誥，下有銘墓之碑，所以形容公之平生者至矣，一謚之議亦奚復以予言爲哉？謹按誥詞碑銘而撮其要，惟公名高翰苑，地切講筵，開陳不倦，纂述良多。公選舉而文衡是賴，職輔導而舊學惟勤。暨長太常，遂正宗伯。實掌邦禮，恪守成規。恭人温温，信言貌之如一；德音秩秩，罔終始之或違。固君子同以爲然，亦小人無所與惡，是可敬也，誰敢侮之。若乃詞章之長，書翰之美，則公之餘事耳。是惟勤學好問之文，中情見貌之穆，律之謚法，公其稱情也哉！謹議。

【校勘記】

[一] 院，《净稿》正德本文二十無。

策問六堂教官[一]

問：教化國家之急務，太學實其所自出之地，所以爲人材之盛衰而治道之隆替繫焉。三代以上，無容議矣，漢唐而下，漸不古。若我祖宗注意于此，著之敕諭學規者，今可見矣。奈何近年以來，士風日薄，競爲巧僞，不耻奔趨，深可閔悼。兹欲人人而正之，事事而理之，自愧疏陋，兼以病廢之餘，不獨日有所不給，抑亦勢有所不能。然端本澄源以挽回教化之機者，其道將必有在諸君。佐教有年，目觀斯弊，凡可修舉以復祖宗之舊，以躋于古先聖王之道者，其爲我悉言之，以拯不逮，庶幾共爲聖天子教化萬一之助。

【校勘記】

［一］底本目録原作「策問六書教官」。

月試監生策題

問：以聖賢之言爲必可信，以古人之事爲必可行，學者之立志當如是也。古之人士讓爲大夫，大夫讓爲卿。義之所在，公卿可讓也。何今之人，一有所利，輒不顧其友以争？古之人，行一不義，殺一不辜，心所不安，雖天下弗取也。何今之人，一有所利，輒忍忘其親以詐？世常説古今人不相及，豈禮義相先之地而若是甚哉？抑聖賢之言，類不可信，有如是哉？士風至是，職教化者，不得不任其咎。諸生其明以告我，庶幾痛相刮劘，力去舊習，以求無負聖天子建學育才之意。

問：論漢之治者，莫不善曹參之守法；而究宋之所以亂，亦莫不咎王安石之變法，是國家之法固在所當守而不可變也。然參之時有謂宜定經制者，有謂宜更化者，皆非歟？安石之時，有不以爲不是者，有以爲合變時節者，亦非歟？今之法，其大者不敢論，若科目之糊名棘試，人皆知其不如鄉舉里選之核實而論公也。銓選之停年用例，人皆知其不如耕釣版築之特起而效著也。然徐而思之，有不可以遽爲者，將守法之爲優而終不可變乎？抑别有可議者乎？請著于篇，以觀經世之學。

問：唐虞夏商之世，起止三聘而不聞野有遺賢；黜止四凶而不聞朝有幸位。今取仕之途不爲不廣，既取之科貢，又取之薦舉，不已而又有輸納自進之例，宜其無遺賢矣，何壅滯之嘆，未能以或無？今考績之法，不爲不詳，既考之天曹，又考之都臺，不得[一]已而又有彈擊自陳之舉，宜其無幸位矣，何貪競之風，未能以遽息？夫今日之諸士子，即他日之所謂公卿大夫也。苟未仕而輒有壅滯之嘆，則既仕而能不趨於貪競之風者，蓋鮮矣。兹欲拔本塞源，一挽而歸之唐虞夏商之世，其道何由？諸士子其爲我悉言之，或者上之人有聞焉，其亦轉移世道[二]一助乎？

問：士君子之所以持其身者，大要有三，自辭受以至進退而極于生死之間，皆不可以不慎。自今而觀，患其不能辭，不患其不能受；患其不能退，不患其不能進；患其不能死，不患其不能生。然又有不同者，辭固難矣，而又有不辭之爲是；退固難矣，而又有不退之爲是；死固難矣，而又有不死之爲是。古之人有行之者，將誰從乎？諸生遭際盛平，行有禄位，其他固未暇論，然辭受則日用所不能無者，以其小而卜其大，則所謂進退、所謂生死，概可識矣。請言所從，以觀尚志之學。

問：同行異情之説。君子小人之情狀盡矣，有志於格物窮理之學者，不可以不辨。昔之人其甚焉者，若莽、周公、操、文王固未暇論，亦有以三國之臣比伯夷，以五代之臣比伊尹者，同乎？異乎？此猶未也。自今而觀，實則患得而曰以圖補報，其與願出入禁闥者何如哉？實則患失而曰恩不可忘，其與告君乃猷裕者何如哉？凡若此者非徒欲以觀人，以之反觀内省，則善惡僞誠之幾在是矣，君子之學莫先於此。請著于篇，以觀毋自欺之實。

問：太學賢士所關，今士之集於此者大概有四：曰科目，曰歲貢，曰蔭補，曰輸納。歲貢者歷試而廪，顯拔以進。科目則糊名棘試，以一日之短長爲終身之進退。宜其彼無幸進而此有遺賢，何今之所謂人材者在此恒十九，而在彼不能以十一哉？謂蔭補爲壅仕途，而古有以社稷臣稱者[三]；謂輸納爲妨賢路，而古有以循吏稱者，何今之士以爲輕而古反以爲重哉？夫今之士固以科目爲重，然所以取之者，亦徒以其文而未嘗以德行也。而此外乃有所謂經明行修者，又有所謂懷才抱德者，視科目之士何如哉？豈所重者[四]反在彼而不在此哉！凡此皆不能以無惑，幸明以告我，毋徒泥於流品而偏黨焉可也。

問：學校之廢興，治道之隆替繫焉。三代以降，言治道者莫過於漢唐宋。漢至武帝，宋至仁宗，皆四五世而後建學。唐太宗干戈甫定，即大召名儒，增廣生員，豈唐之治道獨過於漢、宋乎？然漢、宋之季，士風之盛，忘身殉國者比比皆然，是而朱梁之篡在唐，乃有所謂六臣焉。豈士風之盛衰反無關於學校哉？請言其故，以祛所惑[五]。

問：道統之説，《孟子》七篇之末叙之詳矣，然稽之孔子之言，則容有不同者。孔子自言：吾[六]不復夢見周公，則孔子志之所欲行者，周公之道也。孟子乃謂孔子於文王之道爲聞而知之，又以見而知之者屬諸太公望、散宜生，而周公反不與焉。顔子之死，孔子以爲天喪予而哭之慟，是孔子之道，當時見而知之有顔子矣。而孟子乃曰：然而無有乎爾，而又隱然自見其傳之有在。豈其猶有所不足於周公顔子而故遺之邪？抑別有其故邪？聖賢道統雖非後生小子所敢輕議，要亦不可不知其説也。請著于篇，以觀本領之學。

問：《洪範》八政，食貨爲先；孔門問政，足食爲首。是財者，民生國用，一日所不可缺。故《大學》釋治平之道，必以是終焉。夫生財之道，《大學》傳之四，言無以加矣。奈何後之世一切反此，生之恒寡而食之恒衆，爲之恒舒而用之恒疾，財如何其不盡，民如何其不窮？今欲如先儒所謂國無游民而生之者衆，朝無幸位而食之者寡，不奪農時而爲之者疾，量入爲出而用之者舒，一挽而歸之唐虞三代之治，所以拔本塞源而救其弊者，將何施而可？諸生有志用世，盍爲我詳言之，或者上之人有聞焉，固亦當今之急務也哉！

【校勘記】

［一］得，《浄稿》正德本文卷二十無。

［二］《浄稿》正德本文卷二十「道」下有「之」字。

［三］者，底本無，據《浄稿》正德本文卷二十補。

［四］《浄稿》正德本文卷二十「者」下有「又」字。

［五］惑，底本作「感」，據《浄稿》正德本文卷二十改。

［六］吾，底本作「而」，據《浄稿》正德本文卷二十改。

國學季考策問十一首

問：養士之盛，莫盛於今日，自鄉學以至國學，蓋億萬計，而其待選於吏部者，亦往往至千萬焉。其在鄉學者，恒慮科貢之不增；在國學者，恒慮撥歷之不減；而其在吏部者，又恒慮員外之不置。嘆老嗟卑，比比而是。將亟而用之，固無地以容；欲澄而汰之，又無術以處，因襲之久置而不顧。不惟國家之養士無以賴其用，而士之自處亦無以善其後。是果何施而可？諸士子其詳言之，或者轉移世道一助乎！

問：水之壅滯，必疏通之以遂其潤下之性，斯能無害。今士之壅塞於吏部者不知其幾，而其在鄉學者，蓋又不啻什百而千萬焉。鄉學，水之源；國學，其陂澤之所渟蓄者，而吏部則其下流之所委也。不清其源、洩其委而徒於其所渟蓄者疏通之，不曰歲月淹滯，則曰撥歷不敷。淹滯與減歷不敷，則增貢輾轉謀畫，不過稍圖目前一分之寬而已，不知善後之策，畢竟其何以爲處也。我輩繆忝教化之任，其所憂固有重於此者，而其切於諸生出身之階，則莫先於此，幸爲我明言之。

問：差之毫釐，繆以千里。義利公私之間，正學者所尚辨也。況有假公以濟私、假利而爲義者，彼其假堯舜以禪讓，假湯武以征伐，假伊尹以廢立，其若假周公以手刃同氣者，固有所不忍言矣。亦有姑息似寬大，苛察似精明，緘默似安静，紛更似經濟，甚至執偏立異以爲好古，和光同塵而以爲隨時。凡若此者，見其似而不得其真，固不能以無害；畏其似而并棄其真，則是非倒置而美德易位，其害又不可勝言者矣。此固學者之所當辨而有志治道者亦不可忽也。願相與論之。

問：文行，學者之所當務，而先後輕重之間又不可以不知也。吾夫子嘗曰：「行有餘力，則以學文。」是固以行爲先。先者，在所重矣。而他日子以四教，乃以文爲先，何哉？又嘗曰：「文，莫吾猶人也。躬行君子，則吾未之有得。」是固以文爲輕，輕者在所後矣。而循循善誘，乃又以文爲先。何哉？後世有沈静可屬大事者，或病其不學；有文名爲四傑者，而或短其器識，是其所當務者，果在文乎？在行乎？抑先後輕重之間，亦各自有其説乎？請詳言以觀所務之學。

問：夫子稱顔子爲好學，蓋以其與之言而終日不違，而其於夫子之言，則又無所不説也。然夫子他日使漆雕開仕，而開未之信，似違矣，乃喜而説之；許子路以浮海，而子路聞之喜，似説矣，乃抑而譏之。何哉？夫君子以同而異，謂其在於同也；而漆雕開以異而見説，謂其在於異也，而子路又以不異而致譏。然則顔子之不違之無所不説，果同乎？異乎？請言其故。將究其所以異而歸之同，可乎？

問：盈科而進，成章而達，此學者自然之序，未有躐等雜施而可以有成者也。孔子以生知之資，猶必自十五志學至于七十，而後從心所欲不踰矩。然學記又以七年論學取友，謂之小成；九年知類通達，謂之大成。大成，孔子之所集，蓋指其極至而言也。今學者乃欲以九年之速，而庶幾夫子終身之極致，可乎？抑又有甚焉者，彼其以經傳之言爲贅疣，以聖賢之學爲意見，直欲收視反聽，注心於窈冥不測之境，而期一旦輒頓悟者，又可乎？凡若此者，不知其於盈科成章之學何如也？請明言之。

問：「學而不思則罔，思而不學則殆。」是思與學，二者誠不可以偏廢也。然而夫子又曰：

「吾嘗終日不食，終夜不寢，以思無益，不如學也。」則學不有重於思乎？又曰：「不曰，如之何？如之何者，吾未如之何也已。」則思又不重於學乎？後世有以專事於思，以期一旦之頓悟；有專於博學，以求萬事之貫通者，是乎？否乎？其於罔殆二者之弊可能免乎？

問：國學之設，所以育實才、講實理而求實用也，豈徒用詞章博誦説事無用之文哉？今之士孰不曰「聖學，所當明也」，不知志實何所期而力實何所用？孰不曰「王道，所當行也」，不知何者實爲綱而何實爲目？荀楊、王通、韓退之皆嘗言道矣，其於所謂聖賢者同乎？異乎？董賈、崔寔、仲長統皆嘗言治矣，其於所謂王道者，然乎？否乎？然此皆諸士子之所當知。請各指實見，各條實理，無徒襲陳言而逞浮説可也。

問：一代之君尚風俗，未嘗不相爲終始，而國家之隆替繫焉。試舉漢之一代，以例其餘可乎？文帝尚寬大，以變亡秦之刻，其習俗之美，至于黎民醇厚，國勢固已隆矣。奈何元成而下，萎靡不振，而外戚擅權，豈寬大之尚，適足爲陵替之漸邪？光武尚名節，以起西京文儒，其流風之盛，至于臨雍釋老，國勢亦已隆矣。奈何獻靈之末，黨固相尋，而奸臣竊命，豈名節無救於敗亡之禍邪？所以然者，豈天下之勢固自有相激之機而不容已，抑舉偏補敝之不得其方而致然歟？天下事固非儒生之所敢議，而有志於經世者亦不可不知也。請原始要終，竟其説以告，毋徒曰：「君子思不出其位。」

問：納約自牖，此人臣告君之道也。故潁封人能解鄭莊公誓母之惑，張子房能悟漢高帝易子之蔽，蓋皆有得於納約之義者。然古之人又有以諫而餓、以諫而死者，豈不及二子耶？甚者以孔子之聖，而轍環於列國；以孟子之賢，而傳食於諸侯。曾未聞能開悟其君有如二子之易者。豈孔孟告君之道，亦有愧於二子耶？抑或遇不遇，幸不幸之間，有如是耶？此皆往事之不能無疑者，幸明以告我。

問：孔子嘗曰：「吾志在《春秋》。」又曰：「我欲載之空言，不如見諸行事之深切著明也。」則聖人之志與行事，莫有大於《春秋》者矣。且《春秋》之義，莫大於尊王而賤伯，桓公之於管仲，伯者之渠魁也。然天子於桓公，則稱其正於管仲，則稱其仁矣，安在爲賤伯乎？《春秋》之義，莫大於內中國、外夷狄。夷狄之無人倫，君子不可一朝處也。然夫子不惟稱其有君，而又欲往居其地，安在爲外夷狄乎？聖人之所以處此者，必有其道。固非後學之所敢議。而事之涉於疑者，則不可以不辯。諸生其爲我明言之。

桃溪類稿卷之四十七　書

復金尚義

别時失於預期，弗及送，至今怏怏不已，又辱教墨先施，益增愧赧。且知當路皆能以禮接遇，此在我者未足重輕，而在彼則所得多矣。又知閉門讀書，此第一義，所謂願毋此舉自滿者，又不待知己之望而祝矣。昔陸宣公惟檢集方藥，蘇穎濱至，謝客絶不復見。「我思古人，實獲我心」，蓋於執事有焉。益篤而誠，益恒而久，尚友千古，以俟知己於來世。吾黨事也，執事其尚以予爲喋喋者哉！闔政脩短定數，幸無過傷以重客懷之戚，萬萬。凍筆草草，鐸再拜。

與袁大尹德純

郡邑舉子來，具道初政惓惓懇惻爲民之意，且科條明信見之保伍之間，民德[一]有所遵守，以爲常信有本者如是矣。鐸亟聞樂道，豈直爲吾邦喜哉！鐸恃知輒復有瀆廟學之創，側聞悉已完美，獨鄉賢未有祠，次第行且及之。昔朱夫子在南康下車，歷詢先賢遺事，以敦厲風俗，蓋爲政首務，未有大於此者。鐸鄉先生舊入祀典者，例必隨地以祔，間亦有在所遺，如王方巖、王静學、郭貞成三先生之純德粹學、雄才大節，其流風遺韻，歷歷在鄉邑間，皆可考而見也。在祭法，法施於民則祀之，以死勤事則祀之，而北溪之論鬼神又有道德忠義之祭。鐸竊謂若是者於三先生蓋有焉。閒嘗與亞卿、文選二公以三先生之名號達之郡主，請如近者拙訥葉先生之舉。蓋貞成實拙訥之師，而静學爲貞成同輩，其節義又甚顯㬥，邦人故老猶或及見而言之者，方巖則載在信史，又天下後世之所共聞而知者也，於此不兼舉以祀，竊恐拙訥九原之心亦或有未安者。或謂静學事在所諱，是大不然。異時周公是脩，與先生實同死義，有請追戮之者，文皇帝謂彼食其禄，自盡其心，一無所問。東里楊少傅實作公傳，而又特表先生之墓於廣德而祭之文。今廣德周守梁石，又大脩先生之墓爲之記，以永終東里之志於不朽，皆未聞有所謂諱者。蓋旌善勸俗，實我朝之盛典，文皇帝之心，即漢高所以待季布之心，以是諸臣奉承德意，争先恐後，而今獨於先生疑哉？先生家藤嶺，方巖家桃溪，貞成家温嶺，皆太平人。景行先哲在後學不敢緩，縱[二]不肖，而生長其地，有賢令尹如閣下者，尚隱而不以告，豈其情哉？去載濱行時嘗道郭先生於左右，兹謹并録三先生之行與事以告，惟執事其亮之，鐸再拜。

【校勘記】

[一] 德，《浄稿》正德本文卷三十四作「得」。

[二] 《浄稿》正德本文卷三十四「縱」上有「鐸」字。

與陳儒珍

弘謚書來具知出處之詳，已決意獨往矣。孤高孑立，莫之與群，俯視吾儕之依違終日，而進退無據者，得失豈直萬萬哉！然在明時而使有如兄者終於不偶，若是則其所繫，殆非淺淺也。或者求其責，而不得顧以歸之造物焉。於乎！此固君子之所自處，而非所以處人也，兄以爲何如哉？昔人有言：「君子不以一時名節爲至，而進德終身之可慕。」充此以往，蓋又大有着力處，未可遽以自足，而不復有事也。」此固兄之所熟聞而素履之者，鐸何足以知之，而猶瀆告不已者，蓋朋友之誼，而天下之義理，固亦未嘗有窮也。詞不悉意，惟情亮不一，鐸再拜。

答陳士賢

來書許與過情，固君子獎掖爲善之意，第瑣瑣何煩齒頰，惶悚！惶悚！且昔之進告其君者，必自正己始，故曰至誠以感動之。而所謂納牖之説，又非温厚明辨者不能顧。僕何人，乃不自量力至此，得逭出位之罪則已萬萬幸矣，而曷敢當閣下之譽？惶悚！惶悚！僕於閣下迹雖不甚親，而跂慕之心實切。向辱高車之留，乃深知閣下篤信古道，而名下之士斷不虚矣。然猶告以所謂涵蓄充拓者，蓋義理無窮，而學問之功不可有足如此，閣下不矜其無入門之路，乃復過與非實，則大非區區之望。先大夫《勿齋稿》固遺竊名世德之末，則不敢辭，但原博世顯之作未發還，使不及俟，當爲後圖不遠也。柯先生謝世，深爲吾黨斯民惜之，培養至是而不獲其用，夫寧知非造物者之意哉？閣下以爲何如，春寒自愛，萬萬。

與陸鼎儀

僕於閣下托交雖久，而受教無地，故心迹之間猶或未能以自信者。去年來，得相從史事，數月中提誨諄切，始益自恨相親之晚，蓋不徒以言語、文詞爲也。别去大失倚賴，怏怏至今日，諒明者不我遐遺，亦豈能恝然哉？臘月二日，病中夢得佳句二韵，覺而忘其一，因續成一律，一句、二句、四句則皆閣下詩也。春齋、明仲以閣下與敷五、師召皆不在，亨父、舜咨復有東西之隔，因□爲五憶詩，而僕復得以奉閣下，是豈私願所至而然邪？不鄙是正，亦或領教之萬一哉！歲月流邁，哀思之情宜以時節，惟遠大自念，以重吾道，幸甚！

奉答太守叔父論祠祭書

昨拜領《祠堂記》一篇，令鐸仔細商量者。鐸愚暗無似，尊命下臨，豈勝惶懼之至。然竊有窺測而不以告，則又終非此心之所安者，敢用粗陳其一二[二]以俟教焉。如所謂右室以居庶母之主者，則固當從今命，所引祔于妾、祖、姑、女君之禮，而程子亦有其子祀於私室之説。是此一室，輒當除去無疑矣。但左室以奉祧主，亦似恐未穩當。蓋藏於墓所，禮家之説有明文矣。夾室之藏，則天子諸侯之制，蓋爲祫祭而設，今安得遽擬諸此？且既曰祧主，又安得有服未盡之親而得以於此祭之乎？借曰宗子尊行旁支，有如祖父行者在所當祭，則所重在此，彼亦不得而私之也。且如今日，此祠以叔父主祭，則斷自道三府君爲高祖，八叔祖雖尊行亦在與祭之列，又安得以此之故，乃上及福五府君而不祧乎？又四龕以西爲上，雖非盡合古禮，要之祠堂之制，朱子以義而起，定爲四代之祭，且曰而今祭四代已爲僭，若是始基之祖，想亦只得存墓祭，如是則五龕之設，雖有賈疏五廟可據，恐亦未免嫌逼已甚，況六世遞遷之際？彼五廟者一世自爲一廟，昭不見穆，穆不見昭，各有以全其尊而無所厭，其大祫而會於一室也，則祧主畢陳，而尊卑之序又各自爲偶而無所紊。今也同堂并列，如曰中左龕高祖親盡而祧，則次左龕祖之主合升而爲曾，以居于此，而以新之禰補之，彼中右、次右二龕固宜遞改而爲高、爲祖矣，則所謂子者乃皆并坐一堂，偃然而居于父之左，於禮安乎？是亦恐不得與彼五廟各自爲尊者比也。又昔之四龕而遞虛其西之一、二、三者，以所繼之宗世數未滿而不敢祭耳，若乃五龕則是彷五廟之制，則必自一世、二世以至於五世至六世之後乃遞遷之，而所謂一世者，則以其爲始封之君而不遷，似亦未嘗虛其一世之廟以徐有所待也。就如文武之廟始列昭穆，終則百世不遷，亦必至親盡之日，然後別立一廟以宗之，初亦未聞預有所待而虛其廟也。若是[二]揆之於禮，竊恐未合，不若直如朱子止爲四龕，以西爲上，視所繼之宗而遞虛其上者之爲簡易而無礙也。若乃桃溪始祖，則自有所謂墓亭者在，似亦不必更設此一龕也。又末一龕禰之主居之，是爲定論，今而曰諸父之主亦皆會祀此堂，居於禰之龕而以齒爲序，鐸又未識此龕之内伯婦、嫂叔之間何以坐列？若曰各自爲龕，則此祠之禰昆弟蓋八，是其爲龕又何止於五而已？凡若此者，於禮亦恐似未有據。蓋此祠之初立也，叔父本以尊祖行睦族之誼，故合諸叔父而共爲之，則今日於勢於情似有不可得而異者，特恐禮所未安，則其勢亦自難行，而於情亦反有戾。此則久乃可見聖人因人心以制禮，一本萬殊之義，似不可以毫釐易也。

誠欲遠取宗法，近不失乎朱子創祠之義，則似莫若特存此祠爲繼祖之宗，而叔父復以身自倡爲繼禰之祠，然後俾諸叔父之有力者各自創立，否則以其私室從事，歲時則先從宗子與祭祖祠，然後各以其情祭於其禰，庶其可也。苟宗子不堪承重，則當別遵横渠張子之説，擇次賢者以易之，此叔父今日權以承祀之義，是繼禰之祠獨在諸叔父，而叔父無與焉。今乃[三]爲睦族之始而遽申此説，習見之久以迹而不以義，鐸固已知其決不可行矣，要不可不知耳。凡鐸前所考據稱説，誠大有未當者，惟叔父先生一一剖判明白，詳以示下。此非一時一世之事，可以暫行而中輟也，苟有未歉，萬乞不吝頻於往復，至幸，至幸。鐸喋喋，不勝恐懼俟命之至，不具備。

【校勘記】

[一] 二，底本作「一」，據《浄稿》正德本文卷三十四改。

[二] 《浄稿》正德本文卷三十四「是」下有「者」字。

[三] 乃，《浄稿》正德本文卷三十四作「方」。

答黄文選世顯

別來連辱手教，亟讀載披，哀感曷已！所以慰安勸勉之者，蓋無所不至，特鐸荼毒痛苦之餘，百念廢沮，實不足以承，惶恐！惶恐！矧是處逆以來，兒女願乖，竟成畫餅，所遭之薄，有如此者，亦惟自嘆自咎而已，夫烏敢以尤人哉！宗族間有欲因緣扳附，鐸實未敢啟口。逸老家叔父蓋別有書，自分知愛之深，將有不待鐸之多言者，伏惟情亮不一。

與李侍講賓之

黄汝脩便嘗倉卒奉謝，想已達左右矣。鐸忍死僅克襄事，而荼毒顛隕之餘，百念廢沮，無一足道，慨念疇昔所以教我愛我者如此。其至誠，懼無以仰答盛心，以少酬知己於萬一，用是益重不孝無涯之悲，俯仰局促，幾無容此身於天地間也。敷五、亨父後先殄瘁，何可勝悼！二公者，要皆天地間有數人物，如是而生，如是而死，其所關涉，豈淺淺哉？哀苦中得此，益用於邑，不能不致疑於造物者之無情，而重嘆吾黨之益孤也。曾子之哭，千里無從，奈之何哉！奈之何哉！相見未涯，臨書無任惓惓，伏惟亮察，不次。

與同年羅洗馬明仲諸公

别時重辱厚贈，哀感無極，鐸扶伏遠歸，薦罹荼毒，摧裂顛隕，幾不克生，忍死僅獲襄事，無足道者。痛苦中復聞敷五、亨父二兄相繼殄瘁，曷勝於邑？噫！若人者天實生之，而顧如是以死，豈所謂未定而好惡縣邪？子張之哭，千里無從，聊因便奉謝，并申此意。相見未涯，益用悵惘，伏惟亮察，不次。

答陳士賢廉憲

日者舟次江滸，衰服不敢入謁。繼辱慰札，有行欲枉見而不及者，哀感曷既。鐸不孝，忍死僅獲襄事，荼毒之餘，百念具廢，無足道者。側聞執事，遠俗山棲，苦心尚德，以力挽頽波於不墜。郡大夫有清風之題，真稱情也。僭托交游，益用仰止。小兒興仁來專此奉諗，諒有以教我者。哀遽不次，伏惟情亮不一。

奉答四叔父

伏讀有感之詩并示鐸之作，不勝芒汗驚怛，鐸之罪，誠不可逭矣。昔人有言：「伐國不問仁人。」使鐸之素履，誠有乎於仁人也，蓋不徒無庸力阻以聽。將斯言也，而亦何自以至於是哉？且鐸之淺薄而懦，親而卑者且不能使之必信，叔父固嘗爲鐸長嗟而永嘆之，則其不能必得於彼也亦宜矣！嗟乎！鐸之不才，固不敢以暴棄必之人，而叔父之所遭，亦有如舜之不幸者乎？苟以舜之所以處之者處之而不可得，則周公之法且在，二聖人之所以處其弟者，君子固不得而優劣之也，在審其所值者何如耳。人雖欲自絶，其何傷於日月乎？久不作詩，不能奉和，謹此上謝，餘容面悉，不具備。

與黄選部世顯

四月初，獲聞令郎春試捷音，哀苦中感嘆不已。是不特爲吾邦希闊未有之盛事，君子蓋於是徵世德焉。且曰吾黨所望，以增重吾台於他日者，將又不在是乎？若乃父子同朝之榮，則夫人能識之，亦夫人之所得而數見也。鐸無似，姓名不祥，未敢以爲執事賀。鐸幸知愛，不爲令岳丈慕陶先生所棄，千金之諾，實荷盛德。第鐸處此荼毒，未敢知所以爲禮者，然於執事姻牒，視昔蓋益轉而爲親者倍蓰矣。慨念亡女之私，所以少償吾交游之恨，或者其在是而執事脱亦以爲然乎？乃若責我以白雲之事，鐸無似，重遭此譴[一]，匪敢尤人，然白雲之棄我亦已甚矣。往者小兒之誤，姑未暇論，自僕之歸以至先人襄事，曾不屑不[二]使之訣[三]，一禮之遺，鐸用是知難而退，乃敢準禮致命以嘗之，彼顧欣然復書，歸我儀物，而冰人月老已紛然於趙氏之庭矣。縱執事盛德有容，亦將何以處之乎？噫！僕之不幸至是，亦何以喋喋爲也？春末族弟魁與樂清令弟，皆以吏事北上，先後有小柬，想已塵聽司矣。會面未期，雲泥苦樂，相望懸隔，日益滋甚。臨書無任悲怛，伏惟情亮不一。

【校勘記】

[一] 譴，底本作「遣」，據《净稿》正德本文卷三十四改。

[二] 不，《净稿》正德本文卷三十四作「一」。

[三] 訣，《净稿》正德本文卷三十四作「遣」。

與林一中僉憲

曩與執事南北相望數千里，恒不旬日輒有書，今只尺不數百里，而動經年數，乃始得一奉教，信要津之與僻左，勢相懸也每如是。然吾人交游之誼，政不在是，而猶或不能忘情者，豈不以雲泥苦樂之思，將於是而益深乎？鐸哀處無狀，不死之心，俯仰有愧，疇昔知己，惟執事與世顯有以諒此耳。世顯有子，誠吾邦希闊盛事。方伯之報，何能爲之有亡，執事所謂小山之招，蓋於是不無有望焉。相見未涯，臨書無任悲怛，惟情亮不一。

桃溪類稿卷之四十八　書

答李賓之

鐸不孝，薦罹大禍，忍不即死，重辱遠念，賻儀奠章，情禮稠疊，稽拜奉讀，血泪俱下，號天叩地，惟益增哀感而已，其將何以爲報哉！再閲手書，具知椿府老先生壽體康泰，不勝慰慕，雖執事者時或有墜馬之虞，少陵高興曾不爲妨。北上二[一]録，别後雅懷於是乎在，而所以勤勞報稱以爲功名事業者，將又不在是乎？不以爲不可教而遠及之，則平生之所以愛我者，亦略可見。獨煢苦中意氣拂鬱，相對如夢，未能有以領其要耳。時用科舉，復厄於病，造物之不可競也久矣，獨時用爲已甚耳。士常侍御雖非其□，然綱紀耳目有若斯人者，寧知非國家之福哉！抑寧知非吾人之所深望也哉！文明久次不遷，益足以見其平生之不可誣者，庸何傷乎？時雍奉使歸，且復得孫，宦途之樂，孰得而過？凡此皆交游欣戚之情，所欲急聞而不可得者，詳以示我，真所謂千里面談者矣。拙手不便作書，兼哀苦相仍，未能一一會次，幸爲道甫。相見未涯，臨書無任悲怛，伏惟情亮不一。

【校勘記】

[一] 二，《净稿》正德本文卷三十五作「一」。

復黄汝修進士

僉憲公來，方以不得椿翁手書爲恨，既乃獲承來柬，尤足慰意，交承世講之分，於是乎徵矣。僕哀苦之餘，老病交侵，百念廢沮。足下方駸駸跨竈，爲吾邦之望，何能有相及者？科舉之累，先正所謂，吾意今日學者之累當不止是，未仕以貧賤爲累，既仕以富貴爲累，終其身能脱然於是者蓋鮮矣。惟有志者隨所在而進脩焉，則不憂貧賤、不溺富貴，舉凡天下之物皆不足以累之，而學之能事，其庶幾矣。噫！此吾之所深愧，而顧爲足下言之，將不爲誣人者乎！存敬、師文輩日相與處，益得以廣所未見，視吾孤陋離索者何如哉！惶恐，惶恐。

復林一中

昨辱書兼以小兒。向者締姻薄儀見擲，使僕悲感不已。蓋此兒連歲遲遲不敢别議，正恐傷執事之懷，而僕亦固有所未忍也。今執事乃爾，僕果何以爲心而安此物乎？昔朱子以女與吾鄉趙訥齋家締姻，未幾女亡，亦以聘幣[二]歸之，而訥齋堅於辭却。朱子雖嘗喻以未安，實亦不聞趙氏之竟納此幣也。雖訥齋之賢不及朱子，其所以處此，諒必有義而非苟焉者。僕齪齪不敢上擬訥齋，直以其情言之，苟執事俯留此物，不惟使小兒得爲終身之思，而吾子孫亦將世講於不替也。雖僕與執事，朋友之誼，有不藉於子女間者，而此意之篤厚，要終不敢忘耳。謹因任公以原封附復，伏乞垂情監納，不復更爲往復是荷。諸凡不盡所欲言，惟情亮不一。

【校勘記】

[一] 幣，底本誤作「弊」，據《净稿》正德本文卷三十五改。

復陳德修

去年李提學至，始知擢守金華。僕忝鄰壤，方愧無以將此下忱，而顧先辱來使，同年之情何厚也。不揣敢因而竊有所請。金華文獻，吾浙第一。昔之大儒君子，生長是邦者已各有所表章，獨潛溪先生在國初爲諸儒首稱，顧無爲之請謚而尸祝之者，非缺典歟？且我朝制作黼黻之具，實惟先生是賴，雖其末路崎危，而於法無禁。百餘年來未聞有倡而舉之者，寧知其不有待於執事今日哉！執事好古士也，又寧知天下後世之公論，不以是爲執事望哉？朱夫子在南康，下車之初，歷詢先賢遺事，以敦厲風俗。蓋爲政之務，莫先於此。若乃區區簿書法令之所急者，則夫人能爲之，僕焉敢爲執事瀆哉！相見未涯，惟情亮不一。

復姜漳州

林僉憲還，倉卒脩謝，不克盡所欲言。感念仰止之私，蓋未能以忘者。忽辱書暨諭俗文，深慰遠懷，亟讀數過，敬嘆不已。儒者有用之學，蓋於是乎徵矣。政以道之在聖門，治道爲第一義。故朱夫子、真西山諸公，往往治郡皆在所急，而執事顧遲遲於三年之久者，豈所謂先行其言而後從之者乎？用是益足窺見執事之政，斷斷乎非事虚文者矣。僕哀苦之餘，百念廢沮，視此但益增愧赧，且懼他日深爲交道之羞，復何能一置喙其間邪？蒙庵先生舊德宿望，且在疇昔，寅寮之契，所謂博求隱德者，將無踰於此，而文之首簡慢無一語，何哉？起居想無恙，會次幸一道區區也。行者匆[一]促，詞不悉意，相見未涯，百凡情亮不一。

【校勘記】

［一］匆，底本及《凈稿》正德本文卷三十五均作「忽」，據意改，臨海博物館藏《凈稿》抄本亦改作「匆」。

復陳師召先生

林僉憲還，獲奉聯句序引，扶病亟讀，詞義藹然，所以慰我遐思者至矣。獨以僕之無似，强而儕之西涯，恐非其倫，不知者不以先生爲愛我而忘其陋，將不爲知人萬一之累乎？金陵之約，固所素願，但哀苦以來，此心亦復消沮，所謂出門即有礙者，若僕是已，豈敢復浪爲此諾哉？或者白首布衣相從於閩山越嶺之間，又不識西涯公能爲此行不乎？雖然，昔人固有同室楚越，而肝膽相信於數千里之外者，則亦何必漫爲此約而終踐之哉？特平生交游落落在念，愛我教我若先生者甚不易得，於此又不能不使人一惘然也。匆匆，詞不悉意，百凡情亮不一。

復陸鼎儀先生

別後慰諭再至，哀感曷勝！下邑道左，未由報稱，惟益增悵惘而已。僕忍死，僅釋祥禫，無足念者，惟執事登陟宮僚、培植國本，吾道之光於是乎兆，曷敢不首爲天下賀哉！抑葵藿微忱，所以惓惓不能自已於平日者，亦將於是而有托矣，固不敢以交游之私先此而後彼也。相見未涯，百凡情亮不一。

與蕭文明給事

哀疚中忽得南遷之報，心神爲之不寧者累日，蓋雖不敢爲執事憂，然亦不敢爲執事喜且賀也。夫以執事之所抱負，忘家於國，蓋其素念至是方以得償。其志之爲慊，所謂憂時慷慨、報主辛勤者，僕與西涯亦方自幸其言之得售，而何以爲執事憂哉？雖然，言聽計從，使天下陰受其賜而不知者，此古人之所賢，亦執事之心也。若乃獨享其名而以此舉自足，夫豈執事之所喜而區區者亦焉敢復以是爲執事賀哉！獨念江海交游，晨星落落，異姓弟兄如執事者蓋已無幾，而一旦踪迹愈遠，使僕之僻居窮海者，願一通問訊而不可得，於此又不能不使人一惘然也。西涯處粗聞在官況味，陳驛宰乃即歸，亦頗得宅中消息。千里遐思，庶此其少慰耳。相見未涯，惟飽飯和陶以徐俟既定之天明。天子在上，當不久爲執事詘也。草草，詞不悉意，百凡情亮不一。

復黃通政定軒[一]

春初戴允通太學去，曾附小柬暨哭子諸近作，鄙懷之惡可見也。入夏兩拜來札，慰諭良厚，且謂我亟來，不則明法具在，當復云云也。於乎！盛世深恩，誰忍相負，而況以法祝[二]之哉？獨念哀疚以來，心神氣血日見摧敗，重以兒女之故，而身世益茫然矣，他固不敢喋喋也。雖然，鄙懷局促，俯仰晤言不知其幾，執事蓋素知之，而顧眷眷不已者，豈欲亟反其偏以不失朋友之義歟？然告君乃猷裕，此大臣之責。若執事今日之階，則固已駸駸乎是矣，豈區區者所得而概論之哉？令即知旋，第已久病懶，不克輒見，別時當有所付托以終此念，固亦不敢漫然自放於法律之外，以自速罪戾也，執事其有以亮我哉？近作數章，用塞空紙，脱有以終，教之非敢望也。

【校勘記】

［一］標題《凈稿》正德本文卷三十五作「復黄通政世顯」。

［二］祝，《凈稿》正德本文卷三十五作「促」。

與古直存敬

林克冲來，具知行幕更主存敬，慰甚！慰甚！執事在客邸先後二十年，所主非一，今得存敬，則又有甚可喜者。昌黎有言：「知其客可信其主者宣州也，知其主可信其客者湖南也。」執事其宣州，存敬其湖南，交相重而不可相失者乎？予舊館人也，愧不及存敬，敢以是爲賀二君者，其終始之哉？項掾同伴去，曾柬吾存敬尊翁和州公，歲底嘗一會，康强特異。大父翁亦精明不爽，此人間第一樂事，可喜也。僕喪子以來，心神耗亂，不能再奉問，戴潛勉所附諸拙作可見矣。賢賓主能爲我一賡唱之乎？空谷足音，誠所願望。不鄙更有近作在西涯定軒處，苟取而讀之，未必不爲一慨也。相見未涯，情亮萬萬。

答林克冲給事

程令甥來，獲奉手書，具知以不得翰林爲恨。夫賢如執事，固隨其所處無不可者，而翰林給舍官皆禁近，亦孰得而優劣之哉？特給舍今之諫官，得以立殿陛之上，與天子争是非，而卿相重臣之所改容而畏憚者，一日立乎其位，則一日得行其志，視翰林之優游文字、求所以報稱者而不可得，其職之所司，緩急先後，蓋不啻倍蓰矣。執事歉然欲求所以盡其職者，則古人之成法具在，予何敢知不已，則吾邦之故事所謂論諫録者，其庶幾乎？鐸無似，生長是邦，蓋未嘗不慨前哲之高遠，而自恨其淺薄之無以爲力也。若執事者，其有望於吾黨之光豈淺淺哉！士常、玉汝二兄，職既相聯，必恒相與處，幸爲道此區區不忘之意。哀苦中殊懶作書，不能一一，伏惟情亮不宣。

與黄汝修

病懶畏怯，渴欲一見不可得。北望征途，惟日益悵怏而已，奈何！奈何！椿翁與存敬輩惓惓汲引，朋友之意欲相厚，豈有量哉！但哀疚以來，心日苦而病日增，正使義無可辭，勢亦難强，兹原領勘合一道并謝病本底，敢托椿翁與左右爲我曲爲區處，使未死之年得以不戾於法，以自安於太平之世，恩德當有自矣。貧病求一人徑達無可任者，足下於我爲世交，且有一日之雅，不於此付託，將誰望哉？妹婿行時嘗[一]囑其家人來任驅使，有所費出則於其處取給，諒亦不我靳也。

拙律一首，聊致折柳之意，《夢覺》《登樓》二近作，并塞空紙，或者椿翁見之，當笑其迂避[二]故態有若是者，自笑狂夫老更狂，吾於此亦不敢不自謂矣。呵呵！相見未涯，百凡情亮不一。

【校勘記】

[一]　嘗，底本作「常」，據《浄稿》正德本文卷三十五改。

[二]　避，《浄稿》正德本文卷三十五作「僻」。

復黄定軒[一]

金從顯來，辱手書，所以惓惓爲我謀者，殆無所不至，誠非知己不克爾也。知感，知感。第竊有不能自隱於執事者，夫吾人之所以妄意於此，亦實以此心有所未安，而多病隨之耳。若曰以是爲高則已墮於私，所謂爲名爲利而利心則一者是已，吾豈敢故爲是以欺知己哉？彼其禍福之非我致者，君子固當預以義處，必不得已而付之命焉，况公道未亡、人心不死，則亦焉能如之何哉？雖然，使病懶無聊若僕者，得以安享太平之福，豈非聖世之全美？是維持調護之責在執事與一二知己。將有不得而辭者，僕豈敢以私望哉？且僕之所以付托令郎者，懼文移久稽而速戾耳。今云爾則予奪進退之機在彼，僕亦豈敢必於自是，以取好高之名哉！相見未涯，百凡情亮不一。

【校勘記】

[一]　標題《浄稿》正德本文卷三十五作「復黄世顯」。

復葉太守崇禮

所委碑文向嘗與節推公面言矣，茲又辱來使趣迫，深愧無以仰答盛意。蓋茲事甚匪輕，必欲爲之，則尚有所欲言者；不然，必得今之所謂大手筆者乃可，區區淺薄焉能爲是，不能有無之言哉？苟不自度量而泛以應命，非惟不足以溷去思諸公；而不擇所使，亦恐上累執事知人之明，用是不能不耿耿於中耳，豈以郡侯之命而故乃違之哉？夫以郡侯之尊，而不强治邑，下士之所不能，則公論盛美將有在者。若曰以吾之令顧不能於此，則僕之罪萬萬矣，他尚何説哉！韓愈氏曰：「惟執事可以聞此言，惟愈於執事也，可以此言進。」僕時以不惑，不知以爲何如。相見未涯，先此以復，餘容面盡不具。

復王允達

去年辱武林書，始知得遂南歸之願，道阻〔一〕無由一往復答問，至今怏怏。僕脱衰〔二〕之餘，百念廢沮，尋亦爲謝病計，諒秋盡可得遂，但未知何日得相從金華山之間，以一拜諸老之遺風於千數百年之下，執事其有以許我乎？茲因陳太守使者便，輒以潛溪先生請謚、立祠事爲説，是雖吾後人之責，而表章儒先，敦厲風教，實亦有司之所有事。太守吾黨士也，當必不以爲不可，會德懋、僉憲，幸相與贊襄之。相見未涯，百凡自愛不一。

【校勘記】

［一］阻，底本作「沮」，據《净稿》正德本文卷三十五改。

［二］哀，《净稿》正德本文卷三十五改作「哀」。

與章德懋

爲别幾七八年，相望僅[一]三五百里，不能一通問左右，雖以荼毒病廢之故，而鄉往之私終不能不缺然也。金華山水，恒在夢寐，未知何日得相從一拜諸老遺風，以盡洗胸中之陋，執事其終許我乎？兹因太守陳公使者便文山《集杜詩》一册聊將遠意。相見未涯，百凡情亮不一。

【校勘記】

［一］僅，底本作「近」，據《净稿》正德本文卷三十五改。

復時雍劉大參

閩浙相去未千里，兩年間不得一奉問，信道路僻左，人事疏闊有如此者。歲暮春初，顧兩辱來教，愧感曷勝，且知貴恙阽危復安，使人驚喜無地。造物者爲國家培植人材，亦豈無意於其間哉！江海交游如賓之與吾兄者，何可復得。林下獨居，俯仰疇昔，意所鄉往，蓋不能一日而忘。獨不知諸公於我何如耳。呵呵！僕脱衰[一]服以來，百念廢沮，僅一子今將爲婚冠。諸凡粗遣無足念者，人便，謹此奉復。相見未涯，惟情亮不一。

【校勘記】

［一］衰，《浄稿》正德本文卷三十五作「哀報」。

桃溪類稿卷之四十九　書

復黄通政定軒

向辱喻告病支節，深愧。貧故不能專人走控，致累從者，爲罪多矣。然既以行查明將勘合收候，則得失之責，在彼而不在我，第所深懼者，此理未安，此心未慊。苟安且慊矣，吾如彼何哉？且執事以出處不明爲吾慮者，將以法抑以心與理乎？夫理之與心在我者也，法之與例在彼者也。苟在我者，未能以無愧，縱於法無禁，於例得爲，君子將爲之乎？雖然，僕何人而敢論此，特恐所謂出處之道，要終不外於此，故敢一質之知己以相與訂其可否耳。若乃僕之遲遲不能如所汲引者，實坐病懶，非敢别有所自異以妄意焉者。查勘到日，有司蓋能具實以復，然終始成全，俾不大戾於法，非執事與一二知己不可也。小兒藉芘，已於前月婚冠矣。别來况味，他無足念者。居閒偶翻郡志，輒妄有所述，不敢自隱，附此求教萬一，不外亦千里神交之一端也。惶恐！惶恐！存敬、師文，素愛我者，幸相與訂正之。或者西涯先生見之，當亦爲之一大笑也。如何，如何？相見未涯，百凡情亮不一。

復李學士賓之

向辱書，喻以物理人情之委曲，所以惓惓汲引於我者，至矣！病懶，人事與道里相左，弗克以時奉謝，几杖之賜，其何敢辭？獨念粗知向背以來，心所畏服而鄉仰者，孰有過於執事？所感激而願望者，孰有過於執事？而執事自分，平日所以愛而教之不已者，亦孰有過於我？顧乃以簡牘之罪而輒棄之，是嘗我也，是戲我也，夫豈其情然哉！夫執事天下士，蓋僅百數十年而一見者也，所以惓惓於我者，亦豈以交游之故而私吾一人者哉？誠以堯舜君民執事之素心，遭逢次第，今其時矣，不鄙謂淺薄如僕者，亦或可佐下風之萬一。然量能揣分尸素之慚已非一日，况荼毒之餘，多病隨之，二三年來，兩鬢皤然，見者驚訝，以爲六七十翁，匪但城府，雖只尺閭里亦不能出，獨山水酒杯，鄙興所在，時或强隨逸老家叔與一二布衣聊一閒行耳。若是，雖欲强顔班行以副知己之望，勢亦不可得已。嗟乎！平生所學謂何，而乃進退無據，偃然爲天地間一大蠹，不亦深可悲哉！執事誠不忘夙昔賜一言以終教之，俾未盡之年，不終爲小人之歸，幸莫大焉。若乃上佐吾君，使得以安享太平之福，則天下之望皆是也。僕安敢獨以是爲執事願哉？同年同寅諸先生有愛我者，意不殊此。相見未涯，百凡情亮不一。

復倪學士舜咨

僕哀苦之餘，重以兒女亂心，終日昏昏，漫不知世間何事，雖交游素厚如先生者，亦且徙官不及賀，喪子不及吊，豈人情哉！而先生故舊不遺，惓惓在念，所以汲引使之進者，又如此其至，此情此德，誠何敢忘！第二三年來，多病相仍，貌先年老，雖欲勉强附驥，勢亦有不可得者。若曰嚚然忘情，則吾豈敢？所願望者，惟先生與一二知己，上佐太平之治，使如僕者得優游林下，與田夫野老含哺鑿耕於未盡之年，則大幸也。怱怱，聊此以謝，百凡惟情亮不一。

復戴武庫師文

別來深用懷仰，恒以不輒見佳作爲恨。所以然者，固不特以文字望足下，而僕亦非能文者，又烏敢以是而窺足下之淺深哉？誠以心志之藴蓄、義理之英華，恒必待言而後見，而文則言之精也，故亟欲一見之爲快〔一〕，且以爲吾邦斯文賀耳。三數年來，空谷足音，跫然在望，一旦得之，喜何能已！用是薄暮開緘，秉燭夜讀，既徹卷而猶不能寐，越宿再讀，則《贅言引》《通陳公甫書》諸作，皆鑿鑿可喜，乃知足下之志，果不專在文，而文之所至，亦豈淺淺者所得而易及哉！所謂「驥子墮地，氣已千里；喬松着根，幹先拏〔二〕空」。盡其力而滋其本，則過都越國，聳壑昂霄，可立俟也。碌碌若僕者，方且避舍之不暇，豈但讓一頭地而已哉！吾於是不獨爲鄉邦賀，且當爲天下國家賀矣。夫靈識異稟，固天所予，而亦天所甚靳，曠世越代而不易以得〔三〕也。得之不易，而不能大肆力於學，以成就而結裹之，斯不亦爲負天哉！足下於此，蓋嘗試而力行者，僕何足以知之？僕淺闇衰惰日甚，所謂文者固非所能，抑亦非其所急，惟志不强、識不進、於道無所見，以終不免於小人之歸是懼。退伏以來，離索自守，方渴仰朋友之助而不可得，足下尚念世契，不終棄我，如今日之教，則亦豈非垂老無似者之一大幸哉！鄙文數首在西涯定軒處，幸一取而評騭之，他日之賜，僕亦當思有以報也。夫既曰不專在文，而猶不能忘情於此，抑豈非足下之所謂贅也。呵呵！若乃詩律，則石屏老祖自有家法，予未容以間然者，不然請質之於椿翁先生，當不以吾言爲不可。相見未涯，無惜嗣音，萬萬。

【校勘記】

［一］快，《净稿》正德本文卷三十六作「快」。

［二］拏，浙江圖書館藏《文集》抄本作「摩」。

［三］《净稿》正德本文卷三十六「得」下有「者」。

復王秋官存敬

向辱書，慰諭良厚，蓋吾鄉斯文氣誼舍通政君。愛我之深，宜莫如執事者，而執事之所以惓惓汲引不能自已者，亦豈私吾一人者哉？第病廢以來，衰惰日甚，雖只尺閭里，亦且畏怯而不能出，顧其勢誠有不足以副知己之望者，他亦不暇論矣。若曰無意人世而有超然之意，則吾豈敢？而執事之萬一有取於僕者，亦豈以此哉？師文近寄示《贅言録》，氣豪骨老，不但駸駸逼人，且當讓出幾頭地矣。執事於師文爲先進，而其厚於我者，當不但師文已也，而吾之望於執事者，亦豈敢自後於師文哉！何其靳不以示而使人悵恨之不能自已也！幸不終棄，則所以惓惓汲引者，將不在彼而在此矣，文云乎哉？相見未涯，佇聽來教不一。

與張大參公實

恃愛輒有所請，諒知己必不爲訝。聽弊邑暨鄰壤，自去年十月不雨，雖間有涓滴，而入夏以來，溪澗絶流幾三月，素號水鄉者，亦皆束手[一]相視，不耕之土蓋十且七八，其耕者亦已稿死，無復望矣。艱難下邑，素無積儲，民情洶洶，危在旦夕。於乎！汲長孺之開倉且不復問，無寧有願爲陽道州之自書下考者乎？坐是蔽遮薇垣千里，或者其未有聞也。病卧殘喘，不能自安。嘗從太守家叔父來往勞相於鄉人之禱雨者，呻吟[二]慨嘆之餘，不覺動成篇帙，輒敢録其一二以呈，庶幾有望於觀風之義，然亦何敢必也。雖然，賢如執事者，憂民一念，人皆知之，而地位權力又足以副，豈僕之私憂過計而喋喋於空言者比哉！匆匆，詞不悉意，百凡惟情亮不一。

【校勘記】

[一] 手，底本作「首」，據《净稿》正德本文卷三十六改。

[二] 呻吟，《净稿》正德本文卷三十六作「吟吟」。

復張廷祥先生

鐸向在塵鞅中，實以大辱門下是懼，不敢一奉尺書，爲歲時起居問，非敢後也。兹以憂解官，疾病侵尋，道里寥闊，徒一[二]鄉仰，而此心終未之遂。顧辱先生不棄，以士賢行狀見委，而欲據以表其墓，所謂詞列三王之次，有榮耀焉。其奚敢有他？第其子以葬日逼，不可無銘，而世顯書來，亦責以此，敢輒爲之？鐸淺薄，百無一能，此尤其最拙者。惶恐！惶恐！原稿其子必能録上，不敢重複。有近作數首，亦出人人之要責不能自已者。奉乞求教，諒先生以門下之故，必不吝惜。若乃問學原委，工夫造詣，未敢輒以瀆問，惟矜其謝病得閒，或可以闖門之萬一，一綫之引，俾不終於小人之歸，是望外之大幸也，鐸亦何以[二]必哉！去人立俟，草草，詞不悉意，惟情亮不一。

【校勘記】

［一］一，《凈稿》正德本文卷三十六作「切」。

［二］以，《凈稿》正德本文卷三十六作「敢」。

復黄定軒[一]侍郎

離家未一年而兩罹大禍，不德所遭，亦已極矣！敢復誰怨尤哉？安之而已。第幼女無托，其恨又有甚於死者，將如之何？即欲圖歸，其迹又似不可，但僕初心力疾，舍家以來，實不敢爲久住計，俟官事稍完，乃可次第尋醫，固未嘗必求其成而濫有所希覬也。濫受而歸，不獨義有不可，而於勢亦將有所不可矣。況今罹此，私心所迫，更當進前一步，他亦不暇顧也。執事知我者，以爲何如哉？或謂汝賢之補，在僕可爲家便，僕謂任使在上，吾不敢辭。雖遠地冷署，吾苟欲之，即不可不謂之私，况非初心，忽忽再出之意，是烏可哉！青山白雲，殘編濁酒，故吾家物也，誰得而奪之？恃知愛不敢不盡，愁苦中詞不悉意，情亮萬萬。

【校勘記】

［一］定軒，《净稿》正德本文卷三十六作「世顯」。

復周參政季麟

僕久慚尸素，得賜骸骨以終丘首之願，爲幸萬萬矣。詎意今兹乃復煩諸公齒録至是哉！極知聖明在上，不遺疏賤，以致諸公故相推挽，而閣下之重加督趣有如此者，但僕衰病日深，殊非昔比，雖未即填溝壑而跬步不能出，顧欲勉强以奔數千百里之命，其何及哉？使回，先此以謝，鄰里人等別有供，自當從實回覆。百凡惟情亮不一。

與潘時用

向得十二月通報，始知有翰林之命，下懷無任慰懌。蓋近侍自布衣特起，在國初固多有之，若近代數十年來，則先生與康齋僅兩見焉，豈不爲我朝希闊難得之盛典哉！以難得之盛典，而施之不可易得之賢，諸公之所論薦、朝廷之所舉行，蓋鮮有若是其當者也。凡在交游，知愛若僕者，敢獨爲先生賀哉！曩嘗往往與西涯竊嘆，賢如先生而又生於輦轂之下，衆所共知而不得一試，則所謂野無遺賢者，不敢復論矣。今若是，其庶乎古之人不我欺也。一第雖未足以溷，然吾道將自此占，而天下之望將自此慊矣。遠懷區區，又如之何其不慰且懌也！道左乏便，失於亟賀，多罪。春初嘗有小柬，奉謝教音，此猶在未聞新命之前，想今久已達矣。相見無由，百凡惟情亮不一。

復李西涯

春初，鄉人便嘗奉小柬并《憂旱次韵》小詩一首，想今已達左右久矣。近辦事舍弟還，辱賜《裕遠庵記》，丘壟光輝，視昔倍蓰，但所以粉飾于不肖者過甚，感激之餘，未免益增愧畏，而未知所以處耳。兹特奉上新刊并舊所賜先祖墓文，聊表銘心萬一之私，誠未知所以爲報。奈何僕衰病日甚，韓子所謂「不及往時，日負初心」者，今固不敢復有此嘆矣。獨有弄孫酌酒待盡於青山白雲之間，以想仰今日太平之盛治而已耳。視先生之以道格君，得一世英材而教育之，使天下之人陰受其賜而不知者，奚啻霄壤，又奚但不可同年而語之足云哉！兹因黄汝脩便，聊此以謝。相見無由，百凡惟情亮不一。

復吴提學原明

細讀十二詩，此老平生肺肝盡見，其下二陸又不知幾等，乃敢作此瞞天説話。向見司馬通伯亦有數詩言其師友，正坐此癖，大略與高明不殊。李西涯與此老甚契，其《陳情疏》大抵出西涯手，僕嘗叩之云「不過禪學」，今觀來詩，益信然矣。蓋其輕利禄、味静退，自是今世所難，然徑受美衒以歸於此，猶或未能盡愜人意者，此又何敢凌虚駕空，故爲此無頭腦説話邪？「鴛鴦譜從他自繡，我願服此布帛以終身。」來書有引公甫禪家語，不敢更傳彼金針法矣。使者立俟，來詩未能扳和，偶記昔年與人論學，有二絶云：「説地談天半有無，駭風奔浪劇鵝湖。直看絶學今千載，壓倒先從太極圖。」「嚇地瞞天日幾回，衹將甜舌作蜂媒。吠形可是能逃影，肝膽分明得見來。」此雖甚粗鄙，竊意來教，亦頗先得我心之同然者。聊此以復，不識有可教否？先太守叔父蒙記念，平生將有鄉祠之舉，感荷不淺。兹敢以行實奉上，或者風厲之下，當不在林黄二亞卿後。向見陳士賢方伯亦是鄭提學公出自特見，至今人無有議之者，亦惟其公而已。先叔父雖不敢上齒古人，豈盡出士賢下哉！雁山之游正如所慮，雖甚欲一雪向者，驅迫無耻之罪，亦不敢求附驥尾矣。諸凡不能盡所欲言，惟情亮不一。

與李西涯學士 二首[一]

近得八月通報，知與諸公同升，君子道長，不勝爲清朝賀，第未識專掌誥敕與參預機務同乎？異乎？同則四三老而一之，異則昔者二王之任。蓋兹任之不舉也久矣，今特復之，則機務之階，實自此始。獨不知公署之設，今在何處？日所與處者，今復何人？便中無惜示知，以慰下懷，且以大慰天下蒼生之望。僕衰病日甚，無復能近清光，秋間所托，以求終所願者，不知何如？迂僻之見，不免貽笑大方。獨恃平生知愛，不敢不盡言以求正耳。百凡惟不惜俯教，萬萬。

辱示令叔父《户侯府君墓誌》，具見恩義之深，罔有不至。僕於先叔父雖親疏有間，而恩義則實似之。第恨不肖，無能如執事之顯其親，或者反有以累吾叔父，此心恒歉焉不自足，意謂必得大手筆以闡發幽潛，庶幾少塞無涯之恨。然遍度今之名，能文章必足以傳世而行[二]後者，實無踰執事，况先叔父素辱知愛，又非泛泛干請之比。然則墓碑之作，舍執事其奚適哉！是用不避累瀆之嫌，輒敢以志爲案，冒昧上請。志雖杜撰，實亦稽合一時士大夫之公論，斷斷乎不敢虚飾以取誣罔之罪。近吴提學憲副亦取以入鄉祠，而一二門生學子，亦特祀方巖書院中，以致私情。惟執事俯念生死交誼，一舉筆間，便足爲不朽遠圖。若乃表銘碑碣，隨意所至，不敢必也。土葛四縑，聊將下忱。視皇甫之絹，惶恐多矣。切祈情恕俯納，不使數千里外有往復之勞，實萬萬幸也。

【校勘記】

[一] 底本正文標題「李」下脱「西」字，據目録及《净稿》正德本文卷三十六補。《净稿》正德十六年刻本無「二首」二字。

[二] 行，底本作「信」，據《净稿》正德本文卷三十六改。

桃溪類稿卷之五十　書

復文宗儒太守

章表弟玄械來辱手教暨族範、鄉約諸書，且喻以江心雁蕩之游。表弟以新親自嫌，特令其弟玄拆持以見示，盛意稠疊，其曷以堪？江心隔涉山海，固非衰病者所能强至。若雁蕩則近在咫尺，敢不扶憊以從。日者在表弟家，實兹山之東麓，但以無述作同游如閣下者，故興盡而返。今閣下既有退休之請，則歸吴之路，正其所也。僕敢不再拜道左，以爲一日之歡，第郡民方切傾仰，且謂徵黄之漸，自此始矣，奚可爲此太早計邪！況族範、鄉約之行，非要之久不可以見效。教化之任，在聖人猶曰三年有成，又豈一朝一夕所可辦，而爲此太早計邪！則雁山道左之迎拜，僕又未敢必知其何日也。《淵源續録》何、王二公以其爲晦翁之適派，而真公則以其《大學衍義》之大有功於世教故也。鶴山之學，雖不下真公，其所著述，恐未有如是之盛。故今從祀孔廟，亦止以真公，而鶴山未之及焉。鄙見適然，未敢斷以爲是，增而入之，其誰曰不可？郡志聊備一方典故，非敢上擬諸史之作，以竊有所寓。閣下不并斥其非而奬借過情，惶恐逾甚，奈何！奈何！表弟還，匆匆，詞不悉意，百凡惟情亮不一。

復王景昭侍御

郡志諸書，僅克就緒，衰病中所謂冷淡，小生活也，而來諭獎借過情，惶愧甚矣！惟論諫告君之詞，在文章最爲用世急務，而執事顧先多士而爲之，吾邦陳克庵之後所謂鳳鳴朝陽者也，豈不重可喜哉！噫！使天下大夫士皆若是，豈至有煩近日宵旰之慮？使吾邦之士皆若是，則台之爲郡，亦豈不加重於天下名邦數等哉！便風聊此奉賀，丈夫事業，當不止此。偃仰呻吟之餘，惟洗耳以聽。會晤未期，匆匆，詞不悉意，惟情亮不一。

復李學士西涯書

冬初，始得四月七日書，辱報日講之命，不勝慰喜。所以然者，非敢爲執事賀，爲宗社賀，爲斯世斯民賀也。程子有言：「天下之治亂繫宰相，君德之成就責經筵。然所以用宰相而致天下之治者，又繫於君德之成就何如耳。是則經筵之責，不亦尤重矣乎？」斯言也，昔嘗與執事竊誦之，而竊嘆於人者屢矣。今執事親處其地，復何辭焉！若曰循次就格，以燭之武之言自遜，恐非執事之所自望，亦非天下後世之望於執事者。僕無似，素辱愛厚，輒敢忘其愚陋而以是説進，惟執事與一二寅老爲宗社計，爲斯世斯民計，則固無待於一等頌美之説，而以爲他日之榮次賀也。相見未涯，有懷千萬，惟高明其亮之。

賀李西涯入閣書

三月初，聞有入閣之命，不勝爲吾道慶幸。既乃辱手書見報，謙退過甚，至有平生夢寐所不到之語，且又似欲下詢於蒭蕘者。夫以執事之清德重望，碩學宏材，帝心所簡，輿論所歸，宜無出此者，天下蒼生獨恨其不早耳，僕將何言哉！必欲以久要之故，使獻其一得之愚，僕愚，亦惟曰不過充其前日夢寐所不到之心而已。噫！彼營營患得者，豈能忘念慮於夢寐間哉！惟其患得之心勝，是以患失之慮周，此心一萌無所不至，而天下之事去矣。執事始也既無欲得此位之心，終也必無欲固此位之意，充此以往，必一日立乎其位，則一日業乎其官；一日不得乎其官，則不敢一日安乎其位，決不如近者之以明良自慶，揚揚于廟堂之上而居之不疑也。抑嘗竊觀執事昔者應詔陳言之疏矣。上自君心，下及民瘼，懇懇乎罔有不至，職雖論思，言實諫諍。歐公謂：「諫官卑行其言，宰相尊行其道。」今執事親居行道之位，試取昔之所言者，次第行之，其誰曰不可？於是而猶有所不可，則晦翁所謂「非其所愛而不肯爲，則有所畏而不敢爲者矣〔二〕」。僕雖甚愚，亦知今日政本所在，盤互蠹蝕之深，憑藉固結之久，誠非一朝一夕所可辦，特大臣與國同休戚者。今而天心未豫，民力已殫，是雖泰和極盛之時，而不可不預爲苞桑善後之計，顧復雍容廟堂，以衣冠地望爲天下具瞻而稱德量。僕愚，誠未知其可也。執事性識高明，志節堅定，萬萬無此而懼有於無。丹朱之戒在舜猶然，僕雖至愚，又豈敢盡忘忠告之道而甘爲柔佞之友哉！凡若此類，又皆疇昔受教於執事，所謂旁觀而高論者，故敢忘其出位之思，而不覺其狂妄喋喋至此，惟高明亮察而優容之當，必有輕千里而來告之以善者。

【校勘記】

〔一〕矣，《净稿》正德本文卷三十七作「耳」。

再復李西涯閣老書

入閣後兩辱賜書，謙光益甚。至如僕者，亦在好問好察之下，則知向者狂瞽之言，不但不以爲忤而已，豈勝爲天下賀哉？僕用是輒敢復有所進。僕二十年前嘗讀《真西山讀書記》，見其以正己、格君、謀國、用人四者，考論歷代相業，而深有嘆後世之臣，不知所以正君養德而徒汲汲於事功之末。蓋其生當宋季，不得已而托之空言有如此者。此其未酬之志，寧不有待於後之君子乎？執事以豪傑間出之材，而遭逢聖明不世之主，自潛邸以至講筵，所以涵養熏陶，致力於格君之地者，蓋非一日，而亦無所不至。今雖位益進而責益重，然所以謀國用人者，亦特舉而措之耳。於是而猶或未能盡如所願，又豈可以他求哉？亦惟益反諸己，至誠以感動之，盡力以扶持之而已矣！若乃如向所云決一去於不可，夫豈人人之所難哉？特世之乾没患失者，以曠度洪量自擬，而曰告君乃猷裕，則甚不可耳。恃知愛不覺，喋喋又如此，百凡惟情亮不一。

再復李西涯書〔一〕

章舉人、林訓導便嘗兩奉書，此皆入閣後日月也。淺薄不能避，無書抵政府之嫌，實亦執事謙退誘之使言，故不覺其喋喋有如此者，然尋亦自厭其繁而不免有既發之悔矣。夫以執事平日之愛我教我如彼其至，固非交淺言深之比，所謂怒[二]而見疏者萬萬無此，然猶不能無所顧慮若是，况於君臣之際，未信而言者乎？此浚恒所以爲凶，而逆鱗折檻之所以爲難也。由此而推，則執事之所以輔導之者，從可知已。表侄孫舉人趙本俚[三]，匆匆，不悉意，惟情亮不一。

【校勘記】

[一] 底本目録原題作「再復西涯書」，改同正文。

[二] 怒，《浄稿》正德本文卷三十七作「數」。

[三] 俚，《浄稿》正德本文卷三十七作「便」。

與陳太守

聞有考績之行，雖於吾民不能無扳轅之私，而昔人登仙之羡，實自兹始矣。僕自辱枉顧後，恒在病鄉，所委志事雖不敢廢，實亦扶憊應命耳。但向所查田糧諸件俱未蒙判付，不免閣筆以俟。兹專趙因來取，恃知愛復有所瀆。聞有假托賤姓名於貴同寅諸公處囑托者，噫！甚矣世之滋僞也！僕杜門自棄久矣，不識賤姓名猶有可假托以干人者乎？僕雖不才，入仕以來幾四十年，未嘗有一毫干於官府以爲非義之取。此心在人，雖或未能盡知，而天地鬼神則實鑒之。且以近事而論，十數年前，太守阮公實先叔父同年，葉公則僕之同年也，僕向日[一]家居，情與勢之可干者孰踰於此，不於此時干之，而乃於今日干之乎？僕非惟不敢干於官府，雖朝廷之上，平生亦未嘗有所干乞，所乞恩者惟求退一事而已。僕官雖卑，亦有俸禄皂隸之給，其棄之而歸也，初無所抑勒，亦無所顧忌，乃不於彼自爲素餐之利，而於此爲干人之利乎？雖至愚無耻者，計亦不出此也。且天下之最不可假者，莫過於手書，僕書雖甚醜，要亦自與人不同，敢望於各衙諸公處，取僕向所干託之書，一參較之，真僞自見。仍煩追究傳遞之人，必加之罪，庶杜後患。僕雖不足道，而受囑之名，亦恐反爲諸公累也。今後凡有此等，望即監候其人，仍將原票差人一問，明白立見，何必隱忍含容，而使彼此同受曖昧汙辱之名乎？又聞武通判嘗與閣下言僕占寺田，不肯納米。彼雖曖昧以去，幸閣下尚在，煩即唤通都里老一問，僕名下若有一毫寺田，則己所有田地皆當入官。天地間固自有不可磨滅之公論，而此等毁謗人者，天地鬼神其能容之乎！置之不較。固學者事，但如前所謂囑托者，不無有累諸公，不得不白，獨不識此等人必欲駕空謗毁於人者何哉！所可喜者，天下公論斷不在此等人也，言之可爲一笑。又聞推府衙有軸文，亦是僕姓名，不知求者何人所爲？作者何事？此又甚可笑也。即此以推，他可知矣。此皆事之顯然者，伏乞必追究傳遞之人，必加之罪，庶足以上昭公法而少慰私念也。

【校勘記】

［一］曰，《净稿》正德本文卷三十七作「亦」。

復太守文宗儒［二］

讀《謝病疏》暨《約游雁山諸記》，莊重縝密，宛然有古作者之風，乃知别後數十年，造詣如是其至，獨詩與文也哉！仰羨之餘，益覺衰陋者之無似，而奔突避舍之不遑，奚止讓出數頭地而已哉？愧恐！愧恐！辱許刊《緦山集》，深荷不棄，謹遣舍侄興孝奉上。蓋是集實太守先叔父之意，一滯存敬，今六年矣，不幸至此，未得結裹，幸執事篤念交好，爲終其惠，先叔父九泉之感，當何如哉！且首簡未有所托，倘辱不鄙，慨然命筆見所以刊刻之意，又寧知造物者不有意於兹山之遭，而故遲遲至是哉！得隴望蜀，恒情之所不免，諒知愛之深，必不以爲怪也。集凡百五十板，已刊十有四板，兹敢以原刻并餘板奉上，惟照此行款、字數，擇其書之工與匠之能者付之，仍屬一勤敏曉事秀才監督而校正之，庶幾易得完美，且不至如舊刻之粗拙也。菲儀二縑，聊表先叔父與僕之爲子孫者，所以追念祖先之微忱，非敢以私瀆也，伏惟笑納，萬萬。相見未期，百凡惟情亮不一。

【校勘記】

［一］標題《净稿》正德本文卷三十七作「復太守文」。

繳林建平書與陳太守

侍知愛僭有所瀆，僕與林亞卿及其季僉憲黄門諸公，實托斯文世契，故今雖衰病無聊，而其子姓往來不絶猶一日也。僉憲之弟克乾，忽被勢家凌軋，將欲脅取其女，通族聞之，不勝憤悶。亞卿之弟致仕建平司訓膰，將率諸弟侄赴訴，以白其冤，又懼下情不能上達，先以書來告於僕。僕杜門不涉世事，閣下所知也。第事關倫理，義同休戚，不敢不一啟口，惟閣下其聽之，則幸莫大焉。僕愚，竊謂理虧必崩，衆怒難犯，古今同然，上下一道。彼其民欲與之偕亡，所謂衆怒也，衆怒則難犯矣。故雖以我生之命，而卒不能遏傒后之心。無罪而滅其國，所謂理虧也，理虧則必崩矣。故雖以三户之楚，而竟足以亡二世之秦。今吴氏之挾勢，林氏之受侮，雖非此比，然而斁倫傷化，則理之虧也甚矣；辱宗族，則衆之怒也深矣。及此而不爲之據理論法，原情定罪以明斷之，俾至事窮計極則鋒必難犯，勢必自崩，不惟大拂民情，抑恐有妨政體。用是不敢不一啟口，惟閤下其聽之。若乃情之委曲，事之虚實，理之是非，則有建平之書在，僕不敢喋喋。所有原書隨此奉獻，惟高明其亮察之。

復李西涯

日者獲奉六月初旬書，具知東白所以責備者，無所不至；而執事之所以誓竭悃誠者，亦無不至。所謂斡旋調護之力，以爲大行之機者，端在於此，夫豈以小貞自處者，可同日語哉！仰慰，仰慰。特所謂讀鄙詩食不下咽者，漫不記爲何等語，觸忤至此，向非知愛之深，其孰能容之？罪過，罪過。存敬去，又有惡詩數首，懲羹吹虀，已預知所恐懼矣。奈何！奈何！東山啟行，不識何日奏凱，諸公内外宣力而無似者，安享太平之福於青山白雲之下，真可愧矣！舍弟隨例應貢，幸以舊侍筆硯之故，不致遐棄，萬萬之感也。草草，不盡所欲言，百凡惟情亮不一。

復傅體齋

近會弊學蔡司訓，備詢起處，始知少令郎已嶄然頭角。如此好事，乃秘不我告，而西涯往來簡牘亦漫不之及，是固僕之失問，而韋郎踪迹之疏亦可見矣。呵呵！又知令孫已遂室家之願，重慶之樂，天下孰加焉！曾孫與叔祖，參差雁行，又將不日見矣。視僕之衰病無聊者，不亦天下之窮民也哉！此特就子孫一事而論，若乃地望勳業，則又不可同年語矣。惶愧！惶愧！舍弟隨例應貢，不惜以通家之故，賜以提携，幸甚！草草，百凡惟情亮不一。

與周編修

京邸匆匆一會，别來幾十易寒暑矣。每以不得再見爲恨。雖遠意勤勤，不我遐棄，而又以不得一見文字爲恨，固知賢者所立不專在是，然其中之所藴，非此則無以自見；而企仰之深者，非此亦無以自慰，况交代之際而俱以文字爲職者乎？是以鄙心亟欲一見之爲快，非有他也。且吾台自國朝來，官于此者若遜志、静學二先生，固已邈乎不可及矣。若逸庵、若王杜諸先生，又豈人人所易及哉？而愚不肖，繆玷其後，斯固吾台翰林之中衰也，剥極而復，將不有望於執事而誰望哉！執事上師聖賢，固不以諸先生所至者自足，而沿河至海，若遜志、静學二先生者，亦豈可少哉！今其行義勳業，卓然在人耳目者，舍文字亦無所與徵。是以鄙心於執事之文字，惓惓亟欲一見之爲快也。蓋將以卜吾台斯文之中興，以爲不朽之盛事耳。執事其終有以教我哉！舍弟便，聊此奉問，草草，殊不盡所欲言，百凡惟情亮不一。

桃溪類稿卷之五十一　書

復王濟之

黄汝修處寄來手書，慰諭良厚，感荷不淺。衰病之餘，天台雁蕩，雖近在咫尺，亦不能輒到，何雲霄萬里，復有相從於此之理哉？此特居廊廟，而思山林之恒情耳。雖然，於此益足以見平生之高致，然青宫元僚，培植國本，正天下萬世之所仰望，又何可以輒興此念哉？告君乃猷裕，僕不佞，又當以此言進也。

復余秋崖高南郭

聞《志》成，有顯宦子孫以祖父不得預者，至相訾謷，陰求以附。噫！吾台所稱十大儒、五大臣、六忠臣，若二徐、若二杜、若清獻、若遜志、若静學諸先生者，今其子孫果安在哉！而諸先生之行業文章彰彰在人耳目，不特著之《郡志》，而《國史》列焉，是固不待子孫而後顯也。抑嘗見秦檜之事乎？檜祖孫三世爲史官，所以爲其身後之慮者至矣。今其萬年之臭，卒不可得而掩。是天下之是非，固自有不可磨滅之公論，而何以紛紛爲也？苟必欲顯其祖父之善名，則莫若取法於舜禹足矣，而何以紛紛爲哉？彼紛紛者，使盡如其所求，亦徒以誣其祖父而已，則亦何益之有哉？

與羅祭酒明仲

一别幾二十年，雖再涉仕途而兩不相值，豈非賢者之見、知己之逢，亦固自有數邪？衰病之餘，窮居獨處，蓋無日而不思，欲如疇昔之一聽高談闊論，其何可得？先得我心，不識故人亦將有同然否也？先生子孫之多且賢，晚景之福殆無與京。僕天下之窮民也，孤孫雖幸入小學，而幼子尚在索飯之鄉。身計茫然，所喜者空庭獨坐，青山白雲，自爲賓主，一静之外，别無他念。獨恨平生知己，死生遼隔，不能不時，復悵然于懷耳。休致後，每欲修問，而苦乏良便，蹉跎至今，諒不以爲罪也。匆匆，詞不悉意，惟情亮不一。

與張廷祥先生

龍江之别，幾七八年，中間雖聞遷轉及歸養消息，皆不及一致起居，以少伸契闊之私，此心缺然。日來，諒惟綵侍之餘，著書談道，其樂無涯。鐸衰病日甚，百念沮廢，何足爲先生道哉？玆因便人往葉方伯處，敢以先叔父遺稿奉獻，蓋雄文傳佈之功，不敢不知所自也。匆匆，詞不悉意，惟情亮不一。

復吴原博侍郎

黄汝修歸，辱手書，以先大夫墓表見屬，亟讀再過，芒汗不勝，蓋瀧岡之表，縱不自爲，亦若如東坡之求，如歐陽者而托之，顧以委之於僕，何哉？便中專此謝免，如不即許，亦當勉强[一]塞命。第恐文詞陋劣，不惟不足以發明先德，且并爲之累耳。不然，豈敢爲知己惜此一舉筆哉。恃知愛復有所瀆，弊邑三年連遭風旱，民至掘草以食，死徙未已。縣雖申府，類皆務爲粉飾，實不以聞。今者縣民動千百計，哀號府庭，勢不容已；乃爲一奏，猶恐下情不能上達，視爲文具。兹因其所差人去，敢此求援，萬望於户部諸公處，一達此情，祈於必得，誠萬萬幸也。夫以天下而視一邑，固不足爲重輕，但四支有一不寧，頭目未免爲之嚬蹙，况廟堂之憂，固諸公之素心也。周老先生舊雖辱在僚末，今者雲泥懸隔，亦未敢率易奉瀆，惟先生力爲叱名一言，庶幾其可耳。人行匆匆，詞不悉意，百凡惟情亮不具。

【校勘記】

［一］强，《净稿》正德本文卷三十八作「短」。

復李兆先

辱示諸作，亟讀再過，隱然有喬松着根、驥子墮地之勢，孰得而遏之哉。不特老夫縮首避舍，而駸駸逼人，具將撞破烟樓矣。健羡！健羡！雖然，未可遽自足也。昔之稱大君子者，固其天分之素定，然亦未有不自學問中來者，况夫天下之義理無窮，安有安坐一蹴以自至於聖賢之極致者哉！若乃文章家法，則趨庭之際，自有肯綮，固無俟於愚言之喋喋。敢借所寄海釣先生詩韵爲詩一章以答，亮之，萬萬。

復李西涯

近從章進士處附奉小柬，粗答惓惓汲引之意，惡詩數首，諒亦隨達。平生鄙志，此亦可見，不復敢喋喋矣。九月初拜領恩命，愧恐之餘，未知所以報塞，已將衰病實情，具告府縣與本布政司，乞爲辭免。猶恐遲誤，兹特具本，令家人親賫托家叔謝榮，指引一進，萬乞調護芘覆，俾得終遂首丘之願，不至顛踣道路，所謂生死而骨肉也，豈徒平生知己之感而已哉！和得重經西涯詩二首，輒用附達。僕之願先生之留，猶先生欲僕之出，第所處之地不同，故不得不各言其志耳，此亦豈敢爲不知己者道哉！鄙文數首，亦用以答向者見教之意，且以粗代契闊晤言之萬一，又豈敢以不可朽畫之質，而故上累執事之教哉？令郎不我遐棄，視以諸作，蓋駸駸乎有跨竈之風，亦敢以一詩相答，不識以爲何如？便中統希報以一言，幸甚。

與黄大尹

向以杜清獻公墓事奉，瀆辱慨然判决，付其裔孫典守，豈勝感激。蓋吾台自有郡以來，先哲之德業文章顯然在人耳目者，清獻公實爲之首，是雖後生小子所共尊仰。然其墻墓所在，向非守土之賢如執事者，擁護修治於異代之下，幾何不爲强暴之所侵奪、樵牧之所荒穢也哉！此僕所以重爲感激而復竊有請也。近會張木庵論及兹事，極知嘆賞，且曰：「車玉峰、黄壽雲二先生之墓，俱在西鄉儒地，與清獻公者相去不遠，亦皆荒穢不治。二先生與清獻公實相師友，道德文章固亦相伯仲也。」歷考吾台先哲，誠未亦有過此三先生者。今幸墓地相近，脱復慨然同加修治，表以石門，禁其樵牧，豈非吾邦斯文千載[一]之大幸也哉！伏睹優詔屢下，凡所在先賢墳墓，有司皆爲修治，看守則建以祠宇，歲以均徭，一二人守之，俾勿至於侵擾荒穢，固亦奉行詔書之一端，亦豈徒曰尊奉先哲爲後進之所當然也哉！凡此數非簿書條格之所急，俗吏聞之，不以爲狂，則以爲腐，向非篤好古道如執事者。僕雖至愚，亦安敢爲是不知進退之瀆哉？草草，詞不悉意，惟亮察，萬萬。

【校勘記】

[一] 斯文千載，《净稿》正德本文卷三十八作「千載斯文」。

復潘南屏

僕不才，衰病久矣，諸公不知其然，謬相論薦，以致誤辱恩命之臨。凡在宗戚交游中，罔不以行爲勸，其先得我心而爲我忠謀者，獨先生一人耳。古所謂知己者，豈易得哉？第僕之不能再出者，不過分與草木同腐矣，未必能爲[一]先生過爲奬借云云之萬一也。敢借重經西涯詩韵，草草以謝。詞不悉意，百凡惟情亮不一。

【校勘記】

[一] 爲，《净稿》正德本文卷三十八作「如」。

與陳太守

向辱枉過，感激之深，惶恐無地。蓋以盛壙不干己事，争論極辨，上瀆威嚴，自世俗觀之，誠亦愚戇之甚，不特可笑、可怪而又有取禍之道焉。然竊思之，郡侯素知我者，未信而言則以爲謗；信而後諫，庸何傷哉？吾之所以喋喋不諱，不過欲上全郡侯好生之德，俾千里之内無冤民耳。郡侯誠平心以思，上體朝廷欽恤之念，而以一民不得其所爲己責，將不我爲忠臣乎？忠不忠不敢知，歐公有言：「後世苟不公，至今無聖賢。」環千里之郡，亦豈知無能公其論於盛壙者哉！且盛壙非有可要之譽，非有可利之勢，雖三尺子亦能知之。僕雖至愚，又安至以是之故，而上瀆郡侯之威嚴，以自取其禍於宗戚鄉黨間哉！是必有不得已於心者，不得已於心而不得不發之言，雖天地鬼神亦將臨之，况聰明如郡侯者，寧不爲之一動心哉？僕用是以不懼，亦惟至理所在，而曠度洪量，當有以容之耳。余弘德姻戚中之最厚者，冒雨而來，中途而病，蓋亦在懼禍之列，出於其情所不能自已者，特區區與郡侯之心，恐未悉耳。因其行專此請罪，伏惟亮察，不具。

復李西涯

夏經來辱手書，開諭懇至，上自聖恩，下至輿論，動千數百言〔一〕，可謂委曲漸次，説盡人情矣！僕雖懵然無所知，芒汗之餘，敢不蹶然思奮，以求所以報稱於萬一哉？第僕之鈍樸不才，雖先生之所素知，而衰病百態，遞年以來，先生或未之知，故不自覺其獎借汲引而委曲以至于此也。

舊病不敢重述，别後在南都時，兩腿麻痹，率難久立，丁祭，時忝辱首班，最所艱辛。故不得已懇乞休致，亦豈徒以家難之故而故爲是欺罔哉！致仕以來，復感下部疝氣，三四年間雖覺稍減，而今秋再作，甚至迎送佇立，亦不能禁，而祠墓拜跪之際，艱苦尤甚。蓋年愈衰而病愈甚，亦理勢所必至也。但聖恩深重，塊然而當，冥然而受，心實不安，只得迤邐前來，以爲進止，是用再具情詞，意圖辭免新命，仍以舊官供職，庶幾少逭尸素，以安愚分。或者他日未能報效萬一，而疾病發作不可支，吾亦不至浪竊卿佐職名以去，猶之可也。若又居之不疑，雖聖度如天，不加譴責，而僕之愧負，死且有餘辜矣。爲此不得不備瀝肝鬲以陳，仍乞於寅長二閣老先生處，一露此情，同賜芘覆調護，俾不至顛踣道路，以至上孤國恩、下羞輿論，爲幸誠萬萬也。所有《元次山字韵》二詩，亦敢草次奉，復以少輸未盡萬一之私，統希情亮不具。

【校勘記】

〔一〕言，底本作「年」，據《净稿》正德本文卷三十八改。

復傅體齋

僕不才，繆爲諸公所論薦，以致聖恩濫及，芒汗無地，自顧缺然，其何以塞天下之望而報主上之知？況别後舊病日增，而年愈暮，山林枯朽之狀與廊廟優游者固自不同，又曷敢以同庚論哉？第恩渥崇深，敦勸懇至，不得不扶病前來，仍具情詞，懇乞以聽進止，伏望調護芘覆，俾不至顛踣道路以保餘生，誠萬萬幸也。山字韵佳作，就此奉答，更乞改教，萬萬。

復謝木齋

僕自分蹤迹疏遠，不敢以時奉問，顧辱手書，上述聖恩，下及交誼。惓惓懇至，其何以堪？且僕之不才，先生之所素知，況今年愈至而病愈深，誠無以塞厚望而少致涓埃之報於萬一也。第恩命所臨，不敢坐視，只得扶病前來，仍具情詞，懇乞以聽進止，伏望調護芘覆，俾不至顛踣道路，以保餘生，誠萬萬幸也。匆匆，詞不悉意，大都已具西涯先生書中，統惟亮察，幸甚。

復潘南屏

往者屢辱來教，深慰病懷。竊以爲平生知己，雖西涯先生亦或未之過也。故敢借西涯舊韵，漫爲惡詩二首，以深致感激之私。夫何今者乃復自異其說，俾僕衰病愧恐之餘，無所適從，將謂之何哉！兹不得已，再具情詞，懇乞伏望於西涯諸老先生處，一申往者之意，俾僕溝壑餘生得以少安愚分，誠先生再造之慈也。草草，詞不悉意，伏惟情亮，不具。

復章秉略

夏間，嘗因東浦朱氏附奉賀柬，并西涯先生書一封，煩爲轉達，諒必到已久矣。夏經辦事，來辱手書，開諭懇切，下至家事委曲，亦罔不至，非知愛之深而爲我忠謀者能若是哉？第别後，僕舊病日增，仍感下部疝氣，方今日夕發作，動履艱難，已告本府撥醫調治，俟稍痊，可以爲起程之期。蓋前者行取文移至日，亦嘗具告本布政司，乞爲回覆勘合，又托秦司副兄帶去陳乞[一]本草，煩辦事家叔謄寫，着家人一進，此十一月初旬事也，不久當達。十二月初九日，始得吏部咨文。茲又專具一本，托令親汪大貢帶上，煩付家叔一進，倘家叔已歸，就浼盛價爲之。此與何司寇事體大不相似，决不敢以無似之故而上累執事也。但家貧道阻，求一人直達勢亦不能，故不得已有此展轉耳。僕自度縱不敢違召命，奮蹶一來，亦須俟二三月間，天氣稍和，方可從事，然猶未知病之痊否與行之能至何如？萬乞早爲一進，得收回新命，少緩行期，誠萬萬幸也。

【校勘記】

[一] 乞，底本及《凈稿》正德本文卷三十八均作「其」，據文意改。

再復李西涯先生

春半，鮑一鵬去，嘗奉小柬，備言入春以來情况之惡，有不可行者。既而思之，前者陳乞之疏，業已行矣，烏可因此遂止？故不得已，四月十一日扶憊出門。山嶺勞頓，隨路將息，直至五月十一日方達紹興。道路至此，甫五六百里，而延歷已三十餘日。且行且病，中間實情，即此可驗，非敢誣也。初意二疏必有一達，□□主意必有矜憫，而委曲調護，亦必復有如昔者。南都之舉，故雖遲遲而心亦頗稍安。不意至此始得章進士書，乃以迂腐窒礙之言不可上塵，竟尼不進，恐懼顛越之餘，舊病遂復大作，幾至不可救藥。上累故人於我之誼，故不得已有此懇乞，而紹守目睹其實，亦復慨然爲之陳請。惟先生知愛素深，必不吝一舉手，若得中道生還，待盡溝壑以仰觀今日太平之盛，則二天之恩，當何如其爲報哉！僕不得已，只得在此調養，俟大暑稍退，迤邐還家，藉藁待罪惟高明，亮其無他，更加芘覆，不勝幸甚！或者江南卜居之説有成，山陰一舸，子猷之興，未必專美於前也。不識造物者能終許之否乎？病中言語無次，不罪萬萬。

再復章進士秉略

蒿埧舟中獲奉來書，亟讀再過，不勝芒汗，恨不日夜兼程以副厚望。第賤體行時，實出扶憊，故隨路將息，奄及月餘，始能至此。不意勞苦顛頓，舊病大作，幾不可救。不得已再行陳乞，并言前者二疏，以所差人病，不得早達之故，豈敢有所推托以委諸人哉？來諭前項文書只行有司，不必奏，是固然也。然不知僕已再三懇告，有司不屑一行，若又不自爲計，上之人何以知其然哉？若乃正月行文，八月始到，遲慢之罪，自有所歸，僕不敢不以實告也。後疏辭職，正在未至之前，可以議此，至而後議則是一等虛文故事，誠所謂瀆且慢矣。以此見諭，鄙心竊亦未安。今已再行陳乞，而紹興府亦復爲之奏請，勢將必遂所願。但前後諸疏，語脈相關，各有次第，不得不并於此言之。萬一朝廷有欲檢照前疏以見實情，却不可隱，而此疏亦不敢更煩芟易，蹉跎不進，使僕待罪無容身之地。此實肝腑之托，千萬俯從微志，是大願也。病中草草，詞不悉意，百凡惟情亮不一。

復韓吏部貫道

向辱尊諭，獎借過情，惶恐無地，只此已自不敢居此位矣，况其他哉？兹者再陳，又以用舍之柄，付之貴部，是僕進退之機決於此矣，敢不懇拜以瀆？夫吏部以知人爲職業，知其果可用而薦舉之，固其分也。知其不可强而羈縻之，亦豈其情哉？如以僕之不才多病，自知其果不可用，因其情而俾之去，雖不能遽得圖報願忠之士，而亦不失爲獎勸行己有耻之人。此其於用舍之際，固亦激勵士風之一端也，亦何惜而不爲哉！若又羈縻之使未得去，所以感恩則有之，而知己則未也。雖然，凡人之求進者，固以得進爲恩，而求退者，亦未嘗不以得退爲恩，若復不恤其情而羈縻之，又豈敢以爲恩哉？僕之情款委曲已兩具奏詞，不敢再贅。馬老先生[一]前輩尊嚴亦不敢徑達，伏乞叱名拜覆取僕前後情詞再加看詳，俾之決於得去，無使再致陳瀆，誠萬萬幸也。况僕在告已滿三月，法當住支，於此而復羈縻之，將何爲哉？病中言語無次，伏乞情恕，幸甚。

【校勘記】

［一］ 先生，《凈稿》正德本文卷三十九作「大人」。

與西涯先生書

昨者重辱偕木齋先生特賜枉顧，病中不能爲禮，深用局促。又辱以劉老先生之意，敦勸勉留，僕實何人，受此知遇？別後中夜展轉，不能自安。既而思之，感恩知己，昔人分爲兩事，僕竊以爲知己始足爲恩，安有感恩而出於知己之外者哉？昔者孔子使漆雕開仕，非不知其可仕而故使之也，而其自信之篤，終不若開自知之明，故曰：「吾斯之未能信。」今僕之不才，未至顯有過惡，僕之多病，亦復隱在腹心，他人豈能悉知？獨僕之愚深知其然而不敢自欺耳。僕雖至愚，不敢上窺開之萬一，先生以大賢之資，視孔子固不多讓，而又於僕四十餘年知己之交，豈有不量其愚而故爲是羈縻之恩哉！始而誤使之仕，終而悦其未信，固聖人所不棄也，何乃固執始仕之誤而不爲未信之悦哉？昌黎有言：「與其有譽於前，孰若無毁於其後；與其有樂於身，孰若無憂於其心。」夫不虞之譽，未有終能以無毁，過分之樂，未有終能以不憂。以僕之不才多病，而復强挽之仕，惟亦[一]加憂懼而已，豈能卒保其樂，以永終此譽哉？蓋心既在所憂，而力又不足以任，於是病日益深，事日益壞，不惟僕之進退無據，有玷於士風，抑恐廟堂用舍失當，有傷於國體，待其至此而後言去，縱朝廷不加之罪，僕亦何顔以立於世，曷若因其固請而姑從其所欲哉？僕鄙情已具，將欲再乞，以重違三老先生之意，不敢妄舉以自取辱。若得稍加寬假，俾僕再輸其情，或者朝廷矜憫而卒許之，誠萬萬幸也。不然，扶病忍恥，恐亦終不能久於此矣。劉老先生尊嚴，不敢徑白，木齋先生昨已面陳，亦不敢别具。惟先生委曲調護終始，成全知己之恩，尚不知其何以報也。臨楮無任悚仄，伏惟照察，不具。

【校勘記】

[一] 亦，《净稿》正德本文卷三十九作「日」。

復黄生宗賢

區區誤累虚名，又復至此求退未得，憂愧日深。兼之衰病之餘，精力耗短，故凡一切人事之應酬，不惟有所妨而不能，實亦有所急而未暇。足下責我無一字之報，其何敢辭也？然不以我爲不足與，而復有長書之惠，豈但篤念世契之好而已？竊嘗窺之，足下上師古人之心，可謂勇矣。其所以自待者，誠不淺矣。雖曰人皆可以爲堯舜，但伊周孔孟，皆天地間極品人物，後之人欲希而極之，其途轍科級具有明法，未有一蹴而可幸至者。不然，鋭進欲速，正古人之所深戒，而予惡足以知之哉！所病於流俗者固是，但孔子於鄉黨，亦未嘗不恂恂如也，又豈有絶人逃世而可以爲聖賢者哉？聖賢事業，廣大極天地，固非區區之所敢□，而亦非一言之所能盡也。姑自其近者而言，若吾鄉清獻、玉峰、壽雲三先生以至於我國初遜學公之父子，亦豈得而易及之哉？足下誠欲上窺絶學，當自諸先正始，若區區，則固非其人也。或者未填溝壑，他日東歸，亦當取向所示我者，相與一訂正之，以更□足下之所進。予雖老矣，又豈能果於自棄以盡負足下之所望哉？匆匆不盡所欲言，百凡惟亮之幸甚。

非謂聖賢之學止於此數君子也，蓋沿流遡源，勢不得不爾，此亦求洙泗而必先伊洛之意耳。今人師孔孟，家學程朱，但究其所至，則大有不同。昔何北山求教於黃勉齋，勉齋告以必有真實心地、刻苦功夫而後可。大抵世之學者，正坐此病。北山所以卒爲考亭之世嫡者，得非有得於此者乎？辱惓惓故又不能已於言者，如此喋喋，可愧。

復張東白先生

向辱手教，有「吾道本以濟世」之説，此古之君子明德新民事也。先生舉以見屬，所以望而教之者深矣。但某之不才，先生素所知者，其何敢輒與於此？蓋某之少年逐禄，實以爲親故。雖知翰林清切之地，有非愚□之所宜居，亦只得靦顔其間，以俯從諸賢之後。然□□古人，未嘗不慚悚無地，而未知所以處也。故自□□速養之初，輒起知難而退之念。溝壑餘生，因循苟活，雖朝廷不諒其愚，誤加拔擢，然俯自循省，比□試用罔功，已亟知退。兹乃病癈驟進，人其謂何故不得已再三辭謝以至于此，又豈敢籍以爲自重之助，如先生所教哉？凡此皆某自出肝腑，故嘗以之而告吾君矣。況辱在門下，又敢以此而欺先生哉？然今猶未能决。然自放如先生所謂「求以不失」乎？正者其如愧負何哉？惟先生之所教者，亦實惟先生其克當之。而天下蒼生之所惓惓引領於祥禫之餘者，亦凡以此也。若某也，其何敢哉？其何敢哉？所論草廬事，自是平生僻見，未敢執以爲是。依命謹以原疏録上，惟先生其終教之。

復章德懋

進士令侄還適匆冗，不及奉書，至今悵悵。入春以來，滿擬祥禫之餘，趣裝就道，以大慰天下大夫士之望。蓋嘗聞之韓吏部云：「已有文移，再至丁寧矣。」乃兹復承手書，示以辭免之疏且，令僕商其可否者。噫！僕雖墮落於此，未能决然自拔以去，又焉敢爲先生請哉？矧僕往者亦有此舉，竟爲知己者所沮，至今猶以爲恨，又焉敢以己所不欲者而施之人哉？但聖明在上，公道方開，俯徇群議，虛位以俟先生者，幾二年矣。待賢求舊之盛恩，恐不可負，況際可見可之仕，在夫子亦所屑爲，又焉可固執初志而一以不出之爲是哉？僕之所以喋喋者，非敢故爲扳援以混吾迹，亦恃知愛之深，不敢不以鄙心之所見者而瀆告之耳。三老先生與諸當道者，亦以尊意具道實情。若乃再陳之後，朝廷必自有處置，則非僕所敢知也。兹因貴鄉人，便先此以復，百凡惟情亮不具。

再復章德懋

先是僕勸先生之行，蓋度以義理時勢，有不可不行者。今温旨再降，則尤有不容已者在焉。先生雖久安静退，又焉得而辭之哉？且凡吾黨之士，惟日恐先生之不出，以慰滿天下之望，先生又焉得而辭之哉？僕年頗癡長，又屢試罔功，行將决於退矣。面會之期，恐未可卜。臨楮無任惓惓，百凡惟情亮不具。

與方太守論併縣

舍親金秀才來辱手書，侑以閩布，豈勝愧感。且知新政之施，惓惓爲民之意，又未嘗不與吾台民同一感激也。恃知愛有瀆弊邑新分，視五邑之民困苦特甚，如以僕所居十六都而論，分縣之初，尚有四圖，既而併爲三圖，今又併而爲二圖矣。非困苦流亡，户口消耗，何以至此？往嘗以併縣事白之所司，大抵人情習於誇張其意，以爲前人以户口之增而分縣，而吾以户口之減而併縣。吾其如前人何哉？用是雖明知民之困苦流亡，亦不屑一動念焉。又况近縣之店户，投縣之吏皂，甚至待貢之生員，亦且嘵嘵鼓惑於其間。民之困何由，而恤縣之併何由而成哉？初縣之將分也，僕與故僉憲林公及今黄文選之父亞卿公俱仕于朝，僕以編修歸省，亞卿以工部員外郎出差，林嘗以刑部主事獨力救止，竟莫能遂。蓋當其時，巡按兩司止據，阮太守申禀即爲覆奏，而林以一人之言，遽難取信，以至於此。今流害之極，悉如所言，而又甚焉，僕未嘗不愧且恨。而亞卿公地下之心，諒亦未能恝然也。敢録林公奏稿以奉，試詳覽之，以驗於今，則縣之分併，其利害燎然矣。昨會分巡陳大人，亦言此縣可以無設，蓋亦親見吾民之困苦而興念及此也。然謂必俟守土者之舉而後可行，僕謂執事之惓惓於民，非復昔之習於誇張者比，故敢與文選以此瀆焉。夫興利除害，固太守職也。以黄巖一邑而論，害莫大於分縣，利莫先於併縣。以三四十年之害，一旦自執事而始除之，則吾邑再造之恩，吾民百世之感，當何如哉？後之執筆以書郡志者，不知視分縣者之賢否，當幾百倍也。若復惑於市民之訴，則僕不復敢言矣。巡按分巡處，僕與文選俱已達知。其事之可否，特在執事一轉移之間耳。匆匆，言不悉意。

與李西涯論歷代通鑑纂要

今年五月二十四日，内閣欽奉聖旨，欲將《綱目》《續編》等書節要、撰次，陸續進呈。次日，又該太監扶安傳示，聖意欲自三皇五帝以來事迹通爲一書，名曰《歷代通鑑纂要》，除欽遵外，諸老先生尋即具題分委諸史官，而以猥及於某。某衰病不才，久玷國學，求退未能，已甚愧恐，况復有此委任，其曷敢以當之哉？既而思之，法古求治，固聖主望道未見之盛心；稽古陳謨，亦人臣納約自牖之素志。而諸老老先生乃以編纂之任分委某等，此又古者大臣以人事君之義。某雖駑下不堪，敢不黽勉從事？某惟古之爲史者，類必定凡例，然後可以次第纂述。若朱子之《綱目》是也。受命以來，拱聽處分，未知適莫。某無似，竊嘗聞之朱子之言曰：「古史之體，可見者《書》與《春秋》而已。」《春秋》，編年通紀，以見事之先後，《書》則每事别記，以具事之首尾。蓋當時史官，既以編年紀事，至於事之大者，則又采合而别記之。若二典所記，上下百有餘年。而《武成》《金縢》諸篇，其所記載或更數月，或歷數年，故左氏之於《春秋》，既依經作傳，而又别爲《國語》以記其事，亦此類也。某愚竊謂今之《纂要》，合無先爲編年，略如《春秋》《左傳》之例，而又每事别記，以仿佛《書》與《國語》之例，庶幾統緒可正，事體不遺。蓋統緒莫大於創業守成，而事體莫要於知人立政，一覽之餘，誠知歷代創業之艱難與夫守成之不易。凡其統緒所在，孰爲正而可法，孰爲不正而可戒，某君以用某人行某政而治，某君以用某人行某政而亂。邪正治亂之間，惕若覆車之在前。儼乎高山之可仰，則所謂宏綱要義，足爲監戒，可以裨益，宸聰恢弘治化者，端在是矣。若乃編年之書，蓋必以皇極經世爲例而統之分合，則又不能不取例於《綱目》也。蓋《綱目》於吕后、新莽之年，皆冠以甲子而分書之。當其時，天下之統未嘗不合於一，特賊后篡臣不可比於正統，故不得而不分書之耳。賊后篡臣既不可爲統，而夷狄如元獨可以爲統乎？此綱目之所未書，正今日之所當正者也。昔人嘗推亡秦以爲閏位，以其强暴并吞，非若漢、唐、宋諸君之猶有志於救民者也。秦既不得爲統之正，而司馬晉、楊隋之篡竊弑逆，亦新莽之流亞耳，又可以上階諸君而例以正統予之哉？此雖《綱目》之所已書，而義理無窮，忝之後賢之論，恐亦未必無可議也。又孔子删書，斷自唐虞，蓋以洪荒世遠，不可考信。而伏羲、神農、黄帝繼天立極，開物成務之功，澤流萬世，凡有血氣者所不可忘，故於《易・繫下傳》又推言之。是皆聖經之所紀載，孔子之所嘗言者也。孔子，萬代帝王師，孔子不言，誰復敢言之哉？苟於孔子所不言而復言之，以是而求治，以是而陳謨，亦多見其惑矣。某愚以爲今日之《纂要》，欲自三皇五帝始，合亦斷自伏羲、炎黄，庶幾上不失《易》《書》之旨，而近亦經世《稽古録》之遺意也。鄙見如斯，莫知是否？劉老先生前輩尊嚴，未敢妄瀆。惟先生與木齋先生量加詳定，或者轉達明以示下，則不勝幸甚。某惶恐再拜。

與李閣老諸公

僕不才，平生心事踪迹，先生所知，不敢喋喋以瀆鈞聽。竊念生當明時，凡爲臣子者，孰不眷戀而不忍去。惟僕年衰分薄，疾病相仍，進退維谷，静言思之，庶來之愧已無可言。今之羈縻而不得去者，亦惟自怨自艾而已，敢復何説哉？抑僕嘗聞之先王之發政施仁，必先鰥寡孤獨，僕之一身一家，實兼是四者而有之。而又年至七十，家在萬里，求退未能，欲歸無路。一旦事出不諱，寧知不有累於聖朝之仁政，而爲仁人君子之所動心者哉？僕雖不才，嘗誤辱先生視爲知己，苟不忍其坐視至於此極，屑與寅老二老先生廟堂之上、都俞之間一語及之。聖上寬仁明睿，未必不俯而從也。况僕之衰病不才，執而留之，固甚無益；從之使去，又寧知非聖朝仁政之一端，而爲士風萬一之助也哉？此情必竟不能不達之上，若乃據禮伏義之説，則不復敢塵瀆矣。惟先生其留意焉。愁病亂心，言語無序，伏惟情亮萬萬。劉老先生前輩尊嚴，不敢徑瀆。木齋先生諒以同鄉之故，必不見外，惟先生委曲轉達，俾得必遂所志，無令骸骨爲道路所笑，則萬萬幸也。

與黄汝修選部 三首

三令郎縮復以長書見與，雖冗冗未能答，而老懷得此，亦深喜吾黨之有人也。大抵令郎天分甚高，自□□成就君之所賦，而不負者甚少，必須大加培養，允□以爲遠器。今世鮮□交，其要莫先於讀書，必先□□六經、四子以及□□諸書，以立其術文泛□□哉！□□□□□變乃徐取諸大家文字之得意者，□□□□□□□□幾也。吾老矣，虚過此生，而以此語。人不亦誣乎？可與一笑。

向曾見西涯□科舉□□佳作，曾讀一過，此子天分甚高，充其所至，何可當也。予亦云：「鵷鸐離巢，雖勢不可禦，而頡頏未□，□其所至，鳴岐□庭，亦孰得而先之哉？」此非但一家之積慶，實吾邦間氣之所鍾也。喜而不寐，□□□通家之誼哉！原稿謹以完璧蔡汀洲晝望□□去以督趣之，庶得乘此機會而不貽後悔也千萬。

聞賢郎仍不欲科舉。科舉，宋之大儒嘗爲之，何損於此？未可執横渠一説以爲固也。但必欲籍此以進取，而期其必然，則不可耳。隨例而行，用舍聽其自然，夫何傷哉？兹允晉令表去，專此奉告。若害於義，决不敢相誤也。

與黄生宗賢 五首

讀所上《西涯先先生救時急務書》，大非前日之比。□□思至是，已非前日所云。大抵起結二處，確有的見。而條目所陳，雖甚纏屢，而皆微宛不迫，不無可行。特未知上有以格天心，中有以動君心，下有以感人心者如何耳？言之不言在我，而用之不用又未可必也。其議論之精當，節段之頓挫，與字法句語之妥帖，皆已停當，未暇論也。且欲寫去以見吾黨之士，所見有如此者，亦以見天下之未嘗無人耳。原書未能抄入，待候便發來。

讀書年月日，程令祖老先生遺書中蓋所必有依，此亦足爲儒學名家矣。《通鑑前編》是金山所纂，仁山文公世適也。其編始堯甲辰，終周威烈王，蓋采《尚書》《春秋》以紀年，而下接《綱目》《通鑑》者也。《綱目》以上，惟此書可看。校在南監，當必遺書中所有，幸檢之。草草。

《文章辨體》四册略揭一過，隨舊所知者，稍點志衰病，精力不足，不能詳也。宜將《文章正宗》及《軌範》《精義》，諸公之所批抹者詳校，與心有會處即詳玩步驟之。久之自然有得，然亦不可一蹴至也。

聞小恙，遠又不及一候，恐是用心太過之故。大抵心過則躁，躁則不惟爲身之害，而於所學亦甚妨。宜寬以燮之，萬萬。

書示行期之速，甚慰。夫事君救特，莫大於學。真儒雖千言萬語，不過如此而已，他尚何説哉？雖忠孝廉節，□其中事，舍此無餘事。惟神明扶宥，以見於行，則天下之福矣。夜來書到，燒燈起牀而讀之，恨不得面語。□寐中頗有説，殆今忘之矣。留待他時得相見與否，尚能盡之。見西涯、南屏二先生爲道，拳拳不一。

與西涯先生

某卧病已八越月矣。懇乞塵瀆，已至再至四矣。特蒙朝廷不即以罪，而曲賜勉留，是雖聖恩隆厚之極，而諸老先生所以調護維持之功，亦焉可誣也？某罪土木，敢不知感？敢不知愧？獨於鄙情之所甚不得□者，不容不再有干□，惟執事俯察而矜恕焉。某□昔者宗子出仕必奉其祠廟之主以行，實宗祀之□不可一日缺也。某本繼祖之宗，莫□疾病，不敢遠離。□以召命再臨，勢不容已，倉卒戒途。妻孥不將，鑑□不備。濱行之際，只得以祖考神主告於祠廟，屬之衆歲之孫，而以同居之弟輔之，亦謂衰病之迹，必不能久，一二年間可即歸也。今不意舍弟已亡，而孫丱幼，宗祀無主，孤幼無托。某以七十之年，遠在數千里之外，又况久病不才，□□□□，公私無益，彼此狼狽。□□所以日夜痛心，而展轉不能自已者也。夫人之□賴以立於天地之間者，上有君親，下有孫子。今某以師儒之職，久誤國事而不知退，是爲不忠；以宗子之責，久缺廟祀而不及奉，是爲不孝；以一家之主，久棄孤幼而不能撫，是爲不慈。三者皆人道日用之常，不可得而暫廢者。廢之，則不得謂之人矣。執事之所以不棄於某者，亦或有取諸此。今舉其平生而盡棄之，亦何敢濫辱知己之末而復謂之人哉？執事又安忍使某至於此極而不之恤哉？伏惟詳察，而矜愍焉。劉老先生，某自少所從游者；木齋先生，重以鄉曲之故。萬一鄙言詳達，未必不惻然而俯從之也。况又有執事爲之先容哉！愁病亂心，情極語冗，惟執事其亮之，不一。

讀止善齋存稿

《止善齋存稿》，古、律詩、絶句若干首，吾友職方郎中某曾大父劉公之所作也。公在勝國時，見四方兵起，慨然欲大有爲於世，嘗遍游武昌、蘇吴、閩浙之間，與諸雄論議不合，遂翻然去歸其鄉，曰：「是固不足與有爲也。」未幾，倪文俊之黨復起岳牧，郡縣長吏皆望風奔潰，公獨結鄉民爲義兵，執其黨蘧某殺之，賊由是遠去莫敢犯。我太祖高皇帝既平定江南，公首率義兵，盡藉其鄉之户口凡若干上之。越四年辛亥，乃更以欽録。至金[二]陵，坐逮繫，月餘得釋，出竟死於客。於乎！若公者亦可謂一時之人豪矣，而止於是，惜哉！吾嘗求《易》之《比》，曰：「原筮，元永貞，無咎。」又曰：「不寧方來，後夫凶。」由是而觀，若范增之於項，荀之於曹，隗囂之於漢，竇建之於唐，豈所謂不筮而咎，後夫而凶者乎？迹公始終之爲，蓋嘗有見於是，然而卒不得於命者，則又出於恒理所不可知，而非其知、其才之罪也。於乎惜哉！若公者亦可謂一時之人豪矣。公之孫某，歷官御史、按察副使，聲稱赫然。按察之子，職方郎中，又方以通敏謹重爲時聞人，而其所向用所建立未艾也。然則公之所不得於命者，其將在兹乎，其將在兹乎？詩則公至金陵時紀行之作，得之嚴伯霖者，其末則其子某所志，亦且幾百年矣。職方君乃發諸故篋而得之，筆墨宛然，出以示予，予讀而嘆曰：此無恤之簡也。君子於此，亦足以觀劉氏之子孫矣。

【校勘記】

［一］金，底本及《净稿》正德本文卷二十九均作「今」，據文意改。

題蒙泉岳公遺墨

右書簡與詩若干首，内閣修撰知興化府蒙泉岳先生所作，以與其甥鄉進士宣府李君士常者也。其首二柬則與士常伯兄婚姻往復之詞，又其一則吏部侍郎葉文莊公所與蒙泉者。蓋文莊在宣府時士常以諸生見，文莊奇之，遂薦於蒙泉，以爲之婿，既又薦吾賓之太史與士常爲姻婭，二公志節問學不相上下，故其意氣相唯諾，而其言之相信有如此者。昔晏元獻之婿富鄭公也，文正范公［一］實薦之曰：「必求國士，無如富弼。」由今而觀蒙泉之所得，與文莊知人之明，不既多乎！於乎！二公已矣，所望以光大於其後者，固吾賓之、士常之責，使天下後世仰而嘆曰：此元獻文正之鄭公也，顧不偉哉！又況士君子之志，當有不止於是者。若夫二公之清詞美翰，世所共識，而士常之所寶，則固不專在乎此也。

【校勘記】

［一］文正范公，底本作「文公范公」，據《净稿》正德本文卷二十九改。

題黄文選所藏梅花圖

右《梅花推篷圖》一卷，吾友文選黄君世顯自其先大夫職方公得之孫太守從吉者也。公之没，於是三十二年矣，文選君眷眷寶此，至取前人題識之，凡有及於是者悉附之，題曰「清白遺玩」，蓋比之無恤之簡而不敢忽焉者也。予嘗怪東坡寶四菩薩板，何以若是其至[一]，乃今知子之於親，苟其嗜好也，雖微亦不敢忽，况其有大於是者哉？公在職方先後幾十年，一時兵政，悉所倚重，没之日，垣屋蕭然，無尺土之增以遺其孫子，而獨寶此於殘編敗篋之餘，則其所嗜好可知矣。彼有溺情富貴，至於[二]一草一木責之子孫而不忍置者，曾未幾何而其身已不可保。於乎！此其於公何如哉？太守之畫，在宣德正統間與夏太常仲昭齊名，四方夷裔得其一枝半幹，不啻拱璧，至稱之曰「夏竹孫梅」，然則此卷，固亦今世之所謂貴重而不可易得者也。

【校勘記】

[一] 至，《净稿》正德本文卷二十九作「王」。

[二] 於，《净稿》正德本文卷二十九作「以」。

讀僉憲陳公傳

南軒張子有曰：「人臣不以犯顔敢諫爲難，而忠誠篤至之爲貴；士君子不以一時名節爲至，而進德終身之可慕。」噫！即是而求，則世矯抗沽激幸一得以爲名者，不可掩矣。不然，則吉頊之諫武后復廬陵王，得以自附於仁傑之忠；秦檜之諫金人立張邦昌，得以自附於叔夜之節，是亦奚貴乎其所謂可慕者哉？予讀福建按察僉事姑蘇陳公傳，蓋所謂庶幾焉不愧於是者。於乎！若公者，豈易得哉！初公爲河南參議，在永樂初，以言坐謫編管幾十年。爲御史，在宣德初，又以言坐繫詔獄幾五年。在正統初，又以言坐論法幾不可測。起且仆[一]顛跌頓撼至於三四，卒以直道，終其身不少變。於乎，若公者豈易得哉！世嘗說古今人不相及。噫！若公者豈今之人哉，豈今之人哉！

【校勘記】

［一］仆，《凈稿》正德本文卷二十九作「什」。

謹題會緦亭卷後

右《會緦亭詩》一卷，大夫士之所賡和。於乎！叔父寶慶先生以遺鐸者也。亭在杜家山，孝子隆二府君之墓在焉。孝子奉母陳安人以葬，是爲吾桃溪始基之祖，今五世矣。初亭之址屬他姓，先生之弟王城山人實售得之。先生既致政，始克與諸[二]君終山人之志，作茲亭焉。昔者先生制爲合族之禮，非獨施於生者，至於封墓兆域亦必掌之，冢人墓大夫之官使各以其昭穆族葬之。故當時之民，皆知尊祖之爲孝，雖欲不敬其宗以睦其族，亦不可得已。此制既廢，於是賢士大夫家始倡爲墓亭之祭以收族，蓋僅什伯而後見者。於乎！士生斯世，而欲盡由先王之禮以敦合族之誼，亦難矣！先生奮自吾桃溪之族，百數十年之後，篤行古道，大亢厥宗，既創祠堂、明譜系、立宗範以教其族人，乃復有茲亭之作，蓋厪十數年之心而後有成者。於乎！斯亦難矣。凡我後人苟知其難，益思所以自勉而嗣之於不替，則所以篤厚而光大之者，獨茲亭也哉？會緦之義，陳先生師召既叙之詳矣，而先生亦自有記，詩特其餘意耳。諸公和章凡若干首，鐸無似，敢亦僭厠於其末而復贅其説，以告吾[二]凡爲謝氏之子孫者。

【校勘記】

[一] 諸，《净稿》正德本文卷二十九作「家」。

[二] 吾，底本作「耳」，據《净稿》正德本文卷二十九改。

題遺芳集詩選

《遺芳集詩選》若干卷，五七言絶詩若干首，五七言古、律詩若干首，筠心郭先生之所輯録以傳者也。筠心嘗輯其先世之詩與文爲一帙，曰《郭氏遺芳集》。鐸叔父寶慶先生嘗序之矣。既又別其詩之精者爲是集，蓋自其九世祖漫齋先生與其先君子南溪翁之作咸在焉。漫齋以詩鳴晚宋，與葉水心爲友，水心亟推重之。至其子正肅公，則又[一]從考亭朱夫子游，在端平中以諫諍名，號六君子。以至於我國初，而饒陽公又以文章節行世其業，暨其没也，并祠於鄉，蓋郭氏之最顯者，而世之稱台之盛者，恒歸焉。台之盛，若車氏之有玉峰，有敬齋[二]、隘軒三[三]先生，杜氏之有清獻，有方山、南湖三[四]先生，林立并起，蓋皆有得於考亭之學，屹然爲世大儒，視郭氏殆無與讓。然至於今曾未有如筠心者，君子謂嘉之於誼，諶之於植，小同之於玄，玄成之於孟，於是乎益難能矣。然則郭氏之後，將不以筠心而益顯乎？鐸久不作詩，未能詳其所謂詩選者，獨尚論其世，求其人，以仰止焉者非一日，因書以復[五]僉憲林君將與天下誦之，以見吾台之所以盛。

【校勘記】

[一]　又，底本作「予」，據《净稿》正德本文卷二十九改。

[二]　齋，《净稿》正德本文卷二十九誤作「齊」。按：敬齋，明台州車瑾之號；隘軒，宋台州人，車似慶之號，皆以潛心理學稱於世。

[三]　三，《净稿》正德本文卷二十九作「二」。

[四]　三，《净稿》正德本文卷二十九作「二」。

[五]　以復，《净稿》正德本文卷二十九作「而」。

書遜志先生文集後

右《遜志先生文集》三十卷，拾遺八卷，爲文千二百首，總若干萬言。於乎！先生之文不見於世也久矣。天順中，趙教諭某[一]實始録梓以傳，既而鐸與文選黄君某[二]頗加蒐輯，於是葉文莊公某[三]、秋卿林公某[四]、王忠文公之孫某[五]，諸所傳録者皆稡焉。既又從柳別駕某[六]盡得常人之所藏者，視昔蓋不啻倍蓰，而先生之文，乃始稍稍以完。今年春，寧海令郭君某〔七〕聞之，以書來曰：「先生，邑人也，是不可廢，願益得以傳諸梓。」鐸與文選公〔八〕亟喜而授之。或者曰：「先生之功業，雖不盡見於當時，其道德在天下，蓋有不可掩者，文直其餘事耳，而又何以其傳不傳爲先生意哉？」鐸曰：「不然。文者道德之著，而功業則又文之見於行事者也。伊周孔孟之道德功業盛矣，千載之下匪由斯文之存，曷從而知之，又曷從而傳之耶？且至大如天地，至明如日月，其疾徐之度，盈虛之數，猶必有待乎人，而況於人乎？」故欲傳先生之文者，非徒爲先生計也，爲後之人慕先生之道德，欲盡求其功業而不可得者計也。先生之文，非吾台所敢私，亦非予小子所得而贊，特以著令尹之志於不忘，且以告夫天下後世知誦先生之文者。令尹又嘗即先生故居，求所謂祠堂者而新之，蓋洪熙初，先生之遺族得從寬法而爲之者也。常本舊稱《遜志齋集》者，訛缺爲甚，謹具存之，不敢別有所更益。教諭之編，有知其非出於先生者，乃不敢取。其曰正學者，蓋蜀獻王所賜，遜志則先生所自號，今入之，以復其舊，而其續得者當更爲別録云。

【校勘記】

〔一〕趙教諭某，名洪，《遜志齋集》徑作「趙教諭洪」。

〔二〕文選黄君某，名孔昭，《遜志齋集》徑作「文選黄君孔昭」。

〔三〕葉文莊公某，名盛，《遜志齋集》徑作「葉文莊公盛」。

〔四〕秋卿林公某，名鶚，《遜志齋集》徑作「秋卿林公鶚」。

〔五〕王忠文公之孫某，名汶，《遜志齋集》徑作「王忠文公之孫汶」。

［六］　柳別駕某，名演，《遜志齋集》徑作「柳別駕演」。

［七］　寧海令郭君某，名紳，《遜志齋集》徑作「寧海令郭君紳」。

［八］　「鐸與文選君」至篇末底本缺，據《浄稿》正德本文卷二十九補。《遜志齋集》篇末另有「成化己亥冬十月朔」八字。

題逸老堂詩卷後

《逸老堂詩》若干首，鐸得之大夫士以壽叔父寶慶先生者。於是先生年方六十，而寶慶之歸已六七年矣〔一〕。初先生之在寶慶也，念欲以吏治擴儒術，以一郡始天下之治，凡所興革張弛數十事，條列以請於上者千數百言。不二年，民大悦，而先生意有所不合，乃乞補教職不得。明年，遂乞致仕，亦不得。又明年，入覲京師，以疾辭，亦不克得。卒乃以考績，中道移疾而歸。於是旌擢之令方下，而先生之去不可留矣。夫有所不可而言去，苟粗知内外之分者皆能之，惟請之至再三以至于必去，非真有見若先生者不能也。抑古之仕者引年以去，上之人所以尊顯其身而慰悦其心者，蓋無不至，然獨〔二〕以必去之爲難，况乎未老而去，而又無所藉乎其人者，則其難又可知矣。惟其無所藉而必於去，故能隨地而安，以盡力於吾心之所能，凡其修之家、達之鄉黨，以爲教化風俗之助若先生者，如此其盛也。或者矯一去以爲名，不幸而無所藉，則將終日戚戚之不暇，尚足與論於此哉！斯理也，鐸學於先生蓋三十年，而猶未之能信，誦諸〔三〕詩而有感焉，因謹厠其語於末。

【校勘記】

［一］篇題至「六七年矣」底本缺，據《净稿》正德本文卷二十九補。

［二］獨，《净稿》正德本文卷二十九作「猶」。

［三］《净稿》正德本文卷二十九「諸」下有「之」字。

書赤城論諫録後

鐸既輯吾台先正諸君子言行爲《尊鄉録》，又輯其文與詩爲《别録》，既又謂其繁而猶或莫之備也，乃與文選黄君某，取其文之有關治道者爲《論諫録》。蓋古之君子修德立言得以攄發所蘊以告于其君，以成其功業於天下者，莫先於此。皋陶之謨、伊周之訓，皆是物也。三代以降，不獨君鮮以此望其臣，而臣之所以告其君者，亦異乎是。故漢唐上下數百載間，卓然自立若董仲舒、賈誼、陸贄者，僅僅可數。惟有宋諸賢，一時論諫之風，號爲極盛，以至於我國初猶有存者。觀之吾台一郡，而天下可知矣。然或者於諸君子猶有不盡用之嘆。夫誼之言不用於文帝，而行於武、宣之後，贄之言不用於唐，至宋之世乃有舉以告其君者，然則諸君子之言，又烏知其不用於今日哉？噫！予小子則何敢知此，固諸君子惓惓不盡之忠，有待於天下後世者也。是録凡在宋者十人，在我朝者六人，爲文六十六首，總之爲十卷，其出處之概，具見於右，讀者庶得因言以考，間有得其行而不得其文，若吴康肅公、葉信公者，則亦存其人以俟。録既成，乃從僉憲林君某鋟梓于閩，以與天下之士共焉。

書赤城詩集後

《赤城詩集》六卷，凡爲詩三佰五十九首，皆吾台先正諸君子所作也。諸君子言行之大者，鐸既著之爲《尊鄉録》，又取其文之關涉治道者爲《論諫録》，文選黄君某又以是爲不可闕也，於是而是集成焉。昔者先王之世，列國各以其詩，隸之樂官，以備觀省，以風化天下，而因以爲教。後世之詩體既屢變，用亦不同，獨其所謂考俗尚、知政治者，蓋可得而推。是集起宋季，歷元以至于我國初，如久勞而息，如久病而蘇，如窮陰沍寒而繼以陽春，如驚風緩浪而躋于平陸。治不忘亂，樂不勝憂，故作者往往憤激悲壯，多閔時病俗之意，而其要卒皆歸之倫紀名教，讀之可使人感發而興起也。然則吾台一郡之俗尚與[一]其所繫以爲政治者，亦豈不略可見哉？初，是集之成，應憲副某、李太守某嘗鋟梓廣東矣，僉憲林君病其字之訛而傳之未遠也，乃重爲校正，下建陽書坊刻之，以益廣二君之志。若夫考摭之未備，采取之未精，則予也又不能不以吾邦之文獻而深有望於後之君子焉。因識其末以俟。

【校勘記】

[一] 與，底本及《净稿》正德本文卷二十九均作「輿」，據浙江圖書館藏《文集》抄本改。

書魏鶴山遺墨

觀鶴山先生此帖，具見賢者立朝之節，憂世之誠，處身之智，而宋之國事至此，亦可慨矣。然其言雖不用，而不諱於諫草之傳；位雖不安，而不妨於祠禄之請，於是又見宋雖季世，而猶不失待士之厚，是以三佰年間人材之盛，以至於是。而猶有若先生者，誠非偶得也。識者謂士不幸而不生於三代則生於宋，於乎！其固然哉！先生，故蜀人，賜第在吴，且葬焉，故蘇人多得先生遺墨，此帖翰林修撰吴君原博所藏。君博學好古，將有慕於歐公之爲者，其所得殆不止此。夫以一書畫器物之工，猶爲世所寶愛[一]，况大儒君子之手澤而有關於出處興廢之義者乎？此固吴君之意，而吾徒之相與嘆且慕焉者也。

【校勘記】

[一] 所寶愛，底本作「寶所愛」，據《净稿》正德本文卷二十九乙正。

題陸放翁詩草

放翁詩本曾茶山，茶山出韓子蒼，故南渡以來稱詩家宗派，一時騷人墨客若楊誠齋、姜白石、戴石屏輩，皆亟相推重，所謂敷腴俊逸若此篇者，亦略可見。然翁嘗爲秦檜所忌疾，則其人蓋又不特詩也。雖然，晚節之料，卒不能出考亭之權度。至是雖復自嘆，亦且無及矣。於乎！翁固詩人也哉！

桃溪類稿卷之五十四　雜著

題徐[一]國元重輯八行先生世録遺像卷

二徐先生道德文學，朱夫子實景仰而表章之，具列史傳，爲吾邦人物首稱，固不待國元之所傳述而後顯，而亦奚待夫人人之多言哉！獨嚮往之心在吾後人不敢後，而國元不忘其親之心，亦君子之所樂與者。然則斯卷也，亦烏得而無謂哉？抑嘗聞吾邑人凡以徐姓顯者，類稱先生孫子，而國元爲先生至親，乃謂先生無後。噫！彼蓋未有以見夫此之爲愧也，然則斯卷存也，亦烏得而無謂哉！

【校勘記】

［一］ 徐，底本及《净稿》正德本文卷三十均作「余」，據浙江圖書館藏《文集》抄本改。

書王尚德奏稿

於乎！此吾友秋官主事王君尚德之遺草也。尚德以秋官丁外艱，起復在天曹，居閒閲天下事，有激于心者，遂草此疏，將上而病作。既乃改武選主事，竟不克[二]拜命而賫志以没。於乎！

惜哉！當是時，天下國家事可言者，蓋不止是。尚德非其職方，次第言之不已，雖其志不克就，然亦足以愧夫人人之居其職者。於乎！尚德已矣，其平生所建立止是哉！昔人以衛青不敗爲天幸，李廣無功爲數奇，由是而觀世之庸材懦夫，乘時竊富貴、假功名以壽考終者何限，而豪傑之士恒制於命，不克少就其志乃若是，亦可悲矣！孟子曰：「若夫成功，則天也。」故善論人者，不于其功于其志，則其人之賢不肖較然矣。然則予之於尚德也，亦何必悲其功之不克就也哉！尚德瀕死，以此草屬林君一中，一中悲其志，嘗語予，將爲尚德上之。未幾，以刑部出補福建憲僉，遂不果。今年夏，尚德之子瓚乃以示予，蓋尚德之没於是已十有六年矣。嘆斯人之不可復作，而有志於斯世者之不易見，遂題其後以歸諸瓚，且以慰吾尚德於不死云。

【校勘記】

［一］克，底本及《净稿》正德本文卷三十均作「充」，據文意改。

跋秋崖集

昔人絶弦於不知音，君子以爲陋。近世至有取平生所作詩，焚之以謝知己者，其爲隘抑又甚矣。秋崖不以予爲不類，盡出諸傑作以視，且將侈其傳於人人，蓋其心不敢以其隘且陋者自處，而行與天下共之，或者謂秋崖亟其圖於不朽，噫！夫豈深知秋崖者哉！夫豈深知秋崖者哉！

題陳墅南贈行卷

韓愈氏曰：「昔之聖有其首若牛者，其形若蛇者，其喙若鳥者，彼皆貌似而心不同焉；即有平脅曼膚，顔如渥丹，美而很者，貌則人而心則獸。」夫貌之非是猶不可以概其心，況迹也耶！予友陳君尚絅故業儒，自其祖懷玄先生至其先君子，蓋數世矣，至君始益大肆力於儒，乃始再困而入於吏，迹雖吏而心則儒也。於乎！彼儒其衣冠者，亦安知其不爲平脅曼膚、美而很者耶？予與君爲知己友幾二十年，察其心迹舊矣。今予且病，空谷足音，於君之行，尤不能無感焉者。陽關三嘆之餘，遂復書此以爲君别，且以告夫人人之欲知君者。若曰在門墻則麾之，在夷狄則進之，則吾豈敢，則吾豈敢。

題竹贈葉太守

竹於君子，比德焉。故謂之此君，而君子人恒愛之。仙居林世盛因以其所畫竹，獻吾郡太守葉公，公命世盛屬予題。予曰：嘻！公之德，吾知之矣。昔文與可爲揚州太守，蘇子由賦墨竹以遺之，曰：「庖丁解牛者也，而養生者取之；輪扁斲輪者也，而讀書者取之。」於乎！子由之遺與可，豈但竹已哉？衆理芒刄，髖髀斧斤，規矩糟粕，甘苦疾徐。以是而推之，天下之政將無不可者，況郡太守哉？公之德，吾知之矣。抑予嘗以吾太守叔父題竹詩，贈公曰：「篔簹谷裏春無限，笑殺揚州跨鶴來。任是清貧饞不識，籜龍休誤漢川雷。」噫！公於笋且不食，況其他也哉，公於是過與可矣。予於公同年友也，友有規箴道焉，固不敢以衛人之頌武公者頌公。然而於郡民之情則亦有不能已焉者，公以爲何如哉？

續真西山讀書記乙集引

《西山真文忠公讀書記》，甲乙丙丁凡四集。其乙集專記歷代相業，自虞夏迄於漢唐，以正己、格君、謀國、用人四事，考其是非優劣，上下數千載間治亂之機具在，而公經世之心，亦略可見矣。公生宋季，卒不克大用以盡酬其志，故載之空言有如此者。鐸嘗讀其書，悲其志，間取宋一代相業有合於公之所可[一]評者，録其一二，以附漢唐之後，蓋將明公之未盡之志有待於後世者，庶其在此，非敢有所竊附[二]以僭踰於其間也。嗟夫！公承濂洛關閩諸先生之緒，諸先生且未嘗一日得公之位，以試其所謂相業者，於公何憾哉！於後世亦何憾哉！

【校勘記】

[一] 可，《凈稿》正德本文卷三十作「考」。

[二] 竊附，《凈稿》正德本文卷三十作「附竊」。

書莞山陳氏宗譜後

右《莞山陳氏譜》，吾友儒珍君之所序次，以視其族人孫子，俾不忘其本以及於無窮者也。君嘗屬予叔父太守先生爲之序，既成，復謂予不可無一言以終之。嗟夫！譜之道大矣，所以上昭祖宗之德澤，下示孫子[一]以法度者，皆於此乎在。蓋古之善爲天下國家者，必有德澤以積累於其先，而又有法度以防範於其後，故雖一人之家，亦未嘗不可與天地同其悠久，况天下哉！君之聚族，蓋三百年于兹矣，至若始爲譜以聯之，此其延引至今而不可替者[二]，殆必有其[三]道而非苟焉者，獨譜也哉？雖然祖宗之德澤不可恃，可恃則朱均無不肖矣；祖宗之法度不可廢，可廢則幽厲不危亡矣。蓋恃德澤，則驕佚之心生；廢法度，則變亂之事起；雖與之天下且不可保，况於其家也哉！君友予幾四十年，予與今亞卿黄君世顯、故僉憲林君一中暨吾叔父王城山人，皆所敬畏而不敢後者也，其持己處家之大方，具見於序者不復道，道吾之所聞者，以爲其族人孫子告。君之弟儒敷實佐君以有成，蓋陳氏之賢者也，不識亦以予言爲然否？

【校勘記】

[一] 孫子，浙江圖書館藏《文集》抄本作「子孫」。

[二] 《净稿》浙江圖書館藏《文集》抄本無「者」字。

[三] 《净稿》浙江圖書館藏《文集》抄本無「其」字。

書東陽陳平仲復義莊卷後

天下事創始固難，守成尤難，不幸而放失廢弛焉，於是而興復之振起之，則又甚難而不易也。吾觀夏少康、周宣王、漢光武之於啟、於成康、於文景，益較然矣。大小一理也，吾於平仲復義莊之事有感焉。噫！此商鞅、王安石所以得罪於千萬世之下而卒莫之赦也。吾於平仲復義莊之事有感焉，大小一理也。於乎！有志於天下者，其尚監之哉！

跋虞邵庵書曾南豐祠堂記

南豐先生曾公文章在宋稱四大家，今觀虞邵庵作公祠記，稱公孝友至有義田之舉，而作郡之政又往往載諸史册，有不可誣者，則公之所謂文章，其亦異乎後世之文章矣。昔人有謂公行義不如政事，政事不如文章，其信然哉！此卷今吴庶子原博先生所藏，蓋危太樸家物也。噫！太樸不能不有愧於二公，顧以歸之原博，其亦有由然哉？

讀懷麓堂稿

古之人所以不朽於天地間者，豈偶然哉！蓋其得之天者深，盡乎人者至，斯其所造者極，而足以屹然自立於不朽之地，不然，雖欲暴暴於一世且不可，况能不朽於千百世也哉？是故河漢之源遠矣，非疏導之功至，不足以濟舟楫；松柏之材美矣，非培植之功至，不足以柱廟堂。况乎立涸之行潦，望秋之蒲柳，雖有所謂疏導培植之功，亦將焉所施而亦焉所用哉？古之人所謂不朽者，言以德立而其功與天地并，孔、孟而下，若周、程、張、朱數君子不可尚已；其次焉者，則漢之司馬遷、唐之韓昌黎、宋之歐陽氏、蘇、曾氏，以至於我國初若劉中丞、宋承旨、方正學諸公，亦皆後先相望，足以自立於不朽之地。要其得之天而盡乎人者，類非淺近所可窺，所謂代不數人者，蓋已斷斷乎不誣，而天之意亦可識矣。於乎！若吾友西涯李先生者，固其人哉。先生靈識異禀，得之天者既若是其深，而好古問學盡乎人者又若是其至，於是出其緒餘，發而爲文，則根據六籍，泛濫百家，隨所欲言，無不如意，一時學者，翕然宗之。先生方且自視欿然，雖與人無競，而其中則固有不可奪者。故獨立之憎終不能勝同俗之悦，此其功雖未能遍於天下，而其德之所具亦已可見矣。若乃雕蟲末技，諧世取寵，而曰此立言之文，是猶以小廉曲謹，潔其名而謂之德，以詐力私知，幸其成而謂之功，顧亦侈然自附於不朽之地。孔子曰：「左丘明耻之，丘亦耻之。」於乎，獨先生也哉！

題蘇公九十慶壽詩後

事有不出於古而出於後世之不得不爲者，雖勢也，亦理之所在也。勢之至，而理在焉，亦烏得而止之哉？壽之在後世不得不慶，猶之善行不得不旌也。古者皇極既建，道化大同，比屋可封，雖欲旌之，孰從而旌之？人皆壽考，雖欲慶之，孰從而慶之？蓋喜與名，皆生於不足。不足於善，則善爲可名，可名則取而旌之也，亦宜矣。不足於壽，則壽爲可喜，可喜則舉而慶之也，亦豈過哉？然則亦烏得而止之哉？故史遷稱漢文時，六七十翁遨游嬉戲如小兒狀以爲極盛，蓋自春秋之戰争，戰國之分裂，以極於暴秦坑焚之禍，雖雞犬草木亦或不得其生，安有所謂壽考康寧者，宜遷之驟見而深喜之也。於乎！若彼者猶以極盛而深喜之，況夫駸駸上壽有如今之蘇公者，亦烏得而不慶之哉！吾用是又以見我國家太平全盛之極，生養休息之久，故其混厚淳固之氣，鍾而爲耆年盛福有如是者，雖旌爲人瑞可也，亦烏得而不慶之哉！公之子兵部主事章今爲松江同知，知公之子者，若體齋傅太常諸公，皆爲詩以慶。學士西涯李先生既序之矣，予不敢後，因推公之所以壽與壽之所以不可不慶者以歸之。若夫公之平生與同知君之賢，則諸作與序詩者備之矣，兹不贅。

讀使浙贈篇

弘治改元，冬官主事林君居魯，以例使浙，將有事于竹木之輸，一時名士若林秋官待用諸君子，皆贈君以詩，左方伯時翊題其卷曰《使浙贈篇》。予得而觀之，大抵皆道君初政獻納之忠，鮮有及使事者。於乎！是豈特舉其大者、精者，而其粗者、小者，顧不足道耶！無精粗、無小大，合内外本末而一之者，君子之學也。若乃高談有餘而實用不足，則世之君子，正小人所指以爲腐者而可乎？故君子爲己之學，雖錢穀甲兵皆吾之度内，有不可得而精粗者，不然，則固無以體其全而究其極，其流之弊，將必有爲坐忘爲頓悟，而吾儒有用之學爲虚言矣。故君之使浙，出其緒餘，往往用心會計、出納之間，下不得而欺，上不得而咎，視昔之言，殆亦庶乎其小試矣。而議者猶斷斷[一]不已，况其他哉？予故及其細而略其大，將以求免夫顧予敦之疑。若君之所謂問學、所謂氣節，則諸君之詩，所以咏歌而讚美之者至矣，予奚容以贅。

【校勘記】

［一］斷斷，底本及《净稿》正德本文卷三十均作「斷斷」，據文意改。

書六嬉圖後

右《六嬉圖辭》，予同年江南[一]參政盱眙[二]陳君德修之所作也。君初爲金華守，意有所不樂，將歸隱故山，因作此以寄興。噫！若君者所謂富貴不足以累其心者乎？彼登壟乞蟠[三]溺焉，而不知止者固不足道，世有以隱居自名而不免爲仕宦之捷徑者，其視君不知何如哉？然君又自謂君子進退必有中道，未敢輒棄去。是其心雖未嘗必於進，亦未嘗必於退。菟裘之營，蓋亦惟其時而已。予病且久，再涉仕途，欲退未可，讀君之詞，不能無歉然於中者，因書此以志愧，且以俟君於他日。

【校勘記】

[一] 南，《净稿》正德本文卷三十作「西」。

[二] 盱眙，底本及《净稿》諸本均作「盱昭」，當爲「盱眙」之誤。

[三] 蟠，《净稿》正德本文卷三十作「墦」。

跋定襄伯甘州送岳先生詩卷後

昔褚遂良、來濟同以言去國，既而遂良上表自祈，而濟拒突厥死庭州，曰：「吾罹罪幸不死，今當以身塞責。」君子壯之，謂其過遂良遠甚。噫！遂良且然，然則顛頓挫踣之餘，能不有感於馬少游平生之言者，幾何人哉！觀郭定襄在甘州送蒙泉岳先生詩可見矣，卒之，先生自館閣再出爲興化守，未幾，輒棄官南歸，而定襄尋登將壇，光榮終始，君子蓋預於是詩焉卜之。匏庵吴先生原博，得祭酒陳公所謄稿，俾予識其後。予謂今之世求詩家於將門，若定襄者，則固千百而十一也。匏庵置之《集古録》中，其亦有由然哉。

題楊氏庭闈倡和卷

《庭闈倡和卷》，古、律、絶詩、聯句凡五十八首，皆少宰楊[一]文懿公與其弟侍讀君所作，以遺其從昆弟應天府尹今廣西參政者也。聯句則公之從弟冬官主事惟德與公之子湖廣憲副志仁、秋官主事志道以及憲副之子美珩，皆在焉。自公而下，後先凡六人，不四十年，皆以進士高第至顯官，而其文章行業又皆駸駸趾美於公。噫！亦盛矣，予所及見者吾兩浙門第之盛，若商文毅公、姚文敏公，皆父子同朝而其兄弟群從之賢且衆，公實過之。於乎！豈偶然也哉！蓋我國家必世之仁精醇和粹之氣充溢兩間，而楊氏之興適際其盛，故公一倡之，而駢發遞見有如此者，不然，雖聖如堯舜，亦或不能盡得於父子兄弟之間，况其他哉？是卷參政君所藏，故其和章不復自見，然於此不獨見公一門遭遇之盛，而其離合悲歡之際，所謂人事之得失，世道之升降者，亦於是乎可考矣。然則參政君之寶之也，亦豈直區區之美觀也哉？

【校勘記】

［一］「少宰楊」以下至篇末底本缺，據《净稿》正德本文卷三十補。

桃溪類稿卷之五十五　雜著[一]

【校勘記】

［一］　此卷除最後《書〈赤城後集〉》《題李西涯詩草贈江生崇聚》二篇外，皆取自《赤城新志》小序，《赤城新志》小序共二十三篇，其先後順序是：《州邑沿革譜》《官守人物表》《風俗》《版籍》《水利》《學校》《公廨》《人物一》《人物二》《人物三》《人物四》《人物五》《官守一・郡官屬》《官守二・縣令》《官守三・教官》《官守四・縣屬官》《職役》《宫室》《祠墓》《典籍》《補遺》《考異》。

赤城新志小序[一]

【校勘記】

［一］　「新」字缺，據《赤城新志》補。

州邑疆域圖

古者繪畫之事，統于冬官，而春官、外史專掌書令。蓋非書無以記載，非畫無以彰施。故《易》有象，《禮》有圖，《詩》有畫，皆附經而行，而象形又爲六書之首。是畫固書之權輿，書所以濟畫之不足，此其可相有而不可相無也明矣。况夫山川有險易，疆域有廣狹，而州邑之建設其間者，不能以不異，非先假之圖而但載以志，則其形勢規模之所在，欲一覽而悉之，豈不誠難矣哉？此《周禮·職方氏》所以掌天下之地圖，而周公之卜洛亦必以圖獻也。作吾《台州邑疆域圖》，曰「府境」、曰「府城」、曰「府治」，皆總圖之於其首；曰「臨海」、曰「黄巖」、曰「天台」、曰「仙居」、曰「寧海」、曰「太平」，又各因其境界而分圖之，而各以其治所繫焉。庶幾觀者因圖考志，以見諸所紀載者，皆於是乎出。而圖之作，固自有不容於已者矣。

州邑沿革譜

州邑之建設，必因山川之形勢。然山川之形勢，亘古不易，而州邑之建設有時而更。則夫欲因建置沿革[一]之大略，以考其世故變更之所在，非錯縱其始終以爲之譜，而遽欲一覽以盡諸要，誠有所不易也。今即是以觀，吾台州邑之名皆沿自唐宋，無所更革，所增置者獨太平耳。其提封之境，亦與宋無異，雖太平割温樂清之下山，越嶠嶺跨大江以爲界，然亦視舊不能加十之一。唯我國朝攘夷滅元，盡復石晉之故地，北據燕、冀以爲京，則吾台比宋之封域，於是去京始益遠，蓋已無慮五千八百里，而其去南京亦且幾二千里，然朔南之暨，聲教訖於四海，則吾台之在幅隕中猶爲近服，而今之稱文獻上郡者，不得不歸之矣。

【校勘記】

［一］　底本「沿革」之下闕頁，據《赤城新志》補。

官守人物表[一]

古者史法主於編年，至司馬遷作《史記》，始易以紀傳，然國家世祚，人事歲月，散於紀傳者，先後始終遽難考見，此表之不可無，而編年不容於盡變也。志亦史也，而可無編年之表哉？《赤城舊志》始漢，至宋嘉定，幾千五六百年，《新志》始嘉定，以迄於今，又幾三百年。其事散於諸篇者，他未暇論，若官守人物，則實郡之所恃以重輕安危者，尤爲志之總要，非編年以表之，則其賢否盛衰之際，欲一覽而悉，胡可得哉？漢唐之世，文獻缺略，止爲世表。宋以後則爲年表，皆摭其已往之迹，各隨時世，取其彼善於此者著之。迹其所著，則其所不著者從可知矣。於乎！自吾台有郡以來，上下幾二千載，而官守人物之歷歷可數者，僅止於此，則夫臨莅是邦與凡生長其地者，可不知所念哉！作《官守人物表》。

【校勘記】

[一]　本篇底本缺頁，標題據目録，内容據《赤城新志》補。

風　俗[一]

《傳》曰：「百里不同風，千里不同俗。」蓋高山大川，風氣爲之限隔，民生其間，其習俗固不能以不異也。台雖揚州之域，然在甌越萬山中，而東原作「南」，誤。薄於海，漢唐以前猶號僻左，至宋南渡，密邇邦畿，治化聲教之所先被，大賢君子之所過化，於是風氣亦隨以變，而習俗之美，遂視昔倍蓰矣。況我聖祖用夏變夷，移風易俗之功上軼於宋，而台猶在近服，爲王化之所不後者乎！作《風俗志》，以見古今世道之升降，而非徒以土地之變遷盛衰爲也。

【校勘記】

〔一〕 本篇底本缺頁，標題據目録，内容據《赤城新志》補。

版籍

自井田之法廢而民無恒產，自争地之戰興而民不聊生。民不聊生而無恒產，於是而又展轉於版籍之弊，民之害其何時而已也！其版籍之所載者，莫重於户口〔一〕，莫急於田糧，而雜賦亦隨之以爲盈縮。是故以今之户口而論，則以衆多爲寡少，以見在爲逃亡，甚者至以絶户爲里甲而影射田糧，以官户爲寄莊而躲避徭役，其爲弊也可勝言哉！以今之田賦而論，則有力者以上田爲下，無力者以下田爲上，甚者至以官作民而盗賣，則産去税存而號爲缺額，以民易官而僞收，則田亡糧在而稱爲重糧，其爲弊也又可忍言哉！噫！有司者不此之務，而徒據見在之版籍以定賦税，又據見報之實徵以爲催科，民之害，其何時而已也！夫有司之於民，猶醫者之於病。緩則治其本，急則治其標，今民不特困於田賦，而雜賦之困尤甚，其爲病也急矣。苟以其本之不治，遂并其標而棄之，則吾民之病惟有死而已。於乎！本固無如之何矣！標之不治，至於坐視其死而不顧，其誰之責哉？

【校勘記】

［一］「莫重於户」之前文字底本闕，據《赤城新志》補。

水利

古者水利之修，所以節天時，資民用，亦裁成輔相之一端，此《河渠》之書，《溝洫》之志所不得而缺也。况吾郡地濱山海，易爲旱澇，在所尤急者乎？故所謂水利者，有塘、有碶、有圩岸、有埭、有閘、有陡門，皆所以時蓄洩而備旱澇也。歷歲既久，人情玩愒，不惟泥淤石泐，而富噬豪吞者亦有之矣。故舊志雖已載之，而其興廢修復之故，先後緩急之功，皆有司之所當知而預爲之備者，故又不得而略焉。

學校

學校，教化之地。地陋且廢，而欲教化之行，不可也。若乃視爲具文，而人材風俗無關焉。則亦名在實亡而已，奚可哉？此先王學校之設，固非盡恃以爲足，而考論治道之由，則又終不敢以爲緩。然則學校之興廢，亦烏得而不志哉？學必有廟，以祀先聖，則所謂「卿賢祠」、所謂「書院」者，亦不得不録，録以附之，亦以見教化所在，而不容不重之也。

公廨

重門繫柝，上棟下宇。古聖人之所不廢，况夫官府之司典法所在，而無所於居，奚可哉？此公廨之設所不可緩。而城郭壇壝，又郡邑所恃以立者，在有司尤爲急務。衙所雖非郡邑所屬，然地屬於我[一]，其官軍之所日食者，皆於我乎取給，而朝廷之所以設此者，亦凡以爲我民而已。則其所謂「公廨」者，又烏可以爲緩而不并志之哉？然所謂不可緩者，固不可失之敝陋，尤不可過於侈麗。失之敝陋，雖無以起觀瞻，然所以致民心之懾服而畏敬者，則不在此也。過於侈麗，則勞民傷財而爲衆怨之所聚矣，况得已不已而必於改作者乎？

【校勘記】

［一］底本無「地屬於我」四字，據《赤城新志》補。

人物一

三代以降，人才莫盛於宋。吾台之人材，尤莫盛於南宋。南宋至理、度之世，季世也，而耆儒碩輔之道德勳業以及節義文章之士，猶班班焉。嘉定以上，見於舊志者不復贅，寶慶以來，則具列於左。噫！自吾台一郡而觀，則天下之謂人材者，豈不從可知哉？

人物二

世降至元，聖人繼周之嘆所不能知也，而况其他哉？然而人材亦往往有出於其間，如吾台諸君子者，孟子所謂「用夏變夷，豪傑之士也」，亦烏得而不録哉？録之以識世變，亦以幸吾邦之未嘗乏人也。且其時科目廢置不常，而人材雜出他岐者爲多。今故特以其大者，隨世次略志之，而其餘不暇及焉。

人物三

國朝攘夷狄，復中夏，滅元以直接于宋，是天地之一大旋轉也。昔人謂「山既火而草木盛」，理固有然者矣。人才之在天下者，吾不敢知，若吾台之大儒君子，則曠前絶後，殆莫有過之者。《語》曰：「一夔足矣」。况不止此者哉！科目當世所貴，不得不次第列于其後，而特於其最者加詳焉。

人物四

國初科目未定，豪傑之士往往出於薦舉，而歲貢次之。曁其後也，科目日重，士皆争先競取，二途所存者，特其名耳。雖然，終不可得而廢也。故既揭其所謂豪傑者，置之科目之右，而復次第其位望之有足取者，别爲是録，於是而復有遺逸焉。蓋亦釐一世以爲心者，亦烏得而不録哉？

録吾耳目之所及者而詳之，若乃宋元之世，則固不得不略而概書以附之也。

人物五

古之人恒務乎實而不計其名，實未至而名加焉，則以爲耻，况肯求無實之名以自墮於小人之歸乎？孝義貞節，美名也，旌之表之，誠國家之令典。然君門萬里，民僞日滋，後世往往不能無求而得。不求而不得者，苟以其不求不得而并其實泯焉，則亦奚取於所謂「旌古勵俗」者哉？是用據實以書，庶幾來者萬一之勸。

典　籍

郡國所以顯名於天下後世者，文與獻也。獻，賢人，是志所謂人物之傑然者是已。文，典籍，又人物之所恃以傳者，亦烏得而不志之哉？我列聖御製諸書與凡六經、四子，頒自朝廷者，固已列之學官，無容贅矣。若乃先正諸賢之所述作，皆吾鄉之舊章，所謂「文獻之足徵」者。是用次第列之以備缺遺，俾來者得以考焉。

官守一

漢宣帝曰：「庶民所以安其田里而無愁嘆之聲者，政平訟理也。與我共此者，其惟良二千石乎？」是郡守之職，上與天子分理天下，而或不得其人焉，吾民將何恃以生？天下亦何自而理哉？宋雖季世，觀之吾台，猶往往不乏賢守。至有以權攝而死其土地者，若元則一以其族類爲之，而漢人、南人貳焉。於乎！吾民之生，蓋至是極矣。向非我聖祖一掃而正之，禍不有烈於被髮左衽者哉？録今之郡守與其貳以上及於宋，非獨爲吾台民嘆，亦以嘆天下之民，幸不幸，有如此也。

官守二

漢明帝曰：「郎官上應列宿，出宰百里，苟非其人，民受其殃。」是令視守，雖爲稍卑，而其權之足以殃民，則一也，況其地於民尤親而朝發夕應者乎？此令之賢否，誠不可不録。録之，匪徒見其職之重，抑亦示勸戒於將來，庶幾有留念於吾民者哉！

官守三

官以教名，教化所自出。閭師黨正，古先聖王所不敢輕，而況州邑之間哉？後世乃或視爲閑官，漫不加意，亦何怪乎爲之者之不知其難也？知其難，則不得不盡其職，職盡而人不之録焉，將必有任其責者。此學校之官雖不可勝録，録其賢者以示勸，固亦郡志之所不可缺也歟？

官守四

卑職冗員，世故有達官名流發迹假道于此者。況郡邑下位，皆親民之官，苟賢矣，亦烏得而不録？録之，匪徒示勸，亦以愧夫不仁而在高位者。

職役

自大夫士以至于府史、胥徒，在古皆有常職常役以食於公。食於公，以其有益家國天下，而吾民賴之以安也。曷嘗有侈然於職役之間，而反厲民以自養者哉？後世胥史，類皆賤役，不足責。苟所謂大夫士如今之守令者，皆能職思其居而不與之爲市，則彼固無自以竊其權而售其姦矣。吾民亦安有噭噭無告，若是其極者哉？作《職役志》以見朝廷設官分職之深意。昔之所後如彼，而今之取給者乃如此，庶幾有畏法循理而留念於吾民者也。

宫室

昔人以洛陽園苑之盛衰而卜天下之治亂，則夫宫室之於郡邑，固亦盛衰之候也，烏得而不志之哉？故斷自舊志，以迄于今。凡官府民庶之所建立，有關於政治風教與夫日用觀省之助者，皆據實以書。若乃高堂廣厦祇以爲妻妾之奉、子孫之謀者，在吾志固有所不暇也。由是而推，則其興作之當與否，亦略可見矣。若然，又寧止於郡邑盛衰之候而已哉？

祠墓

入其祠而凛然，則尸祝之；過其墓而凄然，則封築之；必其人生而有可重，故其没也不敢忘。若乃非鬼之諂，速朽之譏，固祠墓之恥也，亦烏足與論於此哉？用是，不敢妄著，著其可存者，則其不著者，從可知矣。

補遺

《補遺》，補舊志之遺而未備者。舊志不可易矣，而復補之何？補詳其所急者，略其所不急者。急者何？人物，郡邑所恃以重輕；官守，郡邑所恃以安危。非若其地泛泛不急之比。是其人於郡邑皆有功而不可忘者，則其志之，亦烏得而不詳哉？是用别爲是編，以附《新志》之末，以補其所未備，俾後之人得以考焉。

考異

《考異》，考其所以異，將以求其同以歸於一，以俟定論於後世，非敢執以爲是而竊議之也。昔朱子讀韓文而别爲《考異》十卷，温公修《通鑑》而自爲《考異》三十卷，蓋缺史慎言，固君子之所不廢。若乃矛盾以求其必勝，鑿枘以求其必合，則事雖公，而心已陷於私矣。夫奚可哉？

書赤城後集[一]

右《赤城後集》若干卷，實繼林氏而輯録者，故所録皆宋淳祐以後事。然録之《宋史》者，則又不止於此。蓋《宋史》作於元，而林氏不及見，故今不得不追録而附之也。是集凡以備《志》之缺而已，故但取其事之覈，而不盡求其文之工。文亦以類聚，而不以世次。或《志》略而此詳，或《志》無而此有，讀者惟隨《志》之世次而考之，庶有以見其實云。

【校勘記】

［一］底本目録原題作「書赤城後序」。

題李西涯詩草贈江生崇聚

余托交西涯先生今閣老李公幾四十年，講學論治之餘，凡燕游贈送，觸物感懷，往往於詩焉。發之□□句録《同聲集》，則大略具矣。其或他有所作而予不及預者，亦必手書以示，予則謹藏之不敢後，以爲是固交誼之一也。弘治丁巳，家居無事，乃取而彙次之。江生崇聚適以《圖志》事在予所，意若有所求而不以告者，因欲爲餘作小象。予曰：「予貌寢不足以煩子，獨吾叔父太守先生不及其存時而圖之，良可恨也。子能爲我追爲之乎？」遂取尺紙，按舊譜一寫而肖。予謂之曰：「昔人稱畫與書相通，蓋書之象形實畫之權輿，故古者圖與史未嘗不并傳也。生能畫，則其有所嗜於公之書也宜矣！書雖非公之極致，而今天下之號能知公者，未嘗不以此爲首稱。生能有見於此，其所至之妙，夫豈今之畫師所能測哉？」因取以歸諸生，而以蕭海釣、李白洲、莊定山者附焉。海釣名顯，今以福建按察僉事致仕；白洲名士實，今爲山東布政使；定山名昶，今爲南京吏部郎中。聯句中所註曰「瀞」者，今禮部侍郎傅公；次曰「瀞」者，今國子祭酒林公；曰「遷」

者，今閣老詹事學士謝公；曰「璚」者，今大理少卿陳公；曰「辰」曰「時用」者，今翰林待詔潘公；曰「希賢」者，故南京翰林學士吴公；曰「琰」者，故嘉興知府柳公；曰「庚」者，故太醫院判周公。題引所稱曰「仲律」者，提學憲副沈公鍾；曰「白沙」者，翰林檢討陳公獻章；曰「古直」者，布衣王公仁甫；曰「愧齋」者，故太常寺卿陳公音，皆一時之名能詩而往來於西涯者也。惟六合司訓金公魁，則予之懿親，亦以古直之書而附之。作者十有二人，凡爲詩三十一首。

桃溪類稿卷之五十六　雜著

跋悦親堂記後

悦親之道，孟子誠身之道盡之矣。昔固有啜菽飲水以爲歡，兩三牲之養，曾不足以爲孝者，亦在乎誠與不誠之間耳。彼之伏劍以成其子之功名者，固出入浙□之不幸，而絶裾以赴功名之會者，亦獨何心哉！□□焉方寸之亂，其猶有識於此心之誠者乎？永嘉□汪君進之，自記其所謂悦親堂者，恒歉然有不自滿足之心。蓋知求所以誠身之道者，充是心也。身苟不誠，而一有不得乎親，則雖視天下之歸己，猶草芥也。況肯急功名之會，以求所謂三牲之養者哉？不以舜之所以悦親者而悦其親，非吾黨所望於進之，亦非進之所以自望其身也。進之勉乎哉！

跋怡雲卷

雲無心也，無心則無情，無情則變幻起滅，杳無定迹，白衣蒼狗，特斯須間耳。故孔子以富貴爲浮雲，見其倘來如寄，而不可恃爲己有也。翁隱者，顧欲怡而悦之，以爲己有。何哉？若曰君子寓意於物，有托而逃，則淵明之於菊，弘景之於松，子猷之於竹，和靖之於梅，知無所不可，獨雲也哉？惟夫雲無心，而我亦無心；雲無情，而我亦無情，則物我兩忘。舉凡天下之物，皆不足以動之，而況浮雲之富貴也哉？蓋翁之所謂「怡雲」者，雖寓意於雲，而未嘗留意於雲；雖托雲以逊，而來始從雲以出。翁與雲，蓋誠所謂兩忘者也。兩忘，斯其悦而怡之也深矣，人孰得而知之，亦孰得而議之哉！請以是爲怡雲解，不識翁以爲何如？翁，予再從叔，予所同受業於貞肅公者，今方爲宗黨所倚平，而其壽已幾七十矣。

讀徐先生詩集

國初，科目未立，一時豪傑之士，往往率由薦舉以出。若吾邑宗茂徐公，以校官而入侍講筵。其伯兄宗實公，又以列卿而典司兵柄、文章、政事，至于今，人猶得而稱之。暨其後也，科目日重，士皆争先競取，薦舉之存者，特其具文故事而已。不惟科目之士有所不屑，而上之人所以待之者，亦甚輕矣。噫！安望士之所得，而有能彷彿若二公者哉？此無他，蓋自徵聘之途廢，勢不得不趨而爲薦舉；自薦舉之途私，勢不得不趨而爲科目，故曰天下勢而已矣。使二公而居今之世，勢必不能復趨於薦舉。而科目所謂豪傑之士，亦豈□故舍如二公者而他求哉？宗茂公之孫，世號學庵，生有志於世公之學者，嘗輯公詩爲若干卷，間以示予。予謂公詩國子學録張先生既序之矣，予何容喙□。懼人人不能知公，而以今之所謂薦舉者視公，因推其説以歸之。

書赤城新志後

右《赤城新志》二十三卷，實繼《篔窗舊志》而作，故所紀載，皆斷自嘉定十六年始，惟圖、譜、

表三卷則兼采舊志，以總要所在而不容以年斷也。《補遺》《考異》二卷，亦因舊志以作，而間及於今。初，六縣各以其志來上，無慮百數十卷，諸家又以其文與詩來者，數實倍之，而其執未已，堆案山積，衰病之餘，茫無下手。太守公乃命布衣余秋崖弘德、高南郭統檢閲参校，以相其役，遂開局於方巖書院，凡再歷寒暑而功始告成焉，副在書院而正本則上之府。於是太守公又方拜取舊志，鐫刻模印，相與并傳。於乎！吾台千數百年之文獻，於是乎不至於無徵矣。宋有青社齊公，今有海陵陳公，誠所謂莫爲之前，莫爲之後者矣。其有功於吾台也，不亦大哉！獨恨予詞蹇劣，言之無文，行之不遠，將復爲文獻之累。此則不能不深有望於後之君子耳。

書赤城志後

成化乙未，予始得是《志》於秘閣中，亟手録以出，於是故亞卿林公鶚、黄公孔昭皆從予本而翻録之。蓋是《志》作於宋嘉定中，至是幾三百年，其藏之民間者，已鮮克見，念欲因此閣本特存其舊以廣其傳，未能也。去年秋，太守陳公相以郡志屬予重修。因訪得東門周氏本，未幾，拙訥葉先生之孫定中亦以其家所藏者來告，蓋皆嘉定刻本也。嘉定後不十年，又有所謂《續志》《三志》者。《續志》雖存而其所載無大關涉，《三志》則并其本而亡之，故今祇取閣本参二家而較之，大抵二家者行款雖無甚異，而視閣本則又有不同矣。蓋其時所刊者各自有此三本，因得彼此互訂以從其是。太守公遂取而重刻之，與新志并行，於是一郡之因革顛末，皆可考而見也。噫！公於吾台之文獻，其用心不亦勤矣哉！

書赤城集後

是《集》亦成化乙未中録之秘閣者也。《集》之所載碑、銘、序、記等，雖不必盡出於台之人，而實有關於台之事，是故足以備志之缺遺而不可無者。第其間所載寺觀仙釋事頗詳，而舊志則已具矣。是用刊之與舊志並行，庶讀者得以參考互見而不覺其繁且複也。《集》舊凡二十卷，今更爲□卷。

題緦山游咏圖

右《緦山游咏圖》，追惟先叔父太守先生之意而作也。緦山在方巖之側，方巖實自天台雁蕩而來，所謂台雁東南第一山，委靈輸秀，至是而極者也。山有會緦庵，有方巖書院，有望海、仰高、采藻諸亭。成化中，先生蒙恩休致，敬所陳公儒珍、筠心郭公端朝，實相與游咏於此，而秋崖余公存敬，亦嘗往來其間。鐸時方謝病家居，實亦獲從杖屨之後。弘治改元，鐸以史事赴召，既而歸自南雍，而先生與諸公尚皆無恙。於是先生益相與樂之，春風秋月，蓋無往而不寄興於此，亦無往而不與諸公同也。一日，先生諗之諸公，將托之圖以爲子孫世講之資。未幾而先生没矣，先生既没而筠心繼之。予與敬所每一念此，未嘗不悵然於懷，而深以爲恨。今年秋，臨海章君機以圖志事，適在予所，而敬所、秋崖適至，因請追作此圖，而應黟縣茂修、夏進士德樹亦後先適至，二公皆以盛年壯志相繼乞休，謝病以歸，蓋有慕乎先生諸公之風者，因并圖之。昔曾南豐與歐陽公游，嘗言今同游之賓客未知公之難遇，後千百年有慕公之爲人，覽公之遺迹，思欲見之而不可得者，然後知公之難遇也。噫！若鐸者往來塵鞅，視先生已邈不可親，今睹兹圖，慨先生已永不可作，亦豈待千百年之久而後有不可得之嘆哉！特未知諸公之於先生亦果以爲難遇不也？雖然，向非海岳晏清、民物熙阜，吾徒雖欲占一丘一壑以游咏於青山白雲之下，其將能乎？然則予之得遇諸公，諸公之得遇先生，以相與游咏於此者，果誰之賜哉？是又不可以不知也。圖之首策杖而前者爲先生，其次爲敬所，其次爲筠心，其次則鐸，又其次則秋崖先生。敬所與鐸皆深衣，筠心、秋崖則道服，黟縣進士又皆今之冠服，蓋以其年未至，將有非兹山所得而容者也。合囊琴、挾册、行厨三青衣與嬉游二童子，凡十有二人。圖之前，有以書法寫景者，實永嘉黄大理蘊和所作，亦《緦山圖》也。

尊鄉録詳節引

《詳節》，節是録之所未節者，視節要而詳之，蓋以是録過於繁而節要失之略，故不得已而復爲是，非必别有所區别而復出之也。昔温公既爲《通鑑》，而自病其繁，因掇取精要之語以爲《目録》；既又病其太簡，乃復爲《舉要曆》，以適厥中。噫！蕞爾紀録，曷敢妄窺大賢之述作，惟夫褒多益寡，詳取而慎節之。在是録固有所不可得而已者，亦豈得而已之哉？舊録凡四十一卷，《節要》只[二]四卷，今别爲十：曰《儒林》、曰《文苑》、曰《宦業》、曰《科名》、曰《孝友》、曰《節義》、曰《隱逸》、曰《貞淑》、曰《僑寓》、曰《官守》，各以其類爲卷，卷各直書其名而不諱者，本《赤城志》，亦史法當然也。

【校勘記】

［一］只，《净稿》正德本文卷三十一作「止」。

書尊鄉録詳節後

昔人有言：考才於異代，自昔難之。噫！考之難，則其傳之也，自不容於不謹矣。吾台人材自史傳外舍《赤城志》無所與考，志實作於宋嘉定間，篔窗陳公所志者，自漢以迄五季，上下幾千數百年，仕者止十人，隱者止七人，至宋南渡乃始得而詳焉。於乎，其亦難矣！自嘉定以至於我國初僅二百年，遜志方先生幾欲蒐輯篔窗以來遺事爲《先達傳》，已不可易得，又况去先生百數十年之後，乃欲詳考而備録之，是不亦甚難矣哉！雖然，畏其難而一切置之，則後之千數百年，將益難於考而卒歸於無傳矣，奚可哉！鐸爲是懼，二十年前輒愚不自量，妄加采掇以爲是録，姑藏之篋笥以備檢閲，以致吾仰止之私而已，非敢以示諸人人也。弘治改元，王刑部存敬出守興化，念吾台文獻之缺，謂是録所存，實大義所繫，非可得而私者，乃不得已節其要爲四卷，俾刻之。今年春，偶閲興化所刻者，視舊録殆不能十之一，乃復《詳節》爲十卷，未成，適吾友故亞卿黄公世顯之季父彦良君，以延平司訓來别予，將之官，因取而視之，欣然曰：「吾延平去建寧不一日，建寧，書坊所在，吾請得而任之，以益廣興化之志，可乎？」既抵任，亟以書來趣予，且曰：「劉通守大本聞之，有耻獨爲君子之誚，願[一]相與樂成之。」予識二君，素慷慨好爲義舉者，乃不辭而舉以屬之，或者吾台之人將於是得有所觀感而興起焉，固亦閭師、黨正萬一之助，而二君與興化君之功，其亦不可誣也哉[二]。

【校勘記】

[一] 願，底本及《净稿》正德本文卷三十一作「顧」，據文意改。

[二] 浙江圖書館藏《文集》抄本「哉」字下有「弘治九年夏二月既望鐸再識於方書院」十六字。

讀畏齋存稿

秋官亞卿畏齋林公既没之二十有二年，其嗣子太學生薇[一]始克收拾公之遺稿，得詩若文凡三十四首，蓋所謂存十一於千百者也。公博學好古，聚書幾萬卷，與人言往往舉以成誦，其發而爲詩文者，殆不止此。况公爲柱史、爲牧守、爲憲府、爲方岳，而終以秋卿之佐，後先歷官幾三十年，所謂論諫、諭俗之篇，明刑弼教之謨，皆公所宜有也。而此一不之見，豈公之没，生方在髫齔，故散落至此？抑公之克舉其官，敭歷中外，將不在言語文字間耶？雖然，日月之明，容光可見，大海嘗鹹，一勺而已，亦何以多爲哉！生善寶之，後有識者，亦足以見公之平生矣。稿之首，先之以誥敕諭祭之文，而其末則以贈題[二]碑銘諸作繫焉，以見公之上結主知，下收士論有如此者。於乎！其善寶之，後有識者亦足以見公之平生矣。

【校勘記】

［一］ 薇，《凈稿》正德本文卷三十一作「薇」。

［二］ 題，《凈稿》正德本文卷三十一作「處」。

書聯句録題名後

右《題名》一如舊録，以得詩先後爲序，惟稱謂則易以官，而各以其仕之所終爲據，其未終者，則據今之所歷而稱之，在吾鄉者則遜而居後，吾叔父則又遜而居後，而詩之所録，則一以歲月而不敢以先後亂也。爲詩凡二百二十一首，總之爲七卷。首三卷，今閣老西涯李先生諸公與予在官時作；次二卷，予謝病時從叔父貞肅公與吾鄉大夫士所作；末二卷，則予以史事再起，西涯倡之而予和焉者也。凡予所同作與爲予而作者，後先無慮三四十人，自成化乙酉以迄于今，僅三十有四年，而零落無幾，雖其存者亦各天一方，邈不可即。衰病之餘，獨居無事，每一閲之，未嘗不悵然於中。蓋骨肉之情，交游之誼，契闊之懷，存没之念，大略皆於是乎在。俯仰疇昔，杳然［二］如夢，如之何其不悵然而感也耶！因具録之，將以諗之西涯諸公。而吾台郡守陳公篤好斯文，以爲是固韓孟之後所僅見者，不可不與後世共之，以見我朝今日詩道之中興，乃命金生某亟請以鋟諸梓。予不敢以予一人之不類，上累諸公，以沮郡守公之善意，因念首三卷，雖王丹徒公濟舊有刻本，而間亦有不同者，遂并舉以屬之。若乃聯句之義，則西涯之序備矣，予不容以贅。

【校勘記】

［一］然，《凈稿》正德本文卷三十一作「焉」。

讀杜詩注解

杜詩注至千家，則世之有慕於杜而爲之者，不爲不衆矣，然卒未聞有能盡得其平生之心者。於乎！作者之心，曷嘗不有[一]待於後世！文之道不得行，則因之以示教法，其次焉者，志不克售，亦托之以俟知己。故三百篇之删，必待晦翁之傳而後温柔敦厚之教明，《離騷》之賦，亦必待晦翁之注而後忘身殉國之志白。然則士生千載之下，而欲求作者之心於千載之上，不亦甚難矣乎！叔父太守先生既休致之十有八年，猶好學不倦，經史之餘，因取杜詩七言，長古若干首，芟釐舊注，以發其平生未盡之心，而曰杜子非詩人也。興化守王君存敬見而悦之，馳書謂予將鋟梓以傳。於乎！先生固杜子之知己，若王君者不亦先生之知己也哉！予不能詩，敬書於後，以俟世之知杜子與先生之心者。

【校勘記】

［一］不有，底本作「有不」，據《凈稿》正德本文卷三十一改。

讀行禮或問

禮之用大矣哉！天理以之節文，人道以之綱紀，德以之齊，志以之定。故曰：道德仁義，非禮不成。而孔子之教，亦必以禮[一]約之，乃可弗畔於道。禮之在人，固不可一日忘也。然欲禮之約而不先於博文，則講之不素，習之不熟，而其行之也，必不能以無失。况乎事物之變故無窮，而天下之義理相與無窮，苟非預有以處之，則纖悉委曲之際，其何以使之合宜應節而無遺也哉？此曾子所以有《問禮》之篇，而天下後世之所共賴以爲折衷者也。叔父太守先生博學好古而深於禮，方其在寶慶也，已嘗撮取冠、婚、喪、祭四禮大要，施之民間，相與講明而行之矣。未幾，乞身以歸，則以其施之民者行之於家而加詳焉。既又懼夫人人之不能無惑也，乃取經、傳、子、史之有關是禮者，旁考博采，訂以耳目之所見聞，隱以心思之所防慮，條分例釋，别爲《或問》以附四禮之後，而是編作焉。噫！禮之廢也久矣，後世雖好古之士，猶或病其難行，况夫窮鄉下邑，無師友之傳，無家庭之習，則是編之行也，亦豈少補也哉！

【校勘記】

[一] 以禮，《浄稿》正德本文卷三十一作「禮以」。

題松塢卷後

右《松塢卷》，序、記、詩、賦、贊若干首，作者凡若干人，遡自今歷正統己未，凡五更元朔，幾六十年矣。誦而讀之，以想見其人，若章恭毅之風節，劉文安之問學，李考功之静退，皆歷歷如前日事，是固斯卷之所恃以重者乎？抑予聞松塢公每讀史至奸臣賊子處，必掩卷唾駡乃已。於乎！

九原可作，又寧知公無於此而掩卷者乎？予生晚，不及識公，尚幸友公之孫故冬官侍郎世顯，因識公之季子今縣學生彦良。彦良以是卷示予，因題而歸之。觀者尚論其世，無徒曰黄氏子孫文獻之美觀也哉！

讀抑齋存稿

於乎！此吾友抑齋故福建按察僉事林君一中之所作也。一中以名進士，自秋官員外郎出爲按察僉事，後先幾二十年，所職皆刑獄，所事皆法律，參覈訊鞫之餘，而優游文墨乃爾，不亦甚難矣乎！荀卿有言：「藝之至者不兩能。倕工於弓而不能射，仲工於車而不能御。」故吏未必能儒則人以爲俗，儒未必能吏則人以爲腐。若吾一中得非以儒飾吏而兩能者乎？予無似，官以儒名，觀此不特爲吾一中愧，有愧於今之吏亦多矣。一中在官治行，故友黄亞卿世顯已取而表之墓，此其嗣子保昌之所輯録，詩歌、雜文凡若干首，蓋散逸而幸存者。於乎！行業文章，昔之人所恃以不朽者，一中蓋兼有之。一中於是乎不死矣，保昌其尚益寶之哉！

桃溪類稿卷之五十七　雜著

伊洛遺音引

予嘗讀伊洛諸書，見其精深奥博，茫無涯涘，因取其詩日讀之而涵泳焉，得百五十七首，萃而録之，曰《伊洛遺音》。或疑詩人有志者所不屑處，矧伊洛之道，顧於此而求之，不亦左乎？是不然，虞廷之賡歌，周室之進戒，古之所謂大聖大賢者，詩固在所不廢，伊洛之詩，亦豈外是以爲道哉！獨怪世之冒伊洛以爲名者，其發而爲詩，不曰太極則曰陰陽，不曰乾坤則曰道德，不曰鳶飛魚躍則曰雲影天光，往往以號於人，曰：此道學之詩也。是詩一出，遂使詩家者流指爲口實，以吾儒爲不識詩，有若顧子敦者乃欲與伊川讀《通典》十年。噫！不亦重可笑哉！昔者趙括徒能讀父書，而一將輒敗，霍去病不學古兵法而所向無敵，是則以道學爲詩者，固不足爲知詩，而以吾儒爲不識詩者，又寧知詩之所以爲詩哉？予生也晚，固未知伊洛之學，亦不敢自謂能知伊洛之詩者，姑録所見以俟。今年秋，吾友廣信太守王君良玉乃以書來索予詩，予詩豈足以示人而以浼吾良玉哉？因取是編以應，或者良玉刊之郡齋，與《淵源録》並行，以竊自附於三先生論事録之義，則亦豈非欲知伊洛之學者所願聞哉！

讀復庵存稿

曩予嘗續編《赤城詩集》，遡自永樂以迄於今，亡慮五六十人，而其卓然可傳者，則又不過數人而已。若復庵先生應公，蓋其一也。於乎！詩之傳，其亦甚難矣哉！先生之詩，温雅深粹，類其爲人，其視世之盤摺麄硬、務爲奇崛、頹墮潰爛而漫無精采者，大不侔矣。此稿實先生之子紀教諭君所編，合古、律、絶句凡若干首。予少時嘗聞先生《牧牛詞》《東湖紀興》諸作，往往膾炙人口，而今皆不復見，豈世之所謂大好者，乃先生之所大不得意耶？不然，先生自入仕以至歸老，後先幾四五十年，其感時觸物發而爲詩者何限，而何其存什一於千百，若是其寥寥也。先生詩學，遠有端緒。族祖梅魂詩，嘗爲虞邵庵諸公所稱賞。季父溪南翁，則又永嘉黄文簡公之所推重者也。先生雖蚤有譽於詩，及其再薦而起，未老而休，静退之操，蓋尤有先民長者之遺風焉。然則先生之所可傳者，又獨以其詩也哉！教諭君世篤家學，而益思所以光大於其後，應氏詩書之澤君子，於是乎知其不可涯矣。通守袁公，政治之暇，乃獨首訪先生之詩，將刻之以傳，亦有見於此，聞其風而興起者乎？先生名律，字志和，復庵其别號也，世爲台之黄巖人，正統中，以經明行修起家爲台州府學訓導，累官番陽[一]教諭，致仕以歸，幾二十年，年八十有四而卒，今祀鄉賢祠。

【校勘記】

［一］ 陽，《浄稿》正德本文卷三十二作「易」。

書緫山集後

初，是集之成也，先叔父太守先生輒圖鋟梓，以台乏良工，不得已，托之興化守王君存敬，存敬諾之，未果也。越三年，卒于官，乃從其家索之，得原稿以歸。又一年，適故人文公宗儒來守温，邀予爲雁山之游，間語及之。宗儒慨然曰：「此非一家所得而私，將天下之人快覩而效慕之者也。吾其終存敬之志，可乎？」予重違其意，遂舉以屬之，功未及半而宗儒亦卒。予因嘆夫因人成事之難，而兹山所遭之不幸往往有若是者，則亦既已矣。而宗儒之僚友通守黎君舜臣、永嘉令汪君進之，相與謀曰：「蘧伯玉耻獨爲君子，吾儕其可爲文公愧乎？」乃請爲畢功。二君亦嘗以斯文往來於予者，因舉〔一〕平陽尹楊君元范共成之。嗟夫！夫天下事創始固難，而終之爲尤難。此軍法之斷後，必得其人；而克成厥終者，所以有無窮之聞也。夫以一集之鋟梓，若無甚難者，然猶後先幾十年，歷二太守，卒賴諸君之力以抵〔二〕于成，則天下之事，其可以易而視之哉！惟夫不敢視以爲易，則凡所以維持而保守之者，必無所不用其極，然後天下之事其庶幾矣。予於是重有感焉，因書以志諸末簡，以無忘諸君之功，俾吾謝氏之子孫益知所重而寶藏之，庶兹集與兹山其相與無窮哉！

【校勘記】

〔一〕　舉，《净稿》正德本文卷三十二作「與」。

〔二〕　抵，《净稿》正德本文卷三十二作「底」。

桃溪雜稿編年譜小引

《編年譜》，譜吾《雜稿》之所存者，以見歲月之先後。歲月有先後，則世故有變更；世故有變更，則心之所感者不能以不異。感於心而發於言，則凡天下之憂樂，一身之休戚，皆於是乎見焉。故上自天道，下至人事，而皆以吾稿之目録繫之。於乎！吾無似，雖時有所感而亦不良於言，安敢望其成文有章以庶幾作者之域？然猶不忍悉棄而録之者，特以志吾履歷之歲月，以見遭逢之幸，俾吾子若孫百世之下有所徵而不敢忘焉耳。若曰敝帚千金，則吾之所曠缺，尤有大於是者，且不足以供古人之一笑，吾豈敢哉！吾豈敢哉！

弘治八年乙卯春三月二十六日，緦山病叟自志於貞則堂之少歇處。

讀孔子通紀

《孔子通紀》凡九卷。《前紀》二卷，推原其道統世裔之正。《正紀》三卷，叙述其出處言行之詳。《後紀》四卷，先之以歷代褒封祀典。次則及其及門弟子與夫後世從祀之賢，而終則以其宗子世襲者附焉。上自六經，下及子史，泛觀博取，參互考訂，凡有關於孔子者悉載入之，其用心亦勤矣！或者乃謂孔子之道，如天地之無不覆載，如日月之無不照臨，不惟群弟子不能遍觀而盡識，雖以顔子之賢，猶以仰鑽瞻忽爲嘆，況後世乎？殊不知天地雖無不覆載也，而法象度數，亦必待仰觀俯察而後見；日月雖無不照臨也，而盈虚餘閏，亦必待推步考驗而後知。況尚友之道，必論其世，奈何欲爲孔子之徒，願學其道而未能者，不於此而求，將奚從哉？此秋官主事潘君孔修《通紀》之所爲作也。雖然，生乎千數百載之下，而欲考論於千數百載之上，誠亦難矣。況孔子之道若是其盛，而欲擬諸其形容以究觀其平生之心迹，不亦甚難矣乎？是故[一]未易以言盡也。孔修博古好學，多所著述，予又嘗見其所輯《顔子》，蓋亦《通紀》之類云。

【校勘記】

[一] 故，《浄稿》正德本文卷三十二作「固」。

題張涿州墓誌銘後

公之卒，於是幾四十年，池陽守葉公之銘公墓，亦既三十年矣。公諸子皆先公卒，公之墓猶未有刻石。至是，公之季子尺始圖刻之，而以來告於予。予曰：「葉公之銘至矣。抑予聞之，公蓋翰林修撰静學王先生門下士也。先生在永樂初，以高風大節驚動一世，與遜志方公實相伯仲，至今聞其風者，猶頑廉懦立，而況於親炙之者乎？故公之在涿也，奏免廢税之征，民至今蒙其遺惠；力却歸橐之贈，民至今呼爲乾。張公之去涿也，年未七十則慨然勇於必退，家徒四壁則怡然不以爲憂，其於取予進退之不苟，有如此者。於乎！自取予[二]以至進退以極于生死之大，士之所以立身天地間者，惟此三事。公既有見於先生生死之大節，而肯苟焉以自處於取予、進退之間者哉？宜公之所立有如此者，俾拜書之，俾公之子刻之，以補墓銘之缺，以示吾台之士有罔利毒民以忘君者。」

【校勘記】

〔一〕 予，《净稿》浙江圖書館藏《文集》抄本作「與」。

讀大學衍義補

真西山《大學衍義序》既舉格物致知、誠意正心、修身齊家四者之要，而曰「四者之道得，則治國平天下在其中矣」。今《衍義補》謂其尚遺治平二條，而曰「不若成而全之爲盡善」。噫！善固善矣，如重復何？如曰謹理欲之分，即吾道異端王伯之辨，《衍義》所謂明道術者也；如曰防奸萌、炳治亂，即奸雄竊國、憸邪罔上，《衍義》所謂辨人材者也；如曰正綱紀、正百官，是又不過《衍義》所謂天理人倫，觀人知人之事；其曰固邦本，則《衍義》所謂察民情者足以該之矣；其曰崇教化、慎刑憲，則《衍義》所謂審治體者足以該之矣。若乃其所自著之目，則秩祭祀固明禮樂之類，馭夷狄又豈非嚴武備之類哉。凡若此者蓋皆欲逞其博，故於義大衍而自不知其贅以至於此。雖然，以此上獻九重，頗便檢閱，於治道亦未必無益，固亦類書之精者，但不合攙入《大學》條目中，視西山《衍義》則不免屋下架屋耳。

讀陳氏宗譜纂録

周子曰：「家難而天下易。」故君子之有志天下者，必自其家始，未有不先其難而能於其易者。吾友敬所陳先生儒珍，既不克以其學行之天下，乃退而修諸譜，以整屬其家而思有以齊之，因纂録近代《鄭氏家規》《袁氏世範》以爲之準。或疑齊家之道取諸孔孟之訓足矣，而何以是爲哉？噫！敬所學孔孟之學者，夫豈不知所重輕？而顧以此爲急，惟夫時之相近則慕之者切，而其感而從之也必易，故曰「假器莫便於比鄰，取法莫宜於近代」。此南人之言、孺子之歌，皆孔子[一]之所不棄也。予無似，深有愧於家之難，故終不敢持未成之學以試[二]諸天下，因讀敬所所纂録而重有感焉，遂書之以志吾愧。

【校勘記】

[一] 孔子，《净稿》正德本文卷三十二作「孔孟」。

[二] 試，浙江圖書館藏《文集》抄本作「施」。

題伊洛淵源續録後

昔宋太史公景濂有言：「自晦庵文公紹伊洛之正統，號爲世適，益衍而彰，傳道而授業者，幾遍大江之南，而台與婺爲特盛。」婺之學實始於何文定公基，基得之黄文肅公榦，榦則得於文公者也，文定公一傳而爲王文憲公柏，再傳而爲金仁山履祥，又再傳而爲許白雲謙。台之學實始於南康石公子重，子重介南湖杜公曄與其季方山公知仁以及訥齋趙公幾道，皆親登文公之門。由是二杜公一傳而爲丞相清獻公範，再傳而爲玉峰車公若水，玉峰則又締交於文憲王公，而壽雲黄公超然則又往來師友於其間者也。太史公又謂方公克勤之在吾台，其殆聞而知之者。然則希直公之親得於父子間者，亦可知矣。今是録於婺，止列何黄[一]二公，於台亦不敢輒列清獻、玉峰諸公者，竊亦自附於多聞之缺而慎言之耳。是録之成蓋久，惟藏之篋笥，時備檢閱，以致吾景仰之私而已，實未嘗敢妄出以視諸人人也。今年春，吾友廣信太守王君良玉書來讓予，以《尊鄉録》之刊，若獨有私於王興化存敬者，乃不得已，謹取而應之。良玉篤好古學，今其所守正鵝湖之地，是録之出，安知其無如昔賢之辨者，良玉其尚有以處之哉！

【校勘記】

[一] 黄，《净稿》正德本文卷三十二作「王」。

書祭禮儀注後

冠、婚、喪、祭，禮之大者，皆有家日用之常，所以綱紀人道之始，終不可一日而不修者也。然冠、婚、喪三禮，或越世逾年，皆因事而舉；非若祭禮，月必有薦，時必有享。而三者之禮，亦必待是而後行。此先生之《儀注》所以必先於此，以見其尤不可一日而缺焉者也。先生所註[二]有《行禮或問》，常遍舉三禮，而《家禮撮要》，亦并及之，嘗行於寶慶舊治，此蓋詳示一家之子弟，俾講習焉，以免於臨事之失云耳。文公有言：「凡祭，主於盡愛敬之誠而已。」貧則稱家之有無，疾則量筋力而行之，財力可及者自當如儀。於乎！後之有事於斯禮者，其尚因先生之《儀注》，以求盡夫文公之所謂誠敬者哉！

【校勘記】

［一］註，《净稿》正德本文卷三十二作「著」。

書逸老堂净稿後

右《逸老堂净稿》十有九卷，五七言古、律詩、絶句、聯句，凡三百八十首，雜文八十四首，皆叔父逸老先生所作。先生在庠序時，輒以能詩名，所作有《覆瓿稿》。暨入仕，在南都與凡往來于家而作者，謂之《金陵稿》。在寶慶與凡述職考績而作者，謂之《邵陵稿》。晚年致仕而作者，則又謂之《歸田稿》。《覆瓿稿》不幸爲胠篋者所得，今所録者止《金陵》《邵陵》《歸田》三稿，雖西涯李先生所取批點猶有存者，然亦不能無所放失，謹净録之爲《逸老堂净稿》，而以西涯之所倡和者附焉。録成，適吾友劉存衡先生之子大本爲建寧通守，聞之曰：「先生之作大抵皆關世教，蓋吾鄉之典刑，非謝氏所得而私也。吾將下建陽書坊刻之，與邦人共焉。且俾後之人知吾邦之有先生也。」於乎！通守君之用心，固天下後世之心也，又豈私於吾謝氏者哉！因識其後而歸之。

書重刊赤城詩集後

成化已亥，予與故亞卿黄公世顯輯吾台諸先正詩爲《赤城集》，今内閣西涯李先生嘗爲之序，既梓行矣。弘治丁巳，予致仕家居，重修郡志，因取而觀之，謂其有關於志也，而猶有所未備，乃更加采録，以爲《新集》。《舊集》六卷，起宋宣和至我朝永樂，詩凡若干首。《新集》十三卷，起唐會昌以迄于今，詩又凡若干首。越六年，壬戌，予赴召，復官國子，暇日偶閲二集，見其《新》《舊》參錯無序，且版刻大小不倫，因請于西涯先生點竄删定，合爲一集，凡爲卷一十有八，爲詩九百八十有五，作者凡百五十三人，雖所録不遺于近，而其存者不敢輒及，以蓋棺之論未定，而詩亦未備也。既成，先生復更舊序，俾重刻之，庶幾與郡志并行，而亦或以備吾台文獻萬一之缺。間有疑之者，曰：「《郡志》所載，據事實[一]書，以垂監戒，而詩之所取，徒以其詞，未必皆有德之言也，而顧有及於是，何哉？」予曰：「不然。詩者，人心之感物[二]而形於言之餘也，心之所感有邪正，則其言之所形不能無是非。今之爲詩，雖或不得皆如古者列國之風悉陳於上，以考其政治俗尚，以行其勸懲[三]黜陟之典，然學者即是以觀，善者師之而惡者改焉，則亦豈非勸懲之一助也哉？況言不以人廢，而葑菲并采，使後之人得以因言而考行，則所謂監戒者，蓋亦存乎其中矣。方今聖明在上，重熙累洽，禮樂百年而後興，固其時也，又寧知觀風之使不以此爲職，樂官之隸不再見於今，而大行其勸懲黜陟之典也哉！」姑摭見聞用存一方之詩以俟。《舊集》刻于故福建僉憲林公一中，兹將謀之亞卿之子、今文選郎中汝修屬其所親蔡汀州從善重刻之，汀州吾黨士，其樂善之心，僉憲公亦豈得而專美之哉？

【校勘記】

[一] 實，浙江圖書館藏《文集》抄本作「直」。

［二］《净稿》浙江圖書館藏《文集》抄本「感物」上有「所」字。

［三］懲，底本作「徵」，據文意改。

溪　戒

吾桃溪之溪二：一自方巖而下爲大溪，一自峻壁而下爲東門溪。東門溪視大溪不能十之五，其水伏流地中，人皆得而田之。弘治乙卯秋九月十有二日，午後忽大雨，居人漬靛其側，亟往取之，水暴至不及走，遂推蕩二人自東門至堋山死焉。於乎！瞿峽海洋，天下之至險也，而操舟者懼焉，故鮮至於覆。而溪壑平地，乃能溺人於死，是雖變起倉卒不暇爲計，使其人不愛靛而愛身，寧至是哉！此則禍生於所忽，而足爲貪得者之戒，其可畏也夫！其可悲也夫！

跋諸葛公傳

求三代人物而不可得，則求諸孔明。孔明，三代遺才，三國兩漢之人物，不足以擬。觀其於昭烈托孤受遺之際，皎然天地之心，直踐其言而無一毫之可議，是固周公輔成王之心。千載而下，惟周、程、張、朱有此心而無此事，是皆所謂行一不義、殺一不辜而得天下不爲者也。宗賢有志聖賢之學，故□□求孔明而得其心□□□□所謂無病呻吟者□□哉！曠百世而相感，其有見於斯乎！

跋王忠文公三哀詩草

士君子不幸而生季世，所有□□公而不罹於患難者，故在勝國至正中，達、李二公相繼皆死於盜，而蘇公亦以盜故而卒於軍。雖其所死有不同，要之皆可哀也。故忠文王公特爲三詩以哀之。抑孰知後十數年，公出逢真王正□運方興之初，而亦不免於殘韃之手，則又不可以時□論也。於乎！若是者，豈非所謂命哉？命之所遭，君子惟以義處，故卒能自致於不朽之地，雖死猶生。視彼幸而免老而不死者，蓋不啻霄壤矣！詩後所識「忠文之孫中書舍人汶」，予友也，賢而不壽。子方哀之未已，而學士吴先生原博乃出此三詩以視予，予謂忠文遭遇昌辰而不得其死，視三公固□□□，而中書君赴召而死於客，其命之薄不亦重可哀哉！後有讀者，當繼此卷爲五哀，或者君子不以爲過也。

書香山九老圖

樂天倡爲此會，至宋慕而爲之者屢矣。睢陽有五老，□□□□□蓋皆以齒爲生趣，適暮年一時□□□□耳。然其所以得傳於不朽者，豈徒以其齒哉？實亦惟其人焉耳矣。由今而觀，九老惟樂天，五老惟祁公，而耆英之會亦惟韓、潞、温三公而已。若其他，則未之聞焉。以一時之遭逢而得列之會，固亦不可不謂之幸也。子老且休矣，不知他日幸遇兹會而予得預之以不朽者，何人哉？偶得此圖，因書其詩與序以志□感。

讀元祐幸學詩

晦翁有言，元祐時有無限事合理會，諸公却盡日唱和而已。噫！若此幸學，詐者謂亦其一非邪？然辟雍之於雅，泮水之於頌，雖未嘗有所唱和，要皆咏歌，當若學校風化之盛，夫亦奚損哉！惟君臣上下之間，一意於此，以至玩物喪志，卒亡其國而不自覺，則大不可耳。大抵宋至元祐，如再實之木，其本易傷，况一變而爲紹聖，再變而爲崇宣，其所謂安危□留者，何聞君子有見於履霜之戒，寧不追咎作俑之始乎？此詩作於元祐七年，丞相吕大防倡之，應而和者七十有二人，祭酒豐稷與焉。未幾，稷以禮部尚書與大防等□罹黨籍而未遂以不競。至建炎中興，□□□□□□□□□□所爲叙其遺事，□齋咨焉者□成□百六十年，爲我明景泰庚午，葉文莊公盛始□□碑刻于開封府學，以遺清敏之裔孫方伯慶。又五十三年，爲弘治壬戌，方伯之子耘，今寧府教授，以其子翰林編修熙貴棄職就封，將翻刻之，與遺事并傳，□以視予。予讀之，不能不慨然於興亡之際，而重□□於君子之澤未艾也，回書以歸之。

讀春雨堂稿

予同年仕翰林者十有一人，蓋皆極天下一時之選，而陸静逸、彭東瀧、張滄洲與李西涯數公，則又其傑然而予之所心服者也。之數公者，要皆以奇偉之資、英邁之氣，而充之以問學之功。其聲華地望，實爲□内所景仰，若星鳳山斗然，夫豈得而易及之哉？予恒愧駑下不類，輒先以病自免。不幸東瀧、滄洲皆相繼殄瘁，静逸則晚益用心於内，而不屑以文人自居。今天子之在□官也，與西涯實相輔導。改元之初，行方柄用，而亦不幸，一旦溘然以殁。其所遭遇視東瀧、滄洲雖若稍勝，然未至今日所以慰滿天下之望如西涯公者也，豈不重可惜哉？昔人以衛青不敌爲天幸，李廣無功爲數奇，□□□□□廣固未□□□□也。謂廣爲數奇是矣，而謂青天幸可乎？蓋青之成功者，理之常；而廣之數奇者，理之不得其常者也。君子又烏可以成敗論人，而故伸此以抑彼哉！静逸之子中書舍人爰，間以其所謂《春雨堂稿》者視予，予讀而悲之。因爲是説，以志諸後。若乃其文與詩，則西涯序之詳矣，予不容以贅。

書十同年圖後

予同年天順甲申進士二百五十人，越五年，爲成化戊子，會於城西之普恩寺，凡百三十人。又六年癸巳，再會於故相李文達公之第，得九十有五人。又三年，六年，爲乙未，爲丁酉，亦皆有會。會雖數，而人則漸少。至壬寅之會，僅二十二人，而予已居憂謝病，不及預矣。又七年，爲弘治改元，乃有史事之召至，則諸公皆次第卿佐。予亦不久去爲南京國子祭酒，尋復得請致其事以歸。歸十有一年庚申，始復以今官赴召。時任位者，太子太保刑部尚書閔公、太子少保吏部尚書倪公、禮部尚書傅公、工部尚書魯公、都察院左都御使戴公、工部侍郎張公、今太子太保户部尚書兼謹身殿大學士李公、吏部侍郎焦公，暨予凡九人。未幾□□二公不世，而兵部尚書劉公、户部侍郎陳公繼至，復合爲九人。時南京户部尚書王公以復命來朝，閔公乃倡爲十同年會。會有圖，圖有詩，而李公實序之，所以模寫許與而期望之者至矣。諸公又謂予不可無一言以終之。予竊謂朋友者，五倫之一，自天子至於庶人，未有不須友以成者。同年聚海内之豪傑以爲友，友之最親而賢者，莫過於此。所以責善而輔仁者，亦莫大於此。豈徒誇冠裳，樂燕會，爲一時之觀美而已哉？今之稱同年之盛者，類必不能□吾甲申爲後。自予觀之，他科之所謂豪傑者，誠多□求其始終相好而不相猶者蓋鮮。嗟夫！朋友而至於相猶，則所謂責善輔仁者，固亦俟乎論矣。然世遠道教，亦豈獨朋友然哉？吾同年迹雖不能無親疏之别，而其心則未始有他。故雖予之蹇劣不類，□諸公所不棄焉者也。與王公同在南京，而兹會不及預者，有都察院右都御史安成張公，今刑部尚書三衢樊公。蓋四十年來，二百五十人中其在位者，不過十有二人而已，所謂亘絶九衢，而晨星落落者如此。回視疇昔，豈不重可念哉？是日詩之作，大抵率依予韵，□□因取其自爲韵□□爲一首以答之，而竊附□□□公□□□□三思既□望□鐸□□□□□□□廂□□□□□□□□□□□□□□□□□。

讀文公先生三札

文公此三札，所與宮使□脩者不著□□□□□知其爲誰？然皆以直秘閣入御，而首札□□提□□浙常平茶鹽公事，蓋孝宗淳熙八年辛□七月，公登直秘閣。八月，乃有兩浙之命。明年壬寅七月，公始至台，劾唐仲友，八月，遂改江西提刑，公力辭親命，無何。又明年癸巳正月，詔與公宮觀，豈此第二札所謂罪戾者？即仲友之命，當在壬寅之九月。第三札所□□來者，即宮觀之詔，當在癸巳之十二月，非邪？嗟夫！公在兩浙，極力荒政，以活一路之民，雖不免讒沮於群小之黨，與而不得盡行其道。然而，師友淵源，俄頃之化，未嘗不大有功於吾台也。蓋其表二徐之墓，而親以其學授之二杜、訥齋，以及清獻、玉峰諸先正，於□台人始知洛學。景濂宋公所謂「文公之學，幾遍大江之南，而台爲特盛」者，亦於是可窺其萬一矣。春坊□德蘄君充道，博雅好古士也，得此三札，珍哉□□以致高山仰止之思，間以視予，因敬題而歸之。

書郊祀詩卷後

曩予在翰林時，從西涯諸公後，凡郊祀齋次，必有聯句唱和之作。一時朋游之盛□□，以爲故事。暨予以憂謝病家居，不預者殆十年。至弘治改元，再入史館，而諸公亦以散處遼邈，無復□之人與矣。又十年，予以祭酒致仕赴召，則西涯已入內閣，而諸公亦既稍稍復集，於是郊齋之會，庶亦可尋，而予又連以病不及從。越二年癸亥，朝廷有改卜郊之命。仲春十有一日，始克從事，白洲因唱爲是作，西涯繼之，而匏庵、東湖、碧川三公亦□焉。蓋喜卜郊新命之既成，而數十年舊好之復合，雖予之□拙，亦自有不能已於情者。乃粹爲一卷，而白洲嘗□諸其首簡。夫天下事，得之不難，則其視之也輕；得之難也，則往往不足而喜幸之意生焉。蓋其皆郊齋之作，皆一時少年意氣，以爲可常得也。抑孰知時移歲改，而晨星落落乃爾。且予方歸老故山，繼是而欲□爲是會，而復得耶？此今日之作，不可不存，而無怪□。曩者之不復顧惜，而散落殆盡也。明年甲申夏六月二十有三日，鐸謹志於國學之□□□。

書家禮輯要

夫天下之治，教化爲大；教化之行，家禮爲先。是故天下者，一邑之積也；一邑者，又一家之積也。昔人有言，冠禮廢，天下無成人矣；婚禮廢，天下無家政矣；喪禮廢，天下遺其親矣；祭禮廢，天下忘其祖矣。凡此皆家禮之失，則教化衰；教化衰，則天下之偌壞。誠使爲治者能識其幾，先自家禮而謹之，將教化無不行，風俗無不美，而天下無難事矣。予讀《家禮輯要》而有感焉，回著其説，以爲有志於天下之治者勸。

書王古直傳後

予起廢之明年春正月九日，古直先生卒於予祭酒之新館。予卧病東厢，不能出，亟報同寅周先生朝振，命吾弟業治具。喪既畢，檢故篋，得今内閣大學士西涯李公舊所爲《古直傳》，因指而嘆曰：「是足以不死矣！」乃掇輯其所存詩，得六十三首，與凡諸公之所唱和贈處者，又四十九首，類而録之，爲四卷。適福建參政龐君元化見之，曰：「是固不可處遽泯没也！」遂取而刻之。於乎！若古直者，誠足以不死矣！其視世之，棼棼泯泯，而徒以富貴驕人者，何如哉！

桃溪類稿卷之五十八　雜著

李樞密像贊[一]

龍奮于淮，雲從而雨。奄忽九州，洗此腥土。有雲自西，雨以坎止。卑而弗流，如澤之涘。滀久而竑，澤施乃普。水氣上天，沛不可御。于嗟乎公，其視諸此。有欲考之，在公孫子。

【校勘記】

[一]　本篇底本漫漶，據《净稿》正德本文卷三十三補。

巖阿隱者贊 有序[一]

予少歇處有枯巖，巖之背有人焉，貌恭而雅，其外有蘭、有桂而下臨荷池，清絶可愛，日相與爲賓主不厭，酒酣之餘因取以贊之曰：

小山之桂，空谷之蘭。在巖之阿[二]，在水之干。有拱而立者，其幽人之坦坦，而俯萬物於一觀者耶！

【校勘記】

[一]　本篇底本漫漶，據《净稿》正德本文卷三十三補。

[二] 阿，此字底本依稀可辨，《净稿》正德本文卷三十三作「何」。

懲忿窒欲銘[一]

火燎原於星星而不可邇，水潰隄於涓涓而不可止。然則忿之熾而徒撲其焰，欲之流而不塞其源，幾何其不至於[二]忘身及親而沉溺以死也哉！

【校勘記】

[一] 本篇底本漫漶，據《净稿》正德本文卷三十三補。

[二] 於，《净稿》正德本無，底本可辨。

遷善改過銘

進方覆之簣，勢必底於成；仰既更之蝕，光曷損於明。然則欲自異於禽獸之幾希，以必造乎聖賢之極致[一]者，可不致力於不遠之復，而拳拳以服膺也哉！

【校勘記】

[一] 底本「聖賢之極致」以後文字缺，據《净稿》正德本文卷三十三補。

澄心齋銘[一]

水汩其源，厥流乃渾。性鑿於情，心曷以清。汩也澄之，鑿也凝之。不汩不鑿，惟聖其能之。

然則澄心有齋、而不敬以居，其何以爲作聖之階乎？

【校勘記】

[一] 底本此篇文字缺損，據《净稿》正德本文卷三十三補。

邃庵銘有序[一]

邃庵，南京太常楊先生應寧所自號也。應寧自少以奇童薦入翰林，既登甲科，歇歷中外，聲稱赫然。然其心恒不自足，曰此世之所謂功名，淺乎其爲業者也，盍深造而進之乎？因名其所居之庵曰邃庵，將自警以求極夫精微之蘊，而不愧乎聖賢之徒也。予老無似，每從吾友西涯先生，聞而有感焉，因爲之銘。銘曰：

聖域巍巍，其墻數仞。有堂有室，孰登孰闖。由也升堂，賜墻及肩。仰鑽瞻忽，如神如天。得其門者，惟顔氏子。深造自得，所見卓爾。希顔者誰，庵以邃名。望室而趨，維聖作程。居安資深，無替厥始。顔何人哉，希之則是。

【校勘記】

[一] 底本此篇文字缺損，據《净稿》正德本文三十三補。

旌義亭銘有序

弘治九年秋八月，樂清趙尚謙氏隨例輸穀三百以備賑濟，於是膺立石旌異之典，乃作亭以[一]侈之曰旌義之亭。亭成，介予故友鄭通判之子莔來請銘於予。予方未知所以應，適有難之者曰：「上之勸借以濟民，所以爲義。下之輸納以應上，亦所以爲義。義之行，惟在實惠而已。而立石以旌之，是教之好名也，奚可哉！」予曰：「不然。名者所以鼓舞斯世而奔走天下者也。故欲人之不戾教，則謂其教曰名教；欲人之不犯分，則謂其分曰名分；欲人之不失節，則謂其節曰名節；欲人之不背義，則謂其義曰名義。凡此皆所以鼓舞其趨向之心，使之奔走於善而不自知也。故君子爲己之學，莫先於去其好名之心；而帝王御臣之術，莫先於作其好名之氣。使其好名之氣，勃然而不可禦，則其向善之篤，爲善之力，皆將有不期然而然者矣。此成周之世旌白[一]淑慝，所以必表厥宅里而樹之風聲，獨今日然哉？獨一尚謙也哉？」尚謙宋宗室裔，與其子欽善皆嘗爲義官，至是按察僉事王君華屬其屬文通判志貴，戴知縣昀重加勸勞而復膺是典，是可謂爲義克終者矣，不宜使其名泯焉於無聞，乃不辭而爲之銘。銘曰：

什一而賦，同井而耕。維古之民，業有常生。三年之耕，一年之積。維古之民，廪有餘粟。嗟今之民，百無一備。一或告饑，惟天是視。天生富民，以助不足。富者之儲，貧者之食。民各自私，鮮克由義。不旌以名，曷其事事。名匪偶得，不足而生。民皆足焉，義曷以名。維是旌義，匪國恒典。一民之旌，萬民之勸。勸之以義，旌之以名。是惟弗爲，爲罔弗成。惟石不泐，惟石不朽。惟爾趙宗，百世其守。

【校勘記】

［一］底本自篇題至「乃作亭以」文字缺，據《净稿》正德本文卷三十三補。

[二] 白，《净稿》正德本文卷三十三作「别」。

焉用彼相説

甚矣！相之重而任之不可不得其人也。得其人則可扶顛，可以持危，可以托孤，可以寄命，而天下事事，非所憂矣。不然，任之重，適所以成其勢而爲篡竊之資，則又不若勢分力抗，一統於尊，庶幾不至於大壞極敝而卒莫之救也。是故孔明漢相也，卒輔後主抗曹操，以不負昭烈之托。曹操亦漢相也，卒弑母后逼天子，以盡奪漢家之業。自是而後，晉、宋、齊、梁、陳、隋之君，一皆祖操之故智而爲之，雖盧杞、李林甫之於唐，秦檜、賈似道之於宋，未必若彼其甚，而其誤君忘[一]國，則一也。噫！使爲相者而皆孔明其人，則天下安可一日而無相哉！惟夫三代而下，求若孔明者而不可得，故寧罷相不置，而散其拳於六部，此我聖祖所以爲億萬載深長之慮，軼漢唐宋而過之者也。家之於國，雖小大不同，而其理之與勢則一也。家之有宗子，猶國之有君，宗之有伯叔兄弟，猶君之有相。宗子不幸而孤弱，相得其人則外侮不至，而家道昌矣。不然，方且造謗起[二]釁，陽予陰奪，日見凌礫吞噬之不暇。雖有紀綱疏遠之親，彼將自詭以號於人曰：「此吾之家事耳。」亦孰得而禦之哉！吾於是又知「焉用彼相」之説不足以盡之矣。故相而不得其人，無寧事拳散處，綱紀畢張而名義素定，則雖植遺腹朝委裘而天下不亂矣。不幸而有若操者出乎其間，則所以禍人家國天下者，寧有已耶？噫！此操所以爲萬世之永鑒，我聖祖所以深有見於此而亟罷之也。

【校勘記】

［一］ 忘，《净稿》正德本文卷三十三作「之」。

［二］ 起，《净稿》正德本文卷三十三作「趣」。

爲貧説

爲貧，是爲後世之士不得已出此一路。宋之祠禄，蓋其類也。祠禄在宋，雖大賢君子亦或不聞，以爲非是，亦當時相習以爲當然，與委吏、乘田又不同矣。委吏、乘田皆有常職以食於上，固非祠禄比也。雖然，委吏、乘田亦獨孔子能之，今之人能爲其大而不安於其小，於是爲貧之名實俱廢，而奔趨之俗成矣。

我朝度越歷代五事

昔邵康節有言：「我朝五事，歷代所無：一，革命之日，市不易肆；二，克服天下，在即位後；三，未嘗殺一無罪；四，百年方四葉；五，百年無腹心患。」臣愚，亦謂我太祖皇帝遠過於宋者，亦有五事，固歷代之所無也：一，攘克夷狄以收復諸夏；二，肇基南服而統一天下；三，威加勝國而鋒刃不交；四，躬自創業而臨御最久；五，申明祖訓而家法最嚴。蓋自昔剪除暴亂以大定天下者有矣，未有攘克夷狄以收復諸夏者也；自昔崛起江左以偏伯一方者有矣，未有肇基南服以統一天下者也；自昔誅其君、篡其國以代其位者有矣，未有戰不交鋒、兵不血刃而遂有其國者也；自昔中興繼世者，在位享國之久則有之；未有創業之初，而臨御至於三紀者也；自昔創業垂統者，大綱衆目之舉則有之；未有家法之嚴，而垂訓至于諄復者也。於乎！若我聖祖之神功大業，可謂高出萬古而絶類離倫者矣，豈直遠過於宋而已哉！

豐年頌 有序[一]

皇帝御極之十年，歲則大熟於郊畿，郊畿之民闐郭溢郛以嬉以和，不知帝力之加，天之惠也。相臣有聞，喜動顔色，爰命史官，作爲歌頌。頌曰：

噫嘻豐年，振古則然。商有明德，降康自天。周德不爽，宜稼于田。噫嘻我皇，媲德殷周。昔惟於昭上帝，集此百休。我田翼翼，于帝之里。我黍我稷，亦既茂止。既盈我室，亦有高庾。昔惟不足，今不盡取。我食既贏，我有餘布。不逋于私，亦足其稅。農慶于野，婦嬉于室。惟此豐年，惟天子德。天子不居，曰民之力。一民弗獲，時予之責。山之東西，大江南北。予日有聞，惟予心惕。嗟我農夫，實勞我思。曰此豐年，曰惟郊圻。太倉紅腐，斗米三錢。我思古人，實惟豐年。一年之耕，三年之積。我思古人，民無菜色。普天之下，罔有内外。天亦有聞，均此大惠。嗟我農夫，弗戾于天。以禋以祀，如何豐年。明明天子，念此下民。處康而厲，憂切于勤。明明天子，不寶遠物。庶共惟正，曰惟豐年。我民之命，民其永懷。載歌以咏，惟天子明，惟天子聖。天子萬年，順德之應。載拜稽首，惟我民之慶。

【校勘記】

［一］有序，底本漫漶不清，據目録補。《净稿》文卷三十三缺。

方巖詰龍文

維成化二十二年，歲次丙午，五月乙巳朔，越二十有三日丁卯，翰林院侍講兼修國史經筵官、方巖病夫謝鐸，謹齋沐焚香再拜稽首，敢告於方巖大靈湫之龍之神。龍，神物也，變化不測，或潛或見，或躍而淵，或飛而天。龍之靈，固神矣哉！然其職則嘘雲以雨，分大造之權而用之，潤潤[一]萬物以大芘天下之民，固不輕而甚重也較然矣。故凡大旱必求龍以禱之，禱輒鮮或不應。吾鄉不雨，自去年十月始以至于今，而旱益熾。吾叔父太守先生躬率里人致禱于方巖之龍，既三日，龍應以雨，移時未告足，人皆以龍猶吝其施，必待民之懇求而後應。越三日，遂路拜以呼雨，猶未大足。鐸乃扶病蹶起，請龍而詰之曰：龍，神物無欲也，必待民之求而後應，不幾於有欲乎？有欲者，人得而玩之，龍何以爲神哉？雲雨皆天之氣，假龍以行天之心，固無時而不在生物也，龍得而尼之哉。尼之不職，非痴則懶，懶以癡，天且有罰，龍亦烏能偃蹇恣肆，以安享吾人之求哉！或者天以仁愛示戒，龍之職固宜上訴於天，俾責有所歸而罪不在民也，况敢竊天之權而弄之且脅之以侮吾民哉！吾竊謂龍不然也，無所控而求之益急不懈，特以盡吾民懇懇之誠耳。雖然，吾既病廢不職，不能上佐吾君之昭，假使旱不爲灾而又不能力疾以下從鄉人之禱，顧乃出位而思，喋喋於龍，以終徼大惠，不亦重可羞哉！逆耳之言，大懼未信。惟龍其采而察之。匪特吾一鄉之幸，實亦天下之大幸也。惟龍其采而察之。

【校勘記】

［一］潤潤，《净稿》正德本文卷三十三作「澤潤」。

祈雨投詞 六月二十八日 二首

伏以有一方之山川，必有一方之靈異。况夫神龍之所宅，得非民物之所依？是用投情，仰于淵聽。去年風，今年旱，荒歲相仍。舊穀没，新穀無，疲民曷賴？惟天以生物爲心，惟龍以代天爲職。斡回大化，寧吝一瓢之施；救拔遺黎，實惟九仞之德。邊天之望，又已切於雲霓；當鄉之寬，庶免填於溝壑。薦此微忱，伏祈冥鑒。

天用惟龍，實掌雲霓之柄；神功及物，莫先霖雨之施。維是深淵，潜而勿用。亦云久矣，適兹亢旱。起而大濟，詎不宜然。緬懷去歲之秋，禱即以應；敢曰今年之夏，求罔弗從。六事自陳，雖乏桑林之責；一誠所至，實同雲漢之憂。饑饉薦臻，顧民生之岌岌；煢獨無告，忍道路以皇皇。人窮而呼，正切來蘇之望；天高以聽，豈忘求莫之心。薦此微忱，仰祈淵鑒。

桃溪類稿卷之五十九　雜著

汝修字説

吾友冬官黃君[一]之子俌冠之日，文峰施先生弘本祝之如三加，禮既，醮予爲字。其名曰俌，俌[二]之言輔也，輔惟汝修之。曰：「汝修，何如？」文峰曰：「可。」冬官曰：「允爲可。請説焉。以成人之道責之，如温公所云者。」予惟命，起命之曰：「汝修今以始，將責汝爲人子曰孝；惟汝修，責汝爲人弟曰悌；惟汝修，責汝爲人臣曰忠；惟汝修，責汝爲人少者曰恭、曰孫。惟汝修，是惟弗輔。以輔于家，世德乃長，以輔于邦，治以永昌。汝修之哉，惟邦家之光。」俌再拜曰：「某不敏，敢不惟夙夜是圖，終惟不棄，幸視某以所從入，以不負於教，可乎？」予曰：「《傳》有之：蹞步不休，跛鼈千里，一進一退，一左一右，六驥不致。人之才質豈若是縣也。汝修之哉，今以始見善，修然必以自存也；見不善，愀然必以自省也；善在身，介然必以自好也；不善在身，菑然必以自惡也。乃若區區焉文藝是工，置心榮達，曰汝修，或未也！予固未知所以修，而固亦以自儆，有志者則固曰不以人廢言，抑亦而父之意哉，其毋忽汝修。」

【校勘記】

[一] 冬官黃君，《净稿》臨海博物館抄本作「黃君冬官」。

〔二〕 俌，底本及《浄稿》正德本文卷二十八無。按：「某之言某」是爲一般文字格式。

秋林説

天地之氣，莫清於秋。蓋蒸鬱煩酷之餘，而沍凝栗烈乘之於其後，不燠不寒。秋之清猶春之和也。清與和，天地之中氣，然及其至而著於物也，則生意退斂，林木改色，榮者瘁，瘁者萎，而萎者稅矣，其爲肅殺之氣如利刀、如芒箭，森不可禦，故先王於是始用行戮以征不義，順天時也。夫然，則天地之氣莫清於秋，亦莫憯於秋，秋奚取於憯哉？蓋天下之物未有無對者，有舒則有慘，有春則有秋，有晝則有夜，有陽則有陰，消長翕闢之機理，固然也。君子究觀於此，而動静進退之道得矣。故天有四時，而其實則夏者春之極，極則爲秋；冬者秋之極，極則爲春。春而夏也，所以生長乎萬物；秋而冬也，所以收藏乎萬物。然不收藏於其終，則其生長也，亦孰得而始之哉？不消則無以爲長，不翕則無以爲闢，是故生長也者，其静而動、退而進之時乎？收藏也者，其動而静、進而退之時乎？進而静，退而動，其《易》所謂往來屈伸，以致用崇德之時乎？故曰清與和，天地之中氣，秋之清猶春之和也。無錫楊孟賢以秋林自號，因考功副郎陳君朝用問其説於予：孟賢，隱者也，隱者之心静以清，其所趣而樂之者，將專在此而不在彼乎？然得吾説而廣之，將退修其德以不爲無用之隱乎？而其所謂秋林者，將不徒流連玩弄於景物間乎？何獨孟賢，而吾與朝用亦將有感於仕止久速之義乎？朝用曰：「然。」推吾義作《秋林》説以詒之。

羅生惟容字說

吾友明仲羅先生之子鎣年十七，將筮日以冠，明仲戒賓於余，余辭未習，以讓于蒙庵林先生。先生好古而有禮者，衆亦曰惟蒙庵之宜。明仲乃夙告於蒙庵曰：「庶言僉同，惟是蓍筮弗過，先生其無讓余哉？」既八月十有六日，蒙庵爲之賓，酌古今用三加之服，則改席以醮冠者，而字之曰「惟容」已。乃言曰：「《禮》，冠爲始，冠則字之，以敬其名，重成人也。《傳》曰：『成人在始與善。』善莫大於能容，鎣字惟容如何？」明仲曰：「鎣性近剛，剛則妨於容，容所以濟也，先生真名言哉！」乃請余繹其義以告。余念既讓賓位，宜有以相蒙庵者，不得以不能辭，則從而釋之曰：「鎣，器類。器以容受爲職，曰惟容，先生其以器望鎣哉？然極器之大而至于萬斛，其所受亦有限，惟夫江海之量不可以器名其容而受之也，合百川衆流，亘古今而不見其有餘不足，故曰『君子不器』。然則自器以至於不器，自有容以至於無所不容，固先生之意哉？雖然曾子論任重道遠，必曰『士不可以不弘毅』。毅剛、弘容當兼有也，苟以鎣之性嫌於剛，而惟容之從其弊之極，必至於同波逐流而後已。故曰『矯枉過直，美惡同則』。剛固未可小也，吾獨懼夫鎣之所謂剛者爲猛、爲隘、爲强戾，則不徒濟之，必痛絶之，不使一或留於身心之間而後可。不然，其爲害也，又豈直不能容而已哉！斯理也，蓋二先生所嘗究心者，余特其餘論耳。鎣勉之哉，以無負於賓、於而父之教。不則，今日冠禮之舉，亦將爲虚文矣，況余言也哉！」余言不足信，因取以就正于二先生者而自警焉，作《惟容字說》以歸之。

艾齋説

吾友文選黄君之子汝修既舉于鄉，以病弗及預春官之試，乃以例將歸自太學，濱行來告於予，曰：「某無似，實亦以科舉之學自累，罔克有所聞知，乃今悼前之爲，深欲斬絶自新，以大有所創艾，僭自扁其讀書之齋曰艾齋，惟先生幸賜之教，某將奉以終身焉。」予感然曰：「嗟乎！此予與而父之所痛恨於平生而未之能也，而何以爲子告哉！」蓋天下之懦者莫如予，雖於子之所謂艾者，時亦有所萌動，而終未能奮然自力以相從於大人君子之域。此予之所甚愧且懼者也，而何以爲子告哉？抑予嘗聞之矣，《易》曰：「不遠復[一]，無祇悔。」夫失之不遠，而復不至於悔，非至剛者不能。故又曰：「晉其角，惟用伐邑，厲吉，無咎。」蓋言人之自言，雖傷於剛且厲，而亦吉且無咎也。然則敗天下之事者莫如懦。剛者，其治懦之具，而艾之機要乎？昔周處在州里，比蛟、虎爲三[二]害，處一旦改行，射蛟搏虎而殺之，遂卒以忠烈名天下。噫！彼徒以勇力痛自創艾，猶不失爲後世之所鄉慕，况一變至道而力以吾儒之學自處者乎？雖然，此未易言也，程純公獵心之克至于十有二年之久，而猶不覺其或發，然則艾之云者，又烏可以言語求哉！如以言，則雖如前之所謂《易》者，亦古人之糟粕[三]耳，又况予以無實之言加之哉？子歸而求之，必真知周之所以易、純公之所以難，不沮不怠，勇往力行，剛執弗措，則子之所謂艾者其庶幾乎？趨庭之訓當必有先予者，姑以是作《艾齋説》以俟子於他日，而因亦自驚焉。

【校勘記】

[一] 復，底本及《浄稿》正德本文卷二十八均作「服」，據《浄稿》浙江圖書館藏《文集》抄本改。

[二] 三，底本作「二」，據《浄稿》正德本文卷二十八改。

[三] 粕，《浄稿》正德本文卷二十八作「魄」。

續後正統論

甚矣，《春秋》之於夷狄立法之嚴也！荆楚嘗稱王矣，一淪于[一]夷，必屢斥之，曰「人」曰「子」。管仲嘗忘君矣，一攘夫夷，則亟稱之，曰「如其仁，如其仁」。然則聖人之意可識矣。蓋夷狄，寇賊也，禽獸也。故舜命皋陶以刑蠻夷必與寇賊并，孟子稱周公之膺戎狄必與猛獸并，固未嘗以人類數也。不可以人類數，而偃然以中國之君長歸之，曰是帝王之正統也，可乎？不可乎？故曰：有天下而不可比於正統者，篡臣也、賊后也、夷狄也。抑嘗求之漢矣，惠帝崩，國統絶，吕后統有天下八年矣，未嘗猶有遺嫡，如武曌之於周。平帝崩，國統絶，新莽統有天下十有四年矣，未嘗猶有分地，如曹瞞之於魏。《綱目》於此必正色書之，不使其紀年統緒少異於彼，孰謂篡臣如莽、賊后如吕不可爲統？而夷狄如元獨可以爲統乎？《綱目》之於《春秋》，師其意而不師其詞，《綱目》之書固《春秋》意也。《春秋》聞有以妾爲妻者矣，未聞擅有其國如吕雉者，聖人亦必謹書之曰：「歸仲子之賵」；聞有以臣逐君者矣，未聞據有其位如賊莽者，聖人亦必謹書之曰：「公在乾侯」。然則在《春秋》而有若彼其甚者，吾聖人將赦之而不書乎？即是以推，使苻秦元魏之統有天下不異於元，則《綱目》所以處之者，亦必不異於吕與莽矣。故曰，有天下而不可比於正統者，篡臣也、賊后也、夷狄也。此《綱目》之意，《春秋》之法，先正君子之所不敢赦而後焉者也。若曰「能言距楊墨者，聖人之徒」，則吾豈敢？成化丙午六月望前二日，謹書于方石山房之少歇處。

【校勘記】

［一］于，《净稿》正德本文卷二十八作「幹」。

科舉私説

周子曰：「天下勢而已矣。」勢之至，雖聖人亦莫如之何，故忠由而質，由質而文。聖人非不知忠質之爲貴，及其至也，亦不得而不文。然文勝而至於滅［一］質，則其本亡矣，於此而不有以回幹［二］之，通變之，以不失乎先王之意，奚可哉？蓋自先王之政廢而民無恒產，民無恒產則無恒心，無恒心則毀譽之口不勝其愛惡之私，於是鄉舉里選之法，不得不變而爲後世科舉之制，此勢也，非得已而爲之者也。善因其勢者謂之隨時，於是而回幹［三］通變之，而先王之意存焉。是故今之科舉，罷詩賦而先之經義，以觀其窮理之學，則其本立矣。次制詔論判而終之以策，以觀其經世之學，則其用見矣。窮理以立其本，經世以見諸用，是雖科舉之學，苟於此而盡心焉，則古之所謂德行、道藝之教，蓋亦不出諸此；而其所以成人材、厚風俗、濟世務而興太平也，亦豈有不及於古之嘆哉？然考其歸，則所謂窮理、所謂經世者，恒浮談冗説，修之無益於身心，措之無益於國家。甚者，口夷齊而心蹻跖，名伊周而迹斯鞅，遂使科舉之學，悉爲無用之虚文。暨其得而棄之也，顧乃以吏爲師，以律爲治，視其昔之所謂者，曾筌蹄芻狗之不若。噫！是豈朝廷立法之意端使然哉！歐陽子曰：「三代而上，治出於一，而禮樂達於天下。三代而下，治出於二，而禮樂爲虚名。」然則文與道離，而欲據一日之文，以盡收天下有道之士，不亦甚難矣乎？雖然，静言而庸違者有矣，未有不深於道而文能至焉者。此又科舉立法之深意，而今之豪傑亦未必不由之以出，是其所謂回斡通變之機，以不失先王之意者乎？不然，一舉而紛更之，吾固未知所以善其後，故曰：「已日乃革，無咎。」鐸不佞，敢私贅其説如右，以爲天下有志告，庶識其勢之所在而亟反之。於乎！獨科舉也哉！

【校勘記】

［一］滅，《浄稿》浙江圖書館藏《文集》抄本作「減」。

［二］［三］斡，《浄稿》正德本文卷二十八誤作「幹」。

叙録王城先生詩後

成化七年辛卯秋九月某日，鐸叔父王城先生卒於杭，訃達於京師。鐸南望踊哭，既而黄吏部世顯來會哭。明日，吾鄉大夫士來吊。又明日，大夫士知先生于鐸于吏部者皆來吊。又明日，吏部與予謀所以塞哀者不得，從故篋得先生諸嘗往來詩四十九篇，去年録自家者九十五篇，又二十七篇則東廣鄺尹載道所得也，總之佰六十九篇，爲三卷，以告于太史氏賓之李先生。先生曰：「悲哉，窮也！此可以知其人矣，獨詩人哉？非其詩固莫可與傳者。」乃遂爲之序，鐸再拜泣以爲質，而以徵銘于蒙泉先生岳公。公曰：「不誣，其可傳也哉！」於乎！先生之行、之材、之學，鬱不得施者，餘二十年。而其在家庭、在鄉黨、在朋友、在師弟子者，可信也，詩則一端耳。予初録是詩以藏也，謂以念睽離代教益，而豈知其至今日，而天下大夫士之知先生者止是哉！於乎！先生所立以不朽者，止是哉？鐸尚忍讀先生之詩耶？太守、叔父先生伯兄，皆鐸之所從以受業者也，命鐸叙所以録先生之詩者，遂泣而志諸其末。先生之詩多不存稿，此蓋其十一云。

題交游別録後

右《交游別録》詩七十四首，皆予與黄君世顯所嘗往復於今僉憲林君一中者，因録以贈林君之行。世顯既序諸其首，復俾予繼其所欲言者。於乎！予三人者之交，蹤迹之相忘，誼分之相合，施之不爲恩，逆之不爲忤，近之不爲親，遠之不爲疏，日告之不自以爲忠，日規之不見其爲數，凡若是者，言可得而盡耶！然而一或相遠，雖骨肉至親，未有不假言以通意者。一中之行遠，自今日詩之録，固自有不容已者，而其所以言，則固不在詩也。昔柳子厚願與其友劉夢得易播，昌黎韓子亟稱道之，以誇詡後世。噫！是特有感於里巷市井之交，亦何足多哉！所貴乎君子之交者，道誼素定，不爲子厚、夢得之黨，以自取禍敗，則其他蓋餘事耳。不然，雖身殉其友若田光、荆

�者，亦何足多哉！吾儕幸遭際盛平，無所示見，誠使他日一有愧乎其言，則文如子厚，亦無所與賴，而況吾之所謂詩者哉！始予與世顯爲布衣之交，若儒珍陳君者，蓋十人詩，特於一中往復者得在録，然亦散落，僅存什一，要皆一時漫興之作，意之所至，不復更易以著其實，工拙蓋未暇論也。

讀勿齋稿

鄉先正方伯陳公有遺稿曰《勿齋稿》，凡幾卷，合五七言絶、古律詩若干首，序、記、雜文又若干首。公没之二十有三年，予始從公之子憲副君士賢得而讀之，其詞直，其義明，其志遠，類非當世區區雕畫爲詞章者。既又讀公傳，見公在盱吉閩蜀之間，爲良令尹、爲名御史、爲賢方伯，歷歷如前日事，予益信公非徒能言者。於乎！世復有斯人哉！鐸少時側聞臨海有檢討陳先生者，以經學訓諸生，往往至顯官，獨公清操雅望，不愧其師，以不負其所學。没之日，垣屋蕭然，無尺土之增以遺其子孫[一]，以至於憲副君卓然名節，自奮以能有今日。於乎！斯其爲公而所立有如此者！然即此而觀，公爲令牧民，當有諭俗之文；爲御史諫官，當有論諫之文；爲方伯平寇亂，當有檄、有露布之文。而所存止此，則此蓋非公之全稿。抑此稿與此傳互見，不然，將公之爲政，不在言語文詞間耶？鐸生晚，不及拜公，尚及友公之子，竊名世德之末，有榮耀焉。謹書其後，當有求而得公之心者。

【校勘記】

[一] 子孫，《浄稿》正德本文卷二十八作「孫子」。

王尚德哀辭

始予弱冠時，在景泰癸酉間，已聞臨海有王經魁崇尚德者，予願見之。既三年，始識尚德于赤城道中。又三年，復于杭見尚德，温然可親也，心益愛慕之。又明年，予與尚德俱有事于春官，始內交焉，然猶未之知也。已而予下第南歸，尚德留太學。又三年，始同舉進士，得朝夕相與處，以相切磋，期克舉于厥官。又二年，尚德以秋官主事奔父喪歸。又四年，予歸省，尚德方起復，自赤城而來，相遇握手，出肺肝，道契闊。曰：「吾之母老矣，吾仕未有以報吾君，吾進退無所據，留吾妻以備養，吾獨行矣。」視其色，望望然若有失，傫然若不勝衣，乃呼酒强與飲之，蓋尚德酒肉不舉者，三年矣。既二日，予別尚德歸，而尚德亦遂北行，且期不久見。尚德以益相砥礪，以圖有所逮[一]立，以不負于平生之言。已乃有傳尚德拜武選之命者。未幾，而尚德之訃至矣。始而驚，既而疑，既而屢問，而屢得其真。於乎！吾尚德而止是矣！乃大慟失聲，廢寢食者凡幾日。里之人無賢不肖識不識，道尚德輒嗟悼之形於色。既而又聞尚德瀕死，有遺草弗及上。於乎惜哉！孝義人也！天何奪吾良友之速也耶！予時復將之官，謂當拜尚德之柩於京師，於道路之側，以致吾哀，以罄吾情，以盡吾送死之義。詎其風波江海，生死不相及，竟抱吾無窮之痛，以至於斯邪！尚德之行與事，莆田彭郎中鳳儀既銘之墓矣，予何言哉！吾洩吾哀，作哀辭[二]以告諸尚德。于嗟乎！尚德已矣！吾將舍子，其誰與同！吾既博觀於今之朋兮，咸往來而憧憧。哀吾生之特拙兮，復寡與而無所從。求什一於千百兮，恒庶幾乎吾子者之不可逢。子心閒閒兮，豈絶俗之高踪？子心棘棘兮，孰阿世而苟容？信所存之不愧兮，亦何必究其用于始終，均死生之一夢兮，又何榮辱之與窮通。獨哀夫斯人之不可得兮，俯九原而叫蒼穹。繄予之哀兮，實切予衷。于嗟乎！尚德已矣！吾將舍子，其誰與同！

【校勘記】

［一］　逮，《净稿》臨海博物館藏抄本作「建」。

［二］　辭，《净稿》正德本文卷十九作「詞」。

桃溪類稿卷之六十　祭文

奉貞肅公入祀方巖書院祝文

惟公學該六經而最深者《禮》，文涉百氏而尤長於《詩》。始雖隨世以就功名，終實與道而爲進退。清風高節，起懦激貪，是誠邦國之蓍龜，豈但宗祊之柱石。典刑斯在，文獻足徵。鄉賢有祠，蓋没祭於社之義；書院載祀，乃弟子尊師之誠。一郡之物論既公，一家之輿情敢後？惟兹院實因墓庵而立，則歲祀當從墓祭，以行奉祠之初，禮宜昭告，公神不爽，其永鑒之。尚饗！

奉道三府君祧主入會總庵祝文

古者制禮，祀止四代。四代之上，主在必祧。祧以夾室，諸侯以上，始得爲之。今大夫士皆無世官，廟且不敢立，安得上比諸侯而復爲夾室之制？故朱子謂大宗之家，始祖親盡，則藏其主於墓所，歲率宗人一祭之，此酌古準今不易之定論也。今墓必[一]有祭，祭必以庵，則庵以藏祧，義視夾室，於禮爲近。於乎！心雖無窮，分則有限，擴有限之制以爲無窮之思，此我先公編修府君與叔父太守先生所以創立是庵之深意也！鐸雖不肖，其敢不承仰？惟道三府君，實惟我桃溪始祖孝子府君之所自出，而安人陳氏實葬於此，則府君之靈，亦必於此焉依。今四世親盡，是宜祧主同奉于此，以申歲時墓祭之誠，以永繫我子孫百世追遠之念。此禮以義起，實本於天理人心之所不容自已者也。祧主既遷，不勝感愴。謹以果酒，用伸虔告。尚饗！

【校勘記】

［一］必，《净稿》正德本文卷二十作「既」。

祭金六合文

於乎！維我與公早托姻盟，晚參交籍，既往來於仕途，遂盤旋于鄉國，蓋迹愈久而愈親，情愈真而愈篤。於乎！孤孫嫠婦，予方藉公之深。朝露隙駒，公胡棄予之速。於乎！公之歸也，實以爲養而不克以終；公之養也，所以爲孝而逢此百凶。彼溺而不止、老而不死者，何人哉？噫！此栽培傾覆之天，予不能不有憾於公也。於乎哀哉！於乎痛哉！

祭倪冢宰文

惟公靈識異表，長材偉器。天實篤生，負此經濟。學士春卿，司馬冢宰。若固有之，帝心簡在。譽重兩京，年方下壽。人猶惜公，用之未究。云胡一疾，遽爾不起。當寧興［一］嗟，士類喪氣。矧我同年，義猶兄弟。一觴之慟，曷維其已。

【校勘記】

［一］興，《净稿》臨海博物館藏抄本作「咨」。

祭古直文

某官某等謹以清酌庶羞之奠，致祭於古直先生王公之靈。惟公游戲翰墨，傲睨乾坤。江海漫浪，歲月逡巡。不事生産，卒老於貧。依隱玩世，奔走終身。氣高流俗，名動朝紳。麾之不可，招之不親。噫！若此者，豈公所謂天公度外之怪民也耶？而今無其人矣。西湖之渚，南海之濱。樂哉斯丘，以寧其神。嗟夫！王侯螻蟻，丘壑荆蓁。九原可作，誰笑誰顰。於乎公也！其亦可以無憾云耳矣。尚饗！

祭宗伯傅先生文

嗟我同年幾三百人，歷事兩朝，百十僅存。惟公耆德，不倦于勤。學士宗伯，位極人臣。方期協力，康我兆民。以匡皇國，以報主恩。天不憖遺，殄瘁曷頻。既哭青谿，公復訃聞。贈官宫保，謚穆以文。生榮死哀，夫孰與群？矧公有子，有曾有孫。九原可作，公何憾云。惟我同年，兄弟之親。潸然出涕，於邑顰呻。臨棺一奠，跽詞以陳。惟公不死，陟降有神。於乎哀哉！於乎痛哉！尚饗！

祭李徵伯文

於乎徵伯！孰厚爾生，而閼以死！間值之難，數或然矣。程有邵公，孔亦有鯉。天實爲之，曷其能已！既定之克，我行以俟。知死知生，庶其鑒此。

李生徵伯既殯之踰月，其父之友謝鐸，復以灸雞絮酒致奠，而哭之以詞曰：於乎徵伯！再世之交，通家之誼，異姓之親，斯文之契！我老不死，子先我棄。後死之哀，爲爾短氣。於乎徵伯！奈之何哉！謂天覆之，而故篤之，謂人值之，而莫致之。於乎徵伯！曷爲其然哉！盛德之世，父[一]無哭子。我生孔辰，曷復有是？我痛而思，茫茫天宇，子也何辜？亦哭爾父，於乎徵伯！談虎之傷，我詞已矣。爾也有知，庶幾鑒此。

【校勘記】

［一］父，底本作「文」，據《净稿》正德本文卷二十改。

謁李老夫人劉氏墓文

猗嗟夫人！天作之德。篤生令子，爲國柱石。恩渥薦加，以有封錫。胡慶之延，壽則斯塞。某等義在通家，拜母其職，不堂而墓，此恨何極！薄奠在陳，永懷疇昔。九原有知，監此微臆。於乎哀哉！尚饗！

憩庵李公合葬祭文

古有至人，埋光鏟彩。積而弗施，以詒厥嗣。辟彼泉流，有源之水。根深者術，其淩只賫。政公維德維賢，是似有開必先，理則然矣。天下仰公，是父是子。如洛太中，如閩太史。生榮死哀，云孰敢擬。同穴有期，不遠伊始。媲德九原，曰維寧已。薄奠在陳，公其鑒止。於乎哀哉！尚饗！

祖母趙淑人旌表祝文

惟景泰初，旌門□□□□□聞淑人不可没不以旌，入聞有恒例。傷哉！我父痛以没世。今皇孝理，節義是崇。微情短疏，偶契淵衷。既錫之誥，乃表宅里。以勵風俗，以慰孫子。鐸之不肖，昌克致之。天鑒祖德，以有今兹。異數特恩，世豈易得。九原有知，冀其來格。

方巖書院歲祭貞肅公文

惟公德配兹山，教昌我族。典刑斯在，文獻足徵。功所當宗，事宜以報。薄言采藻，薦此微忱。尚饗！

祭陳師召太常文

於乎！世方競巧，先生若拙，義之所奮，勇莫可奪。世方競辨，先生若訥，筆以爲舌，不窮其出。論思薦賢，殫忠自竭，耻世之人，賣直以訐。謙光下士，百無所拂，耻世之人，傲不自屈。於乎先生，凡若此者，在古或難，而皆今人之所不屑。此世之人，但知先生隨世以就功名，而不知其率能自立以爲當世之傑。吾之所以哀傷痛哭於先生者，嘆吾黨之益孤，與世道而俱降，豈但三十載之同年爲交情之惓切而已耶？於乎！觀樂南宮，校書西掖。千古劇談，宛其昨日。恨别之言，書猶十七，謂我再來，此願乃畢。於予孰知無盡之相期，竟爲先生之絶筆也邪！老病侵尋，山川阻闊，死不克襚，葬不及紼。負此平生，其何能雪？寄奠一觴，我心如割。於乎哀哉！於乎痛哉！尚饗！

祭嚴貞姆文

於乎！天地間有至理不可磨滅者，其在人心也。蓋有不學而知，不强而能，益窮而固，益久而恒者矣。於乎！歲寒松柏，疾風勁草，謂非有得於天性自然之貞，其孰能與砥柱屹立而障百川於東溟也邪？古人有言：事有曠百世而相感者，況夫親被其德、享其功，則其生死存没之際，夫安得不殞心踊足而涕泗填膺也。於乎哀哉！嗟嗟貞姆，我祖之媵，生非士族，世無典刑，顧卓然其有立，奮節義於頹傾。方吾祖母之孤嫠也，我父方晬，而姆也未及乎弱笄之齡。斯時也，外侮內患，蝟起鶩騰，何伯叔之足援，而親戚之可憑？艱難巇險，孤苦零丁，是吾門不絶之綫，實視吾祖母之一身，而非姆也，又孰與共此顧影之青燈？如是者蓋二十年，而始及見吾父之成；又三十年，而始及見吾孫子之繩繩。於乎！丹衷白髮，玉潔冰清，於是姆也，輔吾祖母之志，可暴天地，可質神明，而吾祖父九原之念，亦庶乎其安寧矣。於乎！迹其事，蓋刑蒯聵之僕、趙延嗣之流，而究其心，雖程嬰之於趙、子房之於韓、諸葛之於漢，夫孰得而重輕也哉！鐸也無似，無能白吾祖母於天下後世，遂使姆也亦將湮没而無與徵。於乎！原姆之志，固其在人心者之不能自已，又豈復知天地間之有此名哉！然名之傳，固繫之幸不幸，而其在天下後世者，又自有確然不可誣之公論，則又孰得過損而加增也哉？於乎！姆今已矣！維我後人，仰高風之遠止，懼老死而無稱。所以然者，豈徒哀報養之弗可及，而嘆歲月之徂征？於乎姆也！其庶幾乎有鑒予之平生！其庶幾乎有鑒予之平生！於乎哀哉！尚饗！

祭金尚義文

於乎尚義！而止此耶！豈所逢之適然，將人之所賢而天不以爲喜邪！自古則然，吾又何獨於尚義而悲之不已邪！於乎尚義！子奮而鳴，世兀以瘖，子困而踣，人肆以淫。若是者蓋將求合於古而不求合於今，將上不負其職而下不愧其心者邪！於乎尚義！子之英氣，殆其不死，將障此東遼以禦戎狄，抑翺翔九關以驅此蜮鬼？而將盤旋一世以下視榮辱，抑來歸故鄉以祐爾孫子邪？若是者，予皆不可得而知。子其鑒此，以察予之微詞，而無獨使予悲也。於乎哀哉！尚饗！

祭林一中僉憲文

於乎！貴而不用，用而不盡，吾不敢以爲兄恨；悦之者寡，不悦者衆，吾不敢以爲兄痛。所以惓惓痛恨不能自已於吾者，上以爲朝廷，下以爲鄉國，而深有嘆乎吾黨之孤也！然則絮酒炙雞，豈足以酬知己萬一焉者？鑒吾詞之痛恨，庶足以慰兄於不死耳。於乎哀哉！尚饗！

祭學士憩庵李公文

河流百折，日與海奔。孰始其源，曰維崑崙。巖巖泰山，爲天下望。遡厥支分，大行之上。公積弗施，澤流而卑。如雲在山，雨不以時。澤氣上騰，厥雨斯普。天下頌公，是子是父。嗟公父子，我實世交。潤沾九里，仰止維高。維山不崩，維河不竭。我再慟公，我心之怛。於乎哀哉！尚饗！

先府君再忌祝文

古禮：再期是爲大祥。鐸不孝，往縻於官，聞諱特晚，未敢服禫以薦祥事，而諸弟服制有期，亦不敢越。謹以清酌庶羞之奠，用申虔告，感時追遠，豈勝哀痛之至！

先府君練祭祝文

鐸不孝，久縻禄食，不能決於一歸，以圖侍養，是雖先訓所在，而依違歲月，罪實滋大。去年春三月，始奉來書，俾作歸計。方具疏上請，倉皇治行，而訃音忽至。驚傳疑訛，欲死不可。於乎天乎！幽明萬里，存亡莫覺，叩天號地，當復何言？不自殄滅，顛越至今，復當聞諱之日，日月幾何，奄忽祥練，拊心觸物，哀痛曷已？謹以清酌庶羞之奠，薦此常事，敢請顯妣封孺人高氏配食。尚饗！

先妣練祭祝文

鐸不孝，去年夏四月十有六日，得先府君哀訃于都下，顛隕摧裂，欲死者數矣。羈於公例，不得輒行，至五月十三日，乃始得請，遂冒炎暑，盡晝夜之力以奔，乃六月二十一日，始至於杭，而先妣孺人之訃復至。荼毒薦臻，曾莫少逭。於乎天乎！不孝孤之罪逆深重，一至是也！仰俯[一]君親，恨不即死。號地叩天，復何所及。不殄殘喘，苟活至今，復當聞諱之日，日月不居，奄忽祥練，不死之心，哀痛曷已？謹以清酌庶羞之奠，薦此常事，敢請顯考封編修府君同申奠獻。尚饗！

【校勘記】

[一] 仰俯，《净稿》正德本文卷十九作「俯仰」。

謁十五叔父墓祭文

昔與公别，唐嶺之陽，公曰：「遡哉！子壯我强，我困而歸，子行而達，孰敢怨尤？榮辱[一]外物，我贈子言，我亦有詩，白頭林下，與子相期。」嗟嗟我公，言猶在耳。不副公期，而哭公死。日月幾何，十有四年。我歸自北，涕血漣漣。我哀而煢，愬公無路。昔拜公堂，今拜公墓。伯兄盛德，實維我師。念公不置，爲我嗟咨。我念昔者，杳焉如失。終始愧公，兄弟叔侄。我酹此觴，公知不知。天上世間，誰樂誰悲。人亦有言，惟其不朽。不死而賊，於公何有。公墓在地，公神在天。我再拜公，監此敷宣。

【校勘記】

［一］榮辱，《浄稿》正德本文卷十九作「榮華」。

告遷祝文

茲以先考封翰林院編修府君大祥已屆，禮當遷主入於祠堂。道三府君安人陳氏親盡神主當祧，隆二府君安人陸氏神主當改題爲高祖考妣，德一府君安人金氏神主當改題爲曾祖考妣，盛一府君安人趙氏神主當改題爲祖考妣。而太君張氏貞姆嚴氏亦以禮不世祭，義從祧列。於乎！心雖無窮，分則有限。先王制禮，不敢不至。謹以果酒，預申虔告。尚饗！

祭存睦叔祖[一]文

吾族之衆，動千百指。布衣而賢，公實罕比。公有至性，克養其親。亦克于弟，睦以終身。我懷古人，傷此頹俗。嗟嗟我公，不愧存睦。彼老不死，天果培之。有如公者，而止於斯。嗟嗟我公，我泪如掬。匪哭我私，我宗我族。

【校勘記】

［一］祖，底本作「祝」，據目録改。《浄稿》正德本文卷十九亦作「祖」。

興仁除服祝文

禮：成人而無後者，祭終兄弟之孫之身。於乎！汝成人矣，艱阻忽遭，而室家未遂，竟至無後。痛哉！吾報服再期，宜遷爾主，以祔于祖。終吾之身，當命爾弟義之孫，終奉爾祀，以償吾無窮萬一之恨，亦禮之宜也。於乎痛哉！汝其歆承之。

祭外舅處士

於乎！公之生也，位不列下士，而望則尊；公之没也，年不登下壽，而名則存。世固有燕頷虎頭而卑鄙莫數，龐眉鮐背而老死無聞。於乎！若公者，孰折而夭，孰蹇而屯？吾獨慨念乎生不識公之面，而没無以報公之恩。公而有知，其不以此而自慰于九原也邪？於乎哀哉！尚饗！

將赴官告祠堂祭文[一]

維弘治元年，歲次戊申八月朔越日，孝孫翰林院侍講鐸，敢因時昭告於祖考之靈：鐸不肖，以憂去官，卧病家居，奄及一紀，惟兹享祀，罔或大怠。乃者蒙恩，召入史館，禮宜戴主以從，緣鐸老病侵尋，勢難久仕，妻孥[二]不將，邸舍不備，享祠共祀，實懼弗堪。用是不得已，略準古者越在之例，特命嗣子興義，暫守祠墓，代行祀事。仍委諸弟、鑒，相與佐之。倘以恩芘佑，俾不大獲戾於時，以遂首丘[三]之願，則展墓奉祠，當有日矣。兹當遠離，不勝感愴，伏惟祖考，實鑒臨之。謹告。尚饗！

【校勘記】

［一］《净稿》正德本文卷十九標題無「祭」字。

［二］拏，原本漫漶不清，據《净稿》臨海博物館藏抄本改。

［三］首丘，底本作「守丘」，據《净稿》正德本文卷十九改。

祭亡妻孔孺人文

弘治二年夏六月朔，翰林院侍講謝鐸，聞其妻孔孺人之訃來自家。既南望慟哭，越八月某日，乃能含哀綴詞，遠俾其子興義，致奠于孺人之靈。曰：於乎哀哉！昔與子别，一歲爲期。今子别我，欲見何時？執手之言，惺惺在耳。忍生而别，而竟以死。莫苦莫恨，死别生離。我兼而有，我實倍之。我兒呱呱，孰撫以保？我身煢煢，孰藉以老？我老而病，子壯而强。老或幸免，壯滋以傷。彼蒼者天，曷其有定。我覆我培，以俟以聽。欲歸未可，愧此酹詞。我心之慟［一］，子寧不知。於乎哀哉！尚饗！

【校勘記】

［一］慟，《净稿》正德本文卷十九作「痛」。

南監釋菜告先聖文

維弘治三年，歲次庚戌八月辛巳朔，南京國子監祭酒謝鐸，敢昭告于先師大成至聖文宣王：

鐸誤蒙上恩，來涖監事，自揣庸陋，加以病廢之餘，恒焉慚懼，實不堪處。仰惟聖靈，閔念默佑，發其昏蒙，俾得少竭駑鈍，庶幾風教萬一之助，不至違負初心、顛速厥戾，爲幸大矣。釋菜之始，敢兹虔告。惟聖靈其鑒之。

祭黃亞卿文

工曹發迹，處濁以清。銓司載長，矯枉以平。衆譎而瘖，公奮以鳴。乃佐銀臺，乃貳冬卿。帝心簡在，物論匪輕。謂公軥軸，其自此升。謝病十年，我實自棄。汲引倦倦，公不我置。天假南都，見如隔世。握手平生，我肝我肺。歲未一週，我病繼至。再疏乞骸，公曰無遽。三亭風月，我其共登。子盍我留，山乎有靈。詩以贈我，言猶在耳。不送我行，而哭公死。念昔交游，曾幾如公。公今已矣，我將曷從？惟公有子，公目可瞑。我老無朋，我心耿耿。哭公以奠，泪與酒滋。公神不死，知乎不知。於乎哀哉，於乎痛哉！尚饗！

祭貞肅先生文 二首

於乎！士方好進，先生力退以耻之；世方逐利，先生力貧以鄙之；吾宗之文獻幾微，先生力振而起之；吾邦之典刑幾墜，先生力修而舉之。蓋先生之功於是爲大，而不知者，則或羡其人爵詞藻之爲美；先生之名所以不朽，而不知者，則以爲同乎有形之暫聚。於乎先生！不可作已，予小子復何所恃？上以爲天下慟，下以哭吾私。鐸之情蓋亦若此，而又有不能自已焉者耳。於乎哀哉，於乎痛哉！

於乎！我父早孤，憸謀蝟起。和氣卒全，實自公始。我幼而愚，欲師無所。公收以教，愛猶己子。嗟嗟我宗，公實是倚。恩義所加，則莫我比。於乎！公今往矣，亢宗曷主？我痛我公，曷維其已。公亦有聞，公神不死。背教忘恩，天日可指。我病且衰，我實無似。矢心以詞，庶其鑒此。於乎哀哉！於乎痛哉！

立方山墓碑祝文

維弘治十年，歲次丁巳二月癸酉朔，越日，孝玄孫國子祭酒鐸，敢昭告于方山諸祖之墓：惟昔墓碑之制，創自漢唐，逮宋歐陽修，始自爲《瀧岡阡表》，至今傳者，不以爲過。我二世祖萬四府君，三世祖福五府君，四世祖道三府君，以及族祖道五、道六府君三代之墓，悉在兹山。延歷宋、元以迄于今，曾未有表之者，不惟諸祖之潛德日就堙没，而子孫派遠，亦將有不知其源流者矣。成化丙午，叔父太守公，用瀧岡故事作爲墓表，以昭祖德，以明支派，爰勒諸石，用圖不朽，不幸中以事阻，不克樹立。十年于兹，而公没矣。鐸每追念及此，寢不遑安，乃謀之宗老，率諸弟侄，樹于墓道，以畢初志。謹以潔牲柔毛，粢盛醴齊，用伸虔告。伏惟諸祖有靈，重加訶護，俾此石與此山，相與永久，則鐸等子孫，百世之下，其亦有賴哉！尚饗！

桃溪類稿附録卷之一

雙嶼公壽藏銘[一]

智者以生寄死，歸爲當然之理，而樂之無系戀焉。愚者以貪生懼死，爲不然之數，而憂之無已時焉。若雙嶼鄭公存汀，其爲知者之明而不復顧慮，惟其愚也，昧死生於一息，而究不能免。二者之間，相去遠矣！蓋聞公之先世，自閩徙台，則有學士侍郎之清節；再徙新建，則有倉使武德之雄傑。公生其後，乃遷雙嶼。襟度坦夷，心忘物我，夫婦倡隨，塤篪和翕，四子十孫，承歡膝下。嘗曰：「人生不滿百，空懷千載[二]憂。豈有長生不死之人乎！」乃爲壽域於下山頭之麓，去家咫尺，每值春和景明，率子若孫游覽其間。或佳辰令節，邀賓客以飲之，歌有愉之章，而和以他人入室之句，歌罷而哀。其聲則烈烈悠悠，幾不知天壤間生之爲樂，死之爲憂也。[三]一醉一醒，歡然而別，又從而歌曰：「生既爲人兮，云胡不樂？樂且未艾兮，厥中無怍。吾寧有歸兮，九泉可作。作或不朽兮，完其如昨。」若是[四]，吾將參天地而游寥廓，恒一笑而酒餚大嚼，蓋不知東門之犬、楊[五]州之鶴，更奚有乎石壙[六]！

時正德四年己巳，端陽後三日，賜進士通議大夫、禮部右侍郎掌國子祭酒事兼經筵通鑒潤色官、前翰林院侍講同修兩朝國史致仕同邑桃溪謝鐸撰。

赤城周玉篆額[七]

【校勘記】

[一] 此篇據浙江温岭大溪鎮新修《鄭氏宗譜》補入，浙江文叢版《謝鐸集》亦收録此篇，《桃溪類稿》未收録。與《謝鐸集》对校，異文出校记。

[二] 載，《謝鐸集》作「歲」。

[三] 此句后，《謝鐸集》多一句「歌聲既哀，出而聽之，其聲忽忽然。悠悠天壤之間，蓋不知死之爲哀，生之爲悦也！」

[四] 是，《謝鐸集》作「是者」。

[五] 楊，《謝鐸集》作「揚」。

[六] 壙，《謝鐸集》作「壙哉」。

[七] 《謝鐸集》無此六字。

明處士融軒公墓表[一]

時正德丁卯，十有一月廿八日，融軒卒，余往吊，已入棺矣。翌日，厥子標泣，謁黟縣教諭致仕，應先生事狀來請予表公墓石前。朝廷以恩例，賜公冠帶，再拜曰：「草莽子，少壯不能趨承王事。今老矣，敢冒榮寵哉？」辭不受，人益重其自守之高。公諱宗第，字存高，別號融軒。其祖先閩人也，五代時，有諱偃君同弟修避亂，自閩徙台之黄巖澤谷居焉。偃之弟而之仙居，則有侍郎博士之請節，偃之孫而復之新建，則有倉使治中之門閥。後先相望，稱世巨族。公儀字偉然，言動不苟，父患瘋疾，公朝夕扶持，不離牀褥者經十年，不少懈。父祝曰：「願汝子孫，皆如是孝養，美矣！」昆季怡怡，庭無疾言，置祭田以奉祭祀，立學田以教子孫。弘治戊午，歲大□，公推粟以周貧乏，受粟者願加息以償公本利，皆不計。有舊人郭興患病，無所歸，公食之十餘年不厭，至死皆殯葬之。仁愛之心，老且益篤，故公殁而人益哀思之不衰。公生永樂癸卯，享年八十有五，配安人温嶠戴氏，繼任氏。子三人：貴標、貴樞、貴增，俱有父風。孫八人：耀、霄、燁、□、齊、炯、昶、圭，皆克家子也。曾孫十人：開、珉、選、紹、治、視、宰、贇、幹、廷，尚未艾也。標將以正德己巳十二月廿二日，奉柩葬於木杓嶼之原，從先兆也。嗚呼！若公者，豈易得哉？古井田法行，上下以安，民志以定，故天下可不勞而治；至後世井田廢，公卿大夫日計乎尊榮，農工商賈曰期乎富侈，天下之民争名奪利如火熾泉涌，而莫知所極。嗚呼！若公者，豈易得哉？公讀書能詩，所謂尊榮富侈皆不難□及，而卒淡然自老於衡□，則非其志定、其分安不能也。孟子論天下之善士始於一鄉，若公者非一鄉之善士哉？天下者，一鄉之積也，使天下而皆若公者，則其進而爲古之治也，奚難之有哉！吾用是特表之，以示鄉人勸。

時正德己巳年十一月望日方石謝鐸撰。

賜進士出身朝列大夫國子祭酒前翰林編修經筵講官赤城周玉篆額。

【校勘記】

［一］此篇據浙江温嶺大溪鎮新修《鄭氏宗譜》補入。

融軒記[一]

融在四時爲春，在四德爲仁，融之時義大矣哉！故人之得是，性者可以□，面可以盎，背可以潤。身即老，耕鑿以自怡，甘山林行樂，其亦可矣！噫！吾將造其軒求其人意者，葛天氏無懷氏之民歟？

方石謝鐸　撰

【校勘記】

［一］　此篇據浙江温嶺大溪鎮新修《鄭氏宗譜》補入。

逸軒記[一]

鄭處士諱文釩，字從，哲蕩東新建人也。敦古處絶俗情，顔其藏修之署曰「逸軒」，而時下聞人遂因爲之别號處士，欲徵予文以記之。予曰：「何哉君所謂逸者？予竊聞諸古矣，堯精勤，舜無逸，禹克勤，文王囚羑里而勤演《易》，周公施四事而勤待旦，衛武公耄而猶勤好學，孔子聖猶而勤憤樂，君之軒而以逸號，毋乃不可乎？」處士曰：「否。是烏知予之逸意？不觀諸天之逸而四時以行，地之逸而百物以昌，山之逸而草木鳥獸蕃然以育，水之逸而川瀆江漢湛然以澄乎？雖然，予之所謂逸者，豈敢以天地自比，以山川自貺哉？竊見夫世之人，役役於聲色貨利之場，身日勞而心日拙，安宅之仁逸而莫之居也。切切於文繡膏粱之慕，患其得［復］患其失，正路之義逸而莫之由也。而且喜誇詐，尚詭譎，忠信而莫能自主。骨月怨，同氣離，孝悌逸而莫能自盡也。勞乎彼必逸乎此，勞乎外必逸乎中，理欲之不兩立也，明矣！故吾之所謂逸者，聲色貨利之場則逸之，而不敢於安宅之仁曠而弗居也。文繡膏粱之慕則逸之，而不敢於正路之義舍而弗由也。以忠信自矢而夸詐詭譎，逸而弗效也；以孝悌自勉而天倫漓異，逸而深嫉也。逸乎彼自勞乎此，逸乎外自勞乎中，亦理欲之不兩立也，明矣！故孟子曰：『人有不爲也，而後可以有爲。』然吾猶恐聲色貨利之境，搖于外而弗能逸也；文繡膏粱之欲，動於中而弗能逸也；因以逸名軒，庶得觸諸目而儆諸心也。吾之逸意也夫？」予曰：「然。是有合乎古聖賢之逸，而動之意，誠不可以不記美哉？斯軒也，左圖右史，懸古畫置香几，琴書劍佩，整如其環列也。」鄭處士望□窗玉案中洵晏然以自。

翰林院侍講禮部右侍郎掌國子祭酒事桃溪謝鐸方石拜撰。

【校勘記】

［一］此篇據浙江温嶺大溪鎮新修《鄭氏宗譜》補入。

桃溪類稿附録卷之二

明史·謝鐸傳

謝鐸，字鳴治，浙江太平人。天順末進士。改庶吉士，授編修，預修《英宗實録》。性介特，力學慕古，講求經世務。成化九年校勘《通鑑綱目》，上言：「《綱目》一書，帝王龜鑑。陛下命重加考定，必將進講經筵，爲致治資也。今天下有太平之形，無太平之實，因仍積習，廢實徇名。曰振綱紀，而小人無畏忌；曰勵風俗，而縉紳棄廉耻。飭官司，而汙暴益甚；恤軍民，而罷敝益極。減省有制，而興作每疲於奔命；蠲免有詔，而徵斂每困於追呼。考察非不舉，而幸門日開；簡練非不行，而私撓日衆。賞竭府庫之財，而有功者不勸；罰窮讞覆之案，而有罪者不懲。以致修省祈禱之命屢頒，水旱傷之來不絶。禁垣被震，城門示灾，不思竦動旋轉，以大答天人之望，是則誠可憂也。願陛下以古證今，兢兢業業，然後可長治久安，而載籍不爲無用矣。」帝不能從。時塞上有警，條上備邊事宜，請養兵積粟，收復東勝、河套故疆。又言：「今之邊將，無異晚唐債帥。敗則士卒受其殃，捷則權豪蒙其賞。且剋侵軍餉，辦納月錢，三軍方怨憤填膺，孰肯爲國效命者？」語皆切時弊。秩滿，進侍講，直經筵。遭兩喪，服除，以親不逮養，遂不起。弘治初，言者交薦，以原官召修《憲宗實録》。三年，擢南京國子祭酒。上言六事，曰擇師儒，慎科貢，正祀典，廣載籍，復會饌，均撥歷。其正祀典，請進宋儒楊時而罷吴澄。禮部尚書傳瀚持之，乃進時而澄祀如故。明年謝病去。家居將十年，薦者益衆。會國子缺祭酒，部議起之。帝素重鐸，擢禮部右侍郎，管祭酒事。屢辭，不許。時章懋爲南祭酒，兩人皆人師，諸生交相慶。居五年，引疾歸。鐸經術湛深，爲文章有體要。兩爲國子師，嚴課程，杜請謁，增號舍，修堂室，擴廟門，置公廨三十餘居其屬。諸生貧者周恤之，死者請官定制爲之殮。家居好周恤族黨，自奉則布衣蔬食。正德五年卒。贈禮部尚書，謚文肅。

嘉靖太平縣志卷七人物・名臣・謝鐸傳

謝鐸字鳴治，初號方山，後更號方石。天順己卯中鄉試第二，甲申第進士出身，入翰林爲庶吉士。乙酉授編修，奉旨校勘《通鑑綱目》。上疏言「神宗喜《通鑑》，理宗好《綱目》，而不能推之政治。」因勸求賢講學，稽之經傳，質以史書，直以今日之事，驗之既往之迹，内省思齊，長慮却顧，則大本立而萬目隨之矣。」成化丁亥，預修《英廟實録》成，會秩滿，遷侍講。在經筵撰講章，必盡所欲言，少忌諱。戊戌，以家艱去，既免喪，謝病不起且數年。弘治初，臺諫部屬言事者交薦之，會以修《憲廟實録》徵，乃起供職。庚戌，擢南京國子祭酒，以身爲教。先是，諸生有六堂班見禮，公盡革去之，捐皂役錢沛諸僚屬，籍膳夫錢於官，購東西二書樓用度鏤板。上疏請增楊龜山從祀而黜草廬吴氏，其餘若擇師儒、慎科貢、廣載籍諸論列尤多。辛亥，復懇乞致仕歸。薦者以十數，特擢禮部右侍郎，管國子祭酒事，命吏部遣使即其家起之。公再辭不得，道得疾，徑歸。復請，而敦迫日益急，乃行至京，辭所加職，以本官治事，亦不許，乃就職。請增號舍、修學宫。又謂廟門衢面多狹斜，買其地而廓之。又買官廨三十余區居學官，用省僦直，皆出夫皂顧役錢。余錢悉籍爲公用，諸生有貧困者、死而無以歸其喪者，咸有給。又請别祀叔梁紇，以曾晳、顔路、孔鯉配，用全倫義，然不果行。凡所建白皆師古義，持獨見，未始有狗俗希人意。居二年，再疏乞歸，不許。癸亥，修《歷代通鑑纂要》，命爲潤色官。疏又五六上，又不許。後乞歸養疾，乃許，命給驛以行，令有司候病痊聞。正德戊辰，吏部例上其名，不果用。庚午正月二十有四日終於正寢，壽七十六。朝命特贈爲禮部尚書，謚文肅，諭祭治葬，咸如著令云。公孤介寡合，性氣屹屹，然嗜義如渴，見不善若將浼焉。家居極孝友，自違養後，無意仕進，嘗從其叔父貞肅先生學，師事終身。父世衍嘗出祭田三十畝，公買田代之，而以其田分給諸弟。又置義田、書院田凡若干畝，修宗譜，構墓廬爲合族計，姻黨知識困乏者，咸有周恤。顧實無長物，惟節俸入爲之，居常第蔬食醴飲而已。一日，欲買地治歸來園，問其直須五十金，公倒囊不足其數，乃還地券。會江心寺起文信公祠，永嘉令汪循奉二十金來請碑文，公笑曰：「園成矣！」其無厚蓄如此。乃至鄉郡諸先正遺文善行，皆輯録以傳。公爲詩精練不苟，力追古作，文尚理致，謹體裁，考訂、評騭多前人所未及。所著有《桃溪集》、《續真西山讀書記》、《伊洛淵源續録》、《元史本末》、《宰輔沿革》、《國朝名臣事略》、《尊鄉録》、《赤城新志》、《〈赤城〉論諫録》、《祭禮儀注》，凡若干卷。長老爲予言：公既歸，會敬皇帝賓天，爲之大慟。已而權奸用事，公聞劉、謝二閣老致仕去，輒又慟。已又聞劉華容謫戍，又慟。自後凡有北來人，輒顰蹙問邸報，又輒連慟。見素林公俊嘗曰：「謝公，天下第一流人物也！」予問諸縉紳，則咸曰：「謝公之高，在出處之際。其進也如不得已，其退也追不及距，故見素云爾。」今從祀鄉賢祠。

方石先生行狀[一]

黄綰

先生姓謝氏，諱鐸，字鳴治，別號方石。少穎敏，能爲韵。自年十四，其叔父逸老先生授《四子》《毛詩》，輒悟大意。將冠，游邑校，與綰先大父少司空友。大父樹立，堅特罕比，獨先生相與砥礪，慨然以古人自期。天順己卯，發解第二人；甲申，登進士第，與今少師長沙李公、大司馬華容劉公同選入翰林爲庶起士。益肆力學問，學士永新劉公、莆田柯公典教，皆深器之。成化乙酉授編修，預修《英廟實録》，賜銀幣，升俸從六品。癸巳，被旨校《通鑑綱目》，先生因指歷代得失，爲疏數千言以進。曰：宋神宗好《通鑑》，理宗好《綱目》，徒知留意其書，不能推之政治。因論時政之失，宜求賢講學，見諸行事，不爲二君之徒好。甲午被旨入讀中秘書，條上西北備邊事宜。略曰：河曲一方近失聲援，夷狄伏爲窟穴[二]，夫大河爲關輔之限，而受降、東勝又大河之藩籬，失此則河不可守，況又失河而退守，其何能及？況延綏[三]經榆林至寧夏二千餘里，列堡二十有三，馬步軍二萬三千有奇，老羸半之，是以往歲寇掠，如入無人之境，東自孤山、柏林諸堡，中自平夷、懷遠諸堡，西自靖邊、清平諸堡。又西則寧塞諸處直抵金湯，川安邊諸處直抵環慶，花馬池諸處直抵固原，以至土門、塞門、山城諸處，莫非入寇[四]之路。朝廷久爲搜套之策，疑而未決，及此無事，正宜蓄兵養鋭，於大同、寧夏以爲東西之援，漸圖收復漢唐故疆與國初東勝之地。據三受降城以極形勢，守其不攻者，策之上也。又曰：今用將帥皆晚唐之債帥也，戰没者士卒而名數不聞，克捷者士卒而賞歸權勢，刻減之暴，辨納之艱，怨塞胸腹，得而使之乎？言甚剴切，皆鑿鑿可用。乙未秩滿，升侍講，入預經筵，反覆推説，皆人所難言。庚子，丁外艱，再罹内艱，守禮如古。壬寅終制，謂人曰：「初心冀禄爲親，今無及矣，苟仕非義也。」遂以疾聞。明年癸卯，吏部趣起復，堅以疾謝，楗門讀書，暇則侍逸老登眺方巖[五]、雁蕩之上，仕進之念泊如也。孝皇初新庶政，於是廷臣交章論薦，會修《憲廟實録》，詔起之。先生未決，大父與長沙公貽書來勸，遂行入朝，供事兵館，書汪直、王越開邊事最直。庚戌升南京國子祭酒，以廉節爲教，士皆刮滌，有以請托自愧者。又疏上國學事宜。曰：擇師儒、慎科貢、正祀典、廣載籍、復會饌、均撥歷。其論祀典略曰：孔廟從祀之賢，萬代瞻仰，教化之原。龜山楊時，程門高第，實衍延平之派，新經之闢，足衛吾道而不預從祀；臨川郡公吴澄，生長於宋而顯於元，夫出處聖賢大節，夷夏[六]古今大防，忘於事□，迹其所爲，不及洛邑頑民，顧在從祀之列，臣固不能無感。況二人皆太學之師，其於廟祀黜陟不可不正。先生以師道難盡，疏請致仕，不許。明年辛亥，仲子死，先祀無托，遂致仕。諸生以狀歷部臺，請留且疏留於朝。先生嘗抑諸生之納粟馬者，至是舉則多所抑者。一時薦紳榮其歸，皆祖於郊外。家居幾十載，惟讀書求志，日不少懈，勢利一毫不嬰於懷。天下之思其人、想其風者，皆謂可望而不可即，而薦者益力，孝廟於是深知先生，欲大用之。戊午，會國子缺祭酒，吏部以先生名進，上特命升禮部右侍郎，掌祭酒事，遣使就其家起之。先生兩具疏辭疾。長沙公在政府，貽書諭上意，乃行。次越，得疾徑歸，以狀投紹興府繳進，力求致仕，不許。又疏投台州府轉奏，知府不敢上。給事中吴世忠、主事潘府言當速起，以盡正人之用。使者再至，有司勸駕益急，遂行至京。以求退而得遷，非義所安，辭以舊官供職，不許，始受命。其爲教如在南雍。時地震，詔諸司言事，因上章論維持風教四事，而論黜吴氏及納粟馬之害尤切。連疏乞致仕，六館師生上章乞留，廷臣吴世忠、張芝、吴蕣薦益力，被旨不允。癸亥，上命會輯《通鑑綱目》，并續編爲《纂要》，先生爲潤色官。論黜晉、隋、胡元[七]之統，説皆有據。任職三載，念祖母趙氏守節未白，俟滿考，請以本身誥命易爲趙氏旌表。例死者不旌，上特破格行之，仍給誥命。既而復疏乞致仕，半歲之間疏凡五上，辭署印至再四上，皆以温旨勉留，又不能奪，方許養疾，命驛歸，俟疾愈以聞。正德戊辰，吏部上其名，會權奸用事，遂令致仕。先生歸六歲，終於正寢，享年七十有六，正德庚午二月二日也。有司以聞，贈禮部尚書，諭祭，賜謚文肅，命進士桂萼治其葬。葬其里暘岙大夢山之原。先生性孤介，簡樸無華，節操堅厲，慎取予，有防畛，晚始寬洆有内，居常坦坦，雖庸人、孺子得親之。及遇事則斷斷一定，不可奪志。耻温飽，布素蔬食，將以終身，嘗曰：「吾無他長，惟安分知止初已。」故其平生[八]不吝義退，不榮幸進。其進也，反覆辭免，至不得已而後就；其退也，量任揆己，奮而決去。此其出處大節，本末甚明，夫豈偶中幸致者！前時學士大夫務希世進取，巧蹐捷攫，揚揚得計，由二三君子，天下乃始貴名節、尚廉耻。於乎！先生志不究，才不盡，用澤不加於民，惟流風猶竦動後世。先生之功可少哉？國學自會膳不行，膳夫之輪，常爲祭酒故有，先生獨不然，盡籍貯於公，不私銖兩，乃措之廢墜，如南雍搆二樓，庋故典刻板；北雍增號房、寘官廨，修文廟，開廟前衢；奏均屬官與諸生之貧者；有餘貯之，以需會膳之復行。諸生之館用賂教官，謂之班錢，爲禁止之。又捐己卑銀以賑教官之廉者。平生不喜與内侍往來，在纂局有内侍之執權者，每設食恭禮，丐一言不可得。見義必爲，先公有遺田若干□，斥供先世祠墓禄食。稍羸，輒買田代之，分給諸弟侄，置家塾，資宗族貧葬。又買田分諸，而又創方巖書院，築牛橋閘，與親故婚喪患難之不贍者。鄉郡先哲行義、著述，靡不輯表闡，或求其祠墓□之。老居田里，有以自樂。每聞朝政更革，君子、小人進退消長之機，未嘗不感慨深嗟而掩袂也。於書無不讀，其所爲文甚多，尤長於詩，蓋其精識絶人，論議歸於一是，所著有《桃溪集》《續真西山讀書記》《伊洛遺音》《伊洛淵源續録》《四子擇言》《元史本末》《宰輔沿革》《國朝名臣事略》《尊鄉録》《赤城志》及《文集》《詩集》《論諫録》《緦山集》百餘卷[九]。先生裔出晉康樂公，宋經略使鞅始遷黄巖縣學西，元末高祖孝子温良再遷桃溪，今隸太平。曾祖原睦，祖性端，贈禮部右侍郎，妣趙氏，贈淑人，即節婦。考世衍，封編修，贈禮部右侍郎，妣高氏，贈淑人。從叔父省，寶慶太守，所謂逸老先生，及其弟王城山人績，皆以學行重於時。先生娶陳氏，繼孔氏，宣聖五十七代孫，皆贈淑人。子男三，興仁、興義皆夭，興寅，側室焦氏出。女二，長聘綰叔父侹，俱夭；次適金忻。孫男一，必祚，興義遺腹子，以蔭補國子生。曾孫男二，某某[一〇]。綰竊惟早歲受業受知先生特深，世契尤篤，非綰無以摭其詳，故必祚以遺行見屬，義有不得辭者，謹爲狀以告立言君子，庶先生大節，百世之後有考。謹狀。

嘉靖九年冬十月望曰通議大夫南京禮部右侍郎門人黄巖黄綰謹狀。

【校勘記】

[一] 黄綰《方石先生行狀》，黄宗羲所編《明文海》卷四五〇題作「謝文肅公行狀」。

[二] 夷狄伏爲窟穴，《明文海》作「諸國倚伏窺視」。

[三] 延綏，《明文海》作「綏延」。

[四] 入寇，《明文海》作「敵入」。

[五] 此句，《明文海》無「巖」字。

[六] 夷夏，《明文海》作「中外」。

[七] 胡，《明文海》無。

[八] 平生，《明文海》作「生平」。

[九] 自「揚揚得計」之後至「百餘卷」底本錯亂，據《明文海》補入。

[一〇] 某某，據《明文海》補。

明故通議大夫禮部右侍郎管國子監祭酒事[一]致仕贈禮部尚書謚文肅謝公神道碑

李東陽

吾友方石先生謝公卒，且葬既閱歲，予始得銘神道之石。非忍爲慢，重之也。公諱鐸，字鳴治，別號方石，台之太平人。少爲縣學生，天順己卯，舉鄉薦第二，甲申，登進士第，入翰林，爲庶吉士。乙酉授編修，成化丁亥，預修《英廟實録》成，升從六品俸。乙未秩滿，遷侍講，仍加從五品俸。戊戌，以家艱去，既免喪，謝病居數年。弘治初，臺諫部屬言事者交薦之，會以修《憲廟實録》徵，乃起供職。庚戌，擢南京國子監祭酒。辛亥，致仕歸。薦者以十數，特擢禮部右侍郎，管國子祭酒事，命吏部遣使即其家起之。公再辭不得，道得疾徑歸，復請，而敦迫日益急，乃行至京，辭所加職，以本官治事，亦不許。居二年，辭至再，癸亥，修《歷代通鑑纂要》，命爲潤色官。疏又五、六上，後乞歸養疾，乃許。命給驛以行，令有司俟病愈聞奏。正德戊辰，吏部例上其名，會權奸用事，恐其復起，遂仍致仕，庚午正月二十四日終於正寢。蓋公出處履歷之概如此，可謂得其正矣！公爲編修時，嘗奉旨校勘《通鑑綱目》，上疏言：「神宗喜《通鑑》，理宗好《綱目》，而不能推之政治。」因勸求賢講學，以史册質經傳，窮義理，則大本立而萬目自隨矣。爲侍講撰經筵講章必盡所欲言者。在南監時動以身教，每嚴約束，禁諸生班見禮，捐皂役錢以沛僚屬，籍膳夫錢於官，構東西二書樓以庋鏤板，上疏請增楊龜山從祀，而黜草廬吴氏，餘若擇師儒、慎科貢、廣載籍、復會饌、均差遣，論列尤多。在北監，請增號舍，修堂室，又謂廟門衢面多狹斜，以爲褻慢，買其地而廓之。又買官廨三十餘區居學官，以省僦直，皆出夫皂顧役，餘悉籍爲公用。諸生貧困者亦有給，死者請京府致賻，給驛歸其喪。又嘗請闕里别祀叔梁紇，曾皙、顔、路、孔鯉配之，以全倫義，而議黜吴氏者尤切，皆不果行。凡所建白皆師古義，持獨見，未始有徇俗希合之意。雖尊官要地，忌者不能無，而輿論所歸若出一口。其辭，則相率請留；其去，則争爲論薦，如輸粟納馬諸途素爲所抑者，亦連名薦之，前後所上辭疏，朝廷每優詔慰答，至停禄以俟命，僅予告歸。既其没也，特贈爲禮部尚書，謚文肅。遣官諭祭，令有司治葬事終始極備，皆平生意望所不及，信公道之在天下固亦不可涊哉！公孤介寡合，性氣屹屹，嗜義如渴，見不善若將浼乎其身。家居孝友，自違養後，輒無意仕進；嘗從從父寶慶知府世修學，師事終身，及王城山人世懋早卒，集其詩刻之。其父贈禮部侍郎。世衍嘗出祭田三十畝，公買田代之，而以其田分諸弟及供家塾，間以葬族之貧者。又買田以益弟侄，數亦如之。又修宗譜，構墓廬，爲合族計。其高祖以孝子温良遺行久弗白，至公始表著之。祖母趙氏以節死，後公以侍郎考績，請輟所得封誥移爲旌典。詔特表爲貞節之門，仍予誥命。以至鄉君諸先正遺文善行皆輯録以傳。與南京工部侍郎黄公世顯爲知己，始終不負，黨知識困乏者，皆有周卹，然實無長物，惟節俸入爲之，其居常第疏食醴飲而已。爲詩精練不苟，力諸古作，當所得意，殆忘寢食，文尚理致，謹體裁，考訂、評騭多前人所未及。所著有《桃溪集》《續西山讀書記》《伊洛淵源續録》《伊洛遺音》《四子擇言》《元史本末》《宰輔沿革》《國朝名臣事略》《尊鄉録》《赤城新志》及《詩集》《論諫録》《螘忱稿》《級綆餘成》《歸夷雜咏》《緦山集》《祭禮儀注》若干卷。謝氏出晉康樂公後，經略史鞅至今若干世。公配陳氏，繼孔氏，宣聖五十七代孫，皆贈淑人。公三子，長興仁、次興義皆縣學生，早卒。次興寅，出側室焦氏。女二，長適黄侍郎子侹，次適金忻。孫一，必阼。興義遺腹子也。公生宣德乙卯二月某日，卒以正德庚午正月二十四日，壽七十六。必祚以書告哀曰：非先生文，吾祖弗瞑。後軍黄都事綰實侍郎之孫，受學於公[二]，狀公行甚悉。於乎！公天下士也。予故先叙其出處之大者，後及其詳，而系以銘，銘曰：

台文獻地，山水盤結。鍾靈聚英，代産人傑。謝出申封，從晉東轍。峨峨東山，支遍諸越。

巉巉方巖，逮宋乃發。石生其間，百辟無屈。維文肅公，矯矯風節。言論鏗聳，行操孤潔。文必己任，教必身率。群疑衆咻，莫我能訹。事有難繼，弗我遑卹。力有餘步，寧我無蹶。其所未竟，付諸造物。好德考終，生也無缺。鄉賢有録，公自編帙。信史有筆，公所删述。公名孔彰，允繼前哲。

特進光禄大夫左柱國少師兼太子太師吏部尚書華蓋殿大學士知制誥同知經筵國史總裁長沙李東陽撰

【校勘記】

〔一〕李東陽《明故通議大夫禮部右侍郎管國子監祭酒致仕贈禮部尚書謚文肅謝公神道碑》，清嘉慶八年隴上學易堂刻本《懷麓堂全集·文後稿》作「《通議大夫禮部右侍掌國子監祭酒贈禮部尚書謚文肅謝公神道碑》」。

〔二〕「孫一」之後「受學於公」底本間有漫漶不清者，據清嘉慶八年隴上學易堂刻本《懷麓堂全集·文後稿》補。

方石先生墓誌銘

王廷相

正德五年二月二日，方石先生卒於家，年七十有六。有司以聞，乃贈禮部尚書，諭祭賜，謚文肅。命官治葬事於其里洋岙大夢山之原，窆已二紀矣。門人南京禮部右侍郎黃君宗賢具狀示廷相曰：先師托體九原，歲云邈矣，嗣孫弱，不克事，猶未勒有壙中之石，綰實悲之。君游先生門下，應切義念，兹文非君而何？嗟呼！先生尚未有銘耶，奚以掩幽示後，乃泫然揮涕銘之。按狀，先生姓謝氏，諱鐸，字鳴治，别號方石。生而姿性澄朗，機神警悟，童時即能爲韵語。年十四，叔父逸老先生授以《四子書》、《毛詩》，輒通大義。將冠，游邑校，與同邑黄文毅公孔昭友契，服膺儒素，日相砥礪，以古人自期，乃并有時名。天順三年，浙江發解第二人；八年，登進士第，選爲翰林院庶吉士；授編修，預修《英廟實録》，賜銀幣，升俸。成化九年，被旨校《通鑑綱目》。先生乃具疏，論宋神宗好《通鑑》，理宗好《綱目》，徒知留意其書，不能推之於治。因勸上親賢講學，見諸行事，不可爲二君之徒好。帝嘉納之。見北虜人潛伏爲窟穴，夫大河爲關陝之限隔，受降東勝，乃[二]大河之藩籬，失此，則河不可守，况又失河而退守，其何能及？黄甫川西至榆林，抵寧夏二千餘里，中間列置城堡二十有三，步軍二萬三千有奇，卒分力弱，勢難捍禦，是以往歲寇掠如入無人之境，朝廷久爲搜套之策，遲疑未決，及今無事，正宜蓄兵養鋭漸圖收復漢唐故疆與國初東勝之地，據其形勢守其不攻，此計之上也。又言：今之邊將皆晚唐債帥，士卒戰没而名數不聞，士卒克捷而賞歸權勢。剋減之私，辨納之苦，怨塞胸腹，志義且乖離矣，尚安能驅而使之乎。言甚剴切，皆鑿鑿可行。升侍講入預經筵。反覆推説，皆人所難言者。接丁内外艱，飲水、蔬食、倚廬、祥禫，一如古禮。終制，親友勸起復，先生曰：初心縻禄爲親，爾今復何爲，乃楗門讀書以養道求志。時侍日老登眺方巖、雁蕩之上，怡神自足，彈冠之念泊如也。孝皇初，新庶政，徵賢銓德。庭臣交章論薦，會修《憲廟實録》，遂詔起之。長沙李文正公貽書勸駕，極言君子道隆乘運拯世之義。先生乃勉力入朝，供事兵館，於汪直、王越開邊事，書之最直。升南京國子監祭酒，以道義廉節爲教，士皆刮滌舊習。又疏國學事宜六，上之曰：擇師儒、慎科貢、正祀典、廣載籍、復會饌、均撥歷。其正祀典略曰：孔廟從祀之賢，萬代仰止，龜山楊時，程門高弟，實衍延平之脈，新經之闢，足以衛道，乃今不預從祀；臨川郡公吴澄，爲宋舉子而顯仕於元，夫出處聖賢大節，忘君事仇，迹其所行，不及洛邑頑民，顧在從祀之列，臣實惑之。風教所關，不可不正。先生以師道難盡，狀請致仕，不許。適喪仲子，先祀罔托，遂力求解任。歸家居將十年，士望日重，薦者日力，銓部乃擬國子監祭酒，上特命升禮部右侍郎，掌祭酒事。遣使就其家起之，先生再疏辭疾，李文正公時在政府，復貽書諭上意，乃行。又以求退得還，非義所安，懇辭以舊官供職，不許，乃始受命。在國學教胄，務先成養器識、濯礪風節，一時士類翕然大變。會輯《通鑑纂要》，以先生爲潤色官，乃論黜晉、隋、胡元之統，識者韙之。先是，國學自會膳不行，膳夫輸役，遂爲祭酒常費，先生乃盡籍貯於公，不私銖髮。奏均給其屬，與諸生之貧者。餘爲修治圮廢之需，至今猶行之。以疾乞致仕，疏凡五上，每優旨勉留，不能奪，乃許養疾。仍命馳驛歸。時六館諸生以狀乞留先生者無慮千人。正德三年，吏部薦先生儒術弘深，當大用。會權閹用事，矯令致仕，在家數年卒。先世遺有常稔田若干畝，先生議供祠墓。禄食稍贏，即別買田代之，分給弟侄。又置田儲租供家塾，建方山書院，宗戚婚喪患難之不贍者。其處宗黨，仁義忠厚之行多可尚如此。所著有《桃溪集》《續真西山讀書記》《伊洛遺音》《伊洛淵源續録》《四子釋言》《元史本末》《宰輔沿革》《國朝名臣事略》《尊鄉録》《赤城志》《文集》《詩集》《論諫録》《緦山集》百餘卷。先生系出晉康樂公，宋經略使鞅始遷黃巖，元末高祖孝子温良再遷桃溪，今隸太平。曾祖原睦。祖性端，贈禮部右侍郎，妣趙氏贈淑人。考世衍封編修，累贈禮部右侍郎，妣高氏封孺人，累贈淑人。配陳氏，繼配孔氏，宣聖五十七代孫，皆贈淑人。子男三，興仁、興義皆夭，興寅，側室焦氏出。女二，長聘黄侹，俱夭；次適金忻。孫男一，必祚，興義遺腹子，以蔭補國子生；曾孫男二。從叔父寶慶知府即逸老先生及弟王城山人績，皆以學行重於時云。先生性孤介廉直，重氣節，慎取予，有防畛，遇事侃侃能斷，義不可奪。且安止知命，不競不華，布素蔬食，終身弗厭。故平生不吝義退，不榮幸進。其進也，反覆辭免，至不得已而後就；其退也，量任揆己奮迅而決。去雖退處巖野而其心未嘗不在天下，每聞朝政更革，君子、小人進退消長之會，亦未嘗不拊膺太息而致慮於世道之升降也。嗟乎！粤自成化以來，内閣、司禮交相倚藉。闇洎朝政，士必夤緣托結，而後通顯，不然[二]雖韞德懷義高邁清遠之儒，不陸沈於下僚，則擯棄於草野。夫以三原王公，天下倚望，以不附順，猶設謀害，使不得久於其位，他可以鎮壓而無恐者，不啻驅逐矣。朝寡廉節，習稔汙風[三]，愧於具瞻者多矣！乃先生卓爾名輔，亦竟不能弘濟大猷，以發舒其素志，則其時亦可知矣。然而義《易》幽貞之吉，《大雅》進止之度，百世以下，聞其風者，亦足以激貪立懦而又何歉乎哉！銘曰：

穆穆文肅，炳靈自天。敬義直方，厥德永全。學邃墳藉，道采淵源。駁正圖緯，惟聖之尊。持正於家，倫義靡忒。持正於國，忠貞匪石。講筵渠渠，啟沃論思。史筆屹屹，直書不移。司成兩都，棫樸協軌。育髦斯士，植國之紀。未濟大川，聊爾小試。尼父天知，子輿不遇。時不苟合，道不虛行。用則鳳騫，退則鴻冥。弗流弗執，中正是造。文武弛張，展也有道。匪公儒素，孰啟其節。匪公端誠，孰遺其哲。道敝風虧，邈哉黄虞。先生往矣，孰隆其汙。天台之陽，有丘崔嵬。

哲人之藏，百世之懷。

嘉靖九年歲次庚寅冬十月望日參贊機務南京兵部尚書門人儀封王廷相子衡謹誌。

【校勘記】

［一］開篇至「乃」字底本脱，據《桃溪謝氏宗譜》補。

［二］不然，《桃溪謝氏宗譜》作「苟不冉此」。

［三］此句《桃溪謝氏宗譜》多出「三事九列有」。

跋方石先生墓誌卷後

呂經

予讀此卷而深有感也，夫以醇學貞節如方石先生，可以歿而無志也乎？信道尊師，非父庵宗伯而能創此志也乎？親炙善言，非浚川司馬而能撰此志也乎？語謂後以傳盛，又謂砥行立名必附以青雲之士，不其信然乎？予在弘治壬癸間，侍方石先生於大學，日見先生，悦之而未能學也。竊有書紳之訓者三語紀聖公曰：「夫子之道約以鮮失，我後裔之人慎兹管鑰。」送周司業省親曰：「事惟先大，間尚力行。昔陽城以言教也，今吾子以身教也。」誡諸生曰：「士之所以自必者，脩己而已。所過之屯，所受之微，臣不可得而與焉。」於乎，今去先生三十餘年矣，音容如見，悦之而未能學也。予讀此卷，所以深有感也夫。

欽差巡撫遼東等處都察院右副都御使北地門人呂經謹跋。

題方石先生改葬墓誌後

黄綰

方石先生謝文肅公，葬於大夢山。逾二紀，壙中無志。嘉靖庚寅，綰爲南京禮部侍郎，與今宫保浚川王公爲列曹，以幣請公曰：「予亦先生門人也，當爲之。况重子高義而以幣命之耶。」乃歸幣而爲志。每見鄉人來，云先生葬地，不言子孫繼亡，家事日落。鄉人之善者，則謂天道未定；其不善者，皆謂爲善無益，不如讒隨恣睢爲得計。且先祖文毅公與先生爲莫逆交，志同而道埒。先君選部及綰皆侍先生杖屨，心寔惻焉。即興改葬之念，每托鄉人及先生族人，皆無堪事者。又閲六年，綰丁父母憂。歸襄事畢，乃携金數十兩趨先生故里，就先生族人亟拜云：「欲擇吉地改葬先生。」族人咸義之，曰：「子爲吾家先生跋涉山川，衝冒風雪，屈禮僕。僕不憚苦，如有吉地，惟意擇之，不敢吝。」於是遍登諸山，方巖之北，桃溪之上。至一峰最高，曰「畫眉籠。」欲下無路，問樵夫，指由壠下見吉地焉。問之，名曰「上黄」，嘗有道士黄姓者居之，見怪物驚擾棄之而去，爲謝族所有，其傍地亦謝族所有。族人業已許之，故不可辭，請即立券交易。既售，諏日營壙。見吉非石非土，五色四備，紅黄居多，又知此即宋地師謝賜□記所謂桃夏有一，蓋天旗者是也。啟舊窆見先生之棺，爲風傾偃於壙，又爲白蟻蛀食，朽不可舉，見者咨涕。往衾服猶故，遺休儼然。綰即購棺改欽，并啟先生之配□□陳氏、孔氏及二子□□□寅□陳氏□□□□□亦皆縻朽。綰亦爲貨棺製衾改斂，并興寅棺皆遷□先生之葬。噫！豈人所能哉？吾常思造物之神，其於福□禍滛，無不昭昭，但施行有巧直遲速之不同，故人以爲疑。今以先生之事觀之，可見也。

其地人欲居之，而鬼神輒爲呵止。初若有司而佚之，今若有導而擇之。其棺既爲蟻蛀而朽，其衾服及遺體之易蛀朽者，及儼然如新，豈不異哉！此造物所以報爲善者，其心昭昭也，於是乃知天道之卒定而有待於今日。訖而買屋爲庵，置守墳之人。凡費所用，皆出於綰，不敢擾先生家，恐傷□也。墳山及基地國圃之類，交易凡六七券。嘗爲書付先生曾孫□州通判適然等，俾世守之。□葬在正德庚午季冬某日也，今改葬乃嘉靖丁酉正月初二日也。今綰將刻浚川王公所志，納諸壙。又將別刻此志及刻少師李文正公所爲碑，樹於神道。綰則記其事，而綴於後云。

門人黃綰拜書。

嘉慶太平縣志卷十四古迹・謝文肅公遷墓碑

曾才漢

公既卒，厥子奉遺命，附窆先塋。朝廷賜葬諭祭，大學士見山桂公爲進士時被命襄事。既而大夢山葬所弗吉，門庭多事，禮部尚書久庵黃公，以門下士感公最深，乃助資易地。于嘉靖丙申二月十九日，遷公葬于上黃，以配淑人陳氏、孔氏，嗣子興義、次子興寅，咸祔兆次。戊戌夏，漢承乏太平，展謁墓下，觀神道舉未修葺，用成厥美。會公曾孫適然以南刑部照磨升撫州府通判，便道展省，經營造作，次第完輯，請漢紀其概。漢辭弗獲，敬書墓前之石，以揚休烈。

謝鐸年表

林家驪

明宣宗宣德十年乙卯(1435年)一歲

正月，宣宗死。太子祁鎮即位，是爲英宗，年九歲。左右有請太皇太后(仁宗張後)聽政，太皇太后不許，政事均送内閣，交楊士奇等議決。以宦官王振爲司禮監。振招權納賄，爲明代宦官亂政始。

謝鐸於是年二月出生於浙江省台州府黄巖縣方巖鄉三十都。(成化五年析黄巖縣南三鄉置太平縣，方巖鄉屬太平縣三十都改爲太平縣十六都。鐸故里在今浙江省温嶺市大溪鎮兆岙村。)高祖温良，字伯遜，爲桃夏謝氏始祖，以孝名。曾祖本雍，事迹無考。祖廷幹，字性端，早卒；祖母趙欣，守節不移，哺育幼子成人。父宗胤，字世衍；母高氏。宗胤共五字，鐸爲長子。李東陽《通議大夫禮部右侍郎掌國子監祭酒事贈禮部尚書謚文肅謝公神道碑》(以下簡稱《神道碑》)：「公生宣德乙卯年二月某日。」

族叔謝省十六歲。李東陽《寶慶知府謝公墓表》：「公壽七十四，以弘治六年十二月卒。」

正統六年辛酉(1441年)七歲

按照七歲入學之俗，鐸約於是年開始讀書。《桃溪謝氏宗譜》(以下簡稱《宗譜》)引《台州府志·謝鐸傳》：「幼苦學，常縣髻讀書，至夜分不輟。」黄綰《謝文肅公行狀》(以下簡稱《行狀》)：

「少穎敏，能爲韵句。」王廷相《方石先生墓誌銘》（以下簡稱《墓誌銘》）：「生而姿性澄朗，機神警悟，童時即能爲韵語。」

正統十三年戊辰（1448年）十四歲

鐸從謝省學《四子書》《毛詩》。黄綰《行狀》：「年十四，其叔父逸老先生授《四子》《毛詩》，輒悟大意。」王廷相《墓誌銘》：「年十四，叔父逸老先生授以《四子書》《毛詩》，輒通大義。」

景泰四年癸酉（1453年）十九歲

鐸約於是年游縣學。黄綰《行狀》：「將冠，游邑校，與綰先大父少司空友。」李東陽《神道碑》：「少爲縣學生。」王廷相《墓誌銘》：「將冠，游邑校，與同邑黄文毅公孔昭友契，服膺儒素，日相砥礪，以古人自期。乃并有時名。」《宗譜》引《台州府志・謝鐸傳》：「與同邑黄孔昭友契，性介特，力學慕古，講求經世務。」《嘉靖太平縣志》卷七《人物志・黄孔昭》：「初以明經舉，已復爲縣學生，與謝文肅公爲莫逆交。」

景泰五年甲戌（1454年）二十歲

謝省是年舉進士。《宗譜・謝省傳》：「景泰甲戌進士。」

按：據《歷科進士題名録・景泰五年甲戌科》，謝省是年登科，在二甲第八十名。

景泰八年英宗天順元年丁丑(1457年)二十三歲

正月，石亨、曹吉祥、徐有貞等乘景帝患病，迎上皇入宫復位，改元天順。史稱「奪門之變」。殺兵部尚書于謙、大學士王文，籍其家。于謙(1398—1457)字廷益，錢塘人。籍没時家無餘資，都督同知陳逵收埋遺體後由謙婿朱驥葬於杭州。萬曆時謚忠肅。

二月，郕王(景帝)死，謚戾，成化時復帝號。

謝省拜南京車駕主事。《嘉靖太平縣志》卷七《人物志·謝省》：「天順初，拜南京車駕主事，未幾，轉武選員外郎。」

天順三年己卯(1459年)二十五歲

鐸是年舉鄉試第二。《宗譜》引《台州府志·謝鐸傳》：「天順三年舉鄉試第二。」李東陽《神道碑》：「天順己卯，舉鄉薦第二。」王廷相《墓誌銘》：「天順三年，浙江發解第二人。」

天順四年庚辰(1460年)二十六歲

黄孔昭舉進士。《明史·黄孔昭傳》：「舉天順四年進士，授屯田主事。奉使江南，却餽弗受，進都水員外郎。」

天順八年甲申(1464年)三十歲

正月,英宗死。太子見深即位,是爲憲宗。

鐸是年登進士第,入翰林,爲庶吉士。《明史》本傳:「天順末進士。改庶吉士。」黄綰《行狀》:「甲申,登進士第,與今少師長沙李公、大司馬華容劉公同選入翰林爲庶吉士。」李東陽《神道碑》:「甲申登進士第,入翰林,爲庶吉士。」王廷相《墓誌銘》:「八年,登進士第,選爲翰林院庶吉士。」

按:據《明清進士題名碑録·天順八年甲申科》,謝鐸在二甲三十一名,李東陽爲二甲第一名。

憲宗成化元年乙酉(1465年)三十一歲

昭雪少保于謙。

是年,鐸在翰林院,授編修,預修《英宗實録》。《明史》本傳:「授編修,預修《英宗實録》。」《宗譜》引《台州府志·謝鐸傳》:「授編修,預修《英宗實録》,自總裁,簡章綸,復儲疏之留中者,以備一代信史。」李東陽《神道碑》:「乙酉授編修。」王廷相《墓誌銘》:「授編修,預修《英廟實録》。」

成化二年丙戌(1466年)三十二歲

仍在翰林院任編修。預修《英宗實録》。

成化三年丁亥(1467年)三十三歲

仍在翰林院任編修。預修《英宗實録》成，升從六品俸。李東陽《神道碑》：「成華丁亥，預修《英廟實録》成，升從六品俸。」王廷相《墓誌銘》：「賜銀幣，升俸。」

成化四年戊子(1468年)三十四歲

仍在翰林院任編修。

成化五年己丑(1469年)三十五歲

仍在翰林院任編修。

謝省遷寶慶知府。《嘉靖太平縣志》卷七《人物志·謝省》：「成化己丑，遷寶慶知府。」

黄孔昭調任吏部文選郎中。《明史·黄孔昭傳》：「成化五年，文選郎中陳雲等爲吏所訐，盡下狱貶官，尚書姚夔知孔昭廉，調之文選。」

成化六年庚寅(1470年)三十六歲

鐸仍在翰林院任編修。

成化七年辛卯(1471年)三十七歲

鐸仍在翰林院任編修。

鐸族叔謝績九月卒於杭州。謝鐸《叙録王城先生詩後》:「成化七年辛卯秋九月某日,鐸叔父王城先生卒於杭。訃達於京師,鐸南望踊哭。」《宗譜·第四世二房績初傳》:「成化辛卯年復試,擬必第,則先試期五日卒。」嘉靖《太平縣志》卷七《人物志·謝績》:「其門人文肅公謝鐸輯其遺稿曰《王城山人詩集》刊焉。」李東陽《懷麓堂全集》文卷二有《王城山人詩集序》。

成化八年壬辰(1472年)三十八歲

鐸仍在翰林院任編修。

成化九年癸巳(1473年)三十九歲

鐸仍在翰林院任編修。本年被旨校勘《通鑑綱目》。上《論西北備事宜狀》和《癸巳封事》。《明史》本傳:「成化九年校勘《通鑑綱目》。上言。」黄綰《行狀》:「癸巳,被旨校《通鑑綱目》。先生因指歷代得失,爲疏數千言以進。」

謝省於是年辭官回鄉。《嘉靖太平縣志》卷七《人物志·謝省傳》:「……由是境内肅然,皆望風相戒不敢犯。會岷府奏欲徙建宫殿,檄有司議,公執不可,府中人行數百金,令有勢力者來問不爲動。已而巡撫、都御史力主其議,公乃乞補教職,不許,連乞養病,亦不許,既三年以考滿,至中途上疏徑歸。於是時公年才五十有四。聲譽地望方駸上，當道交章薦之，檄下郡縣趣公，而公竟不至。吏部或問其故，則曰：『幹方好進，故吾當勇退以風之耳。』」

鐸父世衍與謝省建會緦庵。《嘉靖太平縣志》卷四《書院》：「方巖書院：國朝封翰林編修謝世衍與弟寶慶守省所建。」李東陽《方巖書院記》：「自先生叔父愚得公以寶慶守致仕，始爲會緦。」按，會緦庵爲方巖書院前身。

黄孔昭進郎中。《明史・黄孔昭傳》：「九年，進郎中。」

成化十年甲午(1474年)四十歲

鐸仍在翰林院任編修。

成化十一年乙未(1475年)四十一歲

鐸仍在翰林院。是年秩滿，遷侍講。李東陽《神道碑》：「乙未秩滿，遷侍講，仍加五從品俸。」

成化十二年丙申(1476年)四十二歲

鐸在翰林院任侍講。

成化十三年丁酉（1477年）四十三歲

鐸仍在翰林院任侍講。

成化十四年戊戌（1478年）四十四歲

鐸仍在翰林院任侍講。

成化十五年己亥（1479年）四十五歲

鐸仍在翰林院任侍講。

成化十六年庚子（1480年）四十六歲

是年鐸五月前仍在翰林院任侍講，五月以家艱離職回鄉。《明史》本傳：「遭兩喪，服除，以親不逮養，遂不起。」黄綰《行狀》：「庚子，丁外艱，再罹内艱。」李東陽《神道碑》：「戊戌，以家艱去，既免喪，謝病居數年。」王廷相《墓誌銘》：「接丁内外艱，飲水、倚廬、祥禫，一如古禮終制。」謝鐸《謝病疏》：「成化十六年四月十六日，丁父謝某憂，欽蒙照例還家守制。本年六月二十二日奔喪至杭州府地面，又聞母高氏病故，照給勘合内事理具告本縣。至成化十八年閏八月初一日，例該服滿起復……」又《朝陽閣書目序》：「越十有二年庚子，先人棄諸孤，鐸歸自官。」又《游雁山詩序》曰：「成化庚子，予以憂解官南歸。」又《乞致仕疏》：「成化十六年四月内，聞父喪回還原籍守制服闋」，又《再乞致仕疏》：「成化十六年五月内，以丁憂還家。」

按：内艱，喪母；外艱，喪父。本年鐸父母相繼亡故，奔喪回家守制，然李東陽《神道碑》與黄綰《行狀》及謝鐸《謝病疏》等文所述時間有異必有一誤，今以黄綰《行狀》及謝鐸《謝病疏》等文中自述爲準。

成化十七年辛丑（1481年）四十七歲

鐸是年丁憂在家。

成化十八年壬寅（1482年）四十八歲

鐸仍丁憂在家。

長子興仁死，年二十二歲。《亡妻封孺人陳氏墓誌銘》曰：「……（興仁）乃死，實成化壬寅冬十一月有四日。」

至本年閏八月初一鐸喪期滿，例該起復，然鐸謝病家居。與叔謝省擴建會緦庵，執教其中。《明史》本傳：「服除，以親不逮養，遂不起。」黄綰《行狀》：「壬寅終制，謂人曰：『初心美禄爲親，今無及矣，苟仕非義也。』遂以疾聞。」李東陽《神道碑》：「既免喪，謝病居數年。」王廷相《墓誌銘》：「時侍逸老登眺方巖、雁蕩之上，怡神自足，彈冠之念泊如也。」《嘉靖太平縣志》卷四《書院》：「方巖書院：在縣西北三十里方巖山北，國朝封翰林編修謝世衍與弟寶慶守省所建，文肅公鐸在告，邑之後秀多從之游。李文正公東陽有記。」《宗譜·謝鐸簡傳》：「喪期滿，幾催謝病不出，與叔省擴建方巖書院，執教其中，并與親友研文吟詩，游雁蕩、天台等地。」謝鐸《謝病疏》：「至成化十八年閏八月初一日，例該服滿起復。緣臣居喪以來，心神耗亂，氣血摧毁，幾不能生。去年四月内忽感傷寒等疾，困苦纏綿，至今未獲平復……」

按：方巖書院正式建成命名在弘治二年。方巖書院的前身是會緦庵，《嘉靖太平縣志·書院》和《宗譜·謝鐸簡傳》概而言之，閱者當慎察焉。

黄孔昭升遷吏部右通政。《明史·黄孔昭傳》：「爲郎中滿九載，始擢右通政。」

成化十九年癸卯（1483年）四十九歲

鐸仍謝病家居，兼執教會緦庵。黄綰《行狀》：「明年癸卯，吏部趣起復，堅以疾謝，楗門讀書，暇則侍逸老登眺方巖、雁蕩之上，仕進之念泊如也。」

成化二十年甲辰（1484年）五十歲

鐸伯謝病家居，兼執教會緦庵。

成化二十一年乙巳（1485年）五十一歲

鐸仍謝病家居，兼執教會緦庵。本年曾游雁蕩山。

成化二十二年丙午(1486年)五十二歲

鐸仍謝病家居，兼執教會緦庵。

成化二十三年丁未(1487年)五十三歲

鐸仍謝病家居，兼執教會緦庵。

黃孔昭升遷南京工部右侍郎。《明史・黃孔昭傳》：「久之，遷南京工部右侍郎。」《嘉靖太平縣志》卷七《人物志・黃孔昭》：「又五年，擢南京工部侍郎。會尚書缺，公獨署部事，澡剔宿弊，如恐不及。」

孝宗弘治元年戊申(1488年)五十四歲

是年八月鐸應召回朝，以原官翰林院侍講修《憲宗實録》。《明史》本傳：「弘治初，言者交薦，以原官召修《憲宗實録》。」黃綰《行狀》：「孝皇初親庶政，於是廷臣交章論薦，會修《憲廟實録》，詔起之。先生未決，大父與李東陽貽書來勸，遂行入朝。」李東陽《神道碑》：「弘治初，臺諫、部屬、言事者交薦之，會以修《憲廟實録》徵，乃起供職。」王廷相《墓誌銘》：「孝皇初，新庶政，徵賢銓德。廷臣交章論薦，會修《憲廟實録》，詔起之。長沙李文正公貽書勸駕，極言君子道隆乘運拯世之義。先生乃勉力入朝，供事史館，於汪直、王越開邊事，書之最直。」

弘治二年己酉（1489年）五十五歲

是年鐸仍在翰林院任侍講，修《憲宗實録》。

妻孔氏卒。作《亡妻孺人孔氏墓誌銘》。《銘》曰：「弘治己酉夏六月朔，吾妻孔氏孺人之訃至。」

方巖書院於是年八月建成命名。鐸有歸志。李東陽《方巖書院記》：「方石謝先生作方巖書院於台諫州太平之緦山。……自先生叔父愚得公以寶慶守致仕，始爲會緦，仰高而下，次第交作。先生又欲爲是院，請公主教其中。會有纂修之命，乃留貲於族叔怡雲翁世弼。越一年，而以成報，則弘治己酉八月也。……院既成，先生有歸志。又逾年，拜南京祭酒，不可遽言去，而愚得公實領之。」

弘治三年庚戌（1490年）五十六歲

是年鐸擢南京國子監祭酒。上書言六事。《明史》本傳：「三年擢國子祭酒。上言六事，曰擇師儒，慎科貢，正祀典，廣載籍，復會饌，均撥歷。其正祀典，請進宋儒楊時而罷吴澄。禮部尚書傳瀚持之，乃進時而澄祀如故。」《嘉靖太平縣志》卷七《人物志・謝鐸》：「庚戌，擢南京國子祭酒，以身爲教。先是，諸生有六堂班見禮，公盡革去之，捐皂役錢沛諸僚屬，籍膳夫錢於官，購東西二書樓用庋鏤板。上疏請增楊龜山從禮而黜草廬吴氏，其餘若擇師儒、慎科貢廣載籍諸論列尤多。」王廷相《墓誌銘》：「升南京國子監祭酒，以道義廉節爲教，士皆刮滌收習。又疏國學事宜六，上之曰：擇師儒、慎科貢、正祀典、廣載籍、復會饌、均撥歷。其正祀黄略曰：孔廟從祀之賢，萬代仰止，龜山楊時，程門高弟，實衍延平之脈，新經之辟，足以衛道，乃今不預從祀；臨川郡公吴澄，爲宋舉子而顯仕於元夫出處聖賢大節，忘君事仇，迹其所行，不及洛邑頑民，顧在從祀之列，臣實惑之。風教所關，不可不正。」

弘治四年辛亥（1491年）五十七歲

是年三月鐸次子興義卒，鐸謝病致仕回家，家居將十年。《明史》本傳：「明年謝病去。家居將十年。」黄綰《行狀》：「先生以師道難盡，疏請致仕，不許。明處辛亥，仲子死，先祀無托，遂致仕。諸生以狀歷部臺，請留於朝。先生嘗抑諸生之納粟馬者，至是舉則多所抑者。一時薦紳榮其歸，皆祖於郊外。」李東陽《神道碑》：「辛亥，致仕歸。」王廷相《墓誌銘》：「先生以師道難盡狀，請致仕，不許。適喪仲子，先祀罔托，乃力求解任歸。」《宗譜・謝鐸簡傳》：「四年因子殤有病辭官回鄉，仍在方巖書院講學。」謝鐸《乞致仕疏》：「弘治三年五月内，欽蒙薦升今職。本年八月内到任……臣止有一子留守祖宗墳墓，忽於今年三月二十四日病故……伏乞聖恩憐憫，將臣放歸田里。」

弘治五年壬子（1492年）五十八歲

鐸致仕家居，兼在方巖書院講學。

弘治六年癸丑(1493年)五十九歲

鐸致仕家居，兼在方巖書院講學。謝省於是年六月卒。

弘治七年甲寅(1494年)六十歲

鐸致仕家居，兼在方巖書院講學。

弘治八年乙卯(1495年)六十一歲

鐸致仕家居，兼在方巖書院講學。

弘治九年丙辰(1496年)六十二歲

鐸致仕家居，兼在方巖書院講學。

弘治十年丁巳(1497年)六十三歲

鐸致仕家居，兼在方巖書院講學。

弘治十一年戊午（1498年）六十四歲

鐸致仕家居，兼在方巖書院講學。會國子缺祭酒，吏部因薦者益力，以謝鐸名進之。黄綰《行狀》：「家居幾十載，惟讀書求志，日不少懈，勢利一毫不嬰於懷。天下之思其人、想其風者，皆謂可望而不可即，而薦者益力，孝廟於是深知先生，欲大用之。戊午會國子缺祭酒，吏部以先生名進。」

弘治十二年己未（1499年）六十五歲

八月升謝鐸爲禮部右侍郎，管國子監祭酒。十二月，差官賫文催謝鐸赴任。謝鐸兩次上疏辭免，不許。李東陽貽書來勸。《明史》本傳：「薦者益衆。會國子缺祭酒，部議起之。帝素重鐸，抉禮部右侍郎，管祭酒事。屢辭，不許。時章懋爲南祭酒，兩人皆人師，諸生交相慶。」黄綰《行狀》：「上特命升禮部右侍郎，掌祭酒事，遣使就其家起之。先生兩具疏辭疾。長沙公在政府，貽書論上意，乃行。」李東陽《神道碑》：「薦者以十數，特擢禮部右侍郎，管國子祭酒事，命吏部遣使即其家起之。」《明史·章懋傳》：「弘治中，孝宗登用群賢。衆議兩京國學當用名儒，起謝鐸於北監。」

弘治十三年庚申（1500年）六十六歲

是年四月，鐸奉旨進京。五月至紹興，病，經金華、麗水、温州返回太平。再辭官，七月聖旨下，不準辭職。謝鐸於是年十一月抵京，又辭禮部右侍郎職，十二月聖旨下，不允所辭。鐸就任禮部右侍郎，掌國子監祭酒。黃綰《行狀》：「次越，得疾徑歸，以狀投紹興府繳進，力求致仕，不許。又疏投台州府轉奏，知府不敢上。……使者再致，有司勸駕益急遂行至京。以求退而得遷，非義所安，辭以舊官供職，不許，始受命。」

弘治十四年辛酉（1501年）六十七歲

鐸在京任禮部右侍郎，掌國子監祭酒事。提出考官設置改革意見。《明史》卷七十《選舉志二》：「弘治十四年，掌國子監謝鐸言『考官皆御史方面所辟召職分既卑，聽其指使，以外簾官預定去取，名爲防閑實則關節，而科舉之法壞矣。乞敕兩京大臣，各舉部屬等官素有文望者，每省差二員主考，庶幾前弊可革。』時未能從。」作《維持風教疏》。提出正祀典、重科貢、革冗員、塞捷徑四條改革措施。

弘治十五年壬戌（1502年）六十八歲

鐸在京任禮部右侍郎，管國子祭酒事。又連疏乞致仕，不許。黃綰《行狀》：「連疏乞致仕，六館師生上章乞留，廷臣吳世忠、張芝、吳蕣薦益力，被旨不允。」

弘治十六年癸亥（1503年）六十九歲

修《歷代通鑑纂要》，命鐸爲潤色官。黄綰《行狀》：「癸亥，上命會輯《通鑑綱目》，并續編爲《纂要》，先生爲潤色官。論黜晉、隋、元之統，皆有據。」李東陽《神道碑》：「癸亥，修《歷代通鑑纂要》，命爲潤色官。」

弘治十七年甲子（1504年）七十歲

鐸是年仍修《歷代通鑑綱目纂要》。求得祖母趙氏旌表。黄綰《行狀》：「任職三載，念祖母趙氏守節未白，俟滿考，請以本身誥命易爲趙氏旌表。例死者不旌，上特破格行之，仍給誥命。」

李東陽作《壽方石先生七十詩序》以賀鐸七十壽辰。

弘治十八年乙丑（1505年）七十一歲

五月，孝宗死。太子厚照即位，是爲武宗，年十五歲。宦官劉瑾等八人，號「八虎」，道武宗游戲，内府支出大增。大學士劉健等諫，不聽。

鐸於是年稱病，連上五、六疏，獲準回家養疾，時間大約在五月孝宗死之前。《明史》本傳：「居五年，引疾歸。」黄綰《行狀》：「既而復疏乞致仕，半歲之間疏凡五上，辭署印至再四上，皆以温旨勉留，又不能奪，方許養疾，命驛歸，俟疾愈以聞。」李東陽《神道碑》：「疏又五、六上，後乞歸養疾，乃許，命給驛以行，令有司俟病癒聞奏。」王廷相《墓誌銘》：「以疾乞致仕，疏凡五上，每優旨勉留，不能奪，乃許養疾。仍命馳驛歸。時六館諸生以狀乞留先生者毋慮千人。」《嘉靖太平縣志》卷七《人物志・謝鐸》：「公既歸，會敬皇帝賓天，爲之大慟。」

武宗正德元年丙寅（1506年）七十二歲

大學士劉健、謝遷、户部尚書韓文等請誅劉瑾等，不聽。劉健、謝遷、韓文等被迫致仕。

鐸仍居家養疾，聞大學士劉健、謝遷被迫致仕，大慟。《嘉靖太平縣志》卷七《人物志・謝鐸》：「已而權姦用事，公聞劉、謝二閣老致仕去，輒又慟。」

正德二年丁卯（1507年）七十三歲

劉瑾矯詔開列劉健、謝遷等五十三人名單，稱爲姦黨，榜示朝堂。命天下鎮守太監照巡撫都御史之例，幹預弄名政事。時武宗喜玩樂，章疏多由劉瑾剖斷，傳旨施行。作「豹房」爲武宗游樂之所。以國用不足，開浙、閩、川銀礦。

鐸仍居家養疾。

正德三年戊辰（1508年）七十四歲

御道上出現揭露劉瑾罪惡之匿名書。劉瑾矯詔召集百官，責令長跪，有中暑死亡者。

是年鐸仍居家養疾，吏部薦先生儒術宏深，當大用。然閹黨掌權，矯令致仕。李東陽《神道碑》：「正德戊辰，吏部例上其名，會權姦用事，恐其復起，遂仍致仕。」王廷相《墓誌銘》：「正德三年，吏部薦先生儒術宏深，當大用。會權閹用事，矯令致仕。」

正德四年己巳(1509年)七十五歲

黜前大學士劉健、謝遷爲民。

鐸致仕家居。

正德五年庚午(1510年)七十六歲

是年二月二日，鐸卒於家。贈禮部尚書，謚文肅。《明史》本傳：「正德五年卒。贈禮部尚書，謚文肅。」黃綰《行狀》：「行生歸六歲，終於正寢，享年七十有六，正德庚午二月二日也。有司以聞，贈禮部尚書，論祭賜，謚文肅，命進士桂萼治其葬。」李東陽《神道碑》：「卒以正德庚午正月二十一日，壽七十六。」王廷相《墓誌銘》：「正德五年二月二日，方石先生卒於家，年七十有六。」葬於太平縣洋岙大夢山，二十六年後，遷葬於華蓋山麓上黃坦。按，鐸卒之月日，黃綰《行狀》，王廷相《墓誌銘》與李東陽《神道碑》有異，未審孰是，今故取黃、王之。

鐸有三子：長興仕、次興義皆縣學生，早卒；次興寅出側室焦氏。女二：長適黃孔昭子侹，俱夭；次適金忻。孫一：必阼，興義遺腹子也。

鐸卒後六個月，劉瑾伏誅。

鐸卒後十一年，即正德十六年(1521)，《桃溪净稿》由台州知府顧璘刊刻行世。

鐸卒後三十六年，即嘉靖二十五年(1546)，《桃溪類稿》由謝鐸曾孫延平府同知謝適然刊刻行世。

桃溪類稿附録卷之三

桃溪類稿序

黄　綰

綰讀吾師方石先生之文、之詩，慨然而嘆曰：「嗟乎，先生不可作矣！吾於是文是詩也，可以觀世變矣。夫世以人成，人以志成，志異爲變，變而皆同爲俗，俗成而有風，風成而有升降，升則爲治，降則爲亂，而文與詩亦隨之。何哉？人必志動而後有言，言則心之氣之聲形焉。聲與氣形則嗜欲不可掩矣。故言可僞也，志不可僞也。聲氣遠則志遠，聲氣近則志近，聲氣清則志清，聲氣濁則志濁。是故鄙俗之人，言雖文雅，其聲其氣則鄙俗也；富貴之輩，言雖理義，其聲其氣則富貴也；功名之倫，言雖道德，其聲其氣則功名也。是故讀孔子之言則可知其有德，讀孟子之言則可知其造道，讀孔明之言則可知其忠剴，讀淵明之言則可知其恬退。先生仕當英憲孝廟之世，見士之好進無爲國之誠，方爲侍講。因喪二親，服闋，輒乞休致，山居十年，用薦者出修《憲廟實録》，升南京祭酒。不三年，因喪子，又乞休致，山居又十年。用薦者升禮部侍郎，掌國子監祭酒事。僅三年，又乞休致。孝廟眷留，累十疏，始得請。是故讀先生之文與詩，而知先生之志、之聲、之氣。要非功名、富貴、鄙俗之所可污，以視孔明、淵明之言，而上追孔孟之門墻，蓋異世而同符者乎！由此而知先生非樂於仕，義合則仕，非必不仕，而無苟仕。其仕，其不仕，凡以爲世道計也。後有當國者，每咎先生之不仕爲非，痛抑恬退以獎仕進，今則奔趨巧躁瀾倒而不可止，又誰咎哉？故先生嘗語人曰：『吾無他長，惟安分知止，可以言爾。』嗟乎！安分知止，可易知、易能而易言邪？於此不知不能，則志斯異，人斯變，俗斯降，風斯下而不可救矣。觀世以占治亂者，能弗憂乎？故曰：『吾於此知世變矣。』弘治季年，綰省先君於選部，見先生於國子，先生則語綰曰：『子來，吾以斯文托子矣。吾之所著，初録之曰《雜稿》，再録之曰《凈稿》，三録之曰《類稿》，皆西涯李公所點竄也，今以《類稿》爲定本。吾身後，可以《類稿》刻之。後有續稿，但可擇一二以附之。』其言在耳也。正德庚午，先生卒。綰時官後軍，及歸，先生之墓宿草矣。後數年，東橋顧公守台，欲刻先生遺集，求於其家，向所謂《類稿》者皆不存，先生之孫必阼以《凈稿》應之，遂刻郡齋。綰恒以爲憾。今因山居之暇，始檢《類稿》，又擇《續稿》之一二附之。庶幾以畢先生之志云。

嘉靖二十有五年冬十一月丙子，資善大夫禮部尚書兼翰林院學士前詹事府詹事兼侍講學士同修國典經筵講官門人黄巖黄綰百拜書。

曾孫延平府同知適然刻

桃溪雜稿序

陳音

道本於天，具於[二]人，切於彝[三]倫日用之實，隨小大而用之，無所不宜。士於道，必有見然後有守，必有守然後有爲，而其發於辭者，特以著[四]其志耳。古之大賢君子有學識，有志節，有事功，言行相符，人心敬信，至今仰之，巍然若山斗而不可及，皆主於道爲之也。其或胸中無定見，與時上下，將泱泌[五]苟容無所不至，則其事功必不能卓立於當時，況望其文辭，足以取信於後世哉！吾友謝先生鳴治，別號方石[六]，世居黄巖之[七]桃溪，自少遜志時敏，以希古求道爲心。天順甲申登進士第，入翰林爲庶吉士。益大肆力於學，凡經傳子史，罔[八]不精思力究，會其[九]博而歸諸約，將以其所學措諸實用。既爲編修侍講，恒有陳論，其操持剛介，稜稜不苟合。嘗退居山阿幾十年，欲以[一〇]自老而不悔。弘治初，修[一一]《憲[一二]廟實録》，詔特起之，先生黽勉供事，於是非褒貶深爲有裨。會拜南京國子祭酒，既至，夙夜殫心，詢弊舉宜，大要以明彝倫、振風俗、成人材爲己任。雖士心信服，聲教丕振，其心缺然，若猶有愧於古之所以教者，而去志恒存。未期，以子殤身病，遽懇疏力請以歸。嗚乎！以先生之學識氣節，其出[一三]處進退間必有道在，豈音之愚之所能[一四]測哉？獨如先生者，世不易得，乃不得盡展其藴於事功，而獨發其志於文辭，良可慨也。先生所著[一五]，有《桃溪雜稿》若干卷，雖皆因人應事而作，鑿鑿[一六]乎於道，有定見，足以淑人心，扶世教，使後人之[一七]誦其辭，論其世，以之明諸心，體諸身，行諸事[一八]，則教澤所被，實大以遠，豈徒兼善天下而已哉？或徒以文章末技歸其所長，殆未足以知先生也夫！

弘治辛亥夏六月既望[一九]，南京太常寺少卿友人陳音序。

【校勘記】

[一] 此標題《底本》漫漶不辨，據《桃溪謝氏宗譜》補。

[二] 「道本於天，具於」六字《底本》漫漶不辨，據《桃溪謝氏宗譜》補。

[三]「切於彝」三字《底本》漫漶不辨，據《桃溪謝氏宗譜》補。
[四] 著，《底本》作「着」，據《桃溪謝氏宗譜》改。
[五] 洪泓，《桃溪謝氏宗譜》作「污濁」。
[六]《桃溪謝氏宗譜》無「别號方石」四字。
[七]《桃溪謝氏宗譜》無「黄巖之」三字。
[八] 罔，《桃溪謝氏宗譜》作「無」。
[九] 其，《桃溪謝氏宗譜》作「諸」。
[一〇]《桃溪謝氏宗譜》無「以」字。
[一一]《底本》脱「修」字，據《桃溪謝氏宗譜》補。
[一二] 憲，《桃溪謝氏宗譜》作「英」。
[一三]《底本》脱「出」字，據《桃溪謝氏宗譜》補。
[一四]《桃溪謝氏宗譜》無「能」字。
[一五] 著，《底本》作「着」，據《桃溪謝氏宗譜》改。
[一六]《底本》脱「鑿」字，據《桃溪謝氏宗譜》補。
[一七] 人之，《桃溪謝氏宗譜》作「之人」。
[一八] 行諸事，《桃溪謝氏宗譜》作見「諸行事」。
[一九]《桃溪謝氏宗譜》無「弘治辛亥夏六月既望」九字。

桃溪浄稿序

李東陽

予與方石先生同試禮部時，已聞其有能詩名。及舉進士，同爲翰林庶吉士，又同舍，見所作《京都十景》律詩，精到有法，爲保齋劉公、竹巖柯公所甄奬；又見其經史之隙，口未始絶吟，分體刻日，各得其肯綮乃已。予少且劣，心竊愧畏之。同官十有餘年，先生學愈高，詩亦愈古，日追之而不可及。然先生愛我日至，每所規益，必盡肝腑；見所撰述，亦指摘瑕垢，不少匿。及先生以憂去，謝病幾十年，每恨不及亟見。見其〔一〕所寄古樂府諸篇，奇古深到，不能釋手。比以史事就召，盡見其《桃溪雜稿》若干卷，乃起而嘆曰：「詩之妙，一至此哉！」夫詩有二要，學與識而已矣。學而無識，譬之失道兼程，終老不能至。有識矣，而學力弗繼，雖復知道，其與不知者均也。漢唐宋以來，作者間出，必其識與學皆超乎一代，乃足以稱名家，傳後世。肩差而踵接者，代亦不過數人。其餘冥行窘步，卒歸於泯滅澌盡之地者，不知其幾也。世豈患無詩哉？患不得其要耳！先生蚤負絶識，雖古人詩，鮮或意滿，而自視亦嚴甚，命志帥氣，顧劣者所不及。則其屣脱塵靡，力超〔二〕頹廢以至於此也，豈非世之所必傳哉？或乃謂古今文章，扃時代，關氣運，斷不相及，遂不復致力其間，亦自棄之甚矣。然此猶以體格言之。又嘗觀《三百篇》之旨，根理道，本性情，非體與格之可盡。先生好古力踐，深猷遠計，發而爲言者，固其所自立也，又可獨歸之時代也乎？然於此見今日之盛，有古之所謂獻者，非徒文也，亦以見先生之賢，斷有以立乎世者，而非徒言也。予無似，懼終不能自振以名托交游爲幸，因序論之。先生姓謝氏，名鐸，字鳴治，台之太平人，累官翰林侍講，號方山，後更號方石。桃溪，其所居地也。弘治己酉夏四月八日翰林院侍講學士奉直大夫、經筵官兼修國史長沙李東陽序[三]。

【校勘記】

[一]《浄稿》正德本「見」下無「其」字。

[二]超，《浄稿》正德本作「起」。

[三]《浄稿》正德本「序」下有「初名《雜稿》，後十三年，西涯先生再取而芟之，俾録爲《浄稿》云」二十三字。

桃溪浄稿序

顧　璘

或問謝文肅公之文，璘曰：醇氣之積也。夫文章盛衰，關諸氣運，而發乎其人；非運弗聚，非人弗行，豈小物也哉！

昔周之盛也，文、武、成、康迭興，謨、訓、雅、頌之辭，爾雅深厚，意若有聖人之徒操觚其間，何其若是善也！幽、厲以降，辭命寖繁，《黍離》《板》《蕩》之篇，氣索然矣，非行人、史官矯誣眩衆，則羈臣、棄士哀鳴悲思，以抒其憤懣者也。即國家何賴乎是？故觀文體之險易，可以知氣運之盛衰，而人材由之矣。

惟我皇明聖祖神宗，履道敦化，至憲、孝二朝盛矣。禮樂聲教之澤，醇厖湛濊，蓋天地一大運會也。時則有鴻儒宿學出乎其間，吐發正義，抒宣宏辭，以潤色治理，培植道脈，何其符合與？如丘文莊公、程篁墩公、吴文定公、李文正公及謝文肅公，與今存者不述，皆臺閣之望，儒林之宗也。考量德義，其淺深厚薄何如哉？蓋不俟百世，乃可知也。

璘執此仰嘆有年矣。比來守台州，文肅之孫必阼見其遺文若干卷，蓋文正所選定者。其文明健閎博，根柢經傳，以綱維人倫爲宗，以剖白事實爲用，以抑揚邪正爲志，以遺遠聲利爲情。詩與文同致，合發情止義之則，而鍛鍊馳騖，莫爲有無，蓋其所負者獨遠大矣。

嗚乎！公居朝汲汲於爲忠，而常恐愧乎其禄；居家汲汲於爲義，而常恐愧乎其生。是以方進而輒退，既老而益勤，充其極，雖周、召由是也，豈不曰聖人之徒乎？璘故曰：醇氣之積，合世與人言之也。僭逾之罪，無所於逃，所冀同好之知我爾。曰《桃溪净稿》，仍舊名也，刻在學宫[一]。正德辛巳仲春既望，守台州姑蘇後學顧璘謹序。

【校勘記】

[一] 刻在學宫，底本無，據《净稿》正德本補。

桃溪净稿後序

羅僑

言而至於道，言之至也。次而極性情，該物理，關涉世教，言與意會，筆與心應，而亦自到至處。有不知其然而然者，積之光然，而業之沛然，養之温然，而形之粹然。語在至近，而指極奥妙，斯亦善言者也。下此斯贅矣。予讀謝文肅公之詩與文，皆極性情，該物理，關涉世教，非尋常拈弄筆墨，嘲吟風月，掇織巧艷麗以爲技，務贅采崛硬以爲奇，而其風韵神采自在，非衆人之所能及。公蓋一代人物也，而豈台郡之所能獨當哉！僑每於詩文中竊見公於西涯李公極加推遜，而西涯於公亦甚敬服，蓋二公可謂知己。而其文章德業、出處進退之際，必有能論之者，予併及之，作《桃溪净稿後序》。時嘉靖二年癸未二月己亥，知台州府後學吉水羅僑謹序。

後記

我是浙江台州温嶺人，謝鐸是我家鄉的鄉賢。我出身於一個教師世家，祖父林熙當過太平縣（温嶺縣原名太平縣）泉溪小學校長，父親林鎬是中學老師，在温嶺中學、雁蕩中學、處州中學等中學當過老師，姑父張賢春在謝鐸家鄉的大溪中學當了二十五年的校長，叔叔姑姑舅舅都是中學、大學教師，他們都給我講過謝鐸的故事。一九六九年十一月，我隨着知識青年上山下鄉的洪流，來到距離謝鐸故里不遠的温嶺大溪區紅旗公社立新大隊（今大溪鎮潘郎管理區流慶村）插隊落户，後來在紅旗中學（今潘郎中學）當了五年老師，在那裏聽聞到了許多關於謝鐸的佚事傳説。然而，謝鐸詩文集尚未爲世人所見。從那時起，我便萌生了搜集整理謝鐸詩文，並於此基礎上對謝鐸進行全面研究的願望。

一九八三年七月，我從杭州大學中文系畢業，留校在新建立的古籍研究所工作，所長是國學大師姜亮夫先生，後來我成了姜先生的博士生。彼時，北京大學、復旦大學、杭州大學、南京師範大學四校的古籍研究所準備聯手編纂《全明詩》，我參與到此項工作中，受主編章培恒先生、平慧善先生之邀，擔任《全明詩》編委。那一階段，我把科研的重點放在了明代，買了許多明代的資料。此後，因爲所裏的工作安排變化，我轉向先秦兩漢魏晉南北朝文學文獻的整理研究工作；明代詩歌與文學，漸漸從我的研究領域中淡褪，但却並未完全離開。後又因機緣巧合，幾番輾轉，我獲得了謝鐸《桃溪净稿》的底本，終於開啟了謝鐸詩文的整理工作。我知道謝鐸的詩文經歷了《桃溪雜稿》《桃溪净稿》《桃溪類稿》三次編撰過程，而《桃溪雜稿》已佚，《桃溪净稿》《桃溪類稿》可以查到，但是當時國家圖書館閉館整理，無法見到《桃溪類稿》，再加上《桃溪類稿》六十卷缺了九卷，而《桃溪净稿》八十四卷是基本完整的，當地政府希望《謝鐸集》早日面世，於是我以《桃溪净稿》（《四庫全書存目叢書》影印本，齊魯書社，一九九七年七月版）爲底本，又向復旦大學古籍整理研究所借了縮微膠捲，加上找到的其他材料，於二〇〇二年在中華書局出版了《謝鐸集》。後來又以此爲基礎，研究謝鐸與「茶陵詩派」，並於二〇〇八年又在中華書局出版了《謝鐸及茶陵詩派》，對謝鐸進行全面系統的考察，重新評估謝鐸在文學史上的價值。在這一時期，我又在《文學評論》《文獻》《中華文史論叢》《中國典籍與文化》《文史知識》《浙江社會科學》《浙江師範大學學報》等大中型期刊上發表一系列文章，有些文章被《中國人民大學複印報刊資料·中國古代、近代文學研究》等報刊全文轉載。尤其是在權威刊物《文學評論》二〇〇三年第五期發表的《謝鐸與「茶陵詩派」》和二〇〇九年第五期發表的《茶陵詩派新論》，對謝鐸的文學史地位作出充分的認可。

儘管《桃溪净稿》已經出版，但是我始終没有停止對《桃溪類稿》的探尋。《桃溪類稿》是在謝鐸去世之後，由他的孫子謝必阼將其生前的作品整理集結而成的。《桃溪類稿》共六十卷，它所存録的詩歌，較《桃溪净稿》多出二百二十九首，所收録的文章，又較《桃溪净稿》多出一百一十三篇，是目前所見收録謝鐸詩文最多的一個本子。研究《桃溪類稿》，可以更爲清晰詳盡地瞭解謝鐸的一生，並爲茶陵詩派的研究提供新的材料，對系統研茶陵詩派多有裨益。

《桃溪類稿》今存北京中國國家圖書館，是海内外孤本。關於《桃溪類稿》的整理，幾經波折，多方輾轉，主要分兩個階段。

第一階段，即是整理初期。早年間，由於古籍數字化尚未普及，我的朋友北京師範大學中文系李山教授出手幫助，由他帶研究生前往國家圖書館查看並抄回了《桃溪類稿》的全部目録。其後，我與我的研究生們將《桃溪類稿》目録與《桃溪浄稿》相比較，發現《桃溪類稿》中有不少《桃溪浄稿》未收録的篇什，這些篇什對謝鐸與茶陵詩派研究具有重要意義，而《桃溪類稿》所缺的九卷中若干篇目則可以由《桃溪浄稿》來録入。我因此下定決心，無論如何都要將《桃溪類稿》整理出版。於是，我的博士生白崇、孫寶、張蘭花、李慧芳、陳偉娜等分幾次前往北京，到國家圖書館抄録《桃溪類稿》。當時經費緊張，他們住地下室，吃很簡單的飯食，用鉛筆抄寫，且每次只能抄録一小部分，這幾位博士生十分辛苦。抄回的稿子經過點校整理後，我交給浙江古籍出版社文字列印部進行列印排版。但是由於本單位工作緊張，再加上出版經費無法落實等許多原因，稿子初步排印出來就暫停了。

第二階段，二〇一九年六月，我以申請全國高等院校古籍整理研究工作委員會資助項目爲契機，再次啟動了對《桃溪類稿》的點校整理工作。九月，該申請獲得古委會批准，批准號爲一九四六。同時又得到《台州文獻叢書》的出版支持，工作進入快車道，遂成立項目課題組。近年來由於古籍數字化的逐漸普及，國家圖書館藏《桃溪類稿》有了電子版本。可以在電腦上看了，但是不能下載，林涵博士拍攝了全書照片，給工作提供了基礎；鄧成林博士、汪妍青博士、何瑪麗博士、杜容秀碩士參與了全書的整理校對工作。這部書一來不完整，二來許多文字漫漶不清，整理工作存在着相當的困難，鄧成林博士、汪妍青博士、何瑪麗博士、杜容秀碩士用力甚勤，逐字校對。有了他們的幫助，才有了今天我們看到的《桃溪類稿》整理本。

感謝北京大學中國古文獻研究中心安平秋先生、楊忠先生、曹亦冰先生、廖可斌先生等對本項工作的大力支持！感謝浙江大學古籍研究所張涌泉先生、南京大學古典文獻研究所程章燦先生等對本項工作的大力支持！

感謝徐三見先生、胡正武先生對本項工作的大力支持和對本書稿的認真審核！感謝周琦先生對本項工作的大力支持！感謝應海峰先生的認真校對！

感謝大溪鎮黨委和政府！感謝大溪鎮原副書記陳士良同志對本項工作的一貫支持！

感謝謝鐸故里、大溪鎮方山村黨委書記陳亨榮同志、村長謝秀方同志對本項工作的大力支持！

感謝浙江大學中文系的同事、朋友們對本項工作的大力支持！

感謝浙江樹人大學領導、科研處領導、人文與外國語學院領導與老師們對本項工作的大力支持！

感謝南開大學人文學院盧盛江先生、北京師範大學人文學院李山先生、浙江樹人大學人文與外國語學院李駿先生對本項工作的大力帮助！

感謝上海古籍出版社！感謝上海古籍出版社余鳴鴻先生對本項工作的大力支持！

感謝我的愛人胡巧玲幾十年如一日對我的工作的理解和支持！

自二〇〇一年着手開展謝鐸研究至今，已將近二十年。我亦從天命之年而逐漸步入古稀。對謝鐸詩文的整理研究，既是年少時對自己許下的承諾，也是爲家鄉文學與文化貢獻的綿薄之力。再次感謝這二十年來幫助我展開研究工作的所有人，感謝我的領導、師長、朋友。日月逝矣，春秋代序，唯道與情義不變。

林家驪

二〇二〇年七月

於浙江樹人大學地域文化研究所